KB116127

마의 산

마의 산 중

Der Zauberberg

토마스 만 장편소설 윤순식 옮김

DER ZAUBERBERG
by THOMAS MANN (1924)

이 책은 실로 꿰매어 제본하는 정통적인 사철 방식으로 만들어졌습니다.
사철 방식으로 제본된 책은 오랫동안 보관해도 손상되지 않습니다.

제5장

(계속)

고전 문학 연구

점심 식사가 끝난 후 한스 카스토르프와 요아힘 침센은 흰 바지에 푸른 윗옷 차림으로 정원 의자에 앉아 있었다. 이날도 역시 이 지역에서 찬미되는 10월의 어느 하루로, 더우면서도 상쾌하고, 화사하면서도 밉살스러운 날이었다. 골짜기 위에는 짙푸른 남국의 하늘이 펼쳐져 있고, 길은 여러 갈래로 나 있었다. 인가가 들어서 있는 골짜기의 목초지는 아직 밝은 녹색을 띠고 있었고, 거친 숲으로 덮인 비탈에서는 암소의 방울 소리가 들려왔다 ― 평화롭고 단조로운 음악성을 띤 금속성의 소리였다. 그 소리는 희박하고 공허할 정도로 조용해진 공기 속을 아무런 방해도 받지 않고 선명하게 흘러들어 와, 고원을 지배하고 있는 휴일 분위기를 한층 짙게 해주고 있었다.

사촌들은 정원 끝에 어린 전나무가 심어져 있는 원형 화단 앞 벤치에 앉아 있었다 ― 그곳은 베르크호프 일대의 골짜기보다 50미터 정도나 더 높고 울타리가 둘러쳐진 곳으로 북서쪽 가장자리에 있었다. 두 사람 다 아무 말이 없었다. 한스 카스토르프는 담배를 피우고 있었다. 그는 요아힘에게 내심 화가 나 있었다. 왜냐하면 요아힘이 식사 후 안정 요양을 하기 전에 베란다 위에서 벌어지는 모임에 참석하려 하지 않고 자기를 이 조용한 정원으로 억지로 끌고 왔기 때문이다. 이 것은 요아힘의 횡포라 할 수 있었다. 엄밀히 말하자면, 이 두 사람은 몸이 붙은 샴쌍둥이가 아니었다. 취향이 다르면 언제라도 서로 떨어질 수 있었다. 한스 카스토르프는 요아힘을 상대해 주기 위해 이곳에 머물러 있는 것이 아니었다. 그 자신도 어엿한 환자가 아닌가. 이런 의미에서 한스 카스토르프는 시무룩해 있었고, 마리아 만치니가 있어서 그나마 이런 시무룩한 상태를 견딜 수 있었다. 그는 윗옷의 옆 주머니에 두 손을 넣고, 갈색 구두를 신은 두 발을 앞으로 뻗고는, 이제 겨우 타기 시작한 흐릿한 회색의 긴 여송연을 입술 한 가운데에 물고 있었다. 여송연이 이제 겨우 타기 시작했다는 것은 뭉툭한 끄트머리의 재를 아직 털지 않았다는 얘기로, 그래서 입에 문 여송연은 약간 아래로 처진 채 매달려 있었다. 그는 양껏 식사를 한 뒤에 여송연의 향을 즐기고 있었는데, 이제야 그 맛이 완전히 되살아나기 시작했다. 이 위에서의 적응 과정은 비록 적응이 되지 않는 것에 적응하는 것이 긴 해도 — 위의 화학 반응, 건조하여 출혈을 자주 하는 코의 점막 신경에 관한 한, 결국 적응이 끝난 게 분명했다. 그 진척 상황을 그가 알아차리지 못한 채, 65~70일이 흐르는 동안에 교묘하게 만들어진 식물성 자극제와 마취제로 그의 유기체는 쾌감을 얻는 능력을 완전히 다시 회복했던 것이다. 그는 능력을 되찾은 것에 기뻐했다. 도덕적 만족감이 육체적

8

쾌감을 한층 강하게 해주었다. 병상에 누워 있는 동안, 집에서 가져온 2백 개비의 담배는 절약의 결과로 아직 많이 남아 있었다. 하지만 속옷과 겨울옷, 그리고 비축해 두기 위한 목적으로 브레멘산 여송연 5백 개비도 다시 샬렌으로부터 보내오도록 했다. 그것은 래커 칠이 되어 있는 작고 예쁜 상자들인데, 그 상자들에는 지구의와 수많은 메달 및 깃발이 휘날리는 전시회장 그림이 금박으로 장식되어 있었다.

두 사람이 벤치에 앉아 있는데, 우연히도 베렌스 고문관이 정원을 걸어왔다. 그는 오늘 식당에서 함께 점심 식사를 했고, 사람들은 잘로몬 부인의 식탁에서 그가 자기 접시 앞으로 커다란 두 손을 마주 잡고 있는 모습을 보았다. 그 뒤에 그는 아마 테라스에 남아서 그 독특한 어조로 말하며, 십중 팔구 자신의 장기를 보지 못한 사람들을 위해 구두끈 묶는 묘기를 연출해 보였을 것이다. 그리고 이제는 자갈길을 따라 어슬렁거리며 이곳으로 다가오고 있었다. 수술복 가운이 아닌, 체크무늬 연미복을 입고 있었는데, 눌러쓴 중산모는 목 덜미까지 덮을 지경이었다. 그도 역시 아주 검은색의 여송연을 입에 물고 흰빛을 띤 커다란 연기 구름을 내뿜으며 다가오고 있었다. 푸르스름하게 상기된 볼, 뭉툭한 코, 촉촉하게 젖은 푸른 눈, 치켜 올라간 수염을 한 얼굴과 머리는 약간 굽고 구부정한 장신의 체구 및 커다란 손발과 비교해 보면 상대적으로 작아 보였다. 그는 신경이 예민한 사람이었다. 그래서 두 사촌이 있는 것을 보고 눈에 띌 정도로 깜짝 놀랐으며, 또 약간 당황해하면서 발걸음을 멈추기까지 했다. 그대로 곧장 걷다가는 사촌들이 있는 쪽으로 가야 하기 때문이었다. 그는 여느 때와 같은 방식의 상투적인 어조로 기분 좋게 인사했다. 「여기들 계셨군요, 티모데우스!」 그러고는 두 사람의 신진대사를 축복하는 말을 했다. 이때 두 사람이 그에게 경의를 표하려고 자리에서 일어나려 하자 그는 그냥 앉아 있으라며 극구 말렸다.

「그대로, 그대로 앉아 계세요. 나 같은 소박한 사람에게 신경 쓰지 마세요. 그런 격식은 나에게 전혀 어울리지 않아요. 안 그래도 두 분 다 환자니까요. 그럴 필요 없습니다. 그대로 계셔도 아무 상관 없어요.」

그런 다음 그는 커다란 오른손 집게손가락과 가운뎃손가락 사이에 여송연을 끼우고서 두 사람 앞에 멈추어 섰다.

「그 여송연 맛은 어떤가요, 카스토르프 군? 내게 한번 보여 주세요. 나도 그 방면에 대해선 좀 압니다. 애연가이기도 하지요. 담배 잿빛이 좋아 보이는군요. 대체 이 갈색 미인의 이름은 무엇인가요?」

「마리아 만치니라고 하는, 브레멘산의 식후용 잎담배입니다, 고문관님. 값이 공짜나 다름없을 정도로 아주 쌉니다. 순정품(純正品)으로 19페니히 하는데, 보통 이런 값으로는 맛볼 수 없는 특유의 향이 납니다. 수마트라 하바나의 잎으로, 보시다시피 여송연용으로 쓰이는 담배 나무의 아랫잎입니다. 나는 오랫동안 이 여송연을 피워 이것에 익숙합니다. 중간 정도의 혼합으로 향이 아주 진한 편이지만, 혀의 감촉은 부드럽습니다. 담뱃재를 자주 털지 않는 것이 좋기 때문에, 나는 기껏해야 두 번밖에 재를 털지 않습니다. 간혹 불량품도 있긴 하지만, 제조할 때 특히 세심하게 점검을 하고 있는 게 틀림없습니다. 그래서 마리아 제품은 매우 신뢰할 수 있고, 공기도 고르게 통해서 잘 빨립니다. 한 개비 피워 보시지 않겠습니까?」

「고맙습니다, 그럼 한 개비 교환해 볼 수 있을까요.」그리고 이들은 자신들의 담뱃갑을 꺼냈다.

「이것도 품질이 괜찮은 것입니다.」고문관은 잎담배를 한 개 건네면서 말했다. 「품질도 좋고, 맛도 좋으며, 힘도 있습니다. 〈성 펠릭스 브라질〉이라고 하는데, 줄곧 이것을 피우고 있습니다. 정말이지 근심 걱정을 없애 주는 최고의 담배이며, 브랜디처럼 톡 쏘는 맛이 있는데, 끝 부분으로 갈수록 한층 더 탁월합니다. 여자와 섹스를 할 때는 다소 삼갈 것을 충고합니다. 연달아 불을 붙이다가는 남자의 정력이 당해 내지 못하거든요. 하지만 하루 종일 수증기 같은 것을 빨고 있느니 차라리 제대로 된 것을 한 대 피우는 게 낫지요……」

이들은 서로 교환한 담배를 손가락 사이에 끼워 돌리면서, 전문가다운 안목으로 여송연의 가늘고 긴 몸매를 찬찬히 살펴보았다. 여기저기 약간의 틈새가 있고, 부풀어 있으며, 비스듬하게 평행으로 잎맥이 나 있었다. 마치 맥박 치고 있는 것같이 불룩불룩 솟은 맥관(脈管), 약간 울퉁불퉁한 표면, 그 표면과 모서리에 비치는 빛의 작용에 따라 그것은 유기체처럼 살아 있는 듯한 기분이 들게 했다. 그래서 한스 카스토르프는 이런 말을 입 밖에 내었다.

「이런 여송연은 생명을 지니고 있습니다. 정식으로 호흡을 하는 거지요. 언젠가 고향에 있을 때, 나는 마리아에 습기가 차지 않도록 밀폐된 작은 양철통에 넣어 보관해야겠다는 생각이 들었던 적이 있습니다. 죽었을 거라고 생각하시는지요? 맞습니다. 마리아는 숨이 끊어져, 일주일도 되지 않아 그만 죽고 말았습니다 — 순전히 가죽만 남은 송장처럼 말라 버렸거든요.」

　그리고 이 두 사람은 여송연을, 그것도 외국산 여송연을 가장 잘 보관하는 방법에 대해 서로의 경험담을 주고받았다. 고문관은 외국산을 좋아하여 될 수 있으면 독한 하바나만을 피우고 싶어 했다. 하지만 유감스럽게도 그는 독한 하바나 잎을 견뎌 낼 수 없었다. 언젠가 사교 모임에서 가슴에 품은 사랑스럽고 자그마한 헨리 클레이 두 개비 때문에 하마터면 저세상으로 갈 뻔했다고 한다. 「난 커피를 마시며 그걸 피우고 있었지요.」 그가 말했다. 「아무 생각 없이 한 대 또 한 대를 연거푸 피웠지요. 그런데 다 피우고 났을 때, 뭔가 좀 기분이 이상해진 것 같다는 의문이 들기 시작했습니다. 아무튼 여태껏 살면서 한 번도 느껴 보지 못한 아주 색다른 기분이었고, 너무나 낯설고 이상한 기분이었습니다. 집에까지 돌아오는 일도 쉽지 않았지만, 집에 돌아와서야 비로소 이것은 예삿일이 아니구나 하는 생각이 들었습니다. 정말이지 다리가 얼음장처럼 차가워지고, 온몸은 식은땀으로 흠뻑 젖었으며, 얼굴은 백지장처럼 창백했고, 심장은 대단히 흥분해 있었습니다. 맥박은 때로는 실오라기처럼 거의 느낄 수 없을 정도로 뛰었다가, 때로는 우당탕거리며 마치 아무런 장애물이라곤 없는 듯 저돌적으로 뛰는 것이었습니다. 그리고 머릿속은 혼란으로 가득 찼습니다. 내 말이 무슨 말인지 아시겠지요……. 내가 저세상으로 가는 것이 아닌가 하는 생각이 들기도 했습니다. 그때 머릿속에 떠오른 단어가 바로 〈저세상으로 간다〉는 말이었으며, 그 말은 나의 용태를 적절하게 표현해 주었습니다. 나는 엄청난 불안감에 휩싸였고, 보다 정확히 표현하자면, 마음속이 온통 불안의 덩어리로 점철

되어 있었음에도 불구하고 한편으로는 마음이 굉장히 들떠 정말이지 축제 기분이었습니다. 불안과 축제 기분이란, 누구나 다 알다시피, 상호 모순되는 것이 아닙니다. 난생처음으로 아가씨를 껴안은 젊은이나 그 아가씨 또한 불안한 기분이 들겠지만 이와 동시에 두 사람 다 황홀해서 녹아내릴 것 같은 지경이 됩니다. 그렇습니다, 나 역시 녹아내릴 것 같은 지경이 되어, 두근거리는 가슴으로 훨훨 춤추며 저세상으로 갈 뻔했습니다. 그러나 다행히도 밀렌동크가 적절하게 간호해 준 덕분에 나는 그런 위험천만한 기분에서 벗어날 수 있었습니다. 얼음찜질을 하고, 피부 마사지를 받고, 캠퍼 주사를 맞은 덕택에 겨우 살아날 수 있었습니다.」

한스 카스토르프는 환자의 자격으로 벤치에 앉아 무언가를 생각하고 있는 듯한 표정으로 베렌스의 얼굴을 쳐다보았다. 그의 촉촉한 푸른 눈에는 이야기를 하는 사이 눈물이 가득 고여 있었다.

「당신은 가끔 그림을 그리시지요, 고문관님?」 한스 카스토르프는 갑자기 이렇게 물었다.

고문관은 놀라서 펄쩍 뛰는 것 같은 동작을 취했다.

「아니, 젊은이, 도대체 무슨 생각을 하는 건가요?」

「죄송합니다. 어쩌다 누가 그런 말을 하는 것을 들은 적이 있어서요. 지금 갑자기 생각이 났습니다.」

「뭐, 그렇다면 나로서도 무조건 부정하지는 않겠습니다. 우리들은 모두 너무도 나약한 인간들이니까요. 그렇습니다, 그런 일을 한 적이 있습니다. 스페인 사람이 늘 입버릇처럼 말하듯이 나도 화가 중의 한 사람입니다.」

「풍경 화가입니까?」 한스 카스토르프는 짤막하고도 약간

건방지게 물었다. 분위기가 그를 그런 어조로 말하게 했다.

「무엇이든지 다 그립니다!」 고문관은 당혹스러워하면서
도 뽐내듯이 대답했다. 「풍경, 정물, 동물 — 사내대장부로
서 무서운 것은 하나도 없습니다.」

「그럼 초상화는 안 그리나요?」

「하다 보니 초상화도 한 번 그린 적이 있습니다. 당신 초
상화도 그려 달라는 겁니까?」

「하하, 아닙니다. 하지만 언제 기회가 되어 고문관님이 그
린 그림을 구경하게 된다면 정말 고맙겠습니다.」

요아힘은 깜짝 놀라서 사촌을 쳐다본 후, 자기도 구경할
수 있으면 무척 고맙겠다고 급히 사촌을 따라 말했다.

그러자 베렌스는 감격할 정도로 기쁘고, 황홀해했다. 너
무 기뻐서 심지어 얼굴이 빨개졌고, 이번에는 그의 두 눈에
서 눈물이 흘러내릴 것만 같았다.

「안 될 일이 있겠습니까!」 그는 소리치듯 말했다. 「비할 데
없이 기쁜 일이지요! 원하신다면 지금 바로 보여 드리겠습니
다! 이쪽으로 오십시오, 같이 갑시다! 우리 집에서 터키 커피
라도 끓여 드리겠습니다!」 그는 두 청년들의 팔을 잡고 벤치
에서 일으켜 세워서 두 사람 사이에 매달리듯 팔짱을 끼고
는, 자갈길을 따라 두 사람을 자신의 숙소로 데리고 갔다. 고
문관의 숙소는 두 사람이 알고 있듯 정원에서 가까운 베르
크호프 건물의 북서쪽 날개에 있었다.

「나도 옛날 한때.」 한스 카스토르프가 설명했다. 「이 방면
에 가끔 손을 대본 적이 있었습니다.」

「당신 말씀은…… 정식으로 유화를 그리셨다는 얘긴가요?」

「아니, 아닙니다, 수채화 한두 점 그리는 데서 벗어나지 못

했습니다. 배와 바다를 그린 풍경화였는데, 어린애 장난 같은 그림이었지요. 하지만 그림을 보는 것이 너무 좋아서, 그래서 이런 실례를 하게 되고……」

이렇게 상세한 설명을 들으니 요아힘은 어느 정도 안심이 되었고 사촌의 이상한 호기심이 해명이 되었다 — 또한 한스 카스토르프가 자신이 그림을 그린 이야기를 끄집어낸 것도 고문관에게 들려주기 위해서라기보다는 오히려 요아힘이 들으라고 한 소리였다. 세 사람은 고문관의 숙소에 도착했다. 저 건너 바깥에 마차를 대는 곳과는 달리, 베르크호프 이쪽에는 가로등이 늘어선 화려한 현관이 없었다. 둥근 계단을 몇 개 올라가니 참나무로 된 대문이 나왔으며, 거기서 고문관은 열쇠가 잔뜩 달린 꾸러미에서 열쇠 하나를 골라내어 문을 열었다. 손이 부들부들 떨렸다. 분명 그는 신경과민인 것 같았다. 베렌스는 외투나 소지품을 놓아두게 설비된 앞방에 들어가 그곳에 중산모를 걸어 놓았다. 앞방 안쪽의 짧은 복도는 유리문 한 장으로 건물의 주요 부분과 분리되어 있었고, 앞방의 양쪽에는 작은 골방이 있었다. 베렌스는 복도에서 가정부를 불러 용건을 일렀다. 그런 다음 상냥하고도 격려하는 말투로 손님들을 들어오게 했다 — 오른쪽 문의 하나로.

평범하고 소시민적 취향의 가구가 놓인 방 두세 개가 앞쪽으로 골짜기를 내려다보고 있었다. 방과 방을 연결하는 문은 없고, 커튼만이 칸막이 구실을 하고 있었다. 〈고대 독일풍〉의 식당, 책상이 놓인 거실 겸 서재가 있었고, 또한 〈터키식〉의 흡연실도 있었다. 서재에 있는 책상 위에는 대학모와 칼 두 개가 X자 모양으로 걸려 있었고, 모직 양탄자와 책장,

소파 세트가 있었다. 여기저기에 그림들이 걸려 있었는데, 모두 고문관이 손수 그린 그림이었다 — 방에 들어선 사촌들은 예의 바르게 경탄하는 태도를 취하면서 눈을 재빨리 그림들로 보내고 있었다. 이미 세상을 떠난 고문관 부인의 모습이 여기저기에 보였는데, 유화로 된 초상화 속, 또 책상 위 사진 속에서도 보였다. 나풀거리는 얇은 옷을 입은, 어딘지 수수께끼 같은 금발의 부인이었다. 두 손을 왼쪽 어깨에 모았고 — 그것도 꽉 잡지는 않고 손가락 끝을 가볍게 붙이고 — 두 눈은 하늘을 향하는 것인지 감고 있는 것인지, 눈꺼풀에서 비스듬하게 튀어나온 긴 속눈썹에 덮여 있었다. 고인은 어느 그림에서나 관찰자를 정면으로 바라보는 모습이 아니었다. 그 밖의 그림은 대부분이 산을 그린 풍경화로, 눈과 전나무로 덮인 산, 짙은 안개에 둘러싸인 산과 같이, 세간티니[1]의 영향을 받아 강렬하고 날카로운 산의 윤곽이 짙푸른 창공을 뚫고 우뚝 솟아 있었다. 또 목동의 오두막, 양지바른 풀밭에 서 있거나 누워 있는 목 밑이 처진 암소들, 비틀린 목을 야채 사이로 탁자에 늘어뜨리고 있는 깃털 뜯긴 닭, 꽃밭, 산지 주민들의 모습을 그린 그림들, 그리고 또 다른 그림들이 있었다 — 이 모든 것은 아마추어 화가다운 가벼운 터치로 그려져 있었는데, 빛깔이 대담하게 칠해져 있었다. 튜브에서 짜서 직접 캔버스에 칠해, 마르기까지 시간이 꽤 오래 걸렸을 것 같은 그림들도 군데군데 보였다 — 중대한 실수로 보이는 것도 있었지만, 가끔 그것이 효과를 내고 있기도 했다.

사촌들은 전시회 구경을 하는 것처럼 주인의 안내를 받으

---

1 Giovanni Segantini(1858~1899). 목가적 풍경화를 많이 그린 이탈리아의 화가.

며 벽을 따라 걸었다. 주인은 가끔 그림의 모티프를 이야기 하기도 했지만 대개는 침묵을 지키고 있었다. 그는 예술가의 벅찬 자부심에 잠겨, 사촌들과 함께 자신의 작품을 감상하는 기쁨을 맛보고 있었다. 클라브디아 쇼샤의 초상화는 거실의 창이 있는 벽에 걸려 있었다 — 비록 실물과는 거리가 멀었음에도 불구하고, 한스 카스토르프는 거실에 발을 들여놓는 순간 이를 금세 알아차렸다. 한스 카스토르프는 일부러 그 장소를 피해서, 동반자들을 식당에 머물게 하고는, 자기는 푸른 빙하를 배경으로 하고 있는 제르기 계곡의 녹색 풍경화에 감탄하는 척했다. 그러고 나서는 자기 마음대로 제일 먼저 터키식 흡연실로 건너갔으며, 거기에서도 찬사를 늘어놓으면서 역시 그림들을 세밀하게 살펴보았다. 그런 다음 요아힘에게 칭찬의 표현을 좀 하라고 촉구하기도 하면서, 거실 입구 벽에 있는 그림들을 구경하였다. 드디어 그는 뒤로 돌아서더니 적당히 놀란 표정을 지으며 이렇게 물어보았다.

「이 그림의 얼굴은 낯이 익은 것 같은데요?」

「그녀라는 걸 알겠어요?」 베렌스가 궁금한 듯 물었다.

「알고 있습니다, 아마 착각하기는 불가능할 겁니다. 프랑스식 이름을 가진 일류 러시아인석의 부인이지요……」

「맞습니다, 쇼샤입니다. 실물과 닮았다고 하니 기쁘군요.」

「완전히 닮았습니다!」 한스 카스토르프는 거짓말을 했다. 꼭 거짓말을 하려던 것은 아니지만, 미리 들은 얘기가 없었더라면 모델이 누구인지 전혀 알아보지 못했을 것이라고 생각했기 때문이다 — 요아힘도 마찬가지로, 한스 카스토르프가 미리 언급해 주지 않았다면 그 모델이 누구인지 알아보지 못했을 것이다. 감쪽같이 당한 선량한 요아힘은 이제야

진상을 파악하게 되었다. 「아, 그런가?」그는 나지막하게 말하며 초상화를 바라보는 데 순응해야 했다. 그의 사촌은 베란다의 모임에 참석하지 못한 것을 순전히 이런 식으로 보상받았던 것이다.

초상화는 실물보다 좀 작은 비스듬한 옆모습의 흉상으로 목덜미가 드러나 있고, 어깨와 가슴에는 망사 옷을 걸치고 있었다. 캔버스의 가장자리를 금색 돌림띠로 장식한 안쪽으로 비스듬히 기운 넓고 검은 액자에 끼워져 있었다. 개성을 강조하고 싶어 하는 아마추어 화가의 초상화에서 자주 목격할 수 있듯, 쇼샤 부인은 실제보다 10년은 늙어 보였다. 얼굴에는 전체적으로 붉은빛이 지나치게 감돌았고, 코도 어색하게 그려져 있었으며, 머리 색깔도 실제와 달리 밀짚 같은 빛깔이었다. 입은 비뚤어져 있었고, 얼굴 인상에서 특별한 매력을 발견하지 못했는지 아니면 밝혀내지 못했는지는 몰라도 거친 표현으로 매력 포인트가 결여되어 있었다. 아무튼 전체적으로 볼 때 실패작이라 할 수 있었다. 초상화로서도 실제 모델과는 너무 달랐다. 하지만 한스 카스토르프는 실물과 닮고 안 닮고를 크게 문제 삼지 않았다. 그로서는 이 캔버스가 쇼샤 부인과 관계가 있다는 사실만으로 충분했다. 이 그림은 쇼샤 부인을 그린 것이며, 그녀가 이 방 어디엔가 앉아서 직접 모델이 되었다는 사실만으로도 그에게는 충분했다. 그는 감동받은 듯 되풀이하여 이렇게 말했다.

「그녀와 꼭 닮았습니다.」

「너무 그렇게 말씀하지 마십시오.」베렌스는 손사래를 치며 겸손한 태도를 취했다. 「형편없는 졸작이 되었습니다. 비록 모델에게는 스무 번쯤 앉아 있어 달라고 했지만, 제대로 소화했다는 생각이 들지는 않습니다 — 저렇게 복잡 미묘한 얼굴을 어떻게 소화한단 말입니까. 북극인 같은 광대뼈며, 효모를 넣어 구운 빵에 금이 간 듯한 눈을 보면 쉽게 그릴 수 있을 것처럼 생각될지 모르겠지만, 실제로 해보면 정말 어렵습니다. 세세한 부분을 제대로 그리려다 보면, 전체를 놓쳐 버리고 맙니다. 정말 익살스러운 수수께끼 같습니다. 그녀를 알고 있습니까? 아마 그녀는 모델로 앉혀 놓고 그릴 게 아니라, 기억을 더듬어 그려야 할 인물인 것 같습니다. 대체 어떻게 그녀를 알고 있습니까?」

「알고 있다고도 할 수 있고, 알지 못한다고도 할 수 있습니다. 피상적(皮相的)이라고 할까요, 그냥 여기서 얼굴만 아는 정도입니다……」

「나는 그녀를 오히려 내부적으로, 말하자면 피하적(皮下的)으로 알고 있습니다. 그녀의 동맥 혈압, 조직의 활력, 림프 운동에 대해 상당히 자세하게 알고 있습니다 — 특정한 이유 때문이죠. 표면적인 것이 보다 더 어렵습니다. 당신은 그녀가 걷는 모습을 본 적이 있습니까? 그녀의 얼굴도 그 걸어가는 모습과 꼭 같습니다. 즉 고양이처럼 살금살금 걸어오는 모습입니다. 가령 눈을 한번 봅시다 — 눈의 색깔을 말하는 게 아닙니다. 그것도 이상하긴 하지만 내가 말하는 것은, 눈의 생김새, 즉 찢어진 눈매를 말하는 겁니다. 당신은 그녀의 눈꺼풀 틈새가 가느다랗고 비스듬하게 올라가 있다고 생각하지요. 하지만 단지 그렇게 보일 뿐입니다. 당신을 현혹시키는 것은 눈 안쪽의 주름살입니다. 이것은 어떤 종족에게서 특이하게 나타나는 변종입니다. 콧마루가 납작한 데서 기인한 피부 처짐 현상으로 인해, 눈꺼풀이 눈의 안각(眼角)

을 덮을 정도로 두툼해져 그런 것입니다. 한번 콧마루 위의 피부를 팽팽하게 잡아당겨 보십시오. 그러면 우리들과 다름없는 눈이 됩니다. 흥미를 돋우는 알알한 속임수죠. 별로 그렇게 명예로운 일은 아닙니다. 자세히 살펴보면, 눈 안쪽의 주름살은 격세 유전적인 발육 부전에서 오는 기형이기 때문입니다.」

「그러니까 그러한 관계 때문이군요.」한스 카스토르프가 말했다. 「나는 그런 것은 몰랐습니다만, 그러한 눈에는 진작부터 관심이 있었습니다.」

「희롱이고 속임수입니다.」고문관이 힘주어 말했다. 「저 눈을 그냥 비스듬하고 가느다란 실처럼 그려 보십시오, 그러면 당신은 황홀경에 빠질 것입니다. 비스듬하고 가느다란 모습은 반드시 자연이 그렇게 한 것처럼 그려야 합니다. 말하자면, 착각 속에서 착각을 일으키는 것입니다. 그리고 그러기 위해서는 물론 눈 안쪽의 주름살에 대한 지식이 필요합니다. 지식이 있다고 해서 해로울 것은 없으니까요. 피부를 좀 보십시오, 이 몸의 피부를 말입니다. 당신 생각에는 실물같이 생생해 보입니까, 아니면 별로 그렇지 않아 보입니까?」

「무척이나.」한스 카스토르프가 말했다. 「무척이나 생생하게 그려져 있군요, 실물 같은 피부입니다. 이렇게 실제 피부와 비슷하게 그려진 피부는 이제까지 본 적이 없는 것 같아요. 땀구멍까지 보이는 것 같습니다.」그러면서 그는 초상화의 드러난 목덜미 부분을 손으로 살짝 만져 보았다. 그곳은 얼굴 부분의 지나친 붉은빛과는 달리 무척 희었다. 햇빛에 노출되지 않은 신체 부위가 흰색을 띠듯이 말이다. 그래서 고의인지 아닌지는 모르겠지만, 신체가 과도하게 노출되어 있다는 느낌을 강렬하게 불러일으켰다 — 아무튼 이것은 꽤나 꼴사나운 효과를 내고 있었다.

그럼에도 불구하고 한스 카스토르프의 찬사는 정당했다. 푸른 망사 옷에 가려진, 부드럽긴 하지만 여위지는 않은 가슴의 어렴풋한 흰 피부색은 정말이지 자연스러운 느낌을 주었다. 분명히 피부는 감정을 넣어 그렸지만, 거기에서 풍기는 어떤 감미로운 느낌은 훼손되지 않았다. 그래서 예술가는 거기에 과학적인 사실성과 생생한 정밀성을 부여하는 데 성공했다. 그는 캔버스의 오톨도톨한 거친 표면을 이용하여, 특히 부드럽게 튀어나온 쇄골 근방의 그 오톨도톨함을 피부 표면의 자연스러운 오톨도톨함으로 유화 물감을 써서 생생하게 표현했다. 왼쪽 가슴 윗부분에 나 있는 주근깨도 빼놓지 않았고, 유방의 두 언덕 사이로는 희미하게 푸르스름한 혈관이 투명하게 비치는 것 같았다. 보는 사람의 시선을 느끼는지 이 벌거벗은 부분에서는 거의 보이지는 않지만 민감한 수치심의 전율이 흐르는 것 같았다. 과장해서 말한다면, 육체의 발한(發汗)과 눈에 보이지 않는 살 냄새가 느껴지고, 입술을 갖다 대면 물감과 니스 냄새가 아니라 사람의 체취를 느낄 수 있을 것 같았다. 이것은 모두 한스 카스토르프가 받은 인상을 그대로 전한 것이다. 그가 이 그림에서 이런 인상을 받으려고 의식적으로 노력한 것인지는 모르겠지만, 쇼샤 부인의 드러난 가슴을 그린 이 초상화가 방 안의 다른 어떤 그림들보다도 가장 눈길을 끌 만한 작품이었다는 것은 어느 모로 보나 분명한 사실이었다.

베렌스 고문관은 두 손을 바지 주머니에 넣은 채 구두 뒤축과 발끝으로 몸을 앞뒤로 흔들면서 두 방문객과 함께 자신의 작품을 감상하고 있었다.

「기쁩니다, 동지 여러분.」 그가 말했다. 「이렇게 알아주는 분이 계셔서 기쁘기 그지없습니다. 피하(皮下)에 관해서도 어느 정도 지식을 지녀, 눈에 보이지 않는 부분도 함께 그릴 수 있다면 이것은 좋은 것이지 전혀 해가 될 것은 없습니다 — 다른 말로 하면 자연에 대해 서정적 관계뿐만 아니라 다른 관계도 맺어, 예컨대 화가이면서 그 외에 의사, 생리학자, 해부학자가 되어 여성의 속옷 아래 감추어진 부분에 대해서도 남모르는 지식을 갖고 있다면 — 이것은 장점이 될 수 있습니다. 당신은 어떻게 생각하실지 몰라도, 이것은 결정적으로 유리합니다. 이 그림의 피부에는 과학이 있습니다. 현미경으로 그것의 유기적 정확성을 조사해 보아도 좋습니다. 표피의 점막층과 각질층이 보일 뿐만 아니라, 그 밑에 지방 분비선, 땀샘, 혈관 및 작은 젖꼭지가 있는 진피(眞皮) 조직까지 그려져 있습니다 — 다시 그 밑에는 지방막, 쿠션, 아시는지 모르겠지만, 수많은 지방 세포로 여성다운 매력적인 모습을 갖게 해주는 하부 조직이라 불리는 것까지 그려져 있습니다. 알고도 있고 또 마음속에 의도도 하고 있는 것은 밖으로 표출되게 되지요. 이것이 당신의 손안으로 흘러 들어와 나름의 작용을 하고, 실재하지 않으면서도 어떻게든 존재하여, 생생한 실감을 낳게 하는 겁니다.」

한스 카스토르프는 고문관의 이 대화에 열광하여, 이마까지 빨개지고 두 눈이 빛났다. 그는 하고 싶은 말이 너무도 많아서 어느 것부터 말해야 할지 알 수 없었다. 첫째로 그는 이 그림을 어둑어둑한 창가의 벽에서 떼내어 좀 더 밝은 곳으로 옮기고 싶었다. 둘째로는 자신이 무척 흥미가 있는 피부의 성질에 관한 베렌스의 말을 실마리로 해서 이야기를 진행시키고 싶었다. 셋째로는 이것도 역시 그에게는 매우 중요한 문제였는데, 자신의 일반론적이고 철학적인 견해를 피력하고 싶었다. 그는 벌써 초상화에 손을 대 벽에서 떼내려고 하면서 재빨리 지껄이기 시작했다.

「그렇습니다, 그렇고말고요! 말씀하신 그대로입니다, 그것이 중요합니다. 내가 말하고 싶은 것은…… 즉 고문관께서는 〈또한 다른 관계도 맺는다〉고 말씀하셨습니다. 서정적 관계 외에도 ── 그렇게 말씀하셨다고 생각합니다만 ── 예술가적 관계에 또 다른 관계도 있다면서 말입니다. 한마디로 말한다면 사물을 다른 관점에서, 이를테면 의학적 관점에서 바라본다면 그것도 좋을 거라고 말입니다. 그것은 정말로 맞는 말입니다 ── 고문관님, 죄송합니다 ── 내가 볼 때 근본적으로 상이한 관계나 관점이 문제가 되는 것이 아니라, 엄밀히 말한다면 언제나 동일한 것 ── 동일한 것 중에서도 단지 변종이 문제가 되는 것이기 때문에, 그 말이 옳다고 생각합니다. 내가 말하는 것은 뉘앙스, 그러니까 동일한 보편적인 관심의 여러 가지 변화가 중요한 문제라는 것입니다. 예술가의 작업도 그러한 관심의 일부분이며, 한 형태에 지나지 않습니다. 이렇게 말해도 된다면 말입니다. 그렇습니다, 죄송합니다, 이 그림을 떼내겠습니다. 이곳은 빛이 너무 없군요. 보면 아실 것입니다. 이것을 저기 소파 위에 걸어 보겠습니다. 과연 완전히 다르게 보일는지, 어떨는지요……. 내가 묻고 싶은 것은 이것입니다, 의학은 무엇을 대상으로 하고 있는가 하는 점입니다. 물론 나는 의학에 대해서는 아무것도 모릅니다만, 아무튼 의학은 인간을 대상으로 하고 있습니다. 법률을 제정하고 판결을 하는 법학은? 역시 인간을 대상으로 하고 있습니다. 대부분 교육자의 직업과 결부되어 있는 언어학은? 그리고 신학, 목회, 성직은? 이 모든 것은 인간을 대상으로 하고 있으며, 동일하게 중요한 관심…… 주된 관심의 변형, 즉 인간에 대한 관심의 변형에 지나지 않습니다. 한마디로 말하면, 이것들은 인문주의적인 직업들입니다. 그래서 이러한 직업을 위해 공부를 하려면 그 기초 작업으로서 무엇보다도 고대어를 배웁니다. 그렇습니다, 소위 형식적인 교양 때문에 그렇습니다. 내가 이런 말을 하는 것을 혹시 이상하게 생각하실지도 모르겠습니다. 실제로 나는 현실주의자이자 기술자에 불과하니까요. 그러나 나는 최근에도 안정 요양을 하면서 깊이 생각해 보았습니다. 모든 종류의 인문주의적인 직업이 형식적인 것, 형식의 이념, 그것도 아름다운 형식의 이념을 기초로 삼고 있다는 것은 아주 멋진 일이며, 이 세상에 존재하는 너무나도 탁월한 제도라고 말입니다 — 이것이 그 직업에 무엇인가 고상하고 유유자적한 성질을 띠게 하고, 그 외에도 무언가 감정과…… 예의 바름을 부여합니다 — 이 때문에 관심이 거의 우아한 성질로까지 고양됩니다……. 다시 말해 표현은 아주 부적절할지 모르지만, 이것으로 보아도 정신적인 것과 아름다운 것, 달리 말하면 과학과 예술이 어떻게 서로 혼합되는지와 이것들이 사실은 본디 동일한 것이었다는 사실을 알 수 있습니다. 그러므로 예술가의 작업도 확실히 거기에 속하는데, 어느 정도는 제5의 학부로서 일부분이 되는 것입니다. 예술의 가장 중요한 주제나 관심사가 또다시 인간인 점에서 볼 때, 그 작업도 인문주의적인 직업의 한 변형에 지나지 않으며 인문주의적인 직업과 전혀 다를 바 없습니다. 이 말은 당신도 인정하시겠지요. 나도 소년 시절에 그림 공부를 한번 해봤지만, 고작해야 배와 바다를 그렸지요. 하지만 내가 보기에 그때나 지금이나 그림에서 가장 매력적인 것은 초상화입니다. 초상화는 인간을 직접적인 대상으로 하기 때문입니다. 그래서 아까도 고문관님께 초상화도 그리느냐고 성급히 물어보았던 것입니다 ……. 그런데 어떻습니까? 그림을 여기다 걸어 두는 게 훨씬 더 괜찮지 않을까요?」

두 사람, 베렌스와 요아힘은 즉흥적으로 횡설수설 지껄여대는 한스 카스토르프를 쳐다보며 좀 부끄럽지 않은가 하고 묻는 듯했다. 그러나 한스 카스토르프는 말하는 데 너무 열중해 있어 당혹해하지 않았다. 그는 그림을 소파 위 벽에 대고, 여기가 광선을 받는 방향이 훨씬 더 좋지 않느냐고 물어보았다. 때마침 가정부가 쟁반 위에 뜨거운 물과 알코올램프, 커피 잔을 얹어 가지고 왔다. 고문관은 그것을 옆방으로 가져가도록 이르고는 이렇게 말했다.

「그렇다면 당신은 사실 회화보다는 우선 조각에 관심을 가졌어야 했습니다……. 그렇군요, 그쪽이 광선을 잘 받아 밝은 것 같군요. 이 그림이 그렇게 밝은 곳에 갖다 둘 만한 작품이라고 생각한다면 말입니다……. 에, 그러니까, 조형 예술이야말로 일반적으로 가장 순수하고도 독점적으로 인간 일반과 관계되어 있으니까 말입니다. 자, 끓는 물이 식기 전에 한잔 들기로 합시다.」

「그렇군요, 조형 예술입니다.」 한스 카스토르프는 이들과 옆방으로 건너가면서 말했다. 그는 그림을 원래 자리에 걸어 놓거나 내려놓는 것도 잊어버리고, 액자의 아래쪽을 쥔 채 옆방으로 그림을 들고 갔다. 「그렇지요, 그리스의 비너스나 운동선수들의 조각상에 인문주의적인 것이 가장 뚜렷이 드러나 있습니다. 틀림없네요. 생각해 보면 사실 그런 것이 진짜이고, 정말로 인문주의적인 종류의 예술일지도 모릅니다.」

「자, 저 아름다운 쇼샤에 대해 말하자면.」 고문관이 지적했다. 「아무튼 그녀는 그림에 더 어울리는 대상이라고 하겠습니다. 페이디아스[2]도 그렇고, 이름이 유대인 이름으로 끝나는 또 다른 조각가도, 그녀와 같은 인상을 보고는 코를 찌푸렸을 것입니다…… 그런데 그런 하찮은 그림을 왜 그렇게 들고 다니는 겁니까?」

「미안하지만, 이 그림을 일단 의자 다리에 세워 두겠습니다. 잠시 동안이면 충분합니다. 그런데 말입니다. 그리스의 조형 예술가들은 얼굴에는 그리 신경을 쓰지 않았습니다. 그들의 관심은 육체에 쏠려 있었는데, 어쩌면 그것이야말로 바로 인문주의적인 것인지도 모릅니다…… 그런데 여성의 조형성, 이것은 그러니까 지방질이라는 겁니까?」

「지방질이지요!」 고문관은 자신감 있게 단정적으로 말하고, 벽장문을 열어서 커피를 타는 데 필요한 기구를 꺼냈다. 그것은 파이프 모양의 터키식 커피 분쇄기와 긴 자루가 달린 커피 주전자, 설탕과 빻은 커피를 넣는 이중 용기 등 모두 놋쇠로 만들어진 기구였다. 「팔미틴, 스테아린, 올레인.」 고문관은 지방의 성분을 열거하면서, 양철통에 든 커피 알갱이를

2 Pheidias(B.C. 480~B.C. 430). 이집트에서 발견한 황금 분할 혹은 황금 비율을 조각에 원용하여 고대 세계 7대 불가사의 중 하나인 그리스 본토 올림피아 신전의 제우스상, 파르테논 신전의 아테네 여신상, 에페수스의 아르테미스 여신상을 제작한 탁월한 조각가.

분쇄기 안에 넣고는 손잡이를 돌리기 시작했다. 「보시다시피 난 이 모든 일을 처음부터 손수 합니다. 이렇게 해야 맛이 제대로 나니까요 — 당신은 이것이 무엇이라고 생각했습니까? 신이 먹는 장생불사(長生不死)의 약이라고 생각했나요?」

「아닙니다, 나도 진작부터 알고는 있었습니다만, 그런 말을 들으니 이상한 기분이 드는군요.」

세 사람은 문과 유리창 사이 구석, 동양식 장식이 있는 놋쇠 판이 달린 조그만 대나무 탁자에 둘러앉았다. 놋쇠 판 위에는 담배 도구와 함께 커피 기구가 놓여 있었다. 요아힘은 비단 쿠션이 여러 개 놓인 터키식의 긴 의자에 베렌스와 함께 앉았고, 한스 카스토르프는 작은 바퀴가 달린 팔걸이의자에 앉았다. 그리고 한스 카스토르프는 팔걸이의자에 쇼샤 부인의 초상화를 세워 두었다. 이들의 발아래에는 오색찬란한 양탄자가 깔려 있었다. 고문관은 긴 자루가 달린 커피 주전자에 커피와 설탕을 떠 넣고, 물을 붓고는 알코올램프 위에서 끓였다. 이윽고 둥근 찻잔에 갈색 커피가 부어지고, 거품이 보글보글 올라왔다. 한 모금 맛을 보니 달콤하면서도 진했다.

「말이 나온 김에 하는 말이지만, 당신의 조형성도.」 베렌스가 말했다. 「당신의 조형성도 그렇게 말할 수 있다면, 물론 지방질입니다. 여성만큼의 지방질은 아니지만 말입니다. 우리 남자들은 보통 지방이 몸무게의 20분의 1에 불과한 반면, 여성의 경우에는 16분의 1을 차지하고 있습니다. 이 피하 세포 조직이 없다면 우리는 모두 우산버섯에 지나지 않을 겁니다. 나이를 먹음에 따라 지방질은 줄어들고, 누구나 다 알고 있듯 그다지 아름답지 않은 주름이 생깁니다. 지방이 가장 많이 붙어 있는 곳은 여성의 가슴과 배, 허벅지입니다. 요컨대 우리 남자들의 가슴을 약간 설레게 할 만큼 만져 보고 싶은 곳이지요. 발바닥에도 지방이 많아 간지럽습니다.」

한스 카스토르프는 파이프 모양의 커피 분쇄기를 두 손으로 만지작거리고 있었다. 커피 분쇄기는 세트 전체가 그러하듯, 터키 제품이라기보다는 인도나 페르시아 제품 같았다. 놋쇠 안쪽에 새겨진 조각 양식이 그러한 점을 암시하고 있었다. 그것은 희미한 바탕 색조와는 어울리지 않게 매끈매끈 빛나고 있었다. 한스 카스토르프는 장식된 것을 들여다보았으나 그 순간에는 무엇인지 알지 못했는데, 그것이 무엇을 의미하는지 알았을 때는 자신도 모르게 얼굴을 붉혔다.

「그렇습니다, 그건 독신 남성에게 알맞은 기구입니다.」 베렌스가 말했다. 「그 때문에 나는 자물쇠를 잠가 보관하고 있습니다. 가정부가 봤다간 눈을 버릴 염려가 있으니까요. 당신들 같은 남자들에게는 그리 해롭지 않을 겁니다. 나는 그것을 이집트의 공주인 여자 환자에게서 선물로 받았습니다. 그녀는 1년가량 우리와 함께 머무르는 영광을 선사했죠. 보시다시피 어느 쪽으로 보더라도 똑같은 모양이 계속 되풀이됩니다. 재미있지요, 그렇지 않아요?」

「그렇군요, 신기한 물건이군요.」 한스 카스토르프가 대답했다. 「하하하, 물론 나에게는 전혀 문제될 것이 없습니다. 심지어 생각하기에 따라 진지하고 엄숙하게 받아들일 수도 있습니다 — 비록 커피세트로는 적합하다고 할 수 없겠지만 말입니다. 고대 사람들은 이런 것을 때로는 그들의 관(棺)에도 장식했다고 합니다. 그들이 보기에 외설적인 것과 신성한 것은 똑같은 것으로 여겨졌으니까요.」

「자, 그 공주에 관해 말하자면.」베렌스가 말했다. 「내가 보기에 그녀는 외설적인 것을 더 좋아했던 것 같습니다. 참, 그것 말고 아주 고급 담배도 그녀에게서 받았습니다. 최상 급 품질의 담배인데, 나는 아주 특별한 경우에만 그것을 내 놓습니다.」이렇게 말하고 그는 벽장에서 화려하고 울긋불 긋한 담배 상자를 꺼내 두 손님들에게 내놓았다. 요아힘은 두 발꿈치를 붙이고는 사양했다. 한스 카스토르프는 그것을 받아 쥐고는 아주 길고 넓적한 그 담배를 피워 보았는데, 금 박의 스핑크스 장식이 인쇄된 담배는 정말 맛이 기가 막히게 좋았다.

「피부에 대해 좀 더 이야기해 주십시오.」한스 카스토르프 가 졸랐다. 「마음이 내키신다면 말입니다, 고문관님!」그는 쇼샤 부인의 초상화를 다시 집어 들고 무릎 위에 얹어 놓더 니, 의자에 몸을 기대어 담배를 입에 문 채 그것을 들여다보 았다. 「지방질에 관해서는 우리가 이제 어느 정도 알고 있으 니 말하지 않아도 됩니다. 그렇지만 당신이 그토록 훌륭하 게 그릴 줄 아는 인간의 피부 일반에 관해서 한 말씀 해주십 시오.」

「피부에 관해서 말입니까? 생리학에 관심이 있습니까?」

「네, 상당히요! 예전부터 관심을 가지고 있었습니다. 인간 의 육체에 언제나 각별한 관심을 가져 왔습니다. 종종 의사 가 되어야 했던 것은 아닌가 하고 스스로 묻기도 했습니다 ── 어떤 면에서는 의사가 되었어도 그렇게 어울리지 않는 것은 아니라는 생각이 들기도 합니다. 몸에 관심이 있는 사 람은 병에도 관심이 있기 때문이지요 ── 특히 병에 말입니 다 ── 그렇지 않습니까? 이 말에 큰 의미가 있는 것은 아닙니다. 나는 이것저것 다양한 직업을 가질 수도 있었을 테니까요. 예를 들면 성직자가 될 수도 있었을 겁니다.」

「아니, 뭐라고요?」

「네, 일시적으로 그런 생각이 든 적도 있었습니다. 성직자가 완전히 나에게 천직인 것처럼 말입니다.」

「그럼 왜 엔지니어가 되었지요?」

「우연한 동기였습니다. 엔지니어가 되기로 한 것은 어느 정도 외부적인 사정 때문이었다고 말할 수 있습니다.」

「자, 그럼, 뭐라고 하셨죠? 피부에 관해서 말해 달라고요? 당신의 피부인 감각엽(感覺葉)에 대해 무슨 말을 해야 하지요? 그건 당신의 외뇌(外腦)라 할 수 있습니다. 이해하시겠습니까? — 개체 발생학적으로는 머리 위 당신의 두개골에 있는 소위 고등 감각 기관 장치와 동일한 기원을 갖고 있습니다. 중추 신경 계통도 표피층이 약간 변형된 것에 불과하다는 것을 아셔야 합니다. 그리고 하등 동물의 경우에는 아직도 중추 신경과 말초 신경 간의 구별이 전혀 없습니다. 이 하등 동물들은 피부로 냄새를 맡고 맛을 느낍니다. 이것들은 피부 감각만을 가지고 있을 뿐이라고 생각해야 합니다 — 우리가 그런 입장이 되어 생각한다면, 정말 마음 편하고 유쾌할 것입니다. 그 반면에 당신이나 나처럼 고도로 분화된 생물체의 경우에는, 피부의 공명심은 간지러움 정도에 국한되고, 피부는 보호 기관이자 전달 기관에 지나지 않습니다. 하지만 몸에 너무 가까이 접근해 오는 것에 대해서는 한시도 경계를 게을리하지 않고 있습니다. 피부는 촉감 장치인 털을 널리 파견하고 곤두세우는데, 이것은 각질이 된 피부 세포로 이루어져 있으며, 무엇이든 외부에서 피부에 접근하면 그것이 피부에 닿기도 전에 벌써 그 접근을 감지합니다. 우리끼리 하는 얘기지만, 피부의 보호 작업과 방어 작업이 단지 육체적인 것에만 국한되어 있는 건 아니라고 생각할 수 있습니다……. 당신은 얼굴이나 피부가 빨개지고 창백해지는 이유를 아십니까?」

「잘 모릅니다.」

「그렇겠지요, 우리들도 솔직히 말하자면, 아주 정확히는 알지 못합니다. 적어도 부끄러워서 얼굴이 빨개지는 점에 대해서는 말입니다. 이 현상은 아직도 완전히 규명되지 않고 않습니다. 혈관 운동 신경에 의해 움직일 수 있다는 확장근(擴張筋)이 오늘날까지 맥관(脈管)에서 확인되지 않았기 때문입니다. 수탉의 볏이 왜 빨갛게 부풀어 오르는지 ─ 또는 그 밖에 호언장담할 만한 여러 가지 실례가 많겠지만 ─ 이것은, 소위 말하자면, 신비에 싸여 있습니다. 특히 심리적, 정신적 작용과 관계가 되면 말입니다. 우리가 추측하기로는, 대뇌 피막과 뇌수 속의 맥관 중추 사이에 연락망이 있는 듯합니다. 그래서 어떤 자극이 있는 경우에, 예를 들어, 당신이 아주 부끄러운 경우에 이 연락망이 활동을 하고, 또 얼굴에 나와 있는 맥관 신경이 활동을 하며, 그러고 나서 그곳의 혈관이 늘어나고 팽창합니다. 그래서 당신의 얼굴이 칠면조처럼 부풀게 되는데, 이때 얼굴의 피가 너무 부풀어 올라 눈이 보이지 않게 되는 수도 있습니다. 이와는 반대의 경우, 무언가 끔찍스러울 정도로 기쁜 일이 당신에게 기대될 경우에는, 피부의 혈관이 수축하여 피부가 창백해지고 차가워져 수척해집니다. 당신은 이러한 감정의 격동으로 인해 얼굴이 시체처럼 보이게 되고, 동공이 납빛으로 변하며, 코는 하얗고 뾰족해집니다. 그러나 심장만은 교감 신경의 작용으로 북을 두들기듯 세차게 고동치는 것입니다.」

「그렇게 되는 것이군요.」한스 카스토르프가 말했다.

「대체로 그렇습니다. 이것이 반사 작용입니다. 아시겠습니까? 하지만 모든 반사 운동과 반사 작용은 본디 목적을 갖고 있기 때문에, 우리 생리학자들은 정신적 흥분에 동반되는 이러한 현상도 사실은 목적에 맞는 보호 수단이라고, 즉 소름이 돋은 피부처럼 신체의 방어 작용이라고 추측하는 것입니다. 거위 피부라고 하는 소름이 우리에게 왜 돋는지 아십니까?」

「그것도 정확히는 모릅니다.」

「그것은, 말하자면 피지선(皮脂腺)의 작용 때문입니다. 이 피지선은 단백질을 함유한 지방성 분비물인 피지를 분비합니다. 자, 그런데, 이 분비물은 별로 기분 좋은 것은 아닙니다만, 피부를 보드랍게 유지해 주고, 말라서 금이 가지 않게 해주며, 접촉할 때 기분이 좋게 해줍니다 — 이러한 콜레스테린 액이 없다면, 인간의 피부가 어떤 감촉을 줄 것인지는 상상조차 할 수 없습니다. 이 피지선에는 작은 유기체적인 근육이 있는데, 이 근육이 선(腺)을 일으킵니다. 그리고 선이 돌기하면, 여왕으로부터 미꾸라지가 든 물통을 뒤집어쓴 동화 속의 소년처럼, 당신의 피부는 강판과 같이 됩니다. 자극이 강한 경우는 모낭(毛囊)까지 돌기합니다 — 머리카락이나 몸의 털도 거꾸로 서게 되어, 마치 방어 자세를 취하는 고슴도치의 털처럼 됩니다. 몸이 오싹하는 이유를 이제 알겠습니까?」

「아, 나는.」한스 카스토르프가 말했다. 「벌써 여러 번 경험하고 있습니다. 아주 가벼운 일에도 몸이 오싹하며 소름이 끼치는데, 정말 여러 경우에 그렇습니다. 내가 이상하게 생각하는 것은, 그렇게 여러 가지 경우에 많은 선이 돌기한다는 것입니다. 석필로 유리를 긁는 소리만 들어도 소름이 돋고, 특히 아름다운 음악을 들을 때는 갑작스럽게 소름이 돋습니다. 그리고 견진 성사 때 성찬을 받았는데, 그때도 소름이 끼쳐서 계속 몸이 떨리고 멈추지 않았습니다. 그 작은 근육들이 무슨 일이 생기기만 하면 돌기하는 게 정말 이상합니다.」

「그렇지요.」 베렌스가 말했다. 「자극은 자극이거든요. 자극의 내용 같은 것은 신체엔 전혀 통하지가 않습니다. 미꾸라지든 성찬이든, 피지선은 상관없이 돌기하니까요.」

「고문관님.」 한스 카스토르프는 무릎 위에 있는 그림으로 시선을 옮겼다. 「조금 전에 했던 이야기로 화제를 돌리고 싶습니다. 당신은 조금 전에 체내의 현상과 림프 운동 및 기타 등등에 관해 말했습니다……. 그건 어떤 것입니까? 괜찮으시다면 더 자세한 얘기를 듣고 싶습니다. 예를 들어 림프 운동에 관해서 말입니다. 난 거기에 상당한 관심이 있거든요.」

「그러리라고 생각됩니다.」 베렌스가 대답했다. 「림프액, 그것은 신체의 모든 활동 가운데 가장 미묘하고, 가장 은밀하며, 가장 섬세한 것입니다. 추측건대 당신은 이러한 것을 염두에 두고 질문을 했을 겁니다. 사람들은 언제나 혈액과 그것의 신비에 관해 말하면서, 그것을 특별한 액이라고 명명하고 있습니다. 하지만 이 림프액이야말로 액 중의 액이며, 진수(眞髓)이며, 혈유(血乳)로, 너무도 중요한 액입니다 ― 지방질의 음식물을 섭취한 뒤의 우유와 정말 꼭 같은 것이죠.」 그리고 고문관은 신이 나서 상투적인 말로 설명하기 시작했다. 그의 말에 따르면 혈액이라는 것은, 무대용 외투처럼 빨갛고, 호흡과 소화에 의해서 만들어지며, 가스로 포화 상태가 되고, 노폐물을 함유한 지방, 단백질, 철분, 당분 및 염분으로 이루어진 액체로서, 38도나 되는 뜨거운 피는 심장의 펌프 작용에 따라 혈관으로 보내어져, 체내 곳곳의 신진대사를 촉진하며 체온을 따뜻하게 유지하며, 한마디로 사랑스러운 생명을 유지시켜 주고 있다 — 그러니까 혈액은 직접적으로 인체의 세포에 접근하지 않고, 심장에 보내진 압력으로 혈관 속의 추출물과 유액(乳液)만이 혈관 벽에서 여과되고, 조직 속으로 침투하여 온몸으로 뚫고 들어가, 조직액으로서 가느다란 모든 틈새를 메워서 탄력적인 세포 조직을 확장하고 팽팽하게 해준다는 것이다. 바로 조직 긴장, 즉 투르고어 *Turgor*라고 하는 것인데, 이것은, 림프액이 세포를 부드럽게 씻어 주고 성분을 세포와 교환하면, 림프액이 림프관으로 보내졌다가 다시 혈액 속으로 흐르게 해주는데, 그 양이 하루에 1.5리터나 된다고 한다. 고문관은 이어 림프관의 관상조직(管狀組織)과 흡수관 조직에 대해 설명하고, 다리, 복부, 가슴, 팔, 머리 반쪽의 림프액이 모여 있는 흉부 유관(乳管)에 대해 이야기하고, 림프관의 여기저기에 생기는 림프선이라 불리는 기관, 즉 목, 겨드랑이, 팔꿈치, 무릎이나 이와 유사하게 은밀하고 미세한 신체 부분에 존재하는 섬세한 여과 기관에 대해 이야기했다. 「그런데 그 림프선이 부어오를 때가 있습니다.」 베렌스가 설명했다. 「거기에서 아마 우리 이야기가 시작되었지요 — 림프선의 비대 현상이라고 합니다. 무릎과 팔꿈치에서 수종(水腫)과 비슷한 종양이 여기저기 나는 일이 있습니다. 여기에는 비록 좋은 이유는 아널지라도 항상 어떤 이유가 있습니다. 경우에 따라서는 이것을 결핵성 림프관 폐쇄라고 의심하거나 아니 아예 그렇다고 단정해도 좋습니다.」

한스 카스토르프는 잠자코 있었다. 잠시 후에 그는 〈네〉하고 중얼거리듯 말했다. 「그렇군요. 나도 좋은 의사가 될 수 있었을 텐데요. 흉부 유관…… 다리의 림프액…… 정말 흥미진진하군요 — 몸이란 무엇일까요!」 그는 갑자기 열광적으로 소리쳤다. 「살이란 무엇일까요! 인간의 신체란 무엇입니까! 우리의 몸은 무엇으로 이루어져 있을까요! 오늘 오후에 이런 이야기를 좀 해주십시오, 고문관님! 확실하게 딱 잘라서 정확하게 이야기해 주세요! 우리가 알아들을 수 있도록 말입니다!」

「물로 이루어져 있습니다.」 베렌스는 대답했다. 「유기 화학에도 역시 관심이 있으시지요? 인문주의적 인체를 구성하고 있는 것은 거의 대부분 물입니다. 그 이상의 것도 그 이하의 것도 아니므로, 이에 대해 분개할 이유가 없습니다. 고체 성분은 단지 전체의 25퍼센트에 지나지 않으며, 더구나 그 중에서 20퍼센트는 흔히 볼 수 있는 계란의 흰자위, 좀 더 고상하게 표현하자면 단백질입니다. 사실은 여기에다 지방과 염분이 조금 더 가해질 뿐이며, 이것이 거의 전부입니다.」

「그런데 계란의 흰자위 말입니다. 그것은 무엇입니까?」

「그것은 여러 가지 원소로 되어 있지요. 즉 탄소, 수소, 질소, 산소, 유황으로 되어 있습니다. 가끔 인도 들어 있습니다. 당신은 정말로 왕성한 지식욕을 보여 주시는군요. 단백질 중 대다수는 탄수화물과 결합되어 있습니다. 즉 포도당이나 전분 말입니다. 사람이 나이가 들면 살이 굳어지는데, 이것은 결합 조직에 콜라겐, 즉 뼈와 연골의 가장 중요한 성분인 교원질(膠原質)이 증가하기 때문입니다. 또 무엇을 더 이야기해 드릴까요? 우리들의 근육 세포 속에는 미오지노겐이라는 일종의 단백질이 들어 있어서, 죽으면 이것이 응고하여 근육 섬유소가 되고, 사후 경직 현상을 일으킵니다.」

「아, 그렇군요, 사후 경직이라…….」한스 카스토르프가 재미있다는 듯 활기차게 말했다.「잘 알겠습니다, 잘 알겠습니다. 그런 다음에 총분해(總分解), 즉 무덤의 해부가 뒤따르는군요.」

「네, 두말하면 잔소리입니다. 말이 나왔으니 하는 말인데, 그건 당신이 아주 멋지게 말했습니다. 그다음부터가 복잡해집니다. 말하자면 인간이 녹아 없어져 버리는 겁니다. 인간의 몸을 형성하던 그 많은 물을 생각해 보십시오! 그리고 다른 성분들도 생명이 없어지면 서로 결합해 있을 수 없어서, 부패를 통하여 보다 단순한 결합, 즉 비유기적 화합물로 분해되고 맙니다.」

「부패와 분해라.」한스 카스토르프가 말했다.「그건 연소(燃燒)이지요, 내가 알기로는 산소와의 결합입니다.」

「바로 그렇습니다. 산화 작용이지요.」

「그럼 생명이란 것은?」

「그것도 마찬가지입니다. 그것 역시 산화 작용입니다, 젊은이. 생명도 주로 세포 속의 단백질의 산화 작용에 지나지 않습니다. 이 때문에 아름다운 유기체에 동물적인 열이 생기는 겁니다. 물론 이 열이 가끔 도를 넘는 경우도 있습니다. 자, 생명이란 죽음입니다. 이것은 다른 말로 얼버무릴 수가 없습니다 — 어떤 프랑스인[3]이 타고난 경박한 기질로 명명했듯이, 생명이란 〈유기적 파괴〉입니다. 확실히 생명에는 그런 냄새도 납니다. 그렇지 않고 다른 생각이 떠오른다면, 우리의 판단이 잘못된 것입니다.」

「그렇다면, 생명에 관심이 있는 자는.」 한스 카스토르프가 말했다. 「말하자면 죽음에도 특히 관심이 있다는 말이군요. 그렇지 않습니까?」

「어떤 점에서는 그렇다고 해도 일종의 차이점은 있습니다. 생명이란, 물질이 교체되면서 형태는 그대로 유지되는 것입니다.」

「형태는 무엇 때문에 유지됩니까?」 한스 카스토르프가 말했다.

「무엇 때문이냐고요? 이유를 물었습니까? 들어 보세요. 당신이 한 말은 조금도 인문주의적이라고 할 수 없습니다.」

「형태라는 것은 까다로운 것일 텐데요.」

「당신은 오늘 정말 대단한 기세를 부리는군요. 문자 그대로 저돌적입니다. 그러나 이제 그만 얘기하겠습니다.」 고문관이 말했다. 「이제 좀 우울해지는군요.」 그러면서 그는 그 커다란 손을 눈에 갖다 대었다. 「보십시오, 우울증이 이렇게 밀어닥치는군요. 지금 여러분과 맛있게 커피를 마셨는데, 갑자기 우울증이 들이닥칩니다. 이만 실례해야 하겠습니다. 나로서는 무척 특별하고 더없이 기쁘고 유쾌한 시간이었습니다.」

사촌들은 자리에서 벌떡 일어섰다. 그리고 그들은 이렇게 오랫동안 고문관님께 폐를 끼친 데 대해 사과했······. 베렌스는 천만의 말씀이라며 사촌들을 안심시켰다. 한스 카스토

---

3 철학자 베르크손Henri-Louis Bergson(1859~1941)의 『창조적 진화 *L'Évolution créatrice*』에 나오는 말.

르프는 서둘러 쇼샤 부인의 초상화를 옆방으로 가져가 원래 있던 곳에 걸어 두었다. 두 사람은 자기들 숙소로 돌아갔는데, 이번에는 정원을 지나지 않았다. 베렌스가 이들을 유리로 된 중문(中門)까지 배웅해 주면서 건물을 가로지르는 길을 알려 주었던 것이다. 베렌스는 갑자기 우울증이 들이닥쳐서 그런지 평소보다 목덜미가 훨씬 더 튀어나온 것 같았다. 그는 젖은 눈을 껌벅거렸다. 한쪽으로 치켜 올라간 입술 때문에 콧수염은 가없은 인상을 주었다.

두 사람은 복도를 지나 계단으로 내려갔다. 이때 한스 카스토르프가 요아힘에게 말했다.

「어때, 내 착상이 끝내줬지?」

「어쨌든 기분 전환은 되었어.」 요아힘이 대답했다. 「그런데 오늘 정말 고문관과 둘이서 여러 말들을 하더군. 하도 말이 많아 머리가 돌 지경이었어. 차 마시기 전에 적어도 20분 동안 안정 요양을 하려면 서둘러 돌아가야지. 시간이 빠듯하겠어. 내가 이렇게 안정 요양을 중히 여기니 자네는 나를 아마 까다롭다고 생각하겠지 ─ 요즈음처럼 자네가 저돌적이면 말이야. 그러나 사실 자네에겐 나처럼 안정 요양이 꼭 필요한 것은 아니라는 걸 나는 알고 있어.」

탐구

이렇게 하여 반드시 오게 되어 있었던 것, 그러면서 한스 카스토르프가 여기서 맞이하리라고는 꿈에도 생각하지 못했던 것, 바로 그 계절이 찾아왔다. 즉 이곳에 겨울이 찾아왔던 것이다. 요아힘이 이곳에 온 것은 작년 한겨울이었으니, 그에게는 이번이 두 번째로 맞이하는 겨울인 셈이었다. 한스 카스토르프는 비록 겨울을 맞을 만반의 준비를 하긴 했지만 약간 걱정이 앞섰다. 요아힘은 이런 그를 안심시키려고 애썼다.

「너무 무서워하지 말게.」그가 말했다. 「여기가 북극은 아니니까. 공기가 건조하고 바람이 없어서 거의 추위를 느낄 수가 없네. 몸만 충분히 잘 싸고 있으면 밤늦게까지 발코니에 누워 있어도 몸이 어는 일은 없어. 안개가 끼는 한계점 위에서는 기온이 내려간다는 이야기가 있지만, 높은 곳일수록 더 따뜻해진다네. 예전에는 그런 걸 몰랐지. 이곳에 와서야 알았다네. 오히려 비가 오면 추워지지. 하지만 자네에게도 이제 침낭이 있고, 어찌할 수 없을 정도의 심한 추위가 오면 스팀도 좀 넣어 줄 걸세.」

아무튼 한파의 기습이니 강습이니 하는 느낌이 전혀 들지 않을 만큼 겨울은 평온하게 찾아왔다. 한동안은 한여름에도 이미 경험한 것과 별로 다를 것 없는 겨울 같은 날씨가 계속되었다. 2~3일 동안 남풍이 불었고, 태양이 짓누르듯 내리쬐어 골짜기가 짧고 좁아 보였고, 골짜기 출구 뒤의 알프스 산맥이 바로 가까이에 있는 것처럼 뚜렷하게 드러났다.

그러고는 구름이 나타나 피츠 미헬과 틴첸호른에서부터 북동쪽으로 움직였고, 골짜기는 어두워졌다. 다음 순간 폭우가 쏟아지더니, 어느새 비에 다른 성분이 섞이고 희뿌연 잿빛이 되더니 눈이 섞여 들기 시작했다. 마침내 눈이 내리더니 골짜기는 눈보라에 뒤덮였다. 눈보라는 꽤 오래 지속되었고, 그러는 동안 기온도 현저하게 내려갔다. 이로 인해 눈은 완전히 녹지 않고 축축한 채로 그냥 남아 있었다. 그래서 골짜기의 눈은 얇고 축축하며 얼룩얼룩한 흰 옷을 입고 있는 듯했고, 이와 대조적으로 비탈길의 침엽수림은 검게 보였다. 식당에 있는 스팀관은 미지근할 정도였다. 이것은 11월 초 만령절(萬靈節) 무렵의 일이었지만, 이런 날씨는 별로 새로울 게 없었다. 8월에도 이런 날씨가 있어서, 이제는 어느 누구도 눈이 겨울만의 특권이라고 생각하지 않았다. 비록 멀리서 보이기는 했지만, 언제 어떤 날씨에도, 눈을 볼 수 있었다. 골짜기입구를 막고 있는 듯 보이는 바위가 겹겹이 쌓인 레티콘 연봉의 틈새와 협곡에는 항상 잔설이 빛나고 있었고, 남쪽으로 가장 먼 웅장한 고봉(高峰)도 1년 내내 눈에 덮인 채 이곳을 바라보고 있었다. 그러나 이번에는 눈보라도, 기온의 저하도 오래 계속되었다. 하늘은 창백한 잿빛으로 골짜기 위에 걸려 있고, 소리 없이 쉬지 않고 내리는 눈송이들 속에서 용해되는 듯했다. 눈이 펑펑 너무 많이 내려 약간 불안감을 느낄 정도였다. 그리고 시간이 갈수록 날씨는 더 추워졌다. 어느 날 아침 한스 카스토르프의 방 온도가 7도가 되더니, 이튿날 아침에는 5도로 내려갔다. 그야말로 혹한이었다. 그 이상 기온이 내려가지는 않았지만, 추위는 같은 상태로 계속되었다. 다른 계절에도 밤에는 항상 꽁꽁 얼어 있었지만, 이제는 낮에도, 그것도 아침부터 밤까지 꽁꽁 얼어 있었다. 그러면서 눈은 4일째, 5일째, 7일째 되는 날에 잠깐 그치더니 그 이후 계속 내렸다. 눈이 이렇게 높이 쌓이자 점차 골칫거리가 되었다. 개울가 벤치까지의 정해진 산책로와 골짜기로 내려가는 차도는 통행할 수 있게 눈을 치워 길을 내었으나, 길의 폭이 좁아 피할 곳이 없었다. 그래서 사람들은 서로 마주치게 되면 한쪽이 비켜서야 했기 때문에, 길옆의 눈 더미를 밟아 무릎까지 눈에 빠지게 되었다. 저 아래 요양지의 거리에서는 제설기가 하루 종일 거리를 구르고 다녔다. 돌로 된 제설기는 어떤 남자에게 고삐를 잡힌 말이 끌고 있었다. 요양 호텔과 〈도르프〉라고 불리는 마을의 북부 지역 사이를 구식 역마차 같은 누런 썰매가 왔다 갔다 하며, 앞에 달린 쟁기로 흰 눈덩이를 옆으로 퍼내어 던지고 있었다. 이 위에 사는 사람들의 세계, 좁고 높으며 격리된 이 세계는 이제 두꺼운 담요와 이불에 덮여 있는 것 같았다. 어떠한 기둥이나 말뚝도 흰두건을 쓰지 않은 것이 없었다. 베르크호프의 바깥 현관으로 통하는 계단은 눈 속으로 사라져 비탈진 평원으로 변해버렸다. 가문비나무의 가지마다 우스꽝스러운 모습을 한 눈덩이 쿠션이 무겁게 얹혀 있었고, 그것이 여기저기에 미끄러져 떨어지고 흩날리면서 구름이나 흰 안개처럼 나뭇가지 사이를 떠돌았다. 주위의 이어진 산들이 눈에 덮여 있고, 바로 아래쪽 산기슭은 살풍경한 모습이었으며, 식물 한계선 위에 우뚝 솟아 있는 다양한 모습의 산봉우리들은 부드러운 전경을 자랑하고 있었다. 주위는 어둑어둑했고, 베일과 같은 구름층 뒤의 태양은 흐릿하게 빛나고 있을 뿐이었다. 그러나 눈이 부드럽고 간접적인 빛을 반사하고 있어서, 세상이 우윳빛으로 밝게 빛나는 가운데, 비록 희거나 총천연색인 털모자 아래에서 코가 빨갛게 되긴 했지만 자연도 사람도 아름답게 보였다.

　일곱 개의 식탁이 있는 식당에서 오가는 이야기도 바로 이지역의 위대한 계절인 겨울이 시작되었다는 것이 그 중심 화제가 되었다. 많은 관광객들과 스포츠맨들이 몰려 와서 도르프와 플라츠의 호텔들이 북적대고 있다는 소문이었다. 강설량은 60센티미터가량 되었고, 눈의 질도 스키를 타는 사람들에겐 이상적이라는 것이다. 저 건너 샤츠알프의 북서쪽 경사면에서 골짜기로 내려오는 봅슬레이 코스는 현재 열심히 다듬는 중인데, 푄 바람으로 인해 계획이 무산되지 않는다면 수 일 내로 개장될 예정이라고 한다. 저 아래에서 오는 건강한 사람들은 이곳에서 올해 다시 전개되려고 하는 행사인 스포츠 축제와 활주 대회를 어느 누구 할 것 없이 손꼽아 기다리고 있었다. 이들은 안정 요양을 빼먹고 살짝 빠져 나가 금지 규정 위반을 무릅쓰고 구경하러 가리라 마음먹고 있었다. 한스 카스토르프가 들은 바로는, 올해는 북쪽 노르웨이에서 고안된 새로운 경기가 열린다고 한다. 스키외링이라는 이 경기는 스키를 탄 선수가 선 채로 말에 끌려가는 종목이다. 환자들은 그것을 구경하려고 몰래 빠져나가려고 했다. 그리고 크리스마스도 화제에 올랐다.

크리스마스에 관해서라고! 그렇다, 한스 카스토르프는 여기에 관해서는 아직 생각하지 않고 있었다. 사실 그는, 의사의 소견에 따라 요아힘과 함께 이곳에서 겨울을 보내게 되었다고 집에다가 가벼운 마음으로 말하고 편지를 쓸 수 있었지만, 가만 생각해 보면 그것은 그가 이곳에서 크리스마스를 보내야 한다는 것을 의미하므로 이런 생각에 의심의 여지없이 약간 섬뜩하다는 기분마저 들었다. 이것은 그가 여태껏 크리스마스 시즌을 고향의 가족 곁에서 보내지 않은 적이 한 번도 없었기 때문이기도 했지만, 그렇다고 꼭 그것 때문만은 아니었다. 어쨌든 그렇더라도 이것은 감수해야 할 일이었다. 그는 이제 어린애가 아니었다. 요아힘도 이것에 대해 별로 언짢게 생각하지 않는 모양으로 울상 짓지 않고 이런 사실을 받아들이는 것 같았다. 더욱이 크리스마스라고 하면 어디에서건, 어떤 상황하에서건 세계 각지에서 잔치를 벌여 오지 않았던가!

그렇다고 해서 아직 첫 강림절이 시작되지도 않았는데 크리스마스 이야기를 하는 것은 좀 이른 것 같았다. 크리스마스 때까지라면 아직 6주는 족히 남았는데 말이다. 하지만 식당이라는 공간에서는 이 6주라는 기간이 훌쩍 넘어갔고 집어삼켜졌다. 정신적 곡예 같은 이 내면적 처리를 한스 카스토르프는 벌써 자신의 힘으로 터득하고 있었다. 물론 그의 내면적 처리는 이 위에 훨씬 오래 있은 삶의 동지들처럼 아주 대담한 방식은 아니었지만 말이다. 이 사람들에게 1년 중의 한 단락인 크리스마스 축제는 그 단락 사이의 공허한 시간들을 훌쩍 뛰어넘기 위한 발판 아니면 도움닫기 기구처럼 생각되었다. 이들은 모두 몸에 열이 있고, 신진대사가 왕성하며, 육체 생활이 강화되고 가속화되어 있어서 ― 이것은 결국 이들이 시간을 그처럼 성급하게 큰 단위로 그냥 걸러 보내는 것과 관련이 있는 것이리라. 그래서 이들이 크리스마스가 벌써 지나간 것으로 치고 신년이나 사육제 이야기를 화제로 삼았다 해도 한스 카스토르프는 그다지 놀라지 않았을 것이다. 그러나 베르크호프의 식당에서 사람들은 결코 그렇게까지 경솔하고 무분별하지는 않았다. 이들의 생각은 크리스마스에 머물러 있었고, 크리스마스 일로 무언가 걱정하고 머리를 쓸 일이 있었다. 사람들은 공동 선물에 대해 상의를 하고 있었는데, 이 공동 선물이란 베르크호프 요양원의 관례에 따라 크리스마스이브에 원장인 베렌스 고문관에게 선사하기로 되어 있는 것으로, 이 선물에 대한 모금을 시작하려는 것이었다. 이곳에 1년 이상 머문 사람들의 말에 따르면, 작년에는 여행용 트렁크를 선물했다고 한다. 이번에는 새로운 수술대, 이젤, 털로 된 겨울 외투, 흔들의자, 상아에 〈상감(象嵌)을 박은〉 청진기 등이 거론되었다. 세템브리니는 무엇이 좋겠느냐는 질문을 받자, 현재 완성 단계에 있는 이른바 『고통의 사회학』이라는 백과사전 같은 책을 추천하였다. 그러나 이것에 찬성한 사람은 요 얼마 전부터 클레펠트의 식탁에 앉게 된 출판업자 한 사람뿐이었다. 모두의 의견 일치는 계속 이루어지지 않았다. 특히나 러시아 출신 환자들과의 의견 절충은 더욱 어려웠다. 돈을 갹출하는 편이 두 갈래로 나누어졌다. 모스크바인들은 자기들끼리 따로 베렌스에게 선물을 하겠다고 밝혔다. 슈퇴어 부인은 모금을 할 때 일티스 부인 몫 10프랑을 경솔하게도 대신 내주었다가, 상대방이 이를 갚는 것을 깜빡 〈잊어 먹은〉 일 때문에 며칠 동안 수선을 떨었다. 〈잊어 먹었다〉는 이 말을 슈퇴어 부인은 미묘한 뉘앙스를 풍기며 강조하고 있었는데, 이는 일티스 부인의 건망증을 도저히 믿을 수 없다는 표시이기도 했다. 슈퇴어 부인이 역설하는 바에 따르면, 그녀는 일티스 부인에게 온갖 암시를 주면서 기억을 떠올리게 하고 공을 들였지만, 상대방은 고집을 부려 잊은 척하는 것 같았다는 것이다. 슈퇴어 부인은 포기했다는 말을 몇 번이나 하더니, 나중에는 일티스 부인에게 받아야 할 돈을 그냥 선물한 셈 치겠다고 선언했다. 「그렇게 되면 내 몫과 그녀의 몫, 결국 두 사람 분을 낸 셈이 되지만.」 그녀는 말했다. 「그래도 좋아요, 나의 수치는 아니니까요!」 그러나 급기야 그녀는 좋은 묘안을 강구해 내어 이를 식탁 동료들에게 말했고, 그러자 모두들 일제히 웃음을 터뜨렸다. 즉 그녀는 〈사무국〉에서 10프랑을 돌려받고 이것을 일티스 부인이 계산하게끔 만들었다 ― 이렇게 해서 이 태만한 채무자는 계략에 넘어갔고, 이 일은 그럭저럭 일단락되었다.

눈이 멈추었고, 하늘이 여기저기 보이기 시작했다. 흩어지는 회청색 구름 사이로 햇살이 비치자, 주위의 풍경은 푸르게 물들었다. 그러다가 날씨가 활짝 개었다. 그야말로 혹한의 청명한 날씨, 11월 중순의 맑고 화사한 안정된 겨울 날씨였다. 그리고 발코니의 아치 뒤편으로 보이는 전경, 눈으로 화장을 한 숲, 눈으로 부드럽게 채워진 협곡, 푸르게 빛나는 하늘 아래에서 희고 밝게 비치는 골짜기는 그야말로 장관이었다. 특히 밤이 되어 보름달에 가까운 달이 모습을 드러내면, 세상은 마법에라도 걸린 듯 너무도 아름다웠다. 온 하늘 가득 별들이 수정처럼 가물거리고 다이아몬드처럼 깜박거렸다. 눈에 보이는 숲은 모두 흑백의 대조가 선명했다. 달에서 멀리 떨어진 하늘은 어두워 보였지만, 온 하늘 가득 별들이 수놓은 듯 반짝거리고 있었다. 실물보다 더 진짜 같고 의미심장해 보이는 선명하고, 정확하며, 짙은 그림자는 휘황하게 빛을 뿜는 눈밭 위의 집들, 나무들과 전신주들을 뒤덮고 있었다. 해가 지고 두세 시간이 지나면, 날씨는 영하 7~8도의 강추위가 되었다. 세상은 얼음처럼 찬 순수함에 매료된 것 같았으며, 세상 본래의 더러움은 환상적인 죽음의 마법이라는 꿈속에 덮이고 얼어붙은 것 같았다.

한스 카스토르프는 마법에 걸린 겨울 골짜기가 눈 아래 내려다보이는 발코니에 머물렀다. 10시경이면 자신의 방으로 되돌아가는 요아힘보다 훨씬 더 오랫동안 밤늦게까지 그러고 있었다. 멋진 접이식 침대는 솜이불 같은 눈이 수북이 쌓여 있는 나무 난간 가까이 옮겨 놓았다. 접이식 침대는 세 부분으로 나뉜 삼단 쿠션과 통베개가 붙어 있었다. 옆에 있는 흰 테이블 위에는 전기스탠드가 켜져 있었고, 높이 쌓인 책 옆에는 지방이 많은 우유가 든 유리잔이 놓여 있었다. 이 우유는 베르크호프의 모든 환자들의 방에 밤 9시면 배달되는 밤 우유였는데, 한스 카스토르프는 이 우유에다가 자신의 입맛에 맞도록 코냑을 약간 타서 마셨다. 벌써부터 그는 추위에 대비해 동원할 수 있는 모든 예방 조치와 장비를 마련해 놓았다. 한스 카스토르프는 요양지의 전문 상점에서 적당한 때에 구입한 단추 달린 침낭에 목만 내놓고 들어가서, 그 주위에 낙타털 담요 두 장을 규정대로 둘렀다. 거기에다 겨울옷 위에 가죽으로 된 짧은 재킷을 입고, 머리에는 털모자를 쓰고, 발에는 펠트 장화를 신고, 손에는 두툼하게 안감을 넣은 장갑을 꼈지만, 아무리 무장을 해도 손가락이 오그라드는 것을 막을 수는 없었다.

한스 카스토르프를 이렇게까지 늦도록, 12시경이나 12시가 넘어서까지(이륜 러시아인석의 부부가 옆의 발코니에서 진작 방으로 들어간 뒤에도), 바깥에 머무르게 한 것은 겨울밤의 매력이었는데, 특히 밤 11시까지 골짜기의 여기저기에서 들려오는 음악이 수놓는 추운 겨울밤의 매력 때문이기도 했지만 — 주로 나른함과 흥분 때문이었는데, 그것도 이 두 가지가 동시에 연합한 까닭이었다. 즉 몸의 나른함과 몸을 움직이는 것을 싫어하는 피곤함, 젊은이가 요즘 새로 연구에 사로잡혀 안정이 잘 되지 않고 있는 정신의 흥분 때문이었다. 날씨도 그에게 영향을 주었으며, 매서운 추위는 그의 유기체를 긴장하게 했고 소모적인 영향을 끼쳤다. 한스 카스토르프는 많이 먹었고, 음식이 곁들여 나오는 로스트비프에 거위 구이도 따라 나오는 베르크호프의 푸짐한 식사를 엄청난 식욕으로 해치웠다. 이곳에서 흔히 일어나는 이런 과한 식욕은 여름보다도 겨울에 더욱 심했다. 이와 동시에 그에게 과대 수면증이 찾아와 낮에도 달밤에도 책을 넘기다가 왕왕 잠이 들었다. (어떤 책인지는 나중에 그 성격을 밝히겠다.) 그러면 그는 몇 분 동안 의식을 잃고 꿈나라에 갔다가 다시 탐구를 계속하는 것이었다. 그는 이 위에 온 뒤로, 옛날에 평지에 있을 때보다 말을 더 빨리, 더 거리낌 없이, 더 대담하게 지껄이는 경향이 있었다 — 눈길을 요양 산책하는 동안 요아힘을 상대로 너무 활기차게 말을 하는 바람에 기진맥진하게 되었다. 현기증과 몸이 떨리는 현상, 마비감과 도취감에 빠져 머리에 불타는 듯이 열이 났다. 겨울이 오면서부터 체온이 올라가, 베렌스 고문관이 그에게 주사를 놓아주었다. 이 주사는 열이 계속 내리지 않을 때 놓곤 하는데, 요아힘을 비롯하여 요양원 손님의 3분의 2가 정규적으로 맞고 있었다. 한스 카스토르프의 생각으로는, 그의 체온 상승은 별들이 반짝거리는 엄동설한에 자신을 밤늦게까지 접이식 침대에 머물러 있도록 붙들어 맨 어떤 정신적 흥분과 분명 관계가 있었다. 그를 사로잡은 독서가 그에게 그런 해석을 가능하게 해주었던 것이다.

국제 요양원 베르크호프의 안정 홀과 각 방의 발코니에는 독서를 하는 사람이 많았다 — 특히 신참 환자와 단기 입원 환자들 중에 그런 사람들이 많았다. 이곳에서 몇 개월을 지낸 환자들이나, 심지어 몇 년 동안 지낸 환자들은 머리를 쓰지 않고도 시간을 보내는 방법을 알고 있었고, 또 내적인 기량의 힘으로 시간을 보내는 방법을 진작부터 터득하고 있었다. 그래서 이들은 책에 매달리는 것을 초심자들의 미숙한 점이라 여기고 있었다. 기껏해야 책 한 권을 무릎 위 아니면 옆 테이블 위에 올려 두면, 그것으로 갖출 것은 충분하다고 느꼈다. 여러 나라의 언어로 쓰인 책과 그림책이 풍부한 요양원의 도서관은 환자들이 자유롭게 이용할 수 있었다. 치과 병원 대기실에 비치된 오락물의 범위를 넓힌 정도의 도서관이었다. 환자들은 플라츠의 도서 대여점에 있는 소설책들도 빌려 와 돌려 가며 읽었다. 가끔가다 사람들이 앞다투어 읽으려고 하는 책이나 출판물이 나타나면, 독서에 흥미를 잃은 환자들까지도 무관심을 가장하면서 손을 내밀었다. 요즈음 손에서 손으로 다투어 가며 읽히는 책은, 알빈 씨가 가져다 놓은 『유혹술』이라는 제목의 조잡하게 인쇄된 소책자였다. 프랑스어를 단어 그대로 번역한 책으로, 원문의 구조까지도 그대로 번역문에 옮겨져 있어, 번역 문장이 품위 있고 우아한 동시에 자극적인 맛이 있었다. 그 책의 내용은 육애(肉愛)와 관능의 철학을 세속적이고 향락적인 이교도의 정신으로 진술한 것이었다. 슈퇴어 부인은 그 책을 금방 읽고서 〈황홀하다〉고 평했고, 단백질이 빠지고 있다는 마그누스 부인은 그녀의 견해에 무조건 찬성했다. 맥주 양조업자인 그녀의 남편은 자신이 그 책을 읽고 많은 것을 배웠다고 하면서, 아내가 그 책자를 읽은 것은 유감이라고 말했다. 그와 같은 독서물은 여자들이 〈응석부리는 것을 조장해〉, 부도덕한 생각을 품게 하기 때문이라는 것이다. 마그누스 씨의 이러한 견해는 이 책자에 대한 호기심을 적지 않게 높여 주었다. 10월에 입원하여 아래의 안정 홀에서 요양을 하고 있는 두 부인, 폴란드 공장 경영자의 아내인 레디슈 부인과 베를린 출신의 헤센펠트 미망인은, 서로 그 책자를 상대방보다 먼저 신청했다고 주장했다. 그래서 이들은 점심 식사 후에 기분을 불쾌하게 하는 것 이상으로 사실상 폭력적인 장면을 연출했다. 한스 카스토르프는 그 소리를 자신의 발코니에서 들었는데, 두 여자 중 한 사람이 히스테리컬한 비명을 지르며 발작을 일으키자 — 그게 레디슈 부인인지 헤센펠트 부인이었는지는 모를 일이었지만 — 분노하여 경련을 일으킨 부인을 그녀의 방으로 운반하는 것으로 막을 내렸다. 젊은이들은 나이가 좀 든 사람들보다 한 걸음 앞서 이 소책자를 손에 넣었다. 이들은 저녁 식사 후 여러 방에 모여 그것을 부분적으로 연구했다. 한스 카스토르프는 손톱을 길게 기르고 있는 소년이 이제 막 도착한 프랜츠헨 오버당크라는 증상이 가벼운 여자 환자에게 식당에서 그 책자를 건네주는 것을 보았다. 그 아가씨는 최근에야 어머니와 함께 이곳에 올라왔는데, 금발에다 가르마를 타고 있었다.

아마 예외도 있었을 것이다. 안정 요양 시간에 무언가 진지하고 정신적인 일, 자기 발전에 도움이 되는 공부를 하는 사람들도 있었을 것이다. 이 공부를 통해 평지에서의 생활과 연관성을 유지하거나, 또는 시간이 순수한 시간 그 자체로 끝나지 않고 그 밖에 무언가를 남기도록 시간에 조금이라도 무게와 깊이를 부여하기 위해서라도 말이다. 인간을 고통으로부터 벗어나게 하려고 노력하는 세템브리니 씨와 러시아어 공부를 하고 있는 명예심 있는 요아힘, 이 두 사람 외에도 그런 사람들이 몇 명 있었을 것이다. 식당 사람들 가운데에는 그럴 사람이 없다 하더라도, 아니 정말로 있을 것 같지 않았다 해도, 침대에서 지내는 환자들과 중환자들 가운데에는 오히려 그럴 사람들이 많이 있을 것 같았다 ― 한스 카스토르프는 그렇게 믿고 싶었다. 그 자신으로 말하자면 『대양 기선』을 독파했기 때문에, 겨울 용품과 함께 자신의 직업과 관계되는 전공 서적 몇 권, 즉 엔지니어 교과서와 조선 관련 서적과 같은 것을 부쳐 달라고 집에 얘기했다. 그러나 이런 책들은 한스 카스토르프 청년이 최근 들어 흥미를 갖기 시작한 방면의 책, 전공과는 전혀 다른 분야의 학술 서적에 눌려 아무래도 소홀히 방치되었다. 독일어, 프랑스어, 영어 등의 다양한 언어로 쓰인 이 책들은 해부학, 생리학 및 생물학 관련 서적들로, 어느 날 요양지의 서점에서 보내 온 것들이었다. 물론 그가 주문을 했다. 그것도 요아힘 없이 (요아힘이 주사를 맞으러 가거나 몸무게를 재러 간 사이에) 플라츠로 산책하러 간 기회에 자기 혼자 결정하여 아무 말 없이 주문했던 것이다. 요아힘은 사촌이 그런 책을 손에 든 것을 보고 깜짝 놀랐다. 과학서들이 그렇듯 모두 비싼 책들로, 표지 안쪽과 바깥 덮개에 책값이 적혀 있었다. 요아힘은 한스 카스토르프에게 그 방면의 책들을 읽고 싶으면 왜 확실히 그런 문헌들을 가지고 있을 고문관에게서 빌려 보지 않느냐고 물어보았다. 이에 대해 한스 카스토르프는 자신의 책을 가지고 싶다고 대답하며, 자기 책을 갖게 되면 읽는 기분이 완전히 다를 거라고 했다. 또한 그는 연필로 써넣는다든지, 밑줄을 긋는 것을 좋아한다고 말했다. 요아힘은 사촌이 발코니에서 몇 시간 동안이나 종이 자르는 칼로 가철본(假綴本)한 종이의 페이지를 자르는 소리를 들었다.

그런 책들은 무겁고 취급하기가 어려웠다. 한스 카스토르프는 누워서 책의 아래쪽을 가슴이나 배에 올려놓고 읽었다. 가슴이 눌려 답답했지만 참아 냈다. 입을 반쯤 벌리고, 위아래로 눈을 움직이며 난해한 페이지를 읽어 내려갔다. 갓을 씌운 작은 램프의 불그스름한 빛이 페이지 위를 비추었지만, 그 빛이 거의 필요가 없을 만큼 달빛이 밝아 사실 램프가 없어도 책을 읽을 수 있을 것 같았다 — 그는 턱이 가슴에 닿을 때까지 머리를 움직이며 글을 읽어 내려갔다. 다음 페이지를 읽기 위해 얼굴을 들기 전에, 그는 한참 동안 턱을 가슴을 댄 채로 무언가 생각을 하면서 꾸벅꾸벅 졸든지 아니면 선잠이 든 상태에서 생각에 잠기든지 하였다. 수정처럼 반짝거리는 알프스 고원 지대의 골짜기를 지나 달이 자신의 궤도를 따라가는 동안, 그는 연구에 몰두하여 유기 물질과 원형질의 특성에 관해 읽었다. 또 생성과 분해 사이에서 기묘하게 살아가는 민감한 물질에 관해 읽었고, 그 물질이 시원적(始原的)이면서도 언제나 현존하는 근본 형태(원형)에서 자신의 형상을 만들어 가는 과정에 관해, 생명과 그 신성하고도 불결한 비밀에 관해 지대한 관심을 갖고 읽었다.

생명이란 무엇인가? 아무도 그것을 알지 못했다. 생명은 시작된 순간부터 자기를 의식하는 것이 분명하지만, 자기가 무엇인지는 알지 못했다. 자극을 느낀다는 의미의 의식은 생명 발생의 가장 낮고 발달이 안 된 단계에서도 어느 정도까지 눈뜨고 있다는 것엔 의심의 여지가 없었다. 따라서 의식 현상의 최초 발현을 생명의 일반적 혹은 개별적인 역사의 어떤 시점에 결부시켜, 신경 계통의 출현을 의식의 선행 조건으로 규정짓는 것은 불가능했다. 최하등 동물은 신경 계통이 없다. 하물며 대뇌 같은 것은 더더욱 없다. 하지만 그렇다고 해서 이들에게 자극을 감지하는 능력이 없다고 감히 단언할 수는 없었다. 또한 우리는 생명을 형성하는 자극 감성의 특수한 기관, 가령 신경뿐만 아니라 생명 그 자체도 마비시킬 수 있었다. 식물계와 동물계에서 생명을 부여받은 모든 물질의 감성 능력을 잠시 제거할 수 있으며, 난자와 정충은 클로로포름, 포수(抱水) 클로랄, 모르핀 등으로 마비시킬 수 있었다. 이런 점에서 볼 때, 생명 자체의 의식이란 생명을 구성하고 있는 물질의 기능 중 하나에 불과한 것이다. 그리고 이 기능은 더욱 강해짐에 따라 자신을 지탱하고 있는 생명에 대항하여, 자신을 낳은 이 생명 현상을 규명하고 설명하려고 노력했다. 이것은 생명이 자신을 인식하려 하는 희망에 찬 노력이면서도 덧없는 노력이고, 자연의 자기 발굴을 위한 노력이지만, 결국은 헛된 노력이었다. 자연이란 인식되는 것이 아니며, 생명이라는 것 역시 결국은 알 수 없는 것이기 때문이다.

생명이란 무엇일까? 아무도 그것을 알지 못했다. 생명이 생기고, 불타오르기 시작하는 자연적인 시점은 아무도 알지 못했다. 이 시점 이후에는 생명의 영역에서 우발적이거나 또는 우발적인 것에 가까운 일은 결코 일어나지 않지만, 생명 그 자체는 우발적으로 생겨난 것이었다. 생명에 관해 우리가 말할 수 있는 것은, 그것이 고도로 발달된 구조를 지니고 있어 무생물계에서는 이것과 비견될 만한 것이 하나도 존재하지 않는다는 것뿐이다. 생명의 가장 단순한 현상과, 유기적인 조직이 없는 무기이기 때문에 죽어 있다고 말할 가치조차 없는 자연물, 이 둘을 비교하면 위족(僞足) 아메바와 척추동물 사이의 거리는 아주 하찮으며 본질적인 문제가 되지 않았다. 죽음이란 생명의 논리적 부정에 지나지 않지만, 생명과 생명이 없는 자연물 사이에는 과학자들이 아무리 탐구해도 다리를 놓을 수 없는 심연이 입을 벌리고 있기 때문이다. 과학자들이 이 심연을 여러 가지 이론으로 메워 보려고 했지만, 심연이 이 이론을 삼켜 버려 그것의 깊이와 넓이가 조금도 줄어들지 않았다. 과학자들은 생명과 생명 없는 자연물을 이어 주는 연결 고리를 발견하기 위해, 결정(結晶)이 모액(母液) 속에서 응고하는 것처럼, 단백질 용액 속에서 저절로 응고되는 구조가 없는 생명체, 즉 무기적인 유기체를 마지못해 받아들이는 모순까지 범했다 — 그러나 유기적 분화성(分化性)이야말로 모든 생명의 전제 조건이자 표현이며, 동종 생식에 의해 생겨나지 않은 생명체란 아무것도 존재하지 않았다. 심해의 밑바닥에서 원형질을 건져 올리고 환호성을 질렀지만, 얼마 안 있어 당황해하며 얼굴을 붉히고 말았다. 원형질이라고 간주했던 것이 석고의 침전물로 드러났기 때문이다. 그러나 생명 현상을 기적이라고 생각하지 않게 하기 위해 — 무기 자연물과 동일한 물질로 구성되어 있고, 또 동일한 물질로 분해되는 생명이 우발적으로 생긴 이상 기적이라고 할 수밖에 없었기 때문이다 — 과학자들은 자연 발생, 즉 무기물에서 유기물이 발생한 것이라고 생각하지 않을 수 없었지만, 이것 또한 기적을 믿는 것이나 마찬가지였다. 이렇게 하여 과학자들은 중간 단계와 이행 과정을 계속 연구하여, 알려진 모든 유기체보다 하등이긴 하지만 그 아래 자연에서 더 원시적인 생명 현상의 선행자라 할 수 있는 유기체의 존재를 가정하게 되었다. 즉, 그것은 현미경으로 아무리 확대해 보아도 보이지 않는 원형 물질 같은 것이었다. 그리고 그러한 원형 물질이 발생했다고 생각되는 시기보다 더 이전에, 단백질 화합물의 합성이 일어났음에 틀림없다는 것이다……

그렇다면 생명이란 무엇인가? 그것은 열(熱)이었다. 형태를 유지하면서도 끊임없이 그 형태를 변화하는 불안정한 어떤 것이 만들어 내는 열의 산물이며, 동일한 상태를 유지할 수 없을 정도로 복잡하고 정교하게 구성된 단백질 분자가 쉬지 않고 분해, 재생하는 과정에서 생기는 물질열(物質熱)이었다. 생명이란 원래 존재할 수 없는 것의 존재이고, 붕괴와 생성이 교차하는 열 과정에 있을 때에만 존재의 점 위에서 더욱 감미롭고 고통스럽게 겨우 균형을 유지하는 존재였다. 생명이란 물질도 아니고, 정신도 아니었다. 그것은 물질과 정신, 양자의 중간물로서, 마치 폭포수 위에 걸린 무지개나 불길처럼 물질에 의해 생기는 하나의 현상이었다. 생명이란 비록 물질은 아니지만 쾌감과 혐오감이 들 정도로 관능적이고, 자기 자신을 느낄 수 있을 정도로 민감해진 물질의 뻔뻔스러움이며, 존재의 음탕한 형식이었다. 생명이란 만물이 순결하게 차가운 가운데 은밀하게 꼼지락거리며 움직이는 것이고, 음탕하고 몰래 하는 불결한 영양 섭취와 배설이며, 성분과 속성을 알 수 없는 나쁜 물질과 탄산가스를 내뿜으며 호흡하는 것이었다. 생명이란 물과 단백질, 염분, 지방으로 이루어진 물컹물컹한 것이며 — 이것을 우리는 살이라 부른다 — 이것이 부풀어 올라 자신의 불안정함을 제어하고 또 본래의 형성 법칙에 얽매여 행하는 증식, 자기 발전, 형태

조성인 것이다. 또한 생명은 형태를 얻고 고귀한 형상을 띠어 아름다움을 빚어내기도 하였지만, 동시에 관능과 욕망의 화신이기도 했다. 생명의 이러한 형태와 아름다움은 문학이나 음악 작품에서처럼 정신을 담고 있지 않았고, 조형 미술 작품의 형태나 아름다움처럼 정신을 황홀케 하는 중간적인 물질, 또 순결한 방식으로 정신을 감각적으로 지각할 수 있게 해주는 물질을 담고 있지도 않았다. 오히려 생명의 이러한 형태와 아름다움은 어떤 미지의 방식에 의해 육욕에 눈뜬 물질, 분해되면서도 계속 존재하는 유기 물질, 즉 냄새나는 살을 소재로 하여 완성되는 것이었다…….

반짝거리는 골짜기를 내려다보며 침낭과 털실 담요에 감싸여 따뜻해진 체온을 느끼면서 쉬고 있는 한스 카스토르프 청년의 눈앞에, 생명체가 없는 듯 죽어 있는 천체의 빛으로 밝게 빛나는 추운 겨울밤 속에 생명의 모습이 선명하게 떠올랐다. 그 모습은 눈앞의 공간 어딘가에 좀 떨어져 있긴 했지만 마음속으로는 아주 가까이 떠올랐다. 희미하고 젖빛을 띤 그 육체는 체취를 발산하고, 땀을 흘리며, 끈적거렸다. 날 때부터 생긴 모든 불순물과 얼룩투성이의 피부, 갓난아기의 솜털 같은 부드러운 유선과 소용돌이처럼 돋아난 피부, 그 피부에는 반점과 젖꼭지, 황달과 갈라진 금, 좁쌀 같고 비늘 같은 부분이 있었다. 그것은 무생물의 냉기에서 떨어져 나와, 자신의 체취를 내면서, 아무렇게나 몸을 기대고 있었다. 머리에는 자기 피부의 산물인 차고, 각질에, 색깔이 있는 모발을 화환처럼 둘렀다. 그 육체는 두 손을 목덜미에 깍지 끼고, 눈꺼풀을 아래로 깔고, 반쯤 열린 입에 입술을 약간 내민 채, 눈꺼풀의 피부가 이상해 비뚤어져 보이는 눈으로, 바라보는 한스 카스토르프를 내려다보고 있었다. 한쪽 다리에 체중을 싣고 있어 힘이 들어간 요골(腰骨)은 살 속에서 눈에 띄게 두드러져 보였고, 반면에 힘을 싣지 않은 다리는 무릎을 가볍게 굽히고 발끝을 세워 발가락으로 땅을 짚고 있었으며, 이 무릎은 힘을 받고 있는 다리의 안쪽에 붙어 있었다. 이런 자세로 그 육체는 몸을 비틀고 미소 지으며 우아하게 몸을 기댄 채, 희미하게 빛나는 팔꿈치를 앞으로 내밀어, 자신의 사지 구조, 즉 신체 부위를 쌍으로 대칭을 이루면서 서 있었다. 표피 세포로 된 붉은 입술이 두 눈과 상응하고, 가슴의 붉은 젖꼭지와 거기에서 수직 아래로 내려가 있는 배꼽이 상응하듯이, 자극적인 냄새가 풍기는 겨드랑이의 시커먼 부분이 허벅지 사이의 음모 부분과 신비로운 삼각형을 이루며 상응하고 있었다. 중추 기관과 척추에서 나온 운동 신경의 작용으로 배와 흉부가 움직였고, 늑막의 움푹 들어간 곳이 부풀거나 오그라들었으며, 폐의 기포 속에서 산소를 안으로 호흡하기 위해 그것을 혈액 중의 헤모글로빈에 결합시킨 후, 호흡 기관의 점막에서 온기와 습기를 받아 분비물을 가득 채워 입술 사이로 내보내고 있었다. 이렇게 해서 한스 카스토르프는 살아 있는 육체의 내부 구조를 이해할 것 같았다. 즉 생체는 혈액에 의해 길러지고, 신경, 정맥, 동맥, 모세관이 그물처럼 뻗어 있으며, 림프액이 사지로 속속들이 침투하는 등 신비스러운 균형미를 보이고 있다는 사실을 이해했다. 이 생체는 본래의 지지 물질인 교상(膠狀) 조직에서 칼슘염과 점액의 도움으로 몸을 지탱하기 위해 굳어진 뼈, 즉 골수가 든 관상골들인 견갑골, 추골(椎骨), 근골로 내부 뼈대를 갖추고 있었다. 관절의 피막, 미끌미끌한 구멍, 관절의 인대와 연골, 2백 개 이상의 근육, 영양 섭취와 호흡과 자극 전달에 도움을 주는 여러 중추 기관들, 보호 역할을 하는 피부, 장액(漿液)이 들어 있는 구멍, 분비물이 풍부한 선(腺), 배설을 통해 외부의 자연으로 통하는 복잡한 내벽이 있는 관 조직과 균열 조직, 이 모든 것을 한스 카스토르프는 이해했다. 이러한 육체 조직을 갖는 자아는 한층 높은 생명 단위로, 온몸의 표면으로 호흡하고 영양분을 섭취하며 심지어 사고까지 하는 저 가장 단순한 생물체와는 달리, 어떠한 유일한 원형에서 출발하여 여러 번 분열을 되풀이함으로써 몇 배로 증가하고, 여러 가지 작용과 연결을 위해 질서를 갖추고 분화해 가며 독자적으로 발달하고, 또 성장의 조건이자 결과이기도한 갖가지 형태들을 만들어 낸 수많은 미세한 조직으로 이루어져 있었다.

그의 눈앞에 떠오른 이 육체, 개체이자 살아 있는 자아는 호흡하고 영양분을 섭취하는 개체들의 어마어마한 복합체였다. 이러한 개체들은 유기적 질서와 특수 목적 설계에 의해 각자의 존재와 자유와 독립성을 과도할 정도로 잃어버리고 해부학적 요소로 격하되어 버렸다. 그리하여 어떤 것의 기능은 빛, 소리, 감촉과 열에 대한 자극 감응에만 국한되었고, 다른 것은 수축으로 형태를 바꾸거나 소화액을 분비하는 능력만을 갖게 되었으며, 또 다른 것은 보호, 지지, 체액운반 내지는 생식 쪽으로 기울어져 발달해 거기에만 능숙해져 버렸다. 고도의 자아로 통합된 이 유기적 복합체가 느슨해지는 경우가 있는데, 그것은 하부 개체의 다수가 약하고 미심쩍은 방식으로 보다 상위의 생명 단위와 결합한 경우였다. 우리의 젊은 연구자는 세포군의 현상에 대해 깊게 생각했고, 준유기체인 해초에 관해서도 알게 되었다. 이것은 개별 세포가 교질의 외피에 둘러싸여 있을 뿐이며, 종종 서로 멀리 떨어져 있어, 여러 세포의 집합적 형성물임에는 틀림없지만 이것을 개별 세포의 집합체로 볼 것인가, 아니면 단일체로 볼 것인가가 문제되는 것이었고, 그래서 자신을 부를 때, 〈나〉라고 부를지 아니면 〈우리〉라고 부를지 이상하게 주저되는 그런 존재였다. 여기서 자연은 무수한 원시적 개체가 모여 상위의 자아 조직과 기관을 구성하고 있는 고도의 사회적 통일체와 — 그리고 이러한 원시적 개체인 단일물들의 자유로운 개체적 생활 사이의 중간물을 보여 주었다. 다세포 유기체는 순환 과정의 형태에 지나지 않는데, 그 순환 과정 속에서 생명이 유지되고, 생식에서 생식으로의 한 순환이 일어나는 것이다. 세포체 둘의 성적 융합인 수태 행위는 단세포 원시 생물이 각 세대 초기에 존재하다가 나중에 자신이 직접 하게 되듯이, 다세포 개체가 구성되는 초기에도 존재했다. 이러한 행위는 쉬지 않고 부단히 분열하여 번식하였으므로, 수태 행위를 필요로 하지 않던 몇 세대 사이에도 잊히지 않고 이어졌다. 그러다가 무성 생식에 의해 발생한 자손이 다시 교접 행위를 가짐으로써, 하나의 순환이 완성되는 순간이 찾아왔다. 이렇게 두 개의 양친 세포 핵(核)의 합체에서 생겨나는 다세포 생명 국가는 무성 생식으로 생겨난 여러 세대의 세포 개체가 공동생활을 이루는 것이었다. 이러한 생명 국가가 번영하는 것은 무성 세대 수가 증가하는 것이며, 번식이라는 특별한 목적을 위해 발달한 요소인 생식 세포가 체내에 형성되어 새로운 생명을 싹트게 해주는 교접 방법을 알게 되었을 때 생식 순환은 완성되는 것이었다.

우리의 젊은 모험가는 태생학(胎生學)에 관한 책 한 권을 배 위에 얹고 유기체의 발생 과정을 탐구했다. 수많은 정자 가운데 뛰어난 하나가 선두에 서서 꼬리 운동으로 전진하여 머리끝으로 난자의 교질 피막에 부딪쳐, 정자를 맞이하도록 난자 막의 원형질이 부풀어 있는 수태 언덕을 뚫고 들어가는 순간부터 생식이 시작된다. 자연은 이러한 단조로운 과정에 변화를 줌으로써 너무 우쭐해하지 않도록 온갖 익살과 희극도 마다하지 않았다. 어떤 동물의 수컷은 암컷의 장에 기생하는 것도 있었다. 또 수컷의 팔이 암컷의 아가리를 통해 체내로 들어가 씨를 뿌리면 암컷은 그 팔을 베어 물었다가 곧 내뱉는데, 그 손만을 이용해 허둥지둥 도망치는 동물도 있었다. 과학은 감쪽같이 거기에 속아 그 팔에다 그리스어와 라틴어 학명을 붙이고 독자적인 생물체로 취급해야 한다고 생각해 왔다. 한스 카스토르프는 두 학파의 사람, 즉 난자론자와 정자론자가 서로 논쟁하는 것을 읽었다. 난자론자는 난자 안에 작은 개구리나 개 또는 인간이 완성되어 있으며, 정자는 그것의 성장을 자극할 뿐이라고 주장한다. 반면에 정자론자는 머리와 팔다리를 가진 정자를 미래 생물의 원형이라 생각하고, 난자는 다만 배양기(培養基)에 불과하다고 주장한다 ─ 그러나 결국 양 학파는 타협하여 난세포와 정세포가 원래는 서로 구별할 수 없는 생식 세포에서 발생한 것이라고 하여, 양측의 공적을 똑같이 인정하기로 한다. 한스 카스토르프는 수정한 난자의 단세포 유기체가, 난자가 수축되며 분열함으로써, 다세포 유기체로 바뀌는 과정을 지켜보았다. 그는 세포체가 서로 달라붙어 점막엽(粘膜葉)이 되고, 난핵이 안으로 접혀 잔 모양의 공동(空洞)이 형성되며, 이 공동이 영양 섭취와 소화 작업을 시작하는 것을 지켜보았다. 이것이 장배(腸胚), 즉 원생동물 또는 가스트룰라라고 부르는 것으로, 모든 동물 생명체의 원형이며, 살에 담긴 아름다움의 원형이었다. 이 장배 안과 밖의 두 표피층인 내배엽과 외배엽은 원시 기관으로 드러났으며, 이것이 안팎으로 포개고 접혀서 선, 조직, 감각 기관 및 체돌기(體突起)가 되는 것이었다. 띠 모양의 어떤 외배엽이 응고하여 굵어지고 도랑 모양의 주름이 잡혀, 이것이 닫혀서 신경관이 되고, 척추가 되고, 뇌수가 되었다. 한스 카스토르프는 교질 세포가 점액소(粘液素) 대신 교질 물질을 생성해 내기 시작하고, 이로 인해 태막(胎膜) 점액이 응고하여 섬유질의 결합 조직과 연골이 되고, 어떤 부위에서는 결합 조직 세포가 주위의 체액에서 석회염과 지방을 흡수하여 뼈로 굳게 되는 과정을 지켜보았다. 인간의 태아는 어머니의 태내에 허리를 구부리고 웅크리고 앉아, 돼지의 태아와 다를 바 없이 꼬리를 지닌 채, 기다란 복강경(腹腔莖)과 그루터기처럼 형태가 없는 사지를 달고, 끔찍한 얼굴을 부풀어 오른 배에 대고 엎드려 있었다. 그리고 태아의 성장 과정은, 학문의 진리 개념으로 냉정하고 진지하게 살펴볼 때, 동물의 계통 발생사를 일시적으로 반복했다. 태아는 한동안 가오리와 같이 아가미 주머니를 가지고 있었다. 태아가 거쳐 가는 성장 단계에서 원시 시대 인간이 보여 준 그다지 인문적이라 할 수 없는 면모를 추론해 볼 수 있거나 그럴 필요가 있다. 원시 인간의 피부는 곤충류를 막기 위해 경련성 근육으로 되어 있었고, 털이 무성하게 나 있었으며, 후각 점막의 면적이 아주 넓고, 귀는 쫑긋 솟아 있고 잘 움직였으며, 그것이 얼굴 표정과도 밀접한 관계를 가져서 현대인의 귀보다 음향을 포착하기에 훨씬 적합했을 것이다. 눈은 당시에 깜빡일 수 있는 제3의 눈꺼풀에 보호되어 머리의 옆쪽에 붙어 있었고, 오늘날 송과선이라는 흔적 기관으로 남은 제3의 눈은 머리 위쪽 상공을 감시할 수 있었다. 그 외에도 당시의 원시 인간은 장이 무척 길었고, 어금니가 많았으며, 후두에는 포효하기 위한 소리 주머니가 있었고, 복강의 내부에는 남성 생식선이 있었다.

　해부학은 우리의 연구자에게 인체 사지의 껍질을 벗기고 박제로 만들게 했고, 바깥쪽 근육, 안쪽 근육, 뒤쪽 근육, 힘줄과 인대를 보여 주었다. 다시 말해 허벅지 근육과 발의 근육, 위팔과 아래팔의 근육을 보여 주며, 그에게 라틴어 학명을 가르쳐 주었는데, 인문 정신의 변화인 의학은 이것들을 고상하고 품위 있게 칭하고 분류하였다. 또해부학은 그에게 골격을 가르쳐 주었는데, 골격의 형성은 모든 인간적인 것의 단일성과 모든 학문 분야의 일원성을 고찰하게 해주는 새로운 관점을 제공했다. 여기서 한스 카스토르프는 너무나도 이상하게 자신의 본래의 직업을 — 혹은, 훨씬 이전의 직업이라고 말해야겠다 — 떠올렸는데, 자신이 이 위에 처음 왔을 때 만나는 사람들에게 (크로코브스키 박사와 세템브리니 씨에게) 자신이 종사하고 있는 과학적 직업이라고 소개한 공학이 연상되는 것이었다. 무엇인가를 배우기 위해 — 그게 무엇인지는 아무 상관이 없었다 — 대학에서 그는 정력학(靜力學), 굴요성 지주(屈橈性支柱), 가중(加重), 기계 장비를 효율적으로 활용하기 위한 구조학에 관해 이것저것을 배웠다. 공학, 즉 역학의 법칙이 유기 자연에 적용될 거라고 생각하는 것은 유치한 일일 것이고, 마찬가지로 역학의 법칙이

61

유기 자연에서 도입된 것이라고도 말할 수 없었다. 하지만 역학의 법칙은 유기 자연 속에서 되풀이되고 뒷받침되었다. 중공원통(中空圓筒)의 원리는 최소한의 단단한 물질을 가지고도 정력학의 요구를 충족할 수 있을 만큼, 긴 관상골(管狀骨)의 구조에도 지켜지고 있었다. 대학에서 한스 카스토르프는 장력(張力)과 압력으로 그 물체에 지워지는 부담을 고려하여, 기계적으로 사용할 수 있는 재료로 만든 봉과 얇은 판으로만 이루어져 있는 물체는 동일한 소재로 만든 거대한 물체와 똑같은 하중을 견딜 수 있다고 배웠다. 이와 마찬가지로 관상골이 생성될 때에도 뼈의 표면에 단단한 물질이 형성됨에 따라 역학적으로 불필요해진 중심 부분이 지방 조직인 황색 수질(髓質)로 변하는 것을 알 수 있었다. 허벅지 뼈는 기중기와 같았다. 허벅지 뼈를 만들 때, 유기 자연은 조그만 뼈들에게 할당된 방향에 따라 장력 곡선과 압력 곡선을 부여해 주었다. 이것은 한스 카스토르프가 옛날 같은 용도의 기구를 제도하면서 정밀하게 기입해야 했던 것과 거의 똑같은 방식이었다. 한스 카스토르프는 이러한 사실을 알고 흡족하게 생각했다. 왜냐하면 그는 이것으로 허벅지, 아니 유기 자연 일반에 대해 이제 서정적, 의학적, 공학적 관계라는 세 가지 종류의 관계를 알게 되었기 때문이다 — 그래서 그에 대한 흥분도 컸다. 이러한 세 가지 관계는 인간적인 것 속에서 하나이고, 바로 그것의 절실한 관심사가 변화된 것이며, 인문적 학문 분야라고 그는 생각했다…….

그럼에도 불구하고 원형질이 하는 일은 여전히 수수께끼 같았고, 생명은 자기 자신의 정체가 드러나는 것이 달갑지 않은 것 같았다. 생화학 과정의 대부분은 알려져 있지 않을 뿐만 아니라 인식할 수도 없는 성질의 것이었다. 또한 〈세포〉라고 불리는 생명 단위의 구조와 합성에 대해서도 알려진 것이 거의 없었다. 죽은 근육의 성분을 밝히는 것이 무슨 소용이 있을까? 살아 있는 근육의 성분을 화학적으로 조사할 수는 없었다. 죽은 뒤의 경직이 초래하는 변화만 해도 모든 실험을 무의미하게 하는 데 충분했다. 아무도 신진대사를 이해하지 못했고, 신경 작용의 본질도 이해하는 사람이 없었다. 맛이 나는 물체는 어떤 속성 때문에 맛이 나는 것일까? 향료에 의해 특정한 감각 신경이 여러 가지로 흥분하는 것은 무엇 때문일까? 그리고 냄새가 나는 것은 대체 무엇 때문일까? 동물과 인간의 특수한 체취는 어떤 물질의 발산에 따른 것이긴 하지만, 아무도 이 물질의 정체를 밝히지 못했다. 땀이라 불리는 분비물의 성분도 거의 해명되지 않았다. 땀을 분비하는 선은 향료를 만들어 내는데, 이 향료는 포유동물에게는 중요한 역할을 하지만, 인간의 경우에는 그 중요성이 아직 알려지지 않고 있다. 물체에서 분명히 중요하다고 생각되는 부분의 생리학적인 중요성도 아직 베일에 가려 있었다. 맹장은 언급하지 않을 수도 있지만, 이것 역시 신비에 싸여 있다. 토끼의 맹장에는 보통 죽 같은 내용물이 가득 차 있는 것을 볼 수 있지만, 이것이 어떻게 해서 다시 밖으로 배출되고 새로 보충되는지는 알 수 없었다. 뇌수의 회백색 물질은 무엇이며, 시신경과 연결되어 있는 시신경 다발은 무엇이며, 또 〈뇌교(腦橋)〉에 붙어 있는 회색 부착물은 무엇인가? 뇌수와 척수에 들어 있는 물질은 너무 쉽게 분해되기 때문에, 그 구조를 규명할 희망이 전혀 없었다. 수면 중에 대뇌 피막의 활동이 중지되는 것은 무슨 이유일까? 실제로 죽은 시체에서 종종 일어난다는 위의 자가 소화(自家消化) 현상이 살아 있는 사람에게는 왜 일어나지 않는 걸까? 그것은 생명, 즉 살아 있는 원형질의 특수한 저항력 때문이라고 사람들은 대답했다 — 그러면서 그러한 대답 자체가 신비한 설명이라는 것을 모르는 척했다. 발열이라는 일상적인 현상에 관한 이론도 모순에 가득 차 있었다. 신진대사가 활발해진 결과는 열 발생의 증가로 나타났다. 그러나 이 경우에는 왜 보통 때처럼 열의 소비도 균형을 맞추어 따라 증가하지 않는 것일까? 땀 분비의 감퇴는 피부의 수축 작용에 원인이 있는 것일까? 하지만 피부의 수축 작용은 열을 내고 오한이 있는 열성 오한(熱性惡寒)의 경우에만 있을 뿐이다. 그렇지 않은 경우에는 오히려 피부가 뜨겁기 때문이다. 〈열에 취함〉이라는 말로 본다면, 중추 신경 계통에서 신진대사 증진의 원인을 찾아야 했다. 이것은, 달리 뭐라고 규정할 수 없어 비정상적이라고 부르는 것으로 만족하고 있는 피부 상태의 원인을 중추 신경 계통에서 찾아야 하는 것과 마찬가지라고 할 수 있다.

그러나 이러한 모든 무지(無知)도 기억이라는 현상, 아니 그것보다 더 광범위하고 놀랄 만한 기억 현상, 즉 획득 형질의 유전이라 불리는 기억 현상에 대해 아무것도 모르는 것과 비교하면, 전혀 문제 삼을 것도 없지 않은가? 세포 물질의 이러한 작용을 기계적으로 설명할 수 있을 가능성은 전혀 없었다. 수컷 아버지의 무수히 많고 복잡한 종의 형질과 개체의 형질을 난자에게 전달해 주는 정자는 현미경으로만 볼 수 있지만, 아무리 배율이 높은 현미경이라도 그 정자가 동질체라는 것 외에 다른 것은 알아낼 수 없었고, 또 그것의 혈통을 규정하는 것은 불가능하였다. 어떤 동물의 정자도 모두 똑

64

같은 형상을 하고 있었기 때문이다. 정자의 조직 상황으로 보아, 하나의 세포는 그것이 구성하는 상위의 유기체와 조직을 달리하는 것이 아니었으며, 또 세포 자체도 이미 상위의 유기체였다. 이것은 나름대로 다시 살아 있는 분열체, 즉 개별적인 생명 단위로 구성된 유기체였다. 그래서 소위 말해 가장 미세한 것에서 다시금 더더욱 미세한 것으로 나아가게 되었고, 또 어쩔 수 없이 기본 원소를 최소 단위를 이루는 하위 원소로 분해하게 되었다. 동물계가 다양한 종의 동물로 구성되어 있고, 동물과 인간의 유기체가 수많은 세포종의 동물계로 구성되어 있는 것처럼, 세포라는 유기체도 기본적인 생명 단위의 새롭고도 다양한 동물계로 이루어져 있음은 의심의 여지가 없었다. 물론 그 생명 단위의 크기는 현미경의 가시(可視) 한계를 훨씬 밑도는 크기이며, 독자적으로 성장하고, 또 모든 생명 단위는 같은 종류의 생물만을 낳을 수 있다는 법칙에 따라 자력으로 번식하며, 분업의 원칙에 따라 보다 상위의 생명 단계인 세포를 공동으로 구성하고 있었다.

이것이 유전인자이며, 원생자(原生子)이고, 원형질이었다 — 한스 카스토르프는 어느 추운 밤에 이런 것들의 이름을 알게 되어 기뻤다. 그는 흥분한 상태에서, 〈이런 원시적 자연물을 보다 정밀하게 규명하면 어떤 해답이 나올까?〉 하고 자문해 볼 뿐이었다. 이것들도 생명을 지니고 있으므로 유기체임이 분명했다. 생명은 조직에 기반을 두고 있기 때문이다. 그러나 그것들이 유기 조직체라면 원시적이라고 할 수 없었다. 유기체는 원시적이지 않고 복합체이기 때문이다. 유전인자는 그것이 유기적으로 구성하는 생명 단위였다. 즉 세포라는 생명 단위보다 하위의 생명 단위였다. 하지만 사정이 그러하다면, 상상도 할 수 없을 정도로 작고, 자신도 〈구성되어〉 있고, 게다가 생명의 한 단계로 유기적으로 〈구성되어〉 있음에 틀림없었다. 왜냐하면 생명 단위라는 개념은 보다 작은 하위의 생명 단위로, 즉 보다 상위의 생명을 조직하는 생명 단위로 구성되어 있다는 것을 의미하기 때문이다. 아무리 분열해 가더라도, 동화, 성장, 번식의 능력을 뜻하는 생명의 특성을 지니는 유기적 단위가 존재하는 한, 분열은 끝나지 않은 것이었다. 생명 단위가 문제시되는 한, 그것을 원시 단위라고 부르는 것은 무조건 잘못이었다. 단위라는 개념은 하위의 구성단위라는 개념을 무한히 내포하기 때문이다. 그래서 원시적 생명, 다른 말로 바꿔 이미 생명이면서도 아직 원시적이라고 하는 것은 존재할 수 없었다.

그러나 논리적으로는 존재할 수 없어도 그와 같은 것은 결국 어떤 식으로든 정말로 존재함에 틀림없었다. 우연 발생, 즉 무생물에서 생명이 생겨났다는 생각을 함부로 배척할 수는 없기 때문이다. 그리고 외적 자연에서 메우려고 헛되이 노력했던 저 심연, 즉 생명과 무생물 사이의 심연이 자연의 유기적 내부에서는 반드시 어떤 형태로든지 메워지거나 다리가 놓였을 것이다. 분열이 계속되면서 언젠가 〈생명 단위〉가 생겨나는 것이 분명했다. 이 〈생명 단위〉로 말하자면, 합성은 되었지만 아직 조직은 되지 않은 채, 생물과 무생물 사이를 중개하고, 분자군의 상태로 생명의 한 단계와 단순한 화학 사이의 과도 상태를 이루는 것이다. 하지만 이 화학적 분자에 도달했을 때, 유기 자연과 무기 자연 사이의 심연보다 훨씬 더 신비스럽게 입을 벌리고 있는 심연, 즉 물질과 비물질 사이의 심연 가까이에 이미 와 있음을 알게 되었다. 왜냐하면 분자는 원자로 구성되어 있으며, 이 원자는 극히 작다고 할 수 있을 정도의 크기도 지니지 않았기 때문이다. 원자는 극히 미소하며, 비물질적인 것, 아직 물질은 아니지만 물질과 비슷한 것인 에너지가 때 이르게 잠시 모여 있는 것이다. 이것은 아직 물질이라고는 할 수 없고, 오히려 물질과 비물질 사이의 중간물이자 경계점이라고 생각할 수밖에 없었다. 여기에 유기물의 우연 발생보다 훨씬 더 수수께끼 같고 모험적인 또 다른 우연 발생의 문제가 대두하게 되었다. 즉 비물질에서 물질이 발생한다는 문제가 제기되었던 것이다. 실제로 물질과 비물질 사이의 심연을 메우는 것은 유기 자연과 무기 자연 사이의 심연을 메우는 것만큼이나, 아니 그 이상으로 절실한 문제였다. 유기체가 무기적 화합물에서 생기는 것처럼 물질이 생겨나게 하는 비물질 화합물, 즉 비물질의 화학이 필연적으로 존재하지 않으면 안 되었다. 그리고 원자는 물질의 원생류와 단충류라는 성질로 보아 ── 물질적이면서 아직은 물질이 아니기도 했다. 그러나 〈작다고조차 할 수 없는〉 단계에 도달하고 보면 기준이 없어져 버리는데, 〈작다고조차 할 수 없는〉이란 이미 〈어마어마하게 크다〉는 것과 같은 의미가 된다. 그래서 원자까지 내려간다는 것은 극도로 불길한 것임이 입증되는 것이라 해도 과언이 아니다. 왜냐하면 물질을 최후까지 분해하고 쪼개어 나누는 순간 갑자기 천문학적 우주가 눈앞에 전개되기 때문이다!

원자는 에너지를 띤 우주 체계였다. 그 체계 속에서는 수많은 천체가 태양과 같은 중심체 주위를 천천히 쉬며 회전하고, 또 수많은 혜성은 중심체의 힘 때문에 중심을 벗어나려는 외심(外心) 궤도상에 억류되어 광년의 속도로 천체를 비행하고 있었다. 이것은 다세포 생물의 신체를 〈세포 국가〉로 부르는 것과 같은 단순한 비유는 아니었다. 분업의 원리에 따라 조직된 사회 공동체인 도시와 국가는 유기 생명에 비유될 수 있을 뿐 아니라, 유기적 생명의 반복이라고 할 수 있다. 이와 마찬가지로 자연의 깊숙한 내부에서는 대우주의 별세계가 아주 광범위하게 반영되며 되풀이되고 있었다. 이러한 별세계의 무리, 덩어리, 집단과 형상은 몸을 따뜻하게 덮고 있는 우리 젊은 연구자의 머리 위에, 차갑게 반짝거리는 골짜기에서 달빛을 받아 창백하게 떠 있었다. 원자 태양계의 어떤 행성들 — 물질을 구성하는 이러한 태양계의 군성(群星)과 은하계 — 그러므로 이런 내계적(內界的)인 천체들 중의 어떤 천체가 지구가 생명의 서식에 적합한 상태에 있다고 생각해서는 안 되는 것일까? 신경 중추가 취해 있고, 피부가 〈비정상적인〉 상태에 있으며, 금지된 것의 영역에서 여러 가지 체험을 하고 있는 우리의 젊은 연구자에게는 그런 생각이 황당무계한 것이라기보다는 귀찮을 정도로 집요하게 쉽게 떠오르고, 논리적인 진실성을 띤 지극히 자명한 상상이었다. 내계적인 천체가 〈작다〉고 왈가왈부하는 것은 아주 부당한 반론일지 모른다. 왜냐하면 크다든지 작다든지 하는 표준은 적어도 〈극히 작은〉 질료의 우주적 성질이 분명해지는 순간에는 무용지물이 될 것이고, 이와 마찬가지로 바깥과 안이라는 개념도 점점 확고한 근거를 잃을 것이기 때문이다. 원자의 세계도 외계라고 할 수 있으며, 그 반대로 우리가 살고 있는 지구는 유기적으로 고찰하면 깊은 내부, 즉 내계라고 말할 수 있을 것이다. 어떤 탐구자는 대단한 상상력으로 〈은하계 동물〉이라고, 즉 살이나 다리, 뇌수도 모두 태양계에서 구성되는 우주 괴물이라고 말하지 않았던가? 그렇다면 한스 카스토르프가 생각한 것처럼 제대로 처리했다고 생각한 순간, 모든 것은 처음부터 다시 시작해야 하는 것이다! 그렇다면 어쩌면 그의 본성 내부 가장 깊숙한 곳에 그 자신이, 또 한 명의, 아니 수백 명의 한스 카스토르프 청년이 따뜻하게 몸을 감싸고, 달 밝은 추운 밤에 알프스 고원을 내려다보며, 발코니에 누워 얼어붙은 손가락에 상기된 얼굴을 하고, 인문적이고 의학적인 관심에서 인체의 생명을 연구하고 있는 것은 아닐까?

빨간 불빛이 도는 탁상 전기스탠드 옆에 앉아 읽고 있던 병리 해부학 책은, 그림이 많이 든 텍스트를 통해서 한스 카스토르프에게 기생적인 세포 합일과 전염성 종양의 본질에 게 관해 가르쳐 주었다. 이것은 자신을 흔쾌히 받아들이고, 어떤 (부주의한) 방식으로 유리한 조건을 제공해 준 유기체에 다른 종류의 세포가 들어가서 생긴 조직 형태였다 — 그 것도 특히 활동이 왕성한 조직 형태였다. 이 기생물은 주위 조직에서 영양분을 빼앗을 뿐만 아니라, 모든 세포가 다 그 렇듯 신진대사를 하긴 하는데, 그것이 생성해 내는 유기 화 합물은 숙주 세포에 너무 해로워서 불가피하게 파멸을 초래 하였다. 이미 두서너 미생물에서 이 독소를 분리해 농축하는 데 성공했는데, 일종의 단백 화합물에 불과한 이 물질이 동 물의 혈관에 주입되었을 때에는 극소량으로도 치명적인 중 독 현상을 일으켜 심각한 부식을 초래한다는 것을 알 수 있 었다. 이러한 부식 작용의 외적인 본질은 조직의 비대, 병리 학적인 종양으로, 자기들 안에 기생한 세균이 자신을 자극 한 것에 대한 숙주 세포의 반응으로 나타난 것이었다. 점막

조직 같은 세포의 사이 또는 그 안쪽에 박테리아가 기생하게 되면, 어떤 세포는 원형질이 비정상적으로 증대하여 거대해지고, 핵이 많이 생기며, 서로 결합하여 좁쌀만 한 크기의 결절(結節)이 형성되었다. 그렇지만 이러한 흥미로운 비대 현상이 일어나면 금방 파멸을 맞았다. 이러한 거대 괴물 세포의 핵이 오그라들고 붕괴했으며, 그 원형질은 응고하여 죽기 시작했기 때문이다. 주위의 다른 조직들도 이러한 낯선 자극, 즉 종양의 자극에 영향을 받아, 염증 현상이 확산 작용을 일으키면서 이웃 혈관에도 피해를 끼쳤다. 피해를 당한 부위에 백혈구가 달려오지만, 응고에 따른 사멸 현상은 계속되었다. 그사이 세균의 가용성 독소는 이미 중추 신경을 마비시켰고, 유기체는 고열에 시달리고, 가슴을 파도치듯 떨면서 비실비실 파멸의 길로 빠져드는 것이었다.

이것이 병리학, 병에 관한 학문, 육체의 고통을 강조하는 학문이지만, 이것은 육체적인 것의 강조와 동시에 쾌감의 강조를 의미하기도 하기 때문에, 이렇게 볼 때 — 병은 생명의 음탕한 형태였다. 그러면 생명 그 자체는? 생명은 어쩌면 물질의 전염성 질환에 불과한 것이 아닐까? — 우리가 물질의 우연 발생이라고 부르는 것이 어쩌면 그냥 질환에 불과한 것처럼. 즉 비물질이 질환 자극에 의해 조직을 증식하는 것에 불과하듯이 말이다. 악, 쾌감, 죽음으로 가는 첫걸음은 미지의 침윤에 따른 간지러움 때문에 처음으로 정신적인 것의 밀도가 증대하고, 그래서 조직이 병리학적으로 왕성하게 증식하는 순간, 바로 그 순간에 시작되는 것이 분명했다. 이러한 증식은 즐거움과 거부감이 반반씩 섞인 것으로, 물질적인 것이 생기기 직전의 단계이며, 비물질적인 것에서 물질적인 것으로 넘어가는 단계였다. 이것이 바로 인류의 타락, 즉 원죄였다. 무기물에서 유기물이 생겨나는 제2의 우연 발생도 의식을 띠기 위해 물질성이 지독하게 증대되는 것에 불과했다. 이것은 유기체의 질병이 육체성의 취한 듯한 증대와 무절제한 강조인 것과 마찬가지이다 — 그래서 생명이란 것은, 순결성을 잃게 된 정신이 모험을 겪는 도상에서 그다음의 한걸음을 내딛는 것에 지나지 않으며, 또 자극을 흔쾌히 받아들일 태세가 되어 있는 물질이 자극에 눈뜬 결과 생긴 수치열(羞恥熱) 반사에 불과한 것이었다…….

많은 책들이 스탠드가 켜진 작은 탁자 위에 쌓여 있었는데, 한 권은 접이식 침대 옆 바닥에, 그러니까 발코니 매트 위에 놓여 있었다. 한스 카스토르프가 마지막으로 읽고 있던 책은 배 위에 얹힌 채 가슴을 누르고 있어 호흡을 곤란하게 했지만, 뇌의 피막에서는 해당 근육에 그 책을 내려놓으라는 명령을 내리지 않고 있었다. 한스 카스토르프는 그 페이지를 죽 읽어 내려갔고, 턱이 가슴에 닿았으며, 눈꺼풀은 천진난만한 푸른 눈 위로 내려왔다. 그는 생명의 모습을 보았고, 자신의 아름다운 사지 구조를 보았으며, 살이 빚어낸 아름다움을 보았던 것이다. 그녀는 목덜미에서 두 손을 내렸고, 그러면서 두 팔을 벌렸다. 그 팔의 안쪽, 팔꿈치 관절의 부드러운 피부 아래에서 혈관이, 즉 대정맥 둘이 푸르스름하게 튀어나와 있었다 — 이 팔은 말로 표현할 수 없을 정도로 감미로운 느낌을 주었다. 그녀는 그에게, 그의 쪽으로, 그의 위에 몸을 구부렸다. 그러자 그녀에게서 유기체의 향기가 났고, 그녀의 심장이 고동치는 것이 느껴졌다. 그녀의 달아오른 부드러운 팔이 그의 목을 휘감았고, 쾌감과 전율로 정신

71

이 아득해진 그는 두 손을 그녀 위쪽 팔의 바깥쪽, 즉 삼두근을 팽팽하게 당기며 기분 좋게 서늘한 느낌을 주는 오톨도톨한 피부에 갖다 대었다. 그리고 이내 그녀의 촉촉한 입술이 그의 입술을 빨아들이는 것을 느꼈다.

망자의 춤

크리스마스가 지난 뒤 얼마 안 있어 아마추어 기수(騎手)가 죽었다……. 물론 그 이전에 당연히 크리스마스 축제가 있었다. 이 이틀간의 축제, 또는 크리스마스 전날 밤까지 계산한다면 3일간이 되는 축제를 이곳 사람들은 어떻게 보낼까 하고 한스 카스토르프는 약간 두려워하면서도 별것 아닐 거라 기대하며 맞이했다. 그런데 그날들은 아침, 낮, 밤으로 계절답지 않은 날씨(눈이 약간 녹았다)를 동반한 다른 평범한 날들과 별반 다르지 않게 왔다가는 그냥 지나가 버렸다 — 외관상으로는 약간 장식을 해 눈에 띄게 함으로써, 사람들의 머리와 가슴을 뒤흔들어 그들에게 할당된 이 이틀간의 축제 기간이 평일과는 다르다는 인상을 남긴 것이 사실이었다. 그러나 이것도 이미 가까운 과거, 또 먼 과거가 되고 말았다…….

고문관의 아들인 크누트라는 젊은이가 방학을 맞아 이 위에 와 요양원 옆에 있는 아버지의 숙소에서 함께 지냈다. 청년은 상당한 호남이기는 했지만, 아버지와 마찬가지로 벌써 목덜미가 약간 튀어나와 있었다. 이 베렌스 2세의 체재는 주위의 분위기로도 느낄 수 있었는데, 부인들은 아무것도 아닌 일에 깔깔 웃어 대고 멋을 부리며 민감하게 반응했다. 이들에게는 정원이나 숲, 요양 호텔 부근에서 크누트를 만났다는 이야기가 바로 화제가 되었다. 게다가 베렌스 2세는 친구들을 데리고 왔다. 예닐곱 명의 대학 친구들이 이 골짜기에 올라왔는데, 이들은 플라츠에 머물면서 식사는 고문관의 집에서 했으며, 크누트와 함께 떼를 지어 몰려다녔다. 한스 카스토르프는 이들과 얼굴을 마주치지 않으려 했다. 심지어 이 젊은이들을 피했고, 이들과 마주치기 싫어서 요아힘과 함께 가던 길을 돌아가기도 했다. 이 위의 일원인 한스 카스토르프와, 노래를 부르고 지팡이를 흔들며 몰려다니는 이들의 세계 사이에는 벽이 있었다. 그는 이들에 관한 어떤 얘기도 듣고 싶지 않았고, 이들에 관해 어떤 것도 알고 싶지 않았다. 게다가 이들 중의 대부분은 북부 독일 출신인 듯했으므로, 어쩌면 이들 가운데 동향인 함부르크 사람도 있을지 몰랐다. 한스 카스토르프는 이곳에서 동향인을 만나는 것을 몹시도 꺼려 했다. 함부르크 사람이 이곳 베르크호프에 올지도 모른다는 생각만으로도 종종 공연히 반감이 생겼다. 특히 베렌스의 말에 따르면, 함부르크란 도시가 요양원에 항상 상당한 몫의 단골손님들을 보내 주고 있다는 것이다. 어쩌면 그가 아직 보지 못한 중환자나 위독한 환자들 중에 그런 동향인들이 있을지도 몰랐다. 현재 눈에 보이는 사람이라면 2~3주 전부터 일티스 부인의 식탁에 앉아 있는, 볼이 쑥 들어간 상인밖에 없었다. 그 사나이는 쿡스하펜[4]에서 온 상인이라고 했다. 한스 카스토르프는 이 사나이를 바라볼 때마다 이곳에서는 같은 식탁에 앉는 사람들 이외에는 서로 접촉하기 어렵다는 사실, 또 자신의 고향 도시가 크고 방대하다는 사실을 다행으로 생각하고 기뻐했다. 이 위에서 함부르크 출신을 만나게 될까 두려워하던 한스 카스토르프는 이 상인이 있어도 아무렇지도 않자 기분이 아주 홀가분해졌다.

그럭저럭 크리스마스이브가 가까워졌나 싶었는데, 어느새 목전에 다가와 내일이면 정말로 크리스마스였다…… 이곳 사람들이 벌써부터 크리스마스에 관해 말하는 것을 듣고, 한스 카스토르프가 놀라워 한 때가 이미 6주도 훨씬 전이었다. 산술적으로 계산해 본다면, 크리스마스까지는 그가 이곳에 원래 체재할 예정이었던 3주에 그가 침대에 누워 지냈던 3주를 합친 일수가 아직 남아 있었다. 그럼에도 불구하고 당시에 6주라는 기간은 상당한 시간이었다. 말하자면 나중에 한스 카스토르프가 생각하기에 전반 3주간은 아주 긴 시간이었다 — 반면에, 후반의 3주간은 산술적인 시간은 같다 해도, 아주 짧게 느껴져 거의 없는 것이나 마찬가지 같았다. 그래서 식당의 동료들이 그 기간을 아주 사소한 것으로 얕잡아 보는 게 타당성이 있다고 생각했다. 6주가 거의 일주일만큼도 안 되는 것처럼 느껴졌다. 그것이 어느 정도의 기간인가 하면, 월요일을 기점으로 일요일까지 갔다가 다시 월요일로 돌아오는 하나의 작은 순환인 일주일이 얼마만 한 길이에 해당되는가 생각해 본다면 대체로 짐작할 수 있다. 이러한 시간 단위를 합하더라도 그렇게 대단하지 않은 기간이라는 것을 이해하려면, 시간 단위를 점점 더 작게 해서 그 단위의 가치와 의미를 생각하기만 하면 된다. 더욱이 이러한 시

4 독일 북부 니더작센 주의 도시. 엘베 강 하구에 자리 잡고 있으며, 1394~1937년에 함부르크에 속해 있다가 하노버에 편입되었다.

간 단위를 합치면 이와 동시에 시간을 현저하게 단축시키고 지워 없애며, 줄어들게 하고 소멸하게 하는 효과가 있었다. 가령 하루를 점심 식사 식탁에 앉는 순간부터 24시간 후에 다시 같은 순간으로 돌아올 때까지의 시간이라고 계산한다면, 이 하루란 무엇이었을까? 아무것도 없는 것, 즉 무(無)였다. 비록 그것이 24시간이란 시간인 것이 분명하더라도 말이다. 그렇다면 한 시간이란 어떤가? 가령 안정 요양을 하고, 산책을 하거나 식사를 하는 데 ─ 이것으로 한 시간이라는 단위를 보내긴 충분하지 않았을까? ─ 소비되는 한 시간이란 대체 무엇이었을까? 이것도 마찬가지로 무(無)였다. 그러나 무를 합친다 해도 그 성질로 볼 때 역시 대수로운 것이 되지 못했다. 오히려 최소 단위로 내려갔을 때 비로소 대단한 것이 되었다. 60초의 일곱 배라는 시간, 즉 체온계의 곡선이 그려지도록 입술 사이에 체온계를 물고 있는 7분이라는 시간은 정말로 강인한 생명력을 지니고 있었고 의미심장했다. 단위가 큰 대량의 시간은 그림자처럼 훌쩍 지나가는 반면에, 이 7분이라는 짧은 시간은 작은 영원으로 확대되어 무척이나 두꺼운 층을 이루고 있었다…….

크리스마스도 베르크호프 사람들의 생활 질서를 크게 흔들어 놓진 못했다. 멋지게 자란 전나무 한 그루가 크리스마스 2~3일 전에 이미 식당의 오른쪽에 놓인 이류 러시아인석 옆에 세워졌다. 향기가 푸짐한 요리에서 피어오르는 김 사이로 흘러, 간간이 식사를 하는 사람들 코에 스며들어 와, 일곱 식탁에 자리 잡은 사람들 몇몇의 얼굴에 무언가 생각에 잠긴 듯한 표정을 띠게 했다. 12월 24일의 저녁 식사 때, 그 전나무는 장식용 금속 실, 유리구슬, 금색으로 칠한 솔방울, 그물에 넣어 건 조그만 사과, 갖가지 과자로 화려하게 장식되었고, 채색한 양초가 식사가 끝날 때까지 계속 타고 있었다. 병상을 떠날 수 없는 환자들의 방에도 조그만 트리가 세워지고 촛불이 켜져서, 누구나 다 자신의 크리스마스트리를 갖게 되었다. 그리고 며칠 사이에 이곳에 오는 소포의 양이 부쩍 많아졌다. 요아힘 침센과 한스 카스토르프도 저 아래 먼 고향으로부터 소포를 받았다. 정성스럽게 포장하여 보낸 선물을 두 사람은 각기 자신의 방에서 풀어 보았다. 소포 상자 안에는 의미 있는 옷가지들, 넥타이, 가죽과 니켈로 만든 호화로운 장식물, 수많은 크리스마스용 과자와 호두, 사과, 아몬드가 들어 있었는데 — 그 양이 너무 많아서 이것을 도대체 언제 다 먹을 수 있을까 하고 사촌들이 고개를 갸웃거리며 서로에게 물어볼 정도였다. 한스 카스토르프는 자신의 소포가 샬렌의 손으로 꾸려졌고, 또한 그녀가 삼촌들과 구체적으로 의논을 한 후에 선물을 준비해 보낸 것임을 알 수 있었다. 거기에는 제임스 티나펠이 보낸 편지가 한 통 들어 있었는데, 사신용(私信用)의 두꺼운 편지지에 타자기로 쳐서 쓴 편지였다. 티나펠 숙부는 편지에서 종조부와 자신의 크리스마스 축하 인사와 회복을 소망하는 인사를 했고, 요령 있게 곧 다가올 새해 인사도 덧붙였다. 말이 나왔으니 하는 말인데, 이 요령은 한스 카스토르프가 어느 때인가 누워서 병상 보고에 곁들여 크리스마스 인사를 함께 했던 것과 마찬가지 방법이었다.

식당의 전나무는 촛불에 타며 바삭바삭 소리를 냈고, 타면서 향기를 내어 사람들의 머리와 가슴속에 이날 밤의 의미를 일깨워 주었다. 사람들은 성장을 했는데, 남자들은 예복을 입었고, 부인들은 평지의 각국에 사는 남편들이 보내온 것인 듯한 장신구를 달고 있었다. 클라브디아 쇼샤도 이곳에서 관습처럼 입던 털 스웨터 대신 야회복으로 바꿔 입었는데, 그것은 자의적인 복장 같기도 하고 민족적인 복장 같기도 했다. 그 야회복은 농민들이 입는 러시아풍 같기도, 발칸풍 같기도 하면서 어딘가 불가리아풍의 느낌을 주기도 하는, 색이 밝고 자수가 있는 장식 띠에 조그만 금실이 달린 의상이었다. 주름이 많은 그 옷은 그녀를 다른 때와는 달리 부드럽고 풍만한 인상이라고 느끼게 했고, 세템브리니가 〈타타르인의 인상〉이라며 특히 걸핏하면 〈초원 지대의 늑대 눈빛〉이라고 불렀던 얼굴과 알맞게 조화를 이루고 있었다. 일류 러시아인석은 꽤 흥청거렸다. 이 식탁에서 제일 먼저 샴페인을 터뜨리는 소리가 났고, 그 뒤를 따라 거의 모든 식탁에서 샴페인을 터뜨리고 마셨다. 사촌들의 식탁에서는 예의 왕고모가 자신의 질녀와 마루샤를 위해 샴페인을 주문하여 그것을 모든 사람에게 권했다. 메뉴는 특별히 정선된 것으로 치즈가 든 과자와 봉봉 사탕으로 끝났지만, 사람들은 거기에다 커피와 리큐어를 추가했다. 가끔 전나무 가지에 촛불이 옮겨붙어 이를 끄지 않으면 안 되었고, 그때마다 사람들은 불을 끄느라 소리를 지르며 한바탕 소동을 벌였다. 세템브리니는 여느 때와 같은 복장을 하고서, 축하연이 끝날 즈음 이쑤시개를 입에 문 채 사촌들의 식탁에 잠시 앉아 슈퇴어 부인을 놀려 대고는, 오늘 밤에 탄생했다고 하는 목수의 아들이자 인류의 랍비에 대해 몇 마디 지껄여 댔다. 그 인물이 실제로 존재했는지는 확실하지 않지만, 그가 당시에 태어나서 오늘날까지 끊임없이 승리의 길을 이어 가고 있는 이유는 평등의 이념과 더불어 개개인 영혼의 가치에 대한 이념 —— 한마디로 말해 개인주의적 민주주의 정신 때문이며, 자신은 이러한 의미에서 자신에게 권하는 술잔을 비운다고 했다. 슈퇴어 부인은 세템브리니의 이러한 표현 방식을 〈애매모호하고 몰인정하다〉고 생각했다. 그녀는 이렇게 항의하며 자리에서 벌떡 일어섰지만, 그때 마침 사람들이 사교실로 슬슬 움직이기 시작했기 때문에 사촌들의 식탁 동료들도 그녀를 따라 자리에서 일어섰다.

그날 밤의 모임은, 크누트와 밀렌동크를 대동하고 나타나 30분 정도 얼굴을 내민 고문관에게 선물을 증정하느라 더욱 의미가 있고 활기찼다. 증정식은 광학적으로 응용한 오락 기구가 있는 살롱에서 행해졌다. 러시아인들이 특별히 마련한 선물은 가운데에 수령인인 고문관의 머리글자가 새겨진 아주 크고 둥근 은제 접시로, 얼핏 보아서는 아무짝에도 쓸모없어 보이는 시시한 물건이었다. 러시아인들을 제외한 일반 환자들이 증정한 긴 의자는, 커버도 쿠션도 없이 다만 천이 깔려 있을 뿐이지만 그래도 거기에 누울 수는 있었다. 또한 머리를 대는 부분은 높낮이를 조절할 수 있었다. 그리고 베렌스는 얼마나 편안한지 시험해 보려고, 아무 쓸모없는 물건인 그 둥근 접시를 옆구리에 끼고 길게 드러누워서 눈을 감았다. 그러고는 자신은 보물을 지키는 파프니르[5]라고 말하면서 기계톱 같은 소리를 내며 코 고는 시늉을 해보였다. 그러자 모두들 일제히 환호성을 질렀다. 쇼샤 부인도 이 연기를 보고 크게 웃었는데, 그녀가 웃을 때 눈을 가느다랗게

5 북유럽 신화에 나오는 용의 이름. 니벨룽의 보물을 지키다가 지크프리트에게 살해되었다.

모으고 입을 벌리는 두 가지 모습에서 옛날 프리비슬라프 히페가 웃을 때의 모습과 똑같다고 한스 카스토르프는 생각했다.

원장이 자리에서 사라지자마자 사람들은 놀이용 탁자에 앉았다. 러시아인들은 여느 때와 마찬가지로 작은 살롱으로 자리를 옮겼다. 손님 몇몇은 홀의 크리스마스트리 주위에 둘러서서 짧아진 양초의 촛불이 금속제의 조그만 통 속에서 서서히 꺼져 가는 모습을 바라보기도 하고, 또 나무에 매달아 놓은 과자를 집어 먹기도 했다. 식탁에는 벌써 내일 첫 아침 식사가 준비되어 있었다. 손님들은 서로 멀찍이 떨어져 앉아, 저마다 팔꿈치를 괴고 묵묵히 침묵을 지키고 있었다.

크리스마스의 첫째 날은 습기 차고 안개가 짙게 낀 날씨였다. 베렌스의 말로는, 사방을 둘러싸고 있는 것은 구름이며 이 위에 안개 같은 것은 없다고 했다. 하지만 구름이든 안개든 좌우간 축축하게 습기가 낀 것은 마찬가지였다. 쌓여 있던 눈의 표면이 녹아 군데군데 구멍이 뚫리고 질퍽해졌다. 이런 날 안정 요양을 할 때면 햇볕이 내리쬐는 추운 날씨일 때보다 오히려 얼굴과 손이 훨씬 더 시렸다.

그날은 밤에 음악 행사가 있어서 보통날과는 달랐다. 의자가 줄지어 놓여 있고 인쇄한 프로그램도 준비한 본격적인 연주회로서, 베르크호프 당국이 이 위의 사람들을 위해 제공한 것이었다. 가곡의 밤으로, 가수는 이 위에 살면서 개인 교습을 하는 전문 성악가였다. 그녀는 가슴이 파인 무용복 차림에 메달 두 개를 달았고, 팔은 장대처럼 길었으며, 그 묘하게 힘이 하나도 없는 목소리는 그녀가 이 위에 살게 된 서글픈 사정을 말해 주고 있었다. 그녀는 이렇게 노래했다.

내 사랑은 한시도
나에게서 떠나지 않네.

　반주를 하는 피아니스트도 마찬가지로 이곳에 사는 사람
이었다……. 쇼샤 부인은 맨 앞줄에 앉아 있었는데, 쉬는 시
간을 이용해 도중에 나가 버렸다. 그래서 한스 카스토르프
는 그때부터 가수가 노래를 부르는 동안, 프로그램에 인쇄된
가사를 살펴보기도 하면서 차분한 마음으로 음악에 (어쨌든
그것도 음악임에는 틀림없었다) 귀 기울일 수 있었다. 세템
브리니는 잠시 그의 옆에 앉아 있다가 이곳 가수의 둔탁하게
울리는 미성에 대해 조형적이고 엄격한 비평을 몇 마디 하더
니, 환자 모두가 오늘 밤에도 이토록 충실하고 마음 편하게
지낸다며 조롱조의 만족감을 표시하고는 역시 자리에서 모
습을 감추었다. 사실을 말하자면, 한스 카스토르프는 눈이
가느다란 부인과 교육자가 퇴장하자 아무에게도 구애받지
않고 마음 편히 노래에 집중할 수 있었다. 세계 어디에서도,
어떤 특별한 상황에서도, 심지어 극지 탐험 여행 중에라도,
음악이 연주된다는 것은 고마운 일이라고 그는 생각했다.
　크리스마스의 다음 날은 그날이 크리스마스 둘째 날이라
는 가벼운 의식을 제외하면, 보통의 일요일, 아니 보통 요일
과 전혀 다를 게 없었다. 그리고 이날이 지나자 크리스마스 축
제는 먼 과거의 일이 되었다 ― 또는 다시 먼 미래의 일, 1년
후의 일이 되고 말았다고 할 수 있다. 시간이 다시 지나 그때
가 되려면 열두 달이 흘러야 했다 ― 그렇다 해도 결국 한스
카스토르프가 이 위에서 보낸 5개월이라는 달수보다 겨우

일곱 달 더 많은 것에 불과했다.

　그런데 이번 크리스마스가 끝나자마자, 미처 새해가 되기도 전에 아마추어 기수가 죽고 말았다. 사촌들은 이 우울한 소식을 베르타 간호사라 불리는 알프레다 쉴트크네히트에게서 들었다. 불쌍한 프리츠 로트바인을 돌보는 간호사였는데, 그녀가 복도에서 사촌들에게 이 이야기를 살짝 들려주었던 것이다. 한스 카스토르프는 이 말에 남다른 관심을 보였다. 그 이유는 이 아마추어 기수가 살아 있다는 표현, 즉 기침이 그가 이 위에서 받은 최초의 인상들 중의 하나였으며, 그것 때문에 그의 얼굴이 상기된 이래로 다시는 가라앉지 않게 되었고, 그 밖에도 도덕적이며 종교적인 이유가 있었기 때문이라고 할 수 있다. 한스 카스토르프는 요아힘을 붙잡아 놓고 간호사와 한참이나 얘기를 나누었다. 간호사는 그가 자신에게 말을 걸어 와 대화를 나누는 것을 무척 고맙게 여겼다. 그녀의 말에 따르면, 아마추어 기수가 크리스마스 때까지 살아남은 것만 해도 기적이라는 것이다. 그가 강인하고 끈기 있는 기사라는 것은 진작부터 알고 있었지만, 마지막에 가서는 그가 어떻게 숨을 쉴 수 있는지 도무지 알 수 없었다고 한다. 아마추어 기수는 며칠 전부터는 굉장히 많은 양의 산소를 공급받아 겨우 버텼으며, 어제만 해도 한 개에 6프랑이나 하는 산소통을 40개나 비웠다고 한다. 사촌들도 계산해 보면 알 수 있겠지만, 대단한 금액이 들었을 것이다. 그건 그렇다 쳐도 반드시 생각해 보아야 할 점은, 숨을 거둘 때 그를 껴안아 준 그의 아내는 완전히 무일푼으로 남게 된다는 사실이라고 했다. 요아힘은 이 쓸데없는 돈 낭비를 비난했다. 무엇 때문에 전혀 가망 없는 환자를 이렇게 괴롭히고, 막대한 돈을 낭비하면서까지 목숨을 인위적으로 연장한단 말인가? 본인이야 강제로 마시게 되었으니 값비싼 생명 가스를 맹목적으로 마셨다 해도 뭐라고 탓할 수 없겠다. 그러나 치료 담당자들은 좀 더 합리적으로 판단해 피할 수 없는 여행길이라면 그대로 가게 했어야 한다. 재정 상태를 생각하지 않는다손 쳐도 그렇게 했어야 옳은데, 하물며 그것까지 고려한다면 더욱 그랬어야 한다는 것이다. 뒤에 남은 유족들도 살아갈 권리가 있으니까 말이다. 요아힘은 대충 이런 말을 했고, 이 말에 대해 한스 카스토르프는 강경하게 반대했다. 사촌의 말에서는 세템브리니 씨의 말과 마찬가지로 고통에 대한 존경심도 외경심도 전혀 느껴지지 않는다는 것이다. 아마추어 기수는 결국 죽었으니 농담을 해서는 안 되며, 우리가 진지한 감정을 표시하려면 말을 삼가는 것밖에 별도리가 없다. 그리고 죽어 가는 사람에게는 아무리 존경과 경의를 표시한다 해도 지나칠 게 없다며, 한스 카스토르프는 단호하게 반론을 폈다. 아마추어 기수가 임종을 맞이할 때 베렌스가 평소처럼 호통을 치고 마구 윽박지르지 않았기를 바란다며 그가 간호사에게 묻자, 간호사 쉴트크네히트는 그럴 필요가 없었다고 말했다. 아마추어 기수가 이제 마지막이라는 것을 알았을 때 약간 발버둥을 치면서 침대에서 뛰쳐나오려고 했지만, 아무리 그래 봐야 소용이 없다는 가벼운 주의를 듣고는 그것으로 완전히 단념한 것 같았다는 것이다.

한스 카스토르프는 고인이 된 자의 주검을 면밀히 관찰하려 했다. 그가 그렇게 한 것은 주위에 팽배해 있는 비밀주의에 반대했기 때문이다. 그는 아무것도 알려고 하지 않고, 아무것도 보지도 듣지도 않으려는 주위 사람들의 이기적인 생각을 경멸하여 행동으로 이것에 항의할 작정이었다. 그는 식사 때에 아마추어 기수의 죽음을 화제에 올리려고 했지만, 그 화제가 모든 사람에게서 일제히 완강하게 거부당하는 바람에 무안해지고 동시에 화가 났다. 슈퇴어 부인 같은 사람은 무례하게 화를 내기까지 했다. 그녀는 그가 무슨 생각으로 그런 말을 꺼내는지 모르겠으며, 도대체 가정 교육을 어떻게 받고 자랐는지 모르겠다고 말했다. 요양원의 규칙에 따라 환자들은 그런 말을 듣지 않도록 세심하게 보호받고 있는데, 아무것도 모르는 신참이 와서, 게다가 불고기가 나와 있는 이때에, 또 오늘이라도 당장 어떻게 될지 모르는 블루멘콜 앞에서 (그녀는 이것은 살짝 말했다) 그런 말을 큰 소리로 떠들 수 있느냐는 것이다. 다시 한 번 이런 일이 되풀이되면 고소해 버리겠다고 그녀는 으름장을 놓았다. 이렇게 꾸지람을 당한 한스 카스토르프는 자기로서는 고인이 된 동숙자(同宿者)를 방문하여 그의 머리맡에서 조용히 명복을 빌어 마지막 경의를 표할 결심을 하고, 그 결심을 입 밖에 내어 표현한 것이라고 말했다. 그리고 요아힘에게도 그것을 결행하자며 동행을 강요하다시피 했다.

두 사람은 간호사 알프레다의 주선으로 자신들의 방 아래 2층에 있는 임종실로 들어갔다. 두 사람을 맞이한 미망인은 키가 작고 금발이었는데, 밤새 간호한 탓에 머리카락이 흐트러지고 얼굴이 몹시 야윈 상태였으며, 또 방 안이 몹시 추운 터라 코가 빨개져서, 두꺼운 외투의 깃을 올리고 입에는 손수건을 대고 있었다. 스팀은 꺼져 있고, 발코니 문은 열려 있었다. 두 청년은 목소리를 낮추어 필요한 인사의 말을 하고, 미망인이 고통스럽게 손짓하며 들어오라고 하자 방을 가로

질러 시신이 있는 침대로 갔다 — 이들은 발뒤꿈치가 바닥에 닿지 않게 공손히 살금살금 앞으로 나아가, 침상에서 죽은 자를 내려다보며 각자 자신의 방식대로 서 있었다. 요아힘은 군대식으로 경례하듯 몸을 반쯤 숙인 채 움직이지 않았고, 한스 카스토르프는 두 손을 마주 잡고 머리를 어깨 쪽으로 기울이고, 음악을 들을 때면 으레 짓는 표정을 지으며 긴장이 풀린 자세로 꼼짝 않고 있었다. 아마추어 기수의 머리는 베개로 높이 떠받쳐져 있었으며, 그래서 아래 끝에서 두 발이 위로 들린 기다란 구조물이자 생명의 복잡한 생식체인 이 육체는 더욱 편평하게, 거의 판자처럼 납작하게 보였다. 화환 하나가 무릎 근처에 놓여 있었고, 화환에서 툭 튀어나온 종려나무 가지 하나가 움푹 들어간 가슴 위에서, 서로 맞잡고 있는 크고 누런 손, 뼈만 앙상한 손에 닿아 있었다. 머리가 벗겨지고, 매부리코에다가, 광대뼈가 튀어나온 얼굴 역시 누렇고 앙상했다. 불그레한 금발의 콧수염이 텁수룩하게 나 있어 털이 무성한 회색 뺨이 더욱 움푹해 보였다. 두 눈은 부자연스러울 만큼 꽉 감겨 있었다 — 한스 카스토르프는 이것을 보고 눈을 감은 것이 아니라 억지로 감겨진 것이라고 생각하지 않을 수 없었다. 이런 행위는 죽은 사람을 위해서라기보다는 뒤에 남은 유족들을 위해 하는 것이지만, 유족들은 이를 죽은 사람에 대한 마지막 성의라고 생각하고 있었다. 근육 속에서 일단 근 섬유소가 형성되기 시작하면, 이미 때를 놓쳐 눈이 감기지 않으므로, 망자는 누워서 계속 어딘가를 응시를 하고 있어야 하기 때문에 〈영면〉이라는 의미심장한 느낌을 부여하기 위해 이렇게 망자의 눈을 감겨 주는 것이었다.

한스 카스토르프는 이런 방면에 경험이 많아서, 안정되고 익숙한 자세로 경건하게 침상 옆에 서 있었다. 「마치 잠을 자고 있는 것 같습니다.」 사실과 많이 달랐지만 그는 미망인을 위로하기 위해 이렇게 말했다. 그러고 나서 목소리를 적당히 낮추어 아마추어 기수의 미망인과 대화를 나누기 시작했다. 그녀의 남편이 고통을 겪은 이야기, 마지막 며칠간과 몇 분간의 모습, 남편의 유해를 케른텐으로 옮기는 문제 등에 대해 그는 의학적, 종교적, 윤리적인 관심과 전문적인 지식을 나타내는 성질의 질문을 던졌다. 미망인은 오스트리아 사람답게 느릿느릿하고 콧소리 섞인 말투로, 때로는 울먹이면서, 젊은 사람들이 남의 슬픔에 이렇게 깊은 관심을 보이는 것은 정말 드문 일이라고 말했다. 여기에 대해 한스 카스토르프는, 자신과 사촌 둘 다 병을 앓고 있으며, 더욱이 자신은 어려서부터 가까운 사람들을 잃고 임종의 자리에 많이 서보았기 때문에, 말하자면 자기는 부모 없는 고아이기 때문에 일찍부터 죽음과 친숙하다고 답했다. 이어 직업이 무엇이냐는 미망인의 질문에 그는 기술자〈였습니다〉라고 대답했다 — 였습니다라뇨?라고 미망인이 되묻자, 한스 카스토르프는 이렇게 병이 나서 앞으로 얼마나 이곳에 있어야 할지 모르겠습니다만, 지금이 중대한 고비이며, 어쩌면 이것이 인생의 전환점과 같은 것이 될지 모르므로 기술자〈였습니다〉라고 말했다고 했다. (요아힘은 깜짝 놀란 눈으로 사촌을 주시했다.) 그럼 사촌은요? — 그는 평지에서 군인이 되려고 합니다, 사관후보생이거든요 — 아, 그렇군요. 미망인은 말했다. 군인이란 진지함을 필요로 하는 직업이지요, 사정에 따라서는 언제 죽음을 맞이할지 모른다는 사실을 염두에 두어야 하고요, 그러니 일찍부터 죽음의 모습을 보아 익혀 두는 게 좋을지도 모르겠어요. 그녀는 두 청년에게 고맙다는 말과 함께 상냥한 태도로 작별 인사를 했다. 그녀가 처한 곤궁한 상황, 특히 남편이 남기고 간 거액의 산소 대금을 생각하면 이 의연한 태도에 존경을 느끼지 않을 수 없었다. 사촌들은 3층 자기들의 숙소로 돌아왔다. 한스 카스토르프는 이 방문에 만족한 듯했고, 방문에서 받은 인상에 종교적인 흥분을 느끼는 것 같았다.

「그대 영령이여, 평안히 잠드소서.」 그는 라틴어로 말했다. 「그대 육신이여, 편히 쉴지어다. 주여, 영원한 안식을 주소서. 이봐, 죽음이 문제가 될 때, 죽은 자에게 말을 하거나 죽은 자에 관해 말할 때, 그때는 라틴어가 다시 효력을 발휘하는 거야. 그런 경우엔 라틴어가 공용어이고 말이지. 그로 말미암아 죽음이 얼마나 특별한 의미를 지니는지 깨닫게 되는 거야. 하지만 죽음에 경의를 표하기 위해 라틴어를 사용하는 것은 인문주의적인 예의범절 때문만은 아니야. 자네도 알다시피 죽음의 경우에 쓰는 언어는 교양 있는 라틴어가 아니라, 그것과는 전혀 다른 정반대의 정신에서 나온 라틴어라고 말할 수 있어. 종교상의 라틴어, 성직자의 용어, 중세적인 언어, 어느 정도는 음산하고 단조로운 지하의 노래라고도 할 수 있지 ─ 세템브리니 씨의 마음에 들지 않는 라틴어야. 휴머니스트, 공화주의자, 그런 교육자에게는 전혀 맞지 않고, 이것과는 다른 정신 방향에서 나온 라틴어야. 내 생각으로는, 우리들은 여러 가지 정신 방향, 더 정확하게 말하자면 정신적인 분위기에 대해 분명한 태도를 정해야 해. 경건한 분위기와 자유로운 분위기를 구분해야 한다는 거지. 물론 양쪽 다 장점이 있지만, 내가 자유로운 분위기, 즉 세템브리니식의 분위기에 대해 불만스러운 점은, 그쪽이 인간의 존엄성을 자기 혼자서 독점한 듯 여긴다는 점뿐이야. 그건 좀 지나치지. 또 하나 다른 분위기, 즉 경건한 쪽에도 나름대로 인간적인 존엄성이 내포되어 있어서, 수많은 예의범절이며 정돈된 태도며 고상한 형식을 지니게 해주지. 심지어 어떻게 보면 〈자유로운〉 분위기를 능가한다고도 할 수 있어. 경건한 분위기는 인간의 약점과 무력함을 특히 염두에 두고 있어서, 죽음과 분해에 대한 생각이 거기서 중요한 역할을 하고 있다 할 수 있거든. 자네는 실러의 연극 「돈 카를로스」를 본 적이 있나? 이 연극에서 필립 왕이 온통 검은 옷을 입고, 가터 훈장[6]과 금양피 훈장을 달고 들어와, 오늘날의 중산모와 거의 비슷하게 보이는 모자를 천천히 벗고는 — 그것을 위로 들어 올리며 〈쓰시오, 경들〉이라든지 이와 비슷한 말을 한다면 스페인 궁정의 분위기가 어떠했겠어? — 그것은 이를 데 없이 질서정연하고, 제멋대로의 분위기라든가 흥청흥청 방종의 분위기라고는 도저히 말할 수 없으며, 오히려 그 반대라고 할 수 있지. 그래서 왕비도 〈내가 태어난 프랑스에서는 이렇지 않았어요〉라고 했던 거야. 물론 왕비에게는 모든 것이 너무 엄격하고 번거로워서 보다 활발하고 인간적인 분위기를 바라는 마음에서 한 말이지. 하지만 인간적이란 것은 무엇을 말하는 것일까? 모든 것이 다 인간적인 거야. 내 생각에는 스페인식의 경건함, 겸허함과 장중함, 엄중함 등 모두가 인간적인 것의 아주 품위 있는 형식인 것 같아. 다른 한편으로 〈인간적인〉이라는 말로 칠칠치 못한 것과 해이한 모든

6 기사에게 수여되는 영국 최고 훈장.

것을 얼버무릴 수 있다고 생각해. 어때, 자네도 내 말에 공감하겠지.」

「공감하고말고.」 요아힘이 말했다. 「나도 물론 해이하고 제멋대로인 것은 참을 수 없어. 규율이 없으면 안 되거든.」

「그렇지, 자네는 군인으로서 그런 말을 하는 것이 당연해. 그리고 군에서는 이렇게 규율을 엄격하게 지킨다는 것도 인정하겠어. 자네들의 임무는 진지한 것으로, 언제나 극단적인 긴급 사태를 고려해야 하고, 죽음과 대면할 각오를 해야 한다고 말한 미망인이 사실 옳았어. 자네들이 입은 제복은 단정하고 말쑥하며 또 칼라가 빳빳하지. 그것 때문에 자네들이 예의 바르게 보이는 거야. 그리고 자네들에겐 계급과 복종의 의무가 있어서, 서로에게 깍듯하게 경의를 표하는데, 이것은 스페인식 정신, 즉 경건함 때문이지. 사실 나도 그런 것이 싫지는 않아. 우리 민간인들 사이에서도 이런 정신은 더욱 북돋아져야 해. 우리들의 예의범절과 행동거지에서도 말이야. 나는 거기에 더 호감이 가며, 그렇게 되는 게 적절하다고 생각하고 있어. 내 생각에 이 세상과 인생이란 보통 검은 옷을 입고, 자네들의 깃 대신에 풀 먹인 강력한 목 칼라를 하며, 죽음을 염두에 두고 진지하고 차분히 예의 바르게 교제하는 데 딱 어울리는 것 같아 — 그것은 내 기분에 꼭 들어맞기도 하고, 또 도덕적일지도 몰라. 어떤가, 자네. 그 점이 세템브리니의 잘못이자 오만한 점이기도 해. 또 한 가지, 자네와 대화를 나누면서 이런 점을 지적하게 되어 정말 잘 되었어. 그는 인간의 존엄성을 혼자 독점하고 있는 듯 말할 뿐만 아니라, 도덕에 대해서도 그렇게 생각하고 있으니 말이야 — 그의 〈인생의 실제적인 일〉과 진보의 일요일 축제와 (일요일에까지 진보 같은 것을 생각하지 않아도 생각할 일이 많을 텐데 말이야) 고통의 조직적인 해소를 들먹이면서 말이야. 물론 자네는 이런 말을 듣지 못했겠지만, 나에게는 교화의 목적으로 들려주었어 — 그는 백과사전을 쓰면 조직적으로 고통을 제거한다고 해. 그런데 바로 이것이 나에게는 부도덕하게 들린다고 한다면 — 그렇다면 어떻겠나? 물론 나는 그에게 이런 말을 하지는 않아. 그러면 그는 예의 조형적인 말투로 〈경고합니다, 엔지니어 양반!〉 하고 나를 꼼짝 못하게 하겠지. 하지만 어떤 생각을 하든 그건 각자의 자유야 — 경들이여, 나에게 사상의 자유를 주시게나. 그건 그렇고, 자네에게 할 말이 있어.」 그는 이렇게 일단 말을 끝맺고 다시 이야기를 시작했다. (두 사람은 요아힘의 방에 도착했고, 요아힘은 요양 준비를 했다.)

「내가 계획하고 있는 것을 자네에게 들려주겠네. 우리들은 여기서, 죽어 가는 사람들이나 말할 수 없는 고통과 슬픔을 겪고 있는 사람들과 이웃하여 살아가면서도, 모두들 그런 것은 자기가 알 바 아니라는 행동을 취하고 있지. 그뿐 아니라 그런 것을 접하지 않고, 보지 않아도 지낼 수 있게 비호와 보호를 받고 있어. 아마추어 기수도 우리들이 저녁 식사나 아침 식사를 하러 간 사이에 살짝 치워질 게 틀림없어. 이것이야말로 부도덕이라고 생각해. 그 슈퇴어라는 여자는, 내가 아마추어 기수가 죽었다는 사실을 언급한 것만으로도 미친 사람처럼 화를 냈으니까. 그건 말도 안 되지. 아무리 교양이 없는 여자이기로서니, 요전에 식사할 때 그랬듯이 〈은밀하고도 은밀한 거룩한 멜로디〉라는 가사가 바그너의 「탄호이저」에 나온다고 믿고 있는 그런 여자라 하더라도 좀 더 도덕적으로 느낄 법도 한데 말이야. 그리고 다른 사람들도 마찬가지야. 그래서 하는 말인데, 이제 난 중환자와 위독한 환자들과 좀 더 가까이 지낼 계획이야. 그러면 나에게도 좋으리라고 생각해 — 아까 문상한 것만으로도 꽤 기분이 좋았어. 그 불쌍한 로이터 군 말인데, 내가 여기에 처음 왔을 때 문틈으로 들여다 본 27호실 환자 말이야. 그는 아마 오래전에 저세상으로 떠나 몰래 치워졌겠지 — 그때 벌써 눈이 유별나게 커 보이더군. 하지만 그 사람 말고 다른 환자들이 얼마든지 있을 거야. 요양원이 환자들로 꽉 차 있는데도 새로 들어오겠다는 사람이 넘쳐 나. 줄을 설 정도야. 알프레다 간호사나 수간호사, 베렌스까지도 우리가 그들과 이런저런 관계를 맺는 것을 도와줄 거야. 별로 어려운 일이 아닐 테니까. 가령 위독한 환자 중 한 명이 생일을 맞이했는데, 우리가 그것을 알게 되었다고 치자 — 그거야 물어서 알아낼 수도 있겠지. 좋아, 우리는 그 환자에게, 경우에 따라서는 그에게나 또는 그녀에게, 방으로 화분을 보내는 거야. 〈진심으로 쾌유를 빌면서. 무명의 같은 환자들로부터〉라고 써서 말이야 — 쾌유라는 말은 예의상 언제라도 사용할 수 있는 적절한 말이지. 물론 우리의 이름이 해당 환자에게 알려질 테지. 그러면 그 또는 그녀는 쇠약해져 있을 테니까 문 너머로 우리에게 감사의 인사를 전할 것이고, 어쩌면 우리를 자신의 방으로 잠깐 초대해서 몇 마디 인간적인 말을 주고받을 수도 있을 거야. 자신이 분해되어 없어지기 전에 말이야. 내 생각은 이래. 어때, 자넨 찬성하겠나? 난 무슨 일이 있어도 이 일을 꼭 실행하겠어.」

요아힘은 그 계획에 반대해 이러쿵저러쿵 말을 할 수가 없었다. 「이곳 요양원 규정에 위배되는 일이야.」 그가 말했다. 「자네는 말하자면 그 규정을 깨뜨리는 셈이 돼. 하지만 자네가 소망하는 것이라면 어쩌면 베렌스가 예외적으로 허락해 줄지 몰라. 의학적인 흥미 때문에 하는 일이라고 얘기하면 될 테니까.」

「그렇지, 무엇보다 그걸 이유로 해야겠어.」 한스 카스토르프가 말했다. 그의 소망은 사실 여러 가지 동기에서 생겨난 것이었다. 주위에 만연한 이기주의에 대한 항의는 그 동기 가운데 하나에 불과했다. 이외의 동기 중에는 고통과 죽음을 진지하게 생각하고 존경하려는 정신적 욕구도 있었다 — 그러한 정신적 욕구를 충족하고 강화하기 위해서, 언제 어디서나 보이는 여러 가지 눈에 거슬리는 행위에 저항하고자 하는 의미에서 그는 중환자나 위독한 환자에게 다가갔던 것이다. 그리고 이러한 눈에 거슬리는 일들로 인해 가슴 아프지만 세템브리니의 판단이 옳았음이 입증되었다. 그러한 실례는 너무나도 많았다. 한스 카스토르프가 그것에 대해 질문을 받았다면, 이곳 베르크호프에 머무르는 사람들 가운데 특별히 아픈 데도 없으면서 완전히 제멋대로, 쉽게 지치고 약간 피로한 것을 구실로 내세우면서, 하지만 실은 그저 즐기기 위해, 환자 생활이 자신의 성미에 맞기 때문에 머무는 이를 그러한 사례로 들었을 것이다. 예를 들어 앞에서 잠시 언급한 적이 있는 헤센펠트 미망인이 그중 하나였는데, 이 활발한 부인이 빠져 있는 도락은 내기였다. 그녀는 남자들과 모든 것에 관해 내기를 걸었다. 내일의 날씨, 다음 요리의 메뉴, 종합 검진의 결과, 누구에게 몇 개월의 선고가 내려질 것인가 등에 내기를 걸었고, 운동 경기에서는 봅슬레이, 빙상 썰매, 스케이트, 스키 선수에게 내기를 걸었으며, 환자들 사이에서 벌어지고 있는 연애 사건의 전망에 대해서도 내기를 걸었다. 이 밖에 때로는 아주 보잘것없고 아무래도 상관 없는 대수롭지 않은 일에까지 내기를 걸었다. 즉 초콜릿 내기, 식당에서 음식이 푸짐하게 나올 때를 예상해서 샴페인과 캐비어 내기, 돈 내기, 영화관 입장권 내기, 심지어 키스하기까지 내걸었다 ── 요컨대 이 여자는 이러한 열정적인 내기로 식당에 긴장감을 감돌게 하고 활력을 불어넣기는 했지만, 한스 카스토르프 청년은 그녀의 행실을 물론 진지하게 보아 줄 수 없었다. 심지어 그녀가 이곳에 있는 것만으로도 고난 받는 장소의 위엄을 손상하는 것처럼 여겨졌다.

이러한 위엄을 지키고 유지하겠다고 한스 카스토르프는 마음속으로 굳게 다짐했지만, 이 위의 사람들 곁에서 반년 가까이 함께 살다 보니 이것도 결코 쉬운 일이 아니었다. 그가 차츰차츰 이곳 사람들의 삶과 행실, 윤리와 사고방식에 대해 얻은 견문도 그 선의의 결심에 별로 도움이 되지 못했다. 가령 〈막스와 모리츠〉라 불리는 열일곱, 열여덟의 두 날씬한 멋쟁이들은 밤만 되면 슬며시 빠져나가 포커를 하거나 술을 마신다고 부인들 사이에서 여러모로 화제에 올라 있었다. 얼마 전에도, 가령 새해가 지나고 일주일 후 (우리가 이야기를 하는 중에도 시간은 조용히 쉬지 않고 흐른다는 사실을 잊어서는 안 된다) 아침 식사 시간에 이런 소문이 퍼졌다. 마사지사가 아침에 이들이 구겨진 사교복 차림 그대로 함께 침대에 누워 있는 것을 목격했다는 것이다. 한스 카스토르프도 이 말을 듣고 웃기는 했지만, 이 역시 그의 선의의 결심을 무안하게 만드는 일이었다. 그러나 이것도 위터보크[7]

출신 변호사 아인후프의 이야기에 비하면 아무것도 아니었다. 그는 턱수염을 뾰족하게 기르고 손에 검은 털이 난 40대의 사나이로, 완쾌되어 나간 어느 스웨덴인 대신에 얼마 전부터 세템브리니의 식탁에 앉아 있었다. 그는 매일 밤마다 만취해 요양원에 돌아올 뿐만 아니라, 요즈음에는 아예 방에 돌아오지도 않고 오히려 풀밭에서 자고 있는 것이 간간이 사람들 눈에 띄었다고 했다. 그는 위험한 난봉꾼으로 소문나 있었다. 슈퇴어 부인 말에 따르면, 어떤 젊은 여자가 — 평지에서 약혼까지 했던 여자였다 — 특정한 시간에 털외투에다 그 밑에 개량 팬티만을 달랑 걸치고 아인후프의 방에서 나오는 것을 목격했으며, 그녀는 그 젊은 여자가 누구인지 손가락으로 가리킬 수도 있다고 장담했다. 이것은 정말 낯 뜨거운 이야기였다 — 보통 도덕적인 의미에서 뿐만 아니라 한스 카스토르프가 개인적으로 바친 정신적인 노력에 굴욕을 안기는 이야기였다. 그는 아인후프 변호사를 생각하면 단정하게 가르마를 탄 프렌츠헨 오버당크를 함께 떠올리지 않을 수 없었다. 그 처녀는 몇 주 전에 당당한 시골 귀부인 타입의 어머니 손에 이끌려 이 위에 올라왔는데, 처음 진단받았을 때는 병세가 가볍다는 소견이었다. 하지만 무슨 잘못을 저질렀는지, 아니면 이곳 공기가 그녀의 병을 낫게 하기보다는 악화시키는 데 적합했는지, 그 소녀가 자신에게 해로운 어떤 음모나 흥분되는 일에 말려 들어가 그것이 몸에 지장을 주었는지는 몰라도, 아무튼 4주 후에 다시 진단을 받고 식당에 들어왔을 때 그녀는 핸드백을 공중에 집어던지며 밝은 목소리로, 〈만세, 1년간 여기 머물러야 한대요!〉라고 소리쳤다

7 독일 북동부의 도시.

— 그러자 식당에서는 일제히 웃음을 터졌다. 그런데 2주 후에 아인후프 변호사가 프렌츠헨 오버당크에게 파렴치한 행동을 저질렀다는 소문이 파다하게 나돌았다. 말이 나왔으니 하는 얘기지만, 파렴치하다는 표현은 우리나 기껏해야 한스 카스토르프가 바라는 바였다. 소문을 낸 당사자들에게는 그렇게 강렬하게 떠벌리기에 그다지 새삼스러운 성질의 말이 아니었기 때문이다. 또한 그러한 사건에는 물론 당사자 두 사람이 있어야 하고, 두 사람 중 어느 한 사람의 의사와 소망에 반해서 그런 일이 벌어졌을 리 없다는 것을, 이들은 어깨를 으쓱하며 넌지시 암시하는 것이었다. 적어도 문제의 그 사건에 대한 슈퇴어 부인의 태도와 윤리적 견해는 그랬다.

카롤리네 슈퇴어는 경악스러운 여자였다. 한스 카스토르프 청년의 진지하고 경건한 정신적 노력을 흩트리는 요소가 있다면, 그것은 바로 이 여자의 존재와 행위였다. 그녀가 항상 저지르는 교양 없는 말실수만으로도 그러기에 충분했다. 그녀는 죽음과의 싸움이자 고통인 〈단말마(斷末魔)〉를 〈단말미〉라고 했고, 누군가가 오만불손한 행동을 한다고 비난할 때는 〈철면피〉라 해야 할 것을 〈철인피〉라고 했으며, 일식(日蝕)을 일으키는 천문 현상에 대해 터무니없는 엉터리말을 했다. 눈이 잔뜩 쌓여 있는 것을 보고는 〈대단한 적설(積雪)〉이라 하지 않고 〈대단한 용적〉이라고도 했다. 어느날엔가는 세템브리니 씨에게 지금 자신이 도서관에서 책을 빌려 읽고 있는데, 책은 세템브리니 씨와도 관계가 있는 책이라고 하면서, 그 책이 〈실러가 번역한 『베네데토 체넬리』예요!〉라고 하여 세템브리니 씨는 한동안 벌린 입을 다물지 못했다. 그녀는 관용구나 유행어를 좋아했는데, 이 말투도 진부한 데다가 몰취미하고 저속하여 한스 카스토르프 청년의 신경을 거슬리게 했다. 가령 〈이건 끝내줘요!〉라든가 〈당신은 상상불가!〉가 그런 표현이었다. 그리고 유행어를 좋아하는 사람들이 〈멋지다〉 또는 〈훌륭하다〉라는 의미로 오랫동안 사용해 온 〈눈부시다〉라는 표현은 완전히 빛과 힘을 잃고 더럽혀지고 낡아 버렸다면서, 가장 최신 유행어인 〈꼴불견이야!〉에 덤벼들었다. 그래서 그 뒤부터는 진지한 의미에서든 익살과 조롱의 의미에서든 모든 것에 〈꼴불견이야!〉라는 표현을 썼다. 즉 썰매 코스에도, 밀가루 음식물에도, 심지어 자신의 체온에도 그런 표현을 썼는데, 이것 역시 구역질 나는 일이었다. 게다가 그녀는 절제가 안 되는 수다쟁이였다. 그녀의 말에 따르면 잘로몬 부인이 지금 최고급 레이스 속옷을 입고 있는데, 그것은 오늘이 진찰받는 날이기 때문에 그 예쁘고 우아한 속옷으로 의사들 앞에서 교태를 부리려는 것이었다 — 이 정도의 수다라면 그럭저럭 참을 만했다. 한스 카스토르프 자신도 진찰 과정은 그 결과와는 관계없이 부인들에게 기쁨을 주며, 부인들이 진찰 때문에 요사스러운 화장을 한다는 인상을 받았다. 그런데 슈퇴어 부인이 척수 결핵으로 의심받고 있는 포젠 출신의 레디슈 부인이 매주 한 번 베렌스 고문관의 눈앞에서 완전히 나체가 되어 10여 분 동안 방 안을 이리저리 걸어다닌다고 확신하며 말하는 것에 대해서는 대체 무엇이라 말해야 할 것인가? 전혀 터무니없는 거짓말이며 음탕한 험담임에 틀림없지만, 슈퇴어 부인은 정말이라고 우기며 맹세도 할 수 있다는 것이다 — 이 가련한 슈퇴어 부인은 자신의 문제만 해도 해결하기 어려운 일이 너무나 많을 텐데, 왜 이토록 남의 일에 흥분하고 힘들여 강조하며 옳다고 우겨 대는지 참으로 이해하기 어려웠다. 날이 갈수록 점점 더 심해진다는 〈무기력〉 때문인지, 아니면 체온 곡선이 올라가서인지 그녀 자신도 그사이 중간중간 마음이 약해져 훌쩍훌쩍 울면서 걱정스러운 발작을 일으키기도 했기 때문이다. 그녀는 꺼칠꺼칠한 빨간 볼을 눈물로 적시도록 평평 울면서 식탁으로 와서는 손수건을 입에 대고 울부짖듯 말했다. 베렌스가 자기를 침대로 보내려고 하는데, 그게 무엇을 의미하는지, 또 자신의 어디가 나쁜 것인지, 자신의 용태는 어떠한지 등을 알고 싶다고, 다시 말해 자신은 진실을 직시하고 싶다고 말했다! 또 어느 날은, 자신의 침대가 발치 쪽이 방 입구를 향해 놓인 것을 발견하고 너무 놀란 나머지 거의 경련을 일으킬 지경에 이르렀다고 한다. 사람들은 그녀가 그토록 격분하고 전율하는 이유를 당장은 알아차리지 못했다. 특히 한스 카스토르프는 그 이유를 알 도리가 없었다. 그것이 어떻다는 것일까? 왜 그런 거지? 어째서 침대 발치가 방 입구를 향해 놓여서는 안 된다는 거지? — 아니, 이럴 수가? 한스 카스토르프는 정말 그것을 모르고 있는 것인가! 「시체가 다리부터 운반되어 나가는데……」 그녀가 울고불고 하면서 난리를 피웠기 때문에, 즉각 침대의 방향을 바꾸지 않을 수 없었다. 그 탓에 베개가 직사광선을 받아서 잠을 자는 데 방해가 되긴 하였다.

이 모든 것들은 진지하지 않아서, 한스 카스토르프의 정신적 욕구를 별로 채워 주지 못했다. 이 무렵 식사 시간 중에 끔찍한 사건이 일어났는데, 이것이 청년에게 특별한 인상을 심어 주었다. 아직 이곳에 온 지 얼마 되지 않은 마르고 조용한 포포브라는 교사가 역시 비쩍 마르고 조용한 그의 아내와 함께 일류 러시아인석에 앉게 되었는데, 식사가 한창일 때 그가 간질병을 앓는다는 사실이 밝혀지고 만 것이다. 그는 처절하게 발작을 일으키며, 책에서나 흔히 묘사되는 악마적이고 비인간적인 비명을 지르며 바닥에 쓰러졌고, 흉측한 모습으로 의자 옆에서 몸을 뒤틀며 팔과 다리를 허우적거렸다. 더욱 난처한 것은, 하필이면 그때 생선 요리가 나와서 포포브가 경련을 일으키는 도중에 생선 가시가 목에 걸릴지도 모를 위험이 있다는 사실이었다. 이 소란은 글로 표현할 수 없을 정도로 끔찍하였다. 슈퇴어 부인을 비롯하여, 잘로몬 부인, 레디슈 부인, 헤센펠트 부인, 마그누스 부인, 일티스 부인, 레비 양과 그 밖에 온갖 여자들이 앞다투어 다양한 반응을 보였으며, 그중 몇몇은 포포브 못지않은 발작을 일으키기도 했다. 이들의 비명 소리는 날카롭게 울렸다. 사방에 온통 경련을 일으키다가 뒤집힌 눈, 멍하니 벌어진 입, 뒤틀어진 상체밖에 보이지 않았다. 어떤 부인은 조용히 기절해 있었다. 모두가 음식을 씹고 삼키고 있을 때에 이런 뜻밖의 사건이 발생했기 때문에, 질식 발작 현상을 일으키는 사람들도 있었다. 바깥이 무척 눅눅하고 추웠지만 식사를 하던 손님의 일부는 출구란 출구는 어디든 찾아 아무 곳으로나 도망을 쳤고, 베란다 문을 통해서도 바깥으로 뛰쳐나갔다. 그러나 이 사건 전체는 끔찍하다는 느낌 외에 무언가 특별하고도 불쾌한 느낌을 주었다. 바로 얼마 전에 있었던 크로코브스키 박사의 강연 내용이 모든 사람의 머릿속에 떠올랐기 때문이다. 이 정신 분석학자는 바로 지난 월요일에 질병 형성력으로서의 사랑에 관해 상세히 설명하면서 간질병에 대해 언급했던 것이다. 정신 분석이 행해지지 않던 시대의 인류는 이 병을 신성한, 예언자적 수난으로 간주하기도 하고 귀신 들린 현상으로 보기도 하였지만, 크로코브스키 박사는 반은 시적이고 반은 과학적인 용어를 구사하면서 이 병을 사랑의 등가물(等價物)이자 뇌수의 오르가슴이라고 역설했다. 요컨 대 그러한 의미에서 그는 이 병을 수상쩍게 여겼으므로, 그 강연을 들은 환자들은 포포브 교사의 발작을 이 강연의 실 연(實演)으로 느끼고, 무언가 음란한 계시이자 불가사의한 스캔들로 이해하지 않을 수 없었다. 그래서 부인들은 몸을 감추고 도망치면서 얼굴에 수치스러운 기색까지 보였다. 고 문관이 식사 때 바로 그 자리에 있다가 밀렌동크와 일류 러 시아인석의 건장한 젊은이 몇몇을 시켜 포포브를 식당에서 바깥 홀로 운반해 가게 했다. 포포브는 얼굴이 새파래져서 거품을 물고는 뻣뻣해진 몸을 뒤틀면서 황홀경에 빠진 상태 였다. 홀에서는 의사들과 수간호사 및 다른 직원이 의식을 잃은 포포브를 보살피는 광경이 보였으나, 그는 곧 들것에 실려 운반되어 나갔다. 하지만 그런 직후 포포브 교사는 내 심 만족하는 표정으로, 역시 내심 만족한 어린 아내와 함께 다시 일류 러시아인석으로 돌아와, 마치 아무 일도 없었던 것처럼 자신의 점심 식사를 마저 들고 있는 것이 아닌가!

한스 카스토르프는 이 사건을 표면적으로는 경의에 찬 공 포의 감정으로 지켜보았지만, 내심으로는 별로 진지한 인상 을 받지는 못했다. 아무도 어떻게 할 수 없는 일이었다. 물론 포포브는 생선 가시가 목에 걸려 질식할 위험이 있었지만, 실제로는 그런 일이 일어나지 않았다. 오히려 그렇게 의식을 잃고 광란과 도취에 빠진 상태에서도 자기도 모르게 주의를 기울인 모양이었다. 일이 끝난 지금 그는 명랑한 표정으로 앉아, 마치 언제 자기가 용감무쌍한 전사(戰士)이자 미쳐 날뛰는 술주정꾼처럼 소란을 피웠느냐는 식으로 아무 흔적도 없이 식사를 하고 있었는데, 분명 아까 일을 기억하지 못하는 태도였다. 그렇지만 포포브가 보여 준 모습도 한스 카스토르프의 고통에 대한 외경심을 강화해 주지는 못했고, 형태는 달랐지만 그 사건 역시 나름대로 진지하지 않다는 방종한 인상을 강화할 뿐이었다. 그래서 한스 카스토르프는 이곳에서 이러한 인상에 저항해야겠다고 굳게 마음먹었고, 또 주위 풍습에 대항하여 중환자와 위독한 환자를 더 가까이해야겠다고 느꼈다.

사촌들이 있는 3층으로, 그들의 방에서 그리 멀지 않은 병실에 라일라 게른그로스라는 이름의 소녀가 누워 있었다. 알프레다 간호사의 얘기로는, 목숨이 당장 내일이라도 다할 것 같은 상태라고 했다. 그녀는 열흘 동안 네 번이나 심한 객혈을 하였다. 그래서 그녀의 부모들이 이곳에 올라와 딸이 살아 있을 때 고향으로 데려가려고 했지만 여의치 않았다. 가련한 게른그로스를 이송하는 것은 불가능하다고 고문관이 판정했기 때문이다. 그녀는 열여섯이나 열일곱의 소녀였다. 한스 카스토르프는 완쾌를 비는 말과 함께 화분을 보내는 계획을 실행할 좋은 기회라고 생각했다. 한스 카스토르프가 알아낸 바에 따르면 그녀의 생일은 사실 봄이었으므로 아직 생일이 되지는 않았다. 하지만 인간적으로 예상해 볼 때 아무래도 그녀가 다시 생일을 맞을 전망은 없어 보였다. 그렇지만 한스 카스토르프의 판단에 따르면, 그러한 일은 동정심에서 우러나온 친절을 베푸는 데 전혀 장애가 되지 않았다. 그는 정오에 요양 호텔 근처로 산책을 나갔다가 사촌과 함께 꽃집에 들어가, 그곳에서 흙냄새와 꽃향내가 물씬 나는 축축한 공기를 흠뻑 들이마시면서 아름다움을 뽐내고 있는 수국 화분 하나를 골랐다. 그는 카드에 이름은 밝히지 않고 〈진심으로 쾌유를 빌면서. 두 명의 같은 환자로부터〉라고 쓰고는 어린 위독 환자의 방으로 배달해 달라고 부탁했다. 바깥이 추워서 꽃집에 들어서자 실내의 훈훈한 공기 때문에 그의 눈에서는 눈물이 흘러내렸다. 그 훈훈한 공기와 꽃향기에 얼큰히 취한 채, 한스 카스토르프는 자신이 남몰래 상징적인 의의를 부여한 볼품없는 계획의 모험성과 대담성, 유익함을 느끼며 두근거리는 가슴을 안고 기쁜 마음으로 기분 좋게 일을 처리했다.

라일라 게른그로스는 전임 간호사가 없고 폰 밀렌동크 양과 의사들이 직접 그녀를 돌보고 있었다. 그런데 알프레다 간호사가 그녀의 방에 출입하고 있었으므로, 두 젊은이는 간호사로부터 자기들의 호의의 효과에 대해 전해 들을 수 있었다. 절망적으로 위독한 상태에 있던 그 소녀는 낯선 사람이 자신에게 안부 인사를 전한 것에 대해 어린애처럼 무척 기뻐했다. 수국은 그녀의 침대 옆에 있었다. 그녀는 눈과 손으로 꽃을 어루만지며 물을 주라고 일렀으며, 아주 심한 기침 발작을 일으키는 중에도 고통에 찬 눈길로 하염없이 꽃을 바라보았다. 그녀의 양친, 퇴역 소령 출신의 게른그로스 부부도 마찬가지로 감동을 받고 기뻐했다. 그런데 이들은 요양원에 아는 사람이 전혀 없었기 때문에, 화분을 보낸 사람이 누군지 알아내려는 시도조차 할 수 없었다. 사정이 그러했으므로 보다 못한 알프레다 쉴트크네히트가 익명이라 밝히며 보낸 사람의 이름을 알려 주지 않을 수 없었다고 사촌들에게 고백했다. 알프레다 쉴트크네히트는, 사촌들에게 감사의 말을 전할 수 있게 소녀의 방을 찾아 달라는 게른그로스가(家) 세 사람의 부탁을 전했다. 그래서 사촌들은 그 다음다음 날 간호사의 안내를 받아 라일라의 고난의 방에 발끝으로 조심스럽게 걸어 들어갔다.

죽음에 임박한 이 소녀는 더없이 사랑스러운 금발의 아가씨로 정말이지 물망초처럼 푸른 눈을 하고 있었다. 그녀는 심한 객혈을 계속해, 그나마 기능이 남아 있는 폐 조직의 일부분만으로 겨우 호흡하고 있었다. 사실 그녀는 쇠약해 보이기는 했지만 비참한 모습을 하고 있지는 않았다. 그녀는 약간 쉰 듯하지만 그래도 유쾌한 목소리로 고맙다는 인사를 했다. 이때 그녀의 볼에 장밋빛 홍조가 번져 가더니, 한동안 얼굴에서 사라지지 않았다. 한스 카스토르프는, 누구나 예상한 대로, 동석한 그녀의 부모와 그녀에게 자신의 이러한 행동 배경을 상세히 설명했는데, 약간 죄송스럽다는 말과 함께 정답게 경의를 표하며 낮은 목소리로 감동한 듯이 말했다. 그는 환자의 침대 앞에 무릎을 꿇고 싶은 심정이었다 — 아무튼 그는 마음속으로 그런 충동에 사로잡혔다. 그리고 그녀의 뜨거운 손이 축축하다 못해 거의 젖어 있었지만, 오랫동안 자신의 손으로 라일라의 손을 꼭 잡고 있었다. 소녀의 몸에서 땀이 지나치게 많이 났기 때문이었다. 이렇게 많은 수분을 땀으로 계속 내보내는 바람에, 침대 옆 탁자에 놓인 유리병에 가득 든 레모네이드를 정신없이 계속 들이켜 대략적으로나마 수분의 균형을 맞추지 않았다면, 소녀의 살은 진작 마르고 시들어 버렸을 것이다. 그녀의 부모는 슬픔에 가득 차 있으면서도 인간적인 예의를 갖춰 사촌들의 개인적인 신상에 대해 물어보고 그 밖의 화젯거리를 찾아내 짧은 대화나마 계속 이어 가려고 했다. 소령은 어깨가 넓고 이마가 좁았으며, 콧수염은 위로 치켜 올려져 있었다. 게르만 전설에 나오는 거인 같은 이 대장부의 체격으로 보아, 누구라도 딸아이의 결핵성 체질이 그의 체질을 물려받지 않았다는 것을 분명히 알 수 있었다. 딸은 오히려 어머니의 체질을 물려받은 게 분명했다. 어머니는 자그마한 몸집에 분명 결핵성 체질로 보였는데, 딸이 자신의 체질을 물려받았다고 생각해서인지 양심의 가책에 시달리고 있는 듯했다. 라일라가 10분 후에 피로의 기색, 아니 오히려 안절부절못하는 기색을 보이자 (장밋빛 볼이 더 붉어지고, 물망초 같은 눈이 불안한 빛을 띠었다) 알프레다 간호사는 사촌들에게 눈짓을 보냈고, 사촌들은 소녀와 그 가족들에게 작별 인사를 했다. 소령 부인은 문 앞까지 배웅을 나와 한숨지으며 자책을 하였는데, 이것이 한스 카스토르프에게는 색다른 감명을 주었다. 소령 부인은 자기 탓이라고, 오로지 자기 탓이라고 괴로운 듯 하소연했다. 불쌍한 아이는 오로지 자기 때문에 이렇게 됐으며, 자신의 남편은 이와 전혀 관계가 없고, 티끌만 한 책임도 없다는 것이다. 그러나 장담하건대, 자신도 처녀 시절에 잠깐, 약간만, 아주 짧은 기간 이 병을 앓은 적이 있는데, 의사도 증명하였듯 그 후 병을 완전히 극복했다고 말했다. 결혼해서 살고 싶은 생각이 너무 간절해 그녀는 결혼하기로 결심했으며, 자기 뜻대로 되어 병이 완전히 치유되었고, 자신의 병력에 대해 아무것도 모르는 튼튼한 남자, 지금의 사랑하는 남편과 결혼 생활을 시작할 수 있었다는 것이다. 하지만 아무리 튼튼하고 강인한 남편이라 하더라도 — 남편의 그런 힘으로도 그 불행을 막을 수 없었다. 묻히고 잊힌 줄 알았던 그 끔찍한 병이 아이한테 다시 나타나, 딸은 그것을 극복하지 못하고 이로 인해 죽음의 문턱에 서 있다고 했다. 어머니인 자신은 이를 물리치고 안정된 나이에 도달했는데도 말이다 — 의사들도 더 이상 희망을 주지 않는 것으로 봐서 불쌍하고도 사랑스러운 딸은 살아남지 못할 것 같다. 그런데 이것은 어머니가 처녀 시절에 앓았던 병 때문이라서 저 애가죽는 것은 순전히 자기 탓이라는 것이다.

청년들은 소령 부인을 위로하기 위해 병세가 아주 좋아질수도 있을 거라고 말했다. 하지만 소령 부인은 흐느껴 울기만 할 뿐이었다. 그러면서도 그녀는 이 모든 것, 즉 수국을가지고 온 것과, 또 문병으로 딸의 기분을 약간이나마 전환시켜 주고 기쁘게 해준 것에 대해서 고맙게 생각한다고 했다. 다른 젊은 아가씨들이 멋진 청년들과 춤추며 삶을 즐기고 있을 동안, 저 불쌍한 딸은 외로움 속에서 병마와 싸우며누워 있다며 말이다. 비록 몸은 아파도 춤추며 즐기고 싶은생각이 간절할 터인데. 두 사람은 그녀에게 약간의 햇살을, 아아! 어쩌면 마지막 햇살을 가져다준 것일지도 모른다. 수국은 그녀에게는 무도회에서의 성공과 같은 것이었고, 훌륭한 기사 두 사람과 말할 수 있었다는 것은 상냥하고 가벼운사랑의 희롱을 받는 것이기도 했을 것이다. 소녀의 어머니게른그로스 부인은 그것을 확실히 느꼈다고 했다.

한스 카스토르프는 이 말에 좀 고통스러운 느낌이 들었다. 특히 소령 부인은 〈사랑의 희롱Flirt〉라는 단어를 영어식으로 〈플레트〉라고 제대로 발음하지 않고 독일어식으로 i를그대로 발음해 〈플리르트〉라고 했는데, 이것이 몹시 신경에 거슬렸다. 또한 한스 카스토르프는 멋진 기사로서 어린 라일라를 방문한 것이 아니라, 주위 사람들의 이기주의에 대한 반항심과 의학적이고 종교적인 관심에서 소녀를 방문했던 것이었다. 요컨대 마지막에 가서 소령 부인이 해석한 것에 대해서는 다소 의문의 여지가 있었지만, 그것 말고는 이러한 계획을 실행했다는 자부심으로 몹시 활기차고 기분이 좋아져 있었다. 이 방문에서 특히 인상 깊은 두 가지가 있었는데, 꽃집의 흙냄새 섞인 꽃향기와 그의 영혼과 감각에 남은 라일라의 땀에 젖은 작은 손이었다. 이것으로 그의 계획이 시작되었기 때문에, 한스 카스토르프는 그날 당장 알프레다 간호사와 상의하여 그녀가 간호하고 있는 프리츠 로트바인을 방문하기로 했다. 이 환자는 여러 가지 징후로 보아 임종이 이제 얼마 남지 않았는데도 불구하고, 자신의 간호사와 함께 지내는 것을 견딜 수 없을 정도로 지루해하고 있었다.

마음씨 착한 요아힘은 달리 어쩔 도리가 없었으므로, 사촌과 행동을 같이하는 수밖에 없었다. 한스 카스토르프의 왕성한 추진력과 동정이 깃든 행동력은 사촌의 거부감보다 더 강했다. 요아힘이 그러한 거부감을 설명하는 것은 자기가 기독교 정신이 부족하다는 것을 증명하는 셈이 되기 때문에, 그는 기껏해야 묵묵히 눈을 아래로 까는 것으로 자신의 기분을 나타낼 수밖에 없었다. 한스 카스토르프는 이런 점을 잘 알고 있었기 때문에 이를 이용했다. 그는 사촌이 군인으로서 이런 일을 별로 달갑지 않게 여긴다는 것도 정확히 알았다. 하지만 한스 카스토르프 자신이 이런 계획으로 활기차지고 행복해하며, 그런 일들이 유익하다고 여긴다면? 그렇다면 사실 사촌의 말 없는 저항쯤은 무시할 수도 있었다. 한스 카스토르프는 요아힘에게 이번에 위독한 환자는 남성인 프리츠 로트바인 청년인데, 그래도 또 꽃을 보낼 것인지, 아니면 들고 갈 것인지 하는 문제를 의논했다. 그로서는 이번에도 꽃을 보내기를 간절히 희망했다. 이런 경우엔 꽃이 안성맞춤이라고 생각했던 것이다. 지난번의 모양 좋은 자줏빛 수국이 유난히 그의 마음에 든 모양이었다. 그래서 그는 로트바인이 임종에 가까웠으므로 남녀 성별의 구별은 없는 것이나 마찬가지이며, 죽음에 임박한 사람은 두말없이 언제나 생일을 맞이한 어린아이처럼 다루어야 한다면서, 생일이 아니더라도 꽃을 보내는 것은 상관없다고 결정했다. 이렇게 생각하고는 사촌과 함께 흙냄새와 꽃향기가 가득 찬 훈훈한 분위기의 꽃집을 다시 찾아갔다. 그리고 방금 물을 준 향기로운 장미, 카네이션, 스톡[8] 꽃다발을 가지고, 젊은이들의 방문을 미리 알린 알프레다 쉴트크네히트의 안내를 받아 로트바인 씨의 병실로 들어갔다.

이 중환자는 겨우 스무 살밖에 되지 않았는데도 벌써 이마가 좀 벗겨지고, 흰 머리칼이 섞여 있었으며, 얼굴은 창백하고 초췌했다. 손이 크고, 코와 귀도 모두 큰 청년이지만 두 사촌이 문병을 와서 기분을 전환해 주자 눈물을 글썽이며 고마워했다 — 실제로 두 사람에게 인사를 하고 꽃다발을 받을 때는 약한 마음에 눈물을 흘렸다. 하지만 그는 이 꽃다발과 관련하여, 거의 속삭이는 듯한 낮은 목소리였지만, 유럽에서의 꽃 매매와 지금도 여전히 높아 가고 있는 꽃의 수요에 대해 이야기하기 시작했다. 그는 니스와 칸에서 수출하는 엄청난 양의 꽃과, 그곳에서 매일 세계 각지로 나가는 객차

8 지중해에서 중앙아시아에 걸쳐 자생하는 꽃.

편과 소포편에 대해 말했으며, 파리와 베를린의 도매 시장과 러시아에 보내는 공급 물량에 대해 말했다. 상인인 로트바인 씨는 아직 살아 있는 한 이런 방면에 관심이 있었기 때문이다. 그의 아버지는 코부르크의 인형 제조 공장 사장으로 아들을 교육하기 위해 영국에 유학 보냈는데, 거기서 병에 걸렸다고 속삭이듯 말했다. 그런데 의사가 아들의 발열성 질환을 티푸스로 오진하였고, 그쪽 치료를 계속했다. 치료라는 것이, 물처럼 멀건 수프만 섭취하는 것이었는데, 그 바람에 몸이 완전히 망가져 버렸다. 이 위에 와서부터는 먹어도 좋다는 처방을 받아, 많이 먹어 보았다고 했다. 즉 이마에 땀을 흘려 가며 침대에 앉아 영양을 섭취하는 데 노력했다. 하지만 이미 때는 너무 늦어 유감스럽게도 장이 손상되었고 고향에서 보내온 소의 혀와 훈제 장어도 아무 소용이 없었으며, 그의 장은 더 이상 아무것도 받아들이지 못한다고 전했다. 베렌스 고문관의 전보를 받고 그의 아버지가 지금 코부르크에서 이곳으로 오는 중이었다. 그는 이제 죽느냐, 사느냐 목숨이 걸린 수술인 갈비뼈 절제 수술을 받기로 되어 있었다. 성공률은 아주 희박하지만 그래도 어쨌든 해볼 작정이라고 했다. 로트바인 씨는 이것에 관해서도 매우 실용적으로 따져서, 수술의 문제도 오로지 영업적인 관점에서만 생각했다 ─ 그는 목숨이 붙어 있는 한, 모든 문제를 이런 관점에서 바라볼 모양이었다. 비용은 척수 마취제 사용을 포함하여 1천 프랑으로 낙찰되었다고 속삭이듯 말했다. 흉부는 거의 전부를 잘라 내고, 갈비뼈는 여섯 개에서 여덟 개까지 잘라 내는 것인데, 이때 문제는 그 수술이 어느 정도 채산이 맞는 투자인지 하는 것이었다. 베렌스로서야 어떻게 되든 자기에게는 손해가 될 게 없으니까 자꾸 수술을 권하지만, 이와는 반대로 로트바인 씨의 이해득실은 확실치가 않아, 지금 그대로 갈비뼈를 놔두고 조용히 죽는 편이 오히려 더 현명할지 모른다는 것이다.

로트바인 씨에게 조언하기는 쉽지 않았다. 사촌들은 고문관의 비범한 외과 수술 능력을 감안해야 한다고 말했으나, 결론은 기차로 달려오고 있는 로트바인 아버지의 결정에 따르자고 의견 일치를 보았다. 사촌들이 작별 인사를 하자 프리츠 로트바인 청년은 다시 눈물을 흘렸다. 물론 마음이 약해서 울먹였을 뿐으로, 그가 흘리는 눈물은 그의 사고방식이나 말투의 무미건조한 실용성과 미묘한 대조를 이루었다. 로트바인 청년은 사촌들에게 다시 자신을 방문해 달라고 부탁했다. 사촌들도 기꺼이 그렇게 하겠다고 약속했지만, 그것은 약속만으로 끝나고 말았다. 그날 밤 인형 공장 사장이 도착했고 다음 날 오전에 수술을 했으며, 그 뒤로 프리츠 로트바인 청년은 면회가 금지되었기 때문이다. 그리고 이틀 뒤, 한스 카스토르프는 요아힘과 함께 그 방 앞을 지나가다가 로트바인의 방을 누가 대청소하는 것을 보았다. 알프레다 간호사는 작은 트렁크를 들고 베르크호프에서 벌써 떠나 버렸다. 숨 돌릴 사이 없이 다른 요양원의 중환자한테 배당되었기 때문이다. 그녀는 한숨을 지으며, 코안경의 끈을 귀에 걸고, 새 환자에게로 옮겨 갔는데, 이러한 생활이 바로 그녀 앞에 유일하게 열려 있는 전망이었다.

식당으로 가는 도중이라든가 야외로 나갈 때 보게 되는 방, 가구를 잔뜩 쌓아 놓고 이중문을 열어 놓은 채 대청소를 하고 있는, 〈사람이 없어져 버리고〉 비어 있게 된 방은 의미심장하기는 했지만 워낙 흔한 광경이어서 별로 특별한 인상을 주진 않았다. 특히 그다음 환자가 그런 식으로 〈비어 있게 된〉, 그리고 대청소가 끝난 방을 막 배당받아 그곳을 자기 방으로 삼은 경우에는 별다른 인상이 있을 수가 없었다. 때때로 그런 방에 누가 살았는지 아는 경우도 있는데, 그럴 때는 생각할 게 좀 있기도 했다. 이번에 로트바인의 경우가 그러했고, 또 그로부터 일주일 뒤에 한스 카스토르프가 어린 게른그로스의 방을 지나가면서 똑같은 기분으로 들여다보았을 때도 그러했다. 이런 경우 처음 본 순간에는 왜 사람들이 거기서 분주하게 대청소를 하는지 그 의미를 이해하지 않으려 했다. 그가 멍하니 생각에 잠긴 채 서서 지켜보고 있는데, 때마침 고문관이 지나갔다.

한스 카스토르프가 먼저 말을 걸었다. 「안녕하세요, 고문관님. 여기에 서서 대청소하는 것을 보고 있습니다. 어린 라일라가……」

「이것 참 —」 베렌스는 이렇게 대답하며 어깨를 으쓱했다. 잠시 침묵이 흐르고 어깨를 으쓱한 효과가 계속되는 동안 그는 이렇게 덧붙였다. 「당신은 최후의 순간에 정식으로 그 소녀의 비위를 맞추어 주셨다지요? 아무튼 감사합니다. 당신처럼 비교적 건장한 사람이 나의 폐 조류(鳥類)들의 새장에 방문하여 다소 수고를 해주셨지요. 이것이 당신의 고상한 점입니다. 네, 네, 이런 점이 당신 성격의 아주 고상한 일면이라는 것을 이 기회에 인정하도록 하지요. 나도 가끔 당신을 안내해도 될는지요? 나는 아직도 여러 종류의 방울새를 기르고 있으니까요 — 당신이 흥미가 있다면 말입니다. 말하자면 난 이제 〈너무 많이 채운〉 여성의 방을 잠깐 들여다 보러 가는 길입니다. 함께 가시겠습니까? 그냥 동정심 있는 고통의 동지라고만 당신을 소개하겠습니다.」

한스 카스토르프는 바로 자신이 부탁하려고 했던 말을 고문관이 직접 입에서 꺼내 그대로 자신에게 제안했다고 말했다. 그는 고마워하며 기꺼이 동행을 허락했다. 한스 카스토르프는 〈너무 많이 채운〉 여자란 누구를 말하는 것이며, 왜 그런 이름이 붙었는지 알고 싶다고 고문관에게 말했다.

「문자 그대로입니다.」 고문관이 대답했다. 「완전히 단어 그대로의 뜻이지 조금도 은유적인 뜻은 없습니다. 그녀 입으로 직접 들어 보십시오.」 그들은 몇 걸음 가지 않아 〈너무 많이 채운 여자〉의 방에 다다랐다. 고문관은 자기 동행인에게 기다려 달라고 해놓고 이중문으로 들어갔다. 이와 동시에 방 안으로부터 숨이 가쁜 듯한 밝고 명랑한 웃음소리와 말소리가 들려왔지만, 문이 닫히자 그 소리는 차단되었다. 그러나 2~3분 뒤에 동정심이 많은 방문객이 베렌스의 안내를 받아 방으로 들어가서, 침대에 누워 호기심 어린 푸른 눈으로 쳐다보는 금발의 부인에게 소개되었을 때, 다시 아까와 똑같은 웃음소리를 들을 수 있었다 ─ 그녀는 베개를 등에 대고 반쯤 앉은 자세로 불안해하면서, 구슬을 굴리는 듯한 아주 높은 소리로 은방울을 흔들듯 웃었다. 그러면서 숨이 가빠 가슴을 죄어 뜯듯이 흥분하여 간지러운 듯이 웃어 댔다. 또한 그녀는 고문관이 자신에게 손님을 소개한 말투가 우습다고 웃었고, 고문관이 방에서 나갈 때 〈안녕히 가세요〉와 〈대단히 감사합니다〉, 〈다음에 또 뵙겠습니다〉란 말을 여러 번 되풀이하고, 그의 뒤에다 손짓을 하며, 한숨을 지으면서도 은방울을 흔들듯 웃음소리를 냈다. 삼베 속옷 밑에서 출렁이는 가슴을 두 손으로 누르고, 또 두 다리는 한시도 가만히 있지 못했다. 그녀의 이름은 침머만이었다.

한스 카스토르프는 이 여자를 얼핏 본 일이 있어, 알고 있었다. 그녀는 잘로몬 부인과 대식가인 학생의 식탁에 몇 주 동안 앉아 있었는데, 그때도 꽤나 잘 웃었다. 그 후로는 모습이 보이지 않았으나, 한스 카스토르프는 별로 신경을 쓰지 않았다. 그녀가 보이지 않는다고 생각했어도 아마 퇴원해 집으로 갔겠지 하는 정도로 그쳤다. 그랬던 그녀가 이제 〈너무 많이 채운〉 여자라는 이름으로 여기에 누워 있으니, 한스 카스토르프는 그런 이름을 얻게 된 까닭을 알고 싶어 했다.

「하하하.」 그녀는 간지러운 듯 젖가슴을 흔들며 옥구슬을 굴리는 듯이 유쾌하게 말했다. 「이 베렌스 씨는 정말 우스운 남자예요, 끝내주게 우습고 재미있는 사람이에요. 뱃가죽이 뒤틀려 거의 병이 날 지경이에요. 좀 앉으세요, 카스텐 씨, 카르스텐 씨. 그것도 아니면 뭐라고 불러야 되죠? 당신 이름이 참 우습네요, 하하, 히히. 죄송해요! 내 발 쪽의 의자에 앉으세요. 하지만 이렇게 발을 흔드는 것은 용서해 주세요, 난 그걸 하…… 아…….」 그녀는 입을 벌려 한숨을 쉬고 난 다음, 다시 옥구슬을 굴리는 듯한 웃음소리를 냈다. 「난 잠시도 발을 가만히 둘 수가 없답니다.」

그녀는 미인 축에 속하는 여자로, 이목구비가 분명한 얼굴형이었다. 아니 너무 뚜렷해 보였지만 그래도 호감이 가는 얼굴형이었고, 턱은 자그마한 이중 턱이었다. 하지만 입술이 파르스름했고, 코끝도 이와 같은 색조를 띠고 있는 것으로 보아 분명 호흡 곤란이 있는 것 같았다. 잠옷 소맷부리의 레이스 장식이 잘 어울리고 호감 가는 가냘픈 손은 발과 마찬가지로 한시도 가만히 있지 못했다. 목은 소녀의 목처럼 가냘팠고, 우아한 쇄골 위에는 속칭 〈소금 단지〉 모양으로 움푹 파인 데가 있었다. 그리고 웃음과 가쁜 숨 때문에 삼베 속옷 아래에서 불안하게 출렁이는 젖가슴도 소녀의 유방처럼 부드러웠다. 한스 카스토르프는 그녀에게도 아름다운 꽃을, 니스와 칸의 원예업자로부터 수입되어 물이 뿌려진 향기 나는 꽃을 보낼 것인가, 아니면 직접 들고 갈 것인가를 결정했다. 그는 숨 가쁘게 헐떡이는 부인의 웃음소리에 다소 불안한 마음으로 박자를 맞추고 있었다.

「그런데 당신은 여기서 중환자들을 방문하고 다닌다면서요?」 그녀가 물었다. 「정말 유쾌하고 친절하신 분이네요, 하, 하, 하, 하! 하지만 난 결코 중환자가 아니란 것을 아셨으면 해요. 사실은 얼마 전까지만 해도 절대 그렇지 않았거든요, 절대로……. 불과 얼마 전에 이런 일이 일어난 거예요……. 들어 보세요, 당신도 이렇게 우스운 일은 난생처음일 거예요.」 그녀는 여전히 가쁜 숨을 몰아쉬며 옥구슬과 은방울 구르는 듯한 소리로 자신에게 일어난 일을 얘기해 주었다.

그녀가 여기에 올라왔을 무렵만 해도 병세가 가벼웠다지만 아픈 것은 사실이었다. 그렇지 않았다면 이곳에 올라오지 않았을 테니까. 아무튼 병세가 아주 가볍지는 않았다. 하지만 그렇다 하더라도 중증이라기보다는 오히려 가벼운 편이었다. 개발된 지 아직 얼마 안 되었지만, 일약 외과 수술의 총아로 군림하게 된 기흉법은 그녀의 경우에도 훌륭한 성과를 거두었다. 수술은 대성공이었고, 침머만 부인의 용태는 눈에 띄게 좋아져 갔다. 그녀의 남편은 ─ 그녀는 아이는 없었지만 기혼이었다 ─ 서너 달만 지나면 아내를 껴안아 볼 수 있을 정도였다. 그래서 그녀는 기분 전환을 하기 위해 취리히로 여행을 갔다 — 정말 이 여행에는 기분 전환을 하는 것 외엔 다른 목적이 없었다. 그녀는 실제로 마음껏 기분을 풀었지만, 바로 이때 폐에 가스를 채워야 할 필요를 느꼈으며, 그래서 그곳 의사에게 그 일을 부탁했다. 친절하고 유머가 있는 젊은 의사였지만, 하하하, 하하하, 그런데 무슨 일이 일어났던 것일까? 그는 너무 많이 채웠던 것이다! 그것 말고는 달리 표현할 길 없이, 말 그대로 너무 많이 넣었던 것이다. 의사는 그녀에게 지나친 호의를 베풀었지만 새로운 방법을 제대로 이해하지 못한 것 같았다. 아무튼 그녀는 너무 채운 상태가 되어, 요컨대 가슴이 막히고 숨이 가쁜 채 — 하하! 히히! — 이 위에 다시 도착하여, 베렌스한테 호되게 꾸지람을 듣고는 즉각 침실로 보내지고 말았다. 이제 중병이 되었기 때문이다 — 사실 중환자 정도는 아니었는데, 엉뚱한 실수로 만사를 그르치고 만 것이다 — 「하하하, 당신 얼굴 좀 보세요. 당신은 왜 그런 우스운 얼굴을 하고 있지요?」 그리고 그녀는 손가락으로 한스 카스토르프의 얼굴을 가리키며, 얼굴이 우습게 생겼다고 웃다가 이제 이마까지 새파랗게 변하기 시작했다. 그러나 무엇보다도 우스운 것은 베렌스의 화난 표정과 거친 표현이라고 말했다 — 너무 많이 채운 것을 알았을 때 벌써 그걸 생각하고 웃지 않을 수 없었다는 것이다. 「당신은 정말이지 생사의 갈림길에 서 있습니다.」 베렌스는 단도직입적이고도 노골적으로 화난 곰처럼 호통을 쳤다고 한다. 「하하하, 히히히, 용서하세요.」

고문관의 설명이 어디가 그렇게 우스워서, 그녀가 그렇게 옥구슬 구르는 소리로 까르르 웃었는지 정말 알 수 없는 일이었다 — 그의 〈거친 표현〉이 우스웠는지, 그 말을 믿을 수 없어서였는지, 그렇지 않으면 그 말을 믿었다 하더라도 — 그녀는 그 말을 그대로 믿지 않을 수 없었다 — 사실 그 자체, 즉 자신이 생사의 기로를 헤매고 있다는 사실 그 자체가 너무 무서워 오히려 우스웠는지, 그것은 알 수 없는 노릇이었다. 아무래도 한스 카스토르프는 후자가 아닌가 하는 인상을 받았고, 또 그녀가 사실 어린아이처럼 경솔하며, 새대가리 같은 무지함 때문에 옥구슬과 은방울 구르는 소리로 웃어 댄다는 인상을 받았다. 바로 이 점을 한스 카스토르프는 못마땅하게 생각했다. 그럼에도 불구하고 그는 그녀에게 꽃을 보냈다. 하지만 그 이후로 이 웃기 잘하는 침머만 부인도 다시는 볼 수 없었다. 그녀는 그 뒤 며칠 동안 산소의 힘으로 연명하다가 전보를 받고 달려온 남편의 품에 안겨 정말로 세상을 떠나고 말았기 때문이다 — 고문관은 한스 카스토르프에게 이 소식을 전하며, 정말 어리석은 여자의 표본이었다고 스스로 덧붙여 말했다.

하지만 침머만 부인이 죽기 전에 이미 동정에 넘친 활동을 펼친 한스 카스토르프는 고문관과 간호사들의 도움을 받아 요양원의 중환자들과 계속 관계를 맺었으며, 요아힘도 거기에 동참하지 않을 수 없었다. 요아힘은 아직 살아 있는 〈둘다〉의 둘째 아들 방에도 동행해야 했다. 바로 옆에 있던 장남의 방은 벌써 깨끗이 대청소가 끝나고 포름알데히드로 소독한 이후였다. 더구나 얼마 전까지 〈프리드리히 대왕 학교〉라 불리는 교육 기관에 있다가 병세가 심해져서 이곳에 올라온 테디 소년의 방에도 동행했다. 그는 또 독일계 러시아인으로 보험 회사 직원이자 마음씨 좋고 인내심의 표본인 안톤 페르

게의 방에도 동행했다. 그리고 아주 불행한 처지에 있으면서
도 교태를 부리는 폰 말린크로트 부인의 방에도 역시 동행했
다. 이 부인도 앞서 언급한 다른 중환자들과 마찬가지로 한
스 카스토르프에게 꽃을 받았고, 한스 카스토르프는 요아힘
이 지켜보는 앞에서 그녀에게 여러 번 죽을 떠먹여 주었다
……. 마침내 사촌들은 사마리아인[9]이요, 자비심 넘치는 형
제라는 평판을 얻게 되었다. 어느 날 하루는 세템브리니도
한스 카스토르프에게 이런 뜻의 말을 했다.

「아니, 엔지니어 양반. 요즈음 당신의 행동에 대해 이상한
말을 듣고 있어요. 자선 활동에 투신하셨다면서요? 착한 행
실로 자신을 정당화하려는 겁니까?」

「그렇게 말씀하실 것까지는 없습니다, 세템브리니 씨. 결
코 떠들고 다닐 만한 일이 못 됩니다. 그저 사촌과 나는…….」

「당신 사촌까지 끌어들이는 일은 그만두십시오! 두 사람
일이 화제가 될 때, 주인공은 언제나 당신이죠. 그것은 확실
합니다. 소위는 존경할 만한 사람이지만, 본디 단순하고 정
신적으로 위험성이 없는 인물이라서 이 교육자에게 아무런
걱정도 끼치지 않으니까요. 그 사람이 솔선해서 그런 일을
한다고 해도 내가 믿을 것 같습니까? 하지만 그렇기 때문에
더 중요하고, 더 위험한 사람은 바로 당신입니다. 이런 말을
하면 어떨지 모르지만 당신은 인생의 걱정거리 자식입니다
— 당신에게는 돌보아 줄 사람이 있어야 합니다. 말이 나왔
으니 하는 말이지만, 내가 당신을 돌보는 것을 허락해 주신
적이 있었답니다.」

「물론입니다, 세템브리니 씨. 정말 그렇습니다. 정말 고맙

9 「루가의 복음서」 10장 참조.

습니다. 그리고 〈인생의 걱정거리 자식〉은 정말 멋진 말입니다. 역시 문필가다운 명구입니다! 그런 칭호를 자랑스럽게 생각해야 할지는 잘 모르겠습니다만, 멋진 표현인 것만은 확실합니다. 그렇습니다, 사실 나는 얼마 전부터 〈죽음의 자식들〉과 좀 관계를 맺고 있습니다. 당신은 아마 그것을 염두에 두고 하는 말씀이겠지요. 시간이 있을 때 가끔 여가로 하는 일로, 요양 근무에 지장이 없는 한도 내에서 겸사겸사로 중환자들과 위독한 환자들을 들여다보고 있습니다. 기분 전환을 위해 이곳에서 무절제한 생활을 하는 그런 사람들이 아니라, 여기서 죽어 가는 사람들을 위해서 말입니다.」

「그러나 성서에도 이렇게 쓰여 있습니다. 죽은 사람은 죽은 사람으로 하여금 장사를 지내도록 하라.」 이탈리아인은 이렇게 말했다.

이에 대해서 한스 카스토르프는 두 팔을 들고, 성서에는 무슨 일에 대해서든 이렇게도 볼 수 있고 또 저렇게도 볼 수 있는 구절이 쓰여 있어서, 올바른 뜻을 골라내어 따르기가 어렵다는 표정을 지어 보였다. 물론 손풍금장이는 방해가 되는 관점을 고의로 골라낸 것이었는데, 이것은 충분히 예상할 수 있는 일이었다. 하지만 한스 카스토르프는 세템브리니의 말에 귀를 기울였고, 그의 가르침을 참고한다는 의미에서 들을 만한 가치가 있다고 생각했으며, 또 실험하는 의미에서 그로부터 교육적인 영향을 받으려는 마음 자세는 예나 지금이나 변함이 없었다. 그렇지만 교육자의 관점이 자신과 다르다고 해서 현재의 계획을 그만둘 생각은 추호도 없었다. 게른그로스 어머니의 〈상냥하고 가벼운 사랑의 희롱〉이라는 말투, 불쌍한 로트바인 청년의 무미건조한 성품, 너무 많이 채운 어리석은 침머만 부인의 은방울 구르는 듯한 웃음소리 등등 이런 것들에도 불구하고 그 계획은 그에게 여전히 어딘가 유익하고 중요한 의의를 지닌 것으로 느껴졌던 것이다.

〈둘 다〉의 아들 이름은 라우로였다. 그는 〈진심으로 쾌유를 빕니다, 두 명의 관심 있는 동숙자로부터〉라고 적힌 카드와 함께 흙냄새 물씬한 향기 짙은 니스의 오랑캐꽃을 받았다. 이러한 익명은 형식적인 것에 불과하게 되었고 누가 이런 일을 하는지 다 알고 있었기 때문에, 멕시코 출신의 얼굴이 검고 창백한 어머니 〈둘 다〉 자신도 복도에서 사촌들을 만나자 고맙다고 말하며, 딸랑거리는 말과 고민에 가득 찬 몸짓으로, 자신의 아들이 (형처럼 죽어 가고 있는 마지막 남은 아들이) 직접 고맙다는 말을 전할 수 있게 해달라고 졸라 댔다. 그래서 이 일은 즉시 실행에 옮겨졌다. 가서 보니 라우로는 놀랄 정도로 잘생긴 젊은이였다. 불타는 듯한 눈, 콧구멍이 벌렁거리는 매부리코, 멋진 입술, 입술 위에 무성하게 난 검은 콧수염 — 하지만 이와 동시에 그가 자신만만하고 연극적인 행동을 보여서 사실 두 방문객 한스 카스토르프와 요아힘 침센은 둘 다 밖으로 나와 뒤에서 다시 병실 문이 닫히고 나자 마음이 놓였다. 어머니인 〈둘 다〉는 검은 캐시미어 옷을 입고 있었고, 턱 아래에 검은 베일을 두르고 있었으며, 좁은 이마에 주름살을 짓고 새까만 눈 밑에 커다란 눈물 주머니를 달고서, 무릎을 굽혀 방 안을 돌아다니며, 수심에 잠긴 듯 커다란 입 가장자리 아래를 잔뜩 이지러뜨리고, 가끔씩 침대 머리맡에 앉아 있는 사촌들에게 다가와 슬픈 넋두리를 앵무새처럼 늘어놓았다. 「둘 다입니다……. 처음에 하나, 지금 또 하나입니다.」 — 그러면 미남 청년 라우로도 역시 프랑스어로 혀를 굴리고, 딸랑거리는 소리를 내며, 과장된 어투로 장황하게 늘어놓았다. 「난 영웅처럼 죽을 작정이야. 스페인식으로. 형처럼 말이야. 한발 앞서 죽은 스페인의 영웅처럼, 젊고 용맹한 페르난도 형처럼!」 그는 소리치며, 제스처를 써가면서, 가슴팍을 열어젖히고는 죽음의 마수에게 누런 가슴을 드러냈다. 하지만 얼마 후에 기침 발작이 시작되어 입에서 엷고 붉은 거품을 내뿜게 되자 그의 호언장담[10]은 끝이 났다. 이것을 기회로 사촌들은 발끝으로 살그머니 도망치듯 밖으로 나와 버렸다.

두 사람은 그 이후 라우로를 방문한 일에 대해서는 다시 얘기하지 않았고, 둘 다 제각기 마음속으로도 그의 거동에 대해 비평하는 것을 삼갔다. 이와는 반대로 페테르부르크 출신의 안톤 카를로비치 페르게를 방문했을 때는 두 사람 다 기분 좋은 인상을 받았다. 페르게 씨는 선량해 보이는 탐스러운 콧수염을 기르고 있었고, 역시 선량해 보이는 툭 튀어나온 후두(喉頭)를 드러내고서 침대에 누워 있었다. 페르게 씨는 지난번 기흉 수술을 받으면서, 자칫했더라면 수술대 위에서 목숨을 잃을 뻔한 일이 있었는데 그 후로는 좀처럼 회복이 잘 되지 않고 있었다. 수술을 받다가 흉막(胸膜) 쇼크 현상을 일으켰던 것이다. 이 쇼크 현상은 당시에 유행하던 흉막 수술에서는 아주 잘 알려진 돌발 사건이었다. 하지만 그의 경우에는 흉막 쇼크가 예외적으로 위험하게 일어나, 완전한 허탈 상태와 극히 우려할 만한 실신 상태를 동반하여,

---

10 *rodomontade.* 이탈리아의 시인 마테오 보이아르도Matteo Maria Boiardo(1441~1494)의 작품에 등장하는 사라센의 허풍쟁이 왕의 이름이기도 하다.

한마디로 말해, 상태가 너무 심각해 수술을 중단하고 당분간 연기해야만 했다.

페르게 씨는 그때 일이 너무 무서웠는지, 그 이야기를 할 때마다 선량해 보이는 회색 눈이 휘둥그레지고, 얼굴은 하얗게 질렸다. 「전신 마취도 하지 않고 말입니다, 어쨌든, 지나간 것은 상관없습니다, 그런데 우리 같은 사람은 마취를 견디지 못하기 때문에, 이 경우에는 그것을 해서는 안 되겠지요. 분별력이 있는 사람이라면 그러려니 생각하고 이해를 하겠지요. 그렇지만 국부 마취는 깊은 곳에까지 미치지 못합니다. 외부의 살만 마취되어 있을 뿐이라, 살을 쨰는 것을 느낄 수 있습니다. 물론 누른다든지 으깨는 것만 느낄 수 있을 뿐이지만 말입니다. 나는 아무것도 보지 못하도록 얼굴에 천을 덮은 채 누워 있고, 조수가 오른쪽에서, 수간호사가 왼쪽에서 나를 붙잡고 있었습니다. 정말 눌리고 으깨지는 것 같은 느낌이 들더군요. 살을 쨰고 핀셋으로 뒤집는 겁니다. 그때 고문관이 〈자, 됐어!〉 하는 소리를 들었습니다. 그런데 그 순간, 여러분, 그는 둔한 기구로 — 자칫 잘못해서 엉뚱한 곳을 찌르거나 하였을 때 다치지 않도록 둔한 기구를 사용합니다 — 더듬으며 늑막을 찾기 시작하더군요. 구멍을 뚫어 가스를 주입하기에 적절한 부위를 찾기 위해 늑막을 이리저리 만지는 겁니다. 그런데 그가 기구로 내 늑막을 쓰다듬을 때 — 여러분, 여러분! 그때 나는 나 자신을 잃어버렸으며, 그러다 죽는 줄 알았고, 뭐라고 표현할 수 없는 상태가 되었습니다. 여러분, 늑골은 절대로 만져서는 안 되고, 만지려고 해서도 안 됩니다. 그것은 절대 금기 사항입니다. 그것은 살로 덮이고 격리되어 절대로 접근할 수 없게 되어 있습니다.

그런데도 고문관은 살을 드러내 놓고 더듬으며 그것을 찾았습니다. 여러분, 그래서 나는 속이 안 좋습니다. 생각만 해도 끔찍합니다, 여러분 — 그렇게 말할 수 없이 끔찍하고, 몸서리쳐질 정도로 구역질 나는 기분을 지옥을 빼놓고 이 지상 어디에서 느낄 수 있겠습니까! 난 기절하고 말았습니다 — 한꺼번에 녹색, 갈색, 자색으로 세 가지 종류의 기절을 했습니다. 게다가 기절해 있을 때 악취가 풍겼습니다. 흥막 쇼크가 후각을 강타했으니까요, 그야말로 지옥의 악취처럼 유황 수소 냄새가 인정사정없이 코를 찔렀습니다. 그런데 기절해 있는 동안, 내가 웃는 소리를 들었지 뭡니까! 그것은 인간이 웃는 소리가 아니라, 지금까지 한 번도 들어 본 적이 없는 가장 음탕하고, 가장 구역질 나는 웃음소리였습니다. 늑골을 주무르면, 여러분, 이건 정말 가장 지독하고, 가장 비인간적이고, 도저히 참을 수 없을 정도로 간지러운 법이거든요, 그래서 이렇게 지독한 수치심과 고통을 동반하는 것, 그것이 바로 흥막 쇼크라는 겁니다. 제발 여러분은 이런 것을 모르고 지내게 되기를 빌겠습니다.」

안톤 카를로비치 페르게는 이런 〈몸서리쳐지는〉 체험을 몇 번이나 들려주었는데, 그때마다 얼굴이 창백해졌으며, 그런 체험이 되풀이될까 봐 불안에 떨었다. 더욱이 그는 자신이 평범한 사람이라는 것을 처음부터 스스로 밝히고는 일체의 〈고상한 것〉과는 거리가 멀며, 정신적이고 정서적인 요구를 남에게 하지 않으니 자신도 그런 성질을 띤 특별한 요구를 받고 싶지 않다고 했다. 이런 사실을 양해받은 뒤에, 물론 병 때문에 회사를 그만두긴 했지만, 그가 예전에 화재 보험 회사의 직원으로 출장을 다니면서 겪은 재미있는 이야기들을 들려주었다. 그의 임무는 페테르부르크를 중심으로 광대한 러시아 전역을 종횡으로 구석구석 돌아다니며, 보험에 가입한 공장을 찾아가 경영이 부실한 업체를 적발하는 일이었다. 대부분의 화재가 경영난으로 허덕이는 공장에서 일어난다는 게 통계적으로 증명되었기 때문이었다. 그래서 그는 이런저런 구실을 만들어 공장의 실정을 내사(內査)하고, 그 결과를 회사에 보고하기 위해 그렇게 돌아다니는 것이었다. 그리하여 제때에 고액의 재보험에 들거나 프리미엄 분배를 해입게 될 막대한 손실을 미연에 방지하자는 것이었다. 그는 광막한 러시아의 한겨울 여행에 관한 이야기를 들려주었다. 지독히도 추운 엄동설한에 양의 모피로 된 이불을 몸에 두르고 접이식 침대가 달린 썰매를 타고 며칠 밤을 달리는 여행이었다. 그리고 눈을 뜨면 눈으로 뒤덮인 평원에서 마치 별처럼 반짝이는 늑대의 눈을 볼 수 있다는 것이다. 야채수프나 흰 빵 같은 식량은 전부 얼려서 상자에 넣어 휴대하고 다니다가, 말을 바꾸려고 역에 잠시 멈추는 동안 녹여서 먹었는데, 이때 먹는 빵은 갓 구운 것처럼 신선한 맛이 났다고 한다. 다만 좋지 않은 점은, 여행 도중에 갑자기 날이 풀리면 여러 덩어리로 갖고 다니던 야채수프가 녹아 흘러내리게 되는 것이라고 했다.

페르게 씨는 이런 식으로 이야기를 했는데, 그러면서 가끔 생각난 듯이 한숨을 쉬고 말을 중단하고는, 기흉 수술을 또다시 받지 않아도 된다면 얼마나 좋겠느냐고 말하는 것이었다. 그가 하는 이야기는 어느 것 하나 고상하지 않았지만, 실제 경험담이어서 무척 들을 만했다. 특히 한스 카스토르프는 러시아라는 나라와 그 나라의 생활 양식, 사모바르,[11] 러시아식 파이, 카자흐인, 양파 모양의 수많은 탑이 있는 버섯처럼 생긴 목조 교회에 관한 이야기를 듣는 것이 어쩐지 도움이 되는 것처럼 느껴졌다. 그는 페르게 씨에게 러시아 사람들의 특성, 그들의 북방적인 면모, 그 때문에 그의 눈에 더욱 신기하게 보이는 이국적인 모습에 대해 들려 달라고 했다. 그리고 그들의 피에 섞인 아시아적인 요소, 튀어나온 광대뼈, 핀란드적이고 몽골 인종 같은 눈매에 대해서도 들려 달라 청했고, 그 모든 것을 인종학적인 관심을 가지고 경청하며, 러시아어로 한번 말해 달라고 부탁하기도 했다 ─ 이 동방의 말은 선량해 보이는 페르게 씨의 콧수염 밑에서, 선량하게 튀어나온 후두에서 부정확하지만 빠르고도 낯설게 흐물흐물 튀어나왔다. 한스 카스토르프는 자신이 돌아다니는 세계가 교육상으로 금지된 영역이기 때문에, 더한층 (젊은이라면 누구나 언제나 그렇듯이) 이 모든 것에 강한 흥미를 느꼈다.

두 사람은 안톤 카를로비치 페르게를 종종 찾아가 15분 정도 대화를 나누었다. 그사이에 이들은 프리드리히 대왕 학교에 다니다가 이곳에 온 테디 소년도 방문했다. 열네 살의 테디 소년은 우아하게 생겼으며, 금발에다 무척 세련된 모습이었다. 소년에게는 개인 간호사가 있었으며, 소년은 끈으로 가장자리를 묶은 흰 비단 파자마를 입고 있었다. 그는 고아였지만 부자라고, 스스로 말하였다. 균이 침입한 부위를 시험적으로 제거해 내는 꽤 큰 수술을 눈앞에 두고 있었지만, 기분이 좋을 때는 가끔 한 시간가량 멋진 스포츠복 차림으

11 러시아에서 유래한 물 끓이는 주전자. 중앙에 상하로 통하는 관이 있어 그 속에 숯불을 넣고 물을 끓이며 바깥 아래쪽에 달린 꼭지로 물을 따른다.

로 침대를 떠나 아래의 모임에 참석하기도 했다. 부인들은 그와 즐겨 시시덕거리며 장난을 쳤고, 그는 부인들이 하는 이야기, 가령 아인후프 변호사, 개량 팬티를 입은 아가씨, 프렌츠헨 오버당크에 대해 이들이 나누는 대화에 귀를 기울였다. 그런 다음에는 다시 병상에 돌아가 침대에 누웠다. 테디 소년은 이런 식으로 우아하게 하루하루를 살아가고 있었는데, 사실 이런 것 말고는 인생에서 아무것도 기대할 게 없다는 듯이 행동하였다.

25호실에는 나탈리에라는 이름의 폰 말린크로트 부인이 누워 있었다. 그녀는 까만 눈에 금귀고리를 하고 교태를 부리면서 멋 부리기를 좋아했다. 그렇지만 그녀는 여자 나자로[12]이자 욥[13]이라 할 수 있어 온갖 질병을 앓고 있었다. 그녀의 유기체는 병균의 소굴과 같아서, 온갖 병이 번갈아 가며 그리고 동시에 그녀를 괴롭혔다. 온몸의 대부분에 고통스러울 정도로 가려운 습진이 생겼고, 가려워서 이를 마구 긁는 바람에 여기저기에 상처가 나 있는 피부는 보기에도 측은할 정도로 손상되어 있었다. 입 주위도 마찬가지라서 숟가락으로 음식물을 떠 넣기가 어려울 정도였다. 폰 말린크로트 부인은 늑막, 신장, 폐, 골막의 내부에 교대로 염증이 생겼고, 뇌수의 안쪽까지도 염증이 생겨 의식을 잃고 실신한 일도 있었다. 열과 통증으로 인한 심장 쇠약은 그녀에게 심한 불안감을 조성했는데, 예컨대 이 불안감 때문에 음식물을 삼켜도 식도에 걸려 목 아래로 제대로 내려가지 않았다. 이것만으로도 참기 어려운 고통이었는데, 게다가 그녀는 의지할 곳이라고

12 「루가의 복음서」 16장 20절 참조.
13 「욥기」의 주인공. 시련이 많은 자의 대명사.

는 아무 데도 없었다. 사촌들이 그녀에게서 직접 들은 바에 따르면, 그녀는 아직 소년과 다름없는 애송이 같은 애인 때문에 남편과 자식들을 버렸다가, 그녀 자신도 젊은 애인한테서 버림을 받았다고 했다. 그래도 그녀에게 버림받은 전남편이 얼마간의 돈을 보내 주어 무일푼은 아니었지만, 이제는 돌아갈 고향이 없었다. 그녀는 스스로 자신을 대수롭지 않게 여겼고 자신이 파렴치하고 죄 많은 여인이라는 것을 알았기 때문에, 남편의 성실성이나 변함없는 애정을 자만하지 않고 담담하게 받아들였다. 그리고 이러한 자각에 의지하여, 욥이 겪은 것과 같은 고통에도 놀라운 인내심과 끈기, 여성 특유의 끈질긴 저항력으로 견디는 것이었다. 연한 갈색의 육체가 겪는 고초도 그러한 힘으로 이겨 내고, 무엇인지 불길한 이유로 머리에 착용하고 있어야 하는 흰색의 가제 붕대까지도 잘 어울리는 의상처럼 두르고 있었다. 그녀는 끊임없이 장신구를 바꾸었는데, 아침에는 산호로 시작해서 저녁에는 진주로 끝나는 식이었다. 한스 카스토르프에게 꽃을 받은 것에 대해서도 자선의 뜻이라기보다는 우아한 뜻으로 해석하여 그 선물에 대해 기뻐하였고, 젊은이들을 자신의 침상에 불러 차를 대접하였는데, 자신은 누워 있는 까닭에 귀때가 달린 그릇으로 차를 마셨다. 또한 엄지손가락까지 포함하여 손가락이라는 손가락에는 말할 것도 없이 관절에 이르기까지 오팔, 자수정, 에메랄드로 온통 뒤덮고 있었다. 이윽고 그녀는 금귀고리를 흔들며 자신의 신상 이야기를 하기 시작했다. 착실하지만 따분한 남편 이야기, 아버지를 닮아 마찬가지로 착실하지만 따분한 아이들에게 진심 어린 애정을 느낄 수 없었다는 이야기, 그리고 함께 도망친 애송이 남자와 그의 자랑할 만한 시적인 섬세함 등에 대해 털어놓았다. 그러나 그의 친척들이 간계와 강압으로 그를 자기에게서 떼어 놓았고, 하필 그때부터 동시다발적으로 갑자기 터져 나온 질병 때문에 자신의 어린 애인도 넌더리가 났을 거라고 말했다. 두 분의 경우라도 넌더리가 나지 않았겠어요? 하고 그녀는 교태를 부리며 물었다. 이때 그녀의 여성스러운 아름다움은 그녀 얼굴의 절반을 덮고 있는 습진을 능가하고 있었다.

한스 카스토르프는 넌더리를 냈다는 젊은 애인을 경멸하며, 이런 감정을 어깨를 으쓱하는 몸짓으로 표시하기도 했다. 그로 말할 것 같으면 소년 같은 시적인 남자의 물러 터진 의지를 오히려 자극제로 삼아, 기회가 닿는 대로 불운한 폰 말린크로트 부인을 찾아가서 예비지식이 전혀 필요치 않은 자질구레한 일들을 해주려고 노력했다. 가령 점심에 죽이 나오면 그걸 조심스럽게 입에 떠먹여 주었고, 음식 먹은 것이 목에 걸리면 빨대 달린 그릇으로 물을 먹여 주었으며, 침대에서 돌아누울 때도 옆에서 도와주었다. 그 밖의 온갖 고통에다 수술의 상처 때문에 그녀는 누워 있는 것조차 힘들었기 때문이다. 한스 카스토르프는 식당으로 가는 도중이나 산책에서 돌아올 때, 급히 50호실 환자를 좀 살펴보려고 하니 요아힘보고는 늘 먼저 가라고 하면서 그녀의 방에 잠시 들러 그녀를 도왔다 — 그러면서 가슴 뿌듯한 행복감을 느꼈고, 자신이 하는 일이 유익하며 그것에 남모르는 의의가 있다고 여겨 기쁨을 느꼈다. 이것 말고도 거기엔 자신의 행동과 행위가 훌륭한 기독교적 색채를 띠고 있고, 정말로 무척 경건하고 자비로우며 칭찬할 만한 색채를 띠고 있어, 군인의 견지에서도 또 인문주의적이고 교육자적인 견지에서도 이렇다

할 비난을 할 수 없으리라는 것을 흐뭇해하는 기분도 섞여 있었다.

카렌 카르슈테트에 대해서는 아직 한 번도 이야기하지 않았지만, 한스 카스토르프와 요아힘은 그녀를 특히 잘 보살폈다. 그녀는 고문관의 개인적인 원외(院外) 환자로, 고문관이 사촌들에게 특별히 자선을 베풀어 달라고 간곡하게 부탁했던 것이다. 4년 전부터 이 위에 머무르고 있는 그녀는 무일푼이어서, 무정한 친척들에게 폐를 끼치는 형편이었다. 이들은 그녀가 아무래도 죽을 것이라 생각해 벌써 한 번 이곳에서 데리고 돌아갔는데, 고문관의 항변으로 다시 그녀를 여기이 위로 보냈다. 그녀는 도르프의 어느 값싼 하숙집에서 기거하고 있었다 — 열아홉인 그녀는 가냘픈 몸매를 지니고 있었다. 기름을 발라 반들거리는 머리칼, 소모성 열로 홍조를 띠고 있는 볼, 겁먹은 듯 그 열로 인한 광채를 숨기려는 눈을 가진 처녀였고, 목소리는 개성 있게 쉬었지만 여운이 듣기 좋은 소리였다. 그녀는 끊임없이 기침을 했으며, 모든 손가락이 중독 현상으로 다 갈라지고 터져서 손가락 끝마다 반창고가 붙어 있었다.

고문관의 간곡한 부탁도 있고 해서, 두 사람은 그 처녀에게 특히 정성을 기울였다. 고문관이 두 사람을 매우 착한 사람들이라고 추천했기 때문이다. 그래서 두 사람은 그 처녀에게 꽃을 보낸 것을 시작으로, 도르프에 있는 조그만 발코니로 불쌍한 카렌을 문병 갔고, 이내 그 소녀와 함께 스케이트 경주와 봅슬레이 경기를 구경하는 등 다소 이례적인 계획을 꾸몄다. 이 고산 지대의 골짜기는 이제 동계 스포츠 시즌이어서 일대 성황을 이루고 있었다. 축제 주간이 시작되어 이러한 축제와 공연 등 갖가지 행사가 잇달아 벌어졌다. 사촌들은 여태까지 이런 행사들을 어쩌다가 잠시 구경할 뿐 별로 신경 쓰지 않았다. 요아힘은 이 위에서 하는 모든 놀이 행사를 싫어했다. 그런 것을 보려고 이 위에 머무르는 것이 아니었기 때문이다 — 그는 이곳에서 즐겁게 보내고 기분 전환을 하며 지내는 것에 어쩔 수 없이 타협하며 살아가기 위해 이곳에 머무는 것이 아니라, 어떻게 해서든지 하루라도 빨리 병독을 제거해 평지에 내려가 근무하기 위해, 그것도 지금과 같은 대용물에 불과한 요양 근무 대신(이것도 요아힘은 내키지 않았지만 성실히 행하고 있었다) 진정한 군 복무를 하기 위해 이곳에 머물러 있는 것이었다. 요아힘은 겨울 스포츠에 적극적으로 참가해서는 안 되었고, 우두커니 구경하는 것도 좋아하지 않았다. 하지만 한스 카스토르프로 말할 것 같으면, 그는 엄격하고 내밀한 의미에서 이곳의 일원으로 느끼고 있었기에, 이 골짜기를 운동장과 동일시하고 있는 사람들이 하는 스포츠를 이해할 수도, 관람할 수도 없었다.

그러나 불쌍한 카르슈테트 아가씨에 대한 자선적인 관심은 이러한 점에 약간의 변화를 가져왔고 — 요아힘도 비기독교적인 사람으로 보이지 않으려면 이에 대해 대놓고 반대할 수 없었다. 두 사람은 카르슈테트 아가씨를 〈도르프〉의 초라한 하숙집에서 데리고 나왔다. 그리고 겨울의 혹한이었지만 따갑게 햇볕이 내리쬐는 화창한 날씨에, 앙글르테르 호텔 이름을 따서 붙인 영국인 거리를 지나갔다. 그곳의 번화가에는 호사스러운 가게들이 늘어서 있었고, 썰매들이 방울 소리를 울리며 지나가고 있었다. 세계 도처에서 온 부유한 향락객들과 여유 있는 사람들, 그리고 요양 호텔과 다른 커다란 호텔의 투숙객들이 멋지고 값비싼 천으로 만든 유행하는 스포츠복을 입고 모자를 쓰지 않은 채, 겨울 햇살과 눈빛에 그을어 구릿빛이 된 얼굴로 한가롭게 돌아다니고 있었다. 세 사람은 요양 호텔에서 멀지 않은 골짜기 아래에 있는 스케이트장으로 내려갔다. 이곳은 여름이면 풀밭으로 변해 축구장으로 이용되는 곳이었다. 어디선가 음악 소리가 들려왔다. 질푸른 하늘에 눈 덮인 산봉우리가 솟아 있는 풍경을 배경으로, 사각형으로 뻗은 링크의 상단에는 정자형 목조 건물이 서 있고, 그곳 합창대석에서 요양 호텔 소속의 악단이 연주회를 열고 있었다. 세 사람은 건물 안으로 들어가, 스케이트장을 삼면으로 둘러싸고 있는 관람석의 청중 사이를 헤치다 자리를 발견하고는 앉아서 경기를 지켜보았다. 피겨 스케이트 선수들은 몸에 딱 붙는 검은 타이츠와 털실로 가장자리를 장식한 짧은 저고리 차림으로 몸을 흔들고, 허공에 떠 있기도 하며, 원을 그리고, 점프를 하고, 팽이처럼 돌기도 했다. 갈라쇼에서는 탁월한 기량을 지닌 남녀 선수 한 쌍이 세상 누구도 할 수 없는 묘기를 보여 주어 팡파르와 관중의 박수갈채를 받았다. 스피드 경기에서는 각국에서 온 청년 여섯 명이 몸을 구부리고 두 손을 등에 돌린 채, 간간이 손수건을 입에 물고 넓은 사각 스케이트장을 여섯 바퀴나 돌았다. 악기 소리에 섞여 종소리가 울렸고, 그럴 때마다 관중들은 열렬하게 환호성을 지르며 박수갈채를 보내느라 야단법석이었다.

세 명의 환자, 즉 두 사촌과 그들의 피보호자 주위는 마치 다민족 회의장 같았다. 스코틀랜드제 모자를 쓰고 하얀 이를 드러낸 영국인들이 향수 냄새를 짙게 풍기는 부인들과 프랑스어로 대화를 나누고 있었다. 그 부인들은 위에서부터 아래까지 화려한 털실로 짠 옷을 입고 있었는데, 그중 몇 사람은 바지를 입고 있었다. 작은 머리에 매끄럽게 빗은 머리칼을 딱 붙인 채 마도로스 파이프를 입에 문 미국인들은 털가죽을 바깥으로 드러낸 외투를 입고 있었다. 수염을 기른 우아하며 굉장히 부자처럼 보이는 러시아인과 말레이시아계의 피가 섞인 듯한 네덜란드인이 독일인과 스위스인 관중 속에 앉아 있었다. 반면에 발칸 반도나 서아시아 출신으로 프랑스어로 말하는 온갖 종류의 정체불명의 사람들, 한스 카스토르프에게는 이러한 모험적인 세계에서 묘하게 끌리는 대상이었지만, 요아힘은 모호하고 지조가 없다고 싫어했던 그런 사람들이 사방에 흩어져 있었다. 그러는 사이에 아이들은 재미있는 경기를 했다. 한쪽 발엔 스키를, 다른 쪽 발엔 스케이트를 신고 달리다가 넘어지기도 하고, 사내아이들이 어린 여자아이들을 삽에 태워 앞으로 밀어 주다가 넘어지기도 했다. 또 불타는 초를 들고 달리며 불을 꺼트리지 않고 골인하는 아이가 승리하는 경기도 했다. 그 밖에 스케이트를 타고 달리다가 장애물을 뛰어넘기도 했고, 나란히 놓인 물뿌리개에 주석 스푼으로 감자를 떠 넣기도 했다. 이런 장면을 보고 어른들은 환호성을 질렀다. 관중들은 아이들 가운데 가장 부잣집 아이, 가장 유명한 사람들의 아이, 가장 귀여운 아이를 서로 다투어 지목하고 있었는데, 네덜란드 백만장자의 어린 딸, 프로이센 왕자의 아들, 세계적으로 유명한 샴페인 회사와 같은 이름을 가진 열두 살 난 소년이 바로 그들이었다. 불쌍한 카렌도 마찬가지로 환성을 질렀지만 그녀는 그러면서 기침을 했다. 아주 즐거워하며 손가락 끝이 벌어진 상태로 박수를 쳤으며, 사촌들에게 진심으로 고마워했다.

사촌들은 봅슬레이 경기에도 그 아가씨를 데리고 갔다. 그곳은 베르크호프에서도, 카렌 카르슈테트의 하숙집에서도 멀지 않은 곳에 있었다. 그 코스는 샤츠알프에서 아래로 내려와 부락들 사이에 있는 도르프의 서쪽 비탈에서 끝나기 때문이다. 거기엔 통제소가 설치되어 있었는데, 썰매가 출발할 때마다 전화로 그 사실을 알려 주었다. 눈으로 얼어붙은 언덕 사이로, 금속처럼 번쩍이는 곡선 코스 위를, 가슴에 각국 국기를 새긴 장식 띠를 두르고 하얀 털옷을 입은 남녀를 태운 납작한 썰매들이, 상당한 거리를 두고, 한 대씩 위에서부터 미끄러져 내려왔다. 탑승한 선수들의 붉게 달아오르고 긴장된 얼굴에 계속해서 눈이 내리고 있었다. 관중들은 썰매가 미끄러져 내려오다가 모퉁이에 부딪쳐 거꾸로 뒤집히는 장면, 선수가 눈 속에 처박히는 장면을 찍기도 했다. 여기서도 음악이 연주되고 있었다. 그들은 작은 의자에 앉아 있거나, 코스 옆에 눈을 치워 만든 작은 길을 따라 서로 밀치거나 줄지어 있거나 했다. 이 오솔길을 따라 내려가면 코스 위에 설치해 놓은 나무다리가 나왔다. 이 나무다리 위에도 마찬가지로 관중들이 모여 있었는데, 그들은 이따금씩 다리 밑으로 경기 중인 봅슬레이가 쉭 하는 소리를 내며 지나가는 것을 구경했다. 저 위 요양원에서 숨진 사람의 시체들도 이 길을 따라 나무다리 아래에서 쉭 하는 소리를 내고 커브를 돌면서 골짜기로, 골짜기로 내려갈 것이라고 한스 카스토르프는 생각하고, 이 사실을 다른 사람들에게 얘기하기도 했다.

두 사람은 또, 어느 날 오후 카렌 카르슈테트를 데리고 플라츠의 활동사진 영화관에 갔다. 그녀가 그런 것을 아주 좋아하기 때문이었다. 이들 세 사람은 아주 깨끗한 공기를 마시며 살았기 때문에, 생리적으로 무척 낯선 영화관 안의 탁한 공기에 가슴이 꽉 막혔고, 머리가 멍해져 흐릿한 안개가 보였다. 이 탁한 공기 속에서 이들의 눈앞에 갖가지 인생이 어른거렸는데, 잘게 세분되어 바쁘게 지나가기도, 팔딱팔딱 뛰다가 버둥거리며 멈추는 듯 조금씩 움직이기도 하며, 가벼운 음악과 함께 스크린 위를 불안하게 스쳐 갔다. 그 음악은 현재의 시간들을 분할해 과거의 현상들을 되살리는 데 사용하며, 한정된 수단으로 장중함과 화려함, 열정, 야성과 관능이라는 모든 느낌을 교묘히 표현할 줄 알았다. 세 사람이 본 것은 사랑과 살인의 흥미진진한 이야기로, 동양의 어떤 전제 군주의 궁정에서 벌어지는 무성 드라마였다. 호화로움과 나체, 지배욕과 비굴한 행동에 대한 종교적 분노, 잔혹과 욕망과 치명적인 색정 등으로 가득 찬 작품이었는데, 목을 자르는 망나니의 억센 팔 근육을 크게 비출 때는 잠시 사실적인 장면이 지속되었다 — 요컨대 세계 모든 나라의 문명국에서 모여 든 관객의 은밀한 소망을 잘 알고 그것에 영합하도록 만든 작품이었다. 한스 카스토르프는 다음과 같은 생각을 사촌 요아힘에게 속삭이기도 하였다. 즉 비평가인 세템브리니 같으면, 아마 인문주의에 반하는 이러한 비인간적인 작품 상영을 단호히 거부하면서, 인간의 기술을 이토록 인간 경멸적인 생각을 부추기는 데 남용하는 것에 대해 솔직하고도 고전적인 아이러니를 사용해 통렬히 비난했으리라는 것이었다. 이에 반해 세 사람이 있는 자리에서 별로 떨어져 있지 않은 곳에 앉아 역시 영화를 관람하고 있던 슈퇴어 부인은 영화에 완전히 빠져 있는 것 같았다. 그녀의 교양 없는 얼굴이 붉게 달아올라 일그러져 있었던 것이다.

그건 그렇다 치고 주위 모든 이들의 얼굴도 비슷하게 황홀해 보였다. 그러다가 연속하는 장면 중의 마지막 장면이 어른어른하며 사라지고 장내의 불이 커지며, 이때까지 환영이 움직이며 돌아가고 있던 장소가 텅 빈 백색의 스크린으로 관객들 눈앞에 나타났을 때, 사람들은 박수조차 칠 수 없었다. 좋은 연기를 펼친 데 대해 박수를 쳐서 노고에 감사하고 싶어도 무대 위에는 아무도 없었기 때문이다. 여태까지 관객들 앞에서 연기를 펼쳤던 배우들은 벌써 흔적도 없이 사라져버렸다. 다만 관객들은 배우들이 남기고 간 그림자들, 즉 무수한 상(像)과 순간순간의 스냅 사진만을 보았을 뿐이었고, 배우들의 연기는 사진을 찍으면서 그러한 상들과 스냅 사진으로 잘게 분해되었다가, 종종 내키는 대로 너무 급히 깜박이는 흐름, 즉 시간이라는 요소에 내맡겨지는 것이었다. 환영이 지나간 뒤 관객의 침묵에는 무언가 넋 빠지고 달갑지 않은 기색이 감돌았다. 사람들은 아무것도 없는 허공 앞에 두 손을 맥없이 내려놓았다. 두 눈을 비비고, 허공을 응시하며, 밝은 것을 부끄러워했고, 다시 컴컴해지기를 기다렸다. 시간을 지닌 사물들이 생생한 현재 속에 되살아나, 음악으로 장식되고, 다시 움직이는 것을 보기 위해서였다.

폭군은 자객의 비수에 찔려, 입을 벌린 채 비명을 지르며 죽었지만, 관객들은 그 비명 소리를 듣지 못했다. 이어서 세계 각국의 뉴스가 상영되었다. 프랑스 공화국의 대통령이 실크 모자를 쓰고 커다란 훈장을 달고서 4인승 마차에 앉아 환영사에 답하는 장면, 인도 세습 왕족의 결혼식에 참가한 인도 총독, 포츠담의 병영을 방문하는 프로이센의 황태자

등이 뉴스에 나왔다. 또 노이메클렌부르크 섬 안 원주민 마을의 생활과 풍습이 보였고, 보르네오 섬에서 벌어지는 닭싸움, 콧구멍으로 피리를 부는 나체의 미개인, 야생 코끼리의 포획, 샴[14]의 궁정 의식, 나무로 된 격자 우리 뒤에 기생들이 앉아 있는 일본의 홍등가 모습 등이 스크린에 비쳤다. 다음에는 털가죽 외투를 입은 사모예드인들이 북아시아의 황량한 설원에서 순록이 끄는 썰매를 타고 달리는 장면, 러시아 순례객들이 헤브론[15]에서 기도를 드리고 있는 장면, 페르시아의 범죄인이 발바닥에 태형을 받고 있는 장면 등이 나왔다. 사람들은 이 모든 장면에 동참하듯 화면을 지켜보았다. 공간이 무너지고 시간이 되돌려져, 그곳과 당시가 잽싸게 요술처럼 음악에 휩쓸리며 이곳과 현재로 바뀌었다. 모로코의 젊은 여자가 줄무늬 비단옷을 입고 목걸이, 팔찌, 반지로 치장하고 풍만한 젖가슴을 반쯤 드러낸 채 갑자기 실물 크기로 가까이 다가왔다. 콧구멍은 넓었고, 눈에는 동물적인 생기가 넘쳤으며, 용모에는 생동감이 넘쳤다. 그녀는 하얀 치아를 드러내고 웃으면서, 한쪽 손을 눈 위에 대고 다른 손으로는 관객에게 가까이 오라고 손짓했다. 그녀의 살보다 더 희게 빛나는 매혹적인 손톱을 가진 손이었다. 이쪽을 보는 것 같으면서도 실은 보지 않는 매력적인 환영의 얼굴을 관객은 당황해하며 쳐다보았다. 환영은 이쪽의 눈길은 조금도 느끼지 못했으며, 웃으며 오라고 손짓을 하고 있는 것도 현재의 관객이 아니라 과거의 어느 곳 사람들을 향해 행해진

14 태국의 옛 이름.
15 유대인과 이슬람교 모두의 성지인 요르단 서안 팔레스타인 자치구. 이스라엘 내에서도 가장 분쟁이 심한 곳이다.

것이었기에, 이에 응답하는 것은 부질없는 일이었다. 이미 말했듯 이러한 까닭으로 관중들의 즐거움에 넋이 빠진 듯한 기분이 섞여 들었다. 그러고 나서 환영은 사라졌다. 백색의 빛이 텅 빈 스크린에 가득하다가, 이윽고 〈끝〉이라는 단어가 눈에 들어오면서, 상영 프로그램의 1회분이 막을 내렸다. 바깥에서 새로운 관객들이 똑같은 내용을 보기 위해 몰려 들어오는 동안에 이들 세 사람은 말없이 영화관을 빠져나왔다.

영화 구경을 하고 난 뒤 이들은 새로 합류한 슈퇴어 부인에 이끌려, 불쌍한 카렌을 기쁘게 해주려고(카렌은 너무 고마운 나머지 두 손을 꼭 잡고 있었다), 요양 호텔의 카페에 들어갔다. 여기서도 음악이 연주되고 있었다. 붉은 연미복 차림의 작은 악단이 연주를 하고 있었는데, 이것을 지휘하는 사람은 체코인 아니면 헝가리인 같은 제1바이올린 주자였다. 그는 혼자서 악단에서 좀 떨어져, 춤추고 있는 여러 쌍의 남녀들 사이에서 열광적으로 몸을 비틀면서, 자신의 악기를 연주하고 있었다. 어느 식탁에서나 상류 사회의 분위기가 감돌고, 진귀한 음료가 나왔다. 사촌들은 덥고 먼지가 많은 이곳에서 자신들과 피보호자를 위해 차가운 오렌지에이드를 주문한 반면, 슈퇴어 부인은 달콤한 브랜디를 시켰다. 그녀의 말에 따르면, 이 시간이면 아직 카페의 영업이 절정에 오르지 않았다고 한다. 밤이 깊어짐에 따라 댄스는 더욱 활기를 띠고, 여기저기에 있는 요양원의 수많은 환자들, 호텔과 이 요양 호텔에 투숙하고 있는 야성적인 병자들이 지금보다 훨씬 더 많이 몰려든다고 했다. 또한 벌써 많은 중환자들이 향락의 술잔을 기울이며 〈마시고 노래하며 *dulci jubilo*〉 마지막 피를 토하고 저세상으로 춤추며 퇴장했다는 것이다. 그

133

런데 교양 없고 무식한 슈퇴어 부인은 〈마시고 노래하며〉라는 말을 엉뚱하게 바꾸어 사용했다. 처음의 〈마시다*dulci*〉라는 말은 음악가인 남편의 이탈리아 음악 용어를 차용하여 〈감미롭게*dolce*〉라고 말했고, 두 번째의 〈노래하다*jubilo*〉라는 말은 〈불이야*Feuerjo*〉나 〈유태 50년절*Jubeljahr*〉과 같은 이상한 말로 바꾸었다 ─ 이 라틴어가 등장한 순간, 사촌들은 창피하고 놀라서 동시에 컵의 빨대를 꽉 물어 버렸다. 하지만 정작 슈퇴어 부인은 전혀 아무렇지도 않은 기색이었다. 그녀는 오히려 세 젊은이의 관계를 알아내기 위해, 토끼 같이 가늘고 긴 이를 보기 흉하게 드러내며 넌지시 암시도 해보고 빈정대는 말도 했다. 그녀가 생각할 때 불쌍한 카렌의 입장에서 본다면, 카렌이 가벼운 산책을 할 때 이토록 멋진 기사들이 수행하며 시중을 드는 것이 결코 기분 나쁜 일은 아닐 게 분명하다고 말했다. 이와 반대로 사촌들 입장에서 본 관계는, 그녀로서도 확실하게 파악할 수 없었다. 그녀는 비록 어리석고 무식하긴 했지만 여자 특유의 직감으로, 물론 어설프고 진부한 견해이긴 하지만, 어느 정도 진상을 파악하고 있었다. 그녀가 세 사람 사이에서 진짜 기사는 한스 카스토르프이고, 젊은 침센은 그저 들러리를 서고 있다는 사실을 파악해 이를 빈정대는 표현을 했기 때문이다. 한스 카스토르프의 속마음이 쇼샤 부인에게 있다는 것을 알고 있는 슈퇴어 부인은, 한스 카스토르프가 쇼샤 부인에게는 공공연하게 접근할 수 없으므로 그 빈자리를 메우려고 괜히 불쌍한 카렌 카르슈테트를 상대하고 있다고 했다 ─ 이것은 정말 그녀다운 견해로서, 윤리적 깊이도 없고 너무 불충분하며 평범한 직관에 불과했다. 그 때문에 한스 카스토르프는 그녀가 노골적으로 놀려 댔을 때, 이에 대해 다만 피로에 전 경멸적인 눈길로 응답했을 뿐이었다. 그의 자선 행위가 모두 똑같은 의미를 지닌 것처럼, 불쌍한 카렌과의 교제는 물론 일종의 대용 수단이었고 또한 불확실하지만 쓸모 있는 보조 수단이었다는 것은 사실이었기 때문이다. 그러나 이와 동시에 이러한 경건한 행위에는 그것 자체의 목적도 없는 것은 아니었다. 쇠약한 말린크로트에게 죽을 떠먹여 주었을 때, 페르게 씨에게서 지옥과 같은 흉막 쇼크에 대해 들었을 때, 또는 불쌍한 카렌이 기쁘고 고마운 나머지 손가락 끝에 반창고를 붙인 손으로 박수를 치는 것을 보았을 때, 이럴 때 그가 느낀 만족감은 비록 비유적이고 복잡하면서도 동시에 직접적이고 순수한 성질을 띠고 있기도 했다. 이러한 만족감은 한스 카스토르프가 실험적으로 채택해 볼 만한 가치가 있다고 생각한 어떤 교육 정신에서 유래한 것이었다. 물론 이것은 교육자로서의 세템브리니가 대변하고 있는 교육 정신과는 정반대의 입장에 선 정신이긴 했지만 말이다.

카렌 카르슈테트가 살고 있는 조그만 집은 개울과 철길에서 멀리 떨어져 있지 않은 데다 도르프로 내려가는 길가에 있어서, 사촌들이 아침 식사 후 규정된 산책을 하는 길에 그녀를 데려가려고 마음을 먹으면 그렇게 하기가 무척 편리했다. 주 산책로로 나가기 위해 도르프 쪽으로 걸어 가다 보면 눈앞에 소(小)시아호른 산이 보이고, 훨씬 오른쪽으로는 〈녹색 탑〉이라 불리는 뾰족한 봉우리 세 개가 보였다. 이 봉우리들은 지금도 햇살을 받아 눈부시게 빛나는 눈 아래에 덮여 있었고, 훨씬 더 오른쪽으로 도르프베르크의 둥근 봉우리가 보였다. 그 비탈의 4분의 1 높이에 돌담이 쳐져 있는 도르프의 공동묘지가 보였다. 호수가 내려다보여 분명 전망이 좋아 보이므로 산책의 목적지로 주목받을 만한 곳이었다. 세 사람도 어느 화창한 아침에 그곳에 올라가 보았다 — 요즈음 날마다 좋은 날씨가 계속되었다. 즉 바람 한 점 없고, 태양이 빛나며, 하늘은 푸르렀고, 날은 따뜻하기도 하고 춥기도 했으며, 사방은 반짝거리며 하얗게 빛나고 있었다. 사촌들은, 한 사람은 붉은 벽돌색, 다른 사람은 청동색 얼굴을 하고 있었고, 이렇게 화창한 날씨에 외투는 짐이 될 것 같아서 벗어 두고 평상시의 옷차림으로 떠났다 — 침센 청년은 방한용 고무 신발에 스포츠복을 입고 있었고, 한스 카스토르프는 사촌과 같은 신발에 짧은 바지를 입을 만큼 건강한 편은 아니었기에 긴 바지를 입고 있었다. 해가 바뀐 새해의 2월 초와 중순 사이였다. 그렇다, 한스 카스토르프가 이곳에 온 후에 해가 바뀌어, 지금은 다른 해, 다음 해가 되어 있었던 것이다. 우주라는 세계 시계의 큰 바늘이 한 단위 더 앞으로 나아갔다. 그렇다고 해서 이 바늘이 살아 있는 사람들 중에 그것이 움직이는 것을 볼 사람이 거의 없을 천 년 단위의 바늘도 아니고, 백 년이나 10년 단위의 바늘도 아니었다. 한스 카스토르프는 이곳에서 지낸 지 아직 1년이 되지 않았고 겨우 반년하고 조금 더 지난 것에 불과하지만, 1년을 가리키는 바늘이 얼마 전 한 단위 나아간 것이었다. 그러고는 5분마다 전진하는 어떤 큰 시계의 분침처럼 다시 움직일 때까지 일단 멈추어 있었다. 그러나 해가 바뀌려면 이 월침(月針)이 앞으로 열 번이나 더 전진해야 했다. 즉 한스 카스토르프가 이 위에 온 이후로 전진한 횟수보다 2~3회 더 전진해야 했다 — 한스 카스토르프는 2월은 계산에 넣지 않았다. 지폐를 한 번 써서 동전이 남으면 이미 써버린 돈이나 마찬가지가 되듯이, 시작이 된 달은 이미 끝난 달이나 마찬가지였기 때문이다.

세 사람은 언젠가 한번 도르프베르크의 묘지로도 산책을 갔다. 우리는 여기서 이야기를 자세히 설명하기 위해 이 산책에 관해서도 말해 두기로 하겠다. 우선 산책을 가자고 말을 꺼낸 사람은 한스 카스토르프였다. 요아힘은 처음엔 불쌍한 카렌이 묘지로 산책하는 것이 염려돼 주저했지만, 그녀와 죽음을 놓고 사실을 알리지 않으려고 숨바꼭질을 한다든지, 무엇보다 비겁한 슈퇴어 부인처럼 죽음을 연상케 하는 것은 아예 눈에 띄지 않게 하려고 전전긍긍하는 것은 아무 의미가 없음을 깨닫고 이를 받아들이기로 했다. 카렌 카르슈테트는 말기 단계의 환자가 보이는 자기기만에 빠지지 않고, 자신의 상태가 어떠한지, 손가락 끝이 썩어 들어가는 것이 무엇을 의미하는지 잘 알고 있었다. 더구나 고향의 냉담한 친척들이 그녀의 유해를 고향으로 옮겨 가는 사치를 용인해 주지 않을 테니, 자신은 죽은 뒤에 저 위에 있는 묘지의 한 귀퉁이에 검소한 안식처를 얻게 될 것이라는 것도 알고 있었다. 요컨대 이 산책의 목적지는 카렌에게는 많은 다른 장소, 예를 들어 봅슬레이 경기장이나 영화관보다 윤리적으로 더 적합하다고 할 수 있었다 — 그리고 공동묘지를 단지 경관이 좋은 장소라든가 무난한 산책 코스라고 생각하지 않는다면, 이 위에 잠들어 있는 사람들을 한번 찾아보는 것도 동료로서의 당연한 예의였다.

눈 사이로 난 오솔길은 겨우 한 사람만 다닐 수 있을 정도로 폭이 좁아서, 이들은 일렬로 나란히 서서 천천히 산 위로 올라갔다. 비탈길의 가장 높은 곳에 있는 마지막 별장을 뒤로하고 아래로 내려갔다가 다시 올라가니, 친숙한 경치가 기막힌 겨울 풍경이 되어 약간 위치가 바뀐 채 다시 한 번 원근법적으로 시야에 들어왔다. 북동쪽으로는 골짜기의 입구를 향해 시야가 열렸고, 예상대로 호수는 숲으로 에워싸여서 얼어붙은 둥근 수면이 눈에 뒤덮인 모습이었다. 가장 멀리 있는 호숫가 뒤에선 산비탈이 지면에서 서로 만난 것 같았고, 그 비탈 뒤로 눈 덮인 낯선 봉우리들이 푸른 하늘을 배경으로 키를 다투고 있었다. 세 사람은 묘지 입구의 돌문 앞으로 가서 눈 속에 선 채로 그 경치를 바라보고는, 돌문에 그냥 걸쳐 놓은 격자 쇠창살 문을 열고 묘지 안으로 들어갔다.

묘지 안에도 눈 한가운데에 좁은 길이 만들어져 있다. 주위에 철책을 두른 눈 덮인 불룩한 무덤들 사이로 길이 나 있었는데, 돌 십자가나 금속 십자가, 또 원형 부조와 비문 장식이 있는 조그만 비석 등이 서 있고 대칭을 이루며 잘 조성된 침소(寢所) 사이였다. 하지만 사람의 그림자는 전혀 없었고, 아무 소리도 들리지 않았다. 이 장소의 정적, 한적함, 방해받지 않은 고요함은 여러 가지 의미에서 깊고 은밀한 분위기를 조성했다. 덤불 속에 돌로 된 작은 천사나 동자상(童子像)이 작은 머리에 눈 모자를 비스듬히 얹고 입술을 손가락으로 막고 서 있었는데, 말하자면 침묵의 수호신, 그것도 지껄이는 것을 반대하고 거역하는 의미를 강하게 풍기는 침묵의 수호신, 즉 영원히 입을 다문 침묵의 수호신이면서도, 공허하거나 단조롭게 느껴지지 않는 침묵의 수호신 같았다. 한스 카스토르프와 요아힘이 모자를 쓰고 있었더라면, 아마 조심스럽게 모자를 벗었을지도 모른다. 하지만 한스 카스토르프도 그렇고, 요아힘과 카렌도 머리에 아무것도 쓰고 있지 않았으므로 그냥 경건한 자세로 발끝에 체중을 싣고는, 마치 좌우로 가볍게 목례를 하는 듯한 동작을 하며 앞장선 카렌의 뒤를 따라 일렬로 걸어갔다.

묘지는 모양이 불규칙하여 처음에는 남쪽으로 직사각형 모양으로 좁게 뻗다가, 다음에도 양쪽으로 직사각형으로 뻗어 있었다. 분명 여러 번 확장할 필요가 있어 옆에 있는 밭도 묘지로 만든 것 같았다. 그런데도 지금 울타리로 둘러싸인 묘지는 다시 만원인 것 같았고, 울타리를 따라 내부의 지형이 더 열악한 곳도 사정은 마찬가지였다 — 그래서 만일의 경우 어느 곳에 안식처가 있는지 찾아내는 것도 그렇게 간단한 일은 아닌 듯했다. 세 사람의 외부인은 묘비 사이의 좁은 길과 통로를 한동안 경건하게 걸어다니다가 가끔 걸음을 멈추고 비석에 새겨진 이름, 생년월일 및 사망 날짜를 들여다보기도 했다. 비석과 십자가가 검소한 것으로 보아, 비용은 별로 들이지 않은 것 같았다. 묘비명에는 세계 각국에서 모여든 각기 다른 이름들이 적혀 있었다. 영국인, 러시아인이나 광범위하게 슬라브인, 독일인도 있었고, 포르투갈인이나 그 밖에 갖가지 이름들이 있었다. 매장된 날짜가 얼마 되지 않았고, 이 세상에서 산 기간은 대체로 아주 짧았다. 태어나서 죽을 때까지의 기간이 보통 20년 정도밖에 안 되거나, 그것보다 더 길지 않았다. 그러니까 미덕을 갖추지 못하고 확고한 주관이 없는 젊은이들만 잔뜩 묻혀 있는 셈이었다. 이들은 세계 각지에서 모여들어 영원한 수평 생활에 들어가 이 침소에 누워 있는 것이었다.

묘가 빽빽하게 들어찬 공동묘지의 안쪽 깊숙한 곳에 있는 풀밭 안에 사람 키 정도 길이의 평평하게 고른 땅이 아직 남아 있었다. 그 양쪽으로는 돌 주위에 조화로 된 화환이 걸린 묘 두 개가 조성되어 있었다. 세 명의 방문객은 무의식중에 그 앞에 멈추어 섰으며, 양쪽의 비석에 새겨진 연수(年數)를 읽었다. 소녀는 두 동반자보다 조금 앞에 서 있었고, 한스 카스토르프는 편안한 자세로 두 손을 앞으로 맞잡고 입을 벌린 채 졸린 눈으로, 침센 청년은 똑바로 선 듯하면서도 미묘하게 뒤로 약간 젖힌 채 부동의 자세로 서 있었다 — 그러면서 두 사촌은 똑같이 호기심에 끌려 카렌 카르슈테트의 표정을 살짝 엿보았다. 그녀는 이들이 자신을 훔쳐보는 것을 곧 알아차리고 머리를 약간 비스듬히 앞으로 내밀고 수줍은 듯 얌전하게 서서, 입술을 쑥 내밀고 부자연스럽게 미소 지으면서 눈을 자꾸 빠르게 깜박거렸다.

발푸르기스의 밤

앞으로 며칠만 더 지나면 한스 카스토르프 청년이 이곳에 올라온 지 7개월이 된다. 반면에 한스 카스토르프가 이 위에 올라왔을 때 이미 5개월을 이곳에서 지냈던 사촌 요아힘은 이제 12개월, 즉 1년, 그러니까 만 1년을 이곳에서 보낸 셈이었다 — 작지만 견인력(牽引力)이 센 기관차가 그를 이곳에 데려다준 이래로, 지구가 태양 주위를 한 바퀴 돌고 원래 위치로 되돌아가는 우주적인 의미에서의 만 1년이 되었다. 마침 지금은 카니발, 즉 사육제 기간이었다. 사육제가 눈앞에 다가오자, 한스 카스토르프는 여기 요양원 주민들은 사육제를 어떻게 보내는지 이곳에 온 지 만 1년 되는 사촌에게 물어보았다.

「굉장합니다!」 아침 산책을 하면서 또 한 번 사촌들과 마주친 세템브리니가 대신 대답했다. 「그야말로 장관입니다!」 그가 말했다. 「빈의 프라터 유원지처럼 매우 재미있습니다. 두고 보십시오, 엔지니어 양반. 우리도 곧 윤무(輪舞)에 가담하는 멋진 난봉꾼이 될 겁니다.」 그는 이렇게 말하고는 팔, 머리, 어깨를 능숙하게 움직이고 독설을 내뿜으며 방정맞은 입으로 계속 비꼬기 시작했다. 「정신병원에서도 때때로 바보와 천치를 위해 무도회를 개최한다고 하지 않습니까. 어디서 읽은 적이 있는데 — 그렇다면 여기라고 해서 열지 못할 것도 없겠지요. 상상할 수 있듯이, 프로그램에는 각양각색의 죽음의 무도가 포함되어 있습니다. 유감스러운 것은 작년에 축제에 참가한 사람들의 일부가 금년에는 참가할 수 없다는 사실입니다. 축제가 9시 반이면 이미 끝나기 때문이죠……」[16]

「당신이 말씀하시는 것은…… 아, 네. 이거 참 걸작인데요!」 한스 카스토르프는 웃으며 말했다. 「당신은 정말 유머 감각이 있으시군요! — 〈9시 반에 끝난다?〉 — 무슨 얘긴지 자네 알겠나, 응? 말하자면 세템브리니 씨의 얘기는 너무 이른 시간에 끝난다는 거야. 작년에 축제에 참가한 사람들의 〈일부〉가 한 시간 정도 참가하고 싶어도 시간을 맞출 수가 없다는 말이지. 하, 하, 어쩐지 기분이 으스스한데. 그러니까 그 〈일부〉 사람들이란 이 1년 동안에 〈살(肉)〉에 영원히 작별을 고한 사람들을 말하는 모양이군.[17] 자네, 내 말장난 알

---

16 죽은 이가 이 세상에 다시 돌아올 수 있는 것은 밤 12시부터 날이 밝을 때까지이기 때문이다.

141

아듣겠나? 하지만 어쨌든 기대가 되는군요.」 한스 카스토르
프는 세템브리니 씨를 보며 계속 말했다. 「나는 축제가 돌아
올 때마다, 여기서도 그것을 축하하는 게 옳다고 생각합니
다. 세상에서 하듯 일상적인 생활에 단락, 그러니까 매듭을
지어 시간을 단조롭고 따분하지 않도록 하는 것 말입니다.
이것은 아주 묘한 일일지도 모르겠습니다. 우리는 이미 크리
스마스를 축하했고, 새해가 왔다는 것을 알았고, 이제는 사
육제가 다가오고 있습니다. 그런 다음 부활절 직전의 일요일
이 다가와 (이곳에도 부활절의 둥근 롤빵이 있겠지요?) 수난
주간, 부활절, 그로부터 6주 후엔 성령 강림절, 그러고 나면
1년 중에서 낮이 가장 긴 하지가 옵니다, 아시겠지요. 그다
음엔 가을로 넘어갑니다…….」

「그만! 그만! 그만하십시오!」 세템브리니는 얼굴을 하늘
로 치켜들고 손바닥으로 관자놀이 부위를 지그시 누르며 이
렇게 외쳤다. 「그만하십시오! 이런 식으로 제멋대로 달려서
삼천포로 빠지는 것은 금합니다!」

「용서하십시오, 난 오히려 그 반대로 말했는데요……. 그
건 그렇고 베렌스는 결국 나의 병독을 제거하기 위해 이제
주사를 사용할 결심을 한 모양입니다. 여전히 열이 37.4도,
5도, 6도, 7도까지 오르기 때문입니다. 아무리 해도 열이 내
려가지 않습니다. 나는 역시 인생의 걱정거리 자식인 모양입
니다. 물론 그렇다고 해서 내가 장기(長期) 환자라는 얘기는
아닙니다. 라다만토스가 나에게 아직 확실한 형량을 내리지

17 보통 사육제는 고난의 사순절이 시작되기 바로 전 며칠 동안 마음껏
즐기고 노는 행사이다. 〈카니발Karneval〉이란 말은 참회 기간에는 고기를 멀
리해야 한다는 이탈리아 말 〈고기여 안녕carne vale〉에서 유래하였다.

는 않았습니다만, 그의 말로는 내가 벌써 이 위에 이만큼 오래 있었으니, 말하자면 이만큼 많은 시간을 투자했으니 이제 와서 요양을 그만둔다는 것은 무의미한 짓입니다. 하기야, 그가 기한을 정해 준다 해도 그게 나에게 무슨 소용이 있겠습니까? 별반 의미가 없겠지요. 그가 가령 내게 반년이라고 선고한다 해도, 그것은 최소한도의 형량이니 더 이상을 각오해야 할 테니까요. 내 사촌의 경우도 그렇습니다. 이 친구는 이달 초에 끝이 날 — 완쾌된다는 의미에서 끝이 날 — 예정이었지만, 지난번에 베렌스가 말하기를 완전히 건강을 회복하려면 앞으로 넉 달이 더 걸릴 거랍니다 — 그래서 말인데, 그럼 넉 달이 지나면 어떻게 되겠습니까? 그때는 벌써, 아까도 말했듯이 우리는 하지를 맞게 됩니다, 당신을 자극하기 위해서 하는 말이 아닙니다, 그리고 다시 겨울로 넘어갑니다. 그러나 물론 지금은 우선 사육제를 맞이하겠죠 — 아까도 말했지만, 나는 여기서 모든 축제를 순서대로, 달력에 나와 있는 대로 치르는 것이 아주 좋은 일이라고 생각합니다. 슈퇴어 부인이 말하기로는 수위실에서 아이들 나팔을 팔고 있다지요?」

사실 그러했다. 한참 남아 있다고 생각했는데 어느새 느닷없이 다가온 사육제 화요일의 첫 번째 아침 식사 때에 — 이미 새벽부터 식당에서는 장난감 나팔의 갖가지 소리가 삐삐 뿌뿌 요란스럽게 울렸으며, 점심 식사 때는 갠저, 라스무센과 클레펠트의 식탁에서 벌써 종이테이프가 날아다녔고, 몇몇 사람들, 예컨대 동그란 눈의 마루샤는 역시 현관 수위실 앞에서 절름발이가 파는 종이 모자를 쓰고 있었다. 그리고 밤에는 홀과 휴게실에서 축제의 밤 모임이 펼쳐졌다. 그

과정에서…… 이 사육제 모임이 한스 카스토르프의 모험가적 행동 정신의 덕택으로 마지막에 어떤 결과로 끝맺게 되었는지 그것은 지금으로서는 우리만 알고 있다. 그렇지만 알고 있다는 사실에 들떠 신중함을 잃어버리지 않도록, 당연히 돌아가야 할 명예를 시간에 넘기거나, 너무 서두르지 말도록 하자 — 오히려 한스 카스토르프 청년이 윤리적인 수줍음 때문에 그러한 일을 감행하는 것을 그토록 오래 억제해 왔다는 사실에 우리는 깊이 공감하므로, 그 사건의 결말에 대해서는 나중으로 미루고 싶다.

오후에는 거의 모두가 사육제의 거리 광경을 구경하러 플라츠로 마치 성지 순례하듯 걸어갔다. 가면을 쓴 사람들을 도중에 만났는데, 피에로와 어릿광대들이 납작한 나뭇조각으로 만든 딱딱이를 흔들어 달그락거리며 걷고 있었다. 역시 가면을 쓴 채, 방울 소리를 울리며 지나가는 단장한 썰매에 타고 있는 사람들은 보행자들과 서로 콘페티[18]를 던지며 소규모 전투를 벌였다. 이렇게 베르크호프의 주민들도 벌써 들뜬 기분이 되어, 거리의 그런 명랑한 기분을 작은 모임에서도 계속 유지하고자 마음먹고, 저녁 식사 때 일곱 식탁에 모여 앉았다. 수위가 팔고 있는 종이 모자와 삐삐 뿌뿌 소리가 나는 나팔이 날개 돋친 듯 팔렸고, 파라반트 검사가 아주 요란한 가장(假裝) 차림으로 선두에 나타났다. 그는 일본의 여자 의상인 기모노를 입고, 사방에서 떠드는 소리로 보아 부름브란트 총영사 부인의 물건인 듯한 가발을 머리에 쓰고, 자신의 콧수염을 인두로 지져 비스듬히 말아 내리고는, 진짜 중국인을 방불케 하는 모습으로 나타났다. 경영자측도

18 사육제 때 서로 던지는 색종이 조각.

이에 지지 않았다. 그들은 일곱 식탁 전부를 종이 초롱으로 장식하고는 그 속에 촛불을 켜놓아 채색된 달처럼 보이게 했다. 세템브리니 씨는 식당에 들어와 한스 카스토르프의 식탁 옆을 지나가면서 이러한 조명과 관계가 있는 괴테의 『파우스트』 한 구절을 인용했다.

> 이 오색찬란한 불꽃을 보시오!
> 참 활기 넘치는 패거리들이오.[19]

그는 섬세하고 냉정한 미소를 띠고 이렇게 읊조리며 자신의 식탁으로 어슬렁어슬렁 걸어가다가, 얇은 막 안에 향수가 채워져 있어 부딪히면 안의 향수가 쏟아지는 조그만 공 세례를 받았다.

요컨대 축제 기분은 처음부터 고조되어 있었다. 웃음소리가 가득 찼고, 샹들리에에 드리워진 종이테이프가 공기의 움직임에 따라 팔랑거렸으며, 고기 수프 속에선 작은 색종이 공이 헤엄치고 있었다. 곧 난쟁이 식당 아가씨가 이날 저녁 처음 나오는 샴페인 병을 얼음 통에 넣어 바삐 지나가는 모습이 보였고, 아인후프 변호사의 신호에 따라 모두가 샴페인을 부르고뉴산 포도주에 타서 마셨다. 그리고 이제 식사가 거의 끝나 가자 천장의 불이 꺼지고, 초롱불만이 알록달록 희미한 빛으로 식당을 이탈리아의 밤처럼 비추면서, 축제 분위기는 그야말로 절정에 달했다. 한스 카스토르프의 식탁에선 세템브리니가 종이쪽지 한 장을 건네주어 (그는 그 종이쪽지를, 녹색의 비단 종이로 장식한 기수 모자를 쓰고 있

19 『파우스트』 제1부 〈발푸르기스의 밤〉 장면 4034~4035행.

는 바로 옆에 앉은 마루샤를 통해 전했다) 커다란 찬사를 받
았는데, 그 쪽지엔 연필로 이런 시구가 쓰여 있었다.

　　하지만 주의하십시오! 오늘은 산이 온통 미친 듯이 마
　법에 걸려 있는 터라
　　도깨비불이 정확하게
　　길을 안내하리라고는 기대하지 마십시오.[20]

　다시 병세가 악화되었던 블루멘콜 박사는 그 특유의 얼굴
표정으로, 아니 입 모양을 하고 중얼거렸다는 편이 맞겠지
만, 도대체 그게 무슨 의미의 시구냐고 묻는 것 같았다. 한스
카스토르프 쪽에서도 그 시구에 답장을 하지 않으면 안 되
겠다고 생각하고, 물론 극히 보잘것없는 것이 될 것 같았지
만, 장난삼아 종이쪽지에 시구를 써야만 하겠다는 의무감을
느꼈다. 그래서 호주머니를 뒤져 연필을 찾았지만 없었고,
요아힘이나 여교사한테서도 빌릴 수 없었다. 그는 도움을 청
하려고 붉게 충혈된 눈을 동쪽 식당의 왼쪽 뒤편 구석으로
돌렸다. 그런데 처음의 가벼운 의도가 차차 복잡한 연상(聯想)
으로 바뀌는 바람에 얼굴이 창백해지면서 원래 의도는 완전
히 잊어버리고 말았다.
　그의 얼굴이 창백해진 이유는 다른 것도 있었다. 저 뒤쪽
에 있는 쇼샤 부인이 사육제 차림의 새 옷을 입고 있었다. 어
쨌든 한스 카스토르프가 아직 보지 못한 새 옷이었다 ── 엷
기도 하고 짙기도 한 검은색, 아니 아예 새까맣고 때때로 약
간 밤색으로 희미하게 빛나는 비단옷이었는데, 목 부분이 소

　20 『파우스트』 제1부 〈발푸르기스의 밤〉 장면 3868~3870행.

녀의 옷처럼 둥글게 파여 있었다. 그래도 그리 깊게 파이지는 않아서 목과 쇄골의 시작 부분이 보였고, 뒤로는 머리를 약간 앞으로 내밀고 있어서 목덜미에 풀려 나온 머리카락 아래 목뼈가 약간 튀어나온 것이 보였다. 하지만 어깨 근처까지 드러나 있는 클라브디아의 팔은 섬세한 동시에 통통해 보였으며, 아무리 생각해 보아도 차가운 느낌을 주었다. 검은 비단옷과 대조되어 더욱 하얗게 보이는 팔은 너무 감동적이라서, 한스 카스토르프는 두 눈을 꼭 감고 스스로에게 〈아!〉 하고 속삭이지 않을 수 없었다 — 그는 이렇게 재단된 옷을 본 적이 없었다. 이때까지 목과 어깨를 더 과감하게 드러낸 무도회 드레스를 본 적은 있지만, 그것은 축제라서 허락되는, 그러니까 규정에 맞는 노출이라서 조금도 선정적인 느낌을 주지 않았다. 한스 카스토르프는 언젠가 얇은 망사에 비친 이 팔을 본 적이 있었는데, 그때 그가 사용한 말을 빌리면, 얇은 망사의 그럴 듯한 〈변용〉이 없었더라면 이 팔의 유혹, 즉 그 비이성적인 매력은 아마 그렇게 강하지 않았을 것이다. 하지만 그것은 잘못된 생각이었다! 치명적인 자기기만이었다! 병독에 침식된 이 유기체의 멋진 팔, 통통하고 돋보이며 눈멀게 하는 이 팔은 그때의 〈변용〉보다 훨씬 더 강한 것으로 증명되는 하나의 사건이었으며, 머리를 숙이고 소리 없이 〈아!〉 하고 탄성만 되풀이할 수밖에 없는 하나의 현상이었다.

얼마 후에 종이쪽지가 또 하나 날아왔는데, 거기에는 이런 시구가 쓰여 있었다.

저런 여자들하고 어울리면 얼마나 좋을까,

정말로 참한 색싯감들이구나!
그리고 총각들도 한 사람 한 사람 모조리,
앞날 창창하구나.[21]

「브라보! 브라보!」 모두들 환성을 질렀다. 사람들은 벌써
갈색의 작은 사기그릇에 담겨 나오는 모카커피를 마시거나,
달콤한 술을 무엇보다 좋아하는 슈퇴어 부인 같은 사람은
리큐어를 마시기도 했다. 사람들은 뿔뿔이 흩어지면서 서로
교류하기 시작했다. 서로를 찾아가기도 하고 식탁을 바꾸기
도 했다. 손님들 중의 일부는 벌써 휴게실로 몰려갔고, 일부
는 계속 식당에 남아 포도주를 탄 샴페인을 마시면서 서로
얘기를 건네고 있었다. 세템브리니는 커피 잔을 손을 들고
이쑤시개를 입에 문 채 직접 여기로 다가와서, 한스 카스토
르프와 여교사 사이에 끼여 구석 자리에 청강생의 입장으로
앉았다.

「하르츠 산지입니다.」 그가 말했다. 「쉬르케와 엘렌트 근
방[22]입니다. 내가 말한 것이 지나친 과장이었습니까, 엔지니
어 양반? 이곳이 정말 난장판 같다는 느낌이 들 겁니다! 그
렇지만 기다려 보십시오, 우리의 위트는 그렇게 빨리 고갈되
지 않습니다. 아직 최고조에 달한 것은 아니며, 하물며 끝나
다니, 아직도 멀었습니다. 여러 방면으로부터 들은 정보에
따르면, 아직 더 많은 가장 인물이 나타난다는 겁니다. 보이
지 않는 사람들도 있는 걸 보니 — 크게 기대해도 좋을 것

21 『파우스트』 제1부 〈발푸르기스의 밤의 꿈 또는 오베론과 티타니아의
금혼식〉 장면 4295~4298행.
22 괴테의 『파우스트』 〈발푸르기스 밤〉 장면의 무대가 되는 장소.

148

같습니다, 두고 보십시오.」

　이렇게 말하는 동안에 정말 새로운 가장 인물들이 나타났다. 희가극식으로 터무니없이 배를 불룩하게 한 여자들이 남장을 하고 코르크 마개를 태워 얼굴에 시커멓게 수염을 그리고 나타났으며, 이와 반대로 남성들은 여성용 드레스를 입고 치마에 걸려 비틀거리면서 나타났다. 예를 들어 대학생인 라스무센은 검은 옥구슬이 박힌 검은 부인복을 입고 여드름투성이의 가슴과 목덜미를 드러낸 채, 종이부채로 부채질을 하고 있었는데 그것도 등에다 하고 있었다. 또 거지 한 명이 밭장다리를 하고 목발에 의지한 채 등장하기도 했다. 어떤 사람은 하얀 속옷에 여성용 펠트 모자를 쓰고 피에로 의상을 만들어 입고, 눈이 기묘해 보일 정도로 분칠을 한 얼굴에 연지로 새빨갛게 입술을 칠하고 나타났다. 그는 손톱을 길게 기른 소년이었다. 이류 러시아인석의 그리스인은 멋진 다리에 자주색 메리야스 바지를 입고, 짧은 외투와 종이 목도리를 두르고, 속에 칼이 든 지팡이를 짚으며 스페인 대공(大公)이나 동화 속의 왕자처럼 의기양양하게 걸어 나왔다. 이러한 모든 어릿광대 복장들은 식사가 끝난 후 즉흥적으로 서둘러 만든 것들이었다. 슈퇴어 부인도 더 이상 자리에 가만히 앉아 있을 수 없었다. 그녀 역시 모습을 감추더니 잠시 후에 치맛자락을 거머쥐고 소매를 걷어 올린 채, 종이 모자의 끈을 턱에 매고는 물통과 빗자루를 든 청소부의 모습으로 다시 나타났다. 그녀는 이 도구를 사용하기 시작하면서 젖은 빗자루를 식탁에 앉은 사람들의 다리 사이로 들이밀었다.

바우보 할멈이 혼자 오는구나.[23]

　　그녀를 보자 세템브리니는 이렇게 암송하고는 다음 시구
를 분명하고도 조형적으로 덧붙였다. 슈퇴어 부인은 이 말
을 듣고 세템브리니를 〈이탈리아의 수탉〉이라고 부르며,
〈음탕한 말〉을 삼가라고 촉구했다. 그러면서 그녀는 사육제
때 가장 무도회의 자유로운 분위기에 따라 그를 〈댁〉이라고
불렀다. 그러지 않아도 식사 때부터 벌써 다들 서로 〈자네〉
니 〈댁〉이니 〈너〉라고 부르면서 말을 놓고 있었기 때문이다.
세템브리니가 그녀에게 막 대답하려고 하는 순간, 홀에서 요
란한 소리와 웃는 소리가 나는 바람에 그는 입을 다물었고,
식당에 있는 사람들은 무슨 일인가 하고 다들 주목했다.

　　이제 막 가장을 끝낸 듯, 기묘한 차림을 한 인물 둘이 휴게
실 손님들에 에워싸여 식당으로 들어왔다. 한 사람은 간호
사 차림을 하고 있었는데, 검정 유니폼에는 목에서부터 옷자
락에 이르기까지 흰 끈이 가로로 꿰매져 있었다. 짧은 끈은
좁은 간격을 두고 평행으로 나란히 있고, 그 군데군데 이것
보다 더 긴 끈이 역시 가로로 있는 것으로 봐서 체온계의 눈
금을 표시하는 것 같았다. 그녀는 핏기 없는 입술에 집게손
가락을 대 침묵을 표시하고, 오른손에 체온표를 들고 있었
다. 그녀 옆의 다른 가장은 온통 푸른색으로 치장했는데, 입
술과 눈썹 이외에 얼굴과 목 부분까지도 온통 푸르게 칠해져

　　23 『파우스트』의 〈발푸르기스의 밤〉 장면 3962~3963행. 바우보Baubo
는 마녀의 이름이다. 그리스 신화에서는 딸을 잃고 비탄에 빠진 데메테르를
음탕한 재담으로 위로하고자 했던 하녀의 이름이었으나, 여기서는 음탕한
마녀들의 지도자로 나타난다.

있었고, 푸른 털실 모자를 한쪽 귀를 가릴 만큼 비스듬히 눌러쓰고 있었다. 그는 윤이 나는 푸른 삼베 한 장으로 만든 옷 같기도 하고 덧옷 같기도 한 것을 입고서 발목을 끈으로 잡아매고 있었는데, 배 속에는 무엇을 집어넣었는지 불룩해져 있었다. 사람들은 이들이 일티스 부인과 알빈 씨라는 것을 금세 알아챌 수 있었다. 두 사람 다 목에 마분지를 걸고 있었는데, 거기에는 각기 〈무한정 체온계〉와 〈푸른 하인리히〉라고 적혀 있었다. 이들은 비틀비틀 걸으면서 나란히 식당 안을 휘젓고 다녔다.

박수갈채가 터졌고, 환호성이 소용돌이 쳤다! 슈퇴어 부인은 빗자루를 옆구리에 끼고 두 손을 무릎 위에 얹고는, 청소부로 가장한 것을 핑계로 지나칠 정도로 야비하고 천박하게 웃어 댔다. 세템브리니만이 뭔가 못마땅한 듯한 표정을 짓고 있었다. 그는 대성공을 거둔 가장 남녀 둘에게 힐끗 시선을 던지고는, 멋지게 말아 올린 콧수염 아래 입술을 굳게 다물었다.

〈무한정 체온계〉와 〈푸른 하인리히〉, 이 두 사람 뒤를 따라 휴게실에서 다시 식당으로 건너온 사람들 가운데 클라브디아 쇼샤도 끼어 있었다. 그녀는 부드러운 고수머리를 한 타마라와 야회복을 입고 가슴팍이 들어간 불리긴 씨인가 하는 식탁 동료와 함께 들어와, 한스 카스토르프의 식탁 옆을 새 옷 차림으로 지나갔다. 쇼샤 부인은 갠저 청년과 클레펠트의 식탁으로 비스듬히 건너가서 두 손을 등 뒤로 돌린 채 실눈을 뜨고 웃고 잡담을 나누며 서 있었다. 반면에 그녀와 동행한 두 사람은 풍자적인 가장 행렬을 계속 따라다니다가 그들과 함께 식당에서 나가 버렸다. 쇼샤 부인도 역시 사육제 모자를 쓰고 있었다 — 산 것이 아니라 아이들에게 접어 주는 것 같은 모자로, 하얀 종이를 접어 단순히 삼각형으로 모자를 만든 것이었다. 어쨌든 비스듬하게 모자를 쓰고 있는 모습이 썩 잘 어울렸다. 금빛이 도는 짙은 갈색 비단옷 아래로 발이 약간 보였고, 치마는 약간 불룩해져 있었다. 팔에 관해서는 여기서 더 이상 말하지 않기로 하겠다. 좌우간 그녀의 팔은 어깨까지 노출되어 있었다.

「저 여자를 잘 보십시오!」 세템브리니 씨의 목소리가 한스 카스토르프에겐 먼 곳에서 울려오는 소리처럼 들렸다. 한스 카스토르프는 그녀가 이내 유리문을 통해 식당 밖으로 나가는 모습을 눈으로 좇고 있었던 것이다. 「저 여자는 릴리트입니다.」

「누구라고요?」 한스 카스토르프가 물었다.

『파우스트』에 나오는 대사와 일치해서 문학가인 세템브리니는 기뻐했다. 그는 이렇게 답변했다.

「아담의 첫째 부인입니다. 조심해야 합니다…….」

식탁에는 이들 두 사람 외에 이들과 멀찍이 떨어진 자리에 앉은 블루멘콜 박사만 있을 뿐, 요아힘을 포함해 식탁의 다른 동료들은 다들 휴게실로 건너갔다. 한스 카스토르프는 이렇게 말했다.

「오늘 밤 댁의 가슴은 시문학과 시구로 가득하군요. 그럼 릴리트는 어떤 여자입니까? 그럼 아담은 두 번 결혼했습니까? 그건 전혀 몰랐는데요…….」

「헤브라이 전설에 따르면 그렇습니다. 이 릴리트는 밤 도깨비가 되는데, 그래서 젊은 남자들에게는 위험합니다, 특히 그녀의 아름다운 머리칼 때문에 말입니다.」

「아니, 이거 참! 아름다운 머리칼을 지닌 밤 도깨비라고요? 댁은 그런 것을 견디지 못한다는 말인가요, 그래요? 그래서 댁은 다가와서, 말하자면 전등을 켜고 젊은이들을 바른 길로 인도하겠다는 얘기군요 — 그렇지 않은가요?」한스 카스토르프는 꿈꾸듯 지껄였다. 그는 샴페인에다 포도주 섞은 것을 꽤 많이 마신 상태였다.

「이보게, 엔지니어 양반, 〈댁〉이라는 말은 삼가 주시오!」세템브리니는 눈살을 찌푸리며 명령하듯 말했다. 「부탁입니다만, 교양 있는 유럽인들이 보통 쓰는 3인칭 복수형의 호칭인 〈당신〉이라는 말을 사용해 주십시오! 지금 사용하고 있는 〈댁〉이란 표현은 당신에게 전혀 어울리지 않습니다.」

「아니, 왜 이러십니까? 오늘은 사육제가 아닌가요! 오늘 밤엔 어떤 호칭으로 부르든 상관없지 않나요…….」

「그건 야비한 자극을 노리는 겁니다. 당연히 〈당신〉이라고 불러야 할 타인들, 즉 남남 사이에 〈댁〉이라고 부르는 것은, 역겨운 야만적 행위이고, 원시 상태를 농락하는, 파렴치한 유희입니다. 내가 이렇게도 싫어하는 것은, 그것이 근본적으로 문명이나 진보된 인간성에 역행하기 때문입니다 — 뻔뻔스럽고도 부끄럽기 짝이 없는 역행을 의미하는 겁니다. 난 당신을 〈댁〉이라고 부르지 않았습니다, 오해는 하지 마십시오! 나는 당신 나라의 국민 문학의 걸작에 나오는 한 부분을 인용했을 뿐입니다. 즉 나는 시적(詩的)으로 말한 겁니다…….」

「나도 마찬가지입니다! 나도 어느 정도는 시적으로 말하고 있습니다 — 이 순간이 그렇게 하는 데 적절하다고 생각했고, 그래서 그렇게 말한 겁니다. 댁을 〈댁〉이라고 부르는 게 자연스럽고 아주 편해서 그런 것은 절대 아닙니다. 오히려 그 반대여서 일종의 자기 극복이 필요합니다. 그렇게 부르기 위해서는 내키지 않는 결심을 해야 합니다. 그렇지만 나는 이러한 결심을 기꺼이 하죠, 즐거운 마음으로 진심으로……」

「진심이라고요?」

「진심입니다, 네, 정말입니다. 우리가 이 위에서 같이 지낸 지 벌써 오래되었습니다 — 댁도 계산해 보십시오. 일곱 달이나 되었습니다. 이 위 우리의 시간관념으로는 그렇게 오랜 기간이 아니지만, 저 아래 평지의 개념으로 생각해 보면 상당한 기간이라 할 수 있습니다. 이제 우리들은 인생에게 함께 불려 와서, 이곳에서 함께 지내게 된 것입니다. 그리고 거의 매일 얼굴을 맞대고 재미있는 대화들을 나눕니다. 저 아래에 있었더라면 전혀 이해하지 못했을 대상에 대해서도 말입니다. 그것이 여기서는 이해가 되지요. 여기서는 그것이 너무나 중요하고 절실한 문제이기 때문에, 우리가 토론할 때면 언제나 아주 진지했던 겁니다. 서로 토론을 했다고는 하지만, 휴머니스트인 댁이 나에게 여러 가지를 설명해 주었지요. 물론 나는 지금까지 겪은 경험이 적기 때문에 제대로 말을 할 수 없어서, 댁이 말하는 것을 항상 대단히 들을 만한 가치가 있다고 생각했습니다. 댁을 통해서 나는 많은 것을 알게 되었고 이해하게 되었습니다……. 카르두치에 관한 이야기는 그 가운데서도 가장 사소한 것이었습니다만, 예컨대 공화제는 아름다운 문체와 어떤 관계에 있는지, 혹은 시간은 인류의 진보와 어떤 관계에 있는지 — 반대로 만약 시간이 없다면 인류의 진보도 있을 수 없으며, 세계는 고여 있는 물웅덩이나 썩은 늪처럼 될 거라는 걸 — 댁이 아니었다면 내가 이런 걸 어떻게 알 수 있었겠어요. 나는 댁을 그냥 〈댁〉

이라 부르고, 달리 어떻게 부르지 못하겠습니다. 용서해 주십시오, 어떻게 해야 할지 알지 못하기 때문입니다 ─ 어떻게 잘할 도리가 없습니다. 댁은 여기에 앉아 있고, 나는 그냥 〈댁〉이라고 부릅니다, 그것으로 충분합니다. 댁은 아무개라는 일개인이 아니라, 한 사람의 대표자입니다, 세템브리니 씨, 댁은 이 위에서, 나의 편을 드는 대표자입니다 ─ 댁은 그런 분입니다.」 한스 카스토르프는 이렇게 확신하듯 말하며, 손바닥으로 식탁보를 쳤다. 「그래서 난 이제 댁에게 감사의 말을 드리고자 합니다.」 그는 계속 말하면서, 샴페인과 부르고뉴산 포도주를 섞은 자신의 유리잔을 세템브리니의 커피 잔 쪽으로 들이밀었는데, 이는 마치 식탁 위에서 서로 건배를 하려는 것 같았다. 「댁은 지난 7개월 동안 내게 무척 친절하게 대해 주었습니다. 그리고 새롭고도 많은 경험을 하게 된 예비 대학생을 위해 완전히 무료로, 어떤 때는 실제 이야기로, 어떤 때는 추상적인 형식으로, 연습과 실험을 하도록 하면서 나에게 교정적인 영향을 주려고 애썼습니다. 그 점에 대해 감사를 드립니다. 또 그 밖의 모든 것에 대해 감사 인사를 드리고, 내가 나쁜 제자이며, 댁이 말한 것처럼 〈인생의 걱정거리 자식〉이었다고 한다면, 그것을 사과드려야 할 순간이 왔다는 것을 확실하게 느끼고 있습니다. 댁이 그 말을 했을 때 나는 얼마나 감동했는지 모릅니다. 그리고 지금도 그것을 생각할 때마다 새삼 가슴이 뛰곤 합니다. 걱정거리 자식, 댁이 볼 때, 댁의 교육자적 기질로 볼 때 나는 걱정거리 자식이었을 겁니다. 내가 댁을 처음 만나던 날 댁은 댁의 교육자적 기질에 대해 말한 적이 있지요 ─ 물론 인문주의와 교육과의 관계도 역시 댁이 나에게 가르친 관계들 중 하나입니다 — 시간을 들여 생각해 보면 이 밖에도 몇 가지가 더 떠오르리라 믿습니다. 그러니까 나를 용서해 주시고, 너무 나쁘게 생각지는 말아 주십시오! 행복을 빕니다, 세템브리니 씨, 건강을 빕니다! 인류의 고통을 제거하고자 들이는 댁의 문학적인 노력을 위해 축배를 들겠습니다!」 그는 이렇게 말을 끝내고, 몸을 약간 뒤로 젖히고는 샴페인에 포도주를 섞은 술을 두세 모금 꿀꺽 들이켠 뒤 자리에서 일어섰다. 「자, 그럼, 다들 모여 있는 곳으로 가봅시다.」

「아니, 엔지니어 양반, 내가 혹시 당신 기분을 상하게 했습니까?」 이탈리아인은 놀란 눈으로 이렇게 말하며 마찬가지로 식탁에서 일어섰다. 「그 말은 마치 작별 인사처럼 들리는군요……」

「아닙니다, 작별 인사라고요……?」 한스 카스토르프는 얼버무리며 말했다. 그는 비유적인 말로 피했을 뿐 아니라 상체로 호를 그리면서 몸으로도 피했다. 그러면서 이제 막 두 사람을 데리러 온 여교사 엥엘하르트 양을 상대하기 시작했다. 그녀는 고문관이 경영주 측에서 제공했다고 하는 사육제 펀치주를 피아노실에서 몸소 따라 주고 있다고 알렸다. 두 사람도 한잔 마시고 싶으면 당장 같이 가자고 했다. 그래서 이들은 그쪽으로 건너갔다.

정말 그 방에서는 손잡이가 달린 조그만 잔을 들고 선 손님들에게 둘러싸인, 베렌스 고문관이 흰 식탁보로 덮인 중앙의 원탁에 서서 큰 양푼에 담긴 김이 모락모락 나는 음료를 국자로 뜨고 있었다. 그는 연중무휴의 직업상 오늘도 수술복을 입고 있었지만, 역시 사육제답게 복장을 좀 꾸며, 새빨간 진짜 터키식 모자를 썼고 검은 술이 귀에까지 덜렁거리며 드리워져 있었다 ─ 이 두 가지 꾸밈만으로도 그에게는 충분한 의상이 되었다. 그렇지 않아도 인상적인 고문관의 풍모가 이런 의상을 입고 있으니 정말 괴상하고 익살스럽게 보였다. 희고 기다란 수술복이 그의 키를 실제보다 더 커 보이게 했다. 고개를 숙이고 있는 것을 감안하여 그것을 곧게 펴고 몸을 일직선으로 세운다면 그는 실물보다 더 커 보이게 되는데, 그 몸 위에는 무척 독특한 모습의 작고 울긋불긋한 머리가 얹혀 있었다. 적어도 한스 카스토르프에게는, 뭉툭코를 한 납작하고 창백하게 상기된 얼굴, 엷은 금발 눈썹 아래 눈물에 젖은 푸른 눈, 활 모양으로 위로 구부러진 입, 그 입 위로 비스듬하게 치켜 올라간 엷은 빛깔의 콧수염을 한 얼굴, 바로 이 얼굴이 우스꽝스러운 모자를 눌러 쓴 오늘처럼 이상하게 보인 적은 한 번도 없었다. 그는 앞에 놓인 양푼에서 모락모락 솟아오르는 김으로부터 얼굴을 돌리고, 갈색의 음료, 즉 설탕이 든 아락[24] 펀치주를 국자로 떠서 호를 그리면서 내밀고 있는 잔에다 따라 주고 있었다. 그러는 동안에도 특유의 쾌활한 농담을 쉬지 않고 하는 바람에 그 식탁 주위에서는 한 잔씩 파는 술을 둘러싸고 갑작스러운 폭소가 연이어 터졌다.

「달갑지 않은 손님이 오시는군요.」 세템브리니 씨가 고문관을 가리켜 작은 목소리로 이렇게 말하자, 한스 카스토르프는 즉시 그를 옆으로 끌어당겼다. 크로코브스키 박사의 얼굴도 보였다. 몸이 작고 딱 벌어진 건장한 체구의 그는 광택이 나는 검은 모직물로 된 겉옷 차림이었는데, 소매에 팔을 끼지 않고 그냥 어깨에 걸치고 있어서, 그것만으로도 가

24 쌀로 빚어 만든 인도의 화주.

장행렬 복장의 효과를 내고 있었다. 그는 잔을 든 손을 눈높이까지 쳐들고 손목을 구부린 채, 가면을 쓴 무리의 사람들과 유쾌하게 잡담을 나누고 있었다. 이제 음악이 시작되었다. 만하임 출신 피아니스트의 반주에 맞추어 맥 같은 얼굴을 한 여자 환자가 헨델의 「라르고」를 바이올린으로 연주하고, 뒤이어 민족적이고 살롱 분위기에 적합한 그리그[25]의 소나타를 연주했다. 사람들은 찬사의 박수를 보냈고, 샴페인병이 든 얼음 통을 옆에 두고, 펼쳐 놓은 두 대의 브리지 대에 앉아 카드놀이를 하던 사람들도 박수를 보냈다. 이들 중에는 가장을 한 사람도 있었고 그렇지 않은 사람도 있었다. 문은 모두 열려 있었고, 홀에도 사람들이 있었다. 펀치주 양푼이 있는 원탁 주위에선 한 무리의 사람들이 어떤 사교 놀이를 시범 보이고 있는 고문관을 지켜보고 있었다. 고문관은 두 눈을 감고 서서 원탁 위에 몸을 구부리고, 눈을 감고 있다는 것이 누구에게나 보이도록 머리는 뒤로 젖힌 채 명함의 뒷면에다 연필로 무슨 그림을 그리고 있었다. 그것은 돼지를 그린 그림이었다. 눈의 도움을 빌지 않고 자신의 커다란 손으로 그린 조그만 돼지의 옆모습이었다 — 좀 단순하고, 사실적이라기보다는 오히려 관념적이었지만, 돼지의 형상임이 분명했으며 게다가 고문관이 어려운 조건 아래서 그린 것이었다. 그것은 괜찮은 예술 작품이었고, 그는 이런 일을 할 능력이 있었다. 가느다란 실 같은 두 눈도 대체로 그럴 듯한 곳에 붙어 있었다. 물론 코에 너무 가깝긴 했지만, 그런대로 제자리에 붙어 있었다. 머리에 달린 뾰족한 귀, 둥근 배에 달린 짧은 다리도 마찬가지였다. 등의 선도 둥글게 그려졌고, 조

25 Edvard Hagerup Grieg(1843~1907). 노르웨이의 대표적인 근대 작곡가.

그만 꼬리 역시 아주 얌전하게 돌돌 말려 있었다. 그림이 완성되자 다들 〈와!〉 하는 함성을 질렀고, 대가와 겨루어 보려는 야심에 이끌려 서로 돼지를 그려 보겠다고 앞다투어 나섰다. 그러나 눈을 뜨고도 돼지를 그럴듯하게 그릴 수 있는 사람이 없었으니, 하물며 눈을 감고야 제대로 그릴 리가 없었다. 그러니 실패작들만 탄생할 뿐이었다! 다들 돼지의 모습과는 관계가 없는 그림들이었다. 눈은 머리 밖으로 튀어나왔고, 다리는 배 속으로 들어갔고, 그 배는 선도 서로 맞지 않았으며, 꼬리는 얽히고설킨 몸통과 전혀 유기적인 관계를 갖지 못하고, 옆의 어딘가에 둥글게 감겨 있었는데, 그것만으로도 독자적인 아라베스크 문양을 이루었다. 옆에서 구경하던 사람들은 배꼽을 잡고 웃었다. 그 탁자 주위에 점차 사람들이 몰려들었다. 카드 대에서 웅성거리는 소리가 나더니, 놀이하던 사람들이 카드를 부채 모양으로 손에 쥐고서 무슨 일이 일어났는지 알아보려고 호기심 어린 표정으로 이쪽으로 건너왔다. 구경꾼들은 돼지를 그리고 있는 자가 눈을 깜박거리는지 아닌지 눈꺼풀을 감시하고 있었다. 그런데 몇몇은 자기의 무능함을 느끼며 가느다랗게 눈을 뜨는 유혹에 빠지기도 했다. 구경꾼들은 그림을 그리는 자가 완전히 제멋대로의 그림을 그릴 때는 킥킥거리고 숨을 몰아쉬며 억지로 웃음을 참고 있다가, 당사자가 눈을 뜨고 자신이 그린 엉터리 같은 그림을 내려다보는 순간, 와 하고 환호성을 질렀다. 누구나 착각 속 자부심에 이끌려 놀이에 참가했다. 명함은 큼지막했지만 금방 앞뒤가 가득 찼고, 실패작들로 겹쳐지게 되었다. 그러자 고문관은 지갑에서 또 한 장의 명함을 꺼냈다. 그 위에다 파라반트 검사가 은밀히 심사숙고하다가 단숨에 돼지를 그리려고 했지만, 그 결과는 지금까지 그린 어떤 그림보다 더 형편없었다. 그가 완성한 돼지 그림은, 돼지와 조금도 닮지 않았을 뿐 아니라, 이 세상의 어떤 것과도 닮지 않은 것이었다. 환성과 폭소, 축하의 말이 폭풍 치듯 쏟아졌다! 이번에는 사람들이 식당에서 메뉴표를 가지고 와서 — 이젠 남녀 몇몇이 동시에 그릴 수 있었다. 경기에 출전한 사람마다 감시인과 구경꾼이 붙고, 이들 중에 한 사람이 지금 사용하고 있는 연필을 다시 넘겨받아 그림을 그렸다. 연필은 세 자루밖에 없어 서로 연필을 뺏고 빼앗기는 진풍경이 연출되었다. 세 자루의 연필은 손님들의 것이었다. 고문관은 자신이 새로 소개한 놀이가 대성황을 이루는 것을 보고는, 조수와 함께 모습을 감추었다.

한스 카스토르프는 사람들 틈에 끼어, 한쪽 팔꿈치를 요아힘의 어깨에 대고 그쪽 다섯 손가락으로 자신의 턱을 잡고, 다른 손은 허리에 댄 채, 사촌의 어깨 너머로 그림을 그리는 어떤 남자를 쳐다보고 있었다. 그러면서 지껄이며 웃기도 했다. 그도 한번 그림을 그려 볼까 하고 연필을 달라고 크게 소리쳐 한 자루 받았다. 하지만 벌써 완전히 몽당연필이 되어 버려 엄지손가락과 집게손가락으로만 가까스로 잡을 수 있는 정도였다. 그는 몽당연필을 불평하더니, 눈을 감고 천장을 바라보았다. 그는 연필이 안 좋다고 큰 소리로 불평하고 욕하면서도 단숨에 메뉴표 위에 끔찍한 그림 하나를 그려 놓았는데, 마지막에는 심지어 선이 메뉴표 밖으로 삐져나가 식탁보에까지 그려져 있었다. 그는 사람들의 당연한 폭소에 맞서 이렇게 외쳤다. 「이건 연습입니다! 이따위 연필로 어떻게 — 이런 건 당장 버려야 해!」 이렇게 말하고는 애꿎은 몽당연필을 펀치주 양푼 속에 던져 버렸다. 「누가 제대로 된 연필을 갖고 계신 분 없습니까? 나에게 빌려 주실 분 누구 없나요? 다시 한 번 그려야 되겠네요! 연필 좀 빌려 주세요, 연필! 또 한 자루 갖고 계신 분 없나요?」 그는 왼팔을 원탁에 기댄 채, 오른손을 높이 흔들면서 이쪽저쪽을 향해 소리쳤다. 하지만 연필을 빌려 주는 사람은 아무도 없었다. 그러자 그는 몸을 돌리고 방 안쪽으로 계속 소리치면서 들어가더니 ─ 곧장 클라브디아 쇼샤에게 다가갔다. 한스 카스토르프는 그녀가 작은 살롱으로 들어가는 입구에 서 있다는 것을 알고 있었던 것이다. 그곳은 칸막이로 쳐진 커튼에서 얼마 떨어져 있지 않았다. 그녀는 그곳에서, 펀치주 양푼이 놓인 탁자에서 일어나는 소동을 미소를 띠며 지켜보고 있었다.

바로 그때 한스 카스토르프는 뒤에서 외치는 소리를 들었는데, 듣기 좋은 외국어인 이탈리아어였다. 「아아, 엔지니어 양반! 참으시오! 왜 그런 짓을, 엔지니어 양반! 좀 더 이성을 찾으시오! 당신, 아무래도 정신이 나갔나 보군!」 그러나 한스 카스토르프는 이 목소리를 자신이 연필! 연필! 하고 외치는 소리로 압도해 버렸다. 그러자 세템브리니 씨는 팔을 들고 그쪽 손을 머리 위로 던지듯 하더니 ─ 이것은 이탈리아에서 흔히 볼 수 있는 몸짓으로, 그 의미는 한마디로 쉽게 표현하긴 어렵지만 〈아아 ─!〉 하는 장탄식과 함께하는 몸짓이었다 ─ 사육제 모임에서 모습을 감추어 버렸다. 그러나 한스 카스토르프는 옛날 벽돌을 간 교정에 섰을 때처럼 앞으로 튀어나온 광대뼈 위에 청색과 회색, 녹색이 섞인 것 같은 눈, 의학적 용어로 〈눈구석주름〉이 있는 눈을 가까이 바로 옆에서 바라보면서 말했다.

「댁은 혹시 연필 없나요?」

그는 죽은 사람처럼 얼굴이 창백했다. 언젠가 혼자 감행했던 산책에서 피투성이가 되어 강연장으로 돌아왔을 때처럼 얼굴에 핏기가 하나도 없었다. 안면에 분포된 혈관 신경이 작용해서 핏기 잃은 피부는 차갑게 수축되고, 코는 뾰족해지고, 눈 밑은 죽은 사람처럼 납빛이 되었다. 그러나 심장만은 교감 신경의 작용으로 마구 뛰어서 규칙적으로 호흡하기가 힘들었고, 모낭과 함께 돌기한 피지선의 작용으로 청년은 계속 오한에 떨었다.

종이 삼각 모자를 쓰고 있는 그녀는 미소를 띠며 그를 머리에서 발끝까지 훑어보았지만, 그 미소에는 청년의 이 참담한 모습에 대한 연민이나 걱정이 눈곱만큼도 담겨 있지 않았다. 여성이란 처참한 정열에 사로잡힌 남자를 보고서도 결코 연민을 보이거나 걱정을 하지 않는 법이다 — 여성은, 날 때부터 그런 정열에 익숙하지 않은 남성보다 정열과 훨씬 더 친숙한 편이어서, 그런 남성을 보면 조롱과 조소를 금치 못하는 법이다. 아닌 게 아니라 남성으로서도 그 일로 여성에게 그런 연민과 걱정의 대상이 되는 것을 물론 사양하겠지만 말이다……

「저요?」 팔을 드러낸 그 부인 환자는 〈댁〉이라 부른 데 대해 대답했다…… 「네, 아마 있을 거예요.」 그리고 어쨌거나 그녀의 미소와 목소리에는 오랫동안 무언의 교제 끝에 비로소 처음 말을 걸어왔을 때에 나타나는 약간의 흥분이 담겨 있었다 — 이것은 그때까지의 모든 일을 바로 그 순간에 은밀하게 끌어들이는 교활한 흥분이었다. 「댁은 대단한 야심가네요……. 댁은…… 대단히…… 집요하군요.」 그녀는 외국인답게 r를 낯설게, e는 너무 입을 벌려 이국적으로 발음하면서 그를 계속 놀려 댔다. 그러면서 약간 흐릿하고, 듣기 좋게 쉰 목소리로 〈야심가 *ehrgeizig*〉라는 단어의 둘째 음절에 강세를 주었기 때문에,[26] 그녀의 말이 완전히 외국어처럼 들렸다 — 그러고는 가죽 핸드백을 뒤져 안을 들여다보면서 찾더니, 처음에 끄집어낸 손수건 밑에서 은으로 된 작은 연필을 집어 들었다. 가늘고 부러지기 쉬워서 실제로 사용하기 위한 것이라기보다는 장식품 같았다. 옛날 교정에서 히페로부터 빌렸던 연필, 그 최초의 연필이 더 다루기 쉽고 쓸모가 있었다.

「여기 있어요.」 그녀는 이렇게 프랑스어로 말하고, 연필 끝을 엄지와 집게손가락 사이에 쥐고는 이리저리 가볍게 흔들면서 그의 눈앞에 들이밀었다.

그녀가 그것을 주면서도 쥐고 있었으므로, 그 역시 선뜻 받지 못하고 엉거주춤한 자세로 있었다. 즉 손을 연필과 같은 높이까지 들고, 손가락으로 연필을 잡으려 하면서도 완전히 잡지는 않고 있었다. 그러면서 납빛이 도는 움푹한 눈으로 연필과 클라브디아의 타타르인 같은 얼굴을 번갈아 바라보았다. 핏기가 없는 입술은 벌어져 있었고, 계속 그런 입 모양을 하고 그는 이렇게 말했다.

「역시 가지고 계셨군요.」

「조심하세요. 망가지기 쉬우니까요.」 그녀는 프랑스어로 말했다. 「나사를 돌리면 심이 나오는 거예요.」

두 사람은 머리를 서로 맞대듯 연필 위로 몸을 구부렸고, 그녀는 그에게 누구나 다 잘 아는 연필의 구조를 설명했다.

26 *ehrgeizig*의 올바른 발음은 첫음절에 강세가 있다.

나사를 돌리자 바늘처럼 가늘고 딱딱한, 쉽게 그어질 것 같지도 않은 심이 나왔다.

두 사람은 머리를 맞대고 몸을 구부린 채 서 있었다. 한스 카스토르프는 연미복을 입고 있었고, 또 오늘 밤에는 딱딱한 칼라를 해서 거기에 턱을 괼 수 있었다.

「작지만 댁의 것이군요.」 그는 그녀와 이마를 마주한 채, 연필에 눈을 떨구면서 입술은 움직이지 않고, 그러니까 순음을 내지 않고 말했다.

「아유, 농담도 잘하시네요.」 그녀는 짧게 웃으며 대답을 하고, 얼굴을 들고서 그제야 연필을 건네주었다. (한스 카스토르프는 자신의 머릿속에 피가 한 방울도 남지 않은 것 같았는데 어떻게 그런 농담을 할 수 있었는지는 하느님만이 알 일이었다.) 「그럼, 어서 가서 그리세요, 잘 그리세요, 멋지게요!」 그녀도 나름대로 농담을 하면서 그를 쫓아 보내다시피 했다.

「하지만 댁도 아직 안 그렸어요. 댁도 그려야 해요.」 그는 〈해요〉를 발음할 때 〈해〉를 생략하다시피 말하면서, 그녀를 끌어당기듯 한 걸음 뒤로 물러섰다.

「내가요?」 그녀는 이번에도 놀란 듯이 말했지만, 그의 권유 때문에 놀란 것만은 아닌 것 같았다. 그녀는 좀 당황한 듯 미소를 띠며 서 있다가, 그의 최면을 거는 듯한 뒷걸음질에 이끌려 펀치주 양푼이 있는 원탁 쪽으로 몇 발짝 따라갔다.

그러나 이제 그림 놀이도 시들해졌는지 거의 막바지에 이르고 있었다. 누군가가 아직 그림을 그리고 있었지만, 구경하고 있는 사람은 아무도 없었다. 명함과 메뉴표에는 엉터리 그림들이 그득했고, 각자 자신의 무능을 시험한 셈이 되어 버렸다. 원탁 주위는 거의 버려진 상태였는데, 특히 다른 것이 사람들의 눈길을 끌었기 때문이었다. 의사들이 간 것을 확인하자, 갑자기 춤을 추자는 얘기가 구호 외치듯 터져 나왔다. 탁자는 벌써 옆으로 치워졌다. 편지 쓰는 방과 피아노실 입구에 망을 보는 사람을 배치하고, 만일 〈영감〉과 크로코브스키, 수간호사가 다시 나타나면 신호를 보내 무도회를 중단하기로 했다. 한 슬라브 청년이 호두나무로 만든 조그만 피아노 건반을 열정적인 표정으로 두드리기 시작했다. 처음 몇 쌍이 구경꾼들이 앉아 있는 안락의자와 의자들 사이의 허술한 공간에서 춤을 추기 시작했다.

한스 카스토르프는 한쪽 구석으로 치워지는 탁자를 향해 〈자, 그럼!〉 하고 손을 흔들면서 작별을 고했다. 그러고 나서 작은 살롱에 남아 있는 빈 의자와 커튼의 오른쪽 옆 사람들이 잘 안 보는 한쪽 구석을 턱으로 가리켰다. 피아노 소리가 너무 요란했기 때문인지 아무 말도 하지 않았다. 그는 조금 전에 말없이 턱으로 가리킨 곳에 쇼샤 부인을 위한 의자를 하나 끌어당겼다 — 긴 털이 있는 무명 벨벳을 깔고, 테가 나무로 된 소위 말하는 개선(凱旋) 의자였다. 그리고 자신은 둥근 팔걸이가 달린 삐걱거리는 소리가 나는 버들가지 의자를 골라서, 그녀 쪽으로 허리를 굽히고 옆에 앉았다. 두 팔을 팔걸이에 얹고, 그녀의 연필을 두 손으로 쥐고, 두 발은 의자 밑 깊숙이 넣고 있었다. 그녀는 무명 벨벳 의자의 등에 아주 깊숙이 몸을 기댄 채, 무릎을 들어 두 다리를 포개고는 한쪽 다리를 허공에서 흔들고 있었다. 검은 에나멜 신발의 가장자리 위로 역시 검은 비단 양말이 복사뼈를 팽팽하게 덮고 있었다. 한스 카스토르프와 쇼샤 부인, 이 두 사람 앞에서는 다른 사람들이 앉아 있다가 춤추러 가려고 일어나면서, 춤을 춰서 피곤한 사람들에게 자리를 양보하고 있었다. 아무튼 오고 가는 사람들로 인해 주위는 혼잡했다.

「새 옷이군요.」 그녀를 바라볼 구실을 만들기 위해 한스 카스토르프는 이렇게 말했다. 그리고 그녀가 대답하는 소리를 들었다.

「새 것이라고요? 댁은 내 옷에 대해 뭘 좀 아시나요?」

「내 말이 맞지 않나요?」

「맞아요. 얼마 전에 이곳에서 맞추었어요, 도르프의 루카체크 양장점에서 말이에요. 루카체크는 이 위 부인들의 옷을 많이 만들고 있어요. 이 옷 마음에 드세요?」

「아주 마음에 들어요.」 그는 또 한 번 그녀를 한눈에 훑어보고는 눈을 내리깔면서 말했다. 「춤추지 않겠어요?」 그는 이렇게 덧붙였다.

「춤추고 싶으세요?」 그녀가 눈썹을 치켜 올리고 미소 지으며 반문하자, 그가 대답했다.

「댁이 추고 싶다면 나도 추지요.」

「댁은 내가 생각한 만큼 점잖지 않군요.」 그녀가 말했다. 그러자 그가 얕잡아 보듯 큰 소리로 웃었고 그녀는 이렇게 덧붙였다. 「댁의 사촌은 벌써 방으로 돌아갔지요.」

「네, 그는 내 사촌입니다.」 그는 할 필요도 없는 말을 확인하듯 지껄였다. 「그가 가는 것을 나도 아까 봤어요. 아마 누워 있을 거예요.」

「그 사람은 아주 엄격하고, 정확하며, 아주 독일적인 청년이에요.」 그녀는 프랑스어로 말했다.

「엄격하다고요? 정확하다고요?」 그는 그녀의 말을 되풀이하며 반문했다. 「나는 프랑스어를 잘 말하진 못해도 알아듣긴 해요. 그가 옹졸하다는 말이군요. 댁은 우리 독일 사람들이 옹졸하다고 생각하세요 — 우리 독일 사람 모두가요?」

「우린 댁의 사촌 이야기를 하고 있어요. 그렇지만 정말이지 댁들은 약간 시민적이에요. 댁들은 자유보다도 질서를 더 사랑하지요. 이것은 온 유럽이 다 아는 사실이에요.」

「사랑한다…… 사랑한다……. 이건 무슨 말일까요! 이 말은 정말 정의를 내릴 수가 없군요. 사람은 자신이 갖고 있지 않은 것을 사랑하지요. 우리나라 속담에도 있듯이 말입니다.」 한스 카스토르프는 이렇게 주장했다. 「나는 얼마 전부터.」 그는 말을 이었다. 「가끔 자유에 대해 생각했지요. 그 말을 너무 자주 들어서 그것에 대해 곰곰 생각하게 되었어요. 내가 생각한 것을 댁에게 프랑스어로 말해 보지요. 유럽 전체가 자유라고 부르는 것은, 우리들이 질서를 요구하는 것과 비교해 볼 때, 무척 옹졸하고 무척 시민적인 것입니다 — 나는 이런 생각을 해보았지요!」

「아! 정말 재미있는 말이에요. 그렇게 색다른 말을 하는 것은 댁의 사촌을 염두에 두었기 때문이지요?」

「아니요, 그는 아주 선량한 사람으로 단순하고, 아무런 근심 걱정이 없는 성격이지요. 단, 그는 시민이 아니라 군인입니다.」

「근심 걱정이 없다고요?」 그녀는 발음하기 어려워하며 반문했다. 「댁은 그의 몸이 아주 건강하다고 말하는 건가요? 하지만 그는 몹시 아파요. 댁의 불쌍한 사촌 말이에요.」

「누가 그렇게 말했어요?」

「여기서는 서로에 관해 잘 알고 있어요.」

「베렌스 고문관이 그러던가요?」

「아마 그림을 보여 주면서 그렇게 말했을 거예요.」

「그러니까 댁의 초상화를 그리면서요?」

「그래요. 내 초상화, 잘 그렸다고 생각하세요?」

「그렇고말고요. 아주 잘 그렸던데요. 베렌스는 댁의 피부를 그대로 재현하고 있어요, 아주 충실하게요. 나도 초상화가였더라면 하는 생각이 들었어요. 나도 베렌스처럼 댁의 피부를 연구할 수 있게요.」

「괜찮다면 독일어로 말하세요.」

「아, 독일어로 말하는 겁니다, 프랑스어로 말하기도 하고요. 그것은 일종의 예술적이고도 의학적인 연구지요 — 한마디로 인문주의적 연구라고 할 수 있지요. 어때요, 춤추지 않을래요?」

「아니, 싫어요. 너무 유치한 짓이에요. 의사의 눈을 속이며 춤을 춘다는 건. 만약 베렌스가 나타나면 다들 당황해서 의자 쪽으로 허둥지둥 달려가겠지. 추태도 그런 추태가 어디 있겠어요.」

「댁은 그를 그렇게 존경하세요?」

「누구를요?」 그녀는 이 누구라는 의문사를 짧고도 이국적으로 발음하며 되물었다.

「베렌스 말입니다.」

「베렌스 이야기는 이제 그만! 그리고 여긴 춤추기에 너무 좁아요. 게다가 카펫 위에서는 좀 그래요……. 그냥 춤추는 걸 지켜보기나 하죠.」

「네, 그러기로 하지요.」 그는 이렇게 동의하고, 창백한 얼굴에 자신의 할아버지처럼 생각에 깊이 잠긴 푸른 눈으로,

이 살롱과 저 건너편의 편지 쓰는 방에서 가장을 한 환자들이 춤추고 있는 것을 그녀 옆에 앉아 물끄러미 지켜보았다. 〈무한정 체온계〉는 〈푸른 하인리히〉와 춤을 추고 있었고, 연미복에 흰 조끼를 입고 무도회 사회자 차림을 한 잘로몬 부인은 셔츠의 가슴 부분을 높이 부풀리고, 콧수염을 칠하고 외알 안경을 낀 채 검은 남성용 바지 밑에 작은 에나멜 하이힐을 부자연스럽게 드러내고서, 어떤 피에로와 원을 돌고 있었다. 얼굴을 희게 칠한 피에로의 입술은 새빨갛게 빛나고 있었고, 눈은 선천성 색소 결핍증 환자처럼 희었다. 짧은 외투를 입은 그리스인은, 검은 옥구슬이 박힌 검은 부인복을 입고서 목덜미를 노출한 라스무센을 껴안고, 자주색 트리코 바지 속의 균형 잡힌 다리를 흔들고 있었다. 일본 기모노 차림의 파라반트 검사, 부름브란트 총영사 부인과 갠저 청년은 서로 팔을 껴안고 셋이서 춤을 추었다. 그리고 슈퇴어 부인은 빗자루를 잡고 춤을 추고 있었는데, 그걸 가슴에 껴안고 그 털을 마치 사람의 곤두선 머리칼인 양 애무하고 있었다.

「그렇게 하지요.」 한스 카스토르프는 기계적으로 되풀이했다. 두 사람은 피아노 소리가 울리는 가운데 낮은 목소리로 말했다. 「우린 여기에 앉아 꿈속에서처럼 구경이나 합시다. 이런 시간에 둘이 함께 앉아 있다니 꼭 꿈만 같습니다.」 그러면서 그는 다시 프랑스어로 말했다. 「아주 깊은 꿈 같습니다. 이런 꿈을 꾸려면 아주 깊은 잠에 빠져야 하지요……. 사실대로 말하자면 이건 아주 잘 알고 있는 꿈, 줄곧 보아 온 꿈, 오랫동안 꾸어 온 영원한 꿈이지요. 그래요, 지금처럼 댁의 곁에 앉아 있는 것, 이것이 바로 영원입니다.」

「어머, 당신은 시인이시네요!」 그녀가 말했다. 「시민이고 휴머니스트이며 시인이라 — 그러니 온전하고 더할 나위 없는 이상적인 독일인인 셈이군요!」

「우리가 과연 그렇게 온전하고 이상적인지 무척 염려됩니다.」 그가 대답했다. 「어느 점으로 보든 말입니다. 우린 그저 인생의 걱정거리 자식일 뿐입니다.」

「그것 참 재미있는 말이군요. 그러면 물어볼까요……? 이런 꿈이라면 좀 더 쉽게, 좀 더 일찍 꿀 수 있지 않았을까요? 이 보잘것없는 여자에게 말을 걸어 보려는 결심이 너무 늦으셨어요.」

「말이 무슨 필요가 있을까요?」 그가 말했다. 「말하는 것이 무엇 때문에 필요하단 말입니까? 말하고 토론하는 것, 그것이 공화적인 것은 나도 인정합니다. 그런데 그것이 시적인 것이기도 한지 어떤지는 상당히 의심스럽습니다. 이제 내 친구라고도 말할 수 있게 된 세템브리니 씨는…….」

「아까 댁한테 무어라 말한 사람 말이군요.」

「그래요. 그는 확실히 웅변가임에 틀림없습니다. 게다가 언제나 멋진 시구를 많이 인용하지요 — 하지만 그를 시인이라 부를 수 있을까요?」

「나는 그 신사분과 한 번도 말을 나눈 적이 없어요, 정말 유감이에요.」

「당연히 그렇겠지요.」

「아니! 그렇겠다니요?」

「왜 그러냐고요? 여기서 하는 말은 아무런 의미가 없는 말입니다. 댁도 눈치챘겠지만 난 프랑스어를 별로 쓰지 않아요. 그러나 댁하고는 우리 나라 말보다는 프랑스어로 말하고 싶어요. 프랑스어로 말하면, 말하지 않고도 말하는 거나 마찬가지이기 때문입니다. 어떤 면에서는 ── 아무런 책임이 없다고나 할까, 꿈속에서 말하는 거나 마찬가지니까요. 이해하시겠어요?」

「대강은요.」

「그러면 됐어요……. 말을 한다는 것은」한스 카스토르프는 말을이었다. 「── 가련한 일이지요. 영원 속에서는 말 같은 건 필요치 않아요. 영원 속에서는 새끼 돼지를 그릴 때처럼 하는 거예요. 말하자면 머리를 뒤로 젖힌 채 두 눈을 감고 하늘을 쳐다보는 겁니다.」

「아주 재미있는 표현이군요! 댁은 영원에 대해 아주 밝으세요. 정말이에요. 아주 잘 알고 있어요. 댁이 귀여운 몽상가이고, 무척 호기심이 많은 분이라는 것은 인정해야겠어요.」

「게다가.」한스 카스토르프가 말했다. 「내가 좀 더 일찍 댁과 대화를 나누었다면 댁을 〈당신〉이라고 불렀을 겁니다.」

「아니, 그럼 이제부터 나를 영원히 댁이라고 부를 작정인가요?」

「물론이지요. 지금까지 그렇게 부르고 있었고, 앞으로도 영원히 그렇게 부를 겁니다.」

「정말이지 그건 좀 심한데요. 어떻든 간에 댁이 나를 〈댁〉이라 부를 수 있는 날도 앞으로 얼마 안 남았어요. 난 여길 떠날 거니까요.」

한스 카스토르프가 이 말의 뜻을 깨닫게 되기까지는 한참의 시간이 필요했다. 그는 막 꿈에서 깨어난 사람처럼 어리둥절해하며 주위를 돌아보더니, 갑자기 벌떡 일어섰다. 두 사람의 대화는 아주 천천히 진행되고 있었다. 한스 카스토르프가 프랑스어를 힘들게, 머뭇거리면서 생각을 하며 말했

기 때문이다. 잠시 동안 침묵을 지키던 피아노가 슬라브 청
년과 임무를 교대하고 악보를 펼쳐 든 만하임 사람의 손에
의해 다시 울리기 시작했다. 엥엘하르트 양이 곁에 앉아 악
보를 넘겨 주고 있었다. 무도회는 김이 빠진 파장 분위기였
다. 대부분의 환자는 수평 상태에 들어간 것 같았다. 두 사람
앞에는 아무도 앉아 있지 않았고, 독서실에서는 카드놀이가
한창이었다.

「뭐라고요?」 한스 카스토르프는 아연실색해서 물었다…….

「난 이곳을 떠날 거예요.」 그녀는 그가 크게 놀라자 짐짓
놀란 척하며 같은 말을 되풀이했다.

「그럴 리가요.」 그가 말했다. 「그냥 농담이겠죠.」

「절대 농담이 아니에요. 진담이에요. 난 떠날 겁니다.」

「언제요?」

「바로 내일, 점심 식사를 한 후에요.」

한스 카스토르프는 마음속에서 모든 것이 와르르 무너지
는 느낌을 받았다. 그가 말했다.

「어디로요?」

「아주, 아주 먼 곳으로요.」

「다게스탄으로요?」

「당신은 꽤 자세히 알고 계시네요. 아마, 한동안은요…….」

「그럼 병이 다 나았다는 말인가요?」

「아직은…… 그런 것은 아니고요. 하지만 베렌스 말로는
여기에 더 있어도 당분간은 별로 달라질 게 없대요. 그래서
나도 결단을 내려서 장소를 좀 바꿔 볼까 생각하고 있어요.」

「그럼 다시 돌아오겠네요!」

「그것이 문제예요. 무엇보다도 언제 돌아올지가 문제지

요. 나라는 인간은 그렇습니다. 자유를 무엇보다도 사랑해요. 특히 살아갈 장소를 택하는 자유 말이에요. 당신 같은 사람은 도저히 이해 못 하실 거예요. 자유로운 상태가 아니면 견딜 수 없다는 것을요. 이것은 아마 민족적인 기질 같은 걸 거예요.」

「그럼 다게스탄에 있는 댁의 남편은 허락했나요 — 댁의 자유를요?」

「나에게 자유를 주는 것은 병이에요. 여기에 있는 것도 이번이 세 번째예요. 이번에는 1년쯤 있었지요. 어쩌면 다시 돌아올지도 모르죠. 하지만 그때쯤이면 댁은 이미 떠난 지 오래겠죠.」

「그렇게 생각하세요, 클라브디아?」

「아니, 내 이름까지 알고 계시네! 댁은 정말 사육제 풍습에 충실하시군요!」

「댁은 내가 얼마나 아픈지 아세요?」

「안다고도 할 수 있고, 모른다고도 할 수 있어요 — 여기서 안다는 것은 언제나 그런 식이에요. 당신은 몸에 약간 침윤된 부위가 있고, 열도 약간 있지요?」

「오후가 되면 37.8에서 9도까지 올라갑니다.」 한스 카스토르프가 말했다. 「그럼 댁은요?」

「아, 내 경우에는, 좀 더 복잡해요……. 그렇게 간단하지 않아요.」

「인문주의적 분야 중의 의학 분과에는.」 한스 카스토르프는 말했다. 「림프선의 결핵성 전색(栓塞) 현상이라는 게 있습니다.」

「아! 당신은 그것마저 정탐했군요. 틀림없어요.」

「그리고 댁은…… 용서해 주세요. 댁에게 물어볼 게 있어요, 이번에는 독일어로 꼭 물어볼 게 있어요. 내가 언젠간 식당에서 진찰을 받으러 갔을 때 말인데요, 6개월 전이었지요……. 그때 나를 뒤돌아보셨지요, 기억하세요?」

「정말 대단한 질문이군요. 6개월 전의 일인데!」

「그때 댁은 내가 어디로 가는지 알고 있었나요?」

「알고 있었어요, 정말 우연한 기회에 말이에요…….」

「베렌스한테서 들었지요?」

「또 베렌스로군요!」

「아, 그는 댁의 피부를 아주 정확하게 그려 내고 있어요……. 게다가 상기된 볼을 하고 있는 독신 남성으로서 아주 독특한 커피세트를 갖고 있더군요. 그는 의사로서뿐만 아니라, 인문주의의 신봉자로서도 당신 몸을 알고 있음에 틀림없어요.」

「댁은 정말 꿈꾸면서 말하고 있나 봐.」

「아까는 그랬지요……. 하지만 댁이 떠난다는 말에 내 꿈은 무참히 깨지고 말았어요. 그러니 내게 다시 한 번 꿈을 꾸게 해줘요. 이곳에 7개월 있으면서…… 이제 겨우 댁과 정말로 알게 된 순간 떠난다고 하니…….」

「다시 한 번 말하지만, 우리는 좀 더 일찍 말을 주고받을 수 있었을 거예요.」

「댁이 그걸 원했을까요?」

「내가 말인가요? 그런 식으로 핑계 대지 마세요, 도련님. 문제는 댁 자신에게 있어요. 지금 꿈속에서 말을 주고받는 여자에게 접근할 용기가 없었던 거죠? 아니면 누군가가 그걸 못 하게 방해라도 했던가요?」

「아까 말한 그대로입니다. 나는 〈댁〉을 〈당신〉이라고 부르고 싶지 않았던 겁니다.」

「사기꾼 같으니라고. 그럼 해명해 보세요 — 아까 그 말재
주 있는 사람 말이에요. 밤의 모임 때 도중에 돌아가 버린 그
이탈리아인 — 그 사람은 댁에게 뭐라고 그러던가요?」

「나는 정말 아무것도 듣지 못했어요. 댁의 모습을 눈앞에
서 보고 있으면, 그 사람 따위는 전혀 안중에도 없으니까요.
더욱이 댁은 잊고 있었어요……. 이런 환경에서는 댁에게 그
렇게 쉽게 접근할 수 있는 게 아니라는 것 말입니다. 그리고
나에게는 언제나 사촌이 붙어 있잖아요. 그는 여기서 즐겁게
지내려는 생각은 추호도 없어요. 어서 평지로 돌아가 군인이
되려는 것 외에는 아무것도 생각하지 않지요.」

「불쌍한 사람이에요. 그는 사실 자신이 알고 있는 것 이상
으로 병이 악화되어 있어요. 댁의 이탈리아 친구도 역시 병
세가 심하고요.」

「그건 본인도 그러더군요. 그러나 내 사촌은…… 그게 정
말인가요? 그렇다면 무서운 일인데요.」

「그가 평지에 내려가 군인이 된다면, 아마 금방 죽을지도
몰라요.」

「그가 금방 죽는다고요. 죽음, 그건 무서운 단어입니다,
그렇지 않습니까? 하지만 이상하군요. 오늘은 그 말에 별로
깊은 인상을 받지 않거든요. 그것이 〈무서운 일〉이라고 말했
을 땐, 이런 경우 흔히 말하는 관습적인 표현에 지나지 않아
요. 죽음이란 생각이 난 무섭지 않아요. 그 말을 들어도 아
무렇지도 않고, 동정도 느끼지 않아요 — 착한 요아힘이 죽
을지 모른다는 말을 들어도 그에게도 나에게도 연민의 정이
느껴지지 않아요. 그의 체질이 나의 체질과 비슷하다는 얘기

를 들었고 또 요아힘의 상태가 사실이라 할지라도, 나는 별로 두렵지 않아요. 그는 중환자이고, 난 사랑의 병을 앓고 있는 사나이입니다, 좋습니다! — 댁은 언젠가 뢴트겐 촬영실에서 나의 사촌에게 말을 건넨 적이 있지요, 대기실에서 말입니다.」

「어렴풋이 기억나요.」

「그때 베렌스는 댁의 투시 사진을 찍었겠지요!」

「네, 그래요.」

「아, 이런, 지금도 그걸 갖고 계세요?」

「아니, 내 방에 있어요.」

「아, 방에 두셨군요. 내 것은 언제나 지갑에 넣고 다니거든요. 보여 드릴까요?」

「고마워요, 그렇지만 난 호기심이 그리 강한 사람이 아니라서요. 보나마나 별거 아니겠죠.」

「난 댁의 외면적 초상화는 이미 봤거든요. 그래서 댁의 방에 보관하고 있다는 내면적 초상화를 더 보고 싶어요……. 그럼 또 한 가지 물어봐도 괜찮겠지요! 시내에 산다는 러시아 신사가 가끔 댁의 방에 찾아온다는데, 그는 누군가요? 그리고 어떤 목적으로 찾아오는 거지요, 그 사람은?」

「댁은 정말 대단한 스파이군요. 좋아요, 답해 드리죠. 네, 그 사람은 같이 병을 앓는 같은 나라 사람인데, 내 친구 중한 사람이에요. 그 사람과는 다른 요양지에서 알게 되었지요. 2~3년 전에요. 우리의 관계요? 글쎄요. 우리는 함께 차를 마시고, 담배를 두세 대 피우며 서로 말 상대가 되어 주고, 수다를 떨기도 해요. 우리는 인간, 신, 인생과 도덕 등 갖가지 일에 대해 이야기를 나누지요. 이것으로 내 보고는 끝났어요. 만족하셨어요?」

「도덕에 대해서도! 그렇다면 댁들은 도덕에 대해 어떤 결론을 내리셨나요, 이를테면?」

「도덕 말이에요? 댁은 그런 데도 관심이 있나요? 좋아요, 어쨌든 — 우리는 이렇게 생각해요, 도덕이란 미덕 가운데서 찾아서는 안 된다고 말이에요. 즉 이성, 규율, 미풍양속이나 소위 말하는 예의 바름에서 찾을 것이 아니라 — 오히려 그 반대의 것, 요컨대 죄악에서 찾아야 한다고 생각해요. 그러니까 우리에게 해롭고 우리를 파멸시키는 위험한 것에 몸을 던져서 찾아야 한다고요. 우리는 자신의 안전을 지키기보다는 자신을 손상시키고 파멸시키는 것이 더욱 도덕적이라고 생각해요. 위대한 도덕가는 도덕군자인 체하는 사람이 아니라, 악의, 악습의 모험가이지요. 즉 그리스도 정신으로 죄악과 곤경에 순응하도록 가르쳐 주는 위대한 죄인이란 말이에요. 이런 생각은 댁의 마음에는 들지 않겠지요, 그렇지요?」

그는 말이 없었다. 여전히 처음과 같은 자세로 의자에 앉아, 두 다리를 포개 삐걱대는 의자 밑에 깊숙이 밀어 넣고, 종이 삼각 모자를 쓰고 반쯤 누운 자세로 앉아 있는 클라브디아 쪽으로 몸을 굽힌 채 그녀의 연필을 손가락 사이에 끼고, 한스 로렌츠 카스토르프 할아버지에게서 물려받은 푸른 눈으로 사람들이 사라져 텅 빈 방을 쳐다보고 있었다. 손님들은 흩어지고 없었다. 맞은편 구석에 비스듬히 놓인 피아노는 만하임 출신의 환자가 한쪽 손만으로 연주하고 있어, 나지막하게라도 아직 띄엄띄엄 울리고 있었다. 그의 옆에 앉아 있는 여교사는 무릎에 올려 둔 악보를 넘겨 주고 있었다. 한스 카스토르프와 클라브디아 쇼샤의 대화가 중단되자, 피아니스트는 완전히 연주를 그만두고 건반을 가볍게 두드리던 손도 무릎 위에 놓았다. 그런데도 엥엘하르트 양은 계속 악보를 응시하고 있었다. 사육제 모임에 마지막으로 남아 있는 네 사람은 꼼짝하지 않고 앉아 있었다. 몇 분간 침묵이 흘렀다. 이러한 침묵의 중압감에 눌려 피아노 앞에 앉은 두 사람의 머리가 점차 아래로 기울었으며, 만하임 출신의 머리는 건반 쪽으로, 엥엘하르트 양의 머리는 악보 쪽으로 기울어졌다. 드디어 두 사람은 암묵적인 양해가 된 듯이 살그머니 조심스럽게 자리에서 일어났다. 두 사람은 아직 사람들의 두런거리는 소리가 남아 있는 방의 구석 쪽은 일부러 돌아보지 않으려고 하면서, 고개를 움츠리고 두 팔은 몸에 딱 붙인 채 편지 쓰는 방과 독서실을 지나 함께 모습을 감추었다.

「모두들 물러갔어요.」 쇼샤 부인이 말했다. 「그 두 사람이 마지막이었어요. 늦었군요. 그렇죠. 이것으로 사육제는 끝났어요.」 그리고 그녀는 팔을 들어 두 손으로, 땋은 머리칼을 화관처럼 머리 둘레에 감은 불그레한 머리에서 종이 삼각 모자를 벗어 버렸다. 「사육제가 끝나면 어떤 일이 벌어지는지 아시겠죠.」

그러나 한스 카스토르프는 자세를 바꾸지 않고 두 눈을 감고서 부정하듯 머리를 흔들었다. 그리고 이렇게 대답했다.

「결코, 클라브디아, 나는 결코 댁을 〈당신〉이라 부르지 않겠어요. 이렇게 말할 수 있다면 생사를 걸고서라도 말이야 — 그렇게 할 수 있어야지요. 교양과 인문적 문명을 갖춘 유럽에서 사람을 부를 때 사용하는 〈당신〉이라는 형식 같은 건, 내겐 너무 시민적이고 옹졸하게 느껴져요. 도대체 무얼 위한 형식이란 말인가요? 형식이란 속물근성 그 자체입니다! 댁과 같은 병을 앓고 있는 같은 나라 사람이 도덕에 대해 내린 결론 — 댁은 내가 그것을 듣고 놀랄 거라고 생각하세요? 댁은 내가 바보인 줄 알아요? 말해 봐요, 나를 도대체 어떻게 생각하고 있는지?」

「그건 별로 어려운 문제는 아니지요. 댁은 예의 바른 도련님이죠. 양갓집 자제로 매력적인 품위를 갖추고 선생님 말씀을 잘 듣는 학생이죠. 머지않아 평지로 돌아가면 오늘 밤 이렇게 꿈속에서 나눈 대화는 깨끗이 잊어버리고, 조선소에서 성실하게 일하면서 댁의 나라를 위대하고 강하게 만드는 데 도움을 줄 분이죠. 자, 이것이 댁의 내면 사진이에요. 도구 없이 찍은 거지요. 잘 나왔다고 생각하지 않으세요?」

「베렌스가 발견한 사항이 두세 개 빠져 있군요.」

「아, 의사는 무엇이든지 항상 잘 발견하지요. 어쨌든 그런 것에 정통하니까요……」

「댁은 마치 세템브리니 씨처럼 말을 하는군요. 그럼 내 열은요? 그건 도대체 어떤 열일까요?」

「그럴 리가요! 그런 것은 아무것도 아니에요. 있다가 곧 사라지겠죠, 뭐.」

「아니에요, 클라브디아, 댁도 지금 자신이 하는 말이 사실이 아니란 걸 잘 알고 있어요. 댁은 확신도 없이 말을 그냥 입 밖에 내고 있어요. 나는 알고 있어요, 내 몸의 열, 몹시 지쳐 있는 심장의 고동, 수족의 오한, 이런 것은 우연히 생긴 것이 아니라 다름 아닌 —」 한스 카스토르프의 창백한 얼굴은 입술이 떨리면서 그녀의 얼굴 쪽으로 더욱 깊숙이 기울어졌다. 「이것은 다름 아닌 댁에 대한 나의 사랑 때문입니다. 그래요, 사랑, 내가 이 눈으로 댁을 본 순간 마음을 사로잡아

버린 사랑 때문입니다. 아니, 그보다도 댁을 알아본 순간 내 마음속에 되살아난 사랑 때문입니다 ─ 그리고 나를 이리로 이끌어 온 것도 바로 그 사랑입니다……」

「터무니없는 망상이에요!」

「아, 만일 사랑이 망상이 아니라면, 또 사랑이 무모한 짓이나 금단의 열매가 아니고 죄악 속의 모험이 아니라면, 사랑이라는 것은 그저 보잘것없는 것이겠지요. 그렇다면 사랑은 고향 같은 평원에서의 소박한 목가에 알맞은 무의미한 소일거리, 즉 기분 좋게 우둔한 것에 불과하겠지요. 그러나 내가 맑은 감정을 지니고 댁을 다시 알았고, 또 댁에 대한 나의 사랑을 다시 느낀 것은 ─ 그래요, 실은 내가 댁을 예전부터 알고 있었기 때문입니다. 댁을, 묘하게 기울어진 댁의 눈을, 댁의 입술을, 댁의 목소리를 훨씬 전부터 알고 있었어요 ─ 오래전에도, 언젠가 학생이던 시절 난 댁에게 연필을 빌린 적이 있었어요. 급기야 댁과 세속적인 의미에서도 알고 싶었기 때문입니다. 이성을 놓을 만큼 댁을 사랑했기 때문이지요. 그리고 베렌스가 내 몸에서 발견한 흔적, 내가 전에도 병을 앓았음을 증명하는 흔적, 이것은 의심의 여지없이 그 때문에 남은 겁니다. 댁에 대한 오래되고 기나긴 나의 사랑이 남긴 흔적인 것입니다……」

그의 이가 서로 딱딱 부딪쳐 소리를 내고 있었다. 그는 헛소리하듯 말들을 내뱉으며 삐걱거리는 의자 밑에서 한쪽 발을 끄집어냈다. 그리고 이 발은 앞으로 내밀고 다른 쪽 무릎은 바닥에 대고서, 그녀 곁에 무릎을 꿇고 머리를 숙이고는 전신을 떨었다. 「그대를 사랑합니다.」 그는 더듬거리며 프랑스어로 말했다. 「나는 댁을 늘 사랑해 왔습니다. 댁은 내 일생의 당신이고, 꿈이며, 나의 운명이고, 완전한 욕망이며, 영원한 동경이기 때문입니다……」

「일어서세요, 그만 일어서세요!」 그녀가 말했다. 「댁의 선생님들께서 이 꼴을 보시면……」

그러나 한스 카스토르프는 얼굴을 카펫 쪽으로 향하고 절망적으로 고개를 저으면서 대답했다.

「그들은 내겐 지나가는 바람 같은 존재예요. 내겐 카르두치와 같은 시인이며, 화술이 뛰어난 공화주의자며, 시간이 흐르면서 실현되는 인류의 진보며, 이 모든 것들도 지나가는 바람처럼 하찮은 것들입니다. 댁을 사랑하기 때문에요.」

그녀는 그의 짧게 깎은 뒷머리를 한 손으로 가볍게 어루만졌다.

「소시민님!」 그녀는 말했다. 「약간 침윤된 얼룩이 있는 귀여운 소시민님, 당신이 나를 그토록 사랑하고 있다는 게 정말인가요?」

그녀의 손길이 닿자 감격에 겨운 한스 카스토르프는 이제 두 무릎을 꿇고 머리를 뒤로 젖히고는 계속 말하기 시작했다.

「아! 사랑이란……. 육체, 사랑, 죽음, 이 세 가지는 원래 하나입니다. 왜냐하면 육체는 병과 쾌락이며, 육체야말로 죽음을 초래하기 때문입니다. 그래요, 사랑과 죽음, 이 둘은 모두 육체적인 것으로, 거기에 이 둘의 무서움과 위대한 마술이 있는 것이지요! 그러나 죽음은 미심쩍고 파렴치하며, 얼굴을 붉히게도 하는 한편, 아주 장엄하고 존엄한 힘이며 — 돈을 벌고 흥에 겨워 희희낙락하는 삶보다 훨씬 더 고귀합니다 — 시간에 대해 쓸데없는 잔소리를 하는 진보보다 훨씬 더 존경할 만한 것이지요 — 죽음은 역사적인 것이고, 고상함이고 경건함이며, 영원함이고 신성함으로, 우리가 모자를 벗고 발끝으로 조심조심 걷지 않으면 안 되는 것이기 때문입니다……. 이와 마찬가지로 육체도, 육체에 대한 사랑도 음란하고 난처한 성질을 띠고 있습니다. 그래서 육체는 자신을 두려워하고 부끄러워하여, 그 바깥 피부를 붉게 물들이기도 합니다. 그러나 또한 육체는 숭배할 만한 위대한 영화(榮華)이고, 유기 생명의 놀라운 형상이며, 형태와 아름다움의 불가사의한 신성함입니다. 이것에 대한 사랑, 인체에 대한 사랑은, 이 사랑 역시 아주 인문적인 관심이며, 세상의 어떤 교육학보다 더 교육적인 힘인 것입니다……! 아, 이 매혹적인 유기체의 아름다움은 화구(畵具)나 돌 같은 것이 아니라, 살아 숨 쉬는 부패성 물질로 되어 있고, 생명과 부패라는 열성(熱性)의 비밀로 가득 차 있습니다! 인체 조직의 멋진 균형을 보십시오, 놀라운 대칭 구조를 말입니다! 양 어깨와 허리, 양 가슴의 꽃 같은 봉긋한 젖꼭지, 그리고 쌍을 이루어 나란히 달린 갈비뼈, 완성된 신체 한가운데의 배꼽, 허벅지 사이의 검은 성기, 등의 매끄러운 피부 아래에서 견갑골이 움직이는 모양을 보십시오! 그리고 싱싱하고 풍만한 두 엉덩이를 향해 내려가는 등뼈의 모양, 혈관과 신경의 굵은 가지가 몸 기둥에서 겨드랑이를 통해 사지로 뻗어 나가는 모양, 두 팔이 두 다리의 구조에 대응하는 모양을 보십시오! 아, 팔꿈치와 무릎 관절 안쪽의 부드러운 부분, 아, 그 살의 쿠션에 쌓인 그 부분에 담긴 수많은 유기체적 정교함! 인체의 이 감미로운 부분을 애무한다는 것은 그 얼마나 끊임없고 멋진 희열일까요! 죽어도 여한이 없을 것 같은 희열! 아, 댁의 무릎의 피부 냄새를 맡게 해주십시오! 정교한 관절 주머니가 지방을 분비하고 있는 무릎 말입니다. 아, 댁의 허벅지에서 율동하고, 훨씬 아래에서 두 개의 경부 동맥으로 나뉘는 대퇴부 동맥에 경건하게 내 입술이 닿게 해주십시오! 댁의 털구멍에서 나오는 분비물의 냄새를 맡고, 댁의 부드러운 털을 애무하게 해주십시오! 물과 단백질로 이루어져 무덤 속에서 분해될 운명을 지닌 인간의 형상이여, 댁의 입술에 내 입술을 댄 채로 나를 영원히 죽게 해주십시오!」

그는 말을 끝낸 후에도 두 눈을 감고 있었다. 그는 여전히 같은 자세를 유지하며, 머리를 뒤로 젖히고, 은제 연필을 쥔 두 손을 앞으로 뻗은 채 두 무릎을 꿇고, 몸을 떨면서 크게 흔들리고 있었다. 그녀는 이렇게 말했다.

「댁은 정말 호색한이군요, 여자의 환심을 사기 위해서, 독일식으로, 아주 심오한 방법으로 애원을 하니 말입니다.」

그러면서 그녀는 자신의 종이 삼각 모자를 그의 머리에 씌웠다.

「안녕히 계세요, 나의 사육제 왕자님! 오늘 밤 댁의 체온 곡선은 엄청나게 올라갈 거예요. 예언하겠어요.」

이렇게 말하고 그녀는 의자에서 일어나 카펫 위를 미끄러지듯 걸어 문으로 갔다. 문턱에 서서 그녀는 희게 드러난 팔을 들고, 그 손으로 문의 손잡이를 잡더니 몸을 반쯤 뒤로 돌려 머뭇거리다가, 어깨 너머로 나지막하게 말했다.

「내 연필 잊지 말고 돌려주러 오세요.」

그런 다음 그녀는 나가 버렸다.

제6장

변화들

시간이란 무엇인가? 시간이란 수수께끼이다 — 실체가 없으면서도 전능한 것이다. 현상계에 존재하는 하나의 조건으로 공간 속 물체의 존재와 그 물체의 운동과 결부되고 혼합되어 있는 하나의 운동인 것이다. 그럼 운동이 없으면 시간도 없는 걸까? 무엇이든 물어보라! 시간은 공간이 행하는 기능 중 하나일까? 아니면 그 반대일까? 또는 두 개가 동일한 것일까? 얼마든지 물어보라! 시간은 활동적이고, 동사적인 속성을 지니고 있으며, 그것은 무엇인가를 〈야기한다〉. 그럼 시간은 무엇을 야기하는 것일까? 변화를 야기하는 것이다! 지금은 이미 당시가 아니고, 여기는 이미 저곳이 아니다. 이 둘 사이에는 운동이 있기 때문이다. 하지만 시간을 측정하는 운동은 순환적이고, 자체 내에 포함되어 있으므로 이러한 운동과 변화는 정지와 정체라고 불러도 좋을 것이다. 과거는 부단히 지금 현재 속에, 저곳은 쉬지 않고 이곳 속에서 되풀이되기 때문이다. 또한 유한한 시간과 제한된 공간이라는 것은 아무리 필사적으로 노력해도 상상할 수 없는 것이므로, 우리는 시간은 영원하고 공간은 무한하다고 〈생각〉하기로 이미 결정을 보았다 ─ 물론 이것이 옳다고 할 수는 없다 하더라도, 분명 제대로 된 것이라는 생각, 즉 이것이 좀 더 나을 거라는 믿음에서이다. 그러나 영원한 것과 무한한 것을 인정한다는 것은 한정된 것과 유한한 것을 논리적으로나 계산적으로 부정하고, 상대적으로 그것을 영(零)으로 환원시키는 것을 의미하는 것이 아닐까? 영원한 것 속에 전후가, 무한한 것 속에 좌우가 있을 수 있을까? 영원한 것과 무한한 것이라는 잠정적인 가정과, 거리와 운동, 변화, 그리고 우주 속의 한정된 물체들의 존재와 같은 개념들이 어떻게 조화를 이룰 수 있을까? 그런 것들에 관해 얼마든지 물어보라!

한스 카스토르프는 머릿속에서 이렇게, 그리고 이와 유사하게 물어보았다. 그의 머리는 이 위에 도착하자마자 이와 같이 무모한 생각을 하고 꼬치꼬치 캐묻는 것으로 그 본성을 드러냈다. 그 이후로 바람직하지 않지만 강력한 욕구를 충족하고 나서 어쩌면 특히 이런 것에 예민해지고, 이것저것 따지는 데 대담해져 갔는지도 모른다. 그는 이러한 질문을 스스로에게 던졌을 뿐 아니라 선량한 요아힘에게도 던졌고, 먼 옛날부터 눈에 깊이 파묻힌 골짜기를 향해서도 던졌지만, 그 어느 것으로부터도 대답다운 대답을 기대할 수 없었다 ─ 어느 것에 가장 기대할 수 없었는지는 말하기 어렵다. 자신이 그에 대한 대답을 알지 못하기 때문에, 자기 자신에게 그러한 질문을 던진 것이었다. 요아힘은 그런 문제에 거의 관심을 두지 않았다. 한스 카스토르프가 어느 날 밤에 프랑스어로 말한 적이 있듯이, 요아힘은 평지에 내려가 군인이 되겠다는 생각뿐이었기 때문이다. 그러한 바람이 이루어질 날이 가까워지는 것 같다가 곧 다시 조롱하듯 저 멀리 사라져 버려, 그는 마음속으로 치열한 전투를 벌이고 있었다. 최근 들어서는 이러한 전투를 직접 행동으로 끝장내려는 태도를 보이기도 했다. 그렇다, 선량하고 인내심이 강하고 성실하며, 오로지 군 복무와 규율만을 생각하는 요아힘도 반항적인 기분을 느꼈으며, 〈가프키 진단법〉에 저항하였다. 가프키 진단법이란 보통 〈실험〉이라고 부르는 검진 방법의 일종으로, 지하 실험실에서 환자가 보유하고 있는 세균의 수를 조사하여 그것을 표시한 후, 담(痰)의 샘플을 분석하고 그 속에 세균이 아주 적게 존재하는지, 아니면 무수히 대량으로 존재하는지를 가프키 번호의 수치로 정해 주는 것이었다. 그래서 사실 이 수치에 모든 게 달려 있었다. 그 수치의 높고 낮음이 환자의 회복 가능성을 아주 공평하게 나타내 주었기 때문이다. 그것에 따라 환자가 아직 이곳에 더 머물러야 할 월수, 연수가 반년 정도의 단기 체재부터 〈종신〉 선고에 이르기까지 간단하게 결정되어 버렸다. 이 종신 선고라는 것도 시간적으로는 거의 문제가 안 되는 극히 짧은 경우도 종종 있었다.

그런데 요아힘은 이 가프키 진단법에 저항하여, 그것의 권위 자체에 공공연하게 반기를 들었다 ─ 아주 공공연하게 요양원의 간부들에게 노골적으로 거부 의사를 밝힌 것은 아니지만, 그래도 자신의 사촌에게 그것도 식사 중에 이의를 표명하였다. 「난 이제 신물이 나. 더 이상 바보가 될 수는 없어.」 요아힘은 갈색으로 짙게 그을린 얼굴이 벌겋게 상기될 정도로 큰 소리로 말했다. 「2주 전만 해도 가프키 번호가 2라

서, 약식 소송으로 해결할 수 있을 정도의 가벼운 증상이고 전
망이 아주 좋다고 했는데, 오늘은 번호가 9로 그야말로 세균
이 우글거려 평지에 돌아간다는 것은 더 이상 말도 안 된다는
거야. 이렇게 되면 앞으로 어떻게 될지는 귀신이 아니면 모
를 일이야. 도저히 참을 수가 없어. 위의 샤츠알프 요양원에
그리스에서 온 농부가 한 명 누워 있는데, 이 사람은 아르카
디아에서 이쪽으로 보내졌어. 그곳의 어떤 대리인이 보낸 거
야 — 회복 가능성이 거의 없는 급성 결핵이었다고 그러더
군. 그는 언제 죽을지 모르는 최악의 상태였는데, 이곳에 오
고 나서는 담에서 세균이 한 번도 검출되지 않았다는 거야.
이와 반대로 내가 이곳에 왔을 때, 완쾌되어 퇴원한 벨기에
출신의 뚱뚱한 대위는 가프키 번호 10으로 몸에 세균이 우
글거렸다는데 사실은 아주 조그만 공동(空洞) 하나만 있었
다고 했어. 가프키 번호 같은 건 집어치우라고 해! 이제 나는
결말을 내야겠어. 집으로 갈 거야. 설령 죽는 한이 있더라도
말이야!」 요아힘은 이렇게 말하는 것이었다. 언제나 온화하
고 침착한 젊은이가 이렇게 흥분하는 것을 보고 모두가 심히
당황했다. 한스 카스토르프는 요아힘이 모든 것을 포기하고
평지로 돌아가겠다고 위협하는 말을 듣고, 언젠가 밤에 제3
자로부터 프랑스어로 들었던 표현을 생각하지 않을 수 없었
다. 그러나 그는 아무 말도 하지 않았다. 슈퇴어 부인이 언제
한번 요아힘에게 사촌인 카스토르프를 본받으라고 타일렀
는데, 그도 그녀처럼 사촌에게 자신의 참을성을 본보기로 삼
으라고 말해야 한단 말인가? 사실 그녀는 요아힘에게 정말
로 훈계를 했다. 그렇게 볼썽사납게 덤비지 말고 겸손하게
자신의 성실한 자세를 본받으라고 말이다. 카롤리네 슈퇴어

부인은 이 위에서 참고 버티며, 언젠가 완전하고도 철저히 나은 아내의 몸이 되어 남편 품으로 되돌아가기 위해 칸슈타트의 고향에서 주부로 살아가는 것을 지금은 완강하게 거부하고 있다는 것이다. 하지만, 한스 카스토르프로서는 도저히 슈퇴어 부인처럼 말할 수 없었다. 그는 특히 사육제날 밤 이후로 사촌에게 양심의 가책을 느끼고 있었기에 더더욱 그러했다. 그는 요아힘에게 그날 밤에 일어난 일을 이야기하지는 않았지만, 요아힘은 그날 밤 일을 분명 알고 있음에 틀림없었다. 그것도 하루에 다섯 번씩이나 둥근 갈색을 띤 두 눈, 별 이유 없는 웃음과, 오렌지 향수 냄새에 자극을 받으면서도 엄격하고도 단정하게 두 눈을 접시 위에 떨어뜨리고 있는 요아힘으로서는, 그날 밤 자신의 행위를 배신이나 탈영, 부정한 행위라고 생각하리라 한스 카스토르프의 양심이 속삭였던 것이다……. 그렇다, 한스 카스토르프는 자신이 〈시간〉을 두고 밝힌 사변과 견해에 대해 요아힘이 보인 침묵의 저항 속에, 자신의 양심에 대한 비난이 내포된 그의 군인다운 도덕심 같은 것을 느꼈다. 하지만 한스 카스토르프가 훌륭한 접이식 침대에 누워 마찬가지로 초감각적인 질문을 던진 골짜기, 눈이 잔뜩 덮여 있는 그 겨울 골짜기에 대해 말한다면, 그 뾰족하고 둥근 봉우리와 절벽, 그리고 갈색, 녹색, 담홍색으로 물든 숲은 조용히 흘러가는 지상의 시간에 휩싸여, 시간의 흐름 속에 묵묵히 서서, 때로는 짙푸른 하늘 아래서 빛났고, 때로는 자욱한 안개에 휩싸였으며, 때로는 저물어 가는 해의 석양에 비쳐 붉게 물들었고, 때로는 달밤의 매혹적인 아름다움에 다이아몬드처럼 차갑게 빛났다 ─ 황급히 지나가기는 했지만, 아득한 옛날로 느껴지는 6개월 동안 골짜기는 항상 눈에 덮여 있었다. 그래서 손님들은 모두들 이제는 눈이 너무 지겨워 더 이상 보지 않는다고 말했다. 매일 같이 보는 게 덮이고 쌓인 눈이며 눈의 쿠션이자 눈 비탈이라 인간의 힘으로는 도저히 감당이 안 되어, 정신과 마음이 질식할 지경이라고 불평이 자자했다. 손님들은 녹색과 황색, 붉은색 색안경을 꼈지만 눈을 보호하기 위해서라기보다는 마음을 보호하기 위해서였다.

눈에 덮인 골짜기와 산을 본 지 벌써 6개월이 됐다고? 아니 벌써 7개월이 된 것이다! 우리들이 이야기하는 동안에도 시간은 쉬지 않고 흘러가고 있었다 — 우리가 이 이야기에 소비하고 있는 우리의 시간과 마찬가지로, 저 위 눈 속에 갇혀 있는 한스 카스토르프나 그와 똑같은 운명에 처해 있는 동료들이 보내는 시간도 계속 흘러, 변화를 낳고 있는 것이다. 모든 것이 한스 카스토르프가 말한 그대로 이루어지고 있었다. 그가 사육제날 플라츠로 산책을 갔다가 돌아오면서 세템브리니 앞에서 닥치는 대로 수다를 늘어놓다가 그의 분노를 샀던 적이 있었던 것처럼 말이다. 물론 하지가 바로 눈앞에 다가온 것은 아니었지만, 부활절은 이미 눈 덮인 흰 골짜기를 관통했고, 4월이 성큼 다가와 성령 강림절이 임박해 있었다. 곧 봄이 시작되어 눈이 녹겠지만 — 그렇다고 눈이 모두 다 녹지는 않을 것이다. 여름에 내리는 눈이야 쌓이지 않으니 문제될 게 없지만, 남쪽으로 연이은 산봉우리들과 북쪽으로 이어진 레티콘 봉우리들의 협곡에는 사시사철 눈이 그대로 남아 있었다. 그래도 머지않아 1년의 전환기인 봄이 어떻든 간에 결정적인 변화를 가져다줄 것임에는 틀림없었다. 한스 카스토르프가 쇼샤 부인한테서 연필을 빌렸다가 다시 돌려주고, 그 대신 어떤 다른 것, 즉 그가 지금 호주머니에 넣고 다니는 기념품을 간청하여 얻었던 그 사육제의 밤이후로 벌써 6주가 흘렀다 — 그러니까 한스 카스토르프가원래 이곳에 체류할 예정이었던 3주의 두 배가 훌쩍 흘러가버린 셈이었다.

한스 카스토르프가 쇼샤 부인을 알게 되어, 요양 근무에충실한 요아힘이 자기 방으로 돌아간 이후에도 오랫동안 같이 남아 있다가 각자 자기 방으로 돌아간 그날 밤으로부터어느새 6주가 흘러간 것이었다. 그러니까 그다음 날 쇼샤 부인이 요양원을 떠나, 이번에는 저 멀리 동쪽으로 코카서스산맥 저 너머의 다게스탄으로 일시적인 여행을 떠난 지 6주가 흘렀던 것이다. 이번 여행이 최종적인 것이 아니라 잠시동안의 여행이라는 것, 쇼샤 부인이 다시 돌아올 생각이라는것 — 언제인지는 확실히 알 수 없지만 그녀가 언젠가 돌아올 예정이거나 돌아와야 한다는 것을 한스 카스토르프는 직접 그녀의 입을 통해 단단히 다짐을 받았다. 이러한 다짐은우리가 소개했던 프랑스어 대화 속에서 이루어진 것이 아니라, 그 뒤 시간의 흐름과 결부되어 있는 우리 이야기의 흐름을 중단시키고, 그 시간을 오로지 순수한 시간으로만 흐르게 한, 우리가 보기에 대화가 없었던 막간 시간에 이루어졌던 것이다. 어쨌든 한스 카스토르프 청년은 34호실로 돌아가기 전에 이러한 확언과 위로의 말을 들었다. 다음 날 그는쇼샤 부인과 더 이상 한 마디 대화도 나누지 않았고, 그녀를거의 보지도 못했으며, 먼발치에서 겨우 두 번 정도 보았을뿐이었다. 한 번은 점심 식사 때였는데, 그녀가 푸른색 모직스커트에 흰색 털 재킷을 입고, 유리문을 쾅 소리를 내며 닫고는 사랑스러운 모습으로 살금살금 발소리를 죽이며 또 한 번 자신의 자리로 걸어갈 때였다. 그때 그의 심장은 금방이라도 터져 버릴 것처럼 목까지 고동쳤는데, 엥엘하르트 양의 따가운 시선을 받지 않았더라면 두 손으로 자신의 얼굴을 감쌌을지도 몰랐다 — 그리고 또 한 번은 그녀가 오후 3시에 요양원을 떠날 때였는데, 그는 사실 그 자리에 나가지 않고 복도 창문에서 그녀의 출발 장면을 지켜보고 있었다.

출발 과정은 한스 카스토르프가 이 위에 머무르면서 이미 여러 번 보았던 장면과 똑같이 진행되었다. 썰매나 마차가 현관 앞 차도에 대기해 있었고, 마부와 문지기가 트렁크들을 싣고 묶었다. 요양객들, 다시 말해 완쾌되었든 아니든, 살기 위해서든 죽기 위해서든, 평지로 되돌아가는 사람의 친구들, 또는 이런 일에 자극받기 위해 요양 근무를 쉬고 나온 환자들이 현관 앞에 모여 있었고, 프록코트 차림의 사무실 직원이나, 심지어 의사들도 가끔 모습을 드러낼 때가 있었다. 그리고 그런 다음에 출발하려는 장본인이 걸어 나왔다 — 호기심에 차서 모여든 사람들과 뒤에 남은 사람들에게 당사자는 환한 얼굴로 상냥하게 인사하고는, 출발하는 모험에 잠시 동안 마음이 들떠 있었다……. 그런데 오늘 걸어 나온 사람은 바로 쇼샤 부인이었다. 그녀는 모피가 달린 길고 거친 천의 여행용 외투에다 큰 모자를 쓰고, 팔에는 꽃을 한 아름 가득 안고 미소를 지으면서 나타났다. 그녀의 뒤에는, 어느 정도의 거리를 두고, 그녀와 동행하게 될 가슴이 납작한 동국인인 불리긴 씨가 따라 나왔다. 의사의 허락을 받고 출발하든지, 또는 단지 이곳에 있는 게 지긋지긋해서 자포자기의 심정으로 출발하든지, 이들은 스스로 위험을 무릅쓴 것이어서

양심의 가책과는 상관없이 출발하는 순간에는 모두들 생활
이 바뀐다는 사실 그 자체만으로도 마냥 기뻐하며 흥분하였
는데, 쇼샤 부인도 예외는 아니었다. 그녀는 볼이 발갛게 상
기되어 있었고, 사람들이 털가죽 덮개로 무릎을 감싸주는 순
간에도 계속해서 러시아어인 듯한 말로 떠들고 있었다…….

쇼샤 부인의 동국인과 식탁 동료들뿐 아니라 이 밖의 손
님들도 꽤 많이 눈에 들어왔고, 크로코브스키 박사도 함박
만 한 미소를 지으며 콧수염 아래로 누런 이를 드러내고 있
었다. 여기서도 사람들은 많은 꽃들을 그녀에게 안겨 주었
고, 과자를 언제나 〈까까〉라고 부르는 왕고모는 러시아식
잼을 선물했다. 이 밖에 여교사가 서 있었고, 만하임 출신의
한 사나이도 있었다 ― 이 사나이는 약간 떨어진 곳에 서서
슬픈 표정으로 엿보면서, 비통한 시선으로 건물을 훑어보다
가 한스 카스토르프가 창밖으로 내려다보는 것을 알고서,
그 우울한 표정을 바꾸지 않은 채 한동안 그에게서 눈길을
떼지 않았다……. 베렌스 고문관의 모습은 보이지 않았는데,
틀림없이 그는 다른 사사로운 자리에서 그녀와 작별 인사를
나누었을 것이다……. 이윽고 주위에 서 있는 사람들이 손을
흔들고 환호하는 가운데 썰매를 끄는 말들이 서서히 마차를
끌기 시작했다. 쇼샤 부인은 마차가 앞으로 움직일 때의 반
동으로 상체가 쿠션 쪽으로 젖혀지는 찰나 또 한 번 미소를
지으며, 이상야릇한 두 눈으로 요양원 건물의 정면을 빠르
게 훑더니 비록 짧은 순간이나마 한스 카스토르프에게 시선
을 고정했다……. 뒤에 남게 된 청년은 창백한 얼굴로 황급
히 방으로 뛰어 들어가 자신의 발코니로 나가서는, 방울 소
리를 내면서 도르프를 향해 차도를 미끄러져 내려가는 썰매

를 또 한 번 물끄러미 바라보았다. 그런 다음 의자에 털썩 주저앉아 가슴 안주머니에서 기념품, 즉 담보물을 꺼냈다. 이번에는 옛날처럼 적갈색의 연필을 깎은 부스러기가 아니라, 얇게 테를 두른 작은 판이었다. 불빛에 비추어야 무엇인가를 볼 수 있는 유리판이었다 — 즉 이것은 클라브디아의 내면 초상으로, 비록 얼굴은 보이지 않지만 살의 부드러운 형태에 듬성듬성 유령처럼 둘러싸인 상반신의 섬세한 골격을 흉강의 여러 기관과 함께 식별할 수 있었다…….

쇼샤 부인이 떠난 뒤에도 시간은 변화를 일으키며 흘러가고 있었지만, 그사이에 한스 카스토르프는 얼마나 자주 그녀의 뢴트겐 사진을 바라보면서 입술에 대어 보았던가! 가령 클라브디아 쇼샤가 공간적으로 멀리 떠나 모습이 보이지 않게 된 이 위의 생활에 적응한 것, 그것도 상상 이상으로 빠르게 적응한 것도 시간이 낳은 변화였다. 이곳의 시간은, 비록 적응이 안 되는 것에 적응한다는 의미임에도 불구하고, 특히 그러기에 적합한 성질을 지녔고, 게다가 그 목적으로 구성되어 있었다. 다섯 번의 푸짐한 식사가 시작될 때 쾅 하고 나는 문 닫는 소리도 이제 더 이상 기대할 수 없게 되었고, 또 더 이상 들리지 않았다. 쇼샤 부인은 이제 어딘가 아주 먼, 다른 곳에서 문을 쾅 하고 닫고 있을 것이다 — 이것은, 시간이 공간 속의 물체와 섞이고 결부되어 있는 것처럼, 그녀의 존재와 병이 이와 유사한 방법으로 섞이고 결부되는 어떤 기질의 표시일 것이다. 이것이 어쩌면 그녀의 병이었을지 모른다, 그 밖의 다른 것은 아닌……. 그러나 그녀가 비록 눈에 보이지 않고 이곳에 없긴 하지만, 동시에 한스 카스토르프에게도 역시 눈에는 보이지 않지만, 그의 의식에는 함께

하고 있어서 — 그녀는 이곳의 수호신이었다. 괴로우면서도 무척이나 감미로운 시간에, 즉 평지의 아늑하고 평화로운 노래에는 전혀 어울리지 않는 시간에, 그는 이 수호신을 알아보고 자기 것으로 만들었으며, 9개월 전부터 격렬하게 뛰고 있는 자신의 심장에 수호신의 내부 그림자를 고이 간직하고 있었다.

그날 밤, 그러니까 사육제날 밤에 그는 떨리는 입술로 외국어와 모국어를 섞어 가며 반쯤은 무의식적으로, 반쯤은 숨을 헐떡이면서 정도를 벗어난 제안을 어물어물 입 밖에 꺼내었다. 이러한 제안과 자청, 터무니없는 구상과 굳은 결의는 당연한 일이지만 쇼샤 부인의 동의를 얻을 수 없었다. 예컨대 수호신인 그녀를 코카서스 산맥 저편까지 동행하고, 그녀가 거주지 이전의 자유에 따라 다음 거주지로 고른 장소에서 기다리면서, 다시는 그녀와 헤어지지 않겠다는 둥 그 밖에도 다른 무책임한 말들을 쏟아 냈던 것이다. 이 단순한 청년이 그런 심각한 모험의 시간에서 얻어 낸 것은 그녀의 내부 그림자인 담보물, 즉 뢴트겐 사진밖에 없었고, 쇼샤 부인에게 자유를 부여해 주는 병세 여하에 따라 그녀가 조만간 이 위에 네 번째 체류를 위해 되돌아올 것이라는 약간의 개연성을 지닌 가능성밖에 없었다 — 하지만 더 빨리 오든, 늦게 오든 간에 — 한스 카스토르프는 헤어질 때도, 그녀가 다시 돌아올 무렵이면 자신은 반드시 〈그 전에 멀리 다른 곳으로〉 가버리고 없을 거라고 예언했다. 그리고 이 예언의 경멸적인 의미는 — 만약 어떤 일이 그대로 일어나도록 예언하는 것이 아니라, 주술적인 의미에서처럼 그런 일이 일어나지 않도록 예언하는 것임을 생각하자 — 그로서는 아마 더 견디기 어려웠을지도 모른다. 이런 종류의 예언가들은 미래가 정말 예언대로 일어나는 것을 부끄러워하도록 하기 위해, 장차 어떻게 될지를 미래에게 말하면서 미래를 비웃는 것이다.

수호신은 앞에서 소개한 대화에서나 이 밖의 대화에서도 한스 카스토르프를 〈약간 침윤된 얼룩이 몇 군데 있는 귀여운 시민〉이라고 불렀는데, 이것은 〈인생의 걱정거리 자식〉이라는 세템브리니의 말투를 자기 식으로 풀이한 것에 불과했다. 사실 여기서 문제가 되는 것은 〈시민〉과 〈걱정거리 자식〉이라는 두 가지 본질적 복합 요소 중 어느 쪽이 더 강한 것으로 입증되느냐 하는 점이었다⋯⋯. 또한 수호신은 자신도 여러 번 이곳을 떠났다 되돌아왔다는 사실과, 한스 카스토르프도 적절한 때에 다시 오리라는 사실을 전혀 고려하지 않았다 ― 한스 카스토르프는 이곳에 되돌아올 필요가 없도록 하기 위해, 물론 그 점 때문에 이곳에 계속 머무르고 있기는 했지만 말이다. 그 밖에도 여러 가지 이유가 있겠지만 그것이 그가 이곳에 체류하는 확실한 이유였다.

사육제날 밤 쇼샤 부인이 말한 조롱 섞인 예언 하나가 적중했다. 즉, 그날 밤 한스 카스토르프의 체온 곡선이 좋지 않았던 것이다. 당시에 체온이 톱니 모양으로 가파르게 올라가 그는 축제 기분으로 이를 기입했다. 그러고 나서 체온 곡선은 2~3도 떨어져 고원처럼 평평하게 진행되면서 가볍게 물결무늬를 그리긴 했지만, 지금까지의 평평한 수준을 그대로 유지하고 있었다. 이것이야말로 이상 체온으로, 베렌스의 말에 따르면 이런 수치의 체온이 계속 지속된다는 것은 환부 상태에 맞지 않는 것이라고 했다. 「당신은 보기와는 달리 독이 많은 사람이군요.」 그가 말했다. 「어떻습니까? 주사를 한

번 맞아 봅시다! 효과가 있을 겁니다. 처방을 내린 나의 생각 대로 된다면, 서너 달 만에 물을 만난 물고기처럼 기운이 왕성해질 겁니다.」 이리하여 한스 카스토르프는 이제 일주일에 두 번, 수요일과 토요일 아침에 가벼운 산책을 마치고 지하의 〈실험실〉에 내려가서 주사를 맞게 되었다.

두 의사가 번갈아 가면서 주사로 약물을 투여해 주었다. 고문관이 주사를 놓거나, 때로는 크로코브스키가 놓기도 했는데, 그중 고문관은 대가답게 찌르는 순간 약을 주입하면서 순식간에 주사를 놓아 버렸다. 게다가 그는 바늘이 어디를 찌르든 개의치 않아서, 때로는 굉장히 아팠고, 또 맞은 자리에 오랫동안 찌르는 듯한 통증이 남고 몽우리가 서기도 했다. 더구나 주사는 몸 전체에 강력한 영향을 미쳤고, 심한 운동을 하고 난 것처럼 신경 계통을 마구 뒤흔들어 놓았다. 이 것은 주사에 내재된 힘을 나타내 주는 것으로, 주사를 맞은 후 당장 체온이 잠시 올라가는 것만 보아도 그 효력을 확실히 알 수 있었다. 고문관이 이를 예언한 데다가 그대로 일어나기도 했기 때문에, 예언된 현상에 대해 뭐라고 이의를 제기할 여지가 없었다. 일단 차례가 돌아오기만 하면 주사 맞는 일은 금방 끝났다. 그리고 순식간에 해독제는 허벅지며 팔의 피부며, 아무튼 피부 아래에 놓였다. 고문관의 기분이 괜찮고 또 담배를 피워 울적하지 않을 때면, 한스 카스토르프는 주사를 맞으면서 두세 번 고문관과 짧은 대화를 나누기도 했는데, 이때 한스 카스토르프는 다음과 같은 말을 꺼내곤 했다.

「나는 아직도 당신 집에서 커피를 마시던 유쾌한 시간이 계속 생각납니다, 고문관님. 작년 가을이었지요. 우연히 그런 일이 일어났지요. 바로 어제인지, 아니면 그 이전인지 잘 모르겠습니다만, 사촌과 그때 일을 이야기했습니다……」

「가프키 번호 7입니다.」 고문관이 말했다. 「이게 당신 사촌의 최근 결과이지요. 그 친구는 이제 웬만해서는 독이 빠지지 않아요. 그런데도 그는 여기를 떠나 긴 칼을 차고 다니고 싶어서 나를 괴롭히며 못살게 굽니다. 최근에는 더 심해졌어요. 꼭 바보 같다니까요. 3개월의 다섯 배 정도 여기 있었던 걸 가지고 마치 이곳에 영원히 있었던 것처럼 떠들어 댑니다. 무슨 일이 있어도 이곳을 나가겠다고 그러는데 — 당신에게도 그런 말을 하던가요? 당신이 한번 그의 양심에 호소해 줄 수 없겠습니까? 당신의 진심 어린 생각인 것처럼, 좀 강력하게 타일러 주십시오! 거기 있는 지도 위쪽 오른편의 당신 고향에서 그 친구가 너무 때 이르게 정취(情趣)에 넘친 안개를 들이마셨다가는 곧 죽고 맙니다. 저렇게 앞뒤를 분간 못하는 허풍선이는 머리를 쓸 필요도 없습니다만, 그가 어리석은 일을 저지르기 전에 그래도 좀 더 분별력이 있고, 민간인이며, 시민적 교양을 지닌 당신이 그가 정신을 좀 차리도록 해주셔야겠습니다.」

「그렇게 하겠습니다, 고문관님.」 이렇게 대답하면서도 한스 카스토르프는 이야기의 주도권을 빼앗기지 않았다. 「그가 그렇게 나온다면 계속 타일러 보겠습니다. 그도 생각이 있다면 내 말을 듣겠지요. 하지만 눈에 보이는 전례들이 늘 모범이 될 만한 것은 아니라서, 그게 바로 해롭습니다. 사람들이 계속 떠나고 있습니다 — 평지로 말입니다. 제멋대로, 참된 자격도 없이 떠나면서도 마치 병이 완쾌되어 진짜 퇴원하는 것처럼 요란하게 떠납니다. 그러기 때문에 의지가 약한 사람은 유혹을 받습니다. 최근에도 그런 예가 있었지요…….
누구였지요? 바로 얼마 전에 떠난 사람 말입니다. 어떤 부인
이었지요, 일류 러시아인석에 앉았던 부인. 아, 맞아요, 쇼샤
부인이었지요. 소문에 의하면 다게스탄으로 떠났다는군요.
그곳 다게스탄의 기후는 잘 모르지만, 북쪽의 항구 도시인
함부르크보다 더 나쁘다고 할 수는 없겠지요. 그러나 지리
적으로는 그 지방이 산악 지방일지 모르지만 우리가 볼 때
는 평지입니다. 그곳 사정은 잘 모르겠지만, 도대체 그런 곳
에서 어떻게 살겠다는 건지 이해가 안 됩니다. 다 낫지도 않
았는데 말입니다. 기본적인 이해가 결여되어 있는 데다가,
이 위의 질서를 아는 사람이 아무도 없는 곳에서 말입니다.
안정 요양과 검온을 어떻게 하는지도 제대로 모르는 곳에서
요. 뿐만 아니라 그녀는 다시 돌아올 거라고 어떤 기회에 말
했습니다 ─ 그런데 어떻게 해서 그녀 이야기가 나왔지요?
─ 아, 생각납니다, 그때 우리는 당신을 정원에서 만났지
요, 고문관님. 기억나십니까? 다시 말해 당신은 우리가 벤치
에 앉아 있을 때 우리에게 다가오셨지요. 나는 어떤 벤치인
지도 생생하게 기억납니다. 우리가 앉아서 담배를 피우던 벤
치를 당신에게 정확히 알려 드릴 수 있습니다. 사실 나만 담
배를 피우고 있었지요. 내 사촌은 웬일인지 담배를 피우지
않았습니다. 때마침 고문관님도 담배를 피우고 있어서 우리
는 서로 여송연을 교환하기까지 했지요. 사실 지금도 생각이
납니다만 ─ 그때 당신이 준 브라질산 여송연은 정말 맛이
좋았습니다. 하지만 그런 건 어린 말을 조심해서 다루듯이
피워야 할 겁니다. 그러지 않으면 당신이 당시에 조그만 수
입품 두 개를 연거푸 피웠을 때처럼 무슨 일이 생길지도 모

릅니다. 그때 당신은 가슴을 부르르 떨며 세상과 작별할 뻔했지요 — 아무튼 일이 잘 해결되어 지금 이렇게 웃을 수 있습니다. 나는 최근에 또 마리아 만치니를 2~3백 개 브레멘에 주문해 받았습니다. 나는 그 제품을 너무 좋아합니다. 모든 점에서 마음에 꼭 들어서요. 물론 관세와 우송료 때문에 가격이 꽤 비싸긴 합니다. 그래서 만약 내가 다음번 진찰에서 적지 않은 기간을 선고받는다면, 고문관님, 그렇다면 나도 이곳 여송연으로 바꾸지 않을 수 없을 겁니다 — 우리는 당신 집의 진열장에 제법 피울 만한 것이 진열되어 있는 것을 보았지요. 또 당신이 그린 그림들을 보았는데, 그때 일이 지금도 생생하게 기억납니다. 그 그림들을 아주 넋이 나갈 정도로 즐겁게 구경했지요 — 당신이 위험을 무릅쓰고 유화로 그린 그림을 보고 나는 깜짝 놀랐습니다. 나는 도저히 당신의 적수가 되지 못할 겁니다! 그때 우리는 피부를 정말 세밀하게 묘사한 쇼샤 부인의 초상화도 보았지요 — 정말 너무나 감격했다고 말할 수 있습니다. 그 무렵 난 그 초상화의 모델을 알지 못했고, 단지 얼굴과 이름만 겨우 알고 있었지요. 그러다가 이번에 그녀가 떠나기 직전 나는 그녀와 개인적으로 알고 지내게 되었습니다.」

「무슨 말을 하는 거요!」 고문관이 대답했다 — 이야기가 예전으로 거슬러 올라가도 좋다면, 한스 카스토르프가 처음으로 진찰을 받기 전에 자신에게 열도 좀 있다고 말했을 때도 그는 지금처럼 똑같이 〈무슨 말을 하는 거요!〉 하고 대답한 적이 있긴 했다. 그러고 나서 고문관은 더 이상 아무 말이 없었다.

「아니, 정말로 알고 지냈습니다.」 한스 카스토르프는 확인하듯 말했다. 「경험상으로 볼 때 이 위에서 누구와 가깝게 지낸다는 것이 결코 쉬운 일은 아닙니다만, 나는 쇼샤 부인과 마지막 순간에 정말로 그런 사이가 되었고, 우리는 서로 대화를 나누면서……」 한스 카스토르프는 이를 악물고서 공기를 들이마셨다. 주사를 맞았던 것이다. 「으으!」 그는 뒤로 물러서며 말했다. 「우연히도 매우 중요한 신경을 건드린 모양입니다, 고문관님. 아, 네, 네, 끔찍하게 아프군요. 괜찮습니다, 조금 문지르면 나아지겠지요……. 쇼샤 부인과 나는 서로 대화를 나누면서 보다 가까워졌습니다.」

「그랬군요! ─ 그래서요?」 고문관이 이렇게 물어보았다. 그는 크게 칭찬하는 대답을 기대하는 사람의 표정으로, 동시에 자기의 경험으로 볼 때 칭찬을 확실히 기대하며 묻는 사람의 표정으로 고개를 끄덕이며 물었다.

「나는 나의 프랑스어가 별로였다는 것을 인정합니다.」 한스 카스토르프는 꽁무니를 빼며 말했다. 「그런 주제에 어떻게 제대로 의사 표현을 할 수 있었겠습니까? 하지만 막상 다급해지니까 몇 마디가 언뜻 떠올랐고, 그래서 그럭저럭 의사소통은 좀 되더군요.」

「그랬겠지요. 그래서요?」 고문관은 되풀이해 재촉했다. 그러면서 스스로 덧붙여 말했다. 「재미있었겠죠, 안 그래요?」

한스 카스토르프는 셔츠 칼라의 단추를 채우면서, 다리와 팔꿈치를 쭉 뻗고 천장을 쳐다보았다.

「결국 새로울 게 없는 진부한 이야기지요.」 그가 말했다. 「어떤 요양지에서 두 사람 혹은 두 가족이 여러 주 동안 한 지붕 밑에서 거리를 두고 지냅니다. 그러던 어느 날 이들은 서로 가까워지게 되고, 서로 무척 마음에 들게 됩니다. 바로 그때 한쪽이 떠나려고 하는 것을 상대방이 알게 됩니다. 인생을 살다 보면 이런 유감스러운 일이 자주 일어나겠지요. 그리고 살아가면서 적어도 계속 연락을 하며, 가령 편지로나마 서로의 소식을 듣고 싶은 마음이 들 것입니다. 그런데 쇼샤 부인은…….」

「글쎄, 그녀는 그런 걸 원하지 않았겠지요?」 고문관은 기분 좋게 웃었다.

「그래요, 그녀는 그런 것에 대해 전혀 알려고도 하지 않았어요. 그녀가 고문관님에게도 소식을 보내 주지 않던가요? 그녀가 여기저기 체류하는 곳에 대해서 말입니다.」

「원, 천만의 말씀입니다.」 베렌스가 대답했다. 「그녀는 그런 일은 생각도 하지 않을 겁니다. 첫째로는 게을러서 그렇고, 둘째로는 대체 어떻게 편지를 쓴다는 말입니까? 러시아어는 난 읽을 수가 없습니다 ― 물론 필요하다면 엉터리로 어떻게 해낼 수는 있겠지만, 러시아 말은 단어 하나도 제대로 읽을 줄 모릅니다. 당신도 마찬가지겠지요. 그런데 그 새끼 고양이 같은 쇼샤 부인은 프랑스어는 물론 표준 독일어도 귀엽게 야옹야옹 지껄일 수는 있겠지만, 막상 글로 쓰려고 하면 ― 그때는 아마 크게 당황하겠지요. 그 정서법이라는 것이, 이봐요! 그렇지요, 그러니 우리 서로를 위로하도록 합시다, 젊은이! 그녀는 시시때때로 잊을 만하면 다시 돌아옵니다. 앞에서도 말했다시피 그건 기법의 문제이며 기질의 문제입니다! 누군가는 걸핏하면 떠나지만 그때마다 다시 돌아오고, 또 누군가는 다시 돌아올 필요가 없을 정도로 처음부터 장기간 머물죠. 당신의 사촌이 지금 떠나려고 한다면 이렇게 말해 두시오. 당신이 아직 여기 있는 동안에 그가 다시 장엄하게 입성하게 될 것이라고 말입니다.」

「그러면 고문관님, 나는 이곳에 얼마나 더 있어야 하는지 요……?」

「당신 말이오? 지금은 당신이 아니라 그 사람 말을 하는 중이오! 그는 저 아래에서는 이 위에 있었던 만큼 머물지 못 할 거요. 이것이 나의 솔직한 의견이니까, 이런 말을 그에게 좀 전해 주었으면 합니다. 부탁해도 좋다면 말입니다.」

대화는 이런 식으로 한스 카스토르프가 요령 있게 주도해 가는 것처럼 보였지만, 거기서 얻어지는 수확은 아무것도 없 거나 애매한 것에 불과했다. 완쾌도 되기 전에 떠나 버린 사 람의 귀환을 기다리려면 그가 얼마나 오래 이곳에 머물러야 하는지가 애매했고, 사라져 버린 부인의 소식에 관해서도 역 시 아무것도 알아내지 못했다. 공간과 시간의 신비스러움이 이들을 떼어 놓는 한, 한스 카스토르프는 그녀에게서 아무런 소식도 듣지 못할 것이다. 그녀는 편지를 쓰지 않을 것이고, 그로서도 편지를 쓰고 싶어도 쓸 방법이 없으니 말이다……. 하지만 곰곰 생각해 보면, 도대체 무엇 때문에 상황이 지금 과 달라져야 한다는 말인가? 사실 예전에 그는 두 사람이 서 로 대화를 나누는 것조차도 불필요하고 그다지 바람직하지 않다고 느꼈는데, 이제 와서 서로 편지를 주고받아야 한다고 생각하는 것 자체가 상당히 속물적이고 옹졸한 것이 아닐 까? 그리고 사육제날 밤에 그녀 곁에서 그는 정말로 교양 있 는 유럽인답게 그녀와 〈대화를 나누었던가〉? 아니면 별로 세련되지 못한 방법으로 오히려 꿈속인 양 외국어로 말하지 않았던가? 그런데 지금 와서 대체 무엇 때문에, 진찰 결과의 변동 사항을 보고하기 위해 저지의 고향에 종종 편지를 보냈

듯, 편지지나 그림엽서에 편지를 써야 한다는 말인가? 클라
브디아는 병으로 인해 자유를 얻었으니 편지를 써야 할 의무
를 느끼지 않는 게 당연하지 않을까? 말하기와 쓰기는 사실
극히 인문주의적이고 공화제적인 사항으로서, 미덕과 악덕
에 관한 책을 써서 피렌체 사람들에게 세련된 예의범절과 화
술을 가르치고, 피렌체 공화국을 정치의 규칙에 따라 통치하
는 기술을 가르친 브루네토 라티니의 관심사일 뿐이다.

　그래서 한스 카스토르프의 생각은 로도비코 세템브리니
에게 이르게 되었는데, 그 순간 언젠가 그 문필가가 뜻밖에
자신의 병실에 들어와 갑자기 불을 켰을 때처럼 얼굴이 붉어
졌다. 세템브리니 씨는 지상 생활의 이해관계를 해결하려고
노력하는 휴머니스트였기 때문에, 그에게서도 역시 한스 카
스토르프의 초감각적인 수수께끼와 관련된 질문에 대한 해
답은 기대할 수 없었다. 비록 도전하고 불평한다는 의미에서
는 그런 질문을 던질 수 있을지 모르겠지만 말이다. 그런데
사육제날 밤에 세템브리니가 흥분해서 피아노실에서 나가
버린 이후로 한스 카스토르프와 그 이탈리아인 사이의 관계
가 서먹서먹해졌다. 이것은 둘 사이에 작용하는 한쪽의 양심
의 가책과 다른 쪽의 교육적인 불쾌감에서 비롯된 것으로,
이들은 서로를 피하면서 몇 주 동안 한 마디 말도 나누지 않
았다. 세템브리니 씨의 눈에는 한스 카스토르프가 여전히
〈인생의 걱정거리 자식〉이었을까? 아니, 도덕을 이성과 미덕
에서 찾는 휴머니스트의 눈에는 그가 구제 불능의 인물로 비
쳤을지 모른다……. 그리고 한스 카스토르프는 세템브리니
씨에게 완강한 태도를 취했다. 두 사람이 서로 만나면 그는
미간을 찌푸리고 입술을 삐죽 내밀었으며, 반면에 세템브리

니 씨는 검고 빛나는 눈으로 그에게 무언의 비난을 보냈다. 그럼에도 불구하고 한스 카스토르프의 이러한 완강한 태도 는 금방 사라져 버렸다. 앞에서 말했다시피 이 문필가가 몇 주일에 걸친 침묵 끝에 처음으로, 스쳐 지나치면서 그에게 다시 말을 건 순간이었다. 비록 이 말을 이해하기 위해서는 서양적인 교양을 필요로 하는 신화적인 암시의 형식이란 것 을 알아야 했지만 말이다. 점심 식사 후 두 사람은 이젠 더 이상 쾅 하고 시끄러운 소리가 나지 않는 유리문에서 마주쳤 다. 세템브리니는 청년을 앞질러 가면서 애당초 그에게서 즉 각 다시 떨어지려는 생각으로 말했다.

「어이, 엔지니어 양반, 석류[27]의 맛은 어떻던가요?」

한스 카스토르프는 기뻐하면서도 당황해서 미소 지었다.

「그 말은…… 무슨 뜻이지요, 세템브리니 씨? 석류라고 요? 식사 때 석류는 없었던 것 같은데요? 나는 아직 한 번도 먹어 본 적이…… 아니, 꼭 한 번 석류즙을 소다수에 타서 마 신 적이 있었습니다. 아주 달짝지근한 맛이 났죠.」

그 이탈리아인은 벌써 옆을 휙 지나치면서 머리를 뒤로 돌 려 말 하나하나에 힘을 주어 말했다.

「신들과 인간들은 가끔 저승을 방문했다가 되돌아올 수 있었습니다. 하지만 저승 사람들은, 저승의 과일을 맛본 자 는 반드시 저승에 떨어지게 된다고 알고 있습니다.」

세템브리니는 이런 말을 불쑥 던지고는, 늘 입고 다니는 밝은 체크무늬 바지 차림으로 한스 카스토르프를 뒤에 남기 고 휑하니 지나갔다. 한스 카스토르프는 여러 가지 뜻을 내

27 구약 성서 「아가」 4장 13절에서 솔로몬은 처녀의 육체를 석류에 비유 했다.

포한 이러한 표현에 〈폐부를 찔린〉 셈이 되었고, 어느 정도
는 실제로도 그러했다. 세템브리니의 이런 터무니없는 주장
에 화가 나기도 하고 기분이 좋아지기도 한 한스 카스토르
프는 혼잣말로 이렇게 중얼거렸다.

「라티니, 카르두치, 라치 마우지 팔리,[28] 나를 가만히 내버
려 두시오!」

그렇지만 그는 세템브리니가 처음으로 말을 걸어온 데 대
해 무척 행복하고 감격해했다. 그는 쇼샤 부인에게서 받은
음산한 작은 선물, 즉 일종의 전리품을 가슴에 고이 간직하
고 있었지만, 여전히 세템브리니에게 애착을 품고 있었고,
그가 옆에 있어 주는 것만으로도 엄청난 무게감을 느끼며 고
마워했다. 그리고 그에게서 완전히 그리고 영원히 버림받고
배척받는다는 생각은, 알빈 씨처럼, 학교에서 더 이상 고려
의 대상이 되지 않고 불명예의 특전을 누리는 소년의 기분보
다 더욱 괴롭고 끔찍한 것이었을지 모른다……. 그렇지만 그
가 자기 쪽에서 사부에게 감히 말을 걸 용기를 내지 못했기
때문에, 몇 주를 그냥 흘려보내고 나서야 사부가 골칫거리
제자에게 다시 한 번 접근하게 되었다.

이 두 번째 접근은 영원히 단조로운 리듬 속에서 몰려오는
시간의 물결을 타고 찾아왔다. 바로 부활절 무렵이었다. 이
곳 베르크호프에서는 명절이란 명절은 모조리 성대하게 치
렀는데, 이것은 하루하루 똑같은 단조로움으로 지내는 것을
피하기 위해서였다. 부활절의 첫 번째 아침 식사 때 식탁의

28 라치 마우지 팔리는 이탈리아인이 발명한 쥐덫으로, 여기서는 이탈리
아인을 비꼬는 의미로 쓰였다. 또한 자신이 세템브리니에 의해 꼼짝 못하게
되었다는 뜻을 함께 내포하고 있다.

모든 식기 옆에는 오랑캐꽃 다발이 놓여 있었고, 두 번째 아침 식사 때는 다들 색칠한 달걀을 하나씩 받았다. 그리고 성대한 점심 식탁은 설탕과 초콜릿으로 만든 귀여운 토끼로 장식되어 있었다.

「당신은 배를 타고 여행을 해본 적이 있습니까, 소위님? 아니면 엔지니어 당신은 어떤가요?」 세템브리니 씨가 식당에서 식사를 마치고 입술 사이에 이쑤시개를 문 채 사촌들의 식탁으로 다가오면서 이렇게 물었다……. 사촌들은 오늘 대부분의 손님들처럼 정오의 안정 요양을 15분쯤 단축하고, 코냑을 탄 커피를 마시려고 자리에 앉아 있었다. 「나는 이 토끼와 색칠한 달걀을 보고 커다란 기선에서 생활하던 때가 떠올랐습니다. 몇 주를 짭짤한 소금물의 황야에서 공허한 수평선을 바라보며 이리저리 떠다니는 생활, 사정에 따라서는 완전하고 편리한 배 안의 시설도 바다의 광활함을 다만 표면적으로만 잊게 해줄 뿐이고, 마음 한가운데에서는 남모르는 공포가 의식을 조금씩 갉아먹던 생활을 말입니다……. 나는 그러한 방주에서 육지의 축제를 경건하게 떠올리려고 했던 기분을 여기서 다시 인식하고 있습니다. 그것은 인생의 뒤안길에 있는 사람들의 회상이며, 달력의 날짜에 따른 감상적인 회상입니다……. 오늘 육지에서는 부활절이겠죠? 육지에서는 오늘 주님의 부활을 축하하고 있습니다 ― 그리고 우리도 우리 나름대로 할 수 있는 만큼 축하를 하고 있습니다. 우리도 역시 인간이니까요……. 그렇지 않습니까?」

사촌들은 그의 말에 찬성했다. 사실 맞는 말이라고 맞장구도 쳤다. 한스 카스토르프는 말을 걸어 준 것에 감격하고, 양심의 가책 때문에 그의 표현이 재기 발랄하고 탁월하며 문필가답다고 여기면서 목소리 높여 그의 말을 칭찬했다. 그리고 온 힘을 다해 세템브리니 씨의 말에 맞장구를 치며 말했다. 세템브리니 씨가 그토록 조형적으로 표현한 것처럼, 대양 기선에서의 안락한 생활도 주변 상황과 그 상황의 두려움을 다만 표면적으로 잊게 해주는 것뿐이리라. 자신의 견해를 덧붙인다면, 배 안의 이러한 안락한 시설 자체가 심지어 경박하고 도발적으로 느껴지며, 옛날 사람들이 오만이라고 불렀던 것과 유사한 기분(한스 카스토르프는 환심을 사려고 심지어 옛날 사람들의 말까지 인용했다), 또는 〈나는 바빌론의 왕이니라!〉[29]라고 소리친 것과 같은 종류의 기분, 요컨대 오만함이 느껴진다는 것이다. 그러나 다른 한편으로 선상에서의 호화스러운 생활은 인간 정신과 존엄성의 위대한 승리를 내포하고 (내포라니!) 있다 — 이러한 호화스럽고 안락한 생활을 짭짤한 소금물의 파도 위에까지 확대하여 거기서 이러한 생활을 대담하게 영위하면서, 말하자면 인간은 자연의 4대 원소,[30] 즉 자연의 난폭한 힘을 정복한다는 것이다. 그리고 자신이 이러한 표현을 써도 된다면, 이것은 혼돈에 대한 인간 문명의 승리를 내포한다고 했다…….

세템브리니 씨는 두 다리를 꼬고 팔짱을 낀 채, 치켜 올라간 콧수염을 점잖게 이쑤시개로 쓰다듬으며 그의 말을 주의 깊게 경청하고 있었다.

「이것은 주목할 만한 현상입니다.」세템브리니가 말했다. 「인간은 누군가 어느 정도 일반적인 성질을 띤 종합적인 표현을 하기만 하면, 자신도 모르게 모든 자아를 담아 자신의

29 과대망상에 빠진 왕의 이야기. 구약 성서 「다니엘」 제4장 참조.
30 물, 불, 바람, 흙.

삶의 근본 주제와 근본 문제를 어떻게든 비유적으로 표현하여 자신을 완전히 드러내지 않고는 못 배기는 것 같습니다. 방금 당신이 바로 그러했습니다, 엔지니어 양반. 당신이 방금 한 말은 당신의 인격 밑바탕으로부터 우러나온 것입니다. 또한 당신 인격의 현재 상황도 시적으로 표현된 것입니다. 그것은 여전히 실험 상태에 있습니다…….」

「실험 채택*Placet experiri*이지요!」 한스 카스토르프는 고개를 끄덕이고 웃으면서 이탈리아 어투로 c를 발음했다.

「그렇습니다 — 이때 그 실험은 세상 실험, 즉 인생을 음미하려는 존경할 만한 열정에서 나와야지 무절제한 기분에서 우러나와서는 안 됩니다. 당신은 〈오만〉에 관해 말했습니다. 즉 〈오만〉이라는 표현을 사용했습니다. 하지만 자연의 어두운 힘에 맞서는 인간 이성의 오만은 가장 숭고한 인간성의 표현입니다. 그로 인해 질투심이 강한 신들의 복수를 초래하여 호화로운 방주가 암초에 부딪쳐 바닷속 저 밑으로 가라앉는다 하더라도 그것은 오히려 명예로운 파멸입니다. 프로메테우스의 행위도 오만한 행동이었고, 스키타이의 암벽 위에서 그가 당한 고난도 우리들에게는 아주 신성한 순교로 간주되는 겁니다. 그 반면에 다른 종류의 오만은 어떠할까요? 인류에 맞서는 반이성적이고 적대적인 힘을 이용해 음탕한 실험을 하다가 파멸하는 오만 말입니다. 그것은 명예로울까요? 거기에 명예란 것이 있을 수 있을까요? 절대 그렇지 않습니다!」

한스 카스토르프는 속에 아무것도 없는 빈 커피 잔만 휘젓고 있었다.

「엔지니어, 엔지니어 양반.」 세템브리니 씨는 고개를 끄덕이며 말했다. 그리고 그의 검은 두 눈은 무엇을 깊이 생각하는 듯, 한곳을 〈응시〉하고 있었다. 「당신은 육욕의 죄인들을 끓는 물에 튀기고 흔들어 볶는 제2의 지옥권(圈)의 회오리바람[31]이 두렵지 않습니까? 쾌락을 위해 이성을 희생한 불경한 사람들을 징벌하는 회오리바람 말입니다. 오, 신이여, 당신이 회오리바람을 타고 위아래로 곤두박질치며 흩날리는 모습을 생각하면, 나는 너무 슬퍼서 송장이 넘어가듯 쓰러지고 싶은 심정입니다…….」

그가 농담을 하고 또 시적으로 말했기 때문에 이들은 즐거워하며 웃음을 터뜨렸다. 하지만 세템브리니는 이렇게 덧붙여 말했다.

「사육제날 밤에 포도주를 마시던 일이, 기억나지요, 엔지니어 양반. 당신은 나에게 말하자면 작별을 고했습니다. 어쨌든, 뭐 그것과 비슷한 것이었지요. 그런데 이제, 오늘은 내가 작별을 고할 차례입니다. 당신들이 여기서 보시다시피, 여러분, 나는 여러분에게 작별 인사를 하려고 합니다. 난 이 요양원을 떠납니다.」

두 사촌은 이 말을 듣고 정말 깜짝 놀랐다

「그럴 리가! 그냥 농담이겠지요!」 한스 카스토르프가 소리쳤다. 그는 지난번에도, 즉 쇼샤 부인이 떠난다고 할 때에도 이렇게 소리친 적이 있었는데, 거의 그때와 마찬가지로 무척 놀랐다. 하지만 세템브리니는 이렇게 대답했다.

「절대 농담이 아닙니다. 당신에게 말한 그대로입니다. 사실 이 소식은 당신에게 지금 처음 전하는 것이 아닙니다. 나는 전에도 한번 당신에게 설명한 적이 있습니다. 가까운 장

31 단테의 『신곡』에 나온다.

래에 내가 일할 수 있는 희망이 없는 것으로 드러난다면, 곧장 이곳에서 텐트를 철거하고 어디 다른 곳에 영주할 땅을 찾아볼 생각이라는 것을 말입니다. 이제 그 순간이 찾아왔습니다. 나의 병은 완쾌될 가망이 없습니다. 그것은 확실합니다. 물론 이렇게 생명을 연장할 수는 있겠지만, 이곳을 벗어나서는 안 됩니다. 판결, 최종적인 판결은 종신형입니다 ─ 베렌스 고문관은 예의 쾌활한 표정으로 나에게 그것을 선고했습니다. 좋습니다, 나는 그 판결에 따라 행동하는 것입니다. 방도 빌렸고, 나의 보잘것없는 속세의 소지품과 문학 작업을 위한 도구들도 새로운 거처로 옮길 작정입니다……. 그곳은 여기서 그리 멀지 않습니다. 도르프에 있으니, 앞으로도 서로 만나게 될 겁니다. 결단코, 나는 당신을 눈에서 떼지 않고 늘 지켜볼 것입니다. 그러나 동숙인으로서 당신들에게 작별 인사를 드릴 영예는 누려야 하겠습니다.」

세템브리니가 이렇게 털어놓은 날은 부활절 일요일이었다. 사촌들은 이 말을 듣고 말할 수 없이 진한 감동을 받았다. 두 사촌은 그러고도 한참 동안, 몇 번이고 문필가와 그의 결심에 대해 이야기를 주고받았다. 이제 문필가가 혼자 어떻게 요양 근무를 할 것인가에 대해, 또 그가 맡은 방대한 백과사전 작업을 새 거처로 옮기고도 계속하려는 문제, 즉 고통 충돌과 그 해소라는 관점에서 모든 문학적 걸작을 개관하는 문제에 대해 대화를 나누었다. 마지막으로 세템브리니 씨가 〈향료 가게〉라고 부른, 앞으로 있게 될 그의 숙소에 대해서도 이야기를 나누었다. 그의 말에 따르면 향료 가게 주인은 자신의 집 2층을 보헤미아 출신의 부인복 재단사에게 세 놓았는데, 이 재단사가 다시 자신을 하숙인으로 두었다고 한다…….

211

하지만 이 대화도 이미 과거의 일이 되어 버렸다. 시간은
계속 흘러, 벌써 여러 가지 변화를 일으켰다. 세템브리니는
정말로 국제 요양원 베르크호프에 더 이상 기거하지 않고 그
곳을 떠났으며, 몇 주 전부터 부인복 재단사 루카체크의 가
게에서 살고 있었다. 그는 요양원을 떠날 때 썰매를 타지 않
고 깃과 소매에 털가죽이 조금 달린 짧고 누런 외투를 입고
걸어서 떠났다. 그는 현관 앞에서 손가락 두 개로 식당 아가
씨의 볼을 살짝 꼬집은 다음, 문필가의 문학 서적과 속세의
짐을 실은 손수레를 어떤 사내에게 끌게 하고는, 지팡이를
흔들면서 그곳을 떠났다……. 앞서 말했다시피 4월도 이미
훌쩍 지나가, 벌써 4분의 3이나 과거의 그림자 속에 묻히게
되었지만, 아직도 날씨는 한겨울임에 틀림없었다. 아침의 실
내 온도는 겨우겨우 영상 6도를 가리켰고, 실외 온도는 영하
9도를 가리켰다. 잉크병에 잉크를 넣어 발코니에 놓아두면,
잉크가 밤새 얼어붙어 석탄 같은 얼음 덩어리로 변해 버렸
다. 그래도 어김없이 봄에 가까워진다는 것은 알 수 있었다.
해가 드는 낮에는 이따금씩 공기 중에서 이미 봄의 그윽하고
부드러운 촉감을 느낄 수 있어, 해빙기가 눈앞에 다가왔음
을 알 수 있었다. 그리고 베르크호프에서 쉬지 않고 일어나
는 변화는 해빙기와 관계가 있었다 — 방이나 식당에서, 검
진이나 회진, 또는 식사를 할 때마다, 해빙기에 대한 일반적
인 편견을 타파하려는 고문관이 아무리 권위를 내세워 생생
하게 역설해도 그런 변화를 막을 수는 없었다.

고문관은 이렇게 묻곤 했다. 자신이 돌보고 있는 사람들이
겨울 스포츠맨들인가, 그렇지 않으면 병자들이나 환자들인
가? 도대체 환자들에게 눈이, 그것도 꽁꽁 얼어붙은 눈이 무

엇 때문에 필요하단 말인가? 해빙기가 환자들에게 좋지 않은 시기라고? 천만에, 가장 환영할 만한 시기야! 이건 통계적으로 입증된 사실인데, 해빙기 무렵은 1년 중 다른 어느 때보다도 골짜기 어디서나 침대에 누워 지내는 환자의 수가 적어지는 시기가 아닌가! 이 시기 바로 이곳의 기상 조건은 세계 어디보다도 결핵 환자에게 더 좋다고 할 수 있는 것이다! 조금이라도 분별이 있는 자라면, 이곳에서 참고 버티며 이곳 기상 상태의 단련 작용을 이용할 수 있을 것이다. 그리하여 이곳에서 단련을 받으면 베이든지 찔리든지 끄떡없고, 세계의 어떤 기후에서도 견뎌 낼 수 있게 된다. 그렇지만 그러기 위해서는 그 전제 조건으로 병이 완전히 치유될 때까지 이곳에서 기다려야 한다는 등의 말을 그는 힘주어 말했다. 하지만 고문관이 아무리 역설해도 해빙기에 대한 편견이 사람들의 머릿속에 깊이 박혀 있어서 요양지는 쓸쓸해지기 시작했다. 다가오는 봄기운이 사람들의 몸을 들썩이게 하고, 여러 해를 이곳에서 지낸 붙박이 환자들마저 불안하게 하여 변화를 찾게끔 하는 것은 어쩌면 있을 수 있는 일이었다 — 아무튼 베르크호프에서도 〈함부로〉, 〈그릇되게〉 요양원을 떠나는 일이 잦아져 걱정스러운 사태를 빚었다. 예컨대 암스테르담 출신의 잘로몬 부인은, 진찰을 받는 즐거움과 진찰 중에 고급 속옷을 슬쩍 내보이는 즐거움을 버리면서까지, 완전히 무모하고도 그릇된 판단을 내려 떠나 버렸다. 더구나 용태가 더 좋아진 게 아니라 점점 더 나빠지고 있었기 때문에, 허락을 받고 퇴원하는 것은 전혀 아니었다. 그녀는 한스 카스토르프보다 훨씬 먼저 이곳에 왔고, 체류한 지도 1년 이상 되었다 — 그런데 처음에는 증세가 아주 가벼워 3개월 진단을 받았다. 4개월 후에는 〈4주만 있으면 확실히 건강해진다〉는 말을 들었지만, 6주가 지나자 병이 낫는다는 이야기는 차마 입에 담을 수 없는 상태가 되고 말았다. 그녀는 적어도 4개월은 더 이곳에 있어야 한다는 말을 들었다고 한다. 이렇게 하여 오늘에 이르게 된 것이었는데, 그렇다고 해서 이곳이 감옥이나 시베리아 광산은 아니므로 — 잘로몬 부인은 계속 머무르면서 고급 속옷을 슬쩍 내보이는 쾌감을 맛보고 있었다. 그런데 해빙기를 눈앞에 둔 최근의 진찰에서 왼쪽 가슴 위에서 들리는 피리 소리와 왼쪽 겨드랑이 밑에서 분명히 들리는 탁음 때문에 또다시 5개월이 더해지자, 더 이상 참을 수 없게 되었다. 그래서 그녀는 도르프와 플라츠에 대해, 유명한 공기에 대해, 국제 요양원 베르크호프에 대해, 의사들에 대해 악담을 퍼붓고 항의하면서 이곳을 떠나 바람이 센 물의 도시 암스테르담으로, 즉 고향으로 떠나고 말았다.

그녀의 행동은 과연 현명한 걸까? 베렌스 고문관은 어깨를 으쓱하고 두 팔을 들어 올렸다가 다시 허벅지에 철썩 소리를 내면서 떨어뜨렸다. 그는, 잘로몬 부인이 늦어도 가을까지는 이곳에 다시 돌아오겠지만 그때는 아마 종신형이 될 것이라고 말했다. 과연 고문관의 말이 적중할 것인가? 우리는 그것을 보게 되겠지, 이 유쾌한 요양원에 한참 동안 더 머물러 있어야 하니까 말이다. 하지만 잘로몬 부인과 같은 경우는 다반사로 일어났다. 시간은 변화를 낳았는데 — 물론 언제나 그렇게 변화를 낳았지만 아주 느린 속도여서 눈에 띌 정도는 아니었다. 식당에는 빈자리가 생겼으며, 일곱 개의 식탁마다 빈자리가 눈에 띄었다. 〈일류 러시아인석〉이나 〈이류 러시아인석〉에도, 세로로 놓은 식탁이나 가로로 놓은 식탁에도 빈자리가 생겼다. 그렇다고 이것만으로 베르크호프 요양객의 수가 현저히 줄어들었다고 볼 수는 없었다. 다른 계절과 마찬가지로 새로 들어오는 환자들도 있었기 때문이다. 방들은 다 차 있는 것 같았는데, 사실 말기 증상 때문에 거주 이전의 제약을 받는 환자들 때문이었다. 방금 말했듯이 식당에는 아직 거주 이전의 자유가 있는 사람들 덕택으로 모습을 감춘 사람들도 몇 사람 있었다. 하지만 몇몇은, 이미 저세상 사람이 된 블루멘콜 박사처럼, 더 심각하고 공허한 이유 때문에 모습을 감추기도 했다. 그는 맛없는 음식을 입에 넣은 듯한 표정을 점점 더 강하게 짓더니, 그 후로 오래 침대 생활을 하다가 결국 죽고 말았다 — 그가 언제 죽었는지 정확히 아는 사람은 아무도 없었다. 이 사안도 여느 때와 마찬가지로 비밀리에 조심스럽게 처리되었기 때문이다. 아무튼 빈자리가 하나 더 생기게 되었다. 그 빈자리 옆에는 슈퇴어 부인이 앉았는데, 그녀는 그 빈자리를 기분 나쁘게 생각하고 있었다. 그래서 침셴 청년의 반대편 자리로 옮겼다. 그 자리는 몸이 완쾌되어 퇴원한 로빈슨 양의 자리였는데, 한스 카스토르프의 왼쪽 이웃으로서 자신의 자리를 굳게 지키고 있는 여교사의 맞은편이었다. 그쪽 식탁에는 현재 여교사가 혼자 남았고, 다른 세 자리는 비어 있었다. 대학생인 라스무센은 날이 갈수록 야위고 기력이 떨어지더니, 급기야 침대에서만 지내게 되어 중환자로 간주되고 말았다. 그리고 왕고모는 조카 손녀와 가슴이 풍만한 마루샤를 데리고 어디론가 여행을 떠났다 — 모두가 그렇게 말하듯이 우리도 〈여행을 떠났다〉라고 표현했는데, 이것은 이들이 가까운 장래에 다시 돌아올 것이 확실했기 때문이다. 가을이면 세 사람이

215

다시 돌아올 텐데 — 이것도 출발이라고 말할 수 있을까? 일단 눈앞에 다가온 성령 강림절이 지나면 하지는 금방이 아닌가? 그리고 1년 중 낮이 가장 긴 하지가 지나가면 금방 겨울로 휙 넘어가게 될 것이다 — 요컨대 왕고모와 마루샤는 이미 와 있는 것이나 마찬가지였다. 이것은 잘된 일이었다. 왜냐하면 실없이 웃기 잘하는 마루샤가 결코 병이 다 나아 병독이 제거된 것이 아니었기 때문이다. 여교사의 말에 따르면 갈색 눈의 그녀는 탐스러운 가슴에 결핵성 궤양을 지니고 있어 이미 여러 차례 수술을 받았다고 한다. 여교사가 이 말을 한 순간 한스 카스토르프는 요아힘의 얼굴을 흘긋 쳐다보았는데, 요아힘은 얼룩이 생긴 얼굴을 접시 위에 떨구고 있었다.

명랑한 왕고모는 같은 식탁의 동료들, 즉 사촌들과 여교사, 슈퇴어 부인에게 식당에서 특별히 철갑상어의 알, 샴페인과 리큐어 등의 성찬으로 작별을 위한 만찬을 베풀어 주었다. 식사하는 동안 요아힘은 말없이 조용히 앉아 있다가 가끔씩 힘없는 목소리로 몇 마디 내뱉을 뿐이었다. 그러자 사람 좋은 왕고모는 그에게 격려의 말을 해주었으며, 문명 사회의 예의범절을 무시하고 심지어 그에게 〈자네〉라고 말을 놓기도 했다. 「아무것도 아닌 일에 그렇게 신경 쓰지 말고, 먹고 마시고 대화하고 그래 보게. 우린 곧 다시 돌아올 거니까!」 그녀는 이렇게 말했다. 「자, 다들 먹고 마시고 떠들어 봅시다. 슬픔 — 슬픔일랑 다 잊어버리고. 눈 깜짝할 사이에 하느님이 다시 가을을 주실 텐데, 상심할 이유가 뭐가 있어요!」 다음 날 아침 그녀는 식당에 온 손님들 모두에게 〈작은 과자〉가 담긴 색색의 작은 상자를 기념으로 돌리고는, 두 젊은 아가씨와 함께 잠시 여행을 떠났다.

그렇다면 요아힘은 어떠했을까? 마루샤가 떠난 이후로 기분이 한결 가벼워지고 자유로워졌을까, 아니면 비어 있는 식탁의 옆 좌석을 바라보며 견디기 힘든 공허감을 느꼈을까? 요즘 들어 그답지 않게 반항하며 초조해하고, 자기를 자꾸 놀리면 그만 떠나 버리겠다고 위협하는 것은 마루샤가 떠난 사실과 관계가 있는 걸까? 그것도 아니라면, 그가 곧 떠나지 않고 오히려 해빙기를 예찬하는 고문관의 말에 솔깃해하는 것이, 가슴이 풍만한 마루샤가 이곳을 아주 떠난 것이 아니라 잠시 여행을 떠난 것뿐이어서, 이 위 시간의 최소 단위가 다섯 번 지나면 다시 이곳으로 돌아온다고 하는 사실과 관계가 있는 것일까? 아, 이 모든 일은 다 똑같은 정도로 사실이라 할 수 있었다. 이런 문제에 대해 한스 카스토르프는 요아힘과 직접 대화를 나누지 않더라도 충분히 짐작할 수 있었다. 그는 요아힘이 잠시 여행을 떠난 또 한 사람의 여자 이름을 입 밖에 내는 것을 꺼리듯이, 마찬가지로 마루샤의 일을 꺼내는 것을 엄격하게 자제했기 때문이다.

그렇다면 지금까지 네덜란드 손님들 틈에 끼어 있던 이탈리아인 세템브리니의 식탁 자리에는 얼마 전부터 누가 앉게 되었을까? 이 네덜란드 손님들의 식욕은 정말 대단해서, 하루 다섯 번의 식사 때마다 이들은 다들 미처 수프가 나오기도 전에 계란 프라이를 세 개나 시켜 먹었다. 그런데 세템브리니의 자리에는 바로 그 남자, 흉막 쇼크로 지옥에 다녀온 듯 끔찍한 모험을 한 안톤 카를로비치 페르게가 앉게 되었다! 그렇다, 페르게 씨는 침대를 떠나게 되었고, 기흉 요법을 하지 않아도 상태가 좋아져 하루의 대부분을 평상복을 입고 걸어다니며 지냈다. 그리고 그는 선량한 인상을 주는 덥수룩한 콧수염과 역시 선량해 보이는 커다란 후두를 드러내며 식사에 함께 끼었다. 사촌들은 가끔 페르게 씨와 식당이나 홀에서 잡담을 나누기도 했고, 때때로 형편이 맞으면 함께 규정된 산책을 하기도 했다. 사촌들은 이 순박한 남자에게 마음속으로부터 애정을 느꼈다. 고상한 문제에 대해서는 아무것도 이해할 줄 모른다고 미리 밝히는 남자, 인내의 미덕을 지닌 남자였다. 그는 안개가 자욱한 사이로 해빙기의 물이 저벅거리는 길을 걸으면서, 고무신 제조와 러시아의 오지 사마라와 그루지야에 관한 이야기를 사촌들에게 아주 편안하게 들려주었다.

이제 길은 정말 거의 걸을 수도 없을 정도로 질척거렸고, 안개가 자욱했다. 고문관은 그것이 안개가 아니라 구름이라고 했지만, 한스 카스토르프가 판단하건대 그 말은 궤변에 지나지 않았다. 봄은 악전고투를 거듭하며 찾아왔다. 엄동설한의 날씨에 수도 없이 물러나면서, 몇 개월에 걸쳐 찾아오더니 결국 6월에 이르렀다. 그런데 3월만 해도 볕이 들 때 발코니에 나가 접이식 침대에 누워 있으면, 아주 얇은 옷을 입고 파라솔을 펴놓아도 더워서 견딜 수 없을 정도였다. 당시에 벌써 부인들 몇몇은 첫 번째 아침 식사 때 여름에 입는 모슬린 옷을 입고 나타나기도 했다. 사계절의 날씨를 마구 뒤섞어 놓은 듯, 혼란을 조장하는 이 위 기후의 특수한 성질을 감안하면 어느 정도 봐줄 만하긴 했지만, 이들이 이렇게 주제넘게 구는 것은 단견과 상상력의 부족, 앞으로 다시 상황이 변할 수도 있음을 알지 못하는 찰나주의자들의 어리석음 때문이었다. 이것 말고도 어떻게든 기분 전환을 원하는 마음과 시간을 집어삼키려는 초조한 마음이 복합적으로 작용한 결과였다. 때는 3월로 봄인데, 날씨는 여름이나 다를 바 없어 사람들은 모슬린 옷을 꺼내어 가을이 채 되기도 전에 그 옷을 입은 자신의 모습을 보이려는 것이었다. 그리고 어느 정도는 가을이라고도 할 수 있었다. 4월로 접어들자 흐릿하고 냉습한 날씨가 계속되면서, 연일 비가 내리더니 다시 눈이 휘몰아치는 날씨로 변했다. 발코니에 있으면 추위에 손가락이 얼었고, 낙타털 담요 두 장을 다시 사용하기 시작했으며, 급기야는 침낭까지 동원될 판이었다. 그러자 사무국에서는 스팀을 넣기로 결정했다. 그래서 사람들은 모두가 봄을 놓쳤다며 투덜거렸다. 4월 말경에는 모든 것이 두꺼운 눈에 덮여 버리고 말았다. 하지만 그런 후에는 경험 많고 민감한 손님들이 미리 감지하고 예언한 대로, 산 너머에서 따스한 바람이 불어왔다. 슈퇴어 부인이나 상앗빛 얼굴의 레비 양, 헤센펠트 미망인은 남쪽의 화강암 산봉우리 위에 아직 구름 한 점 없는데도 입을 모아 벌써 따스한 바람이 느껴진다고 말했다. 헤센펠트 미망인은 곧장 신경질적으로 울음을 터뜨렸고, 레비 양은 아예 침대 생활에 들어갔으며, 슈퇴어 부인은 고집스럽게 토끼 같은 이를 드러내며 피를 토할지도 모른다는 미신 같은 두려움을 매시간마다 털어놓았다. 남쪽 바람은 각혈을 촉진하고 유발한다는 말이 나돌았기 때문이다. 믿기 어려울 정도로 날씨가 따뜻해지자 다시 스팀은 들어오지 않았고, 발코니로 나가는 문은 밤새 열려 있었다. 그런데도 아침의 실내 온도는 영상 11도였다. 기온이 이러하니 눈은 잔뜩 녹아 얼음 같은 색이 되었고, 벌집처럼 구멍이 뚫렸으며, 두껍게 쌓여 있던 눈이 녹아내려 땅속으로 스며 들어간 것 같았다. 어디서나 눈 녹는 소리, 눈이 녹아 생긴 물방울이 뚝뚝 떨어지고, 졸졸 흘러가는 소리뿐이었다. 숲 속에서는 물방울이 똑똑 떨어지고 물이 콸콸 흐르는 소리가 들렸다. 그리고 길 양쪽에 삽으로 치워서 쌓아 놓은 눈 더미와 풀밭을 뒤덮고 있는 창백한 눈의 카펫도 사라져 버렸고, 순식간에 없어지기에는 양이 많아 보이던 눈 덩어리들도 봄눈 녹듯 사라지고 없었다. 그리하여 골짜기의 규정된 산책길에는 전에 한 번도 보지 못한 동화처럼 기묘한 현상, 봄의 경이로움이 펼쳐졌다. 거기에는 드넓은 초원이 펼쳐져 있었다 — 그 너머 배경에는 아직도 두꺼운 눈에 덮인 슈바르츠호른의 원뿔형 봉우리들이 우뚝 솟아 있었고, 가까이 오른쪽에는 스칼레타 빙하가 역시 두꺼운 눈에 덮여 있었다. 그리고 여기저기 건초 더미가 놓인 들판도 아직 눈에 덮여 있었지만, 그 눈의 옷은 벌써 얇고 가벼워져 군데군데 지면이 부풀어 오른 곳이 황량하고 시커멓게 드러났고, 메마른 풀이 사방에 돋아나 있었다.

그렇지만 산책을 하는 사촌들이 본 바로는 이러한 풀밭 위의 적설이 어디서나 일정한 것은 아니었다 — 멀리 숲의 비탈 쪽에는 눈이 두껍게 쌓여 있었지만, 사촌들이 보고 있는 앞쪽은 아직도 겨울처럼 메마르고 빛바랜 풀 위에 눈이 꽃처럼 점점이 뿌려져 있었다……. 사촌들은 그것을 더 가까이에서 보고는 깜짝 놀라 그 위로 몸을 굽혀 살펴보았다 — 그것은 눈이 아니라 진짜 꽃으로, 눈꽃이자 꽃눈이었다. 줄기가 짧은 조그만 꽃받침, 흰색과 청담색의 꽃, 이것은 자신의 명예를 걸어도 좋은 만큼 틀림없는 사프란속(屬)의 크로커스였다. 그 꽃들은 눈 녹은 물이 스며든 풀밭에 무수히 밀집해 있어서, 눈이라고 착각해도 전혀 이상하지 않을 정도였다. 그리고 거리가 점점 멀어질수록 더욱더 눈과 구별할 수 없었다.

사촌들은 자신들이 착각한 것을 알고 웃었고, 눈앞에 펼쳐진 봄의 경이로움, 모든 것에 앞서 용감하게 다시 땅 위에 머리를 들어 올린 유기 생명체의 그 사랑스럽고도 수줍은 듯한, 모방하며 주위에 적응하는 모습이 흐뭇해 웃었다. 두 사람은 그 꽃을 꺾어서 연약한 술잔 모양을 자세히 들여다보고는 단춧구멍에 끼워 장식한 다음, 집으로 가져와 방의 물컵에다 꽂았다. 골짜기의 무기적(無機的)인 경직 상태가 너무 오래 지속되었기 때문이다 — 비록 그러한 상태가 짧게 느껴지긴 했지만, 역시 길다면 긴 시간이었다.

하지만 꽃눈은 다시 진짜 눈으로 덮여 버렸다. 그래서 크로커스 다음으로 핀 푸른 앵초꽃과 노랗고 붉은 앵초속의 꽃도 같은 운명을 맞이하게 되었다. 그렇다, 사실상 봄이 이 위의 겨울을 제압하고 뚫기 위해 얼마나 악전고투를 했던가! 봄은 이곳에 확고하게 뿌리를 내리기까지 수도 없이 뒷걸음질 쳐야 했다 — 그러다가 흰 눈보라와 살을 파고드는 추운 바람, 난방 장치와 함께 다음 겨울이 찾아오는 것이다. 5월 초(우리가 눈꽃에 대해 이야기하는 동안 벌써 5월이 되었다), 5월 초만 해도 발코니에서 평지의 고향에 보낼 엽서를 쓰는 일이 무척 고통스러웠고, 11월의 습기를 품은 강추위가 몰아칠 때처럼 손가락이 얼얼해 왔다. 그리고 주위에 활엽수 대여섯 그루는 평지에서 자라는 1월의 나무들처럼 벌거벗은 모습이었다. 연일 비가 내렸으며, 일주일 동안 억수 같은 비가 쏟아졌다. 만일 이곳에 편안한 접이식 침대가 없었더라면, 짙은 물안개 속에서 축축하고 굳은 얼굴을 하고 여러 시간 동안 바깥에 누워 안정 요양을 한다는 것은 정말 힘든 일이었을 것이다. 그러나 중요한 것은, 바깥에서 소리 없이 내리는 비는 역시 봄비였다는 사실이다. 이 봄비가 오랫동안 거듭해 내릴수록 그러한 사실을 보다 분명하게 깨달을 수 있었다. 이 봄비로 거의 모든 눈이 사라졌고, 흰 눈은 이제 어디서도 찾아볼 수 없었다. 다만 군데군데 회색으로 더럽혀지고 얼음처럼 굳은 눈이 남아 있을 뿐, 이제야말로 풀밭은 푸르러지기 시작했다!

오늘도 내일도 끝없이 흰색, 흰 눈만 보아 오던 두 눈에 비친 녹색의 풀밭은 얼마나 큰 즐거움을 주었던가! 이것은 또 다른 종류의 녹색으로, 섬세함과 사랑스러운 부드러움이라는 면에서 풀밭을 뒤덮은 새로운 녹색이 단연 압도적이었다. 그것은 낙엽송의 어린 침엽이었다 — 한스 카스토르프는 규정된 산책길에서 그것을 손으로 어루만지고 볼에 문지르지 않을 수 없었다. 그것의 부드러움과 신선함은 말로 표현할 수 없을 정도로 사랑스러웠다. 「식물학자가 되어도 좋겠어.」 한스 카스토르프는 함께 걷고 있는 사촌에게 말했다. 「이 산 위에서, 겨울을 지낸 자연이 눈을 뜨기 시작하는 것을 보는 즐거움을 만끽하다 보니 식물학을 공부하고 싶어지는 것은 당연한 것 같아. 이보게, 저것은 용담이야. 저기 산비탈에 보이는 것 말이야. 그리고 여기 이것은 작고 노란 제비꽃의 일종인데, 나도 아직 모르는 종류야. 또 여기 이것은 미나리아재비인데 평지에서 보는 것과 그다지 다를 바 없는 것 같아. 미나리아재비과에 속하는 이것은 꽃잎이 여러 겹으로 겹쳐 피는 쌍자엽이란 것이 주목할 만해. 이것은 특히 매력적인

데, 게다가 자웅 동체야. 여기에 많은 수꽃술과 몇 개의 씨방이 보이지. 수술과 암술이라고 난 알고 있어. 이런저런 식물학과 관련되는 흥미로운 책을 한두 권 사서 이런 생명과 학문 분야에 좀 더 관심을 가져야겠어. 그래, 이제 온 천지가 그야말로 화려하게 울긋불긋해졌어!」

「6월이 되면 더 아름다워질 거야.」 요아힘이 말했다. 「이곳에 피는 꽃은 유명하거든. 하지만 난 아마 그때까지 남아 있지 않을 거야 — 자네가 식물학을 연구하고 싶어 하는 것은 아마도 크로코브스키 때문이겠지?」

크로코브스키 때문이라니? 요아힘은 왜 이런 생각을 했을까? 아, 그렇다, 그가 이렇게 생각하는 것은, 얼마 전에 크로코브스키가 식물학자처럼 강연했기 때문이다. 시간이 낳는 변화에 따라 크로코브스키 박사의 강연도 끝났을 거라 생각하는 사람이 있다면, 그것은 물론 큰 오산이다! 그는 지금도 2주마다 프록코트를 입고 강연을 한다. 샌들은 여름에만 신으므로 지금은 신고 있지 않지만, 조만간 또 신게 될 것이다 — 한스 카스토르프가 이곳에 처음 와서 피투성이가 된 채 강연에 지각했을 때와 마찬가지로, 그는 격주로 월요일마다 강연을 했다. 그 이후로 분석가 크로코브스키는 9개월 동안이나 사랑과 병에 대해 이야기했다 — 그는 한꺼번에 많이 이야기하지 않고 조금씩, 30~45분간 잡담 형식으로 학문과 사상에 대한 자신의 지식을 펼쳐 보였는데, 사람들은 누구든지 그가 이것을 중단하지 않고 언제까지나 계속하리라는 인상을 받았다. 그것은 매일 밤 들려주는 『아라비안나이트』가 아니라 보름마다 한 번씩 들려주는 『아라비안나이트』 같은 것으로, 호기심 많은 왕을 즐겁게 하여 포악한 행위를 단념하게 하려는 셰에라자드 왕비의 옛날이야기처럼 매 회마다 적당히 새로운 이야기에 접어들었다. 그리고 크로코브스키 박사의 테마는 끝없이 막막하다는 점에서, 세템브리니가 참가하고 있는 고통의 백과사전 편찬 작업과 일맥상통하는 면이 있었다. 그리고 그것이 얼마나 변화가 심한 주제인가 하는 것은 강연자가 최근 들어 식물학, 보다 정확히 말하자면 버섯에 관해서 언급한 것만으로도 충분히 짐작할 수 있을 것이다……. 게다가 그는 화제의 대상을 약간 바꾼 듯, 이제 오히려 사랑과 죽음에 대해 말하고 있었다. 이것은 때로는 섬세하고 시적인 특징을, 때로는 아주 가차 없는 과학적 특징을 띤 여러 고찰을 유도하는 동기가 되었다. 그러므로 이와 관련하여 그 분석학자는 동양식의 질질 끄는 말투로, 설음 r를 한 번만 입천장에 굴리는 발음으로 식물학에 관해, 즉 버섯에 관해 말했던 것이다. 이 유기 생명체는 육감적인 성질을 지니면서 동물계와 아주 가까우며, 탐스럽고 환상적인 그림자 같은 존재로서 — 동물적인 신진대사의 산물로 조직 내에 단백질, 글리코겐과 동물성 전분을 지니고 있다는 것이다. 그리고 크로코브스키 박사는 고대부터 형태와 그 속에 있을 것이라고 믿어지는 효능으로 인해 유명해진 어떤 버섯에 관해 말했다 — 그물우산버섯으로 라틴어로는 〈음탕한*impudicus*〉이라는 뜻을 담고 있었는데, 형태는 사랑을, 냄새는 죽음을 생각나게 했다. 그 외설스러운 버섯에 달린 종 모양의 삿갓에서, 그 삿갓을 뒤덮고 포자를 지닌 녹색을 띤 끈적끈적한 점액이 떨어질 때면 시체 썩는 냄새가 진동했기 때문이다. 이 버섯은 오늘날에도 무지한 사람들 사이에서는 사랑의 미약(媚藥)으로 통용되고 있다고 했다.

아니, 그래도 이건 부인들에겐 좀 심한 말이 아닌가 하고 파라반트 검사는 생각했다. 그는 고문관의 선전을 도덕적으로 지지하고 있었고, 해빙기에도 이곳에 머물렀던 인물이었다. 마찬가지로 이곳에서 의연한 자세로 버티며 무모한 출발을 재촉하는 모든 유혹에 완강하게 저항하던 슈퇴어 부인도, 식사 중에 오늘 말한 크로코브스키의 고전적인 버섯 이야기는 너무 〈수상하다〉는 견해를 피력했다. 이 불쌍한 여자는 〈음탕하다*obszön*〉라고 말해야 할 것을 〈수상하다*obskur*〉라고 말하면서, 뭐라고 이름 붙일 수 없는 교양의 부족을 드러내며 자신의 병을 모독했다. 그러나 한스 카스토르프가 이상하게 생각한 것은, 요아힘이 크로코브스키 박사와 그의 식물학에 관해 넌지시 말을 꺼냈다는 사실이었다. 사실 두 사촌은 클라브디아 쇼샤나 마루샤에 대해 언급하지 않는 것과 마찬가지로 그 분석가에 대해서도 언급을 하지 않고 있었기 때문이다 ─ 사촌들은 그 분석가를 화제의 대상으로 삼지 않았고, 그의 성품과 활동에 대해 침묵하며 못 들은 척했다. 그러던 요아힘이 지금 그 조수의 이름을 들먹거렸고, 그것도 몹시 기분이 언짢다는 어조였다. 게다가 들꽃이 만발할 때까지는 절대로 이곳에 있지 않겠다는 그의 말투에도 꽤 언짢은 듯한 기분이 담겨 있었다. 선량한 요아힘은 점차 마음의 평정을 잃어 가는 것 같았다. 말할 때의 목소리가 너무 화가 나 떨렸으며, 온순하고 사려 깊던 그는 이젠 완전히 딴 사람이 되어 있었다. 그는 마루샤의 오렌지 향기가 그리운 걸까? 가프키 번호에 우롱당해 자포자기 상태에 빠진 것일까? 이곳에서 가을이 올 때까지 기다릴 것인지, 아니면 허락받지 않고 퇴원할 것인지 스스로도 아직 정하지 못해서인가?

요아힘이 화가 난 것처럼 떨리는 목소리에 조롱에 가까운 말투로, 얼마 전에 있었던 크로코브스키의 식물학 강의에 대해 언급한 이유는 사실 다른 곳에 있었다. 이 이유에 대해 한스 카스토르프는 전혀 몰랐다. 아니 오히려 요아힘이 그 일에 관해 알고 있다는 사실을 한스 카스토르프는 모르고 있었다. 왜냐하면 모험가이자, 인생과 교육학의 걱정거리 자식인 그 자신이 그것에 관해 너무나 잘 알고 있었기 때문이다. 한마디로 말해 요아힘은 사촌이 꾸민 모종의 술책을 알게 되었다. 그는 사촌이 사육제 화요일에 범한 행위와 똑같은 성질의 배신행위를 또다시 저지르는 것을 우연히 목격했던 것이다 — 그리고 요아힘에게는 한스 카스토르프가 이러한 새로운 부정행위를 상습적으로 범하고 있다는 확실한 증거가 있었기 때문에, 이것을 더욱 괘씸하게 여겼다.

시간 흐름의 영원히 단조로운 리듬, 매일매일이 서로 혼동되고 혼란스러울 정도로 똑같은 나날, 그런 나날이 어떻게 변화를 낳을 수 있는지 이해하기 힘들 정도로 정지해 있는, 영원이나 다름없는 매일매일의 구성, 이러한 평일에 짧게 확실히 나누어진 일과 — 그래서 크로코브스키 박사가 오후 3시 반과 4시 사이에 각 방을 다니며 하는 회진도 깨질 수 없는 일상의 일과에 속한다는 것은 독자들도 아직 기억하고 있을 것이다. 그것은 발코니를 통해 접이식 침대에서 접이식 침대로 방문하는 회진이었다. 한스 카스토르프가 수평 생활에 들어갔을 때 그 조수가 그를 피해 다니기만 하고 고려의 대상으로 삼지 않아, 그가 화를 냈던 당시부터 베르크호프의 평일은 몇 번이나 똑같은 모습으로 되풀이되었던가! 당시 손님에 불과하던 그가 이제 동지가 된 지도 오랜 시일이 흘렀다

— 크로코브스키 박사가 환자의 용태를 둘러보러 왔을 때, 심지어 그를 자주 〈동지*Kamerad*〉라 부르기도 했다. 그가 입천장을 단 한 번 혀끝으로 살짝 치면서 이국적으로 r 발음을 하는 이 군대식 용어는, 한스 카스토르프가 요아힘에게 말했듯이 그에게는 몸서리쳐질 정도로 어울리지 않았다. 그러나 조수의 강인하고 남성적이며 활달한 태도와 유쾌한 표정으로 신뢰를 촉구하는 태도를 보면 그 말이 그렇게 어울리지 않는다고는 말할 수 없었다. 물론 이런 태도는 그의 시커먼 콧수염과 창백한 얼굴 때문에 어딘지 모르게 다시금 가짜처럼 느껴져서, 매번 무엇인가 미심쩍은 느낌이 드는 것은 지울 수 없었다.

「자, 동지, 괜찮나요, 용태는 어떻습니까?」 행실이 나쁜 러시아인 부부의 발코니를 건너 한스 카스토르프의 접이식 침대 머리맡으로 다가오면서 크로코브스키 박사가 말했다. 그러면 이렇게 상쾌한 말을 들은 당사자는 두 손을 가슴에 모으고, 의사의 시커먼 콧수염 사이로 보이는 누런 이를 바라보면서, 몸을 오싹하게 하는 이런 말에 대해 매일 변함없이 곤혹스럽고도 친절하게 미소 지었다. 「푹 쉬었습니까?」 그런 다음 크로코브스키 박사는 말을 계속 이었다. 「체온 곡선은 내려갑니까? 오늘은 올라갑니까? 자, 괜찮습니다. 결혼식 때까지는 정상이 될 겁니다. 그러면 또 봅시다.」 그런데 〈봅시다〉라는 발음도 이상하게 들려 역시 몸이 오싹했다. 그런 다음 그는 옆쪽 요아힘의 발코니로 건너갔다 — 정상인지 여부를 확인하기 위해 짧게 둘러보는 회진이었으므로 더 이상의 일은 없었다.

물론 크로코브스키 박사는 〈또 봅시다〉 하고 회진을 하러

나가기 전에, 종종 좀 더 오래 머무르며 떡 벌어진 어깨를 하고 서서 남자답게 미소 지으면서 동지와 이런저런 대화를 나누기도 했다. 날씨, 떠난 사람과 새로 온 사람, 환자의 심기, 환자의 좋거나 나쁜 기분, 환자의 개인적인 신상, 환자의 출신과 전망 등에 대해 이야기를 했던 것이다. 그러면 한스 카스토르프는 기분 전환을 위해 두 손을 머리 뒤로 해서 깍지를 끼고, 마찬가지로 빙그레 미소를 지으며 모든 질문에 일일이 대답했다 — 온몸이 오싹 움츠러드는 기분이 몰려오는 건 어찌할 수 없었지만, 그래도 그에게 대답했던 것이다. 이들은 낮은 목소리로 대화했다 — 각 방의 발코니에 칸막이한 유리판은 방들을 완전히 분리해 놓은 것은 아니었지만, 요아힘은 옆 발코니에서 나누는 대화를 알아들을 수 없었으며, 또 이들의 말을 엿들으려고 하지도 않았다. 그렇지만 사촌이 접이식 침대에서 일어나 크로코브스키 박사와 함께 방 안으로 들어가는 소리는 들었다. 추측건대 체온표를 보여주려고 들어가는 것이겠지만, 방 안에서도 둘은 제법 오랫동안 대화를 나눈 모양이었다. 조수가 안쪽 복도로 나와 요아힘 앞에 모습을 나타내기까지 시간이 한참 걸렸으니 말이다.

두 동지는 무슨 이야기를 했을까? 요아힘은 이에 대해 묻지 않았다. 하지만 우리 가운데 요아힘을 모범으로 삼지 않고 그것을 알고 싶어 하는 사람이 있다면, 우리는 그에게 막연하게나마 이러한 일반적인 사항을 언급해 주고 싶다. 근본 성향이 이상주의적 색채를 띠는 두 남자이자 동지 사이에 정신적인 대화를 나누기 위한 소재와 계기가 얼마나 많겠는가? 두 사람의 동지 가운데 한 사람은 교양의 도상에 있으면서 물질을 정신의 타락으로, 즉 정신을 자극하여 생겨난 악성 조직의 증식으로 간주하는 단계에 이르러 있었고, 반면에 의사인 다른 한 사람은 유기체의 질병이 갖는 부차적인 속성을 평소부터 주장해 왔다. 비물질의 파렴치한 타락이 물질이고, 물질이 지닌 음란한 속성이 생명이며, 생명의 음란한 형태가 바로 질병이란 사실에 대해, 두 사람은 서로 얼마나 많이 토론하고 대화를 나누었겠는가! 현재 계속하고 있는 강연과 관련지어 질병을 일으키는 힘으로서의 사랑에 대해, 병적 징후의 초감각적인 본질에 대해, 〈옛〉 환부와 〈새〉 환부에 대해, 가용성 독소와 사랑의 미약에 대해, 무의식의 규명, 정신 분석의 효능, 징후의 환원 등에 대해 대화를 나누었을 것이다 — 그리고 우리가 어떻게 알겠는가 — 크로코브스키 박사와 한스 카스토르프 청년이 무슨 이야기를 주고받았는지 묻는다면, 우리는 그저 이런 식으로 제안하고 추측할 수 있을 뿐이다.

말이 나왔으니 하는 말이지만, 이 두 사람은 이제 더 이상 이야기를 주고받지 않았다. 이들이 대화를 나눈 것은 오래전, 그것도 잠시 동안의 일로 2~3주 사이에 불과했다. 최근에 크로코브스키 박사는, 다른 환자들의 방과 마찬가지로, 한스 카스토르프의 방에도 오래 머무르지 않았다. 그 방문은 다시 이전과 마찬가지로 〈자, 동지는?〉과 〈또 봅시다〉로 줄어들어 버렸다. 그 대신 요아힘은 다른 사실을 발견하게 되었는데, 이것을 사실 그는 한스 카스토르프 쪽의 배신행위로 느꼈다. 군인답게 솔직 담백한 그가 염탐 같은 것을 할 리 없었기 때문에, 그가 이 사실을 발견한 것은 정말 우연이었다. 이것은 믿어도 좋다. 요아힘은 수요일 아침 첫 안정 요양 때 마사지사한테 마사지를 받도록 지하실로 호출을 받고 내려갔는데, 거기서 그 장면을 목격한 것이다.

그는 깨끗하게 리놀륨을 깐 진찰실 문이 내려다보이는 계단을 내려가고 있었다. 진찰실의 양쪽에는 투시실이 두 개 있었는데, 왼쪽에는 유기체 투시실, 오른쪽 구석에는 한 계단 더 내려가서 크로코브스키 박사의 명함이 문에 꽂혀 있는 정신 분석 투시실이 있었다. 하지만 계단을 내려오던 요아힘은 한가운데서 발을 멈추고 말았다. 한스 카스토르프가 주사를 맞고 진찰실에서 막 나오는 참이었다. 사촌은 바쁜 걸음으로 나와 두 손으로 문을 닫고는, 주위를 둘러보지도 않고 명함이 핀으로 꽂혀 있는 오른쪽 문으로 향했다. 그는 몸을 약간 앞으로 숙이고 살그머니 몇 발짝 걸어서 문 앞에 다다랐다. 그러고는 똑똑 문을 두드리면서 몸을 숙여 두드리는 손가락에다 귀를 갖다 댔다. 이윽고 방 안에 있는 주인으로부터 〈들어오시오! *Herein*〉라고 하는 소리가 들려오는 순간, 요아힘은 사촌이 크로코브스키 박사의 어스름한 분석실로 사라지는 모습을 보았던 것이다. 방 안에서 들려왔던 소리는 이국적으로 입천장을 혀끝으로 쳐 r를 발음하고, 복모음 ei를 일그러뜨려 발음하는 바리톤 음성이었다.

또 한 사람

낮이 긴 나날들, 1년 중에서 낮이 가장 긴 날들의 연속이었다. 객관적으로 말하면 이것은 일조 시간의 수치적인 개념에서 하는 말이다. 하루하루를 개별적으로 생각하거나 또 하루하루의 단조로운 흐름에 비추어 볼 때, 천문학적 길이와는 상관없이 나날이 짧게만 느껴졌다. 춘분이 지나간 지 거의 3개월이 되었고, 이제 하지가 되었다. 하지만 이곳 산 위에서는 실제 계절이 달력상의 계절보다 늦게 찾아오므로, 이제야 겨우 봄이 시작되었다고 할 수 있었다. 아직 여름이 짓누르는 듯한 괴로운 모습은 찾아볼 수 없이, 향기롭고 상쾌하며 가벼운 봄기운이 완연했고, 은빛으로 빛나는 푸른 하늘과 귀엽고 울긋불긋한 꽃들이 만발해 있는 초원, 그런 봄이 들어서는 참이었다.

한스 카스토르프는 비탈에 피어 있는 꽃들을 다시 발견했다. 이 꽃들은, 그가 작년에 이곳에 처음 왔을 때 요아힘이 환영의 뜻으로 친절하게도 몇 송이 꺾어다 그의 방을 장식해 주었던 톱풀꽃과 방울꽃이었다 — 이것은 그에게는 이 산위에 온 지 1년이 흘렀다는 신호가 되기도 했다. 하지만 골짜기의 산비탈과 초원의 어린 에메랄드색 풀에서는 별 모양, 술잔 모양, 종 모양 등 일정하지 않은 모양의 유기 생명체가 햇살로 따뜻해진 대기에 마른 향기를 채우며 그 모습을 드러내고 있었다. 끈끈이패랭이꽃, 군락을 이루며 자라는 야생 삼색 제비꽃, 데이지, 노랗고 붉은 앵초, 이 모든 것은 한스 카스토르프가 — 저 아래에서 눈여겨보았던 한에서는 — 평지에서 본 것보다 훨씬 더 크고 아름다웠다. 게다가 앵초과의 솔다넬라가 푸른색, 보라색, 장미색을 띤 섬모가 붙어 있는 작은 종 모양의 꽃을 피우며 고개를 끄덕이고 있었다. 이 지방의 특산물이었다.

한스 카스토르프는 이런 귀여운 꽃을 꺾어 꽃다발을 만들어 집으로 가져왔다. 그것으로 방을 장식하기 위해서라기보

다는 엄정한 과학 실험을 위한 자료로 쓰려는 진지한 목적에
서였다. 그는 일반 식물학 교본 한 권, 식물 채취를 위한 휴
대용의 작은 삽 하나, 식물 표본 한 권, 도수 높은 확대경 하
나와 같은 식물학 관련 도구를 몇 점 구비하고, 이걸 가지고
발코니에서 연구를 시작하였다. 그는 작년에 이곳에 오며 가
져온 여름옷을 입고 작업했는데 — 이것 역시 그사이 1년이
흘렀다는 사실을 말해 주고 있었다.

  그는 싱싱한 꽃들을 물컵 여러 개에 담아서 침실의 가구들
위와, 그의 멋진 접이식 침대 옆 스탠드를 두는 탁자 위에 올
려 두었다. 어떤 꽃들은 반쯤 시들어 이미 힘이 없었지만, 완
전히 마르지는 않았으므로, 발코니의 난간과 바닥에 군데군
데 흩어 놓았다. 반면 다른 꽃들은 잘 펴서 수분을 빨아들이
는 압지에 끼우고 돌로 눌러 두었다. 그것들을 납작하고 마
른 표본으로 만들어 고무 칠이 된 종이테이프로 자신의 앨범
에 붙이기 위해서였다. 한스 카스토르프는 두 무릎을 세우
고 두 다리를 포개고는 접이식 침대에 누워, 책등이 위로 가
도록 입문서를 가슴 위에 지붕 모양으로 펴 올려놓고는, 확
대경의 둥글고 두꺼운 렌즈를 그의 한쪽 푸른 눈과 꽃 사이
에 대고 있었다. 꽃 기둥을 좀 더 잘 들여다볼 수 있도록 꽃
의 화관은 주머니칼로 부분적으로 잘라 낸 뒤, 도수 높은 렌
즈로 들여다보면 꽃 모양이 아주 두껍게 확대되어 보였다.
꽃줄기 끝에 달린 꽃가루 주머니에서는 노란 꽃가루가 떨어
졌고, 씨방 사이로 암술대가 나와 있었다. 그 암술대를 칼로
자르면 가느다란 도관이 눈에 보였고, 그 도관을 통해 꽃가
루 알갱이와 꽃가루관들이 당질(糖質)의 분비물에 의해 배
낭(胚囊) 속으로 보내지는 것이 보였다. 한스 카스토르프는

헤아려 보고 검토하고 비교했다. 그는 꽃받침과 꽃잎, 암수 생식 기관의 구조와 위치를 조사하고, 눈으로 관찰한 것이 도감이나 사진과 일치하는지 살펴보고는, 자신이 알고 있는 식물의 구조가 과학적으로 맞는다는 것을 확인하고 만족감을 느꼈다. 그리고 이름을 알 수 없는 꽃들은 린네[32]의 식물 분류법에 따라 유(類)·군(群)·과(科)·종(種)·속(屬)으로 분류하는 작업에 착수했으며, 시간이 아주 넉넉했으므로 비교 형태학에 의거한 식물 분류학도 어느 정도 이해할 수 있게 되었다. 그리고 앨범의 잘 마른 식물 표본 아랫부분에 인문주의적 학문이 친절하게 부여한 라틴어 학명을 꼼꼼하고 보기 좋게 적어 넣고, 그것의 특성을 덧붙여 선량한 요아힘에게 보여 주었으므로, 요아힘은 놀라지 않을 수 없었다.

밤에는 별들을 관찰했다. 순환하는 해(年)에 강한 흥미를 느꼈기 때문이다 — 그가 지상에 사는 동안 벌써 20회 이상 지구가 공전했지만, 그는 아직 그런 것에 관심을 가져 본 적이 한 번도 없었다. 우리가 〈춘분〉이라는 표현을 아무렇게나 사용했다면, 이것은 한스 카스토르프를 염두에 두고 말한 것이며 또 그의 현재 상황과 관련하여 나온 말이었다. 그가 요즈음 즐겨 사용하는 말이 이런 종류의 전문 용어였으며, 그는 이 방면에도 전문 지식을 드러내어 요아힘을 깜짝 놀라게 했다.

「지금 태양이 게자리 궁에 가까워지고 있어.」 그는 어느 날 산책하면서 이런 이야기를 하기 시작했다. 「자넨 그런 걸 알고 있나? 그것은 황도 12궁 가운데 최초의 여름 궁이야, 알겠어? 얼마 안 있으면 태양은 사자자리와 처녀자리를 지나,

32 Carl von Linné(1707~1778). 스웨덴의 자연 과학자.

낮과 밤의 길이가 같아지는 추분점으로 향할 거야. 9월 말경에 말이야. 그래서 태양의 위치는 얼마 전 3월에 태양이 양자리에 들어섰을 때처럼 천구의 적도 위에 오게 되는 거야.」

「내가 그런 것까지 어떻게 알겠나?」 요아힘은 투덜거리듯 말했다. 「도대체 자네는 어떻게 그런 말을 잘도 할 수 있지? 양자리라니? 황도 12궁?」

「그래, 황도 12궁. 태곳적부터 변함이 없는 별자리지. 전갈자리, 사수자리, 염소자리, 물병자리, 이런 것에 어떻게 흥미가 생기지 않을 수 있겠나! 궁이 열두 개 있고, 계절마다 세 개씩 있다는 것쯤은 알고 있겠지. 올라가는 자리가 있고 또 내려가는 자리가 있지. 태양이 통과하는 성좌의 원(圓)이고 말이야 — 내가 보기에 이건 정말로 웅대한 거야! 생각해 보라고, 이집트의 어느 사원의 천장에서 이것이 그려진 그림이 발견되었어. 테베에서 그리 멀지 않은 곳에 있는 아프로디테를 모신 사원이었지. 칼데아인들도 그런 것을 이미 알고 있었다고 해 — 칼데아인들 말이야, 자네, 태곳적의 저 불가사의한 민족 말이야. 아랍계의 셈족으로 점성술과 예언에 조예가 깊었던 민족이지. 이들도 벌써 행성의 궤도인 황도를 연구하여 12궁으로 나누었는데, 그것이 바로 우리에게까지 전해진 도데카테모리아야. 정말 웅대하지 않아? 이게 바로 인류라는 거야!」

「자네도 이제 〈인류〉라는 말을 쓰는군, 세템브리니처럼 말이야.」

「그래, 그 사람처럼. 하지만 좀 다른 의미일 수도 있지. 우린 인류를 있는 그대로 평가하지 않으면 안 되지만, 그렇다 하더라도 정말 대단한 일이야. 이렇게 누워 칼데아인들도 벌써 알고 있던 행성을 바라보고 있으면, 그들이 자꾸 생각나면서 그들을 동정하게 돼. 총명한 민족이기는 했지만 그렇다고 모든 행성을 다 알고 있던 것은 아니기 때문이지. 하지만 그들이 알지 못했던 것은 나도 볼 수 없어. 천왕성은 요즈음에, 120년 전에야 비로소 망원경으로 발견할 수 있었지.」

「그게 요즈음이라고?」

「그래, 자네가 괜찮다고 한다면 〈요즈음〉이라고 부르고 싶네. 그것이 발견되기까지 3천 년이나 걸린 것에 비하면 그렇게 불러 마땅하지. 하지만 이렇게 접이식 침대에 누워 행성들을 바라보고 있으면 그 3천 년 전의 일도 〈요즈음〉의 일처럼 생각되는 거야. 그리고 행성을 바라보면서 그런 것을 규명해 낸 칼데아인이 무척 친밀하게 여겨지고 말이야. 이것이 바로 인류가 아니겠는가?」

「그래, 좋아. 자네는 머릿속에서 웅대한 구상을 하고 있군 그래.」

「자네는 〈웅대〉하다고 말하지만, 나는 〈친밀〉하다고 말하고 싶네 — 아무래도 상관없겠지만 말이야. 그래서 말인데, 이제 세 달쯤 지나 태양이 천칭자리에 들어오면 낮이 다시 줄어들어 낮과 밤이 같아져. 그러다가 크리스마스 때까지 계속 낮이 짧아지지. 그것은 자네도 알고 있겠지. 그럼, 자, 생각해 보라고, 태양이 겨울의 궁들인 염소자리, 물병자리, 물고기자리를 지나는 동안 낮이 또다시 길어지기 시작해! 그런 다음 춘분이 돌아오지. 얼마 전에 맞이했듯이 말이야. 이것은 칼데아인 때부터 3천 번이나 계속된 일이야. 그리고 해가 다시 순환해 여름이 될 때까지 낮이 계속 길어지는 거야.」

「물론이고말고.」

「아니야, 그것은 일종의 장난이야! 사실은 겨울에 낮이 길 어져. 낮이 가장 긴 6월 21일이 오면 다시 내리막길로 접어들 고, 낮이 짧아지며 겨울로 향하게 되지. 자네는 이것을 당연 하다고 말하지만, 그것이 당연하다고 생각하지 않는다면 불 안하고 겁이 날 수도 있어. 순간적이긴 하지만. 그래서 필사 적으로 무엇인가에 매달리고 싶어지는 거지. 이것은 오일렌 슈피겔[33] 자신이 겨울 초에 사실은 봄이 시작되고, 여름 초에 사실은 가을이 시작되는 것처럼 꾸민 것과 같은 거야…….. 그러니까 코를 끌고 다니다가 어느 한 점을 기준으로 삼아 빙빙 돌리게 되면, 그 점이 바로 회전점이 되지……. 원주상 의 회전점 말이야. 원주란 순전히 연장(延長)이 없는 회전점 이 모아진 것이니까. 곡선에는 같은 방향으로 달리는 순간이 한 순간도 없어서 잴 수 없어. 그리고 영원이란 〈곧장, 곧장〉 이 아니라 회전목마처럼 〈빙빙, 빙빙〉 도는 거지.」

「됐어, 그만해 둬!」

「하지의 횃불 축제!」 한스 카스토르프가 말했다. 「하지! 산불과 활활 타오르는 횃불 주위를 손을 맞잡고 돌며 추는 춤! 한 번도 본 적은 없지만, 자연인들은 실제로 그런 식으로 춤을 춘다고 했어. 가을이 시작되는 여름의 첫날 밤을 그렇 게 축하하는 거야. 하지는 한 해의 정오이자 절정이야. 이때 부터 내리막길이 시작되지 ─ 그들은 춤추고 빙빙 돌면서 환호성을 질러. 자연 상태인 이들이 그토록 환호성을 지르

33 Till Eulenspiegel. 14세기에 실존했던 독일의 전설적인 인물. 기지에 넘치는 장난꾸러기로 각 계층의 편협함을 유쾌하게 우롱하여 15세기 이후 대중 소설의 주인공으로 환영받았다.

는 건 무엇 때문일까? 자네는 알겠나? 그들은 어째서 그렇게 기뻐 날뛰는 걸까? 이제부터 내리막이 시작되어 캄캄해지기 때문일까, 아니면 이제까지 계속 올라가다가 드디어 전환점이자 더 이상 유지할 수 없는 회전점이며 한여름 밤의 절정이 돌아왔기 때문일까? 흥겨움 속에 우수를 담고서 말이야. 나는 있는 그대로를 생각나는 대로 말할 뿐이야. 자연인들이 환호성을 지르고 불 주위를 돌며 춤추는 것은 우수가 담긴 흥겨움이자 흥겨움이 담긴 우수 때문이며, 양성(陽性)의 절망 때문이야. 자네는 원의 장난이자, 방향이 한순간도 지속되지 않고 모두 다시 돌아오는 영원의 장난에 경의를 표하느라 그러는 것이라 말하고 싶겠지.」

「난 그렇게 말하고 싶지 않아.」 요아힘이 중얼거렸다. 「제발, 나한테는 그런 말 말아 주게. 자네가 밤에 누워서 생각하는 것은 너무 요원한 일이야.」

「그래, 자네처럼 러시아어 문법을 공부하는 것이 더욱 유익하다는 사실을 부인하지는 않겠어. 얼마 후면 자네는 러시아 말을 유창하게 할 수 있겠지. 그렇게 된다면 대단한 존재가 되는 거야. 전쟁이라도 일어난다면 말이지. 물론 전쟁이 일어나서는 절대 안 되겠지만.」

「전쟁이 일어나서는 안 된다고? 자넨 민간인처럼 말하지만, 전쟁은 불가피해. 전쟁이 없다면 세상은 곧 썩어 버릴 거라고 몰트케가 말했지.」

「그렇기도 해, 또 이 세상은 다분히 그런 경향이 있어. 그 점은 나도 인정하겠어.」 한스 카스토르프는 이렇게 말을 꺼내며 다시 화제를 칼데아인에게로 돌리려 했다. 칼데아인들은 셈족으로 거의 유대인이었지만, 마찬가지로 전쟁을 일으켜 바빌로니아를 정복했다고 한다 —— 그런데 이때, 바로 앞서 걸어가던 신사 둘이 이쪽의 대화에 이끌려 자기들이 말하던 것을 그치고 뒤를 돌아보는 것을 사촌들은 동시에 눈치챘다. 그러자 자신의 대화를 방해받은 한스 카스토르프는 입을 다물어 버렸다.

그곳은 번화가로 요양 호텔과 벨베데레 호텔 사이에 있었고, 다보스 도르프로 돌아가는 귀로에 해당했다. 골짜기는 화사한 나들이옷을 입은 채, 부드럽고 밝고 기쁨에 찬 색조로 물들어 있었고, 공기는 상쾌했다. 맑고 건조하며 청명한 대기는 갖가지 들꽃 향기의 교향악으로 가득 채워져 있었다.

사촌들은 로도비코 세템브리니가 어떤 낯선 사람과 나란히 걸어가는 것을 발견했다. 하지만 세템브리니 쪽에서는 이들이 누구인지 모르거나, 아니면 이들과 만나는 것을 원하지 않는 것 같아 보였다. 세템브리니는 얼른 고개를 돌리고는 제스처를 써가며 동행인과의 대화에 열중하면서 심지어는 발걸음을 더 빨리하려고까지 했다. 물론 사촌들이 그의 오른쪽 옆으로 다가가며 명랑하게 몸을 굽혀 인사하자, 그는 반가워하면서 의외라는 듯 깜짝 놀라는 표정을 지으며 〈어이구, 여기서 또 만나다니 뜻밖입니다!〉하고 말했다. 하지만 이번에는 다시 발걸음을 천천히 하며, 사촌들이 자신의 옆을 지나 앞질러 가도록 하는 것이었다. 사촌들은 아무래도 그의 이러한 속셈을 도저히 이해할 수 없었다. 다시 말해, 사촌들에게 그가 자신들을 피한다는 것은 생각조차 할 수 없는 일이었기 때문이다. 사촌들은 오히려 오랜만에 그를 다시 만난 터라 정말로 반가워서, 그의 곁에서 발걸음을 멈추고 안부를 묻고는 악수를 나누었다. 그러면서 동행인을 소개해 주기를 은근히 기대하며 그 사람을 슬쩍 쳐다보았다. 세템브리니로서는 분명히 마음이 내키지 않을 그런 일을 하도록 사촌들은 압박을 가했다. 즉 사촌들은 자기들에게 동행인을 소개해 주는 것이 마땅히 가장 자연스럽고 가장 당연한 것으로 여겼기 때문이다 — 그리하여 이들은 걸음을 옮기면서 엉거주춤하게 반쯤 선 자세로 소개받게 되었다. 세템브리니는 서로를 연결해 주는 듯한 손짓과 함께 재미있는 말을 하면서, 자신의 가슴 앞에서 세 사람이 악수를 나누도록 했다.

그 낯선 남자는 세템브리니와 비슷한 연배로 둘이 같은 집에 살고 있다는 사실이 밝혀졌다. 두 청년들이 알게 된 바로는, 그도 부인복 재단사 루카체크의 집에 세 들어 살고 있는 사람으로 나프타라는 이름의 인물이었다. 그는 키가 작고 여윈 사나이였다. 말끔히 면도를 하긴 했으나 인상이 너무 날카로워 보였는데, 얼굴이 너무 보기 흉하게 생겨 사촌들이 흠칫 놀랄 정도였다. 그의 이목구비는 전체적으로 날카로운 인상을 주었다. 얼굴 전체를 압도하는 우뚝 솟은 매부리코, 굳게 다문 조그만 입, 엷은 회색 눈, 가느다란 테에 굉장히 두꺼운 안경알에다, 침묵하고 있지만 일단 입을 열었다 하면 날카롭고 논리 정연한 말이 튀어나올 것 같았다. 누구나 그렇듯이 모자는 쓰지 않았고, 외투도 입지 않았지만 그래도 무척 잘 차려입은 모양새였다. 사촌들이 세속적인 시선으로 살펴본 바로는, 흰 줄무늬가 있는 어두운 파란색 플란넬 양복은 고상하고 점잖으면서도 유행을 따르고 있었다. 사촌들은 또한 키 작은 나프타 쪽에서도 보다 날카로운 시선으로 그들의 옷차림을 훑고 있다는 것을 알아챘다.

세템브리니는 올이 굵은 나사로 만든 상의와 체크무늬의 바지를 입고 있었는데, 만약 그가 옷을 점잖고 품위 있게 입는 법을 알지 못했더라면, 세련된 동행인과 나란히 섰을 때 꽤나 볼품이 없었을 것이다. 그러나 체크무늬 바지는 다림질해 얼핏 보면 새 옷이라 여길 정도로 말끔했기 때문에, 그렇게 흉하다는 느낌을 주지는 않았다 ─ 젊은이들의 순간적인 생각으로는, 하숙집 주인의 다림질 솜씨가 틀림없었다. 하지만 못생긴 나프타는 옷차림이 멋있고 세련되었다는 점에서 하숙집 동료보다 사촌들에게 더 가까웠지만, 청년들에 비해 나이가 더 먹었다는 점과 그 밖의 다른 점에서는 분명 청년들보다는 세템브리니와 더 가까웠다. 어쩌면 두 패의 안색이 서로 다르다고 설명하는 것이 가장 설득력이 있을 것 같다. 즉 청년들 쪽은 혈색이 갈색과 붉은색으로 그을려 있었던 반면, 나이가 든 다른 쪽은 혈색이 창백했던 것이다. 요아힘의 얼굴은 겨울을 지내면서 더한층 청동색이 짙어졌고, 한스 카스토르프의 얼굴은 금발의 정수리 아래에서 장밋빛을 띠며 윤기가 돌았다. 하지만 검은 콧수염이 무척 고상해 보이는 세템브리니의 이탈리아인다운 창백한 얼굴은, 햇볕에도 아무런 영향을 받지 않는 것 같았다. 그리고 그의 동료도 머리칼은 금발이었지만 ─ 회색을 띤 금발이라 금속과 같은 광택은 나지 않았고, 툭 튀어나온 이마 뒤로 매끈하게 빗어 넘겼다 ─ 얼굴빛은 역시 갈색 종족의 멀건 우윳빛을 하고 있었다. 이들 네 사람 중 지팡이를 들고 있는 사람은 한스 카스토르프와 세템브리니 두 사람뿐이었다. 요아힘은 군인이라는 이유에서 지팡이를 가지고 다니지 않았고, 나프타는 소개가 끝나자 곧장 뒷짐을 지는 것으로 보아 지팡이가 없는 것 같았다. 나프타의 손은 두 발과 마찬가지로 작고 아담해서, 그의 작은 체구와 무척 잘 어울렸다. 그는 감기에 걸렸는지 간혹 약하게 힘없이 기침을 하긴 했지만, 주의를 끌 정도로 심한 것 같지는 않았다.

세템브리니는 젊은이들을 만나자 당황해하거나 언짢아하는 기색을 보였지만, 곧바로 그런 기분을 보란 듯이 떨쳐 버렸다. 그는 아주 기분 좋은 표정을 나타내 보였고, 농담을 섞어 가며 세 사람을 소개했다 — 예를 들어 그는 나프타를 가리켜 〈스콜라 학파의 우두머리〉라고 소개하기도 했고, 아레티노[34]의 말을 인용해 〈내 가슴의 넓은 방에는 기쁨이 화려한 궁전을 소유하고 있노라〉라고 말하기도 했다. 그리고 이것은 봄의 공적, 그가 찬미하는 봄의 공적이라고 했다. 그가 이 위의 세상에 대해 할 말이 많을 거라고 여러분도 아는 바와 같이, 그는 이미 그것에 대해 기회 있을 때마다 여러 번 울분을 토로했다. 그러나 이 고산 지대의 봄만큼은 칭찬한다는 것이다! — 그는 봄 때문에 이곳의 온갖 추악한 현실과 잠시나마 화해할 수 있다고 했다. 이곳의 봄은 평지의 봄과는 달리 조금도 혼란스럽게 하거나 자극하지 않는다고 한다. 깊은 곳에서 끓어오르는 그 무엇이 없는 봄! 축축한 냄새도 없고, 후텁지근한 증기도 없는 봄! 맑음, 건조함, 명랑함과 소박한 우아함만이 가득한 봄! 그것이 그가 소망하는 봄이며, 최상의 봄이어라!

이들 네 사람은 일정하게 열을 맞추지는 않았지만, 될 수있는 한 모두 나란히 걸어갔다. 그러나 누가 맞은편에서 다

---

34 Pietro Aretino(1492~1556). 르네상스 시대 이탈리아의 시인이며 극작가이자 풍자 문학가.

가올 때는 오른쪽 끝에서 걷던 세템브리니가 차도로 비켜서
야만 하거나, 때로는 왼쪽 끝의 나프타, 또는 휴머니스트와
요아힘 사이에서 걸어가던 한스 카스토르프가 열 뒤로 빠졌
다가 복귀하여 열이 잠시 흩어지기도 했다. 나프타는 코감
기 때문에 탁한 목소리로 짧게 웃었는데, 그가 말할 때의 목
소리는 금이 간 접시를 손가락으로 두드리는 소리를 연상시
켰다. 그는 턱으로 오른쪽 끝에서 걷고 있는 이탈리아인을
가리키며 질질 끄는 억양으로 말했다.

「자, 여러분, 이제 볼테르주의자이자 합리주의자인 저 사
람의 말을 들어 보십시오. 저 사람이 자연을 찬미하는 것은,
번식 능력이 가장 왕성한 시기에도 자연은 신비한 증기로 우
리를 혼란에 빠뜨리지 않고 고전적인 건조함을 유지하기 때
문이라고 합니다. 그런데 습기를 라틴어로 뭐라고 합니까?」

「유머[35]입니다.」 세템브리니가 왼쪽 어깨 너머로 말했다.
「우리 교수께서 연구한 자연 관찰에 따른 유머는, 그가 빨간
앵초를 볼 때면 시에나[36]의 성녀 카테리나처럼 그리스도의
빨간 상처를 생각한다는 점에 있습니다.」

그 말에 나프타는 이렇게 대답했다.

「그것은 유머라기보다는 위트라고 해야 하겠군요. 아무튼
그 말은 정신을 자연 속에 담는다는 뜻이니까요. 자연에겐
꼭 그렇게 할 필요가 있습니다.」

「자연은.」 세템브리니는 목소리를 낮추어 말했는데, 이번
에는 어깨 너머로 바라보지 않고 다만 어깨 밑으로 내려다보

---

35 Humor. 라틴어로는 체액 기질, 독일어로는 해학의 뜻.
36 피렌체에서 남쪽으로 약 50킬로미터 떨어진 도시. 한때 피렌체와 자웅
을 겨룰 정도로 융성했다.

며 말했다. 「자연은 당신의 정신이 절대 필요하지 않습니다. 자연은 그 자체가 정신이니까요.」

「당신은 당신의 그런 일원론이 따분하지도 않습니까?」

「아, 그렇다면 당신도 인정하시는군요. 세계를 적대적인 두 부분으로 나누고, 신과 자연을 서로 분리해 생각하는 것이 지적 유희에 지나지 않는다는 것을 말입니다!」

「내가 〈열정〉과 〈정신〉의 의미로 말하는 것을 당신은 지적 유희라 부르는데, 그것 참 흥미롭군요.」

「그런 경박한 욕구에 대하여 그토록 거창한 말을 사용하는 당신이 나를 이따금 웅변가라고 부르는 것은 아무래도 이상합니다!」

「그렇다면 당신은 정신이 경박하다고 보는군요. 하지만 정신이 원래부터 이원적이라는 점에 대해서는 이론의 여지가 없습니다. 이원론, 반대 명제, 이것이야말로 감동적이고 열정적인 원칙이자, 변증법적이며 재기 발랄한 원칙입니다. 세계를 적대적인 두 부분으로 나누어 생각하는 것, 그것이 바로 정신입니다. 모든 일원론은 지루합니다. 그래서 아리스토텔레스도 언제나 투쟁을 좋아했지요.」

「아리스토텔레스라고요? 아리스토텔레스는 보편적 이념의 실재를 개체에 부여했습니다. 그것이 범신론이죠.」 세템브리니가 말했다.

「틀렸습니다. 토마스 아퀴나스와 보나벤투라[37]가 아리스토텔레스 학파를 대변해서 그렇게 한 것처럼, 당신이 개체의 실재적인 성격을 인정하고, 사물의 본질이 보편적인 것으로부터 개별 현상으로 옮겨 간다고 생각하게 되면, 세계는 지

37 Bonaventura(1221~1274). 중세 이탈리아 스콜라 학파의 철학자.

고한 이념과의 모든 일체감을 상실하고, 신으로부터 분리되며, 신은 초월적인 존재되고 맙니다. 그것이 바로 고전적인 중세입니다.」

「고전적 중세라? 그 말은 정말 묘한 언어의 배합이군요.」

「용서하십시오, 하지만 나는 고전적이라는 개념이 적합하다고 생각할 때에는 서슴지 않고 그런 표현을 사용합니다. 말하자면 어떤 이념이 정점에 달했을 경우에 말입니다. 고대가 항상 고전적인 것은 아니었습니다. 당신이 어떤 카테고리의 자유성과 절대성에 대해 반감을 갖고 있다는 것은 알겠습니다. 당신은 절대적 정신도 원하고 있지 않습니다. 당신은 정신이 민주주의적 진보이기를 바라고 있습니다.」

「나는 정신이 아무리 절대적인 것이라도 결코 반동을 옹호해서는 안 된다고 확신한다는 점에서 우리의 견해가 일치하기를 바랍니다.」

「하지만 정신은 언제나 자유의 대변자입니다!」

「〈하지만〉이라고요? 자유는 인간애의 법칙입니다. 자유는 허무주의나 사악함이 아닙니다.」

「그런 것들을 당신은 분명 무서워하고 있군요.」

그러자 세템브리니는 머리 위로 팔을 휘저었다. 논쟁이 끝난 것이었다. 요아힘은 놀란 눈으로 두 사람을 번갈아 가며 바라보았고, 한스 카스토르프는 눈썹을 치키고 자신의 발밑을 내려다보았다. 나프타는 보다 넓은 의미의 자유를 옹호하면서도, 날카롭고도 반론의 여지가 없게끔 단정적으로 말했다. 특히 〈틀렸습니다!〉 하고 반박하는 그의 어투, 그럴 때 〈습니다〉라는 음절을 발음하면서 입술을 앞으로 내밀었다가 입을 꾹 다무는 그의 어투는 보는 사람을 불쾌하게 했다.

이에 반해 세템브리니의 어조는 명랑했으며, 두 사람의 근본 입장이 일치하는 것에 대해 주의를 환기시키는 대목에서는 따뜻함도 담겨 있었다. 이제 나프타가 입을 다물자, 세템브리니는 사촌들에게 그 낯선 남자의 존재에 대해 이것저것 설명하기 시작했다. 그는 자신이 열띤 논쟁을 벌인 나프타에 대해 사촌들이 궁금한 점이 많으리라 여겼던 것이다. 나프타는 이런 설명에는 개의치 않는다는 듯이 그냥 세템브리니가 하는 대로 내버려 두었다.

세템브리니는 나프타가 프리드리히 대왕 학교의 상급반을 맡고 있는 고대어 교수라고 설명했는데, 그러면서 이탈리아인답게 자신이 소개하는 사람의 신분을 가능한 한 치켜세우려고 했다. 그 사람의 운명은 세템브리니 자신의 운명과 유사하다고 했다. 그는 5년 전에 건강상의 이유로 이 위에 올라오게 되었는데, 장기 체류가 필요하다는 사실을 알고서는 요양원을 떠나 부인복 재단사인 루카체크의 집에 기거하게 되었다고 한다. 이 지역의 어떤 고등학교에서 이 출중한 라틴어 학자를, 즉 어느 수도원 부속 학교 졸업생을 — 세템브리니는 나프타가 어느 학교를 졸업했는지 약간 애매하게 표현했다 — 강사로 모시는 것은 자랑스러운 일이며 아주 현명한 처사였다는 것이다……. 요컨대 세템브리니는 방금 전까지 자신과 추상적인 논쟁을 벌였던 나프타, 그리고 당장 또다시 격렬한 언쟁을 벌일지도 모르는 이 볼품없는 나프타를 적잖게 치켜세워 주었다.

그리고 나서 세템브리니는 이제 나프타 씨에게도 사촌들에 대해서 설명해 주었다. 말하는 품이 전에도 이미 그 사람에게 사촌들에 관해 이야기한 적이 있는 것 같았다. 이쪽은

3주 예정으로 이 위에 왔다가 베렌스 고문관에게 침윤된 부분이 적발된 젊은 엔지니어이며, 저쪽은 프로이센 군대 조직의 희망인 침센 소위라고 설명했다. 그리고 그는 요아힘의 반항적 기분과 그의 출발 계획을 말하고 나서, 이 엔지니어도 마찬가지로 일의 세계로 복귀하기 위해 초조하게 기다리고 있는 형편이라고 말하지 않는다면 엔지니어에게 실례가 될 것이라고 덧붙였다.

그러자 나프타는 얼굴을 찡그리며 말했다.

「두 분에게는 이런 웅변가 후견인이 있었군요. 세템브리니 씨가 두 분의 생각과 소망을 백 퍼센트 제대로 제게 전달했으리라고 믿습니다. 일, 일 — 일이라는 말을 팡파르를 울릴 정도로 외치면서도 통상적인 효과를 거둘 수 없었던 시대, 즉 그의 이상과 반대되는 것이 훨씬 존경을 받았던 시대를 감히 기억에 떠올린다면, 그는 아마 나를 인류의 공적이라고 질책할 겁니다. 클레르보의 베르나르[38]는 로도비코 씨가 꿈꾼 것과는 다른 종류의 완전성에 이르는 단계적인 발전을 가르쳤습니다. 어떤 단계인지 알고 싶으세요? 그가 말하는 가장 낮은 단계는 〈제분소〉이고, 두 번째 단계는 〈밭〉이며, 세 번째 단계는 칭찬할 만한 단계로 — 세템브리니 씨는 듣지 마십시오 — 〈침대 위〉입니다. 여기서 제분소는 세속 생활의 상징입니다. 그다지 나쁜 비유는 아닙니다. 그다음 밭은 세속적인 인간의 영혼을 의미하는데, 설교자와 성직에 있는 스승이 그 밭을 갈아야 합니다. 이 단계는 제1의 단계보다 더 가치가 있습니다. 그러나 그다음 단계인 침대 위는 좀 —」

38 Bernard de Clairvaux(1090?~1153). 중세의 대수도원장으로 십자군 원정 설교사이자 신비가.

「그만하십시오! 우린 알고 있습니다!」 세템브리니가 소리 쳤다. 「여러분, 이제 저 사람은 당신들에게 침대의 목적과 사용법을 상세히 설명할 참입니다.」

「로도비코, 난 당신이 그렇게 점잖은 분인 줄은 몰랐네요. 아가씨들만 보면 추파를 던지던데……. 이교도다운 공평무사한 정신은 어디에 두었나요? 그러니까 침대란 사랑하는 사람과 사랑받는 사람이 동침하는 잠자리이며, 인간이 신과 동침하기 위해 세계와 피조물로부터 명상적으로 은신하는 상태를 상징하고 있습니다.」

「흥, 이제 그만, 그만두시게!」 이탈리아인이 거의 울상이 되어 상대방의 말을 가로막았다. 그러자 모두가 웃음을 터뜨렸다. 하지만 그러고 나서 세템브리니는 위엄을 갖춰 말을 이었다.

「좋습니다, 난 유럽인이자 서양인입니다. 당신이 말하는 서열은 순전히 동양적인 것입니다. 동양은 행동을 싫어합니다. 노자는 무위(無爲)가 천지간에 가장 유익하다고 가르쳤습니다. 모든 사람들이 행동을 그만둘 때 지상에는 완전한 평화와 행복이 찾아올 것이라 했습니다. 바로 거기에 당신이 말하는 동침이 있습니다.」

「무슨 말도 안 되는 소리! 그렇다면 서양의 신비주의는요? 페늘롱[39]이 그 유파의 한 사람이라 볼 수 있는 정적(靜寂)주의는요? 정적주의는 일체의 행동이 잘못된 것이라고 가르쳤고, 신만이 행동하기를 원하기 때문에 인간이 행동하려 한다면 그것은 신을 모욕하는 것이라 가르쳤습니다. 난

---

39 François de Salignac de la Mothe-Fénelon(1651~1715). 프랑스의 신학자이자 저술가.

몰리노스[40]의 명제를 인용하고 있습니다. 정적에서 행복을 찾으려는 정신적인 경향은 어디에서나 볼 수 있는 인류의 보편적인 생각인 것 같습니다.」

여기서 한스 카스토르프가 끼어들었다. 그는 단순 소박한 용기를 갖고 논쟁에 개입하여 허공을 쳐다보며 견해를 표명했다.

「명상, 은둔. 이것은 그 자체로 뭔가 의미 있는 것이며, 들어 둘 가치가 있습니다. 이 위의 우리들은 사실 아주 높은 곳에서 은둔 생활을 하고 있다고 말할 수 있습니다. 우리는 5천 피트의 고지에서 매우 안락한 접이식 침대에 누워 저 아래 세상과 피조물을 내려다보면서 이런저런 생각을 하고 있습니다. 사실, 곰곰 생각해 보면 내가 누워 있는 안락의자는 불과 10개월 사이에 평지의 〈제분소〉가 몇십 년 동안 해줄 수 있었던 것 이상으로 나를 발전하게 했고 더 많은 것을 생각하게 해주었습니다. 이 점에 대해서는 아무도 부인할 수 없습니다.」

세템브리니 씨는 그 검은 눈으로 슬픔에 잠긴 듯 그를 바라보았다. 「엔지니어 양반!」 그는 목소리를 낮추어 말했다. 「엔지니어 양반.」 그러면서 그는 한스 카스토르프의 팔을 잡고, 마치 다른 사람들이 듣지 못하게 개인적으로 그에게 타이르려고 하는 것처럼, 그를 뒤로 약간 끌어당겼다.

「내가 얼마나 자주 말했습니까? 인간이란 자기 자신이 어떤 사람인가를 알고, 자신에게 걸맞은 생각을 해야 한다고 말입니다! 어떤 제안이 있다 하더라도 유럽인의 정신은 이

---

40 Miguel de Molinos(1628~1697). 스페인의 성직자이자 신비 사상가. 정적주의의 대표적 인물.

성, 분석, 행동 그리고 진보입니다 — 절대로 수도사의 나태함은 아닙니다.」

나프타가 이 말을 듣고 말았다. 그는 뒤를 향해 이렇게 말했다.

「수도사의 나태함이라고요! 말도 안 됩니다. 유럽 문화의 지반은 수도사 덕택입니다. 독일, 프랑스, 이탈리아가 원시림이나 원시 상태의 늪으로 덮여 있지 않고, 우리에게 곡식, 과일 및 포도주를 베풀게 된 것은 그들 덕택입니다. 이것 보시오, 수도사들은 정말 근면하게 일을 잘했으며…….」

「아니, 그래서 그게 어쨌다는 겁니까!」

「들어 보시오. 종교인의 일은 그 자체가 목적이 아니었습니다. 다시 말해, 그것은 마취제가 아니었고 또 세계를 발전하게 하거나 경제적인 이득을 취하는 데 그 의의가 있는 것도 아니었습니다. 종교인의 일은 순수하게 금욕적인 훈련이고, 속죄 행위의 일부이며, 영혼의 구제 수단이었습니다. 이들의 일은 육욕에 대한 방어이며, 욕정을 억압하는 데 기여했습니다. 그것은 — 이런 단정적인 말을 하는 것을 용서하십시오 — 완전히 비사회적인 성격을 띠고 있었습니다. 그것은 지극히 순수한 종교적인 이기주의였습니다.」

「이렇게 깨우쳐 주셔서 감사합니다. 그리고 일의 축복이 인간의 의지에 반해서도 이루어진다는 것을 알게 되어 기쁩니다.」

「그렇습니다, 그것은 인간의 의도에 반하는 거지요. 우리가 여기서 잘 알아 두어야 하는 것은, 다름 아닌 유용성과 인간성 사이의 차이점입니다.」

「나는 당신이 또다시 세계를 두 부분으로 갈라놓으려 하는 것을 압니다. 그것이 무엇보다도 불만입니다.」

「불만을 느끼셨다니 유감이군요. 하지만 우리는 사물을 구분하고 정리하여 신의 자식인 인간이라는 이념을 불순한 요소로부터 보호해야 합니다. 당신들 이탈리아인은 어음 거래나 환전업, 은행을 고안해 냈습니다. 그런 당신들을 신께서 용서해 주시길! 하지만 영국인들은 경제주의적인 사회학을 고안해 냈습니다. 인간의 수호신이 결코 이것을 용서하지 않을 것입니다!」

「아, 인류의 수호신이 저 섬나라의 위대한 경제 사상가들의 마음속에도 살아 있었군요! — 무슨 하고 싶은 말이 있나요, 엔지니어 양반?」

한스 카스토르프는 이것을 부인했지만 그래도 무엇인가 말을 했다 — 그래서 세템브리니도 나프타도 약간 긴장하며 그의 말에 귀를 기울였다.

「그렇다면 나프타 씨, 당신은 내 사촌의 직업에 공감하겠군요. 그리고 사촌이 그 직업에 종사하고 싶은 나머지 못 견디게 초조해하는 것도 이해하고요……. 내가 철두철미한 민간인이라고 사촌은 종종 나를 비난한답니다. 나는 한 번도 군 복무를 한 적이 없으므로, 그야말로 평화의 자식이라고 자신 있게 말할 수 있습니다. 나는 심지어 성직자가 되었어도 좋았겠다고 종종 생각하기도 했습니다 — 사촌에게 물어봐 주십시오, 실은 여러 차례 그런 뜻을 비친 적이 있습니다. 하지만 나의 개인적인 성향을 떠나서 생각해 볼 때 — 정확히 말해서, 뭐 그것을 떠나서 생각해 볼 필요도 없습니다만 — 나는 군인 신분에 대해 꽤 깊은 이해와 호감을 가지고 있습니다. 군인 신분은 지나칠 정도로 진지한 특성, 당신이 원

하는 표현으로는 〈금욕적인〉 특성을 지니고 있습니다 — 당
신은 조금 전 어딘가에서 〈금욕적〉이라는 표현을 쓴 적이 있
었지요. 그리고 군인 신분이라면 언제라도 죽음에 직면할 수
있다는 사실을 항시 염두에 두어야 합니다 — 결국 성직자
의 신분도 역시 죽음과 관계가 있습니다 — 이 외에는 죽음
과 관계있는 것이 없기 때문입니다. 그래서 군인 신분은 단
정, 서열, 복종, 그리고 이런 말을 해도 된다면 스페인식의 명
예를 존중합니다. 군인이 제복에 빳빳한 칼라를 하고, 성직
자가 제복에 풀 먹인 깃을 하고 다니는 것은 거의 같은 것입
니다. 당신이 조금 전에 아주 탁월하게 표현했듯이, 어느 쪽
이든 〈금욕적〉이라는 점에서는 똑같습니다……. 내가 생각
하고 있는 바가 당신에게 제대로 설명이 되었는지 모르겠습
니다…….」

「잘 알아들었습니다, 그럼요.」 나프타는 이렇게 말하고서,
세템브리니에게 시선을 힐끗 던졌다. 세템브리니는 지팡이
를 돌리며 하늘을 쳐다보고 있었다.

「그렇기 때문에 내 생각으로는.」 한스 카스토르프가 말을
계속했다. 「당신이 말하는 것으로 보아, 당신은 나의 사촌
침센의 성향에 분명히 공감할 것 같습니다. 나는 결코 〈왕권
과 제단〉이라든가 그러한 결합을 염두에 둔 것은 아닙니다.
몇몇 사람들, 즉 오로지 질서를 사랑하고 그저 호의적인 사
람들이 때때로 양자의 밀접한 연관성을 정당화하고 있기는
합니다만 말입니다. 그런 게 아니라 내가 생각하는 것은, 군
인 신분의 일, 즉 근무는 — 이런 경우에는 군 복무라고 합니
다만 — 상업적인 이익을 목적으로 행해지는 것이 전혀 아
니며, 또한 당신이 말하는 〈경제 사회학〉과는 아무런 관계가

없다는 것입니다. 그렇기 때문에 영국인들은 군대를 별로 보유하고 있지 않습니다. 영국인들은 인도에 약간의 병력과, 본국에는 사열을 위한 병력만을 보유하고 있습니다⋯⋯.」

「엔지니어 양반, 아무리 말해도 소용이 없습니다.」 세템브리니가 그의 말을 가로막았다. 「군인의 존재는 ― 소위님의 감정을 상하게 하려고 하는 말은 아닙니다만 ― 정신적으로 논쟁할 여지가 없습니다. 그것은 순전히 형식적인 존재이고, 그 자체로는 내용이 없는 존재이기 때문입니다. 군인의 원형은 이런저런 목적을 위해 모집한 용병입니다 ― 요컨대 스페인의 반(反)종교 개혁을 위한 군인, 혁명군의 군인, 나폴레옹의 군인, 가리발디의 군인, 그리고 프로이센의 군인이 있습니다. 그 군인이 무엇을 위해 싸우는지 알아야 난 군인에 대해 뭐라고 말할 수 있겠습니다.」

「군인이 서로 싸우는 것은.」 나프타가 그 말을 보충하듯 말했다. 「좌우간 군인의 분명한 특성이라 할 수 있는데, 그 이야기는 이것으로 충분하다고 생각합니다. 당신이 말하는 의미에서 군인을 〈정신적으로 이론의 여지가 있는〉 것으로 규정하기에는 물론 그 특성이 충분하지 않겠지만, 그래도 그 것은 시민적 낙천주의로는 전혀 파악할 수 없는 영역으로 군인을 높여 줍니다.」

「당신이 시민적 낙천주의라고 부르는 것은.」 세템브리니는 치켜 올려진 콧수염 아래 입을 굳게 다물고, 칼라 위로 목을 아주 독특하게 비스듬히 쳐들고는 입술 끝만 움직이며 대답했다. 「이성과 윤리의 이념을 위해, 그리고 그 이념이 동요하는 젊은 영혼에게 올바른 영향을 주도록 하기 위해 어떤 형태로든 늘 투쟁할 자세가 되어 있는 것입니다.」

252

침묵이 흘렀다. 청년들은 당황해서 앞을 쳐다보았다. 침묵 속에 몇 걸음 옮긴 후에 세템브리니는 머리와 목을 다시 자연스럽게 원위치로 돌리며 입을 열었다.

「놀랄 것 없습니다. 이 사람과 나는 가끔 이런 식으로 논쟁을 벌이지만, 이것은 어디까지나 아주 우호적인 분위기에서, 또 몇 가지는 서로 양해를 한 바탕에서 행해지는 것이니까요.」

이는 마침 듣던 중 반가운 말이었다. 이것이 세템브리니 씨의 신사답고 인간적인 태도였다. 그러나 요아힘은 역시 선의에서 나왔고, 대화를 부드럽게 계속하려는 생각에서 하는 말이었지만, 무언가 압박과 강요를 받은 듯 흡사 자신의 의도에 반하는 것 같은 말을 했다.

「사촌과 나는 우연히 전쟁 이야기를 하게 되었습니다. 조금 전에 당신 뒤에서 걸어갈 때 말입니다.」

「다 들었습니다.」 나프타가 말했다. 「그 말을 듣고 뒤를 돌아보았던 것이지요. 정치 문제를 논했습니까? 아니면 세계정세를 상세하게 논했습니까?」

「아, 아닙니다.」 한스 카스토르프가 웃었다. 「우리가 어떻게 그런 것을 논할 수 있겠습니까! 나의 사촌은 직업상 정치 문제에 신경을 쓴다는 것이 적절치 못하고, 나는 정치 이야기라면 자진해서 기권을 합니다. 그런 것에 대해 아는 것이 없으니까 말이죠. 이곳에 온 이후로는 신문도 한번 읽어 본 적이 없습니다……」

세템브리니는 전에도 그랬듯이 그것은 비난받을 만하다고 생각했다. 그는 즉각 세계정세를 누구보다도 잘 알고 있다는 모습을 보이면서, 모든 정세가 문명의 길에 유리하게 진행되고 있다고 호의적으로 평가했다. 그의 말에 따르면, 유럽의 전체 기상도는 평화 사상과 군축안으로 가득 채워져 있다고 한다. 또 민주 이념이 진군을 계속하고 있다고 한다. 그러면서 그는 터키 청년당이 민주 체제로 전복을 시도하기 위한 준비를 막 마쳤다는 비밀 정보를 입수했다고 말했다. 터키가 민족 국가이자 입헌국으로 바뀐다는 것은 ― 인간성의 승리가 아니겠는가! 그는 이렇게 역설했다.

「이슬람의 자유화.」 나프타가 조롱하듯 말했다. 「그것 참 대단한 일입니다. 계몽된 광신주의라, 그것도 좋습니다. 게다가 그것은 당신과도 관련이 있지요.」 그는 요아힘을 향해 몸을 돌리고 말했다. 「만약 압둘 하미드가 실각하면 터키에 대한 당신 나라의 영향력은 다하고, 대신 영국이 터키의 보호자로 등장하게 될 겁니다……. 그러니 당신은 우리 세템브리니 씨의 정보와 교섭을 아주 진지하게 생각해야 합니다.」 그가 두 사촌에게 말했는데, 이것 역시 약간 무례한 충고로 들렸다. 왜냐하면 그는 사촌들이 세템브리니 씨의 말을 진지하게 여기지 않는다고 생각했기 때문이다. 「세템브리니 씨는 각국의 민족 혁명에 관해 자세히 알고 있습니다. 그의 고국에는 영국의 발칸 위원회와 긴밀한 관계를 맺고 있는 사람들이 있습니다. 그런데, 로도비코 씨, 터키의 진보주의자들이 성공하면 레발 협정은 어떻게 됩니까? 에드워드 7세는 러시아인에 대해 다르다넬스 해협의 자유 통행권을 더 이상 승인할 수 없을 것입니다. 그럼에도 불구하고 오스트리아가 적극적인 발칸 정책을 펴 나간다면, 그 결과는…….」

「또 세계가 멸망한다는 예언이군요!」 세템브리니가 나프타의 말을 가로막았다. 「러시아의 황제 니콜라이는 평화를 사랑합니다. 가장 격이 높으며 도덕적인 표준이라 할 수 있는 헤이그 평화 회의는 그의 노력으로 성사되었습니다.」

「천만에요, 러시아는 동양에서 조그마한 불운한 일[41]을 당해 휴식이 좀 필요했던 겁니다!」

「아니, 무슨 말씀을, 이상 사회를 건설하려는 인류의 동경을 비웃어서는 안 됩니다. 인류의 그러한 노력을 방해하는 민족은 분명 도덕적인 추방을 면하기 어려울 것입니다.」

「정치란 것도 도덕적으로 명예를 실추시킬 기회를 서로에게 주자는 것이 아니고 무엇입니까?」

「당신은 범게르만주의를 찬미하는 것입니까?」

나프타는 균형이 반듯하게 잡히지 않는 어깨를 으쓱했다. 그는 보기에도 좀 흉한 데다가 자세도 약간 비뚤어져 있었다. 그가 상대방을 무시하며 대답을 하지 않자, 세템브리니가 평을 더했다.

「어쨌든 당신의 얘기는 냉소적입니다. 전 세계에서 요원의 불길처럼 번지는 고매한 민주주의의 노력을 당신은 단지 정치적인 책략으로밖에 보지 않다니요······.」

「당신은 나에게 그러한 노력에 대해서 이상주의나 경건함을 인정하라고 요구하는 겁니까? 그것은 아무에게서도 인정받지 못해 팽개쳐진 세계관을 토대로 하는 자기 보존 본능의 잔재가 최후의 약하디약한 발버둥을 치는 것에 불과합니다. 파국은 올 것이며, 반드시 오고야 말 겁니다. 파국은 모든 길을 통해 모든 수단과 방법을 통해 올 것입니다. 영국의 국가 정책을 생각해 보십시오. 인도를 확보하려는 영국의 욕구는 정당합니다. 하지만 그 결과는 어떤가요? 페테르부르크의

41 러일 전쟁의 패배를 의미한다.

권력자들이 만주에서 겪은 치욕적인 실패를 씻어야 하고, 국민의 시선을 혁명으로부터 다른 데로 돌릴 필요가 있다는 사실, 그것을 당신이나 나와 마찬가지로 에드워드도 잘 알고 있습니다. 일용할 양식이 필요하듯이, 당연히 그렇게 할 필요가 있기 때문입니다. 그럼에도 불구하고 그는 러시아의 팽창욕을 유럽으로 돌리려 합니다 — 어쩌면 그렇게 하지 않을 수 없을지 모릅니다만 — 페테르부르크와 빈 사이에 잠자고 있는 라이벌 의식을 일깨우려는 것입니다 —」

「아, 빈이라! 당신은 이러한 세계적 장애물을 우려하고 있군요. 추측해 보건대, 당신은 망해서 썩어 가는 제국의 우두머리 빈을 독일 신성 로마 제국의 미라라고 인정하기 때문입니다!」

「그렇다면 당신은 러시아 편이군요. 아마도 정교(政教) 합일주의에 대한 인문주의적 공감 때문에 말입니다!」

「나프타 나리, 들어 보세요. 민주주의는 빈의 궁정보다 크렘린에 더 많은 희망을 걸고 있습니다. 그런데 이 사실은 루터와 구텐베르크를 배출한 나라로서는 치욕적인 일입니다 —」

「게다가 그것은 어리석은 짓일지도 모릅니다. 그러나 이러한 어리석음도 숙명의 도구입니다.」

「아, 숙명 같은 말은 내게 하지 마십시오! 인간의 이성은, 원하기만 한다면, 숙명보다 훨씬 더 강해질 수 있습니다. 그리고 이성은 바로 그런 것입니다!」

「원해지는 것은 언제나 운명뿐입니다. 그러니까 자본주의적 유럽은 자신의 운명을 원할 따름입니다.」

「전쟁을 그다지 혐오하지 않는 사람이 있다면, 그자는 전쟁이 일어날 거라고 믿는 사람입니다!」

「전쟁에 대한 당신의 혐오는, 당신이 국가 그 자체를 혐오하지 않는 한, 논리적으로 모순되는 말일 뿐입니다.」

「민족 국가는 이 세상의 원칙입니다. 그런데 당신은 그것이 악마의 전유물인 것처럼 말하는군요. 하지만 각국의 국민들을 자유롭고 평등하게 하고, 작고 힘없는 국민들을 억압으로부터 지켜 주며, 정의를 수립하고, 민족 간의 경계를 확립해 보십시오. 그러면……」

「브레너[42] 경계선을 말하는군요. 나도 알고 있습니다. 오스트리아의 파산 말입니다. 내가 알고 싶은 것은, 전쟁 없이 그게 어떻게 가능하다는 말입니까!」

「나도 꼭 알고 싶은 게 있는데, 내가 언제 민족 간의 전쟁까지 저주한다고 했는지 모르겠네요.」

「나에게도 귀가 있습니다 ―」

「아닙니다, 그 점은 세템브리니 씨를 위해 내가 확인해야만 하겠군요.」 한스 카스토르프가 논쟁에 끼어들었다. 그는 걸어가면서 논쟁을 좇았는데, 말하는 사람이 바뀔 때마다 그쪽으로 머리를 비스듬히 하고는 그 말에 귀를 기울였다. 「사촌과 나는 이런 문제나 이와 비슷한 문제를 놓고 이미 세템브리니 씨와 이따금 대화를 나누었습니다. 물론 그가 자신의 견해를 피력하고 모든 것을 명쾌하게 설명하면, 우리는 주로 그의 말을 경청할 뿐이었지요. 그래서 그 점은 분명하게 증언할 수 있습니다. 그리고 여기 내 사촌도 기억할 수 있다고 생각합니다만, 세템브리니 씨가 운동의 원칙, 반항의 원칙, 그리고 세계 개선의 원칙에 관해 아주 감격해서 누차

---

42 알프스에 있는 이탈리아와 오스트리아를 연결하는 주요 통행로의 하나로, 제1차 세계 대전 후에 이탈리아에 합병되었다.

말했었습니다. 그 원칙 자체가 그다지 평화적이라고는 생각하지 않습니다. 그리고 이 원칙이 이 세상 어디서나 승리를 거두어 보편적이고 행복한 세계 공화국을 이룩하려면 앞으로도 상당한 노력이 필요하다고 말했습니다. 물론 그가 한 말이 내가 한 말보다 훨씬 더 조형적이고 문필가다운 말이었다는 것은 두말할 필요가 없겠지요. 하지만 세련된 민간인으로서 내가 그 말을 듣고 너무도 놀랐기 때문에 단어 하나 틀리지 않게 그대로 기억하고 있습니다. 〈그날은 비둘기의 발로 찾아오는 것이 아니라 독수리의 날개를 타고 찾아온다〉고 (내가 기억하는 바로는, 〈독수리의 날개를 타고 찾아온다〉는 말에 깜짝 놀란 것 같습니다) 그가 말했습니다. 그리고 행복의 길에 들어서기 위해서는 빈의 머리 위에 철퇴를 가해야 한다는 겁니다. 그러니까 세템브리니 씨가 전쟁을 무조건 부정한다고는 말할 수 없습니다. 내 말이 옳습니까, 세템브리니 씨?」

「대체로 옳군요.」 그 이탈리아인은 얼굴을 돌리고 지팡이를 흔들면서 짧게 말했다.

「참으로 안됐군요.」 나프타는 징그럽게 미소 지으며 말했다. 「그러고 보니 당신은 제자한테서 호전적인 경향을 지적받은 셈이군요. 〈독수리의 날개를 타고 찾아오라〉…….」

「볼테르 자신도 문명 전쟁을 긍정했으며, 프리드리히 2세에게 터키와의 전쟁을 진언했습니다.」

「하지만 그는 터키와 전쟁하는 대신 동맹을 맺었지요, 하하. 게다가 세계 공화국이라니! 행복과 통일이 실현되면 운동과 반항의 원칙이 어떻게 될 것인지는 묻지 않겠습니다. 그 순간 반항은 범죄가 될 것입니다…….」

「아주 잘 알고 있군요. 그리고 이 젊은이들도 요원하리라 생각되던 인류의 진보가 중요한 문제임을 알고 있습니다.」

「그렇지만 모든 운동은 원의 형태를 띠고 있습니다.」 한스 카스토르프가 말했다. 「공간적으로도 그렇고 시간적으로도 그렇다는 것을, 질량 보존의 법칙과 주기율의 법칙이 가르쳐 주고 있습니다. 사촌과 나는 조금 전 이런 점에 관해 얘기를 나누었습니다. 도대체 지속적인 방향이 없이 폐쇄적인 운동을 한다면 진보가 운위될 수 있겠습니까? 내가 밤에 누워서 황도대를 관측할 때, 물론 우리들 눈에 보이는 것은 절반뿐이지만 말입니다. 그리고 고대의 현명한 민족들을 생각해 볼 때…….」

「당신은 깊게 천착하거나 공상에 빠져서는 안 됩니다, 엔지니어 양반.」 세템브리니가 한스 카스토르프의 얘기를 끊으면서 말했다. 「그 대신 당신을 행동으로 몰아가는 당신 나이 때의 본능이나 당신네 종족의 본능에 단호히 따라야 합니다. 당신이 지닌 자연 과학적 교양의 입장에서 진보의 이념에 맞게 살아가야 합니다. 당신은 생명이 한없이 오랜 세월을 거쳐 적충류(滴蟲類)에서 인간으로 진화, 발전된 것을 알고 있습니다. 또한 인간에게는 무한한 발전 가능성이 열려 있다는 사실도 의심치 않으시지요. 당신이 만약 수학을 고집한다면 완전에서 완전으로 옮겨 가는 당신의 순환 이론을 계속 파고들어, 18세기의 가르침에서 새로운 힘을 얻으십시오. 즉 인간이란 원래 선하고 행복하며 완전했는데 사회적 결함 때문에 왜곡되고 타락했을 뿐이니, 사회 제도를 비판하고 개선함으로써 다시 선하고 행복하며 완전하게 되도록 해야 한다는 가르침 말입니다 ―」

「세템브리니 씨는 거기에 덧붙여야 할 말을 소홀히 하고 있군요.」나프타가 끼어들었다. 「루소의 목가는 교회 교리의 궤변적인 개악에 지나지 않습니다. 인간 본래의 무국적 상태와 무죄 상태, 즉 원래 그대로 신과 직접 대면하고 또 신의 아들인 상태로 돌아가야 한다는 교리 말입니다. 그러나 지상에 있는 국가의 모든 형태가 해체된 후 신의 나라의 재건은 지상과 천국, 감각계와 초감각계가 서로 접촉하는 곳에서 이루어집니다. 구원은 초월적인 것입니다. 그리고 선생, 당신이 말하는 자본주의적인 세계 공화국 말입니다만, 이와 관련하여 당신이 〈본능〉에 관해 말하는 것을 들으니 정말 이상한 생각이 드는군요. 본능이란 전적으로 민족적인 측면에만 있는 것입니다. 신이 직접 인간들에게 이러한 본능을 부여해 여러 민족들을 낳고, 여러 국가로 나뉘게 하였습니다. 전쟁은…….」

「전쟁은.」세템브리니가 소리쳤다. 「전쟁 자체가 벌써 진보에 기여한 측면이 있습니다. 당신이 좋아하는 어떤 시기에 일어난 특정한 사건, 내 생각으로는 십자군 원정 같은 사건을 상기한다면, 내 말을 인정할 겁니다. 이 문명 전쟁은 경제와 무역 및 정치 교류라는 점에서 여러 민족 사이의 관계를 현저하게 호전시켰으며, 서양의 여러 민족을 한 가지 이념의 기치 아래 통합했습니다.」

「당신은 이념에 대해서는 무척 관대하군요. 그래서 나도 더욱더 공손하게 당신의 생각을 고쳐 주고자 합니다. 십자군 원정과 그 결과로서 생긴 교통의 활성화는 여러 국가를 비슷하게 평준화하기는커녕 이와는 반대로 서로가 다르다는 것을 가르쳐 주었을 뿐이며, 또한 민족적 국가 이념의 형성을 강력하게 촉진했습니다.」

「옳습니다. 성직자 계급에 대한 각 민족의 관계를 문제 삼는 경우에는 말입니다. 그렇습니다! 교회 권력의 전횡에 맞서 국가적, 국민적 자각이 강화되기 시작했고…….」

「그런데 당신이 교회 권력의 전횡이라 부르는 것은, 정신의 기치하에서 이루어진 인류 통합의 이념과 다를 바 없습니다!」

「우리들은 그 정신이 어떤 정신인지 알고 있으며, 또한 사절할 정도로 감사해하고 있습니다.」 세템브리니가 말했다.

「당신의 민족적 광기는 교회가 추구하는 세계 극복에 의한 사해동포주의를 혐오한다는 것입니다. 그것은 분명합니다. 당신이 사해동포주의에 대한 혐오감을 전쟁에 대한 혐오감과 어떻게 통합하려 하는지 그것이 무척 궁금합니다. 당신이 지닌 복고주의적인 국가 숭배로 인해 당신은 실증적인 법 해석의 옹호자가 되지 않을 수 없습니다. 그리고 그런 입장에서…….」

「이젠 법 이야기입니까? 국제법에는 자연법과 보편적 인간 이성의 사상이 공존하고 있습니다…….」

「흠! 당신의 국제법은 다시금, 자연이나 이성과는 관계가 없고 오히려 계시에 의거한, 신권의 루소적인 개악에 지나지 않습니다…….」

「우리 서로 명칭을 가지고 이러쿵저러쿵 다투지 맙시다, 교수님! 내가 자연법과 국제법으로 존중하는 것을, 당신은 마음대로, 신권이라 불러도 좋습니다. 중요한 것은, 민족 국가의 실증법 위에 상위의 보편타당한 법이 있으며, 또 국가 간에 충돌하는 이해관계는 중재 재판을 통해 조정이 가능하다는 사실입니다.」

「중재 재판을 통해서라니! 무슨 가당찮은 말입니까! 삶의 문제를 판정하는 시민적인 중재 재판을 통해 신의 뜻을 규명하고 역사를 규정하다니! 좋습니다, 비둘기의 발에 관해서는 그 정도로 해둡시다. 그런데 독수리의 날개는 어떻게 되었습니까?」

「시민적인 미풍양속은 ―」

「에이, 시민적인 미풍양속은 자신이 무엇을 원하고 있는지 모른다니까요! 그들은 출산율의 저하를 해결해야 한다고 외치고, 자녀의 양육비와 직업 훈련 교육비를 줄여 달라 요구합니다. 가는 곳마다 사람들이 북적거려 질식할 것 같으며, 또한 직장마다 사람이 너무 넘쳐 나서 생존을 위한 투쟁이 옛날의 전쟁에 대한 공포를 능가할 정도입니다. 빈 땅과 전원도시! 종족의 체질 향상! 그들은 이렇게 외칩니다. 하지만 문명과 진보가 더 이상 전쟁을 원하지 않는데, 어떻게 체질 향상이 가능하겠습니까? 전쟁이란 모든 것을 막으면서도, 모든 것을 가능하게 해주는 수단입니다. 전쟁은 체질 향상을 꾀하기도 하고, 심지어 출산율의 저하를 막아 주기도 합니다.」

「당신은 농담을 하시는군요. 이제 더 이상 진지한 이야기가 나오지 않네요. 우리 이야기는 끝을 맺어야 할 것 같군요. 마침 알맞은 순간에 끝나게 되었고요. 이제 다 왔습니다.」

세템브리니는 이렇게 말하고, 사촌들을 향하며 담장 뒤의 작은 집을 지팡이로 가리켰다. 그곳은 도르프 입구에서 멀지 않은 길가에 있었고, 들어서면 조그만 정원이 있는 소박한 집이었다. 땅 위로 드러난 뿌리에서 뻗어 나온 포도 넝쿨이 대문을 둘러싸고 있었고, 구불구불한 가지는 담벼락을 따라

기어오르다 오른쪽으로 1층의 조그만 가게 진열창 쪽으로 향해 있었다. 1층에는 가게 주인이 산다고 세템브리니가 설명했다. 나프타의 거처는 2층 양복점의 일부이고, 자신은 다락방에서 살고 있으며, 그곳은 조용하고 아늑한 서재라고도 했다.

나프타는 어울리지 않게 놀랄 정도로 친절한 태도를 보이며, 앞으로도 이런 만남을 계속 갖고 싶다는 바람을 표명했다. 「우리들을 방문해 주십시오.」 그가 말했다. 「만약 여기세템브리니 박사가 여러분의 우정에 대해 더 오래된 권리를지닌 것이 아니라면, 나를 방문해 달라고 말하고 싶습니다. 작은 것이라도 무엇이든 대화를 나누고 싶으면 언제라도 방문해 주십시오. 나는 젊은이와 이야기 나누는 것을 좋아합니다. 나에게도 교육자적 자질이 아주 없는 것은 아닌 듯싶습니다……. 우리의 지부장께서 (그는 턱으로 세템브리니 쪽을 가리켰다) 모든 교육자적 소질과 천직이 시민적 인문주의의 독점물이라고 주장한다면, 그에게 항의를 하지 않을 수없습니다. 그럼 또 만납시다!」

그러자 세템브리니는 난색을 표했다. 거기에는 그럴 만한이유가 있다며, 이렇게 말했다. 즉 소위님이 이 위에 있을 날이얼마 안 남았으며, 엔지니어도 그를 따라 금방 평지로 돌아가기 위해 더욱 열심히 요양 근무에 임할 것이라는 얘기였다.

두 청년은 나프타와 세템브리니의 말에 차례로 동의하는몸짓을 보였다. 나프타의 초대에는 몸을 굽히며 받아들였고, 이어 세템브리니의 우려의 말에 대해서도 머리와 어깨를 움직이며 수긍의 표시를 했다. 이렇게 하여 모든 것이 미해결상태로 남게 되었다.

「그 사람이 세템브리니를 뭐라고 불렀지?」 요아힘이 베르크호프로 향하는 비탈길을 올라가며 사촌에게 물었다…….

「난 〈지부장〉이라고 알아들었어.」 한스 카스토르프가 말했다. 「그리고 나도 마침 그 생각을 하는 중이었어. 그냥 재치 있게 농담을 한 것이 아닐까. 두 사람은 서로 상대방을 이상한 이름으로 부르니까. 세템브리니는 나프타를 〈스콜라 학파의 우두머리〉라고 불렀지 — 그것도 나쁘지는 않아. 스콜라 학파의 사람들, 이들이야말로 어쩌면 중세의 신학자들이자 독단적인 철학자들이었으니까 말이야. 아무튼 마음대로 생각하라고. 음, 그래서인지 중세가 여러 가지로 화젯거리가 되었어 — 그러니까 세템브리니가 내가 여기에 처음 온 바로 그날 내게 했던 말이 생각나는군. 이 위의 우리들이 있는 곳에는 중세적인 기분이 들게 하는 것이 많다고 말이야. 아드리아티카 폰 밀렌동크라는 이름 때문에 그런 말을 꺼내게 되었지 — 그건 그렇다 치고 그 사람 어때, 마음에 들었어?」

「그 키 작은 사람? 별로 마음에 들지 않았어. 물론 그의 말 중에 괜찮은 말도 많기는 했지만 말이야. 중재 재판은 정말 위선이야. 하지만 그 사람 자체가 별로 마음에 들지 않았어. 아무리 좋은 말을 많이 해도, 사람 자체가 미심쩍으면 그게 다 무슨 소용이겠어. 그리고 그 사람이 좀 미심쩍다는 것은 자네도 부정할 수 없을 거야. 침대를 〈동침하는 장소〉라고 말하는 것만 봐도 확실히 문제가 있다니까. 그리고 자네도 봤다시피 그 매부리코는 어떻고! 작은 체구로 보아 셈족이 틀림없어. 그런데, 자넨 그 남자를 정말 찾아갈 건가?」

「물론이지, 찾아가고말고!」 한스 카스토르프가 설명했다.

「체구가 작다는 것은 말이야 — 자네가 군인이기 때문에 이러쿵저러쿵 말하고 있는 거야. 칼데아인들도 코가 그렇지만, 신비학(神秘學)뿐만 아니라 여러 방면에 아주 뛰어났었지. 나프타도 신비학에 대해 꽤 알고 있던데, 그런 점이 내게 적잖은 관심을 불러일으켰어. 오늘 처음 만나고서 당장 그를 다 알았다고 주장하려는 것은 아니지만, 앞으로 자주 만나다 보면 잘 알게 되겠지. 그리고 그렇게 만나면서 우리가 더 똑똑해지리라는 사실도 배제할 수 없어.」

「아, 정말이지, 자네는 이 위에 와서 점점 더 똑똑해지고 있어. 생물학이니 식물학이니 한시도 지속되지 않는 전환점이니 하면서 말이지. 그리고 〈시간〉 문제만 해도, 자네는 이곳에 온 첫날부터 거기에 관심을 가졌었지. 하지만 우리가 이곳에 있는 것은 더 현명해지기 위해서가 아니라 더 건강해지기 위해서야 — 차츰 건강을 회복하고 완전히 건강해지면, 그들도 결국 우리를 자유의 몸으로 놓아줄 테고, 그때 다 나은 몸으로 평지로 돌아가기 위해서란 말이네.」

「산 위에 자유가 있나니!」 한스 카스토르프는 마음이 들떠 노래를 흥얼거렸다. 「자유가 뭔지 나에게 한번 말해 보게.」 그는 흥얼거림을 멈추고 말했다. 「나프타와 세템브리니도 아까 이 문제를 놓고 언쟁을 벌였지만 결국 의견 일치를 보지 못했네. 세템브리니는 〈자유란 인간애의 법칙이다〉라고 말했는데, 그 말은 자신의 조상인 카르보나로의 말을 흉내 낸 것 같아. 하지만 카르보나로가 아무리 용감했대도, 그리고 우리의 세템브리니가 아무리 용감하대도…….」

「그래, 그는 개인적인 용기라는 말이 나오자 기분이 언짢은 것 같았어.」

「……그래서 나는 이렇게 생각해. 키 작은 나프타가 두려워하지 않는 것을 그는 두려워한다고 말이야. 무슨 말인지 알겠지. 그가 말하는 자유와 용기도 다 헛소리일 거라는 생각이 든단 말이야. 자네는 세템브리니에게 자신의 목숨을 던질 용기가 있다고 생각하나?」

「왜 또 프랑스어로 말하는 거야?」

「그냥 해보는 거야……. 이곳의 분위기가 워낙 국제적이잖아. 그 두 사람 중에 누가 이런 분위기를 더 좋아할지 모르겠어. 시민적 세계 공화국을 주장하는 세템브리니인지, 아니면 교회적 사해동포주의를 주장하는 나프타인지 말이야. 자네도 보았다시피, 난 두 사람의 말을 아주 주의 깊게 들었지만 내 머릿속은 명확해지지 않았네. 오히려 그 반대로 내가 알게 된 것은, 두 사람의 대화에서 일어난 혼란이 너무 컸다는 것이야.」

「그건 언제나 그래. 무슨 일이든 토론하고 의견을 내세울 때는 혼란만 생긴다는 것쯤은 자네도 잘 알고 있을 테니 말이야. 내 말은 모름지기 누가 어떤 견해를 갖고 있느냐가 아니라, 그 의견을 내세우는 사람이 제대로 된 사람인가 여부가 중요하다는 거야. 가장 좋은 것은, 견해 같은 것은 없이 그저 묵묵히 자기가 할 일, 즉 요양에 매진하는 거야.」

「그래, 자네야 용병이자 순전히 형식적인 존재니까 그렇게 말할 수 있겠지. 내 경우는 사정이 달라. 나는 민간인으로서 어느 정도 책임을 느끼고 있다네. 그래서 말이야, 난 그런 혼란을 보면 흥분이 돼. 한 사람은 시민적 세계 공화국을 역설하고, 원칙적으로는 전쟁을 혐오하면서도 지나치게 애국적이어서 어떻게 하든 브레너 경계선을 확정할 것을 요구하고, 이

266

것을 위해서는 문명 전쟁도 감수하겠다고 하지. 그리고 다른 한 사람은 국가를 악마의 작품이라 간주하며, 지상과 천상이 접촉하는 지평선에 있는 인류의 보편적 통합을 외치다가도 다음 순간에는, 자연적 본능의 권리를 옹호하고 평화 회의를 조롱하고 있단 말이야. 이런 혼란에서 벗어나기 위해서라도 우리는 그를 반드시 찾아가야 해. 우리가 이곳에 있는 것은 더 현명해지기 위해서가 아니라 더 건강해지기 위해서라고 자네는 말했지. 하지만 건강해지는 것과 현명해지는 것은 하나로 통합되지 않으면 안 된다네. 그렇게 생각하지 않으면, 자넨 세계의 분할을 추구하는 셈이 되는 거야. 그리고 또 한번 말해 두지만, 그런 짓은 언제나 크나큰 실수라네.」

신(神)의 나라, 불쾌한 구원

한스 카스토르프는 자신의 발코니에서 식물을 분류하고 있었다. 어느새 천문학상의 여름이 시작되어 낮이 짧아지기 시작한 지금, 여기저기에서 무성하게 자라고 있는 미나리아재비과의 매발톱꽃, 일명 아퀼레지아는 관목처럼 무성하게 자라 줄기가 길고 또 채소처럼 넓적한 잎에 푸른색, 보라색, 적갈색의 꽃을 피우고 있었다. 이 꽃은 여러 곳에서 피지만, 거의 1년 전에 그가 발견한 조용한 골짜기에 특히 무리 지어 자라고 있었다. 그곳은 약 1년 전, 그가 성급하게 움직이고 싶은 마음에 몸에 무리가 가는 산책을 하다가 그만두게 된 장소로, 작은 다리와 휴식용 벤치가 있으며 개울물의 물살이 세차게 흐르는 소리가 들리는 계곡이었다. 그곳을 한스 카스토르프는 그 후에도 종종 다시 찾아가곤 했다.

그 당시에는 그가 너무 욕심을 내다가 그런 결과가 빚어졌지만, 사실 그곳까지는 그리 먼 거리가 아니었다. 도르프 썰매 경주 코스의 결승점에서 비탈길을 조금 올라가면, 샤츠알프에서 내려오게 되어 있는 봅슬레이가 나무다리 밑을 통과하는 숲길이 나오는데, 길을 둘러 간다든지, 오페라를 부른다든지, 또는 힘들어서 쉬어 간다든지 하지 않는다면 20분 정도면 그 그림같이 아름다운 장소에 도달할 수 있었다. 요아힘이 검진이나 신체 내부 촬영, 혈액 검사, 주사, 체중 측정 등 하루의 정규 스케줄이 꽉 차서 요양원을 떠날 수 없을 때면, 한스 카스토르프는 혼자서 날씨가 좋으면 두 번째 아침 식사를 마치고, 때로는 첫 번째 아침 식사 후에 그곳으로 산책을 가기도 했다. 그리고 오후에 차 마시는 시간과 저녁 식사 사이에도 그가 좋아하는 그 장소에 찾아가서, 1년 전 코피를 심하게 쏟았을 때에 앉았던 그 벤치에 기대어, 고개를 비스듬히 기울이고 빠르게 흐르는 물소리를 들으며, 주위의 기막힌 풍경과 올해도 변함없이 피어 있는 매발톱꽃을 바라보았다.

단지 이것 때문에 그가 이곳에 왔던 것일까? 그렇지 않았다, 그는 혼자서 기억을 떠올리기 위해, 수개월 동안 자신이 겪은 인상과 모험을 되돌아보고 이런저런 일들을 모두 생각해 보기 위해 벤치에 앉았던 것이다. 그런 인상과 모험은 수가 많고 종류가 다양해서 서로 엉클어지고 뒤섞여 있는 듯해, 그것들이 실제로 일어났던 일인지 아니면 단순히 생각해 본 일인지, 꿈속에서 보았던 일인지, 상상했던 일인지 가려내기 어려웠고, 그것들을 일일이 정리하기도 쉽지 않았다. 그러나 단 한 가지 공통점이 있다면, 이 모든 것은 모험적인 성격을 띠고 있었다. 이런 것들을 회상할 때마다, 이 위에 온 첫 날부터 두근거리기 시작하여 멈출 줄 모르던 그의 심장이 갑자기 멎는 듯하다가는 또다시 마구 고동치는 것이었다. 아니면 1년 전 코피를 너무 심하게 흘려 몸의 활력이 떨어졌을 때 프리비슬라프 히페의 모습이 눈앞에 생생하게 나타났던 이곳에, 그때 피었던 아퀼레지아가 변함없이 피어 있는 것이 아니라 1년 후에 새로 피었다는 사실과, 〈3주〉 예정으로 이곳에 온 지 어언 1년이 다 되어 가고 있다는 사실에 두근거리던 그의 가슴이 이렇게 모험적으로 소스라치게 놀라는 것인가?

게다가 이제는 급류가 흐르는 시냇가의 벤치에 앉아도 코피는 더 이상 흘리지 않았으며, 그런 일은 과거의 일이 되었다. 이곳 기후에 적응하는 것이 얼마나 어려운 일인지는 도착한 직후 요아힘으로부터 들었고, 한스 카스토르프 자신도 적응하는 데 어려움이 꽤 많았지만, 점차 나아져서 11개월이 지난 지금은 완전히 적응했다고 할 수 있었다. 그래서 이런 방면으로는 더 이상의 것은 거의 기대할 수 없을 정도가 되었다. 위의 소화 기능도 정상으로 돌아왔고, 마리아 만치니의 맛도 충분히 느낄 수 있었으며, 건조한 코 점막의 신경도 진작부터 이 값진 담배의 진가를 다시금 예전처럼 느끼게 되었다. 이곳 국제 요양지의 가게 진열창에서도 마음에 드는 제품을 구할 수 있었지만, 한스 카스토르프는 마리아 만치니가 떨어질 때면 일종의 경건한 심정으로 브레멘에서 그것을 주문하곤 했다. 그는 이 마리아 만치니를 세상을 등진 자신과 옛 고향 평지를 연결하는 매개체로 여긴 것은 아니었을까? 가령 마리아 만치니를 주문하는 그의 엽서가 저 아래 삼촌들에게 이따금 보내는 엽서보다 더 효과적으로 같은 관계를 유지하고 지탱해 준 것은 아니었을까? 그 엽서를 보내는 시간적 간격은, 그가 이곳의 시간 개념을 받아들이고 작은 단위의 시간에 신경을 쓰지 않게 되면서, 점점 더 늘어났다. 그는 호의를 보이기 위해 대체로 눈 덮인 골짜기나 여름 골짜기가 그려진 아름다운 엽서들을 사용했다. 이것들엔 쓸 여백이 필요한 만큼 적당히 있었기 때문에, 그가 최근에 들은 의사의 소견을 알리고, 매달 받는 진단 결과와 종합 검진 결과를 친척들에게 보고하는 내용, 다시 말해 청진 결과와 뢴트겐 사진 결과로 보면 병세가 호전되고 있는 것이 분명하나 아직까지 병독이 완전히 제거되었다고는 볼 수 없으며, 아직 조그만 환부가 남아 있어 미열이 없어지지 않고 있지만, 조금만 참고 견디면 반드시 완치되어 다시는 이곳에 돌아올 필요가 없으리라는 내용을 이 엽서에다 빼곡히 채워 넣었던 것이다. 그에게 이보다 더 자세한 내용의 편지를 요구하고 기대할 수 없으리라는 것은 분명했다. 엽서를 받아 읽는 사람들은 언변에 능한 인문주의자가 아니었고, 한스 카스토르프가 받은 답장들 역시 내용이 그리 장황하지 않았다. 평지로부터 답장이 올 때는 대체로 돌아가신 아버지의 유산에서 나오는 이자로 보내 주는 생활비가 함께 왔다. 그 돈을 이곳의 화폐로 바꾸면 액수가 상당해서, 다음 송금을 받기 전까지 생활비가 바닥나는 일은 아직 한 번도 없었다. 그리고 타자기를 사용해 여러 행으로 친 편지에는 제임스 티나펠의 서명이 있었고, 종조부가 쓴 안부의 글과 쾌유를 바라는 글이 있었으며, 가끔은 배를 타는 페터의 글도 있었다.

한스 카스토르프는 편지를 통해, 고문관이 최근에 자신에게 주사를 놓는 일을 중단했다는 내용을 집에 알렸다. 이 젊은 환자에게는 주사가 체질에 맞지 않는지, 주사는 그에게 두통, 식욕 부진, 체중 감소와 피곤을 초래했으며, 주사를 맞고 나면 〈체온〉이 일단 올라갔다가 한참 뒤에도 내려가지 않았다. 이 〈체온〉은 건성 열의 형태로서 장밋빛 얼굴을 후끈 달아오르게 하는 것처럼 느껴졌다. 이것은 저지와 그 습한 기상 조건에서 태어난 청년에게는 어렵기는 하지만 이곳의 기후에 차츰 적응해 가는 과정에서 주로 나타난 주의 사항이나 마찬가지였다 — 아닌 게 아니라 라다만토스 자신도 이곳 기후에 적응되지 않아 언제나 푸르스름한 얼굴을 하고 다녔다. 한스 카스토르프가 이곳에 온 직후 요아힘은 〈도저히 적응하지 못하는 사람도 몇몇 있다〉고 말했는데, 한스 카스토르프가 바로 그 경우에 속하는 모양이었다. 그가 이곳에 도착하자마자 그를 성가시게 하기 시작한 목 떨림 현상도 잘 없어지려 하지 않았고, 걸어갈 때나 말할 때나, 심지어 푸른 꽃이 만발한 사색의 장소에서 갖가지 모험을 돌이켜볼 때에도, 그런 현상은 틀림없이 다시 나타났다. 그래서 한스 로렌츠 카스토르프 할아버지처럼 턱을 위엄 있게 끌어당기는 버릇이 그에게는 이제는 거의 고정된 습관이 되어 버렸다 — 한스 카스토르프 자신도 이렇게 떨리는 현상을 막기 위해 턱을 끌어당기고, 할아버지의 높은 칼라, 주름 장식이 된 예복을 입은 모습, 담황색의 둥근 세례반, 증-증(曾) 하는 경건한 음, 그리고 이와 유사한 일들, 이 모든 것을 남몰래 회상하면서 자신의 복잡한 운명을 새삼 되돌아보지 않을 수 없었다.

프리비슬라프 히페의 모습은 11개월 전처럼 더 이상 생생하게 나타나지 않았다. 이 위에서 그는 완벽하게 적응했고, 더 이상 환영도 나타나지 않았다. 벤치에 조용히 누워 있어도, 영혼이 멀리 떨어진 평지의 생활에 머무는 일이 없었다. ― 그런 우연한 일은 이제는 다시 일어나지 않았다. 평지에서의 온갖 추억이 주마등처럼 뇌리를 스쳐 가도 그것이 비정상적으로 지나치게 선명하거나 생생하지는 않았으며, 언제나 정상적이고 건강한 영역을 넘어서지 않았다. 한스 카스토르프는 이러한 추억에 잠길 때마다 가슴 안주머니에서 유리로 된 기념물을 종종 꺼내어 보곤 했다. 그는 그것을 두 겹으로 봉투에 싸서 지갑 속에 고이 간직하고 있었다. 지면과 평평한 위치에 놓고 보면 시커멓게 빛을 반사하는 불투명한 유리판에 불과했지만, 햇빛에 비춰 보면 환해지면서 인체의 상(像)이 나타났다. 인체의 투명한 상, 늑골의 구조, 심장의 모습, 활 모양의 횡격막, 풀무 같은 폐, 쇄골과 위팔의 뼈가 보였는데, 이 모든 것이 희미하고 어렴풋한 외피, 즉 그가 사육제날 밤에 이성을 거역하고 경험했던 육체에 에워싸여 있었다. 등받이가 투박하게 만들어진 휴식용 벤치에 몸을 기대고 팔짱을 긴 채, 머리를 어깨 쪽으로 기울이고, 쏴쏴 흐르는 시냇물 소리에 귀 기울이며, 탐스럽게 피어난 푸른 매발톱꽃과 이 기념품을 번갈아 들여다보면서, 〈이 모든 일〉을 되새기며 그는 생각했다. 지난 일을 떠올릴 때마다 그의 심장은 멎는 것 같다가 다시 맹렬하게 고동쳤는데, 이것이 과연 이상한 일일까?

별이 수없이 반짝이던 추운 밤에 학구적인 연구를 하던 때와 마찬가지로, 지금도 한스 카스토르프의 눈앞에는 유기 생명체의 고귀한 상, 즉 인체가 아른거렸다. 그리고 그것의 내부 모습을 관찰하면서 한스 카스토르프 청년은 많은 의문점과 차이점들을 분석하고 검토했다. 선량한 요아힘은 이런 문제에 상관할 의무가 없었지만, 한스 카스토르프는 민간인으로서 이런 문제에 책임 의식을 느끼기 시작했다. 비록 그도 저 아래 평지에서는 이런 문제를 결코 의식하려고도, 아니 추측건대 의식하지도 못한 채 지나가 버렸을 테지만 말이다. 그런데 5천 피트 높이의 관조적인 은둔 상태에서 세상과 피조물을 내려다보고 명상에 빠지는 이곳에서는 그런 것이 절실한 문제로 다가왔다 — 아마 이것은 가용성 독소에 의해 생긴 육체의 고양 현상 탓도 있을 것이다. 즉 건성의 열로 얼굴이 벌겋게 달아오르는 육체 현상 말이다. 한스 카스토르프는 이렇게 관조할 때마다 손풍금장이 교육자인 세템브리니 씨를 생각했다. 그리스에서 태어난 그의 아버지는 고귀한 인간의 상에 대한 사랑을 정치와 반항, 웅변으로 설명한 반면, 그 자신은 시민의 창을 인류의 제단에 헌납하려고 했던 세템브리니 씨였다. 또한 한스 카스토르프는 동지인 크로코브스키도 생각하고, 얼마 전부터 그와 함께 컴컴한 작은 밀실에서 행했던 것을 생각하면서, 분석의 밝고 어두운 이중적 본질에 대해 곰곰이 생각해 보았다. 그리고 분석이 행동과 진보에 얼마나 도움을 주는지, 분석이 무덤을 비롯해 그것의 역겨운 분해와 얼마나 흡사한지 생각해 보았다. 그는 서로 다른 이유에서 검은 옷을 입고 다닌 두 할아버지, 반항적인 할아버지와 충실한 할아버지의 상을 나란히 세워 비교했으며, 이들의 위엄을 고찰했다. 더 나아가서 형식과 자유, 정신과 육체, 명예와 치욕, 시간과 영원이라는 광범위한 개

념 쌍에 대해서도 심사숙고해 보았다 — 그리고 매발톱꽃이
다시 피어나고, 어느새 1년이 흐른 것을 생각하고는 순간적
이긴 했지만 심한 현기증을 느꼈다.

한스 카스토르프는 그림같이 아름다운 은둔 장소에서 이
처럼 책임 있는 명상을 하는 것에 특별한 명칭을 부여하며,
그것을 〈술래잡기〉라고 불렀다 — 비록 이 놀이를 하면 두
려움과 현기증과 심장의 통증 등 각종 증상이 나타나고 얼굴
이 지나치게 상기되기도 했지만, 그는 이 놀이를 무척이나
좋아해 〈술래잡기〉라는 사내아이의 놀이 용어, 즉 어린이들
의 표현을 사용했던 것이다. 하지만 그는 이러한 행동을 할
때 너무 힘이 들었기 때문에, 명상과는 어울리지 않는 자세
임에도 불구하고 턱을 아래로 끌어당기지 않을 수 없었다.
이러한 자세를 취한 것은, 〈술래잡기〉 놀이로 눈앞에 아른거
리는 고귀한 상을 보면서 그의 마음속에서 생겨나는 위엄과
어쩌면 아주 잘 어울렸기 때문이었을 것이다.

추하게 생긴 나프타는 영국의 사회 이론에 반론을 제기하
고 인간의 고귀한 상을 옹호하면서 그것을 〈신의 아들인 인
간〉이라고 불렀다. 한스 카스토르프가 이렇게 작고 못생긴
사람을 문화인으로서의 책임감과 술래잡기에 대한 흥미 때
문에 요아힘과 함께 찾아갈 생각을 했다고 해서 무엇이 이상
하다 하겠는가? 세템브리니는 이를 달가워하지 않았다 —
한스 카스토르프는 세템브리니의 생각을 뚜렷이 느낄 정도
로 영리하고 예민했다. 나프타와 처음 만날 때부터 그는 이
것을 불쾌하게 생각해서, 이들이 서로 대면하는 것을 막으려
했으며, 비록 그 자신은 나프타와 교류하며 토론을 하면서
도 두 젊은이가, 특히 한스 카스토르프가 — 그 인생의 걱정

거리 녀석 말이다 ― 교육적으로 나프타의 영향을 받지 않게 하려고 했다. 교육자란 모두 이런 식이었다. 자기들은 충분히 감당할 수 있을 정도로 〈성숙〉했다면서 그런 흥미로운 것을 가까이 하도록 허락하지만, 젊은이들에게는 그런 것을 금지하고 또 그들이 그런 대상을 감당할 만큼 〈성숙〉하지 않았다고 주장하는 것이다. 한스 카스토르프 청년에게 무엇인가를 금하는 손풍금장이의 태도가 그렇게 진지하지 않았던 것은 다행스러운 일이었다. 그리고 그런 것을 가까이하지 못하게 막지 않았다는 점 또한 다행스러운 일이었다. 골칫거리 제자는 그저 무신경을 가장하고 순진한 양 굴면 되었으므로, 키 작은 나프타의 초대를 냉정하게 물리칠 이유가 없었다 ― 그래서 마침내 그는 자신의 계획을 실천에 옮기게 되었다. 나프타를 처음 만난 이후 며칠이 지난 어느 일요일 오후, 한스 카스토르프는 정오의 안정 요양을 마친 후에 좋든 싫든 동행하게 된 요아힘과 함께 그를 찾아갔다.

베르크호프의 차도를 따라 몇 분 정도 내려가자, 대문에 포도 넝쿨이 감긴 작은 집이 나타났다. 이들은 안으로 들어가 가게로 통하는 오른쪽 입구는 내버려 두고, 갈색의 좁은 계단을 올라가 2층 문 입구에 다다랐다. 초인종 옆에는 〈부인복 재단사 루카체크〉라는 명패만 덩그러니 붙어 있었다. 사촌들에게 문을 열어 준 사람은 하인 제복을 입은 나이 어린 소년이었다. 이 아이는 줄무늬 재킷에 각반 차림을 한 귀여운 사환으로 머리를 짧게 깎았고 볼이 발그레했다. 사촌들은 이 소년에게 나프타 교수님이 있는지 물어보고, 명함이 없었으므로 자신들의 이름을 여러 번 되풀이해서 말한 뒤에야 간신히 방문한 이유를 알릴 수가 있었다. 소년은 나프타 씨를 — 그는 교수님이라는 명칭을 사용하지 않았다 — 부르고자 안으로 들어갔다. 입구 맞은편의 열린 문틈으로 재단사의 작업실이 보였다. 안식일이었는데도 루카체크는 작업대 앞에 앉아 다리를 꼰 채 재봉질을 하고 있었다. 안색은 창백했고 머리는 훌렁 벗겨져 있었다. 큰 매부리코 밑에 시커먼 콧수염이 까다로운 인상을 주며 입 양쪽으로 드리워져 있었다.

「안녕하세요!」 한스 카스토르프가 인사를 했다.

「어서 오시오.」 재단사는 스위스어가 자신의 이름이나 외모와 어울리지 않으며 또 약간 틀리게 말을 해서 이상하게 들리는데도, 스위스 사투리로 말했다.

「열심이시네요?」 한스 카스토르프는 고개를 끄덕이며 말을 이었다…….「그런데 오늘은 일요일이잖습니까!」

「급한 일이라서요.」 루카체크는 짧게 대답하고는 재봉질에 몰두했다.

「제법 고급 옷 같은데요.」 한스 카스토르프는 짐작해서 말했다.「급히 필요한 옷인가 봅니다, 무도회나 뭐 그런 데 입고 갈…….」

재단사는 이 질문에 한참 동안 대답하지 않다가, 이로 실을 물어 끊고 새로운 실을 다시 바늘에 꿰고 나서야 고개를 끄덕였다.

「멋진 옷이 되나요?」 한스 카스토르프는 또 물었다.「소매도 달리고요?」

「그럼요, 소매도 달지요. 나이 지긋한 부인의 옷이거든요.」 루카체크는 심한 보헤미아 억양으로 대답했다. 그때 소년이 돌아왔기 때문에, 문을 통해 나누던 두 사람의 대화는 끊겼다. 소년은 나프타 씨가 들어오시라 했다고 알리고, 두세 발짝 거리에 있는 오른쪽 문을 열어 그 뒤에 쳐진 커튼을 올리고 두 사람이 들어가게 해주었다. 나프타는 이끼 같은 녹색의 카펫 위에 가죽 슬리퍼를 신고 선 채로 들어오는 두 사람을 맞았다.

두 사촌이 안내받은 서재는 유리창이 두 개나 달린 아주 호화스러운 곳이어서 이들은 깜짝 놀랐다. 그러니까 깜짝 놀라 눈이 부실 정도였다. 보잘것없는 조그만 집과 계단, 초라한 복도로 볼 때 이렇게 호화로운 방이 있으리라고는 전혀 상상할 수 없었다. 그리고 이러한 대조로 인해 나프타의 집 전체의 분위기와 서재의 우아한 장식은 마치 동화 같은 느낌을 주었다. 물론 서재 그 자체만으로는 그렇지 않았을 것이고, 한스 카스토르프나 요아힘의 눈에도 그런 느낌이 들지 않았을 것이다. 아무튼 그 서재는 우아하고 번쩍거렸으며, 더욱이 사무용 책상과 책장이 있음에도 불구하고 전혀 남자의 방이라는 느낌이 들지 않았다. 방에는 비단이 가득했는데, 온통 적포도주색과 보라색 비단이었다. 허름한 문을 가리기 위해서 드리운 커튼도 비단으로 된 것이었고, 유리창 커튼과 가구 세트에 씌워 놓은 커버도 비단으로 되어 있었다. 그 가구 세트는 방의 좁은 쪽, 즉 두 번째 문의 맞은편으로, 거의 벽 전체를 둘러치고 있는 고블랭직 앞에 배치되어 있었다. 금속으로 장식된 둥그런 탁자 주위에는 팔걸이에 작은 쿠션이 달린 바로크 양식의 팔걸이의자가 놓여 있었고, 탁자 뒤에는 비단 벨벳 천을 넣은 역시 동일한 바로크 양식의 소파가 놓여 있었다. 유리문이 달려 있는 마호가니 책장은 두 개의 문 사이 벽 부분에 놓여 있었고, 책장 유리문 안에는 녹색 비단이 처져 있었다. 두 창문 사이에 자리 잡은 사무용 책상도 역시 마호가니로 만든 것이었다. 이 책상은 보통의 사무용 책상이긴 하지만 둥근 모양으로 감아올릴 수 있어 뚜껑이 있는 책꽂이를 겸했다. 그리고 소파 세트의 왼쪽 구석에는 예술품 하나가 붉은 천으로 덮인 받침대 위에 놓여 있었는데, 그것은 채색한 목각 조형물이었다 — 처절한 느낌을 주는 성모 마리아상, 〈피에타〉였다. 그것은 단순한 모양이면서도 그로테스크한 인상마저 불러일으켰다. 베일을 쓴 성모 마리아는 눈썹을 찡그리고 고통스러운 슬픔에 일그러진 표정으로 입을 비스듬히 벌린 채, 무릎에 그리스도의 시신을 안고 있었다. 이 상은 전체적인 균형이 너무나 맞지 않고 해부학적으로 과장이 심해, 해부학이라곤 전혀 모르는 사람이 만든 작품 같았다. 아래로 숙인 그리스도의 머리 위엔 가시 면류관이 얹혀 있었고, 얼굴과 사지에는 피가 묻어 있었으며, 옆구리의 상처와 손발의 못 자국에서 흘러나온 피가 큰 포도알처럼 엉겨 있었다. 이 조각품이 비단 일색으로 장식된 방에 특별한 분위기를 심어 주었던 것은 물론이다. 또한 책장 위와 유리창 양옆 벽에 보이는 벽지도 지금의 방 주인이 바른 것이 분명했다. 세로무늬 벽지의 녹색은 바닥에 깔려 있는 부드러운 카펫의 붉은색과 조화를 이루고 있었다. 하지만 낮은 천장만은 어찌할 수가 없었던 모양이다. 그래서인지 원래 상태 그대로 금이 가 있었다. 그래도 천장에 베니스풍의 조그만 샹들리에가 매달려 있었으며, 창문에는 바닥에까지 내려오는 크림색 커튼이 드리워져 있었다.

「우리 두 사람은 얘기를 나누고 싶어 이렇게 찾아왔습니다!」 한스 카스토르프는, 상상 외로 화려한 방의 주인보다는, 구석에 있는 경건하고 섬뜩한 나무 조각상에 눈길을 보내며 말했다. 그러자 나프타는 사촌들이 약속대로 찾아와 주어 고맙다고 말하고, 자신의 조그만 오른손을 정답고 친절하게 움직이면서, 비단 의자에 앉으라고 권했다. 하지만 한스 카스토르프는 무엇에 사로잡힌 듯 곧장 구석에 있는 조각상으로 가서, 손을 허리에 대고 머리를 비스듬하게 기울인 채 그 앞에 계속 서 있었다.

「대체 이건 무슨 조각품이지요?」그가 나지막하게 말했다. 「굉장히 잘 만들었군요. 이런 고뇌에 찬 모습이 정말로 있었을까요? 상당히 오래된 것이겠죠, 물론?」

「14세기 것입니다.」나프타가 대답했다. 「아마 라인 강 부근에서 만들어진 것으로 짐작됩니다. 감명받았습니까?」

「몹시 감명받았습니다.」한스 카스토르프가 말했다. 「이런 작품을 보고 감명받지 않을 사람이 누가 있겠습니까. 이렇게 추악하면서도 ― 죄송합니다 ― 이렇게 아름다울 수 있다니 정말 생각지도 못했습니다.」

「영혼의 세계와 표현의 세계의 산물은」나프타가 말했다. 「언제나 아름답기 때문에 추한 것이며, 추하기 때문에 아름다운 겁니다. 그것이 법칙입니다. 중요한 것은 정신의 아름다움이지, 육체의 아름다움이 아닙니다. 육체의 아름다움은 절대적으로 우둔하며, 게다가 추상적이기도 하지요.」나프타가 덧붙였다. 「육체의 아름다움은 추상적입니다. 현실에는 내면적 아름다움과 종교적 표현의 아름다움이 있을 뿐입니다.」

「고맙게 느껴질 정도로 명쾌하게 나누고 분류해 주셨네요.」한스 카스토르프가 말했다. 「14세기라고 그러셨죠?」그는 스스로 확인했다……. 그럼 1300년 정도? 네, 그럼 책에 쓰인 그대로 중세가 맞군요. 요즈음 중세에 대해 생각했던 것이 이 조각품으로 인해 어느 정도 다시 인식이 되는군요. 난 사실 중세에 대해서는 문외한이었습니다. 나 같은 사람도 화제의 대상이 될 수 있다면, 나는 사실 기술적 진보에 관심이 있는 그 방면의 남자입니다. 그러나 이 위에서 생활하게 된 이후부터는 중세에 대한 생각이 여러 가지 면에서 친근해졌습니다. 당시에는 경제주의적 사회학이 아직 없었던 것이 분명합니다. 도대체 이것을 조각한 예술가는 누군가요?」

나프타는 어깨를 움찔했다.

「그런 것이 뭐가 문제가 되나요?」 그가 말했다. 「우린 그런 것을 물어봐서는 안 됩니다. 그것을 조각한 당시에도 묻지 않았을 테니까요. 이것은 아무개라는 개인의 특정 작품이 아니라, 익명의 공동 작품입니다. 그 밖에도 이 작품은 중세 후기의 고딕 양식으로, 금욕의 상징입니다. 이 작품에서는 로마네스크 시대에 십자가에 못 박혀 피를 흘린 그리스도를 상징하는 데 필요한 보호와 미화, 즉 그리스도의 가시 면류관이나 세계와 순교에 대한 당당한 승리는 더 이상 찾아볼 수 없습니다. 이 조각품이 과격하게 드러내고자 하는 표현은, 인간의 고통과 육체의 무력함입니다. 고딕식 취향이야말로 사실 비관적이고 금욕적인 취향이라 할 수 있습니다. 당신은 이노센트 3세의 『인간 조건의 비참함에 관하여』라는 저서를 읽어 보지 않으셨는지요? — 아주 기지가 넘치는 책이지요. 12세기 말경 나온 책인데, 이 조각품이 그 책에 비로소 삽화를 제공하였습니다.」

「나프타 씨.」 한스 카스토르프는 한숨을 내쉬며 말했다.

「당신이 하는 말은 모두 나의 흥미를 끄는군요. 〈금욕의 상징〉이라고 하셨지요? 그 말을 명심해 두겠습니다. 아까 당신이 〈익명의 공동 작품〉이라고 말했는데, 그것 역시 생각해볼 만한 가치가 있어 보입니다. 당신의 추측대로 유감스럽게도 — 이노센트 3세는 아마 교황이었으리라 짐작되지만 — 나는 교황의 저서에 대해서는 아는 바가 없습니다. 그 책은 금욕적이면서도 기지가 넘친다고 들었습니다. 맞는 말인가요? 솔직히 말해 금욕과 기지가 조화를 이룰 수 있으리라고는 한 번도 생각해 본 일이 없긴 합니다만, 잘 생각해 보니 그럴 수 있을 것도 같군요. 물론 인간의 비참함에 관한 논문은 기지를 발휘할 기회를 제공하고 있습니다. 육체를 희생하고 말입니다. 그 책을 얻을 수 있나요? 나의 라틴어 실력을 총동원한다면 그럭저럭 읽을 수 있을 것 같습니다.」

「나에게 그 책이 있습니다.」 나프타는 고갯짓으로 책장 하나를 가리키며 대답했다. 「마음대로 이용하셔도 됩니다. 그런데 좀 앉지 않겠습니까? 피에타는 소파에 앉아서도 얼마든지 감상할 수 있거든요. 마침 차와 간식이 조금 나왔으니……」

아까 그 소년 사환이 차와 간식을 가져왔다. 예쁜 은제 바구니에 여러 조각으로 자른 피라미드 모양의 케이크도 들어 있었다. 그런데 소년 뒤에서 열린 문을 통해 〈아이쿠!〉, 〈이거 뜻밖이네요!〉 하면서 우아한 미소를 지으며 힘찬 발걸음으로 들어온 사람은 누구였을까? 세템브리니 씨였다. 나프타의 바로 위층에 살고 있는 그가 손님들의 상대가 되어 주려고 내려온 것이었다. 세템브리니는 사촌들이 오는 것을 창문으로 내려다보고는, 집필 중인 백과사전의 한 페이지를 펜으로 서둘러 다 써놓고는 역시 손님의 한 사람으로 내려왔다고 말했다. 그가 나프타의 방에 온 것은 조금도 이상할 게 없었다. 그는 베르크호프의 주민들과는 오래전부터 아는 사이였고, 나프타와도 심각한 견해 차이는 있지만 왕래와 대담을 활발하게 하고 있는 게 분명했다 — 그러니까 방 주인도 전혀 놀라는 기색 없이 그를 손님의 일원으로 가볍게 맞아들였다. 한스 카스토르프는 세템브리니를 본 순간, 머릿속에 두 가지 생각이 생생하게 떠올랐다. 첫째로, 세템브리니 씨가 이곳에 나타난 목적은 자신과 요아힘이 (엄밀히 말하면 자신이) 키 작고 추한 나프타와 있지 못하게 하고, 자기도 거기에 버티고 있으면서 나프타에 대항해 교육적인 균형을 맞추기 위해서인 것 같았다. 둘째로는, 그가 특별히 반대할 것 없이 정말로 기회를 적절히 잘 이용하여, 자신의 다락방에서 벗어나 비단으로 꾸민 나프타의 화려한 방에서 잠시 동안 기분 전환을 하며 맛있게 끓여 내오는 차를 마시려는 의도가 분명하게 드러나 보였다. 세템브리니는 차려진 음식에 손을 대기 전에, 새끼손가락에만 유별나게 털이 난 누런 두 손을 비비더니, 피라미드 모양의 케이크에서 얇고 구부러진 초콜릿 조각을 집어 들고는 사뭇 맛있다는 듯이 찬사를 늘어놓으며 먹었다.

피에타에 관한 대화는 계속되었다. 한스 카스토르프가 처음부터 피에타를 주의 깊게 쳐다보며 또 거기에 대한 이야기도 나눴기 때문이다. 그러면서 그는 세템브리니 씨 쪽으로 고개를 돌려, 그로 하여금 이 예술품에 대해 비판적인 소견을 말하도록 유도했다 — 그런데 그 휴머니스트가 이런 조각품을 얼마나 혐오하는지는 그쪽을 돌아보는 그의 표정에 역력히 나타나 있었다. 그는 그 구석 쪽을 등지고 앉아 있었기 때문이다. 그는 자신의 생각을 다 말해 버리는 무례한 사람은 아니어서, 그냥 피에타 조각품의 균형과 신체 형태상의 결함만을 지적했다. 그리고 그 조각품이 자연적 사실성을 위반한 것은, 그 조각품이 만들어진 시기의 기술 부족이 원인이 아니라, 어떤 악의, 즉 근본적으로 적대적인 원칙에 원인이 있는 것이라서 자신은 그것에 전혀 감동을 느낄 수 없다고 했다 — 이에 대해 나프타는 빈정거리는 말투로 그 말에 동의한다고 했다. 물론 기술적인 결함은 조금도 문제되지 않는다. 중요한 것은 정신이 자연의 속박에서 의식적으로 해방되는 것이며, 이 조각품은 자연에 복종하는 것을 거부함으로써 자연이 얼마나 경멸스러운 것인지를 종교적으로 나타내고 있는 것이라고 나프타는 말했다. 그러나 세템브리니는 자연과 자연 연구를 경시하는 태도는 인간적으로 사도(邪道)를 걷는 것이라 선언하고, 중세와 중세를 모방한 시대를 이상으로 삼은 불합리한 무형식에 반대한다고 했다. 이에 반해 그리스와 로마의 문화유산, 고전주의, 형식과 아름다움, 이성 및 자연을 경건하게 대하는 명랑성, 이런 것만이 인간의 사명을 촉진한다는 것을 흥분한 어조로 역설하기 시작했다. 이때 한스 카스토르프가 끼어들어, 사정이 그렇다면 입증된 바와 같이 자기 자신의 육체를 부끄러워한 플로티노스는 어떻게 된 것이냐고 물었다. 그리고 리스본에서 발생했던 끔찍한 지진에 대해 이성의 이름으로 반항을 한 볼테르는 어떻게 된 것이냐고도 물었다. 이것도 불합리한 것이란 말인가? 좋다, 그것도 불합리하다 치자. 하지만 모든 것을 곰곰 생각해 보면, 자신이 생각한 바로는 불합리한 것이야말로 정신적으로 훌륭한 것이라고 말할 수 있다는 것이다. 그리고 고딕 예술의 불합리한 자연 적대성도 결국 플로티노스나 볼테르의 태도와 마찬가지로 훌륭한 것이다. 왜냐하면 그 속에 운명과 현실로부터의 해방이 나타나 있기 때문이며, 또 어리석은 힘인 자연에 복종하는 것을 거부하는 불굴의 자존심이 표현되어 있기 때문이다…….

나프타는 이미 언급한 대로 접시 두드리는 소리를 연상시키는 목소리로 웃었지만, 마지막에는 기침 소리로 끝내고 말았다. 세템브리니 씨는 기품 있는 목소리로 말을 시작했다.

「그렇게 기지 넘치는 말을 하면 우리 주인에게 실례가 되고, 이렇게 맛있는 다과를 대접받은 것에 대해서도 실례가 됩니다. 도대체 당신은 감사란 걸 아는 사람입니까? 물론 이때 그 전제 조건으로, 선물로 받은 물건을 잘 쓰는 것에 감사하는 마음이 담겨 있기는 하지만요…….」

이 말을 듣고 한스 카스토르프가 부끄러워하자, 세템브리니는 상냥한 말로 덧붙였다.

「당신이 장난꾸러기라는 것을 나는 잘 알고 있어요, 엔지니어 양반. 훌륭한 대상을 선의로 놀려 대는 당신의 방식은, 그 대상을 사랑하기 때문이라는 것을 조금도 의심치 않습니다. 당신도 잘 알다시피, 자연에 대한 정신의 반항도 인간의 존엄성과 아름다움에서 비롯될 때에만 명예롭다고 할 수 있습니다. 그러한 반항이 인간을 모욕하고 멸시하는 목적이 아니었다 해도, 그런 결과를 초래한다면 바람직한 반항이라 할 수 없습니다. 내 뒤에 놓여 있는 예술품을 창조해 낸 시대가 얼마나 비인간적이고 잔인한 시대인지, 얼마나 피에 굶주리고 편협했던 시대인지도 당신은 알고 있을 것입니다. 나는 당신이 끔찍한 유형의 종교 재판관, 가령 콘라드 폰 마르부르크라는 피비린내 나는 인물을 상기하도록 하면 됩니다. 또 그가 초자연적인 것의 지배에 대항하려고 하는 모든 것을 제거해 버리는 악명 높은 광신적 사제였다는 것을 떠올리게만 하면 되는 것이죠. 당신은 칼과 화형을 인간애의 도구라고 결코 인정하지 않겠지요…….」

「그렇지만 이들의 직무에서.」 나프타가 입을 열었다. 「종교 회의는 그러한 처벌의 도구를, 나쁜 시민으로부터 세계를 정화하기 위해 사용했습니다. 교회의 모든 형벌들, 화형이나 파문도 영혼을 영원한 저주로부터 구원하기 위해 내려졌습니다. 이것은 자코뱅 당원들의 살육을 위한 살육과는 비교가 되지 않습니다. 내세에 대한 믿음에서 출발하지 않은 고문 재판과 피의 재판은 금수(禽獸)와 같고 무의미한 것이라고 지적하고 싶습니다. 그리고 인간의 품격을 떨어뜨리는 것에 관해 말하자면, 그 역사는 시민 정신의 역사와 정확히 일치합니다. 르네상스, 계몽주의, 자연 과학 및 19세기의 경제주의는 인간의 품격을 떨어뜨리는 일을 조장하는 데 조금이라도 쓸모 있다고 생각되는 것에 이러한 시민 정신을 가르쳐 왔던 것입니다. 우선 새로운 천문학이 바로 그것이죠. 그것은 신과 악마가 서로 자기 수중에 넣으려는 피조물인 인간을 사이에 두고 양쪽이 싸우는 존엄한 무대이자 우주의 중심인 이 지구를 하나의 왜소한 유성으로 전락시키고, 또한 점성술이 근거로 삼고 있는 인간의 위대한 우주적 지위에 당분간 종지부를 찍게 한 것입니다.」

「당분간이라고요?」 세템브리니 씨는 종교 재판관이나 심문관과 같은 표정으로 반문했다. 이것은 마치 진술자가 자기도 모르게 심문에 걸려들어 스스로 나서 죄를 달게 받겠다고 고하기를 기다리고 있는 판관의 표정 같았다.

「물론입니다. 거의 2~3백 년간은 말입니다.」 나프타는 냉정하게 단언했다.

「모든 상황이 잘못되지 않는다면, 이 점에서도 스콜라 학파의 명예를 회복할 때가 다가오고 있습니다. 아니, 벌써 아주 잘 진행되고 있죠. 코페르니쿠스[43]가 프톨레마이오스[44]에게 패배하고 말 것입니다. 태양 중심설은 점점 정신적 반격을 받게 되고, 이러한 반격의 시도는 아마 소기의 목적을 달성하고야 말 것입니다. 교회의 교리가 지키려고 한 온갖 존엄성을 지구가 다시 확보하는 것을 과학은 어쩔 수 없이 철학적으로 인정할 수밖에 없을 것입니다.」

「뭐, 뭐라고요? 정신적 반격이라고요? 철학적으로 인정할 수밖에 없을 것이라고요? 소기의 목적을 달성한다고요? 그건 또 무슨 학설입니까? 그렇다면 전제를 달지 않은 연구는요? 순수 인식은요? 그럼, 자유와 내적으로 밀접한 관계를 맺는 진리는요? 당신은 과학자인 진리의 순교자들을 가리켜 이 지구를 비방하는 사람이라고 몰아붙이는데, 그들이야말로 오히려 이 지구의 영원한 자랑거리가 아닌가요?」

세템브리니 씨는 대들듯이 물었다. 그는 몸을 고쳐 세우고 앉아서 자신의 명예로운 말을 키 작은 나프타에게 퍼붓다가, 급기야 언성을 높이고 말았다. 그의 말은 상대방이 부끄

---

43 Nicolaus Copernicus(1473~1543). 폴란드의 천문학자로 지동설을 주장했다.
44 Klaudios Ptolemaios(85?~165?). 그리스의 천문학자이자 지리학자로 천동설을 주장했다.

러운 나머지 입을 다물 수밖에 없을 것이라 확신하는 듯 들렸다. 그는 말하면서 피라미드 모양의 케이크를 손가락 사이에 들고 있었는데, 이렇게 얘기하고 나니 먹을 생각이 없어졌는지 다시 쟁반 위에 내려놓았다.

나프타는 무서우리만큼 침착하게 대답했다.

「이보시오, 순수 인식이란 존재하지 않습니다. 아우구스티누스[45]의 〈나는 인식하기 위해 믿는다〉라는 말에 집약된 교회 철학은, 그 정당성이 너무도 확실합니다. 믿음은 인식의 기관이며, 지성은 부차적입니다. 당신이 말하는 무전제적 과학은 단지 신화에 불과합니다. 하나의 믿음, 하나의 세계관, 하나의 이념, 간단히 말해 하나의 의지는 언제나 존재하는 것이며, 이성의 역할은 그것을 상세히 논하고 입증하는 것입니다. 언제나, 어떤 경우이든 마지막으로 문제시되는 것은, 〈무엇을 증명하려고 했는가〉입니다. 심리학적으로 볼 때, 증명이라는 개념에는 자신의 의지만 내세우는 의지주의적 요소가 강하게 내포되어 있습니다. 12세기와 13세기의 위대한 스콜라 학파의 학자들은, 신학의 입장에 어긋난 것은 철학에서 참일 수 없다고 확신했으며, 그 점에 대해서는 모두가 동의하고 있습니다. 원하신다면 신학은 제쳐 두기로 합시다. 그러나 철학적으로 그릇된 것은 자연 과학에서도 참일 수 없다는 것을 인정하지 않는 인문주의, 그것은 인문주의가 아닙니다. 갈릴레이에 대한 종교 재판의 판결은 그가 주장한 명제가 불합리하다는 것이었습니다. 이 이상 더 설득력 있는 논증은 없을 겁니다.」

45 Aurelius Augustinus(354~430). 교부 철학의 창시자이며 『고백록』의 저자.

「아, 천만의 말씀, 우리의 불쌍하고 위대한 갈릴레이의 논증은 확실하다고 입증되었습니다! 아니, 좀 더 진지하게 얘기해 봅시다, 교수님! 저렇게 열심히 듣고 있는 두 젊은이 앞에서 이 질문에 대답해 주세요. 당신은 정말로 진리를 믿고 있습니까? 객관적이고 과학적인 진리, 모든 도덕 법칙이 추구하는 진리 말입니다. 권위에 대한 그것의 승리가 인간 정신의 영광스러운 역사를 이루고 있는 그 진리를 말입니다!」

한스 카스토르프와 요아힘은 시선을 세템브리니에게서 나프타에게로 옮겼는데, 한스 카스토르프가 요아힘보다 더 빨리 옮겼다. 나프타는 이렇게 대답했다.

「당신이 말하는 승리란 불가능합니다. 권위는 인간 자신이며, 인간의 이해, 인간의 존엄성, 인간의 구원이기 때문입니다. 그리고 권위와 진리 사이에 충돌이란 있을 수 없습니다. 그 둘은 일치합니다.」

「그렇다면 진리란 ——」

「인간에게 도움이 되는 것이 참, 즉 진리입니다. 인간 속에 자연이 함축되어 있고, 모든 자연 가운데 인간만이 유일하게 창조되었으며, 모든 자연은 오직 인간을 위해 존재할 뿐입니다. 인간은 만물의 척도이며, 인간의 구원이야말로 진리의 표준입니다. 인간의 구원이라는 이념과 실제적 관련이 결여된 이론적 인식은 아무런 흥미를 끌 수 없어, 진리로서의 가치를 인정할 수 없고 또 용납할 수도 없습니다. 기독교가 융성한 모든 세기들은, 자연 과학이 인간에게 아주 무가치하다는 데에 완전히 견해를 같이했습니다. 콘스탄티누스 대제[46]가 자기 아들의 스승으로 선택한 락탄티우스, 그도 솔직하게 물었습니다. 나일 강의 발원지가 어디인지, 또는 물리학자들이 하늘에 대해 무슨 헛소리를 하는지 알고 있다고 해서 자신이 대체 무슨 축복을 받겠느냐고 말입니다. 그것에 대해 한번 대답해 보십시오! 플라톤 철학이 다른 어떤 철학보다 존경을 받는 이유는, 그것이 자연 인식이 아니라 신의 인식을 문제 삼고 있기 때문입니다. 나는 현재 인류가 이러한 관점으로 되돌아가려 하고 있다고 단언할 수 있습니다. 그리고 참된 과학의 임무란 구원이 없는 인식을 좇는 것이 아니라, 해로운 것 혹은 이념적으로 가치가 없는 것을 원칙적으로 배제하는 것이라는 사실을 인류가 통찰하고 있다고 장담할 수 있습니다. 한마디로 말해 본능과 절도, 선택을 가르치는 데에 과학의 임무가 있음을 인류는 통찰하고 있습니다. 교회가 광명에 대항하여 암흑을 옹호한다고 생각하는 것은 유치하기 이를 데 없습니다. 교회가 자연 인식의 〈무전제적〉 추구를 응징해야 한다고 선언한 것은 지극히 현명한 일입니다. 정신적인 것과 구원을 얻으려는 목적을 고려하지 않는 그런 노력을 처벌해야 한다고 선언한 것 말입니다. 오히려 아무런 〈전제가 없는〉 자연 과학, 비철학적인 자연 과학이야말로 인간을 암흑의 세계로 인도하였으며, 앞으로도 점점 더 깊이 인도할 것입니다.」

「당신은 그야말로 실용주의를 부르짖고 있군요.」 세템브리니가 대답했다. 「그러한 실용주의를 정치적인 것에 옮겨 생각한다면, 얼마나 막대한 폐해를 가져오는지 알 수 있을 겁니다. 좋습니다, 국가에 이익이 되는 것이 진리이고 정당한 것이라 합시다. 국가의 행복, 국가의 존엄성, 국가의 힘이 도덕

46 Constantinus I(272~337). 고대 로마 황제(재위 306~337)로 그의 개종에 힘입어 로마 제국은 그리스도교 국가로 변모하기 시작했다.

적인 것의 기준이라 합시다. 좋습니다! 그 결과로 모든 범죄의 문이 활짝 열리게 되면, 인간의 진리, 개인의 정당성, 민주주의 — 이런 것들은 어떻게 될지 두고 볼 만하겠군요……」

「좀 논리적으로 말씀해 주셨으면 합니다.」 나프타가 응수했다. 「프톨레마이오스와 스콜라 철학이 옳은 것이라고 한다면, 세계는 시간적으로나 공간적으로 유한한 것이 되어 버립니다. 그러면 신은 초월적인 존재가 되고, 신과 세계의 대립이 엄연히 상존하게 되며, 인간 역시 이원론적 존재가 됩니다. 인간 영혼의 문제는 감각적인 것과 초감각적인 것의 대립을 의미하게 되며, 모든 사회적인 문제는 더욱 부차적인 것이 됩니다. 나는 이런 의미의 개인주의만을 일관성 있는 논리라고 인정할 수 있습니다. 하지만 당신이 말한 바와 같이, 르네상스 시대 천문학자들이 발견한 진리에 따른다면 우주는 무한한 것입니다. 그렇다면 초감각적인 세계와 이원론은 존재하지 않습니다. 내세는 현세 속에 포함되고, 신과 자연의 대립은 사라지고 말 것입니다. 이러한 경우에 인간의 인격은 적대적인 두 원칙이 대립하는 투쟁의 무대가 아니라, 조화롭고 통일적인 것으로 변화되고 맙니다. 따라서 인간의 내면적 갈등은 오로지 개인적 이해관계와 전체적인 이해관계의 갈등에만 기인하게 되고, 국가의 목적이 도덕 법칙이 되게 됩니다. 마치 이교도적인 도덕관처럼 말입니다. 그래서 이것 아니면 저것 중에 하나를 선택하게 되는 것입니다.」

「난 거기에 항의합니다!」 세템브리니는 찻잔을 들고 있던 손을 주인장에게 내밀면서 외쳤다. 「나는 근대 국가가 개인의 끔찍한 노예 상태를 의미한다고 하는 그릇된 주장에 항의합니다! 그리고 당신의 말, 우리에게 프로이센주의와 고딕적인 반동 중에서 양자택일을 하라는 그 말에 세 번째로 항의합니다! 민주주의의 의의는 국가 지상주의에 개인주의적인 수정을 가하는 데에 있습니다. 진리와 정의야말로 개인적 도덕의 정화이며, 이 두 가지가 국가의 이해관계와 상충하는 경우에는 국가에 적대적인 힘인 양 보일지 모르지만, 사실은 국가의 보다 더 고상한 복지, 말하자면 초지상적인 복지를 염두에 두고 있는 것입니다. 르네상스가 국가 신격화의 근원이라니! 그런 궤변이 세상에 어디 있습니까! 전리품 — 어원적으로 강조해서 하는 말입니다만, 르네상스와 계몽주의가 싸워서 얻은 전리품은, 바로 다름 아닌 인격과 인권, 자유인 것입니다!」

세템브리니 씨의 열정적인 반론을 숨죽여 듣고 있던 두 사촌은 참았던 숨을 크게 내쉬었다. 한스 카스토르프는 조심스럽기는 했지만 손으로 탁자 끝을 치지 않을 수 없었다. 「정말 훌륭합니다!」 그는 이 사이로 말했다. 그리고 프로이센주의를 공격하는 말이 있긴 했지만, 요아힘도 대단히 흡족해하는 것 같았다. 그런 다음 두 사람은 방금 공격당한 나프타에게로 시선을 돌렸다. 한스 카스토르프는 너무 열중한 나머지, 언젠가 돼지 그림을 그릴 때처럼 팔꿈치를 탁자에 대고 턱을 주먹으로 받치고는, 나프타 씨의 얼굴을 바로 옆에서 흥미진진한 표정으로 응시하고 있었다.

나프타 씨는 깡마른 두 손을 무릎에 얹은 채 조용하고도 날카로운 표정으로 앉아 있었다.

「나는 우리의 대화에 논리학을 좀 끌어들이려고 했습니다만, 당신은 유창한 웅변으로 답하는군요. 르네상스가 소위 자유주의와 개인주의, 인문주의적 시민성이라고 일컫는 이 세 가지를 세상에 가져다주었다는 것은 나도 어느 정도 알고 있습니다. 그러나 당신이 말하는 〈어원적인 강조〉에 대해서는 별로 흥미가 없습니다. 왜냐하면 당신이 이상이라고 말하는 진리와 정의가 (국가의 이해관계와) 〈싸우는〉 영웅적인 시기는 벌써 지나가 버렸고, 이러한 이상은 죽어 버렸으며, 적어도 오늘날에는 빈사 상태에 빠져 있기 때문입니다. 그리고 이러한 이상에 최후의 일격을 가할 사람들의 발이 벌써 문 앞으로 다가왔습니다. 내가 잘못 생각한 것이 아니라면, 당신은 스스로를 혁명가라 여기고 있습니다. 하지만 앞으로 일어날 혁명의 산물이 자유라 생각한다면, 당신은 크게 착각하고 있는 것입니다. 자유의 원칙은 지난 5백 년 동안 그 임무를 다했기 때문에 너무나 노쇠해 버렸습니다. 오늘날에도 계몽주의의 후예라 자처하면서, 비평, 자아 해방, 자아의 육성, 절대시되어 온 생활 형식의 폐지를 교육 수단이라고 생각하는 교육학 — 그러한 교육학은 미사여구에 의해 일시적으로는 각광받을 수 있을지 모르지만, 식자들이 볼 때 그 후진성은 의심의 여지가 없습니다. 진정으로 교육적인 모든 단체들은 언제나 교육학에서 정말 중요한 것이 무엇인지 잘 파악하고 있었습니다. 말하자면 중요한 문제는 절대 명령과 철저한 복종, 규율, 희생, 자아의 부정, 인격의 억압이었습니다. 마지막으로, 청년들이 자유를 갈망한다고 생각한다면 그것은 청년을 제대로 이해하지 못한 것입니다. 청년들의 가장 깊은 갈망은 바로 복종입니다.」

요아힘은 나프타의 말을 듣자 앉은 자세를 바로잡았고, 한스 카스토르프는 얼굴을 붉혔다. 세템브리니 씨는 너무 흥분한 나머지 자신의 멋진 콧수염을 손으로 말아 돌리고 있었다.

「그렇습니다!」 나프타가 말을 이었다. 「시대의 비밀과 명령이란, 자아의 해방과 발전이 아닙니다. 시대가 필요로 하고, 요구하며, 실현하려고 하는 것 — 그것은 바로 테러입니다.」

나프타는 이 마지막 말을 할 때 부동자세를 취했으며, 앞에 한 모든 말보다 목소리를 낮추어 말했다. 이때 그의 안경알만이 한순간 번쩍였을 뿐이다. 그의 말을 듣고 있던 세 사람은 움찔 놀라지 않을 수 없었다. 세템브리니도 처음엔 깜짝 놀랐지만, 금방 평상심을 되찾고 미소를 띠기까지 했다.

「그럼 질문을 해도 괜찮겠습니까?」 세템브리니가 물었다. 「당신도 아시다시피 나는 항상 의문투성이라서 무엇을 어떤 식으로 물어보아야 할지조차 모르겠습니다만, 나프타 씨, 당신은 누가, 아니면 무엇이 — 당신이 한 이 말을 되풀이하는 것조차 내키지 않습니다만 — 이러한 테러의 담당자라고 생각하십니까?」

나프타는 안경알을 번쩍이면서, 조용하고도 날카로운 표정으로 앉아 있었다. 이윽고 그는 말을 꺼냈다.

「그럼 대답해 드리겠습니다. 나는 인류의 이상적인 원시 상태, 국가도 폭력도 없던 상태, 인간이 직접적인 신의 자식이던 상태, 즉 지배도 예속도 없고, 법률도 형벌도 없고, 불의도 육신의 결합도 없고, 계급의 차이도 없고, 노동도 재산도 없으며, 평등과 우애와 윤리적 완전성만이 존재하고 있던 시대를 가정하는 점에서는 당신과 견해를 같이하고 있다고 여겨도 틀리지 않을 것입니다.」

「매우 좋습니다. 찬성입니다.」 세템브리니가 선언했다. 「육신의 결합만 제외하면 말입니다. 이 결합은 어느 시대에

나 존재했음에 틀림없기 때문입니다. 인간이란 고도로 발달한 척추동물임에도 불구하고, 다른 존재와 다를 바 없기 때문이죠 ㅡ」

「그 점에 있어서는 좋을 대로 생각하십시오. 나는 우리의 원칙적인 견해가 일치한다는 사실만 확인하면 됩니다. 원시적 낙원의 무법 상태, 신과 직접 만나던 상태에 관해 말입니다. 인간의 타락으로 인해 이런 상태를 잃어버리고 말았지요. 우리는 앞으로 어느 정도 손을 맞잡고 나아갈 수 있을 것입니다. 말하자면 국가의 기원은 죄를 염두에 두고 불의를 방지하기 위해 체결한 사회 계약에 근거를 둔 것이며, 바로 국가에서 지배 권력의 근원을 찾을 수 있다는 점에 우리는 의견을 같이하고 있습니다.」

「명언입니다.」 세템브리니가 소리쳤다. 「사회 계약……. 그것이 계몽주의이고, 그것이 루소입니다. 난 전혀 생각도 못 했는데 ㅡ」

「자, 좀 진정하십시오. 여기서부터 우리의 생각이 갈라지는군요. 모든 지배와 권력이 본래 민중의 것이었다는 사실, 입법에 대한 이러한 권리와 권력 모두를 국가와 군주에게 위탁했다는 사실, 이 같은 사실에 입각해서 당신의 학파는 최우선으로 군주에 대한 민중의 혁명권을 도출하고 있습니다. 반면에 우리는 ㅡ」

〈우리?〉 한스 카스토르프는 긴장해서 곰곰이 생각했다……. 《우리》란 누구를 말하는 것일까? 나중에 세템브리니에게 꼭 물어봐야지. 나프타가 말한 《우리》가 누구를 말하는 것인지를…….〉

「우리 쪽은.」 나프타가 말했다. 「어쩌면 당신들 못지않은 혁명적인 생각을 지닌 것이 아닐는지요. 우린 예전부터 교회가 무엇보다도 지상의 세속적인 국가에 우위를 갖는다고 생각해 왔습니다. 국가의 세속적 성질이 적나라하게 드러나지 않는다 하더라도, 국가란 본래 민중의 의사에 근거를 둔 것으로, 교회처럼 신의 뜻에 근거를 둔 것이 아니라는 역사적 사실로 미루어 볼 때, 비록 국가가 사악한 단체는 아니라 할지라도 어쨌든 임시적이며 죄악에 빠지기 쉬운 불완전한 단체임에 틀림없다고 증명되기 때문입니다.」

「국가란, 이보시오 ─」

「네, 네, 나는 당신이 민족 국가에 대해 어떻게 생각하는지 알고 있습니다. 〈조국애와 무한한 명예심이 모든 것에 우선한다.〉 이것은 베르길리우스의 말입니다. 국가를 자유주의적 개인주의로 약간 수정하면 그것이 바로 민주주의입니다. 하지만 그로 인해 국가에 대한 당신의 근본적인 관계는 조금도 변하지 않을 것입니다. 국가의 영혼은 돈, 금전이라고 얘기해도 당신은 분명 반박하지 않을 것입니다. 아니라면 혹시 그것에 대해 이의가 있습니까? 고대는 국가 중심적이었기 때문에 자본주의적입니다. 기독교의 색채를 띤 중세는 세속적 국가에 내재한 자본주의적 경향을 분명히 인식했습니다. 〈돈이 황제가 될 것이다〉 ─ 이것은 11세기의 예언이었습니다. 모든 것이 이 예언대로 되었고, 이로 인해 삶이 극도로 황폐하게 된 것을 당신은 부정하시겠습니까?」

「나프타 씨, 그대로 계속하시오. 나는 베일에 가린 위대한 주인공, 즉 공포의 담당자를 알고 싶어 견디지 못하겠습니다.」

「세상을 파멸에 빠뜨린 그 자유의 담당자이며 사회 계급의 대변자인 당신이 그런 대담한 호기심을 지니셨다니 정말 놀랍군요. 그렇다면 내 말에 대한 당신의 논박을 불가피하게 듣지 못하더라도 괜찮습니다. 난 시민 계급의 정치적 이데올로기를 잘 알고 있으니까요. 당신의 목표는 민주주의 제국이며, 민족 국가의 원칙을 보편적인 것으로 끌어올리는 것, 즉 세계 국가입니다. 이 제국의 황제가 누구이겠습니까? 우리는 그것이 누구인지를 확실히 알고 있습니다. 당신의 유토피아는 소름 끼칩니다. 그렇긴 하지만 — 우리는 이런 점에서 다시 의견이 일치하고 있습니다. 왜냐하면 당신의 자본주의적 세계 공화국은 초월적인 속성을 지니고 있기 때문입니다. 그렇습니다. 사실 세계 국가는 세속적인 국가의 초월적인 존재입니다. 그리고 우리는 지평선 저편에 있는 완전한 궁극의 상태가 인류의 완전한 원시 상태와 일치해야 한다는 생각에 의견이 일치하고 있습니다. 하느님의 나라를 창시한 교황 그레고리우스 1세의 시대부터 교회는 인간을 다시 신의 통치하에 두는 것을 과제로 삼았습니다. 교황은 통치권 그 자체를 위해서 통치권을 요구한 것이 아니었고, 인류의 구원을 위한 수단과 방법으로써 신의 대리자로 독재권을 행사했으며 이는 이교도적인 국가에서 하늘나라로 가기 위한 과도기적 형태였습니다. 세템브리니 씨, 당신은 여기 귀 기울여 배우고 있는 두 사람에게 교회의 살육 행위와 관대하지 못한 처벌에 관해 말씀하셨는데 — 이것은 정말 허무맹랑한 말입니다. 왜냐하면 신의 열정이 평화적일 수 없다는 것은 당연하며, 그레고리우스 교황도 〈칼에 피를 묻히기를 꺼려하는 자는 저주받을지어다!〉라고 말했기 때문입니다. 권력이 악이라는 것을 우리는 알고 있습니다. 그러나 신의 나라가 도래하도록 하려면 선과 악, 내세와 현세, 정신과 권력의 이원론은 금욕과 지배의 원칙으로 잠시 지양되어야 합니다. 이것이 내가 말하고자 하는 테러리즘의 필연성입니다.」

「그 주체는! 주체는!」

「그것을 묻는 겁니까? 당신들의 극단적 자유 경제 사상은 경제주의의 인간적 극복을 의미하는 사회학의 존재를 깨닫지 못했나요? 그 원칙과 목표가 기독교적인 신의 국가의 그것과 정확히 일치하는 사회학의 존재를 말입니다. 교회의 장로들은 나의 것과 너의 것을 해롭고 위험한 말이라 일컬었고, 사유 재산을 약탈이자 절도라고 칭했습니다. 장로들은 토지의 사유를 비난했습니다. 신의 자연법에 따르면, 땅은 만인 공동의 소유물이며, 그래서 땅에서 나는 과실도 만인 공동의 사용을 위해 수확되기 때문이라는 것입니다. 이들은 원죄의 결과인 탐욕만이 소유권을 옹호하고, 사유 재산제를 만들어 냈다고 가르쳤습니다. 이들은 경제 활동을 영혼의 구원, 즉 인간성에 위험한 것이라고 말할 만큼 인간적이었고, 상업을 반대했습니다. 또한 금전이나 금융업을 증오했고, 자본주의적인 부(富)를 지옥 불의 연료라고 불렀습니다. 가격은 수요와 공급 관계의 결과라는 경제 원칙을 철저하게 경멸하며, 경기를 이용하는 행위를 이웃의 곤궁을 미끼로 삼아 이용하는 비열한 착취 행위라고 저주했습니다. 그런데 장로들이 볼 때, 이것보다 더 야비한 착취가 있었습니다. 시간의 착취, 오로지 시간이 경과함에 따라 그 대가로 받는 프리미엄, 즉 이자를 지불하게 하는 기형적 행태가 바로 그것이었습니다. 다시 말해, 만인 공동 소유의 신성한 제도인 시간을 가지고, 이런 식으로 누구는 이익을 취하고 누구는 손해를 보게 되는 행태 말입니다.」

「명언입니다!」한스 카스토르프는 너무 흥분한 나머지 세템브리니 씨가 남의 말에 찬성할 때 쓰는 말투를 흉내 내면서 외쳤다. 「시간은⋯⋯ 신으로부터 주어진 만인 공동의 신성한 제도라는⋯⋯ 이것은 정말 중요한 것입니다⋯⋯!」

「물론입니다!」나프타는 말을 계속했다. 「이렇게 지극히 인간적인 장로들은 금전의 자동적 증가를 역겨운 혐오의 대상으로 삼았고, 모든 이자 거래와 투기적인 거래를 고리대금업이라는 개념하에 한데 묶었으며, 부자는 모두 도둑 아니면 도둑의 상속인이라고 선언했습니다. 이들은 한 걸음 더 나아가, 토마스 아퀴나스가 말한 것처럼 모든 상행위, 즉 경제적 재화를 가공하거나 개선하지 않고 이익을 얻기 위해 그냥 물건을 사고파는 상거래를 수치스러운 직업이라고 불렀습니다. 이런 장로들은 노동 그 자체를 높이 평가하지는 않았습니다. 노동이란 윤리적인 문제이지 종교적인 문제가 아니며, 생활을 위한 것이지 신을 위한 일이 아니기 때문입니다. 그리고 이들은 생활과 경제를 문제 삼는 경우에는, 생산적인 활동 여부가 경제적 이익의 조건이 되어야 하고, 또 존경의 기준이 되어야 한다고 주장했습니다. 따라서 이들이 볼 때, 명예로운 직업은 농민과 수공업자이지 상공업자가 아니었습니다. 이들은 생산은 수요에 따르길 원했으며, 대량 생산을 혐오했기 때문입니다. 이러한 모든 경제 원칙과 기준은 몇백 년 동안 빛을 못 본 채 파묻혀 있다가, 근대 공산주의 운동에 힘입어 부활하기에 이르렀습니다. 이 양자의 주장은, 국제 노동 계급이 국제 상인 계층과 투기 세력에 대항하여 내세운 지배권 요구의 의미에 이르기까지 완전히 일치하고 있습니다. 이 국제 노동 계급은 오늘날 인도주의와 신정 국가의 기준으로 시민적, 자본주의적 부패에 맞서려는 세계의 프롤레타리아 계급입니다. 시대가 요구하는 이러한 정치, 경제적 구원의 요구인 프롤레타리아 독재는 지배 그 자체를 목적으로 하는, 영원에 걸친 지배를 의미하는 것이 아닙니다. 그것은 십자가의 이름 아래 정신과 권력의 대립을 일시적으로 지양한다는 의미, 세계 지배라는 수단에 의해 이룩되는 세계 극복이라는 의미, 과도성과 초월성, 즉 신의 나라라는 의미를 지니고 있습니다. 프롤레타리아 계급은 그레고리우스 교황의 과업을 물려받았고, 그레고리우스의 신에 대한 열정은 프롤레타리아 속에 불타고 있어, 프롤레타리아 계급도 손에 피를 묻히는 것을 그레고리우스와 마찬가지로 두려워해서는 안 될 겁니다. 프롤레타리아 계급의 임무는 세계를 구원하기 위해, 그 구원의 목표, 즉 국가도 계급도 없는 신의 자식이라는 상태를 이룩하기 위해 공포 정치를 행하는 데 있습니다.」

나프타는 이렇게 날카로운 열변을 토했다. 그의 말을 듣고 있던 세 사람은 아무 말이 없었다. 두 청년은 세템브리니 씨 쪽으로 시선을 돌렸다. 이제 그가 응수할 차례였다. 그는 이렇게 말했다.

「놀라운 일입니다. 그렇습니다. 충격적이네요. 이런 말을 할 줄은 꿈에도 생각하지 못했습니다. 〈로마는 말했노라.〉이 말은 어떤 뜻이었겠습니까! 그는 우리들 눈앞에서 성직자적 곡예를 해 보였습니다. 〈성직자적〉이라는 형용사가 곡예란 단어에 모순처럼 들리지만, 그는 이러한 모순을 〈잠시 지양〉했습니다, 네, 그렇습니다! 다시 한 번 말하지만 놀라운 일입니다. 그런데, 거기에 대해 이의를 제기해도 괜찮겠습니까, 교수님. 단지 일관성의 관점에서 말입니다. 당신은 아까 신과 세계라는 이원론에 입각한 기독교적인 개인주의를 우리에게 설명하면서, 그 개인주의가 정치적 색채를 띤 모든 윤리성에 우선한다는 점을 이해시키려고 했습니다. 그렇게 말씀하시던 당신이 불과 몇 분도 안 되어 사회주의를 옹호하며, 독재와 공포 정치까지 찬미하고 있습니다. 이 둘이 어떻게 조화를 이룬다는 겁니까?」

「대립하는 것들은.」 나프타가 말했다. 「서로 조화를 이루는 법입니다. 조화를 이루지 못하는 것은 어중간하고 평범한 것들뿐입니다. 아까도 내가 환기했듯, 당신의 개인주의는 어중간하고 타협적입니다. 그것은 당신의 이교도적인 국가 도덕에 약간의 기독교 정신, 약간의 〈개인의 권리〉, 소위 말하는 약간의 〈자유〉로 수정을 가한 것뿐이며, 그게 전부입니다. 이와는 반대로 개별 영혼의 우주적이고 점성술적인 중요성에서 출발하는 개인주의, 인간적인 것을 자아와 사회의 대립으로 체험하지 않고 자아와 신, 육체와 정신의 대립으로 체험하는 비사회적이며 종교적 개인주의는 ── 그러한 본래의 개인주의는 아무리 구속이 많은 공동체와도 조화를 이룰 수 있습니다……」

「그것이 익명이고 공동적인 거군요.」 한스 카스토르프가 말했다.

세템브리니는 두 눈을 똥그랗게 뜨고 그를 바라보았다.

「당신은 좀 잠자코 계십시오, 엔지니어 양반!」 그는 신경질적이고 긴장한 듯한 말투로 엄숙하게 명령했다. 「당신은 배우려고만 하십시오, 의견을 내세우려고 하지는 마십시오!」 그는 다시 나프타를 향해 말했다. 「그것도 하나의 답이 될 수 있겠지만, 나에겐 별로 위로가 되지 않습니다. 그러면 그 답에서 결론을 끌어내 봅시다……. 기독교적 공산주의는 공업을 부정함으로써 기술, 기계, 진보를 부정합니다. 그것은 상인 계급이라고 부르는 것, 즉 금전이나 고대 사회에서 농업이나 수공업보다 더 높게 평가되었던 금융업을 부정함으로써 자유를 부정합니다. 왜냐하면 상업을 부정함으로써, 중세 시대와 마찬가지로 사적이고 공적인 모든 관계 — 이런 말을 입 밖에 내기도 쉽지 않습니다만 — 인격마저 땅과 토지에 얽매이게 된다는 것은 자명하고, 불 보듯 뻔한 사실이기 때문입니다. 토지만이 인간을 먹여 살릴 수 있다고 한다면, 자유를 주는 것도 토지만이 할 수 있다는 말이 됩니다. 수공업자와 농부는 제아무리 훌륭한 인간이라 하더라도 토지를 소유하지 못하면, 토지를 소유한 자에게 예속되고 맙니다. 사실 중세 말기에 이르기까지 도시에 사는 주민의 대부분은 예속된 자들로 노예 상태였습니다. 당신은 이야기를 나누는 사이 인간의 존엄성에 관해 이러저러한 말을 했지요. 그런 당신이 이제는 개인의 자유와 존엄성을 박탈하는 경제 체제의 도덕성을 옹호하고 있습니다.」

「존엄성과 존엄성 상실, 즉 존엄과 오욕(汚辱)에 관해서는.」 나프타가 대답했다. 「여러 가지 말할 것이 있을 겁니다. 현재로서는 이러한 관계들이, 당신에게 자유라는 것을 하나의 멋진 제스처가 아닌 진정한 문제로 생각하는 계기를 마련해 준다면 그것으로 만족하겠습니다. 당신은 기독교적 경제 도덕이 아름답고 인간적임에도 부자유를 낳는다고 확신하고 있습니다. 나는 거기에 반대해, 자유의 문제, 보다 구체적으로 말하자면 도시의 문제라 할 수 있겠습니다만 — 이 문제는 아무리 윤리적이라고 해도 경제 도덕의 가장 비인간적인 타락, 근대적 상인 계급과 투기 시장의 모든 참혹, 돈과 금융업에서 파생되는 악마적 지배, 이 모든 것들과 역사적으로 관련이 있다고 확신합니다.」

「나프타 씨! 나는 당신이 의심과 이율배반을 내세우는 대신, 고루하기 짝이 없는 반동을 신봉하고 있음을 분명하고도 확실하게 고백할 것을 주장합니다!」

「참된 자유와 인간성에 도달하기 위해서는, 먼저 〈반동〉이라는 개념을 두려워하지 않는 것이 가장 중요합니다.」

「나프타 씨! 이제, 그만둡시다.」 세템브리니 씨는 찻잔과 쟁반을 물리면서 (아닌 게 아니라 다 비어 있었다) 가늘게 떨리는 목소리로 말했다. 그러면서 소파에서 일어나 덧붙였다. 「오늘의 논쟁은 이것으로 충분합니다. 하루치로는 이로써 충분합니다. 교수님, 이렇게 맛있는 음식을 대접해 주시고, 무척 정신적인 대화를 나눈 데 대해 감사드립니다. 여기 베르크호프에서 온 내 친구들은 요양을 하러 돌아가야 하고, 그 전에 나는 저 위의 내 골방을 보여 줄 작정입니다. 자, 두 분, 갑시다! 안녕히 계십시오, 신부님!」

이제 세템브리니는 나프타를 〈신부〉라고 불렀다! 한스 카스토르프는 눈썹을 치키며 이 말을 마음에 새겼다. 세템브리니는 이처럼 산회를 선언했는데, 사촌들의 생각은 어떤지 전혀 물어보지 않았으며, 또한 나프타도 혹시 같이 가고 싶은지에 대해서도 전혀 신경 쓰지 않았다. 한스 카스토르프와 요아힘도 감사의 말을 전하며 작별 인사를 하자, 나프타는 그 두 사람에게 다시 찾아와 달라고 당부했다. 사촌들이 세템브리니 씨와 함께 돌아갈 때, 한스 카스토르프는 낡고 두꺼운 표지의 『인간 조건의 비참함에 관하여』라는 책을 잊지 않고 빌렸다. 세 사람이 다락방으로 이어지는 사다리 같은 계단에 가려고 열린 문을 지나갔을 때, 신경질적인 표정을 연상시키는 콧수염을 한 루카체크가 여전히 작업대에 앉아 노부인의 소매 달린 옷을 재봉질하고 있었다. 계단을 다 올라가 자세히 보니, 그곳은 층(層)이라고는 할 수 없었고, 그냥 다락방에 불과했다. 지붕의 안쪽에 댄 널빤지 아래에 들보가 드러나 있었고, 곡식을 보관해 두는 여름의 창고처럼 공기가 후텁지근했으며, 따뜻한 나무 냄새가 나는 다락방이었다. 그래도 다락에는 방이 두 개 있었고, 바로 이 방에 공화제적 자본주의자가 거주하고 있었다. 이 방들이 백과사전 『고통의 사회학』의 문학 부문 담당자인 세템브리니의 서재와 침실로 쓰였다. 세템브리니는 명랑한 표정으로 두 청년에게 방을 보여 주면서, 자신의 방에 대해 칭찬할 적절한 말을 알려 주려고 이 방은 떨어져 있어 아늑한 느낌을 주는 방이라고 했다 — 그러자 사촌들도 그렇다면서 맞장구를 쳤다. 두 사람은 그 방이 아주 매력적이라며, 그가 말한 그대로 떨어져 있어 아늑한 느낌을 주는 방이라고 말했다. 두 사람은 침실을 흘낏 들여다보았다. 구석에 좁고 짧은 침대가 놓여 있었고, 그 앞으로 기운 자국이 보이는 조그만 카펫이 깔려 있었다. 사촌들은 다시 서재로 눈길을 돌렸는데, 이곳도 초라하다는 점에서는 침실 못지않았다. 그럼에도 방은 깔끔하게 잘 정리되어 있어 싸늘하다는 느낌마저 주었다. 서재에는 짚으로 엮어 만든 볼품없고 고풍스러운 의자 네 개가 문 양쪽에 대칭으로 놓여 있었고, 긴 의자도 벽 쪽으로 밀어 놓아, 녹색 커버의 둥근 탁자가 방 한가운데에 외롭게 놓여 있었다. 탁자 위에는 장식용인지 마실 때 쓰는 것인지 어쨌든 물컵을 거꾸로 엎은 물병이 하나 소박하게 놓여 있었다. 자그마한 책장에는 제본된 책과 가제본된 책들이 비스듬히 꽂혀 있었고, 열린 창 옆에는 다리가 길고 간소한 형태의 접이식 사면(斜面) 책상이 우뚝 솟아 있었으며, 그 앞에는 한 사람이 서 있기에 알맞은 크기의 작고 두꺼운 펠트 융단이 깔려 있었다. 한스 카스토르프는 시험 삼아 잠시 책상 앞에 서서 — 즉 인간의 고통을 제거하려는 목적으로 문학 부문의 백과사전 작업을 하는 세템브리니의 작업장에 한스 카스토르프는 서보았던 것이다 — 팔꿈치를 비스듬한 책상에 대보고는, 이곳이 정말 따로 떨어져 있어 아늑한 느낌을 준다는 사실을 실감했다. 그래서 그는 로도비코 세템브리니의 아버지도 일찍이 파도바에서 이 사면 책상 옆에 길고 세련된 콧날을 하고 서 있었을 거라는 생각이 들었다 — 그런데 정말로 자신이 선 책상이 돌아가신 그 학자가 사용하던 것이라는 사실을 그는 알게 되었다. 짚으로 엮은 의자와 둥근 탁자, 심지어 물병까지도 아버지에게서 물려받은 것이었다. 더욱이 짚으로 엮은 의자는 할아버지 카르보나로가 옛날부터 쓰던 것이었는데, 그가 변호사였던 시절에 밀라노의 사무실 벽을 장식하고 있던 물건이었다. 이러한 말을 듣고 이들은 깊은 감명을 받았다. 그 의자를 보자 젊은이들은 갑자기 그것이 어떤 정치적인 선동성을 띠는 것처럼 느꼈다. 그리고 아무 생각 없이 다리를 꼬고 의자에 앉아 있던 요아힘은 벌떡 일어나 의혹에 찬 눈빛으로 의자의 여기저기를 살피더니, 두 번 다시 그 의자에 앉지 않았다. 그러나 한스 카스토르프는 세템브리니의 아버지가 썼다는 높다란 책상 옆에 서서, 할아버지의 정치와 아버지의 인문주의를 문학과 결부하면서, 이젠 그의 아들이 작업하는 모습을 머릿속에 그려 보았다. 이윽고 세 사람은 다락방에서 나왔다. 문필가가 사촌들을 배웅해 주겠다고 제의했던 것이다.

세 사람은 한동안 아무 말 없이 걷고 있었지만, 사실은 다들 마음속으로 나프타를 생각하고 있었다. 그리고 한스 카스토르프는 세템브리니가 분명히 자기의 동료 하숙인에 대한 이야기를 꺼낼 것이며, 또한 그가 바로 그 목적으로 자신들을 배웅하고 있다고 확신하고 얌전히 기다리고 있었다. 한스 카스토르프의 예상은 빗나가지 않았다. 세템브리니는 마치 스타트를 끊을 때처럼 길게 숨을 들이쉰 다음, 이렇게 말을 시작했다.

「여러분 — 나는 두 분께 경고하고자 합니다.」

그가 여기서 잠시 말을 끊었기 때문에, 한스 카스토르프는 짐짓 놀란 표정을 하며 자연스럽게 물었다.

「무엇을 말입니까?」 그는 적어도 〈누구를 경고한다는 말입니까?〉라고 물을 수도 있었지만, 완벽한 순진성을 나타내기 위해 일부러 비인칭(非人稱) 형식으로 물었다. 그 경고의 의미를 심지어 요아힘도 확실히 알고 있었는데 말이다.

「우리가 방금 방문했던 그 인물을 말입니다.」 세템브리니가 대답했다. 「그리고 내가 본의 아니게 두 분에게 소개한 그 인물 말입니다. 아시다시피 우연히 그렇게 된 것이라서 나도 어쩔 수 없었습니다. 하지만 나는 책임을 통감하고, 몹시 상심하고 있습니다. 그 인물과의 교제가 젊은 여러분에게 얼마만큼의 정신적인 위험을 초래할 것인가를 지적해 주는 것이 적어도 나의 의무이고, 이에 대해 그 인물과의 교제가 위험하지 않은 범위 내에서 이루어지도록 경계하는 것이 나의 의무입니다. 그의 말은 표면적으로는 무척 논리적으로 들리지만, 본질은 혼돈입니다.」

「정말로, 그 말을 듣고 보니 왠지 섬뜩한 느낌이 드는군요.」 한스 카스토르프가 말했다. 「나프타가 뭐 섬뜩하다거나 그런 것은 아니더라도, 그의 말에 이따금 약간 이상한 기분이 들긴 했습니다. 태양이 지구 주위를 도는 것을 인정하는 것처럼 들렸거든요. 하지만 결국 당신의 친구인 나프타와 사회적인 교제를 하는 것이 어떻게 권유할 만한 일이 아니라고 생각할 수 있겠습니까? 당신의 소개로 그를 알게 되었고, 당신과 함께 그를 만나지 않았습니까? 당신도 그와 산책을 하고, 가벼운 마음으로 차를 마시러 그의 방으로 내려오곤 하잖아요. 그것은 즉…….」

「그렇습니다, 엔지니어 양반, 분명 그렇습니다만.」 세템브리니 씨는 체념한 듯 부드러운 목소리였지만, 그래도 가늘게 떨리고 있었다. 「뭐, 내가 대답하지 않을 수 없군요. 그러니 당신도 나에게 대답해 주어야 합니다. 좋습니다, 기꺼이 대답해 드리지요. 나는 그 친구와 한 지붕 밑에서 살고 있기 때문에, 얼굴을 마주치지 않을 수 없지요. 그래서 할 수 없이 대화를 나누다 보니 그게 자꾸 계속되어 사귀게 되는 겁니다. 나프타 씨는 머리가 비상한 사람입니다 — 드문 경우지요. 그는 논쟁을 좋아하는 사람입니다 — 나 역시 논쟁을 좋아하죠. 비난한다 해도 어쩔 수 없지만, 나는 언제나 나와 대등한 논적과 이념의 칼을 겨루는 기회를 놓치지 않고 활용하고 있습니다. 그럴 만한 사람이 이 일대에 그 친구 말고는 아무도 없거든요……. 요컨대 나는 그를 방문하고, 그는 나를 방문합니다. 또한 우리는 같이 산책도 하며 논쟁을 합니다. 우리는 거의 날마다 피를 토할 정도로 철저하게 논쟁을 벌이기는 하지만, 솔직히 고백하자면, 그의 생각이 나와 대립되고 적대적이라는 이유 때문에 더욱 그와 만나고 싶은 욕망을 느낍니다. 나는 마찰을 필요로 합니다. 사상적 신념은 논쟁할 기회를 가지지 않으면 계속 유지될 수가 없습니다. 그리고 — 나의 신념은 논쟁으로 인해 더욱 공고해집니다. 당신들은 자신에 대해 이처럼 주장할 수 있나요? 소위님? 아니면 엔지니어 양반? 당신들은 지적인 기만에 대해 무방비 상태에 있으며, 반쯤은 광신적이고 반쯤은 악의에 찬 나프타의 교활한 궤변의 영향으로 인해 정신과 영혼에 해를 입을 위험에 처해 있습니다.」

「그래요, 그렇습니다.」 한스 카스토르프가 말했다. 「사촌이나 나나 어쩌면 위험에 처해 있을지도 모르겠습니다. 다시 말해서 인생의 걱정거리 자식이라는 뜻이지요, 그 말이 이해가 됩니다. 하지만 당신도 아시다시피 거기에 대해서는 페트라르카의 좌우명을 인용할 수 있겠습니다. 나프타가 하는 말은 아무튼 경청할 만한 가치가 있습니다. 공평하게 말해 이것은 인정해야 합니다. 예를 들어, 시간의 경과로 인한 이득을 취해서는 안 된다는 공산주의적인 입장에서의 발언은 아주 탁월한 것이었고, 교육학에 관한 그의 몇 가지 발언도 무척 흥미로웠습니다. 그런 이야기는 나프타에게서가 아니면 아마 절대로 들을 수 없을 내용이었을 겁니다⋯⋯.」

세템브리니 씨는 입술을 꼭 다물고 있었다. 당황한 한스 카스토르프는 서둘러 다음과 같은 말을 덧붙였다. 자기로서는 물론 한쪽 편을 들거나 특정한 입장을 밝히는 것을 삼가고 있으며, 다만 나프타가 청년들의 욕망에 대해 한 말은 사실 경청할 만하다고 생각한다고 말이다. 「하지만 이제 한 가지만 좀 설명해 주십시오!」한스 카스토르프가 말을 계속했다. 「이 나프타 씨라는 사람 말입니다 — 내가 그를 굳이 나프타 〈씨〉라고 부르는 것은, 내가 그에게 무조건 호감을 가지는 것이 아니라, 반대로 내심 아주 냉담한 태도를 취하고 있다는 것을 암시하기 위해서입니다 —」

「그게 상책일 겁니다!」세템브리니는 고맙다는 듯이 외쳤다.

「— 그런데 그는, 소위 국가의 영혼이라고 일컫는 돈에 대해서 여러 가지 악담을 퍼부었고, 사유 재산에 대해서도 절도 행위라고 비난했습니다. 요컨대 자본주의적인 부를 비난하며 지옥 불의 장작이라고 말했습니다 — 내 기억이 틀리지 않는다면, 그는 이런 말을 늘어놓았습니다. 그러면서 중세의 이자 금지책에 대해서는 극찬을 하더군요. 그러나 나프타 씨 자신은…… 이런 말을 하기는 좀 그렇습니다만, 그 자신은 …… 그의 방에 발을 들여놓으면 정말로 눈이 휘둥그레질 정도입니다. 방을 온통 화려한 비단투성이로…….」

「그래요, 그렇습니다.」세템브리니가 미소를 띠며 말했다. 「그게 바로 그의 특성을 잘 나타내 주는 취향입니다.」

「……호사스럽고 고풍스러운 가구들.」한스 카스토르프는 생각나는 대로 이것저것 열거했다. 「14세기의 피에타…… 베니스제 샹들리에…… 제복 차림의 어린 사환…… 그리고 초콜릿이 든 피라미드 모양의 케이크도 실컷 먹을 수 있을 만큼 나왔고…… 하지만 그 자신은 개인적으로 —」

「나프타 씨는.」세템브리니가 대답했다. 「개인적으로 보면 나와 마찬가지로 자본가가 아닙니다.」

「하지만요?」 한스 카스토르프가 물었다……. 「이젠 당신 말에서 〈하지만〉이라는 단어가 등장할 때가 되었는데요, 세템브리니 씨.」

「그곳의 그들은 자신들의 동지가 굶어 죽도록 보고만 있지는 않습니다.」

「〈그곳의 그들〉이란 누구입니까?」

「장로들입니다.」

「장로들? 장로들요?」

「그렇습니다, 엔지니어 양반, 예수회 수도사들 말입니다!」

한동안 침묵이 흘렀다. 사촌들은 완전히 놀란 모양이었다. 한스 카스토르프는 소리쳤다.

「맙소사, 세상에, 이럴 수가, 제기랄 ─ 그 남자가 예수회 수도사라고요?!」

「그렇습니다. 알아맞혔군요.」 세템브리니 씨는 점잖게 말했다.

「아니 그럴 수가, 난 꿈에도 …… 누가 그런 것을 생각이나 했겠습니까? 그래서 당신은 아까 그를 신부라는 호칭으로 불렀군요?」

「그건 정중하게 대하기 위해 조금 과장한 칭호였습니다.」 세템브리니가 대답했다. 「나프타 씨는 신부가 아닙니다. 병 때문에 그는 당분간 신부가 될 수 없습니다. 하지만 수련기를 마치고 최초의 서원(誓願)을 하고 있었습니다. 그런데 병 때문에 부득이 신학 공부를 중단할 수밖에 없었지요. 그러나 그는 병을 앓으면서도 2~3년 동안 수도회 학교에서 학생감, 즉 어린 하급생들의 감독자, 교사, 훈육자의 일을 하고 있었습니다. 이 일은 그의 교육자적 성향에 꼭 맞았지요. 이 위에 와서도 그는 프리드리히 대왕 학교에서 라틴어를 가르치면서 계속 자신의 취향을 만족시키며 살고 있습니다. 이곳에 온 지 벌써 5년이 됩니다만, 그가 이곳을 떠날 수 있을지, 떠난다면 언제 떠날 수 있을지 확실치 않습니다. 하지만 그가 예수회 회원으로서 예수회와의 관계가 이제는 좀 느슨해졌다 하더라도, 어디에서 살든 생활에는 지장이 없을 겁니다. 아까 당신들에게, 그가 개인적으로는 가난하다고, 즉 가진 것이 없다고 말했지요. 물론 그렇습니다. 그것은 예수회의 규정입니다. 하지만 예수회 자체는 막대한 자산을 소유하고 있어서, 당신들도 보신 바와 같이 회원들의 생활은 철저히 보장해 주고 있답니다.」

「이거 ─ 정말.」 한스 카스토르프가 중얼거렸다. 「그런 것이 진짜 있을 줄은 정말 몰랐고, 생각조차 못 했습니다! 예수회 회원이라. 네, 그렇군요……. 그렇다면 한 가지 물어볼 것이 있습니다. 나프타 씨가 예수회로부터 그렇게 풍족한 생활을 보장받고 있다면 ─ 왜 그가 대체 그런 곳에서…… 물론 당신의 거처가 나쁘다고 하는 것은 아닙니다만, 세템브리니 씨. 루카체크 가게에 있는 당신의 거처는 매우 훌륭합니다, 느긋하게 동떨어져 있고, 게다가 특히 아늑합니다. 하지만 내가 말하고 싶은 것은, 나프타 씨의 주머니가 그렇게 풍족하다면, 허심탄회하게 말씀드립니다만 ─ 그렇다면 왜 그는 다른 집에 살지 않습니까? 좀 더 으리으리하고, 제대로 된 계단과 커다란 방이 있는 우아한 집에 거처를 마련하지 않는 것입니까? 무언가 숨기고 싶은 비밀이 있을 것 같습니다. 저런 움집 같은 방에서 살면서 사방을 비단으로 치장하다니…….」

세템브리니는 어깨를 으쓱했다.

「그가 그렇게 하고 있는 것은 조심스러운 예의와 취향 때문일 것입니다.」 그가 말했다. 「초라한 집에 살며, 거기서 부족한 것은 생활 방식으로 보상하는 것 말입니다. 그렇게 함으로써 자신의 반자본주의적인 양심을 바로잡고 있습니다. 거기에 신중한 태도도 담겨 있겠지요. 악마가 뒤를 봐주고 있다고 떠벌리고 다니는 사람은 아무도 없으니까요. 정문은 아주 보잘것없게 해놓고, 정문 뒤의 방 안은 비단으로 장식하는 성직자적인 취향을 발휘하는 것입니다…….」

「정말 놀랍습니다!」 한스 카스토르프가 말했다. 「솔직히 말하자면 정말 처음 겪는 일이라서 그런지, 매우 흥분되고 충격적입니다. 아니, 우린 정말 감사드립니다, 세템브리니 씨, 그런 사람을 알게 해준 것을 말입니다. 우리는 이제 가끔 그곳으로 가서 그를 방문하고자 하는데, 어떻게 생각하십니까? 이것은 기정사실입니다. 이러한 교제는 정말로 뜻하지 않게 시야를 넓혀 주어, 이런 세계가 있었나 할 만큼 세상을 보는 시야를 달리 제공할 것입니다. 〈진짜 예수회 수도사〉라니! 그리고 내가 〈진짜〉라는 표현을 쓴 것은, 이미 머릿속에 번쩍이는 생각이 있어서 그것을 꼭 입 밖에 내어 표현하고 싶어서입니다. 내가 궁금한 건 그가 과연 진짜일까 하는 것입니다. 뒤로 악마의 도움을 받고 있는 인간이 진짜일 수 없다고 당신이 말하는 것은 나도 잘 이해합니다. 하지만 내가 갖는 의문점은, 이러한 차원을 뛰어넘는 것입니다. 그가 예수회 수도사로서 진짜일까 — 이 생각이 자꾸 머릿속을 맴돕니다. 그는 여러 가지 견해를 밝혔습니다 — 내가 무엇을 말하는지 당신은 잘 아실 것입니다 — 근대 공산주의에 대해서, 그리고 손에 피를 묻히는 것을 두려워하지 않는 프롤레타리아의 광신적 신앙에 대해서 견해를 밝혔죠 — 요컨대 그의 견해들에 대해 지금 새삼스럽게 얘기하지는 않겠습니다. 하지만 당신의 할아버지, 즉 시민의 창을 든 당신의 할아버지는 거기에 비하면 순수한 어린 양에 불과합니다. 이런 표현을 쓰는 것을 용서해 주십시오. 도대체 그는 그래도 괜찮다는 말입니까? 그는 상관의 승인을 받고 그런 말을 하는 것일까요? 내가 알기로 예수회는 온 세계에 퍼져서 로마 가톨릭교를 위해 술책을 꾸미고 있다는데, 그 로마 가톨릭교와 그의 견해는 조화를 이루는 것일까요? 뭐라고 할까요, 그것은 이단적이고 탈선적이며 불순한 것이 아닐까요? 난 나프타 씨에 관해 이렇게 생각하고 있는데, 이 점에 대해 당신의 생각을 듣고 싶습니다.」

세템브리니는 미소를 지었다.

「아주 간단합니다. 나프타 씨는 먼저 무엇보다도 예수회 수도사입니다. 거짓 없는 진짜 예수회원입니다. 두 번째로 그는 총명한 사람입니다 — 그렇지 않다면 나는 그와 교제하지 않았을 겁니다 — 그리고 그렇게 뛰어난 머리의 소유자로서, 그는 이념의 새로운 결합, 적응, 연결과 시대에 맞는 변화를 추구하고 있습니다. 당신도 보시지 않았습니까? 나 자신도 그의 이론에 깜짝 놀랐습니다. 이때까지 그는 내 앞에서 그토록 광범위하게 자신의 이론을 드러낸 적이 없었기 때문이죠. 당신들은 그의 말을 듣고 있다는 사실이 그에게 분명 어떤 영향을 미치리라는 것을 이용해, 어떤 면에서는 그가 결정적인 말을 토로하도록 자극한 셈이지요. 그 말은 정말 우스꽝스럽기도 하고, 소름이 끼치기도 하는 것이었습니다…….」

「네, 그렇습니다, 그런데 왜 그는 신부가 되지 않았습니까? 나이로 보면 벌써 되고도 남았을 텐데요.」

「아까도 말했습니다만, 병 때문에 당분간 신부가 될 수 없습니다.」

「좋습니다, 하지만 이렇게 생각해 볼 수 있지 않을까요? 첫째로 그가 예수회 수도사이고, 둘째로는 그가 총명한 사람이라서 여러 가지 이념을 결합하는 것을 좋아한다면, 이 추가된 둘째는 그의 병과 무슨 관련이 있는 게 아닐까요?」

「그건 또 무슨 얘기입니까?」

「아니, 아무것도 아닙니다, 세템브리니 씨. 나는 다만 이렇게 생각합니다. 그에겐 침윤된 부위가 있어 그것 때문에 신부가 되지 못했을 것이라고요. 또한 그가 여러 가지 이념을 결합하는 것을 좋아하기 때문에도 신부가 될 수 없었을 것입니다. 그리고 그런 한에서는 — 어느 정도 이념의 결합 능력과 침윤된 부위가 연관성이 있을 것입니다. 그도 그 나름대로 인생의 걱정거리 자식이라고 할 수 있는 인물로, 약간 침윤된 부위가 있는 참한 예수회 수도사가 아닐까요?」

그러는 사이에 세 사람은 요양원에 도착했다. 이들은 서로 헤어지기 전에 현관 앞에서, 작게 무리 지어 이야기를 조금 더 나누었는데, 그러는 동안 현관 앞을 배회하던 몇 명의 환자들이 이 광경을 지켜보았다. 세템브리니 씨가 말했다.

「거듭 말씀드리지만, 젊은 두 분에게 경고하겠습니다. 이것을 계기로 당신들에게 호기심이 발동하게 되면, 당신들이 그와 교제하는 것을 결코 막을 수는 없을 것입니다. 하지만 그와 사귀더라도 마음과 정신을 불신으로 무장하도록 하고, 결코 비판적 저항을 게을리하지 마십시오. 나프타 씨는 한

마디로 말해서 음탕한 사나이입니다.」

이 말에 사촌들은 미간을 찌푸렸다. 얼마 후 한스 카스토르프가 물었다.

「그가…… 무엇이라고요? 그렇지만 그는 수도회 회원입니다. 내가 알고 있기로, 거기서는 일정한 서약을 해야 합니다. 게다가 그는 몸집도 작고 허약하지 않습니까…….」

「어리석은 말을 하는군요, 엔지니어 양반.」 세템브리니 씨가 대답했다. 「그것은 신체의 허약함과는 아무 관계가 없습니다. 그리고 서약을 한다 하더라도 예외가 있는 법입니다. 하지만 내가 말한 것은, 좀 더 정신적인 의미입니다. 당신도 차차 이해하리라고 생각되는, 보다 광범위한 의미에서 한 말이죠. 당신은 아직 기억하고 있겠지요, 내가 언젠가 당신 방에 불쑥 찾아갔을 때의 일을 — 오래전의 일입니다. 끔찍할 정도로 오래전의 일이지요 — 뢴트겐 사진 결과가 좋게 나와서 침대 생활을 막 끝마칠 무렵이었지요…….」

「기억하다마다요! 석양이 질 무렵 당신이 내 방에 들어와서는 방의 불을 켰었지요, 그 일이 마치 어제 일처럼 생생합니다…….」

「맞습니다, 그때 우리들은 다행히도, 우리들 사이에서는 종종 있던 일입니다만, 보다 고상한 문제에 대해서 이야기를 했었지요. 죽음이 삶의 조건이자 부속물인 한에서, 죽음과 삶, 죽음의 존엄성에 대해 이야기를 나누었을 테고요. 그리고 정신이 그러한 죽음을 하나의 원칙으로서 고립시키면, 죽음이 입게 되는 볼썽사나움에 대해 이야기를 나누었지요. 그러므로 여러분!」 이어 세템브리니 씨는 두 사람 앞으로 바짝 다가가면서 이야기를 계속했는데, 마치 주의를 환기시키려

고 그러는 것처럼 이들을 향해 왼손 엄지와 가운뎃손가락을
포크 모양으로 벌리고, 오른손 집게손가락을 경고하듯 세우
는 것이었다……「정신은 주권자이며, 정신의 의지는 자유
롭다는 것을 명심하십시오. 정신은 윤리적인 세계를 규정합
니다. 정신이 죽음과 삶을 이원론적으로 분리하면, 바로 그
죽음은 이러한 정신의 의지로 말미암아 사실상 실제가 되는
데, 정말로 실제적으로 됩니다, 내 말 이해하시겠지요, 죽음
이 삶에 대립되는 독자적인 힘, 적대적인 원칙, 커다란 유혹
이 된다는 말입니다. 그리고 죽음의 나라는 음탕한 나라입
니다. 왜 음탕한 나라인지 묻고 싶겠지요? 대답해 드리죠.
죽음은 분해되어 해방되기 때문이며, 죽음은 해방이기 때문
입니다. 하지만 죽음은 사악한 것으로부터의 해방이 아니라
사악한 해방입니다. 죽음은 윤리와 도덕을 해체하고, 기율
과 절도로부터 해방하여 음탕함을 품도록 자유를 줍니다.
내가 본의 아니게 소개를 하고 말았지만 이 인물에 대해 당
신들에게 경고하고, 그와 교제하고 대화를 나눌 때에는 반드
시 비판 정신을 지니고 이중 삼중으로 경계심을 늦추지 말라
고 촉구하는 것도 모두 그의 사상이 음탕한 성격을 띠고 있
기 때문입니다. 그의 사상들은, 내가 언젠가 한번 말했듯이,
방종하기 이를 데 없는 힘인 죽음의 보호하에 있기 때문입니
다 ― 나는 그때 내가 한 말을 잘 기억하고 있습니다. 내가
기회를 보아 말한, 중요하고 적절한 표현이 늘 기억에 그대
로 남아 있습니다. 엔지니어 양반 ― 죽음은 풍속, 진보, 일,
삶에 대립되는 힘입니다. 그렇기 때문에 교육자의 가장 고상
한 의무는, 바로 이러한 악마의 숨결로부터 젊은이의 영혼을
지키는 것입니다.」

세템브리니 씨보다 더 훌륭하고, 더 명쾌하며, 더 완벽하게 말할 수 있는 사람은 없을 것이다. 한스 카스토르프와 요아힘 침센은 그가 들려준 말에 대해 진심으로 감사를 표하고, 작별 인사를 한 후에 베르크호프의 현관으로 들어갔다. 한편 세템브리니 씨는 비단으로 치장한 나프타의 어두컴컴한 방 바로 위에 있는 자신의 휴머니스트 책상으로 되돌아갔다.

이상이 한스 카스토르프와 요아힘이 나프타의 방을 처음으로 방문했을 때 일어난 일의 내력이었다. 그 후로 이들은 두세 번쯤 더 나프타를 방문했는데, 한 번은 세템브리니 씨가 동석하지 않았다. 그리고 이러한 방문들은, 한스 카스토르프가 〈신의 아들인 인간〉이라고 불리는 고귀한 인간상을 마음의 눈으로 떠올리며 푸른 꽃이 만발한 은둔 장소에 앉아 〈술래잡기〉를 할 때, 명상의 재료가 되었다.

분노(憤怒),
그리고 또 다른 곤혹스러운 일

어느새 8월이 왔고, 우리의 주인공이 이 위에 도착한 지 1년을 맞는 기념일은 다행히도 어느 틈에 슬쩍 지나가 버리고 말았다. 그날이 지나가 버렸다고 했는데, 그것은 참으로 다행스러운 일이었다 — 한스 카스토르프 청년은 웬일인지 그날이 다가온다는 사실이 좀 탐탁찮게 여겨졌기 때문이다. 사실 다들 이런 느낌을 받는 것은 지극히 당연한 일이었다. 자기가 이곳에 도착한 날을 좋아하는 사람은 없었으며, 1년이나 1년 이상 지낸 사람들도 그날이 생각조차 나지 않았다. 반면에 평소에는 축제나 축배를 들 만한 구실을 하나도 빼놓지 않았고, 1년이라는 리듬과 맥박을 타고 찾아오는 일반적인 큰 행사 외에도 사적이고 불규칙한 일들을 되도록 많이 더했다. 생일, 종합 검진, 임박한 자포자기식 퇴원이나 건강을 찾아 정식으로 나가는 퇴원, 그 밖에 이와 유사한 계기가 생기면 식당에 모여 푸짐한 요리에 샴페인을 터뜨리며 요란하게 축하했다 — 그런데 도착 기념일만은 그저 말없이 조용히 보내면서, 빨리 지나가게 했으며, 그날을 실제로 잊어버린 채 지나치는 일도 있었다. 요컨대 본인 외의 다른 사람들이 그날을 그렇게 분명하게 기억하고 있지 않다는 것은 분명해 보였다.

사람들은 나뉜 시간의 단락을 존중하고 있어서, 달력, 주기, 외부적으로 반복되는 축일은 주의해서 살피고 있었다. 하지만 개개인이 이 위의 공간과 결부된 시간, 즉 개인적이고 사적인 이 시간을 따지고 셈한다는 것은 단기 체류자나 신참들에게나 가능할 뿐, 그 점에 있어서 붙박이 정주자들은 하나하나 셀 겨를 없이 모르는 사이에 지나가 버리는 영원의 시간, 언제나 하루같이 똑같은 나날을 좋아했고, 다른 사람들도 자신과 똑같은 기분일 것이라고 사려 깊게 이해해 주고 있었다. 어느 누구에게든지 자신이 이곳에 온 지 3년째 된다고 말하는 것은 매우 실례되고 잔인한 행위로 간주되었다 — 그래서인지 이곳에서 그런 일은 일어나지 않았다. 다른 일에서는 주책없고 늘 실수를 하는 슈퇴어 부인조차도 이 점에 대해서는 빈틈없고 세련되어, 그녀가 환자이고 그녀의 몸에서 나는 열이 그녀의 무교양과 관련이 있다는 점이 확실했다 할지라도, 그런 실수는 절대로 범하지 않았다. 최근에도 그녀는 식사할 때 폐첨(肺尖)의 〈침윤〉을 〈습윤〉이라고 말한 적이 있었고, 역사 이야기가 화제에 올랐을 때는 이제 역사의 연대 문제가 자신의 〈폴리크라테스의 반지〉, 즉 자기가 가장 자신하는 부분이라고 허풍을 떠는 바람에, 역시 주위에 앉은 사람들의 눈살을 찌푸리게 했다. 하지만 그런 말을 서슴지 않던 그녀도, 비록 그녀 자신은 그날을 틀림없이 생각했겠지만, 가령 2월에 있었던 요아힘의 이곳 도착 기념일을 상기하게 하는 짓은 결코 생각조차 하지 않았다. 그녀의 축복받지 못한 머리에는 늘 쓸데없는 날짜와 일들로 가득 차 있었기 때문이다. 그녀는 다른 사람들에게 날짜를 계산해 주는 일을 좋아했지만, 그런 그녀조차도 이런 풍습에 얽매여 자신의 입을 꾹 다물고 있었다.

한스 카스토르프의 도착 기념일에 관해서도 마찬가지였다. 슈퇴어 부인은 식사 중에 그에게 한 번 의미심장한 눈빛을 던졌지만, 그가 그런 신호를 무표정한 얼굴로 받아넘겼기 때문에 얼른 그런 눈빛을 철회하고 말았다. 요아힘도 한스 카스토르프에게 1년이 되었다는 말은 하지 않았지만, 이 위로 자신을 문병 온 사촌을 마중하러 도르프 역으로 나가던 날짜는 잘 기억하고 있음에 틀림없었다. 하지만 요아힘은 천성적으로 말이 별로 없는 사람이어서, 한스 카스토르프가 적어도 이 위에 와서 말이 많아진 것과는 비교가 되지 않았고, 하물며 두 사람의 친구가 된 휴머니스트나 궤변가와는 비교할 것도 없었다 — 이런 요아힘이 얼마 전부터 더욱 눈에 띄게 말수가 줄어들었고, 말을 해도 한두 마디 띄엄띄엄 하는 게 고작이었지만, 표정을 보면 무언가를 깊이 생각하고 있는 것 같았다. 그에게는 도르프 역이 마중이나 도착하는 장소 이외의 어떤 다른 의미와 연결되어 있음이 분명했다……. 그는 평지와 편지 왕래를 부지런히 하고 있었다. 그의 마음속에서는 어떤 결심이 무르익고 있었고, 그가 준비하고 있는 일은 거의 마무리 단계에 있었다.

7월에는 따뜻하고 청명한 날씨가 계속되었다. 하지만 8월에 접어들자 곧 날씨가 나빠지기 시작하여 음산하고, 습기차고, 눈 섞인 비가 오다가 영락없이 눈이 오기도 했다. 간간이 화창한 여름날이 끼어들기는 했지만, 우중충한 날은 8월 말에서 9월 초까지 계속되었다. 처음에는 여름 같은 날씨가 며칠간 계속된 덕분에 방 안이 아직 따뜻했고, 방 안의 온도가 10도를 유지하고 있어 그럭저럭 쾌적하게 지낼 수 있었다. 하지만 그 이후 날씨는 점점 더 추워지기 시작했다. 그런데 사람들은 계곡을 뒤덮은 눈을 보고 기뻐했다. 아무리 날씨가 추워져도 계곡에 덮이는 눈을 확인하지 않으면 사무국에서는 스팀을 넣을 생각을 하지 않았기 때문이다. 처음에는 식당에만 스팀이 들어왔고, 그다음에는 각 방에도 스팀이 들어왔다. 그래서 환자들은 안정 요양이 끝난 뒤 두 장의 담요를 벗어 버리고 발코니에서 방으로 들어와, 차갑게 언 손을 스팀 관에 대고 녹일 수 있었다. 물론 스팀으로 인해 건조해진 공기 때문에 볼이 발갛게 상기되는 현상은 더욱 심해졌다.

벌써 겨울이란 말인가? 감각으로 느끼는 바로는 그런 인상을 떨쳐 버릴 수 없었다. 비록 환자들은 자연적이고 인위적인 환경의 영향을 받아 내적으로나 외적으로 시간을 낭비하며 스스로에게 여름을 기만했음에도 불구하고, 오히려 여름을 〈사기당했다〉고 불평들을 했다. 그러면서도 이성적으로는 아직 화창한 가을날이 올 거라고 기대하고 있었다. 태양의 고도가 이미 낮아졌고, 일몰 시간이 어느새 빨라진 것을 생각하지 않는다면, 어쩌면 여름이라고 불러도 지나치지 않을 따뜻하고 화창한 날이 심지어 며칠씩 이어질지도 모른다. 하지만 이러한 터무니없는 위로보다 바깥 겨울 풍경을 바라보며 느끼는 기분의 영향이 훨씬 더 강했다. 환자들 중에 닫힌 발코니 문 옆에 서서 휘몰아치는 눈보라를 바라보며 참지 못하겠다는 듯이 바라보는 사람이 있었는데, 그는 바로 다름 아닌 요아힘이었다. 그는 억눌린 듯한 목소리로 이렇게 말했다.

「이런, 이제 또 시작이군!」

요아힘의 뒤에 있던 한스 카스토르프가 대답했다.

「아직은 좀 이른 것 같아. 물론 결정적인 것은 아니겠지만, 겨울이 시작된 것 같은 광경이 몸서리쳐질 정도로 보이고 있어. 어둠, 눈, 추위 및 따뜻한 스팀 관이 겨울의 속성이라면, 다시 겨울이 온 것을 부정할 수 없겠지. 바로 얼마 전까지만 해도 겨울이 계속되어 간신히 해빙의 계절이 끝났다고 생각했는데 말이야 — 아무튼 우린 얼마 전까지만 해도 마치 봄이었던 것처럼 생각해. 그렇지 않아? 그것을 생각하면 순간 기분이 불쾌해질 수 있다는 점은 나도 인정해. 그건 인간의 생명욕에는 위험한 일이야 — 왜 내가 그렇게 생각하는지 자세히 설명해 주지. 나는 이 세계가 보통 인간의 욕망에 부합하도록, 그리고 생명욕에도 부합하도록 만들어져 있다고 생각해. 이 점은 누구라도 인정해야 할 거야. 그렇지만 자연의 질서, 가령 지구의 크기, 지구가 자전하고 태양 주위를 공전하는 데 필요한 시간, 하루의 개념이나 사계절의 변화, 원한다면 우주의 리듬이라고 해도 좋지만, 그와 같은 것이 우리의 욕구에 맞게 만들어졌다고 말하려는 것은 아니야. 그건 어쩌면 뻔뻔스럽고 단조로운 것일 테니까. 그것이 소위 사상가들이 말하는 목적론일지도 몰라. 하지만 일반적이고 근본적인 자연 현상이 고맙게도 우리의 욕구와 서로 조화를 이루고 있는 것은 사실이야. 〈고맙게도〉라고 말한 것은, 그래야 정말로 신을 찬미할 수 있을 테니까. 그런데 평지에서는 여름이 찾아오고 겨울이 찾아오면, 그전의 여름과 겨울이 지나간 지 꽤 오래되었으므로 우리에게 다시 새롭게 느껴지고 환영받지. 인간의 생명욕은 이로 인해 생기는 거야. 그런데 이 위의 우리에게는 이러한 질서와 조화가 깨어져 있어. 첫째로, 자네도 언젠가 말했던 것처럼 이곳에는 사실 계절다운 계절이라는 게 없고, 그저 여름 같은 날과 겨울 같은 날이 아무렇게나 뒤섞여 있기 때문이야. 둘째로, 이곳에서 흘러가는 시간은 도무지 시간이라고 할 수 없기 때문에 새로이 찾아온 겨울도 조금도 새롭게 느껴지지 않고, 다시 낡은 겨울이 되고 말지. 그러니 자네가 창밖을 바라보면서 언짢은 기분이 드는 것도 충분히 이해해.」

「정말 고마워.」 요아힘이 말했다. 「그런데 자네는 그렇게 설명했다는 사실에 만족을 느끼는 모양이지? 특히 그 사실 자체에도 만족하고 있는 것 같군. 하지만 그건…… 아니야!」 요아힘이 말을 끊었다가 다시 말했다. 「그만두자! 이건 비열한 짓이야. 이 모든 게 치사하고 구역질 날 정도로 비열해. 자네라면 자네 나름대로…… 그러나 난…….」 그러고는 요아힘은 빠른 걸음으로 방을 나가 화난 듯이 문을 닫았다. 만약 한스 카스토르프가 잘못 본 것이 아니라면, 그의 아름답고 부드러운 눈망울에 눈물이 고여 있었다.

한스 카스토르프는 당황해서 그대로 서 있었다. 그는 요아힘이 자신의 비장한 결심을 공공연하게 통고하는 한에서는, 그것을 그리 심각하게 받아들이지 않았다. 하지만 이제 요아힘이 묵묵히 표정으로 자신의 결심을 나타내면서 방금과 같은 태도를 보이자, 이 군인이 자기의 결심을 실행에 옮길 남자라는 것을 확실히 느끼게 되어 새파랗게 질릴 정도로 깜짝 놀랐다. 그것도 두 사람, 자신과 사촌을 함께 생각한 데서 온 놀라움이었다. 〈그는 아마 죽고 말 거예요〉라는 쇼샤 부인의 말이 떠올랐다. 물론 그녀도 제3자로부터의 정보였겠지만, 결코 잊은 적이 없는 그 의혹의 고통이 또다시 그의 가슴에 밀려들었다. 이와 동시에 그는 요아힘이 자기를 이 위에 혼자 두고 떠난다는 게 가능한 일일까 하고 생각했다 — 자신을 문병하기 위해 찾아온 나를 남겨 두고 말이야?! 그러고는 자신에게 타일렀다. 그런 일은 터무니없고 끔찍한 짓이야 — 그런 일은 너무나 터무니없고 끔찍한 짓이어서, 내 얼굴이 새파래지고 내 심장이 사정없이 뛰는 것을 내가 느낄 정도야. 내가 혼자 이곳에 남게 되면 — 요아힘이 정말 떠나가 버리면, 난 혼자가 되는 수밖에 없는 거다. 내가 요아힘과 함께 떠난다는 것은 도저히 상상조차 할 수 없는 일이야. 그렇게 된다면, 아, 생각만 해도 숨이 멎을 것 같다. 그렇게 된다면 나는 천년만년 영원히 이곳에 남게 될 거야. 혼자서는 다시 평지로 돌아가는 길을 결코 알지 못할 것이니까…….

한스 카스토르프는 두려움에 떨면서 여기까지 생각했다. 바로 그날 오후에 그는 사태의 추이에 관해 확실하게 알게 되었다. 주사위는 던져졌고, 확고부동한 결단이 내려졌다고 요아힘이 천명했던 것이다.

차를 마시고 나서 이들은 매달 하는 검진을 받기 위해 밝은 지하실로 내려갔다. 9월 초의 일이었다. 스팀으로 건조해진 지하 진료실에 들어서자 크로코브스키 박사가 사무용 책상에 앉아 있었고, 베렌스 고문관은 아주 창백한 얼굴로 팔짱을 끼고 벽에 몸을 기댄 채 한 손에 들고 있는 청진기로 자신의 어깨를 두드리고 있었다. 그는 천장을 올려다보며 하품을 했다. 「안녕하세요, 여러분!」 그는 나른한 소리로 말했고, 더구나 힘이 없고 기분이 우울해 보여 매사에 흥미를 잃은 것처럼 보였다. 아마 담배를 너무 많이 피운 모양이었다. 그러나 사촌들도 이미 들어서 알고 있었지만, 사실은 불쾌한 일도 겹쳐 있었다. 요양원에서는 질리도록 흔해 빠진 종류의 일이었다. 한 젊은 아가씨, 아미 뇔팅이라는 이름의 아가씨가 재작년 가을에 이 요양원에 들어왔다가 9개월이 지난 작년 8월에 완쾌되어 퇴원했는데, 집에 가보니 〈기분이 좋지 않다〉는 이유로 9월도 채 끝나기 전에 다시 이 위로 돌아왔던 것이다. 2월에 아무런 이상이 없다는 진단을 받고 집에 되돌아갔는데, 7월 중순부터 다시 일티스 부인의 식탁 예전 자리에 앉게 되었다 ─ 이 아미 뇔팅이 새벽 1시에 폴리프락시오스라는 이름을 지닌 같은 그리스인 남자 환자와 함께 그녀의 방에 있다가 발각된 것이다. 폴리프락시오스는 사육제 날 밤에 튼실한 두 다리로 화제를 불러일으킨 젊은 화학자로, 아버지는 피레우스에서 염료 공장을 경영했다. 새벽 1시에 현장을 발견한 것은, 다름 아닌 아미 뇔팅의 친구였다. 그녀는 폴리프락시오스의 방과 같은 통로를 따라, 즉 발코니

를 따라 아미 뇔팅의 방으로 들어가 그 장면을 목격하고는
— 질투심에 제정신이 아니었다 — 마음에 고통과 분노를
일으켜, 온 병동이 떠나갈 정도로 고함을 질러 대는 바람에
이러한 추문이 모든 사람에게 알려져 버렸다. 그래서 베렌스
고문관은 이 세 사람, 즉 아테네 남자, 아미 뇔팅, 질투에 눈
이 멀어 체면도 부끄러움도 잊은 그녀의 여자 친구에게 할
수 없이 추방 명령을 내리지 않을 수 없었다. 그런데 사실 아
미 뇔팅의 행각을 폭로한 여자 친구뿐 아니라 아미 뇔팅도
이 크로코브스키 박사에게 개인으로 정신 분석 치료를 받고
있었으므로, 베렌스 고문관은 지금 내키지 않는 그 문제에
관해 자신의 조수와 함께 대책을 논의하는 중이었다.

베렌스는 사촌들을 진찰하는 동안에도 그 일에 대해 우울
과 체념이 담긴 어조로 계속 뭐라고 말하고 있었다. 그는 청
진의 권위자였기 때문에, 환자의 몸속을 청진하는 동안에도
한편으로 딴 이야기를 계속 지껄일 수 있었고, 그동안에도
조수에게는 청진한 내용을 받아쓰게 할 정도였다.

「아, 정말, 신사 여러분, 저주받을 성욕입니다!」 베렌스가
말했다. 「당신들은 물론 이런 일을 재미있어할 것입니다. 정
신이 번쩍 들게 할 겁니다 — 폐포음 — 그렇지만 원장이 되
어 보십시오. 이런 일은 딱 질색입니다 — 탁음 — 정말입니
다. 결핵에 걸리면 욕정이 불끈 솟는다는데 그걸 내가 어떻
게 하겠습니까 — 가벼운 수포음? — 나도 모르는 사이에
마치 창녀들의 포주가 된 기분입니다 — 여기 왼쪽 어깨 밑
의 단축음. 여기서는 정신 분석을 하고 있어서 무엇이든 입
밖에 낼 수 있습니다 — 네, 잘됐군요! 패거리들은 자신의
마음을 털어놓으면 놓을수록, 더욱더 음탕한 얘기를 하게

됩니다. 난 수학을 설교하고자 합니다 — 여기는 더 좋아졌고, 잡음이 사라져 이상이 없습니다. 말하자면 수학 공부가 성욕을 해소하는 데 최고의 수단입니다. 성욕으로 심하게 괴로움을 당했던 파라반트 검사는 수학에 몰두하여, 지금은 원의 구적법을 공부하면서 괴로움을 많이 덜었습니다. 하지만 대부분의 환자들은 너무 어리석고 너무 게을러서 연민을 자아내게 합니다 — 폐포음 — 그런데 여러분, 난 이곳의 젊은이들이 자칫하면 타락하여 폐인이 된다는 사실도 너무나 잘 알고 있습니다. 예전에는 풍기 문란을 단속하려고 몇 번 시도해 보았습니다. 하지만 그러다가 어떤 부인의 오빠인지 신랑인지, 대체 당신이 우리와 무슨 상관이 있느냐고 나한테 대놓고 따지는 일이 있었습니다. 그 이후부터는 그냥 의사의 직분에만 충실하고 있습니다 — 오른쪽 위쪽에 수포음.」

고문관은 요아힘을 진찰하고 나서 청진기를 수술복 주머니에 집어넣고는 커다란 왼손으로 두 눈을 비볐다. 그는 뭔가 〈좀 피곤해서〉 우울해질 때면, 으레 그런 행동을 보이곤 했다. 그는 기분이 울적한지 반기계적으로 중간중간 하품을 좀 하더니, 언제나처럼 판에 박힌 설교를 늘어놓았다.

「자, 침센 군, 힘을 내세요. 아직은 모든 상태가 생리학 책에 쓰인 대로라고는 할 수 없습니다. 군데군데 잡음이 남아 있으니까요. 가프키와의 관계도 아직 완전히 정리된 것이 아니고, 게다가 최근에는 번호가 한 단계 올라가지 않았습니까? — 이번에는 번호 6입니다. 그렇다고 절대 세상을 비관해서는 안 됩니다. 서류상으로 증명해 드릴 수 있습니다만, 당신이 이곳에 왔을 때는 지금보다 상태가 더 나빴습니다. 이제 대여섯 달 더 있으면 — 예전에는 한 달, 두 달이라고 말할 때 달을 〈달〉이라고 하지 않고 〈덜〉이라고 한 것을 아시나요? 사실 그게 듣기에는 훨씬 더 좋았습니다. 그래서 난 이제 〈덜〉이라고 말할 작정입니다 ──」

「고문관님.」 요아힘이 말을 시작했다……. 그는 상반신을 드러낸 채 가슴을 펴더니, 구두 뒤꿈치를 모으고는 부동자세로 서 있었는데, 그의 안색에는 한스 카스토르프가 어떤 특정한 기회에 햇볕에 많이 탄 얼굴이 핏기를 잃으면 저런 색이 되는구나 하고 처음으로 알아챘을 때처럼 얼룩 반점이 있었다.

「당신이.」 고문관은 여세를 몰아 계속 말했다. 「앞으로 반 년 정도만 이곳에서 엄격하게 요양 근무를 한다면, 당신은 성공한 남자가 되고, 따라서 콘스탄티노플을 점령할 수 있을 겁니다. 그렇게 되면 당신의 용맹성을 인정받아 국경 지대의 사령관이 되는 것도 어려운 일이 아니지요.」

요아힘의 하산(下山)에 대한 확고부동한 태도, 무언가 딱 잘라 말하겠다는 그의 확고한 의지가 고문관을 어리둥절하게 하지 않았다면, 고문관은 우울한 기분을 달래기 위해 또 어떤 말을 늘어놓았을지 모른다.

「고문관님.」 요아힘은 말했다. 「말씀드리기 송구스럽지만, 난 이미 고향으로 돌아갈 결심을 굳혔습니다.」

「아니, 뭐라고요? 떠나겠다고요? 난 당신이 나중에 건강한 몸이 되어서, 군대로 되돌아갈 거라고 생각했는데요?」

「아닙니다, 지금 떠나야 합니다, 고문관님, 일주일 안으로 말입니다.」

「내가 잘못 들은 것이 아닌가요? 자포자기하여 몰래 도망치겠다는 건가요? 그건 탈주라는 것을 아십니까?」

「아닙니다, 절대로 그렇게 생각하지 않습니다, 고문관님. 난 이제 연대로 원대 복귀해야 합니다.」

「앞으로 6개월이면 틀림없이 돌려보내 드린다고 하는데도, 그리고 6개월이 되기 전에는 절대로 떠날 수 없다고 하는데도 말입니까?」

요아힘의 태도는 점점 더 군대식으로 변해 갔다. 그는 배를 집어넣고, 중저음의 짤막한 목소리로 말했다.

「이곳에 온 지 1년 반이 넘었습니다, 고문관님. 더 이상 기다릴 수 없습니다. 고문관님께서는 처음에 3개월이라고 말했습니다. 그러고 나서는 3개월, 6개월 이런 식으로 요양 기간이 계속 연장되었습니다. 그런데도 나는 여전히 건강하지 않습니다.」

「그것이 내 잘못이란 말입니까?」

「아닙니다, 고문관님. 하지만 더 이상 기다릴 수 없다는 겁니다. 내가 다시 군대로 돌아갈 기회를 놓치지 않으려면, 여기서 병이 다 나을 때까지 기다리고 있을 수만은 없습니다. 지금이라도 당장 저 아래로 내려가야만 합니다. 장비를 갖추고, 그 밖의 다른 준비를 하려면 시간이 좀 필요하거든요.」

「당신의 이런 행동은, 가족의 양해는 받았나요?」

「어머니께서 양해해 주셨습니다. 모두 결정된 일입니다. 나는 10월 1일에 사관후보생으로 제76연대에 입대합니다.」

「어떠한 위험이라도 무릅쓰고 말인가요?」 베렌스는 이렇게 물으면서 충혈된 눈으로 요아힘을 쳐다보았다.

「명령대로 할 것입니다, 고문관님.」 요아힘은 입술을 떨며 대답했다.

「뭐, 그렇다면 좋습니다, 침센 군.」 고문관은 얼굴 표정을 부드럽게 바꾸었고, 태도도 유순해졌으며, 몸도 마음도 느슨해졌다. 「좋아요, 침첸 군. 그렇다면 떠나도록 하세요! 무사히 여행하길 빕니다. 당신은 자신이 하고자 하는 일이 무엇인지 잘 알고 있는 것 같습니다. 모든 일을 자기 책임으로 행동하고 있습니다. 당신이 그 책임을 떠맡는 순간부터 그것은 전적으로 당신의 몫이지, 결코 내 몫이 아닙니다. 그건 분명합니다. 사내대장부란 모름지기 스스로 알아서 행동해야 하니까요. 당신은 보증 없이 여행해야 하는데, 난 거기에 아무런 책임이 없습니다. 하지만 아무 일 없이 잘되겠지요. 당신이 하고자 하는 일은 야외에서 하는 일이니까요. 그것이 당신의 몸에 도움이 되어, 어쩌면 더 좋은 결과를 가져올지도 모르죠.」

「나도 그렇게 생각합니다, 고문관님.」

「자, 그럼, 민간인 방문객인 젊은이, 한스 카스토르프 당신은 어떻게 할 건가요? 같이 갈 건가요?」

이번에는 한스 카스토르프가 대답할 차례였다. 그는 1년 전 방문객으로 요양원에 발을 들여놓았다가 환자로 탈바꿈한 원인이 된 그 진찰을 받을 때처럼, 창백한 얼굴로 그곳에 서 있었다. 그때처럼 얼굴에는 얼룩 반점이 나 있었다. 그리고 심장의 고동이 늑골까지 울리는 것을 이번에도 분명하게 느낄 수 있었다. 그는 이렇게 말했다.

「나는 당신의 판정에 따를 작정입니다, 고문관님.」

「내 판정대로요? 좋습니다!」 고문관은 청년의 팔을 잡아끌고는, 청진하고 타진했다. 결과는 받아 적게 하지 않았다. 일은 꽤 신속하게 진행되었다.

그는 진찰을 마치자 이렇게 말했다.

「당신은 여행을 해도 좋습니다.」

그러자 한스 카스토르프는 더듬거리며 말했다.

「그렇다면…… 대체 무슨 말씀이신지요? 내가 건강해졌다는 말인가요?」

「그렇습니다, 당신은 건강합니다. 왼쪽 위의 환부는 이제 문제될 게 없습니다. 열이 그 환부 때문에 생긴 것 같지는 않습니다. 하지만 무엇 때문에 열이 생기는지는 나도 확실히는 모르겠습니다. 그다지 걱정할 필요가 없는 열인 듯합니다. 내 판단으로는, 당신은 여행을 해도 괜찮겠습니다.」

「그렇지만…… 고문관님……. 지금 그 말씀은 진심이 아니겠지요?」

「진심이 아니라고요? 어째서요? 도대체 무슨 생각을 하는 겁니까? 나를 대체 어떻게 생각하는 겁니까, 좀 들어 봅시다. 당신은 대체 나를 무엇이라고 여기고 있습니까? 창녀의 포주쯤으로 여긴다는 말인가요?!」

그것은 분노였다. 푸르스름한 고문관의 얼굴은 끓어오르는 분노로 보랏빛으로 변했고, 콧수염을 기른 입술의 한쪽 끝이 더욱 심하게 치켜져 옆으로 윗니까지 드러났다. 머리를 들이밀고 있는 모습이 마치 황소 같았고, 눈물에 젖고 핏발이 선 두 눈은 금방이라도 부풀어 오를 것 같았다.

「그런 식으로 말하지 마십시오!」 고문관은 큰 소리로 외쳤다. 「첫째, 나는 이곳의 경영자가 아닙니다. 고용인일 뿐입니다! 난 의사입니다! 그저 의사일 뿐이란 말입니다, 내 말 알아듣겠어요?! 난 뚜쟁이 영감이 아닙니다! 아름다운 나폴리의 톨레도에 사는 색골은 더더욱 아닙니다, 알아듣겠습니까? 나는 고통을 겪고 있는 사람들을 도와주는 인류의 봉사

329

자입니다! 당신들이 나를 그런 사람이 아니라고 생각했다면, 두 사람 다 사라지든지, 꺼지든지, 파멸하든지, 내키는 대로 하십시오! 어쨌든 즐거운 여행이 되기를 바랍니다!」

고문관은 뢴트겐실의 대기실로 통하는 문을 향해 성큼성큼 걸어가더니, 문을 뒤로 쾅 닫고는 나가 버렸다.

두 사촌은 구원을 청하는 눈길로 크로코브스키 박사를 바라보았지만, 그는 서류를 응시하며 열심히 읽는 척했다. 사촌들은 서둘러 옷을 입었다. 계단으로 나오자 한스 카스토르프가 입을 열었다.

「이야, 정말 끔찍했어. 전에도 저렇게 화를 낸 적이 있었나?」

「아니야, 저렇게 화낸 적은 아직 없었어. 저런 게 바로 상관의 발작이야. 저럴 땐 아무 말도 하지 말고, 그냥 가만히 놔두는 게 상책이지. 물론 폴리프락시오스와 아미 뇔팅의 일로 화가 난 거야. 하지만 자네도 보았지?」 요아힘은 말을 계속하면서도, 목적을 달성했다는 기쁨에 겨워 가슴이 벅차오르는 것을 주체할 수 없는 모양이었다. 「자네도 보았잖은가? 나의 결심이 확고하다는 것을 알고서, 그가 주장을 굽혀 항복한 것 말이야. 칼을 빼어 들고 끝까지 덤벼야 하는 거야. 이제야, 말하자면, 허락을 받은 거야 ― 그 자신도 말했지, 내가 역경을 견뎌 좋은 결과를 가져올 수도 있을 거라고 말이야 ― 우리는 이제 일주일만 지나면 떠날 거야……. 난 3주가 지나면 연대에 편입될 거고.」 그는 〈우리〉라고 말했다가 다시 〈나〉로 바꾸면서, 한스 카스토르프의 일은 건드리지 않고, 자신의 문제에 대해서만 기쁨에 들떠 떨리는 소리로 말했다.

한스 카스토르프는 조용히 침묵을 지키고 있었다. 그는 요아힘이 〈허락〉받은 것에 대해, 또한 자신이 〈허락〉받은 것에 대해 무언가 말을 꺼내도 좋을 것 같았는데, 이에 대해 한마디도 하지 않았다. 그는 안정 요양을 위해 매무새를 가다듬었다. 즉 체온계를 입에 물었고, 낙타털 담요 두 장을 평지에서는 아무도 상상할 수 없을 정도로 간단하고도 안정된 솜씨로 몸에 감았고, 초가을 오후의 축축하고 찬 날씨에 누에고치처럼 꼼짝 않고 훌륭한 접이식 침대에 드러누웠다.

비구름이 낮게 드리워져 있었고, 저 아래의 환상적인 깃발은 걷어 들여 보이지 않았다. 전나무의 축축한 가지 위에 잔설이 얹혀 있었다. 1년 전, 귓가에 울리는 알빈 씨의 목소리를 처음으로 들었던 저 아래 안정 홀에서, 안정 요양을 하고 있는 청년 한스 카스토르프의 귀에 뭐라고 소곤거리는 소리가 들려왔다. 청년의 손가락과 얼굴은 축축하고 찬 날씨에 금세 굳어 버렸다. 그는 이런 것에 익숙해져 있었기 때문에, 이제는 그것이 이곳에서 유일하게 생각할 수 있는 생활 방식이 되었다. 그는 누구의 간섭도 받지 않고 누워서, 모든 것을 생각할 수 있는 것을 은총으로 알고 감사해했다.

요아힘이 떠나는 것은 확실하게 결정되었다. 라다만토스가 그를 석방한 것이다 — 정식으로 건강한 몸이 되어 석방한 것이 아니라, 사실 요아힘의 단호한 결심을 인정하고 그것을 이유로 마지못해서 석방한 것이었다. 요아힘은 협궤 열차를 타고 저 아래 세상의 란트쿠아르트로 가서 로만스호른에 닿은 다음, 거기서부터 시(詩) 속에서 기사가 말을 타고 건너갔다고 하는 넓고 깊은 호수[47]를 지나, 독일을 횡단하여

47 독일과 스위스 사이에 있는 보덴 호수를 가리킨다.

집으로 돌아갈 것이다. 그런 다음에 저 아래 평지의 세상에서 체온 재는 법, 담요를 감는 법, 침낭 사용법, 하루 세 번 하는 산책 등에 대해 아무것도 모르는 사람들 틈에서 살아갈 것이다……. 저 아래 평지 사람들이 전혀 모르는 것에 대해 하나하나 늘어놓으며 말을 꺼내는 것은 쉽지 않았다. 이처럼 이 위에서 1년 반 이상 지낸 요아힘이 아무것도 모르는 사람들 사이에서 살아가야 한다는 생각 — 이러한 생각은 요아힘에게만 직접적인 관련이 있을 뿐, 한스 카스토르프에게는 다만 멀리서 가정해 볼 뿐인 일이기는 했지만 — 에 한스 카스토르프는 머리가 혼란스러워져서, 두 눈을 감은 채 그런 생각을 떨치려는 듯 손을 내저었다. 「불가능해, 불가능한 일이야.」 그는 혼잣말로 중얼거렸다.

하지만 그것이 불가능한 일이라고 요아힘 없이 홀로 이 위에서 계속 살아갈 것인가? 그렇다. 얼마나 오래? 이제 다 나았다고 베렌스 고문관이 그를 석방할 때까지, 그것도 오늘처럼이 아니라 진심으로 석방해 줄 때까지이다. 그렇지만 사실 그 석방 시기란, 첫째로 언젠가 요아힘이 허공에 대고 알 수 없다고 중얼거린 것처럼, 언제가 될지 알 수 없는 일이었다. 그리고 둘째로 그때가 된다 해서, 지금까지 불가능한 일이 가능하게 될까? 아니, 오히려 그 반대가 될지도 모른다. 그리고 불가능한 일이 그때가 되어 어쩌면 더욱 불가능한 일이 되기 전에 이런 석방을 받았다는 사실은, 지금 그에게 구원의 손길이 뻗친 것이라고, 공평하게 말해, 인정해야만 했다 — 요아힘의 무모한 출발로 인해 한스 카스토르프는, 혼자 힘으로는 영원히 알지 못할 것 같은 평지로 돌아가는 길을 안내받게 되었고, 또 그것이 그에게는 확고한 버팀목이 되어 주었다. 인문주의적인 교육자 세템브리니가 이런 기회를 알았다면, 그 구원의 손길을 붙잡고 그가 인도해 주는 길을 따르도록 적극 권했을 것이다! 하지만 세템브리니 씨는 대변자의 한 사람에 지나지 않았다. 들을 만한 가치가 있는 사물과 정신들 중 하나였을 뿐, 유일하고 절대적인 대변자는 아니었다. 요아힘에 대해서도 역시 마찬가지였다. 그렇다. 그는 하나부터 열까지 군인이었다. 그는 젖가슴이 풍만한 마루샤가 돌아올 때를 즈음해서 떠나는 것이었다(마루샤가 10월 1일에 돌아온다는 사실은 누구나 알고 있었다). 이와는 반대로 일개 민간인인 한스 카스토르프는 언제 돌아올지 전혀 알 수 없는 클라브디아 쇼샤 부인을 기다려야 하기 때문에, 그의 출발에 대해서는 언제쯤이라고 잘라 말하기가 어려울 것 같았다. 요아힘은, 라다만토스가 탈주라고 언급하자, 〈나는 그렇게 생각하지 않습니다〉라고 말했다. 요아힘이 볼 때 이 탈주라는 말은, 의심의 여지없이 우울증에 걸려 있는 고문관의 헛소리에 지나지 않았다. 하지만 민간인인 자신의 경우에는 역시나 사정이 다를 수밖에 없었다. 그에게는 (그렇다, 의심의 여지없이 탈주임에 분명했다! 그는 이런 결정적인 생각을 얻기 위해서, 오늘 이렇게 축축하고 찬 발코니에 누워 있는 것이었다) ― 그에게는 기회를 붙잡아 무모하게, 또는 무모한 것에 가깝게 평지로의 출발을 감행하는 것이 정말이지 탈주일지 모른다. 신의 자식이라 불리는 고귀한 인간의 관점에서 본다면, 그것은 이 위에서 생긴 광범위한 책임으로부터의 탈주이며, 그가 여기 발코니와 푸른 꽃이 피어 있는 장소에서 몰두했던 술래잡기 의무, 힘들면서도 얼굴을 화끈거리게 하는 술래잡기 의무, 자신의 자연스러운 힘을 넘어서지만 그래도 모험적인 행복감을 느끼게 하는 술래잡기 의무에 대한 배신인 것이다.

한스 카스토르프는 입에서 체온계를 뺐다. 옛날 수간호사에게 그 사랑스러운 기구를 사서 처음으로 체온을 쟀을 때와 마찬가지로 거칠게 빼서, 그때처럼 호기심 가득해 수은주를 들여다보았다. 수은주는 껑충 올라가 37.8도 내지는 거의 37.9도까지 올라가 있었다.

한스 카스토르프는 담요를 걷어차고 벌떡 일어나 방으로 뛰어 들어가서 복도로 나가는 문 앞까지 갔다가 되돌아왔다. 그런 다음 다시 발코니에 수평 상태로 누워, 목소리를 낮춰 요아힘을 부르고는, 그의 체온이 몇 도인지 물어보았다.

「난 이제 더 이상 체온을 재지 않아.」 요아힘이 대답했다.

「그래? 난 템푸스[48]가 있는걸.」 한스 카스토르프는 슈퇴어 부인이 샴페인을 〈샴푸스〉라고 부르던 것을 흉내 내어, 자기도 템페라투어[49]라 하지 않고 템푸스라 불렀다. 그렇지만 유리 칸막이 저쪽에 있는 요아힘은 아무 대답이 없었다.

요아힘은 나중에도, 즉 그날과 그다음 날에도 아무 말을 하지 않았고, 사촌의 계획과 결심에 대해 전혀 입을 열지 않았다. 물론 자기의 출발 날짜가 빠듯하므로, 한스 카스토르프가 행동을 하느냐 안 하느냐에 따라 그의 계획과 결심이 자연히 드러나게 되어 있었다. 즉 행동을 하지 않는 것으로 정해졌다. 한스 카스토르프는, 신만이 행동하기를 원하므로 인간이 행동하려고 하는 것은 신을 욕되게 하는 일이라는 정적주의를 신봉하는 것 같았다. 아무튼 한스 카스토르프가

48 *Tempus.* 시제.
49 *Temperatur.* 체온.

요 며칠 동안 한 것이라곤 베렌스를 한 번 방문한 것밖에 없었다. 그때 두 사람 사이에 오고 간 이야기에 대해서는 요아힘도 알고 있었고, 대화가 어떻게 진행되었고 또 결과가 어떻게 되었는지는 불 보듯 뻔했다. 한스 카스토르프는 고문관이 불쾌한 순간에 내뱉은 말보다는, 이전에 기회 있을 때마다 여러 번 충고한 말, 즉 병을 철저하게 고쳐서 두 번 다시 이곳에 돌아오지 않도록 해야 한다는 충고를 존중하고 싶다고 자신의 입장을 밝혔다. 또한 지금 체온이 37.8도나 되기 때문에 정식으로 석방된 것으로 느낄 수 없다고 했다. 그리고 자신은 그런 처분을 받을 만한 행동을 한 적이 없기 때문에, 고문관이 며칠 전에 한 말을 퇴학 처분이라고 생각하지 않는다. 그래서 냉정하게 심사숙고한 결과 요아힘 침센의 경우에 무작정 따를 것이 아니라, 이곳에 더 남아 병독이 완전히 제거될 때까지 기다리기로 했다는 것이다. 이에 대해 고문관은 단어 그대로 이렇게 똑같이 대답했다. 〈좋아요, 좋아요!〉라든지 〈부디 언짢게 생각하지 말아요!〉하는 따위의 말을 되풀이했다. 그러면서 한스 카스토르프를 분별력 있는 청년이라고 칭찬했다. 그리고 그는 탈주자이자 노련한 검사(劍士)인 요아힘보다는 한스 카스토르프에게 환자의 재능이 더 많은 것을 처음부터 알아봤다고도 말했다. 그 밖에도 이런저런 얘기가 오갔다.

요아힘의 거의 정확한 추측에 따르면, 한스 카스토르프와 고문관 사이의 대화는 이렇게 진행되었다. 하지만 요아힘은 이에 대해 아무 말도 하지 않았고, 한스 카스토르프가 자신의 출발 준비에 합류하려 하지 않는다는 것을 말없이 확인했을 뿐이다. 하지만 선량한 요아힘은 자기 자신의 일만으로도 얼마나 바빴는지 모른다! 요아힘은 정말이지 사촌의 운명이나, 사촌이 계속 머무른다는 사실에 대해 걱정할 겨를조차 없었다. 그의 가슴은 폭풍으로 뒤흔들리는 심정이었으리라 — 이것은 충분히 상상할 수 있는 일이었다. 그의 말에 따르면, 체온계를 무심코 떨어뜨려 깨지는 바람에 다시는 체온을 재지 않게 되었는데, 이것은 오히려 잘된 일인지도 모르겠다고 했다. 지금의 요아힘처럼, 흥분 상태에 빠져 너무 기쁘고 긴장한 나머지 얼굴이 붉으락푸르락하는 사람에게는, 체온을 잰다는 것이 오히려 걷잡을 수 없는 결과를 낳을 수 있기 때문이다. 한스 카스토르프가 들은 바로, 요아힘은 이제 차분히 침대에 누워 있을 수조차 없어서 베르크호프에서 해야 하는 하루 네 번의 수평 안정 요양 시간에도 방 안을 왔다 갔다 했다고 한다.

벌써 1년 반! 드디어 저 아래로, 평지로, 집으로, 이제 정말 연대에 들어가는 것이다! 비록 정식 허락이 아닌 절반만의 허락이었지만 말이다. 이러한 사실은 어떤 의미에서 보든 결코 예사로운 일은 아니었다. 한스 카스토르프는 어쩔 줄 몰라 하며 서성거리는 사촌의 태도에서 그러한 점을 확실히 느낄 수 있었다. 18개월, 다시 말해 꼬박 1년 하고도 6개월이나 이 위에서 지내면서 이곳의 생활 기준이나 신성한 생활 양식에 완전히 익숙해지고 숙달되어 있었다. 즉 일주일을 일흔 번 곱한 세월 동안 이곳 생활에 젖어 있다가 마침내 집으로, 낯선 세상으로, 이곳에 대해 아무것도 모르는 사람들에게로 돌아가는 것이다! 저 아래 생활에 다시 적응하려면 얼마나 많은 어려움을 겪어야만 할까? 요아힘이 이토록 흥분하는 것은 이곳을 떠난다는 기쁨 때문만이 아니라, 이것 말고도 완전히 익숙해진 생활을 떠나는 것에 대한 두려움과 슬픔 때문이며 그래서 방 안을 서성거리는 것이라고 상상한다면 잘못된 것일까? — 하물며 마루샤의 일은 제쳐 놓는다고 하더라도 말이다.

그러나 기쁨이 두려움과 슬픔보다 훨씬 더 컸다. 선량한 요아힘은 기쁨에 넘쳐 가만히 있을 수 없어, 자신에 관해 말하기 시작했고, 사촌의 장래에 관해서는 이제 생각할 여유가 없었다. 그는 모든 것, 즉 삶과 그 자신, 하루하루와 매시간이 얼마나 새롭고 신선해질 것인가에 대해 말했다. 다시 충실한 시간을 갖게 될 것이며, 천천히 귀중한 청춘 시절을 보내게 될 것이라고 했다. 그는 자신의 어머니이자, 한스 카스토르프의 이복 외숙모 침센 미망인에 관해 말했다. 요아힘과 마찬가지로 눈이 부드럽고 까만 침센 부인은, 아들이 평지로 갈 수 없었던 것처럼 한 달 두 달, 반년 1년 미루면서 아들을 찾아갈 결심을 하지 못했다. 그 때문에 요아힘은 이 산 위에 있는 동안 한 번도 어머니를 보지 못했다. 그는 감격한 듯 미소 지으며, 얼마 후 치러야 할 입대 선서에 대해 말했다. 장엄한 의식에 따라 군기 앞에서, 바로 연대기 앞에서 선서를 한다고 했다.

「뭐라고?」 한스 카스토르프가 물었다.

「그게 정말이야? 막대기 앞에서? 조그만 천 조각 앞에서?」

「암, 물론이고말고. 포병대는 대포 앞에서 선서를 한다네. 상징적인 의미로서 말이야.」

「거참, 열광적인 풍습이군.」 민간인이 말했다. 「감상적이고 광신적인 풍습이라 할 수 있겠어.」

이에 대해 요아힘은 자랑스럽고도 행복한 듯 머리를 끄덕였다.

　요아힘은 출발 준비를 하기 시작했다. 사무국에서 마지막 돈 계산을 마쳤으며, 자신이 결정한 출발 날짜 며칠 전에 벌써 짐을 꾸리기 시작했다. 여름옷과 겨울옷을 꾸려 넣었고, 가죽 침낭과 낙타털 담요도 어쩌면 기동 연습 때 다시 한 번 사용할 것이라 생각하여 삼베 자루에 넣어 꿰매게 했다. 그러고는 혼자 세템브리니와 나프타를 찾아가 작별 인사를 했다. 한스 카스토르프는 요아힘이 가는 길에 합류하지 않았을 뿐더러, 세템브리니가 요아힘의 출발과 자신의 체류에 대해 어떻게 생각하며, 뭐라고 말했는지 물어보지도 않았다. 세템브리니가 〈그래, 그래요〉라고 했든, 〈좋아, 좋아요〉라고 했든, 아니면 두 가지 다 말했든, 혹은 〈불쌍한 사람〉이라고 했든 간에, 그런 것은 이제 그에게 아무 문제가 되지 않았다.

　드디어 출발 전날 밤이 되었다. 그날 요아힘은 모든 것, 즉 식사와 안정 요양, 산책 등을 마지막으로 끝내고 두 의사와 수간호사에게 작별 인사를 했다. 그리고 드디어 출발 당일 아침이 밝았다. 그는 밤새 잠을 이루지 못해 충혈된 눈에다 차디찬 손으로 아침 식사 자리에 나타났다. 음식도 거의 입에 대지 않았다. 마차에 짐을 다 실었다는 난쟁이 아가씨의 말을 듣자 급히 자리에서 일어나 식탁 동료들에게 작별 인사를 했다. 슈퇴어 부인은 작별 인사를 하면서 눈물을 흘렸지만, 그건 교양 없는 여자의 값싸고 무미건조한 눈물이었다. 그녀는 눈물이 아직 마르기도 전에 요아힘의 등 뒤에서 여교사에게 머리를 흔들고는, 손가락을 펴 손을 이쪽저쪽으로 돌리면서, 요아힘의 출발 자격과 건강 상태에 대해 무척 의심스럽다는 듯 아주 천박한 표정을 지어 보였다. 한스 카스토르프는 사촌을 따라가기 위해 선 채로 커피를 마시다가, 그런 표정을 짓고 있는 슈퇴어 부인을 보게 되었다. 요아힘은 수고한 사람들에게 팁을 건넸고, 현관에서 사무국 대표자의 공식 작별 인사에 답사를 했다. 언제나 그렇듯이 떠나는 사람을 구경하러 환자들이 모여들었다. 〈불임(不妊)〉인 일티스 부인, 상앗빛 피부를 가진 레비 양, 품행이 단정치 못한 포포브와 그의 아내의 얼굴이 보였다. 마차가 뒷바퀴에 제동을 걸면서, 차도를 미끄러지듯 빠져나가자 사람들은 손수건을 흔들었다. 요아힘은 선물로 받은 장미꽃을 가슴에 안고, 머리에는 모자를 쓰고 있었다. 그렇지만 한스 카스토르프는 모자를 쓰고 있지 않았다.

오랫동안 음산한 날씨가 계속되다가 처음으로 햇볕이 내리쬐는 화창한 아침이었다. 시아호른, 녹색의 탑들, 도르프베르크의 둥그스름한 봉우리들, 이런 것들이 변함없이 이 지방의 상징인 양 푸른 하늘을 배경으로 우뚝 솟아 있었고, 요아힘의 시선은 이런 산봉우리들을 향하고 있었다.

「정말 유감이군.」 한스 카스토르프가 말했다. 「출발하는 날에 이렇게 날씨가 좋아지니 말이야. 참 고약해. 마지막 인상이 심술궂어야 작별하기 쉬운 법인데 말이야.」 그러자 요아힘이 이렇게 말했다.

「작별하기가 쉽지 않아도 상관없어. 군대 훈련을 하기에는 딱 좋은 날씨인걸. 저 아래 평지에선 이런 날씨가 필요해.」 이것 말고 두 사람은 별로 말할 게 없었다. 두 사람 중 어느 한쪽도 현재의 사정으로 봐서 특별히 할 말이 없었던 것이다. 이들 앞에는 또한 마차 옆으로 나 있는 마부석에 요양원의 절름발이 문지기가 앉아 있었던 것이다.

말 한 필이 끄는 이륜마차의 딱딱한 쿠션 위에 꼿꼿하게 앉은 이들은 이리저리 흔들리며 개울을 건너고 협궤 철도를 지나, 선로와 평행으로 뻗은 폭이 일정하지 않은 길을 달려가, 헛간과 별 차이가 없는 도르프 역의 돌투성이 광장에 도착해 마차에서 내렸다. 한스 카스토르프는 이 광장을 다시 둘러보고서 너무 놀라 당황스러웠다. 13개월 전에 황혼이 깃들 무렵 처음 도착한 이후로 한 번도 와본 적이 없던 곳이었다.

　「내가 도착한 곳이 바로 여기였지.」 한스 카스토르프는 너무나 당연한 말을 했다. 그러자 요아힘 역시 그냥 그런 식으로 대답할 뿐이었다.

　「그래, 바로 여기였어.」 그러면서 요아힘은 마부에게 사례금을 지불했다.

　민첩한 절름발이는 차표, 짐 등 모든 것을 잘 챙겨 주었다. 요아힘이 좌석 등받이가 회색인 조그만 객실에 외투, 무릎 덮개, 장미를 올려놓은 후에, 그들은 소형 열차 옆 승강대에 나란히 섰다.

　「자, 자네는 이제 광신적인 선서를 하게 되겠군.」 한스 카스토르프가 말했다.

　「아무렴, 그렇게 되겠지.」 요아힘이 대답했다.

　이 밖에 또 무슨 할 말이 있겠는가? 두 사람은 마지막으로 작별 인사를 나누고, 저 아래 평지의 사람들과 이 위의 사람들에게 안부를 전해 달라고 서로 부탁했다. 그러고 나서 한스 카스토르프는 자신의 지팡이로 아스팔트 위에 무엇인가를 그리고만 있었다. 승차를 재촉하는 소리가 들리자, 그는 화들짝 놀라 고개를 들고는 요아힘의 얼굴을 쳐다보았다. 요아힘도 한스 카스토르프의 얼굴을 바라보았다. 둘은 서로의 두 손을 꼭 잡았다. 한스 카스토르프는 무언지 모를 막연한 미소를 짓고 있었으며, 요아힘의 진지한 두 눈에서는 금방이라도 눈물이 터져 나올 것 같았다.

「한스!」 그가 불렀다. 아니, 이럴 수가! 이렇게 곤혹스러운 일이 세상에 또 있을 수 있을까? 요아힘이 한스 카스토르프의 이름을 불렀던 것이다! 평소에 하던 대로 〈자네〉나 〈이봐〉 하고 부르지 않고, 관습이 강요하는 신중함이나 형식 따위는 깡그리 무시한 채, 너무나 곤혹스러울 정도로 감정적인 어조로 〈한스!〉 하고 이름을 불렀던 것이다! 요아힘은 〈한스!〉라고 말하고는 무언가 불안한 표정으로 사촌의 손을 덥석 쥐었다. 반면에 한스 카스토르프는 밤새 한숨도 못 자고 여행 기분에 들떠 깊은 감격에 빠져 있는 사촌이, 〈술래잡기〉할 때의 자기처럼 목을 바르르 떨고 있는 것을 알아차렸다.

「한스!」 그는 절박한 어조로 말했다. 「곧 뒤따라와야 해!」

그러고는 열차의 승강대로 훌쩍 뛰어 올라갔다. 문이 닫히고 기적이 울리자, 객차들이 서로 밀치면서 바퀴들이 서서히 움직였다. 작은 기관차가 끌기 시작하자, 열차는 미끄러지듯 앞으로 나아갔다. 이곳을 떠나는 여행객은 차창 밖으로 모자를 흔들었고, 이 위에 남은 사람은 손을 흔들었다. 한스 카스토르프는 가슴이 찢어지는 듯한 심경으로 오랫동안 혼자서 있었다. 그러고 나서 그는 요아힘이 1년 전에 자신을 안내해 데리고 온 길을 천천히 걸어 돌아왔다.

물리친 공격

어쨌든 시간의 수레바퀴는 굴러갔고, 시간의 바늘도 쉴 새 없이 돌아갔다. 야생란과 매발톱꽃은 시들어 버렸고, 야생 패랭이꽃도 마찬가지였다. 별 모양을 한 짙은 푸른색의 용담과 창백한 빛에 독성을 띤 크로커스가 축축한 풀밭에 다시 모습을 드러냈고, 숲은 붉은 빛을 띠기 시작했다. 추분이 지나, 위령의 날이 가까워 오고, 시간 보내기의 선수들인 이곳 사람들에게는 어쩌면 강림절 첫 주일, 1년 중 낮이 가장 짧은 동지와 크리스마스도 바로 가까이 다가와 있는 것처럼 느껴졌을 것이다. 하지만 아직은 화창한 10월의 날씨가 계속되고 있었다. 사촌들이 고문관의 유화를 보았던 때와 마찬가지의 날씨였다.

요아힘이 떠나고 난 이후부터 한스 카스토르프는 더 이상 슈퇴어 부인의 식탁에 앉지 않았다. 이미 고인이 된 블루멘콜 박사가 앉았고, 공연히 이유 없이 웃으며 오렌지 향내 나는 손수건을 입에 대던 마루샤가 앉았던 그 식탁에는 더 이상 앉지 않았다. 이제 거기엔 그가 전혀 모르는 새로운 손님들이 앉아 있었다. 하지만 1년하고도 벌써 2개월 반을 이곳에서 보낸 우리의 친구 한스 카스토르프에게 사무국에서는 다른 자리를 지정해 주었다. 그래서 그는 지금까지 앉았던 식탁 앞쪽 비스듬한 방향에 있는 이웃 식탁, 즉 왼쪽 베란다로 나가는 문 쪽으로, 일류 러시아인석과 자신의 옛날 식탁 사이의 식탁, 간단히 말해 세템브리니의 식탁에 앉았다. 그렇다, 한스 카스토르프는 이젠 공석이 된 휴머니스트의 자리에 앉게 된 것이다. 이번에도 좌석 끝자리였고, 고문관과 그의 조수가 식사할 때를 대비해 일곱 식탁마다 늘 비워 두는 좌석의 맞은편이었다.

빈자리 왼쪽에는 멕시코 출신의 꼽추인 아마추어 사진사가 방석을 여러 개 포개 놓고 웅크려 앉아 있었는데, 그 사진사는 이곳에서 얘기하는 언어를 전혀 알아듣지 못해 벙어리와 다름없는 표정을 하고 있었다. 빈자리 오른쪽에는 지벤뷔르겐 출신의 노처녀가 앉아, 언젠가 세템브리니 씨가 한탄한 것처럼 아무도 모르고, 알고 싶지도 않은 자신의 형부 이야기를 아무에게나 지껄였다. 그녀는 규정된 산책을 할 때 은제 손잡이가 달린 툴라산 T자형 지팡이를 짚고 다녔는데, 사람들은 매일 일정한 시간이 되면 그 지팡이를 목에 비스듬히 걸치고 자신의 발코니 난간에서 폐를 정화하려는 심호흡으로 접시처럼 밋밋한 가슴을 펴는 그녀의 모습을 볼 수 있었다. 그 노처녀의 맞은편에는 체코인이 앉아 있었는데, 아무도 그 사나이의 성(姓)을 발음할 수 없어 그냥 벤첼 씨라고 부르고 있었다. 세템브리니 씨가 베르크호프에 있을 때, 그 성을 구성하고 있는 까다로운 자음의 배합을 발음해 보려고 이따금씩 애쓴 적이 있었다 — 물론 진짜 발음이 되는지 보려고 한 것이 아니라, 자신의 우아한 라틴어가 그 까다로운 음의 밀림에 얼마나 속수무책인가를 시험해 보기 위해서였다. 이 보헤미안 남자는 오소리처럼 살이 오동통하게 찌고, 이 위의 사람들 중에서도 놀라울 정도로 두드러진 식욕을 보였으며, 4년 전부터 자기는 죽을 것이라고 입버릇처럼 말해 왔다. 또한 밤의 모임 때는 리본으로 장식한 만돌린을 가끔 서툴게 켜면서 자신의 고향 노래를 불렀으며, 일하는 아가씨들이 모두 예쁘다는 자신의 사탕무 재배 농장 이야기를 들려

주었다.

그다음으로 한스 카스토르프의 자리 가까운 곳에는 할레 출신의 양조가인 마그누스 씨 부부가 식탁 양쪽에 앉아 있었다. 이 부부에게는 어딘지 모르게 우울한 분위기가 감돌았다. 왜냐하면 남편 마그누스는 당분을, 부인은 단백질을, 둘 다 생명에 중요한 신진대사의 산물을 잃고 있었기 때문이다. 특히 창백한 부인의 마음에 희망이라곤 조금이라도 섞여 있지 않은 것 같았다. 그녀에게서는 정신적인 황폐함이 지하실의 음산한 공기처럼 발산되고 있어서, 교양 없는 슈퇴어 부인보다 더욱 노골적으로 병과 우둔함의 결합을 드러내고 있었다. 한스 카스토르프가 언젠가 이 두 가지가 결합된 것을 보면 불쾌한 기분이 든다고 말했다가 세템브리니 씨에게 꾸지람을 들은 적이 있었던 병과 우둔함의 문제였다. 그러나 마그누스 씨는 부인보다는 좀 더 활기가 있었고, 사람들과 말하기를 좋아했다. 비록 예전에 세템브리니의 문학적 초조함을 자극한 적이 있기는 했지만 말이다. 또한 마그누스 씨는 욱하고 화를 내는 버릇이 있었으며, 벤첼 씨와 가끔 정치적인 이유나 다른 이유로 충돌을 빚기도 했다. 그 보헤미아인의 국수주의적인 사고방식이 마그누스 씨를 격분하게 했기 때문이다. 그는 금주 운동을 지지하고, 양조업을 도덕적으로 비난하는 발언을 서슴지 않았다. 반면에 마그누스 씨는 얼굴을 붉혀 가며 자신의 이해관계와 밀접한 술의 위생상 무해성(無害性)을 적극적으로 옹호했다. 그럴 경우에 예전에는 세템브리니 씨가 유머러스하게 중재 역할을 맡았다. 한스 카스토르프는 세템브리니 씨를 대신할 만한 역량이 없었고, 사람들에게 그를 대신할 만한 충분한 권위를 인정받지 못하고 있었다.

한스 카스토르프는 식탁 동료들 중에서 두 사람과만 개인적으로 가깝게 지냈다. 한 사람은 그의 왼쪽에 앉은 페테르부르크 출신의 안톤 카를로비치 페르게였다. 적갈색 콧수염에 인상 좋은 이 사람은 인내심이 강했으며, 고무신 제조, 벽지, 북극권, 노르웨이 북단 노르카프의 영원한 겨울에 관해 주로 이야기했다. 한스 카스토르프는 이 남자와 규정된 산책을 가끔 하기도 했다. 그리고 또 한 사람은 꼽추인 멕시코인 맞은편 위쪽 식탁의 끝에 앉는 페르디난트 베잘이라는 이름의 남자였다. 이 사나이는 한스 카스토르프가 페르게 씨와 산책할 때 우연히 마주치면 같이 합류하는 사람으로, 만하임 출신의 상인인 그는 머리숱이 별로 없고 이가 좋지 않았다. 그는 쇼샤 부인의 요염한 자태에 반해 언제나 욕정이 담긴 슬픈 눈초리로 그녀를 바라보곤 했는데, 저 사육제날 밤 이후로 한스 카스토르프와 가깝게 지내려고 했다.

베잘은 끈기 있고 겸허하게 아래에서 우러러보는 헌신적인 자세로 한스 카스토르프에게 친구가 되어 주기를 바라는 마음을 전했다. 한스 카스토르프는 그런 태도가 지닌 복잡한 의미를 꿰뚫어 보고 있었기 때문에 매우 역겹고 소름이 끼치기는 했지만, 그래도 그에게 애써 인간적으로 대해 주었다. 조금만 눈살을 찌푸려도 그 가련한 사나이가 당황하며 놀라 흠칫한다는 것을 알았기에, 한스 카스토르프는 기회만 있으면 그의 앞에서 굽실거리고 알랑거리는 비굴한 존재인 베잘을 차분히 바라보며 참아 주었다. 심지어 규정된 산책을 할 때 그 가련한 사나이가 자신의 외투를 들어 주는 것도 참았고 — 그는 일종의 경건함을 가지고 한스 카스토르프의 외투를 팔에 건 채 따라왔다 — 급기야는 그가 자신의 서글픈 이야기를 늘어놓는 것도 참고 들어 주었다. 베잘은 집요하게 질문들을 해왔다. 이쪽에서 사랑하고 있지만, 저쪽에서는 자신을 상대도 해주지 않는 여성에게 자신의 사랑을 고백하는 것은 의미와 분별력이 있는 일인가 따위의 질문들 말이다 — 이렇게 전혀 성사될 가망이 없는 사랑 고백에 대해 여러분은 어떻게 생각하는가 하고 물었다. 베잘 자신은 그것을 최상의 것이라 생각하며, 그 일과 무한한 행복이 결합되어 있다고 했다. 말하자면 고백하는 행위는 혐오감을 일으키고 적잖이 굴욕감이 들게 하지만, 그는 그 순간 애정의 대상에게 가까이 접근하여 모든 것을 털어놓고 그 대상을 이쪽의 열정의 불길로 끌어들일 수 있다는 것이다. 물론 이로 인해 만사가 끝장난다 하더라도, 순간의 절망적인 환희는 영원한 상실을 보상하고도 남는다고 했다. 고백은 일종의 폭력을 의미하여, 상대방이 여기에 혐오감을 품고 저항하면 할수록 쾌감은 더욱 커지기 때문이라고 말이다. 여기서 한스 카스토르프가 눈살을 찌푸렸기 때문에, 베잘이 흠칫 놀라 움츠러들었다. 하지만 우리의 주인공이 그렇게 눈살을 찌푸린 것은 도학자 같은 완고함 때문이 아니라, 모든 고상하고 까다로운 문제는 자신과 아무런 관계가 없다고 몇 번이나 강조한 선량한 페르게의 면전이라는 것을 고려했기 때문이다. 우리는 이 한스 카스토르프를 실제보다 더 좋거나 나쁘게 보이게 할 생각이 추호도 없으므로, 여기서 곧 다음 이야기를 전달하고자 한다. 불쌍한 베잘이 어느 날 밤에 하얗게 질린 얼굴로 한스 카스토르프에게 사육제 모임이 끝난 후의 경험과 체험에 대해 좀 더 자세히 들려 달라고 떨리는 목소리로 애

원했을 때, 한스 카스토르프는 호의를 베풀어 차분히 그의 소원을 들어주었다. 독자도 그렇게 생각하겠지만, 이 조용한 대화의 장면에서 저급하고 천박한 분위기는 조금도 찾아 볼 수 없었다. 그렇지만 우리는 여러 이유에서 독자와 우리 자신에게 그 이야기를 굳이 들려주지 않으려 한다. 그리고 그런 일이 있은 후부터 베잘이 더욱 헌신적으로 친근한 한스 카스토르프의 외투를 들어 주었다는 점만은 분명히 덧붙이기로 한다.

한스 카스토르프의 새로운 식탁 동료들에 대해서는 이 정도로 해두자. 비어 있던 그의 오른쪽 자리는 잠시, 불과 며칠 간만 누군가에게 점령되었다가 다시 공석이 되었다. 자신이 전에 그랬듯이 그 자리에 잠시 앉아 있었던 사람은 청강생, 친척의 한 사람, 평지에서 올라온 손님, 말하자면 평지의 사자(使者), 즉 한스 카스토르프의 숙부 제임스 티나펠이었다.

뜻하지 않게 고향의 대변자이자 사자가 그의 옆에 앉게 된 것은, 아무튼 가슴을 두근거리게 하는 모험적인 사건이었다. 숙부 제임스 티나펠은 옛날 분위기와 깊이 잠겨 버린 분위기, 이전의 삶의 분위기, 저 깊숙한 아래에 있는 〈지상 세계〉의 분위기를 아직 신선하게 풍기면서 영국제 양복을 입고 앉아 있었다. 하지만 이것은 언젠가는 닥칠 일이었다. 한스 카스토르프는 오래전부터 평지로부터 그러한 강력한 공격을 받을 것을 남몰래 각오하고 있었다. 또한 정찰 임무를 띠고 실제로 이 위에 모습을 드러낼 인물에 대해서도 처음부터 정확하게 예상하고 있었다 ─ 이러한 예상은 사실 그리 어렵지는 않았다. 항해 중인 페터가 이곳에 올라온다는 것은 생각하기 어려웠고, 이 지역의 기압 상태를 두려워하는 종조부

티나펠 자신은 열 마리의 말이 자기를 끌어 준다 해도 이 위를 방문할 수 없을 것이 확실했다. 그렇다. 고향 사람들을 대표하여 고향을 이탈한 자를 정탐하러 올 사람은 바로 제임스 삼촌밖에 없었고, 한스 카스토르프는 그가 올 것을 벌써부터 예상하고 있었다. 그러나 요아힘이 혼자서 고향으로 돌아가, 친척 어른들에게 이곳의 실상에 대해 보고한 이후 공격의 시기는 갑자기 너무 빨리 닥쳐왔다. 한스 카스토르프는 요아힘이 이곳을 떠난 후 2주 만에 문지기한테서 전보 한 통을 받았고, 불길한 예감으로 열어 보고서 제임스 티나펠이 잠시 이곳을 방문한다는 사실을 확인하고도 조금도 놀라지 않았다. 그는 스위스에 용건이 있어 왔다가 그 길에 한스가 있는 고지를 둘러볼 마음을 먹었다는 것이다. 모레 이곳을 방문할 예정이었다.

〈좋아〉 하고 한스 카스토르프는 생각했다. 〈잘된 일이지, 암〉 하고 생각했다. 그리고 심지어 마음속으로는 〈어서 오십시오!〉와 같은 말도 덧붙였다. 〈숙부도 뭔가 좀 알아야지!〉 하고 그는 다가오고 있는 사람에게 마음속으로 이렇게 말했다. 간단히 말해, 그는 전보를 차분하게 읽고 그 내용을 베렌스 고문관과 사무국에 알려, 방을 하나 준비하게 하고 — 마침 요아힘의 방이 아직 비어 있었다 — 그 다음다음 날 자신이 도착한 시각, 그러니까 대략 저녁 8시경 이미 어두컴컴해진 뒤에 요아힘과 같이 타고 온 바로 그 딱딱한 마차를 타고, 자신을 정탐하러 오는 평지의 사자를 마중하기 위해서 도르프 역으로 향했던 것이다.

한스 카스토르프는 주홍빛으로 상기된 얼굴에, 모자도 쓰지 않고, 외투도 걸치지 않은 양복 차림으로, 플랫폼의 가장

자리에 서 있었다. 조그만 열차가 들어오자 그는 숙부가 앉은 좌석 창문 아래에 가서 도착했으니 어서 내리시라고 독촉했다. 티나펠 영사는 — 그는 부영사였고, 명예직일지라도 노영사인 아버지의 부담을 크게 덜어 주고 있었다 — 겨울 외투로 몸을 감싼 채 추위에 떨고 있었다. 정말이지 10월의 밤인데도 너무너무 추웠기 때문이다. 그야말로 매서운 추위라 할 만해서, 새벽이 되면 온통 얼어붙을 게 틀림없었다. 숙부는 깜짝 놀란 마음을 명랑한 표정 속에 숨긴 채 객실에서 내렸고, 독일 북서부 지역의 우아한 신사답게 섬세하고 매우 세련된 면모를 보여 주었다. 그는 사촌 조카의 아주 건강한 모습을 보고 만족한 듯 기뻐하며 인사를 나누고는, 절름발이가 짐을 잘 챙겨서 위로 보내는 것을 보고서 한스 카스토르프와 함께 마차의 높고 딱딱한 좌석으로 기어 올라갔다. 두 사람은 별이 총총한 밤하늘 아래로 마차를 타고 달렸다. 한스 카스토르프는 머리를 뒤로 기댄 채 집게손가락을 들어 사촌과 같은 숙부에게 고원의 장관에 대해 설명했고, 말과 몸짓으로 여기저기 반짝이는 별자리를 가리켰으며, 유성들의 이름을 말해 주었다. 하지만 제임스 숙부는 우주의 일과 같은 겉치레 얘기보다는 옆자리의 조카에게 더욱 관심을 쏟으며, 이것 말고 다른 이야기를 했으면 하고 마음속으로 생각하고 있었다. 물론 여기서 당장 이런 별자리 이야기를 하는 것은 충분히 있을 수 있는 일이고, 딱히 정신 나간 짓이라 할 수도 없었지만 말이다. 숙부는 한스 카스토르프에게 이 위에 와서 대체 언제부터 하늘에 이렇게 정통하게 되었느냐고 물었다. 이에 대해 한스 카스토르프는 이 위에서 봄, 여름, 가을, 겨울 사시사철 매일 밤 발코니에 누워 안정 요양을 한 결과라고 대답했다.

「뭐라고? 밤에 발코니에 누워 지낸다고?」 숙부가 놀라서 물었다.

「네, 그렇습니다. 영사님도 그렇게 하게 될 거예요, 그러지 않고는 달리 도리가 없어요.」

「물론이지, 여부가 있겠나.」 제임스 숙부는 흔쾌히 승낙하면서도 다소 당황한 듯이 말했다. 그가 동생처럼 돌보아 준 조카는 차분하고도 담담하게 말했으며, 가을밤의 매서운 추위에 모자도 쓰지 않고 외투도 걸치지 않은 채 숙부의 옆에 앉아 있었다.

「넌 하나도 춥지 않은가 보구나?」 제임스가 그에게 물었다. 자신은 2.5센티나 되는 두꺼운 외투를 걸치고도 너무 추워서 덜덜 떨고 있었기 때문이다. 이가 자꾸 맞부딪치는 바람에 그의 말투는 성급했고, 마비된 듯, 혀가 제대로 움직여 주지 않는 모양이었다.

「우리들은 춥지 않아요.」 한스 카스토르프는 침착하고도 짧게 대답했다.

영사는 한스 카스토르프의 얼굴을 한동안 옆에서 뚫어져라 쳐다보았다. 한스 카스토르프는 고향의 친척들이나 친지들의 안부를 물어보지 않았다. 제임스가 평지 사람들의 안부를 전해도, 또 이미 연대로 돌아가 행복과 자부심에 넘친다는 요아힘의 안부를 전해도, 그저 고맙다고만 말할 뿐 고향의 근황에 대해서 더는 알려고 하지 않았다. 제임스는 뭔가 막연한 불안감을 느끼고, 그 원인이 조카에게 있는지, 아니면 여행객인 자신의 몸 상태에 있는지, 판단을 내리지 못하고 주위를 둘러보았지만, 고원의 계곡 풍경에서 알 만한 것은 없었다. 그는 숨을 깊이 들이쉬었다가 내쉬면서 경치가 정말 장관이라고 칭찬했다.

「그렇습니다, 이곳이 이렇게 유명한 데에는 다 이유가 있는 거지요.」 한스 카스토르프가 대답했다.

「이곳 공기는 강렬한 특성이 있습니다. 온몸의 신진대사를 촉진하지만, 몸에 단백질이 붙게도 합니다. 모든 사람이 잠재적으로 가지고 있는 질병을 고치는 힘도 지니고 있지만, 처음에는 일단 그 병을 강하게 촉진하고, 또 전반적으로 유기체를 자극하고 앙양하여 말하자면 병을 화려하게 폭발시킨다는 것입니다.」

「뭐라고 그랬니? 화려하게라고?」

「물론입니다. 숙부께서는 병이 터져 나올 때 무언가 화려한 기분, 온몸의 쾌감 같은 것이 느껴진 적이 한 번도 없었나요?」

「물론, 두말하면 잔소리지.」 숙부는 아래턱을 덜덜 떨면서 말했다. 그런 다음 자기는 일주일, 그러니까 7일, 어쩌면 6일간만 이 위에 있게 될 것 같다고 말했다. 그러고는 한스 카스토르프의 몸이, 이미 말했듯 예상 외로 길어진 요양 덕분에 놀랄 만큼 좋고 건강해 보이므로, 일주일 뒤쯤 자신과 함께 저 아래 집으로 돌아갈 수 있겠다고 했다.

「아니, 뭐라고요? 숙부님, 오시자마자 그렇게 무리한 말씀은 하지 마세요.」 한스 카스토르프가 말했다. 제임스 숙부의 말은 저 아래 평지의 사람들이 하는 말이다. 우선 이 위의 우리들이 사는 모습을 한번 둘러보고 적응해 보아야 한다. 그런 다음에는 숙부의 생각도 틀림없이 바뀔 것이다. 무엇보다 이 위에서는 병을 철저하게 고치는 것이 최우선이며, 이러한 철저함이야말로 결정적으로 중요한 것이다. 그리고 얼마 전에도 베렌스는 자신에게 반년을 언도했다. 이 말을 듣고 숙부는 조카를 〈얘야〉 하고 부르며, 대체 정신이 나간 것이 아니냐고 물었다.

「얘야, 완전히 어떻게 된 것 아니니? 휴가차 잠깐 머문다는 것이 어느새 3개월의 다섯 배가 되었는데, 앞으로 또 반년이라니! 우리에겐 시간이 그렇게 많지 않아!」

그러자 한스 카스토르프는 별이 떠 있는 하늘을 쳐다보며 태연스럽고도 짧게 웃었다.

「그래요? 시간이라고 말씀하셨지요! 그럼 이 시간, 인간의 시간에 관한 한, 이 위에서 그것에 대해 얘기하시려면 무엇보다도 먼저 저 아래에서 가지고 온 시간 개념을 버리셔야 합니다.」 제임스 티나펠은 내일 당장 한스의 문제에 대해 베렌스 고문관과 상의하겠다고 다짐했다.

「좋습니다!」 한스 카스토르프가 말했다. 「베렌스 고문관은 숙부님 마음에 들 겁니다. 재미있는 성격의 소유자예요. 활발하면서도 동시에 우울하거든요.」 그는 샤츠알프 요양원의 불빛들을 손으로 가리키면서, 내친 김에 쌍 썰매에 묶여 저 아래로 실려 내려가는 시체 이야기도 덧붙여 들려주었다.

한스 카스토르프가 손님을 요아힘의 방으로 안내하고 좀 편안히 쉴 시간을 준 다음, 두 신사는 베르크호프의 식당에서 식사를 함께했다. 한스 카스토르프는 그 방은 H_2CO로 철저하게 소독했다고 귀띔했다. 방 주인이 자포자기식이 아닌, 전혀 다른 방식으로 떠났을 때, 즉 퇴거가 아니라 퇴출[50]을 했을 때도 마찬가지로 철저하게 소독을 한다고 일러 주었다. 숙부가 〈퇴출〉이 무슨 뜻이냐고 묻자 한스 카스토르

50 죽는 것을 뜻한다.

프는 이렇게 대답했다.

「은어입니다! 우리들이 쓰는 표현이죠!」 조카가 말했다. 「요아힘의 경우는 탈주입니다. 군기(軍旗) 아래로 탈주한 것입니다. 그런 경우도 있습니다. 그건 그렇고, 가시죠, 이제 따뜻한 음식을 먹어야지요!」

이렇게 하여 두 사람은 기분 좋게 따뜻해진 식당의 높은 자리에 마주 앉았다. 식당의 난쟁이 아가씨가 민첩하게 이들의 시중을 들었다. 그리고 제임스가 부르고뉴산 포도주를 한 병 주문하자, 그것이 곧 작은 바구니에 담겨 탁자 위에 놓였다. 두 사람은 건배를 했고, 술기운이 온몸에 은은하게 스며들었다. 한스 카스토르프는 사계절의 변화에 따른 이 위에서의 생활에 대해 말했으며, 식탁 동료들 개개인에 대한 인물평을 했다. 선량한 페르게의 경우를 예로 들어 기흉이 어떤 것인지 이야기했으며, 기흉 수술 중에 생길 수도 있는 흉막 쇼크의 끔찍한 실상, 페르게 씨가 겪었다는 3색 기절, 흉막 쇼크에 한몫을 차지한 후각상의 환각, 기절할 때 터져 나오는 발작적인 웃음에 대해 얘기했다. 그는 혼자서 수다를 떨었다. 제임스는 평소에도 그런 데다가, 이것 말고도 여행과 기분 전환 탓으로 식욕이 더욱 왕성해져 마구 먹고 마셨다. 그렇지만 때때로 영양 섭취를 중단하기도 했다 ― 그는 앉아서, 입에 가득 든 음식을 씹는 것을 잊어버리고, 나이프와 포크를 접시 위의 뭉툭한 구석에 걸쳐 둔 채 한스 카스토르프를 물끄러미 쳐다보았던 것이다. 하지만 한스 카스토르프는 그것을 별로 꺼리지 않는 것 같았고, 제임스도 계속 민감한 모습을 보이지는 않았다. 티나펠 영사의 드문드문한 금발에 덮인 관자놀이에는 혈관이 툭 부풀어 올라 있었다.

고향 이야기도 화제에 오르지 않았고, 개인적인 가정 이야기, 도시 이야기, 사업 이야기, 조선소와 기계 제작 및 보일러 제조를 하는 툰더 운트 빌름스 회사 이야기도 화제에 오르지 않았다. 이 회사에서는 젊은 수습사원의 입사를 아직도 기다리고 있었지만, 물론 이것만이 회사의 유일한 일은 아니므로, 언제까지 기다려 줄지는 의문이었다. 제임스 티나펠은 마차를 타고 가는 동안에도, 또 그 이후에도 이런 이야기를 언급했지만, 그것들은 한스 카스토르프의 차분하고도 단호하며 꾸밈없는 냉담한 태도에 부딪혀 땅에 떨어져서는 그대로 죽은 듯 묻혀 버렸다. 이러한 태연하고도 불사신 같은 태도는 가을밤의 찬 기운에 무감각한 것이라든지, 〈우리들은 춥지 않습니다〉라는 그의 말을 기억나게 했는데, 아마 이 때문에 숙부가 그를 종종 자세히 쳐다보았는지도 모른다. 수간호사와 의사들 이야기도 나왔고, 크로코브스키 박사의 강연 이야기도 나왔는데 ─ 한스 카스토르프는 만일 제임스가 이곳에 일주일쯤 체류하면 그 강연을 한 번은 들을 수 있을 거라고 했다. 숙부가 강연에 참가할 것 같다고 누가 조카에게 일러 주기라도 했단 말인가? 아무도 그런 말은 하지 않았다. 하지만 한스 카스토르프는 이런 일을 가정하고, 차분하고도 단호하게 마치 그것이 기정사실인 양 말해 버렸던 것이다. 그래서 숙부는 자신이 그 강연에 참가하지 않을 수 있다는 생각조차 부자연스럽게 느껴져, 서둘러 〈물론이지, 그렇고말고〉 하고 대답하지 않을 수 없었다. 마치 순간적으로 불가능한 생각을 했다는 괜한 의심을 사지 않으려고 그러는 것처럼 말이다. 사실 티나펠 씨는 조카의 그런 태도에 막연하지만 강요하는 듯한 힘을 느꼈다. 그래서 사촌이라고 해도 좋을 조카를 자기도 모르게 쳐다보게 되었다 — 게다가 이번에는 입을 벌린 채였다. 비록 영사 자신이 스스로 생각할 때 코감기에 걸린 것도 아닌데, 숨을 쉬는 코의 통로가 막혀 있었던 것이다. 숙부는 이곳에 사는 사람들 모두의 전문적 관심 대상인 병과 그 병을 수용하는 체질에 대해 조카가 말하는 것, 즉 중병은 아니지만 오래 끄는 한스 카스토르프 자신의 증상, 기관지의 갈라진 가지와 폐엽의 세포 조직이 세균에 감염되었을 때의 자극, 결핵 형성과 가용성의 도취성 독소의 생성, 세포의 붕괴와 치즈화 과정에 대해 들었다. 이때 치즈화가 석회화와 결체 조직의 유착에 의해 무사히 정지하게 되든지, 혹은 보다 커다란 연화(軟化) 병소(病巢)를 생성해 구멍이 번져 폐장을 파괴하는지가 문제라고 했다. 그는 또 이러한 파괴 과정이 빠르고 격렬하게 진행되는 분마성(奔馬性) 형태에 대해 들었고, 그러한 형태가 몇 달, 아니 몇 주만에 퇴출에 이르게 한다는, 즉 환자를 사망하게 만든다는 이야기를 들었다. 또한 고문관이 대가다운 솜씨로 행하는 기흉술에 대해 들었고, 이곳에 새로 온 스코틀랜드 출신의 중증 여자 환자가 내일이나 모레 하기로 되어 있다는 폐 절개 수술에 대해서도 들었다. 매력적인 그녀는 폐회저(肺懷疽)에 걸려 체내에 암녹색의 병독이 가득하기 때문에, 구역질이 나 정신을 잃지 않으려고 하루 종일 석탄산 용액을 분무기로 들이마신다고 한다 — 그런데 이때 영사는 느닷없이 그만 자신도 전혀 예기치 못하게 웃음을 터뜨리는 바람에 부끄러워 어쩔 줄 몰라 했다. 웃음보를 터뜨리긴 했지만, 정신을 가다듬고, 즉각 웃음을 참고는 기침을 하면서, 터무니없이 발생한 이 일을 모든 방법을 써서 얼버무리려고 애썼다 — 그는 한스 카스토르프가 이러한 돌발 사건을 모를 리가 없음에도 이에 전혀 개의치 않고, 오히려 예사롭게 넘겨 버리는 것을 보고 꽤 안심이 되었지만, 그 안심은 새로운 불안감을 내포하고 있었다. 조카의 그런 무관심은 가령 세심함이라든지, 배려, 예절 같은 것이 아니라 순전한 무관심, 마음의 동요가 전혀 없는 태도, 무서울 정도의 참을성이라 할 수 있는 것으로, 마치 그는 이러한 무례한 행위에 대해 불쾌감을 느끼는 것조차 진작부터 잊어버린 것 같았다.

하지만 영사는 지각없이 웃음보를 터뜨린 것에 대해 나중에라도 그럴듯한 이유와 의미를 부여하려고 했는지, 아니면 다른 어떤 이유에서인지는 몰라도 — 관자놀이의 부풀어 오른 혈관을 드러내면서 별안간 남자들이 클럽에서 주고받는 이야기를 하기 시작했다. 소위 유행가 가수인 〈어떤 상송 여가수〉, 지금의 장크트 파울리[51]에서 사람들의 입에 오르내리고 있는 어떤 끝내주는 여자에 관해 이야기하면서, 그녀의 정열적인 매력을 조카에게 묘사했는데, 고향인 자유 도시 함부르크 남정네들의 숨을 멎게 할 정도라고 했다. 제임스 숙부가 이런 이야기를 할 때 혓바닥이 잘 돌아가지 않았지만, 조카가 이런 것을 전혀 언짢게 생각하지 않고 참을성을 보였기 때문에, 그는 이에 관해 굳이 미안해할 필요가 없었다. 아무튼 힘든 여행을 하느라 아직 여독이 풀리지 않은 제임스는 10시 반쯤에 벌써 대화를 그만할 것을 제의하면서, 그가 여러 번 들었던 크로코브스키 박사를 홀에서 만나기로 한 것에 대해서도 내심으로는 별로 달가워하지 않는 것 같았다. 크로코브스키 박사는 신문을 읽으면서 어떤 살롱의 문 옆에

51 함부르크의 환락가.

앉아 있었다. 한스 카스토르프는 자신들을 만나러 온 크로코브스키 박사를 숙부에게 소개했다. 힘차고 명랑한 박사의 말에 숙부는 〈물론이지요. 당연한 말씀입니다〉라는 말밖에는 거의 대답할 말이 없었다. 조카는 내일 아침 8시에 아침 식사를 함께하러 자신을 데리러 오겠다는 말을 남기고 요아힘의 소독된 방에서 발코니를 따라 자기 방으로 돌아갔다. 그런 후 제임스는 언제나 자기 전에 피우는 담배를 입에 물고 탈주병 요아힘의 침대에 몸을 뉘었을 때에야 비로소 안도의 한숨을 쉴 수 있었다. 빨갛게 타오르는 담배를 입에 문 채두 번이나 꾸벅꾸벅 졸다가 그는 하마터면 불을 낼 뻔했다.

한스 카스토르프가 〈제임스 숙부〉라고 부르기도 하고, 때로는 그냥 〈제임스〉라고만 부르기도 하는 제임스 티나펠은 다리가 날씬하고 키가 큰 마흔가량 된 신사로, 영국제 천으로 맞춘 양복에다 하얀 셔츠를 입고 있었다. 숱이 적은 머리칼은 밝은 노란색이었고, 푸른 두 눈의 미간은 아주 좁았으며, 반쯤 면도한 엷은 갈색 콧수염은 짧게 잘 다듬어졌고, 두손은 깨끗하게 손질되어 있었다. 그는 수년 전에 가정을 꾸리고 자식을 낳아 살고 있었지만, 하르베스테후더 거리에 있는 아버지 노영사의 저택이 널찍했기 때문에, 그곳을 굳이 떠날 필요는 없었다. 부인은 같은 계층 출신으로 세련되고 우아했고, 그 자신처럼 나지막하고 빠르게 말을 하며, 신랄하면서도 예의 바른 말투를 지닌 여자였다. 가정에서의 제임스는 정력적이고 사려 깊은 가장이었고, 밖에서는 아주 우아하면서도 냉정할 정도로 실제적인 사업가였다. 그러나 풍습이다른 지역, 가령 남부 독일을 여행할 때는 다소 당황해하면서 상대방의 입장을 받아들이려는 태도가 역력히 나타났다.

이처럼 자신을 주장하지 않고 남의 입장을 기꺼이 받아들이려는 자세는, 그가 자라난 문화에 자신이 없어서가 아니라, 오히려 그 문화에 대한 가치를 굳건하게 의식하고 있기 때문이었다. 또한 자신의 귀족적인 편협성을 바로잡고, 자신으로서는 도저히 공감할 수 없는 생활 양식에 대해서조차도 이상하게 생각하고 있다는 인상을 주지 않기 위해서였다.

「당연하지요, 물론입니다, 당연하고말고요.」 그는 자신이 세련되었다 해도 융통성이 없는 인물로 비춰지지는 않도록 서둘러 이렇게 말했다. 그가 이 위를 방문했을 때는 물론 확실히 실제적인 사명을 띠고 올라왔다. 즉 휴가차 집을 나가 돌아오지 않고 있는 젊은 조카의 동태를 살피면서, 자신이 마음속으로 사용한 표현에 따르면, 그를 〈얼음 구덩이에서 끄집어내어〉 다시 고향에 넘겨주기 위한 임무와 목적을 지니고 이 위를 방문한 것이었다. 그러나 막상 이 위에 올라와 보니, 이 위가 전혀 다른 세계라는 것을 절실히 깨달았다 — 그가 이 위에 온 순간부터 벌써 자신이 손님으로 방문한 이 위의 세계, 다른 풍습이 지배하는 세계가 굳건한 자신감에 있어서는, 그 자신의 세계에 지지 않을 뿐만 아니라 심지어 그것을 월등히 능가하고 있음을 분명하게 느꼈다. 그리하여 자신의 사업가적 정력이 교양인으로서의 좋은 행실과 곧 갈등을, 그것도 대단히 심각한 갈등을 일으키게 될 것이라는 강한 예감에 사로잡혔다. 그를 맞이한 세계의 자신감이 정말로 압도적이라는 것이 증명되었기 때문이다.

한스 카스토르프가 영사의 전보를 받고 마음속으로 냉정한 어조로 〈어서 오십시오!〉 하고 대답할 때 그가 예견한 것도 바로 이것이었다. 그렇다고 해서 그가 이 위 세계의 강한 성격을 의식적으로 숙부에게 이용했다고 생각해서는 안 된다. 그러기에는 그가 벌써 오래전부터 이 위 세계의 일원이었던 것이다. 그러므로 그가 공격자에 맞서 이 세계를 이용한 게 아니라, 이와는 반대로 영사가 조카의 태도를 보고 자신의 계획이 성사될 것 같지 않다고 막연히 예감했던 순간부터 시작되어, 한스 카스토르프가 우울한 미소를 보내지 않을 수 없었던 결말과 종말에 이르기까지, 모든 일이 객관적으로 아주 단순하게 이루어진 것이다.

다음 날 아침 식사를 마친 후 붙박이 거주자 한스 카스토르프는 청강생 제임스 숙부를 식탁 동료들에게 소개했다. 큰 키에 푸르스름한 얼굴을 한 베렌스 고문관은 검은 콧수염과 창백한 얼굴을 한 조수 크로코브스키 박사를 대동하고, 노젓듯 팔을 휘저으며 식당으로 들어와서는 언제나처럼 수사학적인 아침 인사 〈잘 주무셨습니까?〉를 연발하면서 잠시 식당을 누비고 다녔는데, 그 베렌스 고문관으로부터 제임스 숙부는 다음과 같은 말을 듣게 되었다 — 말하자면 고문관은 제임스 숙부에게, 이 위에서 고독하게 살고 있는 조카의 말동무가 되어 주기 위해 이곳을 방문한 것은 정말 좋은 생각일 뿐만 아니라, 제임스 자신도 가벼운 빈혈 증세를 보이는 것이 분명하기 때문에 이 위를 방문한 것은 그 자신의 이해관계를 위해서라도 무척 잘한 일이라고 말했던 것이다.

「빈혈이라고요, 내가, 이 티나펠이 말입니까?」

「그래요, 물론입니다!」 베렌스는 이렇게 말하면서, 집게손가락으로 제임스의 아래 눈꺼풀을 뒤집어 보았다. 「심한 빈혈입니다! 숙부께서 몇 주 동안 여기 발코니에 편히 누워, 모든 점에서 조카의 예를 따라 생활하시면 그야말로 빈틈없는 행동이라 할 수 있을 것입니다. 숙부의 현재 상태라면 한동안 가벼운 폐결핵에 걸렸다 생각하고 생활하시는 것이 상책인 듯합니다. 거기에 언제라도 폐결핵이 나타날 징후마저 보이니까요.」

「당연하지요, 물론이고말고요!」 영사는 급히 이렇게 말했다. 그러고는 노 젓듯이 팔을 휘저으며 떠나가는 고문관의 뒷모습을 잠시 동안 입을 벌린 채 가만히 예의 바르게 쳐다보았다. 그러는 동안 조카는 그의 옆에 태연하고도 무관심한 표정으로 서 있었다. 그런 다음 두 사람은 개울가 벤치까지 가는 규정된 산책길에 올랐으며, 산책에서 돌아온 후에 영사는 자신이 가져온 무릎 덮개와 조카에게 빌린 낙타털 담요 한 장을 가지고 — 한스 카스토르프는 화창한 가을 날씨에는 담요 한 장으로도 충분했기 때문이다 — 조카의 지도를 받으며 처음으로 안정 요양 시간을 가졌다. 그리고 한스 카스토르프는 자신이 배운 대로 삼촌에게 담요를 몸에 두르는 기술을 차근차근 성실히 가르쳐 주었다 — 그렇다, 그는 영사를 미라처럼 둥글게 말아 마무리한 다음, 자신은 조금만 거들고 영사가 혼자의 힘으로 모든 순서를 되풀이하게 하기 위해, 둥글게 말았던 것을 죄다 풀어 헤쳤다. 그리고 아마포 차양을 의자에 고정하고, 그것을 태양의 위치에 따라 이동하는 방법도 영사에게 가르쳐 주었다.

영사는 농담을 했다. 아직도 평지의 정신이 그의 머릿속에 가득했던 것이다. 그는 아까 아침 식사 후에 끝낸 규정된 산책에 대해 농담을 했듯, 방금 배운 담요 두르는 방법에 대해서도 농담을 했다. 하지만 조카가 자신의 농담에 대해 알 수 없는 차분한 미소를 짓는 것을 보고, 그리고 이 미소에 결코 얕볼 수 없는 이 세계의 자신감이 감추어져 있음을 알고 불안을 느꼈다. 그는 자신의 실무자적 에너지가 압도당하는 것이 두려워, 평지에서 가지고 온 자의식과 힘을 그나마 동원할 수 있을 동안, 조금이라도 빨리 오늘 오후에라도 당장 조카의 문제에 대해 고문관과 담판을 짓기로 결정했다. 그는 이러한 자의식과 힘들이 점차 사라져 가는 것을 느꼈고, 이곳의 정신이 자신의 예의 바른 행실을 제 편으로 끌어들여 평지의 자의식과 힘에 대항하여 위험한 공수 동맹을 맺는 것을 느꼈기 때문이다.

게다가 제임스는 자신에게 빈혈이 있다며 이 위에서 환자들의 생활 습관을 따르라고 권고한 고문관의 말을 굳이 할필요가 없는 잔소리로 느꼈다. 다르게는 전혀 생각할 수 없는 것처럼 그것은 자명한 것으로 밝혀졌기 때문이다. 그리고 그렇게 느낀 것이 어느 정도는 한스 카스토르프의 차분함과 대단한 자신감 때문이었는지, 그것이 어느 정도까지 실제적이고 절대적이어서 다른 것은 가능하지도 않고 생각할 수도 없는 일인지에 대해, 행실 바른 신사인 제임스로서는 처음부터 분별할 능력이 없었다. 최초의 안정 요양이 끝나고 두 번째 푸짐한 아침 식사를 마친 다음에는 저 아래 플라츠까지의 산책이 필연적으로 뒤따랐는데, 세상에 이것보다 더 지당한 일은 아무것도 있을 수 없었다 ─ 그리고 그 산책에서 돌아오면 한스 카스토르프는 다시 숙부의 몸을 담요로 감았다. 문자 그대로 둘둘 감았다. 그리고 가을 햇살이 비치는 가운데 안락하기 그지없고, 아무리 칭찬해도 지나치지 않을 접이식 침대에 삼촌을 눕게 하고 자신도 역시 침대에 누워 있으면, 얼마 지나지 않아 환자들에게 점심 식사를 알리는 종소리가 울려 퍼지는 것이었다. 점심 식사는 최상이고 최고의 요리로 양도 굉장히 많아서, 다음에 이어지는 정오의 안정 요양은 외적인 관습으로 행해진다기보다는 내적으로 필요한 것으로, 지극히 개인적인 확신 때문에 행해지는 것이었다. 이런 식으로 저녁 식사 때까지 이어지는데, 양이 엄청난 저녁 식사가 끝나면 광학 기술을 응용한 오락 기구가 갖추어진 살롱에서 밤의 모임을 갖는 것이었다 — 이렇게 굳이 기억할 필요가 없을 정도로 간단하고 자명한 순서로 부드럽게 강요되는 하루 일과에 대해서는 불평의 여지가 있을 수 없었고, 몸 상태로 인해 영사의 판단력이 떨어졌다 하더라도 영사로서는 그 일과에 대해 뭐라고 얘기할 수 없었다. 영사는 자신의 몸 상태가 좋지 않다고 말하고 싶지 않았으나, 여독과 흥분으로 성가시게도 몸에서 열과 오한이 동시에 일어나는 느낌을 받았다.

그는 초조하고 불안한 마음으로 기다리던 베렌스 고문관과의 상담을 실현하기 위해 정규 절차를 밟았다. 한스 카스토르프가 마사지사에게 이것을 제안했고, 그가 다시 수간호사에게 전달해, 티나펠 영사는 고문관과의 상담 전에 수간호사와 별난 대면을 하게 되었다. 수간호사는 영사가 누워 있는 발코니에 나타나서는, 누에고치처럼 담요를 몸에 두르고 있는 영사에게 말을 걸어왔으므로, 예의 바른 그는 이런 낯선 풍습에 몹시 당황하였다. 그녀는 〈존경하는 영사님〉이라 칭하며, 고문관이 수술과 종합 검진으로 무척 바쁘니 2~3일만 참고 기다려 달라고 말했다. 기독교적인 원칙에 따라 병으로 고통받는 사람을 먼저 치료한다는 것이다. 그리고 영사는 건강하신 것 같으니 이곳에서는 우선순위가 아니라 한

걸음 뒤로 물러나 기다려야 한다고 했다. 그러나 어떤 다른 용무가 있다면, 가령 진찰을 받겠다고 한다면, 이야기는 달라졌을 것이다. 그렇다고 하더라도 그녀, 아드리아티카는 그에 대해 별로 놀라지 않을 거라고 했다. 그녀는 영사에게 자기 눈을 한번 똑바로 봐달라고 하면서 눈이 흐릿하며 불안하게 움직인다고 말했다. 그리고 그가 이렇게 누워 있는 모습이 왠지 모두 아주 정상으로는 보이지 않으며, 아주 깨끗해 보이지도 않는다고 한 자신의 말을 제대로 이해해 주었으면 한다고 말했다 ─ 그러면서 그가 원하는 게 진찰인지, 아니면 사적인 대화인지 분명히 해달라는 것이다 ─ 누워 있는 영사는 이에 물론 후자라고, 사적인 대화라고 단호하게 답했다 ─ 그렇다면 통지가 있을 때까지 기다려 달라고 그녀가 말했다. 고문관은 사적인 대화를 할 시간이 거의 없기 때문이라는 것이 이유였다.

요컨대 모든 것이 제임스의 기대와는 전혀 다르게 진행되었다. 그리고 수간호사와의 대화는 평정을 유지하던 그의 마음에 지울 수 없는 충격을 안겨 주었다. 조카가 이 위에서 일어나는 모든 현상에 완전히 동화해 있음을 그의 태연자약한 태도에서 알 수 있었으므로, 문명사회의 예법을 중시하는 자신이 수간호사가 매우 끔찍하게 생각되었다고 말하는 것은 무례한 일로 비춰질 염려가 있었다. 그래서 그는 수간호사가 좀 특이한 여자가 아니냐고 물으면서 조심조심 조카의 생각을 타진해 보았다 ─ 그러자 한스 카스토르프는 무언가 잠시 생각하는 듯 허공을 쳐다보더니, 혹시 밀렌동크가 체온계를 강매하지 않더냐고 되물었는데, 이것은 영사의 질문에 반쯤은 긍정한 셈이었다.

「아니, 나한테? 그녀가 그런 일도 한다고?」 영사가 반문했다…….

그러나 조카가 물어본 일이 설령 일어난다고 해도 조카는 그다지 놀라지 않았으리라는 것이 얼굴 표정에 역력히 나타나 제임스는 아주 기분이 좋지 않았다. 마치 〈우리들은 춥지 않습니다〉라고 말하는 것 같았다. 하지만 영사는 추위 견딜 수 없었다. 머리에는 후끈후끈 열이 올라 있었지만 몸은 계속 추웠다. 그래서 그는 생각했다. 만약 수간호사가 정말 자신에게 체온계를 강매했다면, 자신은 분명 이것을 거절했을 테고, 거절하는 것은 결국 올바른 행동이 아니었을 것이다. 왜냐하면 남의 체온계, 예를 들어 조카의 체온계를 쓰는 것은 문명사회의 일원으로서는 할 수 없는 일이기 때문이다.

이렇게 4~5일이 흘러갔다. 평지에서 온 사자 제임스 티나펠은 궤도에 따라 ─ 사람들이 그에게 정해 준 궤도에 올라, 생활에 틀이 잡혀 갔다. 그리고 궤도를 이탈해 생활한다는 것은 도저히 생각할 수 없을 것 같았다. 영사는 여러 체험을 했고, 갖가지 인상을 받았다 ─ 하지만 우리들은 그의 생활을 더 이상 엿듣지 말기로 하자. 어느 날 그는 한스 카스토르프의 방에서 작고 검은 유리판을 손에 집어 들었다. 그것은 방 주인이 자신의 깔끔한 거처를 장식한 자질구레한 여러 소지품들 중의 하나로, 조각을 해서 만든 작은 사진틀에 끼워 장롱 위에 올려 둔 물건이었다. 빛에 비추니 사진 원판이 나타났다.

「이건 대체 뭐지?」 숙부가 유리판을 비춰 보면서 물었다…….

그렇게 묻는 것은 당연한 일이었다! 사진에는 머리 부분이 없고, 어렴풋이 보이는 살에 에워싸인 사람의 상반신 해골이 있었다 ─ 그것도 여성의 상반신 사진이라는 것을 알 수 있었다.

「그거 말입니까? 기념품입니다.」한스 카스토르프가 대답했다.

그 말을 듣자 숙부는 〈이거 실례했군!〉 하고 말하고는, 사진을 사진틀에 도로 꽂아 넣고 성급히 그곳을 떠났다.

이것은 제임스가 요 4~5일 동안에 경험하고 인상받은 것들 중에 하나를 예로 든 것에 불과했다. 그에게는 크로코브스키 박사의 강연에 빠지는 것도 상상할 수 없는 일이었기에, 그는 거기에도 참가했다. 그리고 그가 고대한 베렌스 고문관과의 사적인 대화에 관해 말하자면, 이것은 그가 이 위에 온 지 6일째 되던 날에 실현되었다. 호출을 받은 그는 아침 식사를 마치고 조카의 문제와 시간 낭비에 대해 고문관에게 한판 따지겠다고 벼르며 지하실로 내려갔다.

하지만 다시 위로 올라온 그는 작은 소리로 조카에게 이렇게 물었다.

「이런 말을 들어 본 적이 있나?!」

하지만 한스 카스토르프도 벌써 그런 말을 들었음이 분명하고, 그런 말을 한다 해도 그가 별로 놀라지 않으리라는 것도 분명했다. 그래서 제임스는 그것으로 입을 다물고는, 조카가 그다지 흥미 없는 듯 반문하자 이렇게 대답했을 뿐이다.

「아니, 아무것도 아니야.」

그러나 영사에게는 이 이후로 새로운 버릇이 생겼다. 즉 눈썹을 찡그리고 입술을 뽀족이 내밀고는 어딘가 위쪽을 비스듬하게 응시하다가, 별안간 고개를 돌려, 이번에는 반대 방향을 똑같은 눈초리로 응시하는 것이었다⋯⋯. 베렌스와

의 상담도 영사의 생각과는 다른 결과로 끝난 것일까? 이야기를 나누는 중에 한스 카스토르프 문제만이 아니라, 제임스 티나펠 자신도 화제에 올라, 상담이 그만 사적인 대화의 성질을 잃어버리게 된 것이었을까? 영사의 태도로 보아 그러했으리라 생각되었다. 영사는 기분이 아주 좋아 보였고, 말이 많았으며, 실없이 웃고, 조카의 옆구리를 주먹으로 때리며 〈어이, 선배!〉하고 큰 소리로 말하기도 했다. 그러는 사이에 그의 눈초리는 이쪽을 보다가, 갑자기 저쪽을 바라보았다. 그러나 두 눈만은 식사 때에도 규정된 산책 때에도, 그리고 밤의 모임 때에도 항상 일정한 방향을 향했다.

영사는 폴란드 공업가의 부인인 레디슈 부인에게 처음에는 그다지 주의를 기울이지 않았는데, 그녀는 지금은 부재중인 잘로몬 부인과 둥근 안경을 쓴 대식가 학생의 식탁에 앉아 있었다. 사실 그녀는 안정 요양 홀의 다른 부인들처럼 평범하기 이를 데 없었다. 작달막하고 온몸이 까무잡잡한 데다 이제는 그리 젊지도 않고 머리털이 벌써 좀 희끗희끗해지고 있었지만, 귀여운 이중 턱에 갈색 눈에는 생기가 넘쳤다. 그녀는 세련성이라는 점에서는 저 아래 평지의 티나펠 영사 부인과는 도저히 비교가 되지 않았다. 하지만 일요일 저녁 식사가 끝나고 나서 영사는, 홀에서, 레디슈 부인의 유방이 풍만한 것을 발견했다. 그녀가 입고 있는 금박과 은박으로 장식한 검은 옷이 어깨와 가슴을 드러내고 있는 덕택이었다. 양쪽으로 단단히 조여 맨 여자다운 젖가슴은 우윳빛으로, 그 하얀 젖무덤 사이로 가슴의 골이 꽤 깊이 선명하게 드러나 보였다. 이러한 모습을 보고, 마치 그것이 생각지도 못하고 들어 보지도 못한 아주 새로운 발견인 양, 한창 나이의 세련된 영사는 완전히 넋이 나갈 정도로 충격과 감동을 받았다. 그는 레디슈 부인에게 접근을 시도했으며, 이 시도는 성공을 거두어 그녀와 안면을 트게 되었다. 그는 처음에는 서서, 다음에는 앉아서 그녀와 오랜 시간 이야기를 나누었고, 그날 밤에는 콧노래를 부르며 잠이 들었다. 다음 날 레디슈 부인은 금박과 은박으로 장식한 검은 옷을 입지 않아서 어깨와 가슴이 드러나지 않았지만, 영사는 어제 본 유방이 눈앞에 아른거려 그 인상을 계속 좇았다. 그는 규정된 산책을 할 때는 되도록 그녀와 나란히 걸으며, 잡담을 나눴고, 기회를 봐서 특별하고도 매력적인 모습으로 그녀 쪽으로 머리를 돌리고 몸을 기울이며 그녀 옆을 벗어나지 않으려 했다. 식탁에서는 그녀를 향해 건배했고, 그러면 그녀는 금으로 씌운 이 몇 개를 번쩍거리며 미소를 짓고 영사를 향해 건배를 했다. 또한 영사는 조카와 대화를 나누면서 그녀를 〈여신 같은 부인〉이라고까지 불렀으며 ─ 그러고는 다시 노래를 흥얼거렸다. 한스 카스토르프는 숙부의 그런 태도가 지극히 당연하다는 듯 차분히 인내하며 너그럽게 받아들이고 있었다. 하지만 이러한 태도는 연장자인 숙부의 권위를 높여 주지도 않았고, 이 위에 올라온 영사의 사명과도 전혀 일치하지 않는 것이었다.

생선 스튜와 나중에 셔벗이 메뉴로 나왔을 때, 숙부는 두 번이나 레디슈 부인에게 술잔을 들며 건배했다. 때마침 베렌스 고문관이 한스 카스토르프와 방문객의 식탁에서 식사하고 있었다 ─ 그러니까 고문관은 일곱 식탁을 순서대로 돌아다니며 강의를 하고 있었고, 어느 식탁에도 상석의 좁은 자리에 그를 위한 식기 도구가 마련되어 있었다. 고문관은 그 큰 손을 접시 앞에 모으고, 콧수염을 치켜 올리며, 베잘 씨와 멕시코인 꼽추 사이에 앉아 스페인어로 대화를 나누었다. 그는 온갖 언어, 터키어와 헝가리어까지도 할 줄 알았다. 그리고 붉게 충혈이 되고 푸르게 퉁퉁 부은 눈으로 티나펠 영사가 레디슈 부인에게 보르도산 포도주 잔을 들어 건배하는 것을 보고 있었다. 그 뒤 식사 중에 고문관은 즉흥적으로 식탁 전체를 대상으로 짧게 한바탕 연설을 했는데, 이것은 제임스가 식탁 이쪽저쪽으로 돌아다니며 인간이 부패하면 어떻게 되느냐고 질문한 것에 자극을 받았기 때문이다. 고문관은 인체를 대학 시절부터 공부했고, 인체가 자신의 전공 분야였다. 소위 말해 이렇게 표현해도 괜찮다면, 그는 일종의 인체의 군주라고 할 수 있었다. 그러니 제임스가 인체가 분해되면 어떻게 되는지 알려 달라고 부탁했던 것이다.

「무엇보다도 당신의 복부가 파열해 버립니다.」고문관은 식탁에 팔꿈치를 세우고 두 손을 모아 그 위에 고개를 숙이면서 대답했다. 「당신이 죽어서 톱밥과 대팻밥 덮여 관 속에 누워 있다고 해봅시다. 그러면 가스가, 이해하시겠습니까, 당신의 복부를 부풀게 하여, 마치 못된 개구쟁이들이 개구리 배에 바람을 집어넣은 듯 복부가 팽팽하게 부풀어 오릅니다. 그러다 마침내 풍선처럼 부풀어 오른 당신의 뱃가죽은 가스의 압력을 더 이상 견디지 못하고 그만 터지고 맙니다. 펑 하고 터지고 나면 당신은 아주 홀가분해집니다. 이스가리옷 유다가 나뭇가지에서 떨어졌을 때처럼 복부 안에 있는 모든 것을 털어 내는 것입니다. 그렇습니다. 그런 다음에 당신은 다시 세상 사람들 속에 모습을 드러낼 수 있게 됩니다. 저세상에서 휴가를 받아 이 세상에 다시 돌아와 유족들을 찾는다고 해도 이들에게 불쾌한 기분을 안겨 주지는 않을 것입니다. 우리는 이것을 가스 방출이라고 부르고 있습니다. 그런 다음에는 다시 공기를 만나도 우아한 사람으로 돌아갑니다. 포르타 누오바 앞의 카푸친 수도원 지하실에 걸려 있는 팔레르모 시민들의 미라처럼 말입니다. 이 미라들은 그곳에서 말라서 우아하게 천장에 매달려 널리 사람들의 존경을 받고 있습니다. 여기서 요점은 단지 가스를 방출했다는 사실뿐입니다.」

「물론이고말고요!」 영사가 말했다. 「대단히 고맙습니다!」 그리고 다음 날 아침 영사는 사라져 버렸다.

그는 새벽 첫차를 타고 저 아래 평지로 떠나갔다 — 물론 자신의 용무를 다 끝내고 떠난 것이다. 어느 누가 다른 생각을 할 수 있겠는가! 당연한 일이었다! 그는 자신의 계산을 다 치르고, 상담을 위해 만났다가 진찰받은 것에 대해서도 진료비를 지불하고, 조카에게는 한 마디 말도 없이 슬며시 두 개의 여행 가방에 짐을 꾸렸던 것이다 — 아마도 전날 밤이나 새벽 아직 모두가 잠들어 있을 동안이었을 것이다 — 이리하여 한스 카스토르프가 첫 번째 아침 식사를 위해 숙부의 방에 들어갔을 땐 방이 텅 비어 있었다.

한스 카스토르프는 두 손을 허리에 대고 말했다. 「그랬군, 그랬었군.」 그리고 그의 얼굴에 우울한 미소가 떠올랐다. 「아, 그랬구나.」 그는 이렇게 말하고 고개를 끄덕였다. 제임스 숙부는 줄행랑을 친 것이었다. 허둥지둥, 아무 말도 하지 않고 서둘러, 일순 결단력을 발휘해, 이 순간을 놓치지 않고 짐을 트렁크에 쑤셔 넣고는 도망을 친 것이다. 둘이 아니라 혼자, 자신의 명예로운 사명을 완수하기는커녕, 혼자만이라도 도망칠 수 있음에 안도의 한숨을 내쉬며, 우직한 속인이자 탈주자인 제임스 티나펠은 평지의 인생 연대의 군기 아래로 도망쳐 버렸다. 자, 그럼, 무사한 여행이 되기를 빌 수밖에!

한스 카스토르프는 이 위를 방문한 숙부가 막 여행길에 오른 사실을 자기가 새까맣게 모르고 있었다는 것을 아무도 눈치채지 못하도록 했다. 특히 영사를 역까지 배웅해 준 절름발이에게는 더욱 그렇게 했다. 한스 카스토르프는 보덴 호수에서 보내온 엽서를 받았는데, 그 엽서에는 제임스 숙부가 사업상의 문제로 당장 평지로 내려오라는 전보를 받았다는 내용이 담겨 있었다. 그래서 숙부가 바삐 평지로 내려갔다는 것이다. 조카에게 폐를 끼칠까 염려되어 그랬다는데 — 이것은 의례적인 거짓말이었다 — 〈앞으로도 쭉 즐겁게 지내도록!〉 — 이런 말도 엽서에 썼는데, 빈정대는 걸까? 그렇다면 꽤 가식적인 조롱이 아닐까 하고 한스 카스토르프는 생각했다. 그렇게 부랴부랴 떠난 숙부에게는 도저히 조롱이나 농담을 할 정신적 여유가 없었을 테고, 일주일간 이 위에서 지내고 난 뒤 평지로 돌아가면, 아침 식사 후에 규정된 산책을 하거나, 격식에 따라 담요를 몸에 두르고 바깥에서 수평 생활에 들어가는 것이 아니라, 그 대신 사무실에 출근하게 될 텐데 그것이 그에게는 저 아래에서 한동안 그릇되고 부자연스러우며 해서는 안 될 일로 여겨지지나 않을까 하는 예감이 들어, 얼굴이 새파랗게 질리도록 깜짝 놀랐을 것이다. 그리고 이러한 경악할 만한 예감이 그로 하여금 허겁지겁 이곳을 도망치도록 한 직접적인 원인이었던 것이다.

이렇게 해서 한스 카스토르프를 고향으로 데리고 가려던 평지의 시도는 실패로 끝나고 말았다. 평지의 공격이 완전히 실패할 것을 진작 예상하고 있던 한스 카스토르프는, 이 일로 인해 평지의 사람들과 자신의 관계가 결정적으로 중요한 전환점을 맞았다는 사실을 굳이 숨기려 하지 않았다. 이러한 실패는 평지 사람들에게는 어깨를 움츠리며 최종적으로 그를 단념하게 되었음을 뜻했지만, 한스 카스토르프에게는 완전한 자유의 몸이 되었음을 뜻했다. 이렇게 완전한 자유를 얻자 그의 심장은 이제 더 이상 두근거리지 않게 되었다.

정신적 수련

레오 나프타. 그는 폴란드 남부의 갈리시아와 우크라이나 북서부의 볼리니아의 국경선 근처에 있는 어느 작은 마을에서 태어났다. 그가 존경한다는 아버지는 그곳에서 도살업자로 일했는데, 나프타는 자기가 자라난 세계에 대해 호의적으로 이야기할 수 있을 정도로 그 본래적인 세계를 초탈해 버렸다는 감정을 뚜렷이 나타냄으로써 자신의 아버지를 존경한다고 말했던 것이다 — 그러나 이 직업은 수공업자이자 상인인 기독교의 도살업자와는 너무도 다른 직업이었다. 그러니 레오의 아버지도 마찬가지로 수공업자나 사업가가 아니었다. 그는 공무원으로, 그것도 종교 관계 공무원이었다. 엘리아 나프타는 모세의 율법에 입각하여 도살을 허락받은 가축을 탈무드의 규정에 따라 도살할 수 있는 경건한 기능 시험[52]을 랍비에게서 치르고, 도살권을 부여받게 되었다. 엘

52 유대교에서는 가축을 때려죽이는 것을 금지해 경동맥과 기관, 식도를 칼로 따고 피를 빼서 죽게 한다.

리아 나프타는, 아들의 묘사에 따르면, 별빛 같은 빛을 발산하는 푸른 눈에 조용한 영성이 가득 차 있었다. 그의 인품에는 어딘지 사제 같은 면이 있었고, 은연중에 풍기는 장엄한 느낌은 원시 시대의 도살이 사실은 사제의 일이었음을 상기하게 했다. 레오, 또는 어릴 때 부른 이름에 따라 〈라이프〉는, 아버지가 운동선수처럼 체격이 좋고 건강한 유대인 하인의 도움을 받아 앞뜰에서 제의적인 업무를 수행하는 것을 지켜볼 수 있게 아버지로부터 허락을 받았다. 금발의 수염을 둥글게 깎은 허약한 엘리아는 하인 옆에 서면 더욱 우아하고 가냘프게 보였다. 사지가 꽁꽁 묶이고 입에 재갈이 물려 있지만, 아직 의식을 잃지 않은 가축을 향해 엘리아가 커다란 도살용 칼을 휘두르며 목덜미 부분을 깊고도 정확하게 찌르면, 하인은 넘쳐흘러 김이 펄펄 나는 붉은 피를 재빨리 사발에 담았다. 어린 레오는 감각적인 것을 통해 정신적인 본질을 캐묻는 어린아이의 눈으로 이 광경을 가슴에 새겨 두었다. 그러한 눈은 별빛 같은 눈을 지닌 엘리아의 아들답게 특별히 갖추어져 있었음에 틀림없었다.

레오는, 기독교 국가의 백정은 곤봉이나 손도끼로 내리쳐서 일격에 기절시키고 난 뒤 가축을 죽인다는 것을 알고 있었다. 그리고 이러한 규정은 동물 학대와 잔혹함을 피하기 위해 마련되었다는 것도 알았다. 그런데 그의 아버지는 저러한 무뢰한보다 훨씬 더 섬세하고 현명하며, 게다가 이들 중 어느 누구도 가지고 있지 않은 별과 같은 눈을 지니고 있었음에도, 모세의 율법에 따라 아직 의식이 있는 동물을 칼로 찔러 쓰러질 때까지 피를 흘리게 하는 것이었다. 어린 라이프는 비유대인의 이러한 서툰 방법이 너그럽고 세속적인 선량함에 바탕을 두고 있다고 느꼈다. 그리고 그러한 선량한 마음으로는 신성한 것에 올바르게 경의를 표할 수 없으며, 아버지가 사용하는 엄숙하고 무자비한 방법을 보아야만 신성한 것에 경의를 표할 수 있다고 느꼈다. 이리하여 레오의 마음속에서는 경건함이 잔인함과 결부되었다. 즉 그의 상상 속에서는 피가 분출하는 광경과 피의 냄새가 신성한 것과 정신적인 것의 이념과 연결된 것이나 마찬가지였다. 레오는 아버지가 그러한 피비린내 나는 직업을 택한 것은, 기독교 국가의 튼튼하고 억센 백정이나 또는 자신의 유대인 하인과 같은 잔인한 취향 때문이 아니라, 정신적인 의미에서 그 직업을 골랐고, 또 섬세한 체질을 바탕으로 별과 같은 눈이 지닌 의미에서 택했다는 것을 잘 알고 있었다.

사실상 엘리아 나프타는 명상가이자 사상가였다. 그는 모세 오경의 연구자인 동시에 율법서의 비평가이기도 했기 때문에, 율법서의 내용에 관해 랍비와 토론하다가 논쟁으로 번지는 일도 종종 있었다. 그는 그 지방의 같은 유대교인들 사이에서만이 아니라, 기독교 신자들 사이에서도 무언가 특별한 사람, 즉 다른 사람들보다 더 많이 알고 있는 사람으로 통했다 — 한편으로는 경건하다는 의미에서, 다른 한편으로는 그렇게 무시무시한 것은 아니지만 아무튼 보통은 아니라는 의미에서 말이다. 그에게는 종파적으로 이단아적인 교파의 분위기가 풍겼으며, 또 신과 친밀한 자, 태양신 바알 숭배자이자 점성술사, 즉 기적을 행하는 자라는 분위기가 풍겼다. 그리고 그가 사실은 언젠가 한번 어떤 부인의 악성 부스럼을, 한번은 어떤 소년의 경련을, 그것도 피와 주문으로 고쳐준 적이 있었기 때문에 한층 더 기적을 일으키는 사람으로 통했다. 하지만 사실 이러한 대담하고 경건하며 종교적인 분위기에서 느껴지는 그의 신격자(神格者) 같은 광배(光背)에 그의 직업상의 피 냄새가 곁들여져 그는 파멸을 맞게 되었다. 기독교도의 두 아이가 불가사의한 죽음을 당했는데, 그 때문에 격분한 민중들이 폭동을 일으켜 엘리아를 끔찍한 방법으로 죽였기 때문이다. 엘리아는 불붙은 제 집 대문에 못 박혀 매달린 채 죽었던 것이다. 그러자 그의 아내는, 비록 폐결핵을 앓아 병상에 누워 있는 신세였지만, 어린 나프타와 네 아이를 데리고 두 손을 높이 들어, 울부짖고 통곡하면서, 고향을 떠났다.

비운의 일을 당한 이 가족은 엘리아가 그동안 모아 둔 재산 덕택에 다행히 길바닥에 나앉게 되지는 않았다. 그들은 오스트리아의 포라를베르크 지방의 한 작은 도시에 정착했다. 나프타 부인은 그곳 방적 공장에 일을 얻어, 체력이 허락하는 한 열심히 일을 했고, 그러면서 아이들을 초등학교에 보낼 수 있었다. 하지만 학교에서 배우는 내용은 레오 형제 자매들의 소질과 욕구에는 충분했을지 모르지만 장남인 레오 자신에게는 부족하기 짝이 없었다. 레오는 어머니에게서는 폐병의 싹을 물려받았고, 아버지에게서는 아담한 체격 외에 뛰어난 오성과 정신적 재능을 물려받았다. 이러한 선천적 재능으로 그는 어릴 때부터 교만한 본능, 높은 공명심, 고상한 생활 방식에 대한 열렬한 동경에 사로잡혀 자신의 출신 계급에서 벗어나려고 열정적으로 노력하게 되었다. 14~15세에 레오는 학교에서 배우는 것 외에도 힘들게 구한 책들을 읽으며 많은 것을 무질서하고도 성급하게 받아들이며 정신을 향상시켜 갔으며, 자신의 오성에 영양분을 공급했다. 그는 계속 쇠약해져 가는 어머니가 머리를 두 어깨 사이에서 비스듬히 기울이고, 바싹 마른 두 손을 공중으로 활짝 벌려 개탄하는 모습을 보며 그 원인을 생각하기도 하고 말로 표현하기도 했다. 그가 학교 종교 수업 때 보인 태도와 대답에 경건하고 학식 있는 그 지방의 랍비는 그를 주의 깊게 관찰하였고, 마침내 제자로 삼게 되었다. 그리하여 랍비는 히브리어와 고전 어학을 가르쳐 그의 형식적 충동을 충족해 주었고, 수학을 가르쳐 그의 논리적 충동을 충족해 주었다. 하지만 그 선량한 학자는 은혜를 베푼 것에 제대로 된 보답을 받지 못했고, 가슴에 뱀을 키웠다는 사실이 날이 갈수록 더 명백하게 드러났다. 일찍이 아버지 엘리아 나프타와 그 논적인 랍비 사이에 일어났던 일이 여기서도 일어났던 것이다. 서로의 의견이 맞지 않았고, 스승과 제자 사이에는 종교적이고 철학적인 마찰이 끊이지 않았으며 날이 갈수록 점점 더 격렬해졌다. 그리고 성실한 그 율법학자는 젊은 레오의 정신적인 반항, 비평과 회의에 대한 집착, 반항심, 날카로운 변증법에 말할 수 없이 고통을 겪어야 했다. 그뿐 아니라 레오의 궤변과 정신적 선동에는 새로이 혁명적인 색채가 가미되었다. 오스트리아 사회 민주당 국회의원 아들과 그 아버지를 알게 된 것을 계기로, 레오의 정신은 정치적인 것에 관심을 갖게 되었고, 레오의 논리적 열정은 사회 비판적 경향을 띠게 되었다. 그는 성실성을 중시하는 선량한 탈무드 학자를 소름끼치게 하는 열변을 토해, 결국 스승과 제자 사이의 좋은 관계에 최종 일격을 가했던 것이다. 요컨대 나프타는 스승에게 내쳐지고, 스승의 서재에서 영원히 쫓겨나는 신세가 되었는데, 이때가 바로 그의 어머니 라헬 나프타가 임종하던 무렵이었다.

　하지만, 어머니가 죽고 얼마 안 있어 레오는 운터페르팅거 신부를 알게 되었다. 열여섯의 레오는 일 강(江)에 접한 작은 도시의 서쪽 언덕에 있는 소위 마르가레테카프 공원 벤치에 홀로 앉아 있었는데, 멀리 라인 강 유역의 골짜기가 한눈에 내려다보이는 곳이었다 ── 레오가 그곳에 앉아 자신의 운명과 장래를 생각하며 우울하고 암담한 기분에 빠져 있을 때의 일이었다. 그때 예수회의 〈금성(金星) 학교〉라는 기숙 학교의 교수 한 사람이 산책을 나왔다가 레오의 옆자리에 앉게 되었다. 교수는 자신의 모자를 옆에 벗어 놓고, 기다란 수사복 아래로 다리를 포개어 앉고는, 자신의 성무일과서(聖務日課書)를 조금 읽고 난 뒤에, 레오와 이야기를 나누게 되었는데, 이 이야기가 아주 활발하게 진행되어 레오의 운명을 결정적으로 뒤바꿔 놓는 계기가 되었다. 그 예수회 신부는 활발하며 교양 있는 예의범절을 갖춘 남자이자 열정적인 교육자이며, 세상인심을 알았고 사람을 알아보는 눈 또한 예리했다. 신부는, 행색이 초라한 유대인 소년이 자신의 질문에 조소를 담았지만 똑 부러지게 대답하는 말에 처음부터 유심히 귀를 기울였다. 신부는 소년의 말투가 예리하기는 하지만, 그 속에 고통스러운 자학의 요소가 담겨 있는 것을 느꼈고, 대화를 계속함에 따라 소년의 깊은 지식과 사고의 신랄한 세련성을 접하면서, 이러한 것이 그의 초라한 행색과 대비되어 한층 더 뜻밖이란 느낌을 받았다. 마르크스가 화제에 오르면 레오 나프타는 보급판으로 읽은 그의 『자본론』에 대해 일가견을 피력했고, 헤겔이 화제에 오르면 이 철학자의 저서와 또 그에 관한 문헌까지 읽어서 여기에 대해서도 몇 마디 탁월한 견해를 표명할 수 있었다. 레오의 타고난 역설적인 성향 때문인지, 상대방에 대한 예의 때문인지는 몰라도 — 그는 헤겔을 〈가톨릭적〉 사상가라고 불렀다. 이에 대해 신부는 미소를 지으며 헤겔은 프로이센의 국가 철학자로서 사실 본질적으로 프로테스탄트로 간주될 수 있는데, 어떻게 그 말을 논리적으로 증명할 수 있느냐고 물었다. 그러자 레오는 〈국가 철학자〉라는 사실이야말로, 교회적이고 교리적인 의미는 별개로 치더라도, 종교적인 의미에서는 헤겔이 가톨릭적인 사상가라는 자신의 주장을 입증하는 것이라고 답했다. 왜냐하면(레오는 이 왜냐하면이라는 접속사를 무척 좋아했다. 이 말을 입 밖에 낼 때마다 그는 의기양양하고 가차 없는 표정을 지었고, 안경알 뒤의 두 눈이 번득거렸다), 정치적이라는 개념은 가톨릭적이라는 개념과 심리적으로 연결되어 있어, 이 두 가지는 하나의 범주를 이루고 있기 때문이다. 여기서 하나의 범주란 객관적인 것, 실제적인 것, 활동적인 것, 실현하는 것, 이런 모든 것들을 외적으로 작용하는 것으로 통합하고 있다. 여기에 대립되는 것이 바로 신비주의에서 비롯된 경건주의적인 프로테스탄트의 세계이다. 예수회의 정신에는 가톨릭의 정치적, 교육적인 본질이 현저하게 드러나 있으며, 또 예수회는 정치와 교육을 언제나 자신의 전문 영역으로 간주해 왔다고 레오는 덧붙였다. 그러면서 그는 괴테를 예로 들었다. 괴테는 경건주의에 뿌리를 박고 있어 프로테스탄트가 분명하지만, 특히 그의 객관주의와 행동주의에 비추어 보면 가톨릭적인 면이 강하다는 것이다. 괴테는 비밀 고해성사를 옹호했으니, 교육자로서는 거의 예수회 회원이나 마찬가지였다고 했다.

나프타가 이렇게 말한 것이 자신의 말을 사실이라고 믿어서였는지, 그것이 기지에 찬 생각이라 느꼈기 때문이었는지, 또는 신부의 말에 맞장구를 치고자 해서였는지, 가난한 소년으로서 자기에게 유리하고 불리한 것을 잘 따져 알랑거리기 위해서였는지, 그 어느 쪽이든지 간에 아무튼 신부는 소년의 말이 옳은지 그른지 따지기보다는 그 말에 나타난 전반적인 총명함에 주의를 기울였고 마음이 끌렸다. 대화는 누에고치가 실을 뽑아내듯 꼬리에 꼬리를 물고 한없이 계속되었고, 신부는 소년의 개인적인 사정도 얼마 안 가 알게 되었다. 그리고 이러한 만남은 운터페르팅거 신부가 레오 소년에게 빠른 시일 내에 자기 학교를 찾아오라는 부탁의 말로 끝났다.

이리하여 레오 나프타는 금성 학교에 입학을 허락받았다. 학문적으로나 사회적으로 수준이 높은 이 학교는 이미 오래전부터 그가 마음속으로 동경해 왔던 곳이었다. 더구나 이렇게 인생의 전환점을 맞으면서 그는 예전의 스승보다 자신의 본질을 훨씬 더 깊이 평가하고 촉진해 주는 새로운 스승이자 후원자를 얻는 행운을 누리게 되었다. 이 새로운 스승의 천성적으로 차가운 선량성은 세상 물정에 밝은 것에서 기인하는 터라, 레오는 그의 생활 영역으로 들어가고 싶은 욕구를 강하게 느꼈다. 두뇌가 명석한 대개의 유대인들이 그러하듯 레오 나프타는 본성적으로 혁명가인 동시에 귀족주의자였다. 그러니까 그는 사회주의자였다 — 그리고 동시에 자부심이 강하고 고상한 존재 형식, 또 배타적이고 율법적인 존재 형식에 참가하고 싶은 꿈에 사로잡혀 있었다. 금성 학교의 가톨릭 신학자와 대면해서 나프타가 처음 한 말은 순전히 분석적이고 비교학적인 의미를 띠었지만, 따지고 보면 로마 가톨릭 교회에 대한 사랑의 표현이었다. 그는 로마 가톨릭 교회를 고상한 동시에 정신적인 권력, 즉 반유물적이고 반현실적이며 반세속적인, 그러한 혁명적인 권력으로 느꼈던 것이다. 따라서 로마 교회에 대한 그의 경의는 진정한 것이었고, 그의 본성의 한가운데에서 우러나온 것이었다. 그 자신도 주장한 것처럼 유대교는 현세적이고 즉물적인 경향, 사회주의와 정치적 종교성을 바탕으로 하고 있어 가톨릭 세계에 훨씬 더 가까웠으며, 또 침잠하는 경향과 신비주의적 주관성을 특징으로 하는 프로테스탄트보다 가톨릭과 비교가 안 될 만큼 유사한 점이 많았기 때문이다 — 그러므로 유대인이 로마 가톨릭으로 개종하는 것이 프로테스탄트가 가톨릭으로 개종하는 것보다 정신적으로 훨씬 자연스러운 과정이라는 것을 의미하기도 했다.

최초의 종교 단체 지도자 랍비와 사이가 틀어지고, 또 부모를 잃은 고아에다가 의지할 데 없게 된 나프타, 그는 자신의 재능으로 당연하게 누릴 수 있는 보다 깨끗한 생활 환경과 존재 형식에 대한 욕구를 강하게 품고 있는 사이 어느새 법적으로 성년에 도달해 있었다. 그는 고해를 통해 가톨릭으로 개종하는 것을 손꼽아 기다렸으므로, 그를 〈발견〉한 스승은 이 영혼, 아니 이 뛰어난 두뇌의 소유자를 자신의 종교 세계로 끌어들이는 데 조금도 수고를 할 필요가 없었다. 벌써 세례도 받기 전에 레오는 신부의 노력으로 금성 학교에 임시로 묵으면서, 신체적으로나 정신적으로 도움을 받고 있었다. 이렇게 하여 그는 정신적인 귀족주의자답게 무심하고도 냉담하게, 어린 동생들을 각자의 부족한 재능에 어울리게 빈민 구제소에 맡겨 버리고 자신은 금성 학교로 옮겨 가 살았다.

금성 학교의 대지와 부지는 광활하다 할 정도로 넓었고, 건물은 4백 명가량의 학생을 수용하기에 부족하지 않았다. 교내에는 숲이 여러 개 있었고, 방목지에 운동장 여섯 개, 농장용 건물들, 수백 마리의 소를 키울 수 있는 축사들이 있었다. 학교는 기숙 학교이자 모범 농장이며, 체육 학교이자 학자 양성소에, 뮤즈의 사원[53]이기도 했다. 뮤즈의 사원이라 한 것은 여기에서 수시로 연극과 음악회가 열렸기 때문이다. 이 금성 학교에서의 생활은 귀족적이었으며, 또 수도원처럼 엄격하고 은둔적이었다. 학교의 규율과 우아함, 명랑한 부드러움, 정신성과 세련성, 변화가 많은 일과의 정확성이 레오의 심오한 본성에 꼭 맞았다. 레오는 한없이 행복했다. 그는 널찍한 식당에서 훌륭한 식사를 했고, 거기에서는 학교의 복도에서와 마찬가지로 침묵을 지켜야 했다. 그리고 젊은 학생감이 식당 한가운데에 있는 높은 연단 위에 앉아 책을 낭독했는데, 그렇게 함으로써 식사하는 사람들을 즐겁게 해주었다. 수업 시간에 대한 레오의 열의는 대단했고, 허약한 가슴으로도 오후의 놀이와 스포츠 시간에 뒤쳐지지 않으려고 온 힘을 기울였다. 매일 새벽 열리는 미사에 빠지지 않았고, 일요일에는 장엄 미사에도 항상 참석하여, 그 경건한 태도에 신부인 교육자들은 기쁘지 않을 수 없었다. 그의 사교적 태도도 신부들을 적지 않게 흡족하게 했다. 축제일 오후에는 케이크와 포도주를 맛있게 먹고 마신 후, 높은 칼라를 단 녹회색 제복과 줄무늬 바지를 입고, 둥근 모자를 쓴 채, 다른 학

53 그리스 신화에서 뮤즈는 문예와 학술을 관장하는 여신이다. 여기서는 연극 공연장을 일컫는다.

생들과 나란히 열을 지어 산책을 했다.

자신의 개인적 사정과 출신, 개종한 지 얼마 되지 않았다는 사실에도 불구하고 수도원 학교에서 자신을 따뜻하게 대해 주자 그는 가슴 벅찬 고마움을 느꼈다. 아무도 그가 이 학교에 무료로 다니는 급비생이라는 사실을 모르는 것 같았다. 학교 규칙상 그가 연고자가 없고 고향이 없다는 사실을 학우들에게 알리지 않게 되어 있었다. 생필품과 과자류가 든 소포를 받는 것은 보통 금지되어 있었지만, 그럼에도 간혹 보내온 것은 모두에게 분배해 레오도 나누어 가졌다. 세계주의를 표방하는 이 학교의 국제적인 분위기에서는 레오의 민족적 특성이 눈에 띄게 드러날 염려가 없었다. 그곳에는 레오보다 훨씬 〈유대적〉으로 보이는 젊은 이국인들, 즉 포르투갈계 라틴 아메리카 학생들이 있었기 때문에, 이곳에 유대적이라는 개념은 존재하지 않았다. 나프타와 같은 시기에 이 학교에 입학한 에티오피아의 왕자는 심지어 고수머리 무어인[54]이었지만 무척 품위 있는 외모를 지니고 있었다.

레오는 수사학을 배우는 학년에 올라가자 신학을 전공하고 싶다는 소망을 피력했고, 자신이 어느 정도 자격을 갖추었다고 인정된다면 언젠가 예수회 회원이 되고 싶다는 뜻도 함께 밝혔다. 그 결과 그는 식사와 생활 기준이 약간 더 검소한 〈제2기숙사〉 급비생에서 〈제1기숙사〉 급비생으로 신분이 달라지게 되었다. 이젠 식사할 때 급사가 시중을 들어 주었으며, 침실도 슐레지엔의 폰 하르부팔 운트 샤마레 백작과 모데나 출신의 디 랑고니 산타크로체 후작 사이의 침실을 쓰게 되었다. 그는 뛰어난 성적으로 학교를 졸업한 후, 학

54 서북 아프리카의 흑인.

창 시절부터 자신이 결심한 대로 근처에 있는 티지스 수도원의 수련생으로 들어갔으며, 거기서 경건하게 봉사하고, 침묵으로 복종하며, 종교적으로 수련을 하는 생활을 하며, 이전에 광적인 사상에서 느꼈던 만족과 같은 의미를 지닌 정신적인 쾌락을 맛보았다.

그러나 그러는 동안 건강을 해치게 되었다 — 그것도 직접적으로 육체적인 건강에 도움이 되었던 수련 생활의 엄격성 때문이라기보다는 그의 내적인 생활이 원인이었다. 그가 받은 교육 내용은 현명하고 날카롭다는 점에서 그의 개인적 자질과 부합되었고, 동시에 그의 타고난 자질을 계발해 주었다. 그가 낮은 물론 밤의 일부마저 바친 정신적 수련, 즉 온갖 양심의 탐구, 관조, 사색, 명상 등의 수련을 하면서, 그는 악의적으로 비뚤어진 열정을 가지고 수많은 어려움, 모순, 논쟁에 휩쓸려 들어갔다. 그의 변증법에 대한 지나친 열정, 동심(童心)의 부족과 그로 인한 비뚤어진 사고는 자신의 묵상 지도 신부를 매일같이 불안에 빠뜨리고 절망하게 했는데 — 이는 물론 큰 기대가 되기도 했다. 「이것은 어떻게 생각하십니까?」 그는 안경알을 번득이며 물었다……. 그러면 궁지에 몰린 수도 신부는 영혼의 안식을 얻기 위해 기도하라고 권하는 수밖에 다른 도리가 없었다. 하지만 이렇게 해서 일시적인 영혼의 〈안식〉을 얻었다 하더라도, 그것의 본질은 자신의 생활을 전적으로 무기력하게 마비시키고, 단순한 도구로 전락하게 하는 것이며, 또한 무덤에서의 정신적인 평화에 지나지 않았다. 이러한 평화의 무시무시한 외적 징후를 수도사 나프타는 주변의 공허한 눈초리가 품은 표정에서 찾아볼 수 있었고, 자기로서는 육체적인 파멸의 길을 걷지 않고는 이러한 평화를 얻는 것이 불가능할 것 같았다.

나프타의 이러한 항의와 불만에도 불구하고 윗사람들이 그에 대한 신뢰를 거두지 않았다는 것은 이들의 높은 정신적 수준을 말해 주는 것이었다. 2년간의 수련기를 마치자 관구장(管區長)은 직접 나프타를 자기 방으로 불러 이야기를 나누고는, 그를 예수회 회원으로 받아들이겠노라고 말했다. 이리하여 젊은 스콜라 철학자는 네 개의 하급 서품, 즉 수문(守文), 복사(服師), 독사(讀師), 구마사(驅魔師)의 자격을 취득했고, 또한 〈간단한〉 서원(誓願)을 마쳤다. 그리고 드디어 정식으로 예수회에 소속되게 되어, 신학 공부를 계속하기 위해 네덜란드의 팔켄부르크 신학원으로 떠났다.

그 무렵 나프타의 나이는 스무 살이었지만, 그로부터 3년이 지나 그의 체질에 위험한 북구(北歐)의 기후와 정신적 과로가 화근이 되어, 어머니에게서 물려받은 폐병이 도졌고 그곳에 계속 머물러 있으면 목숨을 보장하지 못할 것 같았다. 그가 피를 토하자 윗사람들은 크게 놀랐으며, 그가 몇 주간의 혼수상태에서 간신히 회복되자 이들은 나프타를 출발점으로, 즉 금성 학교로 돌려보냈다. 그래서 그는 자신이 학생으로 있던 금성 학교에 다시 돌아와 학생감이자 수도원 내에서 양성하는 아동들의 감독자로서, 또 고전 문학 및 철학 교사로서 활동하게 되었다. 이렇게 일시적으로 근무하는 것은 원래 규정에도 있는 것으로, 보통 2~3년간 이렇게 근무하다가 신학원으로 되돌아가 7년간 신학 공부를 계속하여 끝마치는 것이었다. 수도사 나프타는 이런 일을 할 수 없었다. 그는 계속 병약했다. 의사와 수도원장은 학교에서 신선한 공기를 마시며 학생들과 함께 지내고 농사일에 종사하는 것이 한동안은 그에게 더 나으리라고 판단했다. 그는 제1상급 서품을 받아, 일요일 장엄미사에서 사도 서간을 낭송하는 직무를 맡았다 — 하지만 그는 그 직무를 수행할 수 없었다. 그에게는 음악적 재능이 전혀 없었으며, 게다가 목소리가 병적으로 갈라져 노래하기에 적합하지 않았기 때문이다. 그는 차부제(次副祭) 이상으로는 승진하지 못했고 — 부제도, 사제 서품에도 이르지 못했다. 그의 각혈은 계속되었고, 열도 사라지려 하지 않았기 때문에, 나프타는 예수회가 충당하는 비용으로 장기 요양을 하기 위해 이곳 베르크호프 고산 지대에 온 것이었다. 그러다 벌써 6년째 이곳에 머물게 되었는데 — 지금은 거의 요양보다는, 공기가 희박한 고산 지대에서 환자들을 위한 고등학교의 라틴어 교사로 지내는 것이 그에게 절대적인 생활 조건이 되어 버렸다.

이렇게 좀 더 덧붙여진 자세한 이야기들은, 한스 카스토르프가 비단으로 꾸민 나프타의 방을 혼자 방문했을 때나 자신의 식탁 동료인 페르게나 베잘과 함께 찾아갔을 때, 또는 산책길에서 나프타를 만나 함께 도르프로 되돌아갈 때, 나프타와 직접 대화를 나누면서 알게 된 것들이었다 — 이런 이야기들을 이렇게 기회 있을 때마다 단편적으로 주워들어 연속 시리즈물의 형태로 알게 된 것이었다. 그리고 이런 일들로 인해 나프타라는 인물이 그에게 아주 특이한 인물로 느껴졌을 뿐만 아니라 페르게와 베잘에게도 그렇게 생각하기를 촉구하여, 이 두 사람도 그와 같은 생각을 하게 되었다. 물론 페르게는 자신은 고상하다고 하는 것은 아무것도 이해할 수 없다고 단서를 달기는 했지만 말이다(지금까지 그에게 인간적으로 지극히 단순한 것을 넘어서는 것은 오로지 흉막 쇼크의 경험뿐이었기 때문이다). 이에 반해 베잘은, 일찍이 불행했던 나프타가 행운을 붙잡아 출세의 길로 접어든 순간에, 무슨 일에든 한계가 있다는 것을 알려 주려고, 다시 난관에 부딪치고 평범한 사람들과 같이 육체의 병에 걸린 것 같아 무척 마음에 든다고 했다.

한스 카스토르프 자신은 나프타의 도중하차를 유감으로 생각하면서 또한 명예를 존중하는 요아힘을 회상했는데, 라다만토스의 끈질긴 요설의 그물을 영웅적인 힘을 발휘하여 끊어 버리고 자신의 군기 아래로 탈주한 요아힘을 자랑스럽고도 걱정스럽게 떠올렸던 것이다. 그는 지금쯤 깃대를 붙잡고 오른손 세 손가락을 치켜들어 충성의 맹세를 했을 것이라고 한스 카스토르프는 상상했다. 나프타도 그러한 깃발에 충성을 맹세했고, 그 아래에 포섭되었던 것이다. 이 말은 그가 한스 카스토르프에게 자신의 예수회의 본질에 대해 설명하면서 직접 사용한 표현이다. 하지만 옆길로 빠지거나 이념의 결합을 통해 새로운 철학적 사고에 빠진 나프타는 요아힘만큼 자신의 깃발에 충성을 다하지 않은 것이 분명했다 ― 물론 한스 카스토르프는 민간인이자 평화의 아들로서, 이전의 또는 미래의 예수회 회원의 이야기에 귀를 기울이면서 두 사람이 각자 서로의 직업과 신분에 호의를 느껴 가깝고 친근하게 여길 것이라는 자신의 생각을 굳히게 되었다. 둘 다 군대적인 위계질서를 바탕으로 하고 있기 때문이다. 그것도 모든 의미에서 그러했다. 〈금욕〉이라는 의미에서뿐 아니라, 서열과 복종, 스페인적인 명예심이라는 의미에서 말이다. 특히 스페인적인 명예심은 나프타의 예수회에서 아주 중요한 의미를 지니고 있었다. 예수회의 발상지는 모두 아는 바와 같이 역시 스페인이다. 예수회의 종교적인 수련 교본은 후일 프로이센의 프리드리히 대왕이 보병을 위해 편찬한 보병 훈련 교본과 쌍벽을 이루고 있는 것으로, 원래 스페인어로 쓰였기 때문에, 나프타가 이야기하거나 설명할 때면 종종 스페인식 표현이 입 밖으로 튀어나오곤 했다. 예를 들면 지옥의 군대와 성직자의 군대가 전투를 벌이기 위해 각기 그 주위로 집결한 〈두 깃발〉을 그는 〈도스 반데라스*dos banderas*〉라고 했고, 예루살렘 근처에 진을 친 성직자의 군대는 모든 선한 사람들의 〈카피탄 헤네랄(총대장)〉인 그리스도가 지휘했으며 ── 바빌론 평원에 진을 친 지옥의 군대는 사탄이 〈카우디요(수령)〉였다고 스페인어를 섞어 설명했다…….

금성 학교에서는 학생들을 여러 〈사단〉으로 나누어 종교적이며 군대적인 예절을 본분으로 지키도록 가르쳤으니, 이것이 바로 사관 학교가 아니었겠는가? ── 말하자면 군인의 〈딱딱한 칼라〉와 성직자의 〈스페인식 장식깃〉의 결합이 아니고 무엇이겠는가? 요아힘의 신분에서 아주 중요한 역할을 하고 있는 명예와 출중함이라는 이념은 ── 나프타가 유감스럽게도 병 탓에 높이 올라가지 못한 성직자 신분에서도 얼마나 중요한 역할을 하는가! 하고 한스 카스토르프는 생각했다. 나프타의 말에 따르면 예수회는 공명심으로 불타는 사관생도들의 집합소였다. 이들은 근무를 할 때 머릿속에 오로지 남들보다 뛰어나야겠다는 일념뿐이었다고 한다(라틴어로는 이를 〈인시그네스 에세*insignes esse*〉라고 했다). 예수회의 창시자이자 초대 총대장인 스페인의 로욜라의 가르침과 규정에 따라, 이들은 건전한 분별력에 따라서만 행동하는 일반인들보다 더 많은 일을 수행했고, 더 훌륭한 일을 수행했다. 오히려 이들은 자신의 직무를 〈의무 이상으로*ex supererogatione*〉 수행했는데, 특히 평균적으로 건전한 분별력을 지닌 인간도 이런 일이라면 할 수 있듯이, 〈육체의 반란 *rebellioni carnis*〉에 저항할 뿐만 아니라, 일반적으로 허용되어 있는 일들인 관능과 이기심, 세속적 집착의 경향에 대해서도 처음부터 공격적으로 저항하였던 것이다. 왜냐하면 〈거슬러 행하라*agere contra*〉라고 하는 것, 즉 공격하는 것은 〈방어하는*resistere*〉 것보다 더 중요하고 더 명예로운 일이었기 때문이다. 〈적을 약화시키고 분쇄하라!〉는 수칙이 야전 근무 규정에도 있듯이, 그 저자인 스페인의 로욜라는 그 점에서도 요아힘의 총대장 프로이센의 프리드리히 대왕의 전쟁 수칙인 〈돌격! 돌격!〉, 〈적을 끝까지 물고 늘어져라!〉, 〈언제나 공격하라!〉 등과 완전히 같은 정신을 지니고 있었다.

하지만 나프타의 세계와 요아힘의 세계가 무엇보다도 공통된 점은 피에 대한 두 사람의 관계로, 손에 피를 묻히는 것을 두려워하지 않는다는 원칙이었다. 특히 이러한 점에서 두 세계, 예수회와 군대는 완전히 일치했고, 평화의 자식인 한스 카스토르프에게는 나프타가 중세의 호전적인 수도사 유형에 관해 이야기하는 것이 무척 들을 만한 가치가 있었다. 한 유형의 수도사들은 피로와 쇠약의 극단에 이르기까지 금욕적이었고, 그러면서 종교적인 정복욕에 불타서 신정 국가, 초자연계의 세계 지배를 실현하기 위해 피를 흘리는 것을 마다하지 않았다. 또 수도사들의 한 유형인 신전 기사단[55]은 침대에서 죽는 것보다 신앙이 없는 사람들과 싸우다가 죽는 것을 더 칭찬할 만하다고 평가했고, 그리스도를 위해 죽이고 죽임을 당하는 것은 범죄가 아니라 최고의 명예라고 생각했던 것이다. 세템브리니 씨가 이 말을 듣지 않은 것은 정말 다행스러운 일이었다! 그가 이런 말을 들었다면 늘 하던 대로 손풍금장이 역할을 자처해 이를 방해하면서 평화를 주창했을 것이다! ― 그럼에도 세템브리니 씨는 당시 빈을 타도하려는 신성한 민족 전쟁과 문명 전쟁에는 반대하지 않았으므로, 그러한 정열과 약점 때문에 이제 나프타의 조롱과 멸시를 받아야 했다. 어쨌든 그 이탈리아인 세템브리니가 민족적 감정에 사로잡혀 있는 한, 나프타는 기독교적 사해동포주의를 내세워 어떤 나라도 조국이라 부르려 하지 않고, 니켈이라는 예수회의 총대장의 말을 인용해 〈조국애는 페스트이고 기독교적 사랑의 가장 확실한 죽음〉이라는 말을 단호하게 거듭하는 것이었다.

나프타가 조국애를 페스트와 같은 것이라고 부른 이유는 ― 그의 금욕주의적 세계관으로 볼 때 페스트라는 이름으로 불리지 않는 것은 전혀 존재하지 않았고, 금욕주의와 신정 국가라는 그의 생각에 위배되지 않는 것은 하나도 없었기 때문이다! 가족과 고향에 애착을 갖는 것이 그러했고, 건강과 삶에 애착을 갖는 것도 그러했다. 세템브리니 씨가 평화와 행복을 찬양하면, 나프타는 건강과 삶에 애착을 갖는 것이라며 휴머니스트를 비난했다. 다시 말해 나프타는 이것을 육신에 대한 사랑amor carnalis, 육체적인 안락함에 대한 사랑commodorum corporis이라고 공격했으며, 건강과 삶에 대

---

55 신전 기사 수도회라고도 한다. 1118년 샹파뉴 기사인 위그 드 파앵이 순례 보호를 목적으로 결성했고, 성베르나르두스의 후원으로 1128년 수도회로서 교황의 공인을 받았다.

해 조금이라도 그 가치를 인정하는 것은 지극히 시민적인 비종교성이라고 공박하였다.

두 사람의 건강과 병에 대한 일대 논쟁은, 크리스마스가 코앞으로 다가온 어느 날 눈길을 산책하며 플라츠에 갔다가 다시 돌아오는 길에 의견 충돌이 생겨 벌어졌다. 이 산책에는 세템브리니, 나프타, 한스 카스토르프 외에 페르게와 베잘도 있었다 — 모두들 미열이 있는 데다가, 고원의 심한 추위 속에서 걷고 말하느라 몸이 마비되고 흥분되어 있었으며, 전부 예외 없이 부들부들 떨고 있었다. 그리고 세템브리니나 나프타처럼 토론에 활발한 자세를 취하는 두 사람 말고, 다른 세 사람도 대체로 대화를 듣고 있다가 가끔 몇 마디 짤막한 의견을 말하면서 토론에 열중하고 있었다. 그래서 이들은 종종 자신을 잊고 선 채로 토론에 깊이 몰두하여, 손짓을 하며 뒤엉켜 말을 주고받기도 했다. 이들이 무리를 짓고 길을 가로막는 바람에 지나는 사람들은 이들의 주위를 빙 둘러 가거나, 그들처럼 서서 귀를 기울여 이 다섯 사람의 상궤를 벗어난 토론을 듣고는 눈을 휘둥그레 뜨고 놀라기도 했지만, 이들은 낯선 사람들이 뭐라 떠들든 전혀 신경 쓰지 않았다.

이러한 토론의 발단은 사실 카렌 카르슈테트였다. 손가락 끝이 벌어지며 썩어 들어가는 괴저(壞疽)에 걸렸던 불쌍한 카렌은 얼마 전에 죽었다. 한스 카스토르프는 그녀의 병이 갑작스럽게 악화되어 이 세상으로부터 퇴출된 사실을 전혀 모르고 있었다. 만약 그녀가 죽은 걸 알았다면, 그는 동료로서 그녀의 장례식에 기꺼이 참석했을 것이다 — 장례식에 참석하는 것을 매우 좋아한다고 고백까지 한 그였으니 말이다. 하지만 이곳의 관습인 비밀주의 때문에, 한스 카스토르프는 그녀의 죽음을 너무 늦게 알았다. 그가 그 사실을 알았을 때는, 그녀가 벌써 공동묘지에 영원한 수평 상태로 안치된 뒤였다. 눈 모자를 비스듬히 쓰고 있는 수호신인 벌거벗은 동자상이 서 있는 곳이었다. 영원한 안식이 있을지어다……. 한스 카스토르프는 카렌을 추억하면서 부드러운 말 몇 마디를 바쳤다. 세템브리니는 이 말을 듣더니 한스의 자선 활동을 비웃었다. 즉 그가 라일라 게른그로스, 장삿속에 밝은 로트바인, 가스를 너무 채운 침머만 부인, 호언장담을 잘하는 〈둘 다〉의 아들, 고통에 빠져 있는 나탈리에 폰 말린크로트 부인을 방문한 것을 조롱조로 말했고, 나중에도 엔지니어 한스 카스토르프가 이렇게 아무런 희망이 없고 우스꽝스러운 무리들에게 값비싼 꽃을 사 들고 가서 이들을 헌신적으로 대한 것을 비웃었다. 이에 대해 한스 카스토르프는 자신이 주의를 기울인 사람들 중에서 현재로서는 폰 말린크로트 부인과 테디 소년을 제외하고는 정말 모두가 영원한 죽음에 들어가지 않았느냐고 지적하자, 세템브리니는 그렇게 죽어 버린 사람들에게 조금이라도 더 존경할 만한 무엇이 남아 있느냐고 반문했다. 한스 카스토르프는 그러한 비참한 불행에 기독교적인 경의라고 부를 만한 무언가가 있다고 응수했다. 그러자 세템브리니가 한스 카스토르프를 질책하기 전에, 나프타는 상궤를 벗어난 경건한 사랑의 행위에 대해 말하기 시작했는데, 이것은 중세에 환자를 간호할 때 나타난 광신적이고 열광적인 상태의 놀라운 경우였다. 공주들이 나병 환자의 악취 나는 환부에 입 맞추고, 스스로도 고의로 나병에 감염되어 이로 인해 생긴 곪은 종기를 〈장미〉라고 불렀으며, 이 고름을 씻은 물을 마신 후에는 이렇게 맛있는 물은 마셔 본

적이 없다고 말했다고 한다.

　세템브리니는 이 말을 듣자 금방이라도 토할 것처럼 얼굴을 찡그렸다. 그는 이러한 광경이나 생리적인 역겨움보다는, 오히려 적극적인 인간애를 그런 식으로 표명하는 기괴한 광기에 더욱 구토를 느끼게 된다고 말했다. 그는 이렇게 말하고 자세를 가다듬었고, 다시 밝고 우아한 태도로 돌아가, 근대의 진보된 박애 행위의 여러 형태와 전염병을 퇴치한 빛나는 업적에 대해 말하고, 중세의 끔찍한 행위와 비교하여 위생학과 사회 개혁을 근대 의학의 업적과 더불어 역설했다.

　이에 대해 나프타는, 시민적 의미에서 존경할 만한 현상들이 자신이 방금 예로 든 중세에는 그다지 도움이 되지 않았을 것이라고 대답했다. 그것은 양쪽 다에게 도움이 되지 않았다고 하는데, 일단 병들고 비참한 사람들에게 당연히 도움이 되지 않았으며, 또 동정심에서라기보다는 자신의 영혼을 구원하기 위해 이들에게 자비롭게 대했던 건강하고 행복한 사람들에게도 그다지 도움이 되지 않았을 것이라고 했다. 만약 중세에 그런 사회 개혁이 이루어졌더라면 건강하고 행복한 사람들은 자신을 정당화하는 가장 중요한 수단들을 잃어버렸을 테고, 병들고 비참한 자들은 보살핌을 받을 자신의 신성한 신분을 박탈당하게 되었을 것이다. 이 때문에 가난과 병이 없어지지 않고 계속 존속하는 것이 양쪽의 이해관계와 맞아떨어지며, 이러한 견해가 순수하게 종교적인 관점을 견지하는 것이 가능한 한 여전히 유효하다는 것이다.

　그러나 세템브리니는 이런 관점에 반기를 들고 나섰다. 그것은 추악한 관점이며, 이런 어리석은 견해는 반박할 가치마저 없다고 선언했던 것이다. 〈신성한 신분〉이라는 이념이나,

엔지니어가 〈비참에 대한 기독교적 경의〉라고 남들이 하니 까 덩달아 표현한 것은 모두가 속임수이며, 착각, 그릇된 감정 이입, 심리적으로 잘못된 생각에 근거를 두고 있기 때문 이라고 했다. 건강한 자가 병든 자에게 품는 동정심, 즉 자기 가 그런 고통에 처한다면 얼마나 견딜 수 있을지 도저히 생 각할 수 없기 때문에 경외감으로까지 치닫는 동정심 ── 이 러한 동정심은 지나치게 과도하고, 병자에게는 전혀 온당치 않은 것이며, 그런 한에서는 사고와 상상의 오류에서 우러나 온 것이다. 즉 그럴 경우 건강한 자는 자신의 민감한 감정을 병자에게 그대로 전가하고, 병자는 흡사 환자의 고통을 짊어 져야 하는 건강한 자처럼 상상한다는 것인데 ── 이것은 완 전히 잘못되었다. 병자는 역시 병자일 뿐이며, 사실 그러한 병자의 신분에서 본질적으로 변화된 종류의 체험을 하는 것 이다. 병은 병에 걸린 사람이 이내 병에 그럭저럭 적응하며 살아가게 한다. 이때 감각 능력의 감퇴나 상실감, 고마운 마 취 현상, 자연스러운 정신적·도덕적 순응과 안도감을 갖는 현상 등이 일어나는데, 건강한 자는 순진하게도 이러한 현상 을 고려하는 것을 잊는다는 것이다. 그 가장 좋은 예는 이 위 의 폐병 환자들의 경솔함, 우둔함, 방종함, 건강에 대한 의지 박약 등을 들 수 있다. 요컨대 동정심에 사로잡혀 병을 숭배 하던 건강한 사람이 병에 걸려 더 이상 건강하지 않은 상태 가 되면, 병에 걸려 있다는 것 그 자체가 하나의 상태에 불과 하고 결코 명예로운 상태가 아니며, 자신이 그런 상태를 너 무 진지하게 여겼음을 금세 알아차리게 될 거라고 했다.

여기서 안톤 카를로비치 페르게는 화를 벌컥 내면서, 세템 브리니 씨가 병을 비방하고 모욕한 것에 대해 흉막 쇼크를 내세우며 옹호했다. 「아니, 뭐라고요, 흉막 쇼크를 너무 진지하게 여겼다고요? 당치도 않은 말입니다!」 페르게는 커다란 후두와 선량한 인상을 주는 콧수염을 올렸다 내렸다 하면서, 자신이 수술할 당시에 겪은 것을 절대로 멸시받고 싶지 않다고 대들었다. 자기는 보험 회사의 영업 사원에 불과한 평범한 사람이므로, 모든 고상한 것과는 거리가 멀다면서 — 그렇기 때문에 이러한 대화 자체도 벌써 자신의 수준을 훨씬 넘어서는 것이라고 말했다. 하지만 세템브리니 씨가 예를 들어 흉막 쇼크를 — 즉 유황의 악취와 3색 기절을 동반하는 이러한 지옥의 고통 같은 간지러움을 — 자신이 말한 것에 포함한다면, 그것은 당치도 않은 말이라는 것이다. 왜냐하면 흉막 쇼크에는 감각의 감퇴 현상이나 고마운 마취 현상, 상상의 오류 같은 것은 조금도 없고, 그것은 태양 아래에서 가장 견딜 수 없고 가장 비열한 경험이었으며, 자기처럼 그것을 겪지 않은 사람은 그러한 비열한 것에 대해 결코 어떠한 말도 할 자격이 없다는 것이다 —

「네, 그렇지요, 그렇고말고요!」 세템브리니가 이렇게 달래는 투로 말했다. 흉막 쇼크에 대한 페르게 씨의 허탈감은 시간이 가면 갈수록 점점 더 대단한 경험이 되어, 나중에는 광배처럼 머리 주위를 둘러싼다는 것이다. 그러나 그 자신, 세템브리니 씨는 눈이 휘둥그레지며 경탄하기를 바라는 병자들을 그다지 존경하지 않는다고 했다. 자신도 가볍다고는 할 수 없는 병을 앓고 있지만, 그것을 자랑스럽게 여기기는커녕 오히려 부끄럽게 생각한다고 말이다. 게다가 자신은 개인적 차원이 아니라 철학적인 의미에서 말한다고 했다. 세템브리니는 말을 이었다.

「내가 병자와 건강한 자의 본질과 체험 종류의 차이에 대해 지적한 것, 그것은 충분한 근거가 있습니다. 여러분, 정신병에 대해 한번 생각해 보십시오. 예를 들어 환각에 대해서 말입니다. 지금 이곳에 있는 다섯 사람 중 어느 한 사람, 이를테면 엔지니어 양반이나 베잘 씨가 오늘 밤 어스름한 방 한구석에서 돌아가신 아버지가 나타나 자신을 바라보며 말을 건네는 모습을 본다면 — 그 당사자에게는 얼마나 끔찍하고 충격적이며 황당한 체험이겠습니까? 그러면 그는 자신의 오감과 이성을 잃고, 그 즉시 방을 뛰쳐나가서는 신경 치료를 받으러 달려갈 겁니다. 그러지 않겠습니까? 그렇지만 여러분은 정신적으로 건강하기 때문에, 여러분에게는 결코 그런 일이 생기지 않을 것이며, 이런 이야기는 기껏해야 농담거리일 뿐입니다. 하지만 만에 하나 그런 일이 일어난다면, 여러분은 이미 건강하지 않고 병에 걸려 있는 겁니다. 즉 건강한 사람처럼 깜짝 놀란다든지 뛰쳐나온다든지 하는 반응을 보이지 않고, 그런 현상이 아주 정상인 양 당연하게 받아들이는 일종의 환각에 사로잡힌 것처럼 그자와 대화를 나누게 될 겁니다. 그리고 그러한 사람이 건강한 사람처럼 환각을 보고 공포를 느낄 것이라 여긴다면, 이것이 바로 건강한 사람이 범하기 쉬운 상상의 오류가 아닐까요?」

세템브리니 씨는 방 한구석에 나타난 아버지의 환상에 대해 아주 유머러스하고도 조형적으로 말함으로써 모두를 웃겼다. 특히 지옥과 같은 자신의 끔찍한 흉막 쇼크의 모험을 무시당해 기분이 상해 있던 페르게마저도 웃지 않을 수 없었다. 휴머니스트 세템브리니 씨는 이러한 들뜬 기분을 이용하여, 환각증 환자와 일반적 범주의 정신병 환자는 존경할 가치가 없다고 설명하기도 하고 강하게 주장하기도 했다.

「우린 이런 인간들이 허락되지 않은 행동을 해도 너그럽게 넘어갑니다. 그리고 내가 언제 한번 정신 병원을 방문해서 목격했는데, 이들은 종종 마음만 먹으면 그런 바보 같은 행동을 하지 않을 수도 있습니다. 의사나 외부인이 입구에 나타나면 환각증 환자는 대개 얼굴을 찡그리고, 혼잣말을 하며, 엉뚱한 짓을 멈추고, 얌전한 행동을 하다가, 아무도 자기를 안 본다고 생각하면 다시 제멋대로 이상한 행동을 계속하기 때문입니다. 제멋대로 하는 행동은 의심의 여지 없이 대부분 바보 같은 행동을 의미합니다. 이러한 행동은 커다란 걱정으로부터의 도피이며, 마음이 약한 사람이 제정신으로는 도저히 감당할 수 없을 정도의 과중한 운명으로부터 자신을 방어하는 수단인 것입니다. 하지만 이럴 때는 나 자신뿐 아니라, 그 누구라도 정신 나간 자를 그저 노려보면서, 그의 허튼 짓거리에 대해 준엄한 이성적 태도를 보임으로써, 적어도 한동안은 그를 정상으로 되돌려 놓을 수 있습니다……」

세템브리니의 이 말에 대해 나프타는 비웃는 듯했지만, 한스 카스토르프는 세템브리니 씨의 말에 전적으로 동의한다고 말했다. 그는 이 휴머니스트가 콧수염 아래에서 미소를 지으며, 준엄한 이성적 태도로 정신 나간 바보를 쏘아보는 장면을 상상하면, 그 불쌍한 바보가 세템브리니의 출현을 극히 못마땅하고 귀찮아하면서도 마음을 가다듬고 제정신을 차리지 않을 수 없던 기분을 이해할 수 있었다……. 그런데 나프타도 정신 병원을 방문한 적이 있어서, 그러한 시설의 〈불안한 특별 병동〉에서 있었던 일을 떠올려 냈다. 그때 본 장면과 광경은, 오, 맙소사, 세템브리니 씨의 이성적인 눈초리와 준엄한 태도로도 어찌해 볼 수 없을 정도였다고 했다. 단테의 『신곡』에 묘사되어 있는 장면과 같은, 공포와 고통에 찬 그로테스크한 광경이었다. 자세히 말하자면, 미친 사람들이 벌거벗은 채 목욕탕에 웅크리고 앉아 마음의 고뇌와 인사불성의 공포에 싸인 온갖 포즈를 취하면서, 어떤 사람들은 큰 소리로 애처롭게 울부짖고, 또 어떤 사람들은 팔을 쳐들고 입을 한껏 벌리고서 폭소를 터뜨리는 것이다. 여기에는 지옥을 구성하는 모든 요소들이 섞여 있는 것 같았다…….

「아, 바로 그겁니다!」 페르게는 자신이 흉막 쇼크를 당할 때 터져 나왔던 폭소를 기억해 달라고 말했다. 「그리고 요컨대 세템브리니 씨의 준엄한 교육학도 〈불안한 특별 병동〉의 광경 앞에서는 완전히 두 손 두 발 다 들 수밖에 없을 겁니다. 그 처절한 광경에 대해서는 종교적인 외경심에서 우러나오는 전율이 좀 더 인간적인 반응일지도 모릅니다. 이곳에 있는 우리의 찬란한 〈태양의 기사이자 솔로몬의 대리자〉가 광기에 대항하는 예의 교만한 이성의 도덕가 같은 태도보다도 말입니다.」

한스 카스토르프는 나프타가 또다시 세템브리니 씨에게 붙인 칭호들에 대해 신경 쓸 겨를이 없었다. 그는 기회가 생기는 대로 먼저 그 칭호들을 알아보려고 스치듯 생각했지만, 지금 당장은 현재 진행되고 있는 대화에 모든 주의를 빼앗기고 말았다. 왜냐하면 나프타는 휴머니스트 세템브리니 씨가 원칙적으로 건강에 모든 명예를 부여하고, 될 수 있는 대로 병을 천시하며 가치 없는 것으로 보는 경향이 있다는 것을 날카롭게 공격했기 때문이다 — 세템브리니 씨 자신도 병자이므로, 그의 의견 표명에는 물론 특기할 만하고 칭찬할 만할 정도의 자포자기적인 태도가 엿보인다고 나프타는 말했다. 하지만 그의 태도가 아무리 훌륭하다 할지라도 그릇된 태도임에는 분명하다. 육체를 존경하고 숭배하려는 데서 나온 태도겠지만, 만약 육체가 지금처럼 치욕적인 상태 — 위계를 떨어뜨리는 상태 — 에 있지 않고 신이 만들어 준 상태 그대로 있다면, 그러한 태도가 정당화될 수 있을 것이다. 그러나 애당초 불사(不死)의 생명을 부여받았던 육체는 〈원죄〉로 인해 본성이 나빠져 타락과 혐오로 변하면서, 죽음과 부패에 이를 수밖에 없는 운명을 지니게 되었다. 그래서 육체는 영혼의 감옥이자 뇌옥(牢獄)이라고 표현할 밖에 다르게는 생각할 수 없게 되었으며, 성 이그나티우스가 말한 것처럼 치욕과 혼란의 감정을 불러일으키는 데 적합할 뿐이다.

「이런 감정에 대해서는, 모두들 아시는 바와 같이, 휴머니스트 플로티노스도 말한 적이 있습니다!」 한스 카스토르프가 큰 소리로 말했다. 그러자 세템브리니 씨는 손을 어깨에서 머리 위로 들어 흔들면서, 한스 카스토르프에게 관점이 다른 견해를 섞지 말라며, 차라리 잠자코 듣고만 있으라고 요구했다.

한편 나프타는 기독교적 중세가 육체의 비참에 외경심을 품은 이유를 설명하면서, 그 이유는 바로 육체적 참상을 보고 느끼는 종교적 만족감 때문이라고 했다. 왜냐하면 육체의 곪은 종기는 육체의 쇠퇴를 분명하게 보여 줄 뿐 아니라, 교화적이고 종교적인 만족감을 일깨우는 방식으로 영혼의 유독(有毒)한 부패 타락과도 상응하기 때문이다 — 반면에 건강한 육체는 그릇된 생각을 하게 하여 양심을 욕되게 하는 현상인데, 이런 현상은 병고에 시달리는 육체에 대해 깊은 굴욕감을 느끼게 함으로써 부정하는 것이 가장 바람직하다. 〈*Quis me liberabit de corpore mortis hujus* 누가 나를 죽음의 육체에서 해방시켜 줄 것인가?〉 이것은 정신의 목소리였으며, 참된 인간성의 영원한 목소리였다.

「아닙니다, 그것은 어둠의 목소리입니다.」 세템브리니 씨가 떨리는 목소리로 자신의 견해를 밝혔다 — 그 목소리는 아직 이성과 인간성의 태양을 본 적이 없는 세계의 목소리였다. 그렇다, 인간의 육체야말로 병독에 시달리고 있지만, 자신의 정신을 건강하고도 순결하게 유지한다고 세템브리니는 말하며, 성직자 냄새가 나는 나프타에게 육체의 문제에 관해 멋지게 응수해 나프타가 말하는 영혼을 조롱했다. 그러면서 세템브리니는 인체를 신이 계시는 참된 신전이라고 칭송하기까지 했다. 이에 나프타는 인체라는 이 같은 조직체는 우리 인간과 영원 사이에 쳐진 커튼에 지나지 않는다고 설명했다. 그러자 세템브리니는 다시 나프타에게 〈인간성〉이라는 단어의 사용을 엄금한다고 단호하게 말했다 — 이런 식으로 논쟁은 계속되었다.

이들 두 사람은 추위로 꽁꽁 언 얼굴에, 모자도 쓰지 않고, 고무 덧신을 신은 채, 보도에 높이 쌓여 있어서 그 위에 재를 뿌린 눈을 빠드득 소리를 내며 세게 밟기도 하고, 때로는 차도에 쌓인 부드러운 눈 더미를 밟고 지나가면서, 계속 논쟁을 벌였다. 세템브리니는 옷깃과 소매를 접은 곳에 덧댄 비버 털가죽의 털이 다 빠져 마치 옴이 오른 것 같은 겨울 재킷을 멋지게 차려입고 있었고, 나프타는 안에 털가죽을 댔지만 밖에서는 전혀 보이지 않는, 아래로는 다리까지 내려오고 위로는 목까지 가리는 기다란 검은 코트를 입고서, 지극히 개인적인 관심사인 육체와 영혼의 문제에 대해 열띤 논쟁을 벌였다. 그런데 이때 두 사람은 종종 서로를 마주 보는 게 아니라 몸은 한스 카스토르프를 향하고는, 상대방을 턱과 엄지손가락으로만 가리키면서, 자기의 의견을 밝히기도 하고 반론을 제시하기도 했다. 둘 사이에 낀 한스 카스토르프는 이쪽저쪽으로 고개를 돌리며, 때로는 세템브리니의 말에 찬성하기도 하고, 때로는 나프타의 말에 동의하기도 했다. 또 선채로 상체를 뒤로 비스듬히 젖히고, 염소 가죽 장갑을 낀 손으로 몸짓을 하면서, 물론 유치하기 짝이 없는 내용이긴 하지만, 자신의 의견을 말하기도 했다. 페르게와 베잘은 이 세사람 주위를 돌면서 걸었는데, 이들을 앞서거니 뒤서거니 하거나 이들과 열을 지어 나란히 걷다가, 누군가 지나가면 다시금 열을 풀기도 했다.

세템브리니와 나프타 이 두 사람의 토론을 듣기만 하던 세 사람이 가끔 한 마디씩 던진 것이 계기가 되어 논쟁은 더욱 구체적인 주제로 옮아갔다. 화장(火葬), 태형(笞刑), 고문, 사형 제도 등의 문제가 연속해서 화제에 올라 다섯 사람 모두 점점 더 열성적인 관심을 보였다. 태형을 먼저 화제에 올린 사람은 페르디난트 베잘이었는데, 한스 카스토르프가 느낀 바로는 그가 끄집어낼 만도 한 화제였다. 세템브리니 씨가 언성을 높이고 인간의 존엄성까지 언급하며 교육상, 사법상의 관점에서 이 야만적인 형벌에 반대한 것은 그다지 놀라운 일이 아니었다 — 반면 나프타가 태형을 옹호하는 발언을 한 것도 역시 전혀 놀랄 일이 아니었지만, 그의 말투 어딘가 음울한 뻔뻔스러움이 깃들어 있어 모두들 당혹스러워했다. 나프타에 따르면, 태형의 문제로 인간의 존엄성을 운운

하는 것은 어리석은 일이라는 것이다. 우리의 진정한 존엄성은 육체가 아니라, 정신에 있기 때문이다. 그리고 인간의 영혼은 자못 삶의 모든 향락을 육체에서 얻으려는 경향이 있기 때문에, 육체에 가하는 고통은, 정신이 감각적인 것에서 쾌락을 얻으려는 것을 저지하며, 말하자면 즐거움을 육체에서가 아니라 다시 정신에서 얻도록 하여, 정신이 다시 육체의 지배자가 되게 하는 가장 권장할 만한 수단이라는 것이다. 그렇기 때문에 태형을 특별히 수치스러운 것으로 간주하는 것은 꽤나 어리석은 비난이다. 성 엘리자베트도 그녀의 고해 신부인 콘라드 폰 마부르크에게 피가 날 정도로 태형을 당했지만, 그 때문에 〈그녀의 영혼은, 제3급 천사에까지 이르렀다〉고 성담(聖譚)에 기록되어 있다. 그리고 성녀 자신도, 너무 졸려 고해를 하지 못한 어떤 불쌍한 노파를 매질한 적이 있다. 일반적으로 보다 깊이 생각하는 사람들뿐만 아니라 어떤 수도회와 종파에 속하는 사람들이 정신적인 것의 원칙을 가슴속에 더 깊이 새겨 두기 위해서, 스스로 자기 몸에 채찍질을 가하는 것을 누가 감히 야만스럽다거나 비인간적이라 말할 수 있단 말인가? 선진국임을 자부하는 나라들이 태형을 법적으로 폐지한 것을 진정한 진보라고 말하며 이것을 굳건하게 믿고 있으니 이거야말로 정말 우스꽝스러운 생각이라고 했다.

「물론이지요.」한스 카스토르프가 말했다. 「육체와 정신의 대립에서는, 육체가 사악하고 악마적인 원칙을 구현⋯⋯ 하하하, 구현한다는 것은 결코 부정할 수 없습니다. 물론 육체가 자연에 속해 있는 한 말입니다 ─ 물론 자연, 이것이 나쁜 것은 아닙니다! ─ 자연은, 정신이나 이성과 대립할 때는 분명히 사악한 원리입니다 — 신비로울 정도로 사악합니다. 내가 지닌 교양과 지식을 토대로 약간 모험을 건다면 그렇게 말할 수 있습니다. 이러한 관점을 고수한다면 육체를 그에 상응하게 취급하는 것, 즉 육체에 훈육 체벌을 가하는 것, 그것은 논리적으로 필연성을 띤다고 할 수 있습니다. 또 한번 모험을 걸어 말한다면, 이 훈육 체벌도 역시 신비로울 정도로 사악하다고 간주할 수 있습니다. 아아, 혹시라도, 세템브리니 씨가 몸 상태가 좋지 않아 바르셀로나에서 열린 진보 촉진 회의에 참석하지 못하게 되었을 때 성 엘리자베트와 같은 여성이 옆에 있다가 세템브리니 씨를 채찍으로 때렸다면……」

　이 말에 모두가 웃음을 터뜨렸다. 이 웃음에 휴머니스트가 화를 내려고 했기 때문에, 한스 카스토르프는 얼른 자신이 언젠가 체벌을 당한 경험을 얘기했다. 그가 다닌 김나지움의 저학년[56]에는 아직 부분적으로 체벌이 남아 있어 승마용 채찍이 언제나 마련되어 있었다. 그리고 선생님들은 사회적인 여러 가지 상황을 고려해서 그에게 손을 대지 않았지만, 그는 자기보다 키 크고 힘센 어떤 동급생 녀석에게 허벅지와 양말만 신은 종아리를, 잘 휘어지는 채찍으로 맞은 적이 있었다. 그때의 아픔은 이루 말할 수 없었고, 아픈 데다가 치욕적인 것이어서 도저히 잊을 수 없었다. 그것은 거의 신비에 가까운 아픔이라고 할 수 있었다. 수치스럽게 마음속으로 흐느껴 우는 가운데 분노와 불명예스러운 〈슬픔〉으로 인해 눈물이 왈칵 터져 나왔다 — 베잘 씨, 이 말을 사용하는 것을 부디 용서하시기 바랍니다[57] — 그리고 한스 카스토

56 우리의 중학교에 해당된다.

르프는 어디선가 읽은 적이 있다고 하면서, 감옥에서 태형을 가하면 아무리 흉악한 강도 살인범이라도 어린아이처럼 엉 엉 소리 내어 운다고 덧붙였다.

한스 카스토르프의 얘기를 들으면서 세템브리니 씨가 낡 아빠진 가죽 장갑을 낀 두 손으로 얼굴을 가리고 있는 동안, 나프타는 정치가 같은 냉담한 어조로, 고문대와 채찍 없이 어떻게 반항적인 범죄인을 다스릴 수 있겠느냐고 반문하면 서 이야기를 계속했다. 그런 고문 도구는 감옥에 양식상으 로 아주 적합한 것으로서, 인도적인 감옥이라는 말은 미학적 으로 도저히 성립될 수 없는 것으로 어중간하고 일종의 타협 에 불과한 것이라고 했다. 세템브리니 씨가 비록 미사여구를 잘 구사하지만, 요컨대 아름다움에 대해서는 아무것도 아는 것이 없다는 것이다. 더군다나 교육학에 관해서는 더욱 그러 하다. 나프타의 말에 따르면, 태형을 추방하려고 하는 사람 들이 부르짖는 인간의 존엄성 개념은 시민적 인문주의 시대 의 자유주의적 개인주의, 즉 계몽된 자아의 절대성에 뿌리를 두고 있으나 그런 개념은 이미 죽기 직전의 상태에 빠져 있 으며, 새로이 대두되는 보다 남성적인 사회 이념, 즉 속박과 굴복, 강제와 복종이라는 이념에 자리를 내주고 있다고 한 다. 이러한 이념을 실현하기 위해서는 신성한 잔인성이 없어 서는 안 되며, 그런 이념이 실현되면 짐승의 썩은 고기에 태 형을 가하는 것도 지금과는 다른 눈으로 보게 될 것이라 했 다…….

「그래서 그것을 썩은 고기의 복종, 즉 절대 복종이라 부르 나 보군요.」 세템브리니가 비웃는 투로 말했다. 이에 나프타

57 독일어 베잘*Wehsal*은 〈슬픔〉을 뜻한다.

는, 신은 원죄의 벌로 인간의 육체에 부패라는 끔찍한 치욕을 안겨 주므로, 비록 그런 육체에 태형을 가한다 하더라도 결국 불경죄라고는 할 수 없다고 대답했다 — 이렇게 해서 화제는 순식간에 화장으로 넘어갔다.

세템브리니는 화장을 찬양했다. 나프타 씨가 말하는 육체의 오욕은 화장으로 씻을 수 있을 거라고 그는 기쁜 듯이 말했다. 인류는 실제적인 이유에서도, 이념적인 이유에서도 신체 부패라는 치욕을 씻으려고 한다. 그리고 세템브리니 씨는 자신이 국제 화장 회의의 준비 위원이며, 그 회의 개최지는 아마 스웨덴이 될 것이라고 밝혔다. 그 회의에서는 지금까지의 경험을 모두 살려 설계한 모범적인 화장터와 납골당의 모형을 전시할 계획인데, 이러한 전시회가 널리 각 방면에 자극을 주고 용기를 북돋워 줄 걸로 기대한다고 한다. 매장이란 얼마나 전근대적이고 시대에 뒤떨어진 방법인가 — 근대적인 온갖 상황을 고려한다면 말이다! 도시의 팽창! 소위 말하는 묘지는 공간이 없어 나날이 교외로 밀려 나가고 있다! 치솟는 땅값! 근대적 교통기관을 적절히 이용한 매장 과정의 간소화! 세템브리니 씨는 이 모든 일에 대해 냉정하게 적절한 의견을 피력했다. 그는 깊은 슬픔에 잠긴 홀아비가 이미 죽은 사랑하는 아내와 둘이서 대화를 나누기 위해 날이면 날마다 그녀가 잠든 무덤에 찾아가는 모습을 유머러스하게 묘사했다. 그러한 목가적인 사람은 무엇보다도 가장 귀중한 삶의 보화, 즉 시간을 이상할 정도로 많이 지니고 있는데, 아닌 게 아니라 근대적 중앙 공동묘지의 대규모화는 그가 지닌 격세지감의 행복감을 깨뜨려 버릴지도 모른다. 화염을 통한 시체의 소각 — 이것은 하등 생물체에 의해 분해되고 동화되는 매장과 비교한다면, 얼마나 깨끗하고, 위생적이며, 품위 있는 생각인가, 아니, 얼마나 영웅적인 생각이란 말인가! 그렇다, 이러한 처리법은 영원을 희구하는 인간의 정서에도 보다 적합할 것이다! 화염에 싸여 사라지는 것은, 살아 있을 때 이미 신진대사에 의해 계속적으로 변화했던 육체의 구성 성분이다. 반면에 이러한 신진대사에 아무런 영향을 받지 않고 한평생 거의 변화가 없는 구성 성분은 불 속에서도 사라지지 않고 재로 남아, 유족들은 그 재를 고인의 불멸의 부분으로서 그러모아 품에 안게 되는 것이다.

「그것 참 좋은 얘기로군요.」 나프타는 비웃듯이 말했다. 「아, 정말 훌륭한 말입니다. 인간의 불멸의 부분이 재라니.」

「아, 물론이지요.」 세템브리니가 말했다. 「나프타 씨는 생물학적 사실에 대해 인류의 비합리적 입장을 고수하려는 의도를 지니고 계십니다. 나프타 씨는 원시적인 종교적 단계를 주장했습니다. 이 단계에서는 죽음이 공포의 대상이며, 이 죽음이라는 현상에 냉철한 이성의 눈길을 보내는 것이 금지될 정도로 신비적인 공포감에 사로잡혀 있었습니다. 이 얼마나 야만적인 생각입니까! 죽음에 대한 공포는 문화 수준이 지극히 낮고, 강제적이고 폭력적 죽음이 일반적이던 시대의 유물입니다. 그리고 사실 이러한 강제적 죽음과 관련된 섬뜩한 인상은 인간의 감정에서 오랫동안 죽음 그 자체에 대한 생각과 연결되었던 겁니다. 그러나 위생 관념이 높아지고, 개인 생명의 안전이 확보됨에 따라, 점점 더 자연사가 일반화되고, 근대의 노동자에게는 자신의 모든 힘을 합리적으로 다 쓰고 영원한 안식에 들어간다는 생각이 조금도 두려운 것이 아니며, 오히려 자연스럽고 바람직한 것이라는 생각이 들게 되었습니다. 그렇습니다, 죽음은 두렵거나 신비스러운 것이 아니라, 명백하고 이성적이며 생리적으로도 필연적인, 환영할 만한 현상입니다. 따라서 과도하게 죽음에 대한 생각에 몰두하는 것은 삶을 침해하게 될지도 모릅니다. 그 때문에 아까 말한 모범적인 화장터나 납골당, 즉 〈죽음의 전당〉외에 〈삶의 전당〉도 세울 계획을 마련하고 있습니다. 거기서 건축, 회화, 조각, 음악, 문학이 서로 협력하여 유족의 마음을 죽음의 체험, 유익한 비애, 무기력한 탄식에서 삶의 환희, 즉 삶의 재화(財貨)로 돌리려는 겁니다…….」

「그렇다면 어서 서둘러야겠군요!」 나프타가 조롱하듯 말했다. 「유족이 불필요하게 죽음에 정성을 바치지 않도록, 그러니까 죽음이라는 단순한 사실을 너무 숭배하지 않도록 서둘러야 하겠습니다. 그러나 물론 죽음이라는 단순한 사실이 없다면, 건축, 회화, 조각, 음악, 문학도 존재하지 않을지 모릅니다.」

「유족이 군기 밑으로 탈주하는 거군요.」 한스 카스토르프가 꿈꾸듯이 말했다.

「당신은 어떻게 그런 애매한 말을 합니까, 엔지니어 양반!」 세템브리니 씨가 말했다. 「당신의 그 말은 비난받아 마땅합니다. 죽음의 체험은 결국 삶의 체험이 되어야 합니다. 그렇지 않으면 단지 유령이나 악몽 같은 사건이 될 뿐입니다.」

「아까 말한 〈삶의 전당〉은 고대의 많은 석관에서 볼 수 있듯, 음란한 상징물들로 장식할 것입니까?」 한스 카스토르프가 진지하게 물었다.

「아무튼 멋진 눈요기들은 있을 것입니다.」 나프타가 단정하듯 말했다. 「부패에서 벗어난 이 죄악의 육체는 고전주의적 취향에 따라 대리석과 유화로 화려하게 표현될 것입니다. 이것은 조금도 이상할 것이 없습니다. 너무 사랑스러운 나머지, 그 육체에 매질을 할 생각이 전혀 나지 않을 테니 말입니다…….」

여기서 베잘은 고문을 화제에 올렸는데, 이것도 그에게는 잘 어울리는 주제였다. 「고통을 주어 신문하는 것 — 이것이 고문인데, 여러분은 이것을 어떻게 생각하십니까?」 베잘이 말했다. 「나, 페르디난트는 출장 여행 중에 짬을 내어 여러 곳의 고대 문화 유적지를 구경했습니다. 한때 이러한 고문으로 양심 탐색이 행해졌던 곳을 말입니다. 그래서 나는 뉘른베르크, 레겐스부르크의 고문실을 알게 되었고, 교양을 얻을 목적으로 그런 곳을 아주 자세히 둘러보았습니다. 물론, 거기서는 영혼의 구원을 위해 온갖 교묘한 방법으로 거칠고 참혹하게 육체에 고통을 주었으나, 비명 소리는 전혀 들리지 않았습니다. 그 유명한 배(梨)를, 맛이라곤 전혀 없는 배를 입에 틀어넣고 — 그리하여 온갖 고문을 가해도 고요한 정적만이 깔려 있더군요…….」

「포르체리아(흠, 더럽군요).」 세템브리니 씨가 이탈리아어로 중얼거렸다.

페르게는, 배를 입에 틀어넣고 정적 속에 가한 고문에 대해 경의를 표한다고 말했다. 하지만 당시에도 흉막을 더듬는 것보다 더 야비한 고문은 아무도 생각해 내지 못했을 거라고 했다.

「그것은 인간의 영혼을 구원하기 위한 일이었을 테죠!」 세템브리니가 말했다.

이 말에 나프타는 이렇게 응수했다. 「영혼에 개전(改悛)의

정이 없거나, 정의가 해를 입었을 경우에는, 일시적으로 무자비한 행위가 정당화될 수 있습니다. 그뿐만 아니라 고문은 합리적인 진보의 소산이었습니다.」

그러자 세템브리니가 소리쳤다. 「나프타 씨는 완전히 제정신이 아닌 것 같군요!」

「아니오, 난 분명 제정신으로 말했습니다. 세템브리니 씨는 문학가라서 중세의 사법사(司法史)가 한눈에 들어오지 않을 것입니다. 중세의 사법 역사, 즉 중세 재판의 역사는 사실 합리화가 진행되는 과정이었습니다. 그것도 이성적인 생각에 기반을 두고 점차적으로 신을 재판에서 배제하는 과정이었습니다. 신에 의한 심판에서는 강자가 잘못했다 하더라도 늘 승소한다는 것을 사람들이 깨닫게 되었기 때문에, 그러한 심판은 사라지게 되었습니다. 세템브리니 씨 같은 회의론자 겸 비판가들이 이런 사실을 알아차리고, 고대의 소박한 재판 대신 신문에 의한 재판을 도입하는 데 성공한 것입니다. 이러한 재판은 진실을 판가름하는 데 더 이상 신을 끌어들이지 않고 피고로부터 진실의 자백을 끄집어내려고 했습니다. 자백 없는 유죄 판결은 없음! ― 이러한 원칙은 오늘날에도 일반 사람들에게서 쉽게 들을 수 있는 유명한 말입니다. 이 원리는 민중의 본능에 깊이 뿌리를 내리고 있는지, 아무리 증거가 완벽해도 자백이 없으면 유죄 판결이 부당한 것으로 여겨졌습니다. 그렇다면 어떤 방법으로 자백을 이끌어낼 것인가? 단순한 예감이나 혐의를 넘어서서, 어떻게 진실을 규명할 수 있을까요? 진실을 숨기고 밝히기를 거부하는 인간의 마음과 머릿속을 들여다보려면 어떻게 해야 할까요? 정신이 악의적으로 말을 듣지 않는다면, 우리가 다가갈 수 있는 육체에게 물어볼 수밖에 없습니다. 고문은 필수 불가결한 자백을 이끌어 내는 수단으로서, 이성의 요구에 따른 것입니다. 하지만 자백에 의한 재판을 요구하고 도입한 자, 그 자는 바로 세템브리니 씨였습니다. 그러므로 그가 고문의 원조라고 할 수 있습니다.」이렇게 나프타는 열변을 토했다.

휴머니스트 세템브리니 씨는 나머지 사람들에게 나프타의 그 말을 그대로 믿어서는 안 된다고 호소했다.

「그것은 악질적인 농담입니다.」세템브리니는 말했다.「모든 것이 나프타가 주장한 그대로였다면, 정말로 이성이 끔찍한 고문의 창안자였다면, 이것은 이성이 늘 얼마나 주위로부터의 지지와 계몽을 필요로 하는지를 증명해 줄 따름이고, 자연적 본능을 숭배하는 자들이 이 지상에서 팽배해 가는 이성의 힘을 두려워할 필요가 없다는 것을 증명해 줄 따름입니다! 하지만 앞서 말한 나프타 씨는 확실히 길을 잘못 들었습니다. 고문이라는 재판상의 만행은 원래 지옥을 믿는 데서 비롯된 것이기 때문에, 결코 이성의 소산이라고는 할 수 없습니다. 박물관과 고문실을 한번 둘러보십시오. 그곳에 있는 도구들, 죄고, 당기며, 비틀고, 지지는 모든 도구는 순진하게 현혹된 공상에서 생겨난 것이 분명하고, 영원한 고통이 주어지는 지옥의 장면을 경건하게 모방하려는 소망에서 비롯된 것이 분명합니다. 게다가 그들은 고문이 범죄자를 돕는다고 생각했습니다. 범죄자 자신의 불쌍한 영혼은 자백을 하려고 애쓰는데도, 다만 악의 원칙인 육체가 자신의 더 나은 의지에 대항하고 있다고 생각한 것입니다. 그래서 고문을 통해 범죄자의 육체를 망가뜨림으로써, 그에게 사랑의 봉사를 베푼다고 여겼다는 겁니다. 이것은 금욕적인 망상일 테죠…….」

「고대 로마인도 그런 망상에 사로잡혀 있었을까요?」 나프타가 반문했다.

「로마인이? 천만의 말씀!」

「로마인도 재판의 수단으로 고문을 알고 있지 않았던가요?」 나프타가 질문 공세를 폈다.

이리하여 토론은 논리적인 혼란에 빠져 버렸다……. 그러자 한스 카스토르프는 이런 상황을 타개하려고, 마치 자기가 토론의 사회자라도 되는 것처럼 독단적으로, 사형 문제를 화제로 끄집어내었다. 「오늘날에도 예심 판사는, 피고가 자백하도록 여전히 술책을 부리긴 하지만 고문은 하지 않습니다. 그러나 사형 제도는 어느 곳에서도 존재하고 있으며, 없어서는 안 되는 것 같습니다. 문명이 가장 발달한 국가들도 사형 제도를 폐지하지 않고 있습니다. 프랑스인들은 사형 대신에 국외 추방을 했는데, 이 때문에 쓰라린 경험을 해야만 했습니다. 인간의 탈을 쓴 짐승 같은 인간은 목을 단숨에 자르는 것 외에는 정말 어떻게 손쓸 도리가 없기 때문입니다.」

「그런 자들이라고 해서 모두가 다 인간의 탈을 쓴 짐승은 아닙니다.」 세템브리니 씨가 한스 카스토르프의 말을 고쳐 주었다. 「그런 사람도 엔지니어 양반이나 나와 같은 인간입니다 — 단지 의지가 약하여, 결함 있는 사회의 희생물이 된 것뿐입니다.」 이렇게 말하고 세템브리니는 여러 번 살인을 저지른 어느 중범죄자에 대해 이야기했다. 「그 사람은 검사의 논고에 따르면, 〈금수 같은 인간〉, 〈인간의 탈을 쓴 짐승〉이라고 불리던 유형의 사람이었습니다. 이 남자는 자신이 수감된 감방의 모든 벽을 시로 가득 채워 놓았습니다. 그런데

409

그 시들은 결코 허접스러운 게 아니었으며, 그 시들은 — 검사들이 어쩌다가 끄적거려 지었을지도 모를 시보다 훨씬 홀륭한 것들이었습니다.」

「그것은 예술의 독특한 일면을 암시해 주는 것입니다.」 나프타가 대답했다. 「하지만 그것 외에는 어느 면에서도 주목할 가치가 없습니다.」

한스 카스토르프는, 나프타 씨가 사형 제도의 존속을 주장할 것으로 기대한다고 말했다. 그는 나프타 씨가 세템브리니 씨와 마찬가지로 혁명적인 면이 있지만 보수적인 의미에서의 혁명가, 즉 보수의 혁명가라고 생각한다고 했다.

이에 대해 세템브리니 씨는 자신만만한 미소를 지으며 말했다. 「세계는 비인간적인 반동의 혁명을 뛰어넘어 제 궤도에 들어서고 있습니다. 그리고 나프타 씨는, 예술이 아무리 사악한 사람이라도 인간다운 사람으로 변모하게 해주는 것을 인정하지 않고, 오히려 예술을 혐오하고 있습니다. 그러한 광신주의를 가슴에 품고 있으면, 광명을 찾는 젊은이들의 마음을 사로잡을 수 없습니다. 모든 문명국에서 사형 제도의 법적인 철폐를 목표로 하는 국제 연맹이 곧 창설될 것입니다. 명예롭게도 나도 그 일원입니다. 첫 회의의 개최지가 이제 곧 결정되겠지만, 그 회의에서 연설할 연사들이 사형 제도에 대한 반론을 철저히 준비하고 있다는 것에는 믿을 만한 근거가 있습니다!」 이렇게 말하고 그는 그러한 반대 논거를 들면서, 오심으로 인해 억울한 사람을 사형할 가능성이 언제나 존재한다는 것과, 범죄자가 개과천선할 수 있다는 희망을 결코 배제할 수 없다는 점을 예로 들었다. 심지어 그는 〈원수 갚는 것은 내가 할 일이니, 내가 갚아 주겠다〉[58]라는 성경 구절까지 인용했다. 또한 국가가 원하는 것이 폭력이 아니라 교화라면, 악을 악으로 갚아서는 안 된다고 역설했다. 그리고 〈죄〉의 개념을 과학적 결정론의 입장에서 배격하고 나서 〈벌〉의 개념을 부정했다.

이어서 〈빛을 찾는 젊은이〉들은 나프타가 세템브리니의 논거에 목을 조르듯 조목조목 반론을 펴는 것을 함께 지켜보아야 했다. 나프타는 박애주의자인 세템브리니 씨가 피를 두려워하고 생명을 존중하는 것을 조롱하며, 이러한 개인 생명 존중은 따분하기 짝이 없는 시민적 무사안일주의 시대의 산물에 지나지 않는다고 주장했다. 또 상당히 열정적인 상황에서는 〈안전〉의 이념을 넘어서는 어떤 유일한 이념, 즉 무언가 초인격적이고 초개인적인 이념이 등장하자마자 ― 「이것이야말로 유독 인간에게 어울리고, 따라서 보다 높은 의미에서 정상 상태입니다」 ― 언제나 개인 생명은 보다 고귀한 사상 때문에 거리낌 없이 희생될 뿐만 아니라, 개인 스스로도 주저하지 않고 자발적으로 목숨을 버릴 것이라고 주장했다. 나프타는 또 이렇게 말했다. 「나의 논적인 세템브리니 씨의 박애주의는, 삶에서 중차대하고 진지한 요소를 모두 제거하려고 하고 있습니다. 그것은 삶의 거세를 목표로 하고 있고, 또한 소위 말하는 과학의 결정론도 마찬가지입니다. 하지만 사실상 죄의 개념은 결정론에 의해 제거되는 일은 없을뿐더러, 심지어 결정론으로 인해 그 중대성과 두려움이 더해 갈 뿐입니다.」

「그건 괜찮은 말입니다. 그렇다면 나프타 씨는 사회의 불행한 희생자가 진심으로 자신의 죄를 자각해 확신에 차 단두

58 「로마인들에게 보낸 편지」 12장 19절 참조.

대에 오르기를 요구하는 것인가요?」세템브리니는 물었다.

「물론이지요. 범죄자는 자기 자신에 관해 확신하듯이 자신의 죄에 관해 확신하고 있습니다. 그는 있는 그대로의 그로서, 다른 누구가 될 수도 없고 되려고도 하지 않기 때문입니다. 그리고 바로 이것이 그의 죄입니다.」이렇게 나프타 씨는 죄와 공적을 경험적 차원에서 형이상학적 차원으로 옮겨 놓았다. 그리고 이렇게 덧붙였다. 「행위나 행동에는 물론 결정론이 지배하고 있어서, 거기에 어떤 자유도 있을 수 없지만, 어쩌면 그의 존재 속에는 자유가 있을지도 모릅니다. 인간은 자신이 존재하려고 했던 대로 존재하며, 자신이 죽을 때까지 존재하려는 것을 멈추지 않을 것입니다. 범죄자는 사실 〈자신의 생명을 걸고〉 사람을 죽였기 때문에, 자신의 생명으로 그 대가를 치른다 해도 지나치다고 할 수 없을 것입니다. 그는 가장 깊은 쾌락을 맛보았으니, 죽어도 좋은 것입니다.」

「가장 깊은 쾌락이라고요?」

「그렇습니다.」

모두들 입술을 굳게 다물었다. 한스 카스토르프는 헛기침을 했고, 베잘은 아래턱을 비스듬히 일그러뜨리고 있었으며, 페르게는 한숨을 내쉬었다. 세템브리니는 점잖게 자신의 소견을 말했다.

「일반론으로 말하면서 그 대상에 개인적인 색채를 가미하는 방법이 있군요. 혹시 당신은 살인을 하고 싶은 게 아닌가요?」

「그건 당신과 아무 관계가 없습니다. 하지만 내가 누군가를 살해했을 때, 나를 죽이지 않고 내가 자연적인 수명을 다

할 때까지 콩밥을 먹여 주려고 하는 인도주의적인 무지를 비웃어 줄 작정입니다. 살인자가 살해당한 자보다 오래 산다는 것은 이치에 맞지 않습니다. 두 사람은 또 한 번의 유사한 기회에만 그럴 수 있는 것처럼 남몰래 단둘이 결부되어 있습니다. 한 사람은 수동적으로 참고, 다른 사람은 능동적으로 행동하며 이들을 서로 영원히 맺어 주는 비밀을 공유하면서 말입니다. 이들은 서로 일체를 이루고 있는 겁니다.」

이에 대해 세템브리니는 자신은 이러한 죽음과 살인의 신비주의를 이해하는 기관(器官)이 아쉽게도 없지만, 그것을 한탄하고 싶지도 않다고 냉담하게 잘라 말했다. 나프타 씨의 종교적 재능에 대해서는 무어라 말할 생각이 없으며 — 그 재능이 자신의 재능을 능가하리라는 것은 믿어 의심치 않지만, 분명히 말하자면, 그것을 결코 부러워하지 않는다고 했다. 자신의 극복할 수 없는 결벽증 때문에, 실험을 좋아하는 청년 한스 카스토르프가 아까 말한 비참함에 대한 존경이 신체적인 관계뿐만 아니라 정신적인 관계도 지배하는 영역, 요컨대 덕성과 이성, 건강이 아무것도 아닌 것으로 치부되고, 그 반면 악덕과 병이 이상하게도 명예를 누리는 영역에 가까이할 수 없다는 것이다.

「덕성이나 건강은 사실 종교적 상태가 결코 아닙니다.」 나프타가 단호하게 말했다. 「종교가 이성이나 도덕과 아무 관계가 없다는 것이 확실하다면 그것으로 족합니다. 왜냐하면 종교는 대체로 삶과는 아무 관계가 없기 때문입니다. 삶이란, 일부는 인식론에, 일부는 도덕의 영역에 속하는 여러 가지 조건과 토대 위에서 성립되기 때문입니다. 인식론에 속하는 것은 시간과 공간, 인과율이라 부르고, 도덕의 영역에 속하는 것은 윤리와 이성이라 부릅니다. 이것은 모두 종교적 본질과 낯설고 무관할뿐더러 심지어 적대적 관계에 있습니다. 왜냐하면 이런 것들이 사실 삶을, 소위 말하는 건강을 형성하고 있는 요소들이기 때문입니다. 즉 속물적인 것과 가장 시민적인 것을 형성하고 있는 요소들이기 때문입니다. 사실 종교적인 세계는 건강과 절대적으로 정반대의 것, 더구나 절대적으로 천재적인 정반대의 것이라 규정할 수 있습니다. 그렇다고 해서 내 삶의 영역에 천재의 가능성이 전혀 없다고 말하고 싶지는 않습니다. 논란의 여지없이 기념비적으로 우직한 삶의 시민성이 존재하니까요. 그리고 그 우직한 삶의 시민성이 뒷짐 쥐고 가슴을 내민 채 두 발을 벌리고 거만하게 서 있는 모습이 비종교적인 화신을 의미한다고 사람들이 생각하는 한, 숭배할 가치가 있다고 해도 좋을 속물적 존엄성이 존재하기 때문입니다.」

그러자 한스 카스토르프가 학교에서 하는 것처럼 집게손가락을 들고 말했다. 「난 어느 쪽의 감정도 상하게 하고 싶지 않습니다. 하지만 여기서 분명히 문제가 되고 있는 것은 진보입니다. 인류의 진보 말입니다. 따라서 어느 정도는 정치와 웅변적 공화제와 교양 있는 서구의 문명이 문제가 되고 있기도 합니다. 그러므로 삶과 종교의 차이점, 굳이 나프타 씨가 말씀하신 것처럼, 삶과 종교의 대립은 궁극적으로는 시간과 영원의 대립입니다. 진보는 시간 속에서만 존재할 뿐, 영원 속에서는 진보도 없고, 정치도, 웅변도 존재하지 않기 때문입니다. 영원 속에서는, 말하자면, 신의 품속에 머리를 기대고 눈을 감고 있는 것입니다. 두서없이 표현했습니다만, 이것이 도덕과 종교의 차이점입니다.」

「이보게, 젊은이, 표현 방식의 순진함보다 더 염려스러운 것은, 남의 감정을 상하게 할까 두려워하는 태도와 악마와 타협하려는 경향입니다.」 세템브리니가 말했다.

「아닙니다, 그 악마에 대해서라면 벌써 1년 전에도 토론한 적이 있습니다.」 한스 카스토르프는 지지 않고 응수했다. 「그때 세템브리니 씨 당신은 〈오, 악마여, 오, 반란자여!〉라고 말씀하셨지요, 그러면 지금 내가 도대체 어떤 악마와 타협을 하고 있다는 말입니까? 반란의 악마, 일의 악마, 비판의 악마를 말하는 것인가요, 아니면 다른 악마를 말하는 것인가요? 정말 목숨이 위험천만하군요 — 어떤 악마는 오른쪽에, 어떤 악마는 왼쪽에 있다면, 도대체 어떻게 빠져나가라는 말인가요?」

「이런 방식으로는 세템브리니 씨가 보고 싶어 하는 실상을 올바르게 표현할 수 없습니다. 세템브리니 씨가 지닌 세계상의 결정적인 특징은 신과 악마를 별개의 인격체나 별개의 원칙으로 생각하며, 게다가 엄격하게 중세적인 모범에 따라 〈삶〉을 두 원칙 사이의 쟁점으로 두고 있다는 점입니다. 하지만 실제로 신과 악마는 하나로, 삶에 대립하고 있을 뿐입니다. 신과 악마는 서로 결합하여 종교적 원칙을 나타내면서, 삶의 시민성, 윤리, 이성, 덕성 — 등과 대립하고 있습니다.」 나프타가 말했다.

「이 무슨 구역질 나는 혼합이란 말입니까? — 정말 가슴이 답답해 미칠 지경입니다!」 세템브리니 씨가 소리쳤다. 「선과 악, 신성함과 악행, 이 모든 것이 혼합되어 있다니! 비판도 없다! 의지도 없다! 배격해야 하는 것을 배격할 능력도 없다니! 그럼, 나프타 씨는 청년들의 면전에다 신과 악마를

뒤범벅으로 해놓고, 이 방종한 혼합의 이름으로 윤리적 원칙
을 부정하면서, 도대체 무엇을 부정하는 것인지 알고나 있는
것입니까! 그는 가치, 입에 담기도 혐오스럽지만 — 모든 가
치 판단을 — 부정하고 있는 것입니다. 좋습니다, 그럼 선과
악이라는 것도 없고, 윤리적 질서도 없는 세계만 존재한다고
칩시다! 비판적 존엄성을 지닌 개개인도 존재하지 않고 모
든 것을 집어삼켜 평준화하는 공동체만 남아, 개인은 그 공
동체 속에서 신비스럽게 흔적도 없이 사라지게 될 것입니다!
개인이란…….」

이때 나프타가 끼어들었다. 「그것 참 재미있는 일입니다!
세템브리니 씨가 또다시 개인주의자라고 자처하다니! 개인
주의자가 되기 위해서는 도덕과 종교적 행복의 차이를 알아
야 하는데, 〈계명 결사 회원〉[59]이자 일원론자인 세템브리니
씨는 그런 것을 전혀 알지 못하는 것 같습니다. 어리석게도
삶 그 자체를 자신의 목적이라고 간주하고, 그것보다 높은
의의와 목적을 깨닫지 못할 때는 종족 윤리, 사회 윤리, 척추
동물의 도덕성은 있을지언정 참된 개인주의는 존재하지 않
는 것입니다 — 참된 개인주의란 오로지 종교적인 것과 신
비적인 것의 영역, 소위 말하는 〈윤리적 질서가 없는 세계〉에
만 존재합니다. 세템브리니 씨가 말한 도덕이란 대체 어떤
것이며, 무엇을 원하는 것일까요! 그것은 삶에 결부되어 있
어, 유용하다는 것 외에는 아무것도 아니며, 그래서 연민을

59 일루미나트Illuminat. 1500년경 결성된 과학자들의 집단으로 갈릴레
이도 그 일원이었다. 이 집단은 과학의 발견을 탄압한 가톨릭 교회에 맞서 지
하로 숨어들어 가장 위험한 반기독교 세력으로 성장했고 〈사탄〉으로 낙인찍
혔다.

느끼게 할 정도로 비영웅적입니다. 그 도덕은 나이를 먹고 행복해지며, 부자가 되고 건강하기 위한 도덕으로, 그것으로 끝입니다! 이러한 속물적 이성관과 직업관을 그는 윤리로 간주하는 것입니다. 이와 반대로 나로 말할 것 같으면, 되풀이해서 말하지만, 그러한 도덕을 불쌍한 삶의 시민성이라고 말하고 싶습니다.」

이에 대해 세템브리니는 나프타에게 감정을 억제하라고 정중하게 부탁했지만, 그 자신의 목소리도 흥분으로 떨리고 있었다. 그는 나프타 씨가 도대체 무슨 작정인지 모르겠으나, 계속해서 〈삶의 시민성〉에 대해 귀족적으로 경멸하는 듯한 어조로 말하는 것을 참을 수 없었기 때문이다. 그러면서 또 — 삶에 반대되는 것이 무엇인지 사람들이 잘 알고 있음에도 — 그 반대의 것이 삶보다 더 고상하다고 말하는 것을 참을 수 없었기 때문이다.

이리하여 새로운 슬로건, 새로운 표어가 등장하게 되었다! 이젠 고귀성과 귀족성의 문제가 화제에 올랐다! 한스 카스토르프는 추위와 화제의 문제성 때문에 흥분되고 피로에 지쳐서, 자신의 얘기가 다른 이에게 이해가 될 만한 내용인지, 또는 열에 들떠 엉뚱한 말을 지껄였는지도 제대로 판단하지 못하고, 몽롱한 상태에서 추위에 마비된 입술로 자신의 견해를 피력했다. 자기는 예전부터 죽음을 풀을 먹인 스페인식의 깃과 결부해 생각하거나, 또는 높고 딱딱한 칼라가 달린 약식 정장과 결부해 생각해 왔다고 했다. 그 반면에 삶은 현대적인 조그맣고 낮은 보통 칼라와 결부시켜 생각해 왔다고 말했다. 하지만 그는 자신의 말투가 취한 듯하고 꿈꾸는 듯하여, 다른 사람에겐 전혀 통하지 않는다는 것을 깨닫고 소스라치게 놀라, 원래 그렇게 말할 생각은 없었다고 변명했다. 그리고 계속해서, 이 세상에는 너무나 속물이어서 죽을 것이라고는 도저히 상상이 되지 않는 유형의 인간들이 있지 않느냐, 다시 말하자면 너무나 생활력이 강해서 결코 죽을 것 같지 않은 인간, 즉 죽음의 장엄함을 누릴 가치도 없는 인간들이 있지 않느냐고 힘주어 말했다.

이에 대해 세템브리니가 한스 카스토르프를 향해 얘기했다. 「당신이 그런 말을 하는 것은 그 말에 대한 반박을 듣고 싶어서인 듯한데, 제가 잘못 생각한 건가요? 당신이 그러한 유혹에 정신적으로 저항한다면 나는 언제든지 도와드릴 용의가 있습니다. 조금 전에 〈생활력이 강하다〉고 말했던가요? 아니면 이 말을 경멸적이고 천박한 의미에서 사용한 건가요? 그 대신에 〈살 만한 가치가 있다〉고 표현해야 되지 않을까요? — 그래야 여러 개념들이 잘 융화되어 정말로 아름답게 서로 조화될 겁니다. 〈살 만한 가치가 있다〉는 말에서 즉각 〈사랑할 만한 가치가 있다〉는 생각이 너무도 쉽고 자연스럽게 떠오릅니다. 이 두 가지 생각은 내적으로 너무나 밀접하여, 진정으로 〈살 만한 가치〉가 있는 것만이 진정으로 〈사랑할 만한 가치〉가 있다고도 말할 수 있습니다. 그리고 이 두 가지가 결합되면 우리가 고상하다고 일컬을 수 있는 것이 됩니다.」

한스 카스토르프는 이 이야기가, 정말 매력적이고 경청할 이야기라고 말하면서 계속 자기의 견해를 피력했다. 「난 세템브리니 씨의 조형적인 이론에 완전히 매료당했습니다. 굳이 몇 가지 반대 의견을 말하자면 — 예를 들어 병은 고양된 삶의 상태이므로, 거기엔 무언가 축제다운 데가 있습니다.

분명히 그렇다면, 병은 육체적인 것을 지나치게 강조했음을 의미하고, 인간을 완전히 육체적인 존재로 되돌리고 되던져, 인간의 존엄성을 완전히 무(無)의 상태로 돌려 버리는 것이 확실합니다. 즉 병이 인간을 단순한 육체로 전락하게 함으로써 말입니다. 그렇기 때문에 병이란 비인간적인 것입니다.」

한스 카스토르프의 이 말에 나프타가 즉각 반박했다. 「병은 지극히 인간적입니다. 왜냐하면 인간이란 병을 앓는 존재이기 때문입니다. 사실 인간 자체란 본질적으로 병이며, 그 병을 앓아야 비로소 인간이 인간답게 됩니다. 그리고 인간을 건강하게 하는 자, 또 자연과 강화를 맺어 인간들에게 〈자연으로 돌아가자〉고 주장하는 자(인간은 지금까지 결코 자연적이었던 적이 없었습니다), 최근의 재생주의자, 생식주의자, 옥외 생활 예찬자 및 일광욕주의자들은 마치 자기들이 예언자인 것처럼 병에 대해 이렇게들 떠들어 대고 있습니다만, 이런 종류의 루소주의는 인간의 비인간화와 동물화를 추구하는 것과 다르지 않습니다……. 인간성? 고귀성? 인간의 정신이야말로, 자연으로부터 완전히 이탈하여 자신이 자연과 완전히 반대되는 존재라고 느끼는 인간을 다른 모든 유기 생명체보다 두드러지게 해주는 것입니다. 그러니까 정신 속에, 즉 병 속에 인간의 존엄성과 고귀성이 깃들어 있는 것입니다. 한마디로 말해 인간은 병을 앓으면 앓을수록 더욱 인간적이 되며, 병의 수호신은 건강의 수호신보다 훨씬 더 인간적이라 할 수 있습니다. 박애주의자로 자처하는 자가 인간성의 이러한 근본 진리를 외면하려는 것은, 정말이지 이해가 가지 않습니다. 세템브리니 씨는 입버릇처럼 〈진보, 진보〉하는데, 그 진보라는 것이 존재한다면 그건 오로지 병, 즉 천재 덕분입니다 — 천재란 바로 병 이외의 아무것도 아니기 때문이지요! 건강한 사람들은 어느 시대에서나 병이 이룩한 성과물로 살아왔던 것입니다! 인류로 하여금 인식을 얻도록 하기 위해 일부러 의식적으로 병에 걸리고 광기에 빠진 사람들이 있는데, 이 사람들이 광기를 통해 이러한 인식을 얻은 후에는 그것이 건강한 인식이 되었지요. 이 위대한 희생이 있고 난 후에, 인류가 소유하고 이익을 취하는 인식은 이미 병과 광기의 흔적을 남기지 않게 되었습니다. 그것이야말로 진정한 십자가의 죽음인 것입니다…….」

〈아, 그렇구나!〉하고 한스 카스토르프는 생각했다. 〈이념을 조합해 십자가의 죽음도 저런 식으로 해석하는 부당한 예수회 회원! 나프타 씨! 왜 당신이 신부가 되지 못했는지 알겠어. 침윤된 부위가 있는 멋진 예수회 수도사여! 자, 이제 세템브리니 씨, 울부짖어라, 사자야!〉하고 한스 카스토르프는 이번에는 마음속으로 세템브리니 씨를 향했다. 그러자 세템브리니는 〈울부짖기〉 시작했다. 그는 나프타가 방금 주장한 것은, 모두 속임수이자 궤변이며 세계 교란이라고 반박했다. 세템브리니는 자신의 논적에게 〈분명히 말씀하십시오!〉하고 소리쳤다.「교육자로서 책임감을 가지고, 교화되기 쉬운 이 청년들의 귀에다 분명히 말씀하십시오. 정신은 — 병이라고요! 그러면 당신은 이 청년들에게 정신에 봉사하도록 용기를 북돋워 줄 수 있고, 또 이들을 정신의 신봉자로 만들 수 있을 것입니다! 그리고 또 다른 한편으로 병과 죽음은 고상하며, 건강과 삶은 비천하다고 설명하십시오! — 이것이야말로 제자들에게, 인류에 봉사하도록 독려하는 가장 확실한 방법일 테니까요! 그야말로 범죄적인 행위입니다!」그리고 세템브리니 씨는 마치 기사라도 되는 것처럼, 건강과 삶의 고상함을 옹호했다. 그 고상함이란 자연이 부여해 주는 것이며, 전혀 정신을 겁낼 필요가 없는 것이다. 세템브리니는 〈형상!〉이라고 말했고, 나프타는 교만스럽게 〈로고스!〉라고 소리쳤다. 하지만 로고스에 대해서 아무것도 알고 싶지 않은 세템브리니는 〈이성!〉이라고 말한 반면, 로고스의 남자 나프타는 〈열정〉이라고 주장했다. 논쟁은 더욱 혼란스러워졌다. 한쪽은 〈객체!〉라고 말하고, 다른 한쪽은 〈자아!〉를 내세웠다. 마지막에는 심지어 한쪽은 〈예술〉을 언급하고, 다른 한쪽은 〈비판〉을 들고 나왔다. 아무튼 계속해서 〈자연〉과 〈정신〉을 문제 삼으며, 어떤 것이 더 고상한 것인가, 즉 〈귀족성의 문제〉에 관해 논쟁을 벌였다. 하지만 토론에는 어떠한 질서도 명쾌함도 없었다. 심지어 이원론적인 명쾌함이나 전투적인 명쾌함조차도 없었다. 모든 것이 서로 대립되었을 뿐만 아니라 뒤죽박죽이 되었으며, 논쟁자들은 서로 의견이 충돌한 데다 자가당착에 빠지기도 했기 때문이다. 세템브리니는 종종 〈비판〉에 대해 웅변조로 만세를 외치면서도, 이와 반대되는 〈예술〉을 귀족적인 원칙이라고 주장하기도 했다. 그리고 나프타가 〈자연적 본능〉의 옹호자로 자처하면, 세템브리니는 자연을 〈어리석은 힘〉이며, 단순한 사실이자 숙명에 지나지 않는다고 비하했다. 이성과 인간의 자존감은 자연의 어리석은 힘에 굴복해서는 안 된다고 말이다. 이번에는 나프타가 정신과 〈병〉 쪽에 서서 고상함과 인간성은 그곳에만 있다고 주장하자, 세템브리니는 해방을 부르짖던 것을 깡그리 잊어버린 채 자연과 건강의 고상함을 옹호하는 자로 변신했다. 〈객체〉와 〈주체〉의 문제도 이에 못지않게 혼란스러웠고, 언제나 똑같은 혼란 상태만이 존재할 뿐이었다. 심지어 여기서는 치유할 수 없는 상태까지 이르렀으며 문자 그대로, 누가 경건한 자이고, 사실 누가 자유사상가인지 아무도 알 수 없을 정도가 되어 버렸다.

나프타는, 세템브리니가 〈개인주의자〉로 자처하는 것을 엄한 말로 금지했다. 세템브리니가 신과 자연의 대립을 부인하고, 인간의 문제와 내면적 갈등을 다만 개인의 이해관계와 전체의 이해관계의 충돌로 보기 때문이라고 했다. 그래서 그가, 삶과 결부된 시민적 윤리성 — 삶을 자기 목적으로 생각하는 윤리성 — 을 광적으로 옹호하고, 영웅적이지 못하게 실리만을 노리며, 도덕 법칙을 국가의 목적으로 보기 때문이라는 것이다 — 이와 반대로 나프타는, 인간 내면의 문제는 오히려 감각적인 것과 초감각적인 것의 대립 때문에 생긴다는 것을 잘 알고 있기 때문에, 자기야말로 참되고 신비적인 개인주의를 대변하고 있으며, 진정한 의미에서 자유와 주체의 옹호자라고 주장했다. 한스 카스토르프는 의아했다. 그렇다면 〈익명성과 공동성〉은 어떻게 되는 것일까? — 지금 당장 모순되는 하나의 사례를 든다면 말이다. 더구나 예전에 운터페르팅거 신부와의 대화에서 국가 철학자 헤겔의 〈가톨릭성〉, 〈정치적〉과 〈가톨릭적〉이라는 두 개념의 내적 연관성, 또 이 두 개념이 결부되어 공동으로 이루고 있는 객관성의 범주에 대해 그가 언급한 탁월한 견해는 어떻게 되는 것인가? 정치와 교육은 언제나 나프타가 속한 교단의 전문적인 활동 영역이 아니었던가? 과연 어떤 식의 교육이었을까! 세템브리니 씨도 분명히 열성적인 교육자였다. 방해가 되고 성가실 정도로 열성적이었다. 하지만 금욕적이고 자아를 부정하는 객관성의 관점에서 보면, 그의 교육 원칙은 나프타의 교육 원칙에 도저히 맞설 수가 없었다. 절대 명령! 철저한 구속! 억압! 복종! 테러! 이런 것도 나름대로 훌륭한 교육 원칙일지 모르지만, 개인의 비판적인 존엄성은 조금도 고려하지 않았다. 이런 것은 프로이센의 프리드리히 대왕과 스페인의 로욜라가 시행한 훈련 수칙으로, 피비린내 날 정도로 경건하고 엄격했다. 하지만 여기에 한 가지 의문점은, 나프타는 순수 인식이나 전제 조건이 없는 탐구, 간단히 말하면 객관적이고 학문적인 진리를 믿지 않는다고 공언해 놓고는, 어째서 피비린내 나는 절대성만은 믿게 되었느냐 하는 점이었다. 반면에 로도비코 세템브리니는 객관적인 진리를 추구하는 것을 인간의 모든 윤리성의 최고 법칙이라고 생각하고 있었다. 세템브리니의 이러한 견해는 경건하고 엄격했다. 반면에 진리를 다시 인간과 결부하고, 인간을 이롭게 하는 것이 진리라고 설명하는 나프타의 견해는 느슨하고 방종했다! 그런 식으로 진리를 인간의 이해관계에 종속시키는 것, 그것이 바로 삶의 시민성이자 속물적인 유용성이 아닌가? 이것은 엄밀히 말하자면 철저한 객관성은 아니었다. 거기에는 레오 나프타가 인정하려는 것보다 훨씬 많은 자유와 주관성이 내포되어 있었다 — 물론 이것은 세템브리니의 교훈적인 발언, 즉 〈자유란 인간애의 법칙이다〉라는 말과 아주 비슷하게 〈정치〉적이긴 했지만 말이다. 이 말은 나프타가 진리를 인간에게 결부한 것처럼, 자유를 인간에게 결부한 말임이 분명했다. 이것은 확실히 자유롭다기보다는 오히려 경건하다고 할 수 있는 것이었고, 이런 방식으로 규정하면 다시금 그 차이가 없어져 버릴 위험성이 있었다. 아, 세템브리니 씨! 그가 까닭 없이 문필가인 것은 아니었다. 다시 말해 그는 정치가의 손자이자 휴머니스트의 아들이 될 만했다! 그는 비판과 멋진 해방을 품격 있게 마음에 품고 있으면서도 거리에서는 아가씨에게 콧노래를 흥얼거리는 반면, 날카롭고 키 작은 나프타는 가혹한 서약에 묶여 있는 것이다. 하지만 이 나프타는 그의 자유사상 때문에 방탕자로 낙인찍힌 반면, 세템브리니는 말하자면 도덕적 얼간이라 할 수 있었다. 세템브리니 씨는 〈절대 정신〉에 두려움을 느끼고 있었으며, 무슨 일이 있어도 정신을 민주적 진보에 결부하려 했다 — 군인적인 나프타가 신과 악마, 신성과 악행, 천재와 병을 뒤범벅하여 어떠한 가치 설정이나 이성적 판단도 없고, 어떠한 의지도 보이지 않는 종교적인 방종을 행함에 세템브리니는 경악을 금치 못하고 있었다. 도대체 누가 자유롭고, 누가 경건하단 말인가? 인간의 참된 입장과 본분을 이루는 것은 도대체 무엇이란 말인가? 모든 것을 집어삼키고 평준화하는 공동체, 무절제한 동시에 금욕적인 공동체 속에 침몰하는 것인가? 아니면 허풍과 시민적 근엄함이 서로 간에 영역 다툼을 하는 〈비판적 주체〉란 말인가? 아, 원칙과 견해는 끊임없이 서로의 영역을 침해했고, 내적인 모순에 빠졌으며, 시민으로서 책임을 느끼는 자에게는 대립되는 원칙과 견해 중 어느 한쪽을 선택하는 것도 어려울 뿐만 아니라, 그것을 표본으로 분류하고 정리하는 것도 너무나 힘든 일이기에, 나프타의 〈윤리적 질서가 없는 세계〉로 뛰어들고 싶은 유혹을 느끼지 않을 수 없었다. 모든 것이 서로 얽히고설켜 논쟁이 일대 혼란에 빠졌다. 만약 논쟁하는 두 사람이 논쟁 중에 각자의 영혼이 짓눌리지 않았다면, 이 두 사람은 그토록 격분하지는 않앉을 것이라고 한스 카스토르프는 생각했다.

다섯 사람은 다 같이 베르크호프까지 올라갔다. 그러고 나서 베르크호프에서 거주하는 세 사람이 외부에 사는 두 사람을 그들의 하숙집까지 바래다주었는데, 그들 세 사람은 하숙집 앞에서 오랫동안 눈 속에 서서 나프타와 세템브리니가 빛을 찾는 젊은이를 교화시키기 위해 서로 논쟁을 벌이는 것을 지켜보았다 — 한스 카스토르프도 잘 알고 있었듯이, 교육적인 목적으로 말이다. 페르게 씨가 여러 번 주지시켰듯이, 페르게 씨에게는 이러한 논쟁이 너무 차원이 높았다. 또 베잘은 태형과 고문이 더 이상 화제에 오르지 않자 논쟁에 그다지 흥미를 보이지 않았다. 한스 카스토르프는 고개를 숙이고 지팡이로 땅바닥의 눈을 휘저으며 혼란에 빠져 버린 이 논쟁을 생각하고 있었다.

드디어 다섯 사람은 작별 인사를 했다. 언제까지나 그렇게 서 있을 수는 없는 노릇이었고, 아무리 논쟁을 계속해도 도무지 끝날 기미가 보이지 않았기 때문이다. 베르크호프에 사는 세 사람은 요양원 쪽으로 발길을 돌렸고, 두 사람의 교육적 경쟁자는 집으로 들어가, 한 사람은 비단으로 꾸며진 방으로, 또 한 사람은 기울어진 책상과 물병이 있는 휴머니스트의 다락방으로 돌아갔다. 그리고 한스 카스토르프는 자기 방 발코니로 돌아갔지만, 예루살렘과 바빌론에서 진격한 양군이 각각의 군기 아래에서 충돌하여 큰 혼란을 일으키며 내는 아우성과 무기 소리가 귓전에 여전히 윙 하고 울렸다.

눈

　일곱 개의 식탁에서는 하루 다섯 번 식사를 할 때마다, 올해의 겨울 날씨가 못마땅하다고 이구동성으로 불만이 터져 나왔다. 올겨울은 고산 지대의 겨울로서 의무를 제대로 이행하지 않았다. 정말이지 올겨울은, 안내서에 나와 있는 것처럼, 또 장기 체류 환자가 매년 보아 왔고, 새로 온 환자가 상상한 것처럼, 그렇게 명성에 걸맞고 요양하기에 적합한 기상 상태가 아니었다. 올해는 햇빛이 비치는 일수가 무척 적은 편이었다. 치료의 중요한 요소인 햇빛, 즉 일조량의 도움이 없으면 건강을 회복하는 데 시일이 많이 걸린다……. 이 고원의 요양객들이 빨리 병이 나아 이 위의 〈고향〉을 떠나 평지로 귀환하고 싶은 마음이 얼마나 절실한가에 대한 세템브리니 씨의 판단은 제쳐 두고라도, 좌우간 요양객들은 자신들의 권리를 요구했다. 또 이들은 자신들의 부모와 남편이 그들을 위해서 지불하는 비용을 생각하고, 식사를 하는 자리에서나 승강기 안에서나 홀 안에서나 서로 불평을 털어놓았다. 사무국에서도 환자를 돕고, 보상 대책을 세우는 모습을 보여 주었다. 고산 지대의 태양 광선을 인위적으로 보충하는 자외선 치료 기구인 〈석영등(燈)〉도 현재 두 대가 있지만, 이 두 대로는 전기로 몸을 태우려는 사람들의 수요를 충족시키지 못하여, 새로 한 대를 더 장만했다. 석영등으로 하는 일광욕은 아가씨와 부인들에게 마치 제 옷을 입은 듯 잘 맞았으며, 또한 어쩔 수 없이 수평 상태로 누워 지내는 남자들에게도 스포츠맨 같고 정복자다운 외양을 지니게 했다. 그렇다, 이러한 외양은 구체적인 성과를 얻게 해주었다. 부인들은 이러한 남성다운 모습이 공학적·미용적 성질을 띤 것임을 잘 알고 있으면서도, 어리석은 탓인지 아니면 교활한 탓인지 착각에 빠졌으며, 망상에 사로잡혀 여성으로서의 마음을 빼앗기고 말았다. 「어머나!」 머리칼과 눈이 붉은 베를린 출신의 여자 환자인 쉰펠트 부인이 어느 날 밤 홀에서 다리가 길고 가슴이 움푹 들어간 신사에게 이렇게 말했다. 그 사나이는 명함에 〈면허 비행사, 독일 해군 소위〉란 글귀를 프랑스어로 새겨 지니고 다니는 기흉의 소유자로, 점심 식사 때는 야회복 차림으로 나타났다가, 저녁에는 그것을 벗었는데, 해군에서는 그게 규칙이라고 주장했다 ─ 「어머나!」 쉰펠트 부인은 해군 소위를 탐내듯 바라보며 말했다. 「석영등에 멋지게 그을렸군요! 독수리 사냥꾼처럼 보여요, 이 오입쟁이!」 ─ 「각오하세요, 물의 요정님!」 소위는 승강기에 타면서 부인의 귀에 대고 이렇게 속삭였고, 그녀의 피부에 소름이 돋게 했다. 「그대가 던진 뇌쇄적인 추파는 그 대가를 치러야 해요!」 그러고는 그 오입쟁이이자 독수리 사냥꾼은 발코니와 유리 칸막이를 지나 물의 요정 방으로 들어갔다…….

한편, 고원의 자외선 치료 기구인 인공 석영등이 일정 부분 그 역할을 담당했다 해도, 올해의 햇빛 부족을 보충하기엔 부족한 것 같았다. 한 달에 2~3일 정도 있는 쾌청한 날씨는 ─ 물론 그런 날에는 사방을 짙게 에워싼 잿빛 안개가 걷히며, 흰 봉우리 뒤로 벨벳 같은 푸른 하늘이 나타났는데, 이때 다이아몬드처럼 반짝이는 햇빛이 특히 찬란하게 비쳐 사람들의 얼굴과 목덜미를 기분 좋게 태워 주었다 ─ 처한 운명으로 보아, 특별한 위안거리가 있어야만 하는 이들에게 수주일에 단 2~3일만 그런 날씨가 나타나는 것으로는 너무 부족했다. 이곳 요양객들은 평지 사람이 겪는 즐거움과 괴로움을 포기하는 대가로, 활기는 없지만 지극히 홀가분하고도 쾌적한 생활을 보장해 주기를 내심 요구하고 있었다. 시간을 까맣게 잊을 수 있을 정도로 아무 걱정이 없고 싫증 따위는 전혀 나지 않는 생활을 이들은 기대했던 것이다. 고문관은 베르크호프에서의 생활은, 비록 날씨가 이런 상태이긴 해도, 감옥이나 시베리아 탄광 생활과는 다르다고 타일렀다. 또 이곳의 공기는 희박하고 가벼워서 우주의 공허한 에테르와 거의 같으며, 지상의 갖가지 불순물은 좋은 것이든 나쁜 것이든 이곳 공기에는 별로 없으므로 햇빛이 없더라도 평지의 안개나 증기에 비하면 여전히 장점이 많다고 상기시켰지만 그다지 효과가 없었다. 날이 갈수록 우울한 분위기와 항의가 더해 갔고, 무모하게 퇴원하겠다고 협박하는 사례도 늘어만 갔다. 최근에 잘로몬 부인이 슬프게도 요양원에 되돌아온 실례를 보면서도, 무모한 출발을 감행하는 사람들이 속출했다. 잘로몬 부인의 병은 만성이긴 해도 그다지 위중하지는 않았는데, 축축하고 바람이 센 암스테르담에 제멋대로 머무른 탓에 불치의 병이 되고 말았다.

그러나 햇빛 대신 이곳엔 눈이 있었다. 한스 카스토르프가 지금까지 본 적이 없었을 정도로 엄청난 양의 눈이었다. 작년 겨울에도 눈이 적게 온 것은 아니었지만, 올겨울에 내린 눈의 양과 비교하면 그야말로 새 발의 피였다. 올겨울에는 하늘에 구멍이라도 난 것처럼 엄청나게 눈이 쏟아졌고, 사람들의 마음에 이 지역이 특이하고 이상야릇하다는 생각이 들게 했다. 눈은 날이면 날마다 밤낮 없이 내렸고, 때로는 가볍게 흩날리기도, 때로는 짙게 눈보라가 치기도 하며, 어쨌든 계속 내렸다. 사람들이 다닐 수 있도록 만든 길 양쪽에는 사람 키보다 높은 눈의 벽이 세워져, 길은 비좁고 오목하게 보였으나, 석고처럼 굳은 흰 눈의 벽면은 오톨도톨하게 수정처럼 반짝여서 보는 사람의 기분을 상쾌하게 해주었다. 고원의 요양객들은 그 벽면에 글씨를 쓰거나 그림을 그려, 각종 소식을 알리고 농담을 하며 빈정거림을 전달하는 데 활용했다. 양쪽에 높다랗게 눈을 쌓아 올렸지만 통로에는 아직도 부드러운 눈이 있거나 구멍이 있기도 했다. 그런 곳에서는 뜻하지 않게 발이 쑥 들어가 무릎까지 잠기는 경우도 더러 있었다. 그래서 잘못하다가는 다리를 다칠 수 있어 주의를 기울여야 할 필요가 있었다. 휴식용 벤치도 눈에 덮여 모습을 감추었고, 팔걸이의 일부만 흰 눈 사이로 조금 삐져나온 벤치도 있었다. 아랫마을에서는 거리의 높이가 이상하게 변하여 1층의 가게가 지하실처럼 바뀌었고, 인도에서 가게로 가려면 눈 계단으로 내려가야만 했다.

이렇게 두껍게 쌓인 눈 위에 또 눈이 내렸다. 밤낮을 가리지 않고 쉬지 않고 내렸고, 적당한 냉기 속에서 소리 없이 쌓였다. 기온이 영하 10~15도 정도여서 혹한이긴 하지만, 골수를 파고드는 추위라고는 할 수 없었다 — 사람들은 혹독한 추위라는 것을 느낄 수 없었고, 영하 2도나 5도 정도의 추위밖에 안 된다고 생각하였다. 바람이 없고 공기도 건조하여, 좀처럼 추위가 느껴지질 않았다. 아침에도 아주 어두웠다. 아침 식사는 재미난 무늬를 넣은 둥근 천장 아래 샹들리에의 인공 달빛을 받으며 들었다. 바깥은 음울한 허무가 지배하고 있었는데, 회백색의 눈송이가 유리창에 휘몰아치고, 눈보라와 눈의 안개에 짙게 싸인 세상이었다. 산의 모습은 보이지 않았다. 가장 가까운 침엽수의 숲도 가끔 희미하게 보일 뿐, 눈에 뒤덮인 숲은 어느새 또 눈보라 속으로 모습을 감추었다. 그리고 가문비나무 한 그루가 이따금씩 가지 위에 잔뜩 얹힌 눈을 회색의 대기 속으로 흰 가루처럼 털었다. 10시쯤 되면 태양은 어렴풋이 피어오르는 안개처럼 산 위에 떠올라, 무(無)와 같고 분간하기 어려운 풍경에 유령 같은 생기를 불어넣고 관능적인 빛을 흐릿하게 비추어 주었다. 하지만 모든 것은 몽롱한 부드러움과 창백함에 녹아 버려, 눈으로 확실히 붙잡을 수 있는 선은 어디에도 보이지 않았다. 산봉우리의 윤곽도 뿌연 안개와 연기 속에 사라져 버렸다. 창백한 빛을 띤 눈의 사면(斜面)을 더듬어 시선이 산 정상으로 올라가다 보면, 어느새 아무런 실체가 없는 공허함 속으로 빠져드는 것이었다. 하늘에는 밝게 빛나는 구름 한 조각이 형상을 바꾸지 않고 암벽 앞에 연기처럼 길게 떠 있었다.

정오경에 태양이 구름을 반쯤 떠밀어 안개를 부수면서 푸른 하늘을 보여 주려고 안간힘을 쓰기 시작했다. 태양의 노력은 이렇다 할 성공을 거두지 못했지만, 그래도 구름 사이로 푸른 하늘이 언뜻언뜻 눈에 띄기 시작했다. 그리고 얼마 안 되는 햇살만으로도 사방의 눈 때문에 놀라운 모양으로 변형된 풍경이 멀리까지 다이아몬드처럼 빛났다. 대개 정오경이면 눈이 멈추었는데, 이는 마치 그동안 이룩한 적설량을 과시하려는 듯했다. 가끔 눈보라가 멈추고, 하늘의 직사광선이 새로운 눈덩이의 순수한 표면을 녹이려고 하는 쾌청한 날이, 비록 며칠간이긴 했지만, 사이에 낀 것도 바로 이러한 목적 때문인 것 같았다. 주위 풍경은 마치 동화의 세계 같았고,

무언가 천진난만하고 우스운 데가 있었다. 나뭇가지에 두껍게 쌓여 있고 위에 뿌려진 듯한 푸석푸석한 눈의 쿠션, 나지막한 나무나 튀어나온 바위가 눈에 덮여 불룩해진 지면, 웅크리거나 푹 꺼져 익살맞은 모습으로 변장하고 있는 풍경, 이 모든 것은 동화책에 나오는 난쟁이 세계를 떠올리게 하는 우스꽝스러운 모습이었다. 하지만 고생하며 걷는 사람들의 눈에 가까운 경치가 환상적이고 익살맞은 기분이 들게 했다면, 보다 멀리 보이는 풍경, 눈에 덮인 입상(立像)처럼 우뚝 솟은 알프스의 연봉들은 고상하고 신성한 기분을 불러일으켰다.

한스 카스토르프는 오후 2~4시 사이에, 훌륭한 접이식 침대의 등받이를 너무 높지도 낮지도 않게 조정하고 담요로 몸을 따뜻하게 감싸고 발코니에 누워, 눈이 두껍게 쌓인 난간 너머로 숲과 산을 바라보았다. 눈에 덮인 암녹색 전나무 숲이 산비탈 위쪽까지 완만하게 펼쳐져 있었고, 나무 사이마다 부드러운 눈이 솜이불처럼 수북이 쌓여 있었다. 숲 위로는 바위산이 잿빛 하늘을 향해 우뚝 솟아 있었고, 거대한 눈의 평원에는 여기저기 시커먼 바위가 튀어나와 있었으며, 능선은 안개로 뿌옇게 보였다. 소리 없이 또 눈이 내리고 있었다. 모든 것이 점점 시야에서 사라져 갔다. 솜 같은 허무 속을 응시하던 시선은 깜빡 잠이 들어 꾸벅꾸벅 졸기 시작했다. 잠에 빠져드는 순간 한기를 느꼈지만, 얼음처럼 차가운 여기 이 공기 속에 잠드는 것보다 더 순수한 잠은 없었다. 공허하고 무(無)와 같으며 습기가 없는 공기를 호흡하는 것은, 죽은 사람이 숨을 쉬지 않는 것처럼 유기체에 힘이 들지 않으며, 꿈을 꾸지 않는 잠은 유기 생물체를 그것이 막연하게 느끼는 삶의 부담감으로부터 해방시켜 주었다. 눈을 떠보니 어느새 산은 눈의 안개 속에 완전히 사라졌고, 그사이로 둥근 봉우리 하나, 뾰족한 바위 하나가 2~3분간 교대로 모습을 드러냈다가 다시 안개 속으로 사라졌다. 이러한 유령의 가벼운 장난은 마냥 즐거움을 안겨 주었다. 안개의 베일이 은밀하게 부리는 요술 같은 변화를 엿보기 위해서는 날카롭게 주시하고 있어야 했다. 안개 사이로 봉우리와 산기슭은 보이지 않고, 바위산의 일부분이 야만스럽고도 커다랗게 불쑥 나타났다. 하지만 1분 동안만 거기서 눈을 떼고 있어도 그것은 어느새 사라져 버리고 말았다.

드디어 눈은 눈보라로 변해 마구 휘몰아쳐, 한스 카스토르프는 더 이상 발코니에 머물러 있을 수 없게 되었다. 흰 눈이 바닥이며 침대를 두껍게 뒤덮었던 것이다. 그렇다. 고원의 평화로운 골짜기에도 눈보라가 치는 일이 있었다. 무(無)와 같은 대기는 혼란에 빠졌고, 온 사방이 눈송이의 난무(亂舞)로 채워지는 바람에 바로 한 치 앞도 내다볼 수 없게 되었다. 숨 막힐 정도로 거센 돌풍이 눈보라를 광포하게 휘몰아쳐, 눈보라가 아래에서 위로, 골짜기 바닥에서 공중으로 회오리치게 했으며, 미친 듯 서로 뒤섞여 소용돌이치게 했다 ── 이제 더 이상 눈이 내리는 것이 아니었다. 바로 흰 어둠의 혼돈이었고, 아수라장이었으며, 상식을 벗어난 세계의 처절한 탈선이었다. 이때 갑자기 떼 지어 나타난 눈방울새들만이 이곳이 마치 자신들의 고향인 양 휘익 휘익 날아다녔다.

그러나 한스 카스토르프는 이런 눈 속에서의 생활을 사랑했다. 그는 눈 속에서의 생활이 여러 가지 면에서 해변에서의 생활과 비슷하다고 생각했던 것이다. 자연의 원시적 단조로움이 두 세계의 공통점이었다. 이 위에 깊고 가벼운 순백의 눈가루가 있다면, 해변에는 황백색 모래가 있었는데, 그둘은 거의 똑같은 역할을 했다. 어느 쪽이나 감촉이 부드러웠으며, 추위로 얼어붙은 백설은 저 바다 아래의 돌멩이와 조개가 부서져서 된 먼지 하나 없는 모래처럼, 신발이나 옷에서 털어 내도 티 하나 남지 않았다. 낮 동안에 눈의 표면이 태양열로 녹았다가 밤이 되어 꽁꽁 얼어붙는 경우가 아니라면, 눈 속을 걸어가는 것은 바닷가의 모래사장을 걷는 것과 마찬가지였다. 꽁꽁 얼어붙은 눈 위를 걸으면 마루 위를 걷는 것보다 더 수월하고 기분이 좋았고, 해변가에 있는 매끄럽고, 단단하며, 약간 젖어 탄력 있는 모래 위를 걷는 것만큼이나 손쉽고 기분이 좋았다.

하지만 올해는 내린 눈과 쌓인 눈이 너무 많아, 스키 타는 사람을 제외하고는 누구나 바깥을 마음대로 다닐 수가 없었다. 제설차가 제 역할을 톡톡히 했지만, 요양지의 사람 모두가 이용하는 오솔길과 중앙로를 지나다닐 수 있도록 눈을 치우는 데에도 꽤 많은 시간이 걸렸다. 눈은 치워졌지만 얼마 안 가 다시 눈에 막혀 다닐 수 없게 된 몇몇 길에는 건강한 사람들과 환자들, 이곳에 사는 사람들과 호텔에 묵고 있는 갖가지 국적의 손님들로 붐볐다. 보행자들 사이로 1인용 썰매를 탄 사람들이 지나다니기도 했다. 이들 남녀들은 몸을 뒤로 젖힌 채, 발을 앞으로 내밀고 삐뽀삐뽀 경고음을 내면서 작은 썰매를 타고 흔들리고 기우뚱하며 비탈길을 미끄러지듯 내려갔다. 이들이 내는 소리로 보아 이들은 자신들의 썰매놀이를 매우 중요하게 생각하는 모양이었다. 아래로 다 내려가면, 유행하는 그 장난감을 줄에 묶고는 다시 비탈 위로 끌고 올라갔다.

한스 카스토르프는 이런 산책에 싫증이 났다. 그에게는 두 가지 소망이 있었다. 그중 더 강한 소망은 혼자서 명상을 하며 〈술래잡기〉를 하고 싶다는 것이었는데, 이것은 비록 형식적이긴 해도 발코니에서 할 수 있었다. 또 한 가지 소망은, 산책과 관련이 있는 것으로, 그가 관심을 갖게 된 산, 눈으로 뒤덮인 산과 더욱 친밀하고 자유롭게 접촉해 보고 싶다는 것이었다. 그러나 이 소망은 장비도 없고 날개도 없는 보행자에게는 그저 꿈에 불과한 것이었다. 제설된 길이라고 해봐야 조금만 가다 보면 이내 막다른 길에 다다랐고, 그곳을 넘어가려 하면 금방이라도 가슴까지 눈에 파묻혀 버렸기 때문이다.

그래서 한스 카스토르프는 이 위에서 두 번째 겨울을 맞게 된 어느 날, 스키를 사서 자신의 소망을 실현하기 위해, 그것을 타는 데 필요한 실제적인 기술을 익히기로 결심했다. 그는 스포츠맨이 아니었다. 타고난 체격이 변변치 못해 스포츠맨이었던 적이 없었고, 이곳의 분위기와 유행에 따라 요란한 옷차림을 하는 베르크호프의 몇몇 손님들처럼 스포츠맨인 양 자랑한 적도 없었다 — 예를 들어 헤르미네 클레펠트의 경우를 보면, 그녀는 호흡이 곤란하여 코끝과 입술이 언제나 창백했지만, 걸핏하면 양털 반바지 차림으로 점심 식사에 나타났으며, 식사가 끝난 다음에는 나뭇가지로 엮은 홀의 등의자에 다리를 쩍 벌리고 앉아, 정말 보기 흉한 모습을 보였다. 만약 한스 카스토르프가 상식을 벗어난 자신의 계획을 고문관에게 털어놓고 허락해 달라고 부탁했다면, 분명 당치 않은 말이라고 거절당했을 것이다. 이 위의 베르크호프는 물론, 이와 같은 시설에 사는 사람들에게 스포츠 활동을 즐기는 것은 엄격히 금지되어 있었다. 이 위의 공기는 가볍게 들이마실 수 있는 것처럼 보였지만, 심장 근육에 커다란 부담을 주었기 때문이다. 그리고 한스 카스토르프 개인적으로는, 〈적응되지 않는 것에 적응한다〉고 하는 경구를 현재도 그대로 진리처럼 받아들이고 있었고, 고문관 라다만토스가 침윤된 부위 때문에 생긴 것이라고 말하는 발열 현상도 집요하게 계속되었다. 그것이 없어졌다면, 그가 이 위에서 더 이상 무엇을 찾겠는가? 그래서 그의 소망과 계획은 모순되고 허용될 수 없는 것이었다. 그러나 그의 기분만은 정당하게 이해해 주어야 했다. 그는, 그저 유행이라면 숨 막히는 실내의 카드놀이도 마다하지 않고 열중하는 사람처럼, 야외 산책을 하는 멋쟁이 남자들이나 세련된 의상의 스포츠맨들과 겨뤄 보겠다는 야심을 가진 것은 아니었다. 그는 자신이 관광객의 한 사람이 아니라, 구속된 한 사회의 일원임을 강하게 느끼고 있었다. 그리고 또 다른 한층 새로운 견지에서도, 세상 사람들로부터 그를 떼어 놓고 있는 자부심과 가볍게 억제된 의무감으로 말미암아 저들과 같이 이 위를 강아지처럼 마구 돌아다니거나, 눈 위를 뒹구는 바보 같은 짓은 자기의 본분에 어울리지 않는다고 느끼고 있었다. 그는 정상을 벗어난 행동을 시도할 생각이 없었고, 중용을 지키고자 했기 때문에, 그가 계획한 일을 라다만토스가 허락해 주어도 아무 문제가 없을 거라고 생각했다.

한스 카스토르프는 어느 적당한 기회에 세템브리니 씨에게 자신의 계획을 털어놓았다. 그랬더니 세템브리니 씨는 기뻐 어쩔 줄 몰라 하며 그를 거의 껴안기까지 했다. 「좋습니다, 좋아요, 엔지니어 양반, 꼭 실행해 보세요! 아무에게도 물어보지 말고 하세요 ─ 그것은 당신의 수호신이 당신의 귀에 대고 속삭여 준 것입니다! 그 좋은 생각이 달아나기 전에 빨리 실행하십시오! 나도 당신과 함께 스키 가게에 따라가도록 하겠습니다. 당장 이 축복받은 도구를 함께 사러 가도록 합시다! 나도 메르쿠리우스[60]처럼 날개 달린 신발을 타고 당신과 함께 산에도 가고 싶습니다만, 그 일이 나에게는 허락되어 있지 않습니다…… . 아니, 그냥 허락되어 있지 않은 것뿐이라면 그 일을 하겠습니다만, 나는 그럴 수가 없습니다. 난 이제 가망이 없는 몸입니다. 반면에 당신은…… 당신이 분별력을 유지하고 과한 행동을 하지 않는다면, 당신에게는 아무런 해가 없을 겁니다. 아, 그리고 약간 해가 있더라도, 당신의 착한 수호신이 언제나 당신과 함께 있을 것입니다…… . 더 이상 아무 말도 하지 않겠습니다. 얼마나 멋진 계획입니까! 이곳에 2년이나 있었는데도 여전히 그런 멋진 생각을 하다니요 ─ 아, 그래요, 당신은 성격이 좋으니, 절망할 이유가 없습니다. 브라보, 브라보! 당신은 이곳의 염라대왕인 고문관의 눈을 속이고, 스키를 사서는 그것을 나나 루카체크한테 보내거나 우리 집 아래의 향료 가게에 맡기도록 하십시오. 그리고 그것을 신고 연습하는 겁니다. 그래서 쭉쭉 미끄러지며 내달려 보는 겁니다…… .」

완전히 세템브리니가 말한 대로 일이 진행되었다. 스포츠에 대해서는 아무것도 모르면서 그럴듯한 전문가임을 자처하는 세템브리니 씨가 보는 앞에서, 한스 카스토르프는 중앙로의 스키 전문점에서 멋진 스키 한 벌을 샀다. 질 좋은 물푸레나무에 담갈색으로 래커 칠이 되어 있고, 멋진 가죽 끈

60 그리스 신화의 헤르메스에 해당하는 상업의 신.

이 달려 있으며, 앞이 뾰족하게 위로 굽어진 스키와, 끝에 쇠
가 박히고 고리가 달린 스틱을 샀던 것이다. 그는 이것을 직
접 어깨에 둘러메고 세템브리니의 거처까지 가지고 갔으며,
향료 가게에 매일 보관해도 좋다는 허락을 금방 받아 냈다.
한스 카스토르프는 스키 타는 법에 관해서는 수차례 관찰해
서 잘 알고 있었기 때문에, 혼자 힘으로 스키를 타기 시작했
다. 그것도 사람들이 붐비는 연습 장소에서 멀리 떨어진, 베
르크호프 요양원의 뒤쪽에서 멀지 않은 거의 나무 한 그루
없는 비탈면에서, 매일 넘어졌다 일어났다 하면서 연습했다.
세템브리니 씨도 가끔 그곳에 나타나 지팡이에 몸을 기댄 채
두 발을 점잖게 모으고는, 조금 떨어진 곳에서 한스 카스토
르프가 연습하는 장면을 지켜보면서, 그의 늘어 가는 실력에
브라보를 연발하며 기뻐했다. 어느 날 한스 카스토르프가
연습을 마치고 스키를 향료 가게에 다시 맡기려고 제설한 커
브 길을 따라 도르프로 내려가는 도중에, 고문관을 우연히
만났다. 하지만 아무 일 없이 무사했다. 비록 환한 대낮이었
고 거의 부딪힐 뻔했던 지척이었는데도 고문관은 한스 카스
토르프를 알아보지 못했다. 담배 연기를 내뿜으며 힘찬 발
걸음으로 지나쳐 버렸던 것이다.

한스 카스토르프는 스키를 타는 데 필요한 기술을 금세
터득할 수 있다는 것을 알았다. 하지만 스키의 명수가 되려
는 생각은 없었다. 그가 필요로 하는 기술은, 얼굴이 지나치
게 상기되거나 호흡이 헐떡거릴 정도로 가빠지지 않아도 며
칠 만에 습득할 수 있는 것이었다. 그는 좌우의 스키를 가지
런히 하여 평행으로 달리도록 연습하고, 활강할 때 스틱을
어떻게 조종해야 미끄러져 내려가는가를 실험하고, 지면에

돌출된 장애물이 나타나면 거친 파도를 넘어가는 배처럼 위아래로 넘실거리면서 두 팔을 벌리고 도약하는 법을 배웠다. 스무 번째 연습부터는 전속력으로 활강하면서 한쪽 무릎은 앞으로 내밀고 다른 쪽 무릎은 굽히는 텔레마크 회전법으로 브레이크를 걸어도 이제 넘어지지 않게 되었다. 그는 차차 연습 장소를 넓혀 갔다. 그러던 어느 날 세템브리니 씨는 회백색의 안개 속으로 사라져 가는 한스 카스토르프를 보고, 두 손을 오목하게 모아 입에 대고 조심하라고 외치고는, 교육자답게 만족감을 느끼며 집으로 돌아갔다.

겨울 산 속은 아름다웠다 — 온화하고 친근한 아름다움이 아니라, 서쪽 바람이 휘몰아치는 광활한 북해의 아름다움이었다 — 우레 같은 뇌성도 없고 죽음과 같은 정적이 지배했지만, 그래도 말할 수 없이 친근한 경외감을 불러일으켰다. 한스 카스토르프는 나긋나긋하고 긴 스키에 몸을 싣고 여기저기 모든 방향으로 미끄러져 내려갔다. 왼쪽 비탈면을 따라 클라바델 방향으로 내려가기도 하고, 오른쪽으로는 암젤플루 산등성이의 그림자가 뒤에서 안개 속에 유령처럼 서 있는 프라우엔키르히와 글라리스를 통과하고, 디슈마 골짜기로 내려가기도 하고, 베르크호프의 뒤로 올라가 제호른 방향으로 내려가기도 했다. 제호른은 숲으로 뒤덮여 있었는데, 식물의 경계선 위로 눈 덮인 뾰족한 봉우리가 우뚝 솟아 있었다. 그리고 드루자차 숲 방향으로 내려가기도 했다. 눈이 깊게 쌓인 레티콘 연봉의 흐릿한 그림자가 뒤로 보이는 곳이었다. 그는 또 자신의 스키를 둘러메고서 케이블카를 타고 샤츠알프의 가파른 꼭대기에 올라가, 2천 미터의 높이에서, 눈가루가 반짝이는 비탈길을 한가로이 스키를 타고 돌아다녔다. 전망이 좋은 쾌청한 날씨에는 자신의 모험 무대인 웅대한 풍경을 멀리까지 내다볼 수 있었다.

한스 카스토르프는 보통 때 자신이 갈 수 없던 곳도 가게 해주고, 장애물을 거의 무용지물로 만드는 스키 기술을 습득한 것을 기뻐했다. 그 기술 덕택으로 그는 자신이 바라던 고독한 세계에 몰입할 수 있었다. 그 세계는 인간이 생각해낼 수 있는 가장 깊은 세계였고, 인간적으로 완전히 낯선 감정과 지극히 위험한 감정이 스쳐 지나가는 세계였다. 한쪽으로는 전나무가 울창한 낭떠러지가 눈안개 속에 희미하게 모습을 드러내고 있었고, 다른 쪽으로는 바위 벼랑이 솟아 있었는데, 그곳엔 엄청나게 거대한 아치형 눈덩이가 동굴과 천장을 이루고 있었다. 자신의 스키 타는 소리를 듣지 않기 위해 멈추어 서면, 주위의 정적은 절대적이고 완전한 것이 되었다. 부드러운 눈에 덮인 이러한 정적은 들은 일도 없고, 경험한 일도 없으며, 세상 어디에도 없는 정적이었다. 나뭇잎하나 살랑살랑 흔드는 미풍도 없었고, 어떤 소리도 나지 않았으며, 새소리도 들리지 않았다. 한스 카스토르프는 스틱에 몸을 기대고 서서 고개를 갸우뚱하고 입을 벌린 채, 태고의 소리에 귀 기울여 보았다. 그리고 이러한 정적 속에서 눈이 소리도 없이 하염없이 내리고 있었다.

아니, 끝없는 깊은 침묵에 싸인 이 세계는 아주 냉혹했다. 손님을 반갑게 맞이하지 않았고, 방문객을 받아들이기는 하되 위험이 생겨도 아랑곳 않고 그 자신에게 책임을 맡겼다. 이 세계는 사실 그를 환영하는 게 아니라, 그가 침입한 사실, 즉 그의 체류를 전혀 보장하지 않으면서 섬뜩한 방식으로 그저 참고 있었다. 이러한 세계에서 나오는 것은 말없이 위협하는 원초적인 것, 적의는 없다 하더라도 완전한 무관심으로 생명을 빼앗는 것이라는 느낌이 들었다. 문명의 자식, 원래부터 야성적인 자연과는 거리가 먼 낯선 문명의 아들은, 어릴 때부터 자연에 의지하고 수줍게 자연을 믿고 생활하는 자연의 거친 아들보다 자연의 위대함에 훨씬 더 민감하다. 문명의 아들이 눈썹을 치켜 올리고 자연 앞으로 다가서는 종교적인 외경심을 자연의 아들은 거의 알지 못한다. 이 종교적 외경심은 문명의 자식이 자연에 대해 느끼는 모든 감정 상태를 마음 깊은 곳에서 규정하고 있어, 그의 영혼이 변함없이 경건한 감동과 떨리는 흥분을 지니게 하는 것이다. 한스 카스토르프는 소매가 긴 낙타털 조끼를 입고, 각반을 차고, 멋진 스키를 타고서 원시의 고요, 아무 소리 없는 겨울의 황량함에 귀 기울일 때 자신이 대담하다는 기분이 들었고, 또 돌아오는 길에 최초의 인가들이 안개 속에 다시 모습을 드러내면 안도감이 살아났다. 그 안도감은 아까까지의 위험 상태를 확실히 알게 해주었고, 몇 시간 동안 남모르는 신성한 공포가 그의 마음을 지배하고 있었음을 일깨워 주었다. 한스 카스토르프는 언젠가 파도가 암벽에 부딪쳐 부서지는 쥘트 섬의 바닷가에서, 하얀 바지 차림으로 안전하고 우아하며 경건하게 서 있던 적이 있었다. 그것은 마치 아가리를 한껏 벌리고 무시무시한 이빨을 드러내며 하품을 하는 사자 우리 앞에 서 있는 것과 같은 기분이었다. 그런 다음 그는 헤엄을 쳤다. 그러자 해안 감시원이 호각을 불었다. 첫 번째 파도를 헤치고 멀리 나아가려는 용감한 사람들, 폭풍처럼 몰려오는 거친 파도에 너무 가까이 가려는 사람들에게 위험을 경고하는 것이었다. 그리고 폭포수처럼 쏟아지는 파도의 마지막 물살을 맞을 때는, 마치 맹수의 앞발에 목덜미를 맞는 것과 같은 기분이었다. 그때부터 한스 카스토르프 청년은 자연력에 완전히 안기는 것이 파멸을 의미하며, 자연력과 벌이는 가벼운 사랑의 유희가 감격스러운 행복을 의미한다는 것을 알게 되었다. 하지만 그가 알지 못했던 것은, 이렇게 자연력에 완전히 안길 정도로 치명적인 자연과 감격적인 접촉을 하면 어떤 일이 일어날까 하는 것이었다 — 그래서 비록 문명의 힘으로 장비를 그런대로 갖추긴 했지만 원래 나약한 인간에 불과한 그는 무서운 자연 세계에 뛰어들어 도전해 보거나, 또는 자연과 위험한 놀이를 하고 급기야 그 놀이의 한계를 임의로 정할 수 없을 때까지, 도망치지 않고 오랫동안 그 속에 머무르고 싶었다. 그러다가 파도의 물줄기를 맞거나 맹수의 앞발에 일격을 당하는 정도가 아니라, 파도에, 맹수의 아가리에, 바다에 삼켜져 버리게 될 때까지 말이다.

한마디로 말해 한스 카스토르프는 이 위에서 용감해졌다. — 만약 그 원초적인 용감함이 자연력에 대한 둔감한 냉담성을 의미하는 것이 아니라, 의식적인 헌신이자 공감에서 우러나온 죽음에 대한 외경심을 의미한다면 그렇다는 얘기다 — 공감? — 물론이다. 한스 카스토르프는 문명화된 좁은 가슴속에 원초적인 자연에 대한 공감을 품고 있었다. 그리고 그가 썰매를 타는 사람들을 바라보며 느낀 새로운 자부심, 발코니에서 느끼는 호텔식의 고독이 아니라, 보다 깊고 보다 위대한 고독을 바람직하고 소망하고 싶은 것으로 느끼게 하는 새로운 자부심과 자연의 힘에 대한 공감 사이에는 밀접한 관계가 있었다. 그는 그저 발코니에 누워 편안하게 안개에 덮인 높은 산과 미친 듯이 날뛰는 눈보라를 멍하니 바라보는 자신을 속으로 부끄럽게 여겼다. 그렇기 때문에 그가 스키를 연습한 것이지, 스포츠광이거나 스포츠를 천성적으로 좋아해서가 아니었다. 대자연의 위대함, 계속해서 내리는 눈속에 흐르는 죽음과도 같은 정적 속에서 그가 두려움을 느꼈다면 ─ 문명의 아들인 그는 분명 두려움을 느꼈다 ─ 이두려움은 이 위에서 정신과 감각으로 이미 맛본 것이었다. 나프타와 세템브리니의 논쟁만 하더라도 무섭기 짝이 없는 것이었다. 마찬가지로 길이 없는 세계, 극히 위험한 세계로 빠져들게 하는 것이었기 때문이다. 한스 카스토르프가 황량한 겨울 풍경에 공감한 까닭은, 자연에 대해 외경심을 느끼면서도 자신의 사상적인 문제를 해결하는 데 알맞은 무대라고 느꼈고, 어떻게 그가 그러한 의무를 지게 되었는지는 몰라도, 신의 자식인 인간의 지위와 본성에 대해 술래잡기를 하기에 가장 적당한 장소라 느꼈기 때문이다.

이처럼 호기심 많은 한스 카스토르프에게 호각을 불어 위험을 경고하는 사람은 이곳에 아무도 없었다. 세템브리니 씨가 시야에서 사라져 가는 한스 카스토르프의 등을 향해 두손을 오목하게 입에 모으고 주의하라고 소리치기는 했지만 그가 감시원이 아니라고 한다면 말이다. 하지만 한스 카스토르프는 자연에 대한 용기와 공감을 지닌 사람이었으며, 언젠가 사육제날 밤에 쇼샤 부인을 향해 발걸음을 옮길 때 뒤에서 소리치는 말에 신경 쓰지 않았던 것처럼, 등 뒤에서 소리치는 말에 더 이상 귀 기울이지 않았다. 「이보시오, 엔지니어 양반, 이성을 좀 찾으시오!」 아, 그래, 이성과 반역의 교육자인 악마 같은 사람, 하고 한스 카스토르프는 생각했다. 그래도 나는 당신이 좋아. 당신은 허풍선이, 손풍금장이이긴 하지만 착한 사람이야. 당신은 저 날카롭고 체구가 작은 예수회 회원이자 테러리스트, 번득이는 안경을 쓴 고문하고 볼기를 치는 스페인의 형리보다 더 착한 사람이야. 나는 당신이 더 마음에 들어. 물론 당신들 둘이 언쟁을 벌일 때는 거의 언제나 나프타의 주장이 옳지만 말이야……. 중세에 신과 악마가 인간의 영혼을 서로 차지하려고 그랬던 것처럼, 당신들은 교육자적인 입장에서 나의 가련한 영혼을 빼앗으려고 서로 맹렬하게 싸웠지…….

한스 카스토르프는 눈(雪)을 잔뜩 묻힌 두 다리로, 어딘지 모를 흐릿한 산꼭대기를 향해 점점 더 높이 올라가고 있었다. 이불을 깔아 놓은 것 같은 그 산꼭대기는 테라스를 이루며 계단식으로 조금씩 높아져 갔는데, 어디로 올라가는지, 어디가 끝인지 알 수 없었다. 산의 위쪽은 안개처럼 흰 하늘과 맞닿아 있어서 어디서부터가 하늘인지 전혀 분간할 수 없었다. 산봉우리와 산등성이도 보이지 않았고, 모두가 희미한 무(無)이며, 한스 카스토르프는 이 안개에 덮인 무를 향해 올라가고 있었다. 그리고 그의 등 뒤에 있는 세계, 즉 사람 사는 골짜기도 눈 깜짝할 사이에 닫히고 시야에서 사라졌기 때문에, 그곳에선 이제 아무런 소리도 들리지 않았다. 그리하여 그의 고독감, 아니 버림받은 느낌이 더 어울리는 외로움은 부지불식간에 더 이상 바랄 수 없을 정도의 깊이가 되어 공포를 느낄 정도까지 되었다. 이 공포야말로 용기의 원천이었다. 〈무릇 이 세상의 모든 것은 무상하니라〉하며 한스 카스토르프는 인문주의적 정신에 맞지 않는 문구를 라틴어로 중얼거렸다 — 이 말은 언젠가 나프타에게서 들은 것이었다. 그는 발길을 멈추고 주위를 둘러보았다. 사방을 둘러봐도 보이는 것은 아무것도 없었고, 흰 하늘에서 흰 지면으로 하나씩 떨어지는 아주 작은 눈송이 말고는 어디에서도 아무것도 보이지 않았다. 그리고 주변의 고요함은, 압도당할 정도의 공허한 정적이었다. 눈앞이 캄캄해질 만큼 하얀 공허의 세계를 바라보느라 눈이 희미해졌고, 그러는 동안에 그는 위로 올라갔는데, 그럴수록 가슴이 더 뛰는 것을 느꼈다 — 그는 이 가슴 근육 조직의 동물적인 형태와 고동치는 모습을 언젠가 뢴트겐실에서 전광(電光)이 탁탁 하고 튀는 가운데 무례하게도 엿본 적이 있었다. 그리고 지금 자신의 가슴, 인간의 고동치는 가슴에 대해 단순하고 경건한 공감, 즉 일종의 감동을 느꼈다. 이 위에서, 얼음처럼 차가운 공허 속에서 완전히 자기 혼자가 되어, 자신이 품은 의문과 수수께끼를 풀기 위해서 말이다.

그는 계속해서 위로, 하늘을 향해 올라갔다. 때때로 스틱의 끝을 눈 속에 찔러 넣어 빼내는 순간 깊은 눈구멍 속에서 번쩍이는 푸른빛이 스틱을 따라 올라오는 모습을 지켜보았다. 그는 그것에 흥미를 느껴, 오랫동안 발길을 멈추고 이 사소한 광학 현상을 여러 번 실험해 보았다. 그 빛깔은 산과 땅속의 독특하고 부드러운 청록빛이었고, 얼음처럼 투명하면서도 그늘이 졌으며, 신비할 정도로 매력적이었다. 그것은 그에게 어떤 눈, 운명적인 눈초리로 비스듬히 바라보는 눈의 빛과 색을 생각나게 해주었다. 세템브리니는 그 눈을 인문주의적인 입장에서 〈타타르인의 눈〉, 〈초원을 누비는 늑대의 눈〉이라고 멸시하듯 말하긴 했지만 — 그것은 어릴 때 보았고, 이 위에서 숙명적으로 다시 만난 눈, 바로 히페와 쇼샤 부인의 눈이었다. 「기꺼이 빌려 드리겠습니다.」 그녀는 고요

속에서 나지막하게 말했다. 「하지만 부러뜨리지 않도록 조심하세요. 나사를 돌리면 심이 나오는 거예요.」 그러자 그는 마음속에서 이성을 차리라는 낭랑한 경고의 목소리가 뒤쪽으로부터 울려오는 것을 들은 것 같았다.

오른쪽으로 약간 떨어진 곳에서 숲의 모습이 안개처럼 희미하게 떠올랐다. 한스 카스토르프는 하얗게 변해 버린 초월성의 세계에서 벗어나 지상적인 목표를 보고 싶은 생각에 그 숲 쪽으로 몸을 돌리고는, 지면이 아래로 쑥 들어간 것도 까맣게 모르고 갑자기 활강하기 시작했다. 그러나 온통 흰빛에 눈이 부셔 지형을 식별하는 것이 불가능했다. 아무것도 보이지 않았고, 모든 것이 희미해서 불분명했다. 전혀 뜻밖의 장애물이 그의 앞에 불쑥 모습을 드러내기도 했다. 그는 경사도가 어느 정도인지 눈으로 재보지도 않고 그냥 스키의 활강에 몸을 맡겼다.

그를 끌어당긴 숲은, 그가 뜻하지 않게 빠져 들어간 골짜기의 건너편에 있었다. 부드러운 눈으로 덮인 골짜기의 바닥은 산 쪽으로 급경사를 이루고 있었다. 그는 그쪽 방향으로 조금 더 내려가다가 그 사실을 알아차렸다. 활강해 내려가면서 경사는 더욱 급해졌고, 움푹 파인 절벽 사이의 길처럼 주름이 산속으로 파고들어 간 것 같았다. 활강은 계속되었다. 스키의 주둥이가 다시 위로 향하자, 지면이 오르막길처럼 솟아올랐으며, 금세 측면의 벽은 더 이상 올라가지 않게 되었다. 한스 카스토르프의 정처 없는 방황은 다시 넓게 펼쳐진 산허리에서 하늘을 향해 계속되었다.

한스 카스토르프는 측면으로 뒤쪽과 아래쪽에 침엽수 숲이 보이자, 그쪽으로 몸을 돌리고 재빠르게 내려가 눈에 뒤덮인 전나무 숲에 도착했다. V자 편대로 가지런히 나 있는 전나무들은 안개에 싸인 가파른 숲의 심부름꾼처럼, 나무가 없는 지역으로 쭉 뻗어 나가 있었다. 한스 카스토르프는 전나무 아래에서 담배를 물고 휴식을 취했지만, 주위의 깊은 정적과 혼자만의 모험적인 고독으로 인해 뭔지 모를 답답한 마음과 긴장감, 불안감을 계속해서 느꼈다. 하지만 이러한 고독을 정복한 것에 자부심을 느꼈고, 이러한 환경을 누릴 자격이 있다는 생각에 용기가 생기기도 했다.

오후 3시였다. 점심 식사를 마치자마자 그는 요양원을 향해 출발했다. 요양원에서의 정오 안정 요양 시간 일부와 오후의 차 마시는 시간을 빼먹고 어두워지기 전에 되돌아가기 위해서였다. 돌아갈 때까지의 몇 시간 동안 온 사방을 마구 돌아다닐 수 있다고 생각하니 마음이 뿌듯했다. 그의 승마 바지 주머니에는 초콜릿이 몇 개 들어 있었고, 조끼 주머니에는 작은 포도주병이 들어 있었다.

짙은 안개 때문에 태양의 위치를 거의 알 수가 없었다. 뒤쪽으로, 이쪽에서는 보이지 않았지만, 연봉이 꺾이는 골짜기 입구 부근에 검은 먹구름이 몰려 있었고, 안개도 더욱 짙어져 이쪽으로 몰려오는 것 같았다. 뭔가 긴급한 필요에 응하기 위해 더 많은 눈이 내릴 것 같았고 — 본격적으로 눈보라가 휘몰아칠 것 같았다. 그리고 얼마 안 가 정말로 산허리 위에서 조그만 눈송이들이 소리도 없이 펑펑 내리기 시작했다.

한스 카스토르프는 숲에서 나와 내리는 눈송이를 소매에 받고서, 그것을 아마추어 연구가의 전문적인 눈으로 관찰하기 시작했다. 육안으로는 아무런 형체가 없는 작은 알갱이처럼 보였지만, 한스 카스토르프는 그것을 여러 번 확대 렌즈로 관찰한 적이 있었다. 그래서 그것이 얼마나 우아하고 세밀한 작은 귀중품으로 구성되었는지 잘 알고 있었다. 아무리 훌륭한 보석 세공업자도 이러한 보석, 별 모양의 훈장, 다이아몬드 브로치 형태의 눈송이를 더 다채롭고 더 섬세하게 만들어 낼 수는 없을 것이다 ─ 그렇다, 숲이 무겁도록 짐을 지우고, 산과 골짜기를 뒤덮고 있으며, 그의 스키를 미끄러지게 해주는 이 모든 가볍고 부드러우며 하얀 눈가루는 고향의 바닷가 모래를 연상시키는 것 말고도, 그것과는 다른 특성을 지니고 있었다. 다 알다시피 눈송이를 구성하는 성분은 모래 알갱이가 아니라, 무수한 물방울이 응결하여 갖가지 규칙적인 결정을 이루고 있는 입자였다 ─ 이것은 사실 식물과 인체의 생명 원형질을 부풀게 하기도 하는 무기물 알맹이인 물방울의 입자였다 ─ 그리고 육안으로는 보이지 않고, 신비롭고 작은 보석의 모습을 한 이러한 수많은 마법의 별 꽃들은 어느 하나도 같은 것이 없었다. 항상 하나의 동일한 기본형, 정육각형이 조금씩 다르게 지극히 세밀한 모습으로 무한한 독창성을 발휘하고 있었다. 하지만 이러한 차가운 작품의 어느 하나도 그 자체로는 절대적인 균형과 철저한 규칙성을 보이고 있었다. 그렇다, 이것이 이 꽃의 무시무시한 점, 반(反)유기성, 반생명적인 점이었다. 그것은 너무나 규칙적이었고, 생명을 이루는 유기물이 그렇게까지 질서 정연할 수는 없었으며, 생명은 그러한 엄밀한 정확성에 깜짝 놀랐다. 생명은 그것을 매우 위험한 것이라고 느꼈고, 죽음 그 자체의 비밀을 감추고 있는 것이라고 느꼈다. 그래서 한스 카스토르프는 고대의 신전 건축가가 열주(列柱)를 배열할 때, 왜 의도적으로 슬며시 균형이 약간 틀어지게 했는지 이해할 것 같았다.

그는 스키의 스틱을 짚으며 앞으로 미끄러져 나아갔고, 숲 가장자리의 두꺼운 눈으로 덮인 비탈길을 따라 안개에 싸인 곳으로 내려갔다. 그러고는 다시 올라가고 미끄러지고 하면서 죽음과도 같은 정적의 세계를 계속 정처 없이 유유자 적 돌아다녔다. 이 지대는 초목이 말라붙고 파도처럼 물결치 는 공허한 눈의 평원이었고, 군데군데 잣나무 숲이 거무스름 하게 눈에 띄었으며, 야트막한 언덕이 시야를 가리고 있어, 놀랄 정도로 모래 언덕 풍경과 비슷해 보였다. 한스 카스토 르프는 발길을 멈추고 서서 이러한 유사함에 기뻐하며 만족 스럽게 고개를 끄덕였다. 그는 얼굴이 상기되고, 손발이 가 볍게 떨렸으며, 흥분과 피로가 이상하게 뒤섞여 현기증을 느 꼈다. 하지만 이 모든 것이 신경을 자극하기도 하고, 잠들게 도 하는 원소를 가득 함유한 바닷가의 공기와 너무나 비슷 하고 그것을 은밀하게 상기시켰기 때문에, 이러한 현상도 호 감을 가지고 감수했다. 그는 날개 달린 자유의 몸, 즉 자유로 운 방황을 매우 만족스럽게 생각했다. 그가 앞으로 나아갈 때는 그를 구속하는 길이 없었고, 되돌아갈 때에도 여기까지 왔을 때와 똑같은 길을 취할 필요가 없었다. 처음에는 말뚝 과 꽂아 넣은 막대기가 눈 세계의 도표 역할을 했지만, 곧 그 는 자기를 감시하는 그 도표를 의도적으로 무시하게 되었 다. 그것은 호각을 든 남자를 생각나게 했고, 겨울의 웅장한 황량함에 대한 그의 기분에 적합하지 않았기 때문이다.

한스 카스토르프는 눈 덮인 바위 언덕 사이를 때로는 왼 쪽으로, 때로는 오른쪽으로 방향을 바꾸면서 미끄러져 나갔 다. 언덕 뒤는 비탈이었으나, 그다음에는 평원이 나왔으며,

그 뒤로는 험준한 연봉이 있었다. 연봉의 협곡과 고갯길에는 눈이 수북이 쌓여 있어서, 간단하게 지나갈 수 있다고 그에게 오라고 손짓하는 것 같았다. 그렇다, 멀리 높이 솟아 있는 봉우리들, 항상 새롭게 펼쳐지는 고독이 한스 카스토르프를 마냥 붙잡아 두어, 돌아가는 것이 늦어질 위험을 무릅쓰고 그는 황량한 침묵의 세계로, 으스스한 세계, 즉 아무것도 보증해 주지 않는 세계로 점점 더 깊이 빠져 들어갔다 — 게다가 아직 어두워질 때가 아닌데도 하늘이 회색의 베일처럼 이 일대를 어둡게 드리워 컴컴해지자, 긴장되고 답답하던 그의 마음은 현실적인 공포로 바뀌었다. 이러한 공포를 느꼈을 때, 그는 자기가 지금까지 온 방향을 잊어버리고, 골짜기와 인가가 어느 쪽에 있는지 완전히 방향을 잃고 말았는데, 그리하여 바로 자신이 바라던 완전한 상태에 있다는 걸 알게 되었다. 물론 당장 돌아서서 활강을 계속해 내려가면, 베르크호프에서 좀 떨어진 곳이긴 하지만, 금방 돌아갈 수 있을 거라고 생각하기는 했다. 지금 급히 돌아가면 너무 빨리 도착하게 되어, 시간을 제대로 다 쓰지 못하는 형국이 될 것이다. 반면에 갑자기 눈보라를 만난다면, 돌아가는 길을 한동안 제대로 찾지 못할 것이다. 하지만 그 때문에 빨리 도망치고 싶지는 않았다 — 공포, 원시적인 자연의 힘에 대한 솔직한 공포가 그의 가슴을 답답하게 억눌렀다. 그렇다. 이러한 무모함은 스포츠맨다운 행동이라 할 수 없었다. 왜냐하면 스포츠맨이 자연의 힘을 지배하고 제어할 수 있을 때는 그 힘과 맞서 상대하며 신중하게 행동하지만, 그렇지 않을 때는 깨끗이 굴복하는 것도 보다 현명한 처사라고 할 수 있기 때문이다. 하지만 한스 카스토르프의 마음에 일어난 것, 그것을 단 한 마디로 표현한다면, 바로 도전이었다. 그리고 도전이라는 말에 상응하는 불손한 감정이 솔직하고 크나큰 공포와 연결되어 있다 하더라도 — 또는 그럴 경우 특히 — 그 단어에는 많은 비난이 담겨 있다. 그렇지만 인간적으로 곰곰 생각해 보면 한스 카스토르프처럼 이 위에서 여러 해를 보낸 젊은이, 젊은 사내의 영혼 밑바닥에는 갖가지 감정이 쌓여 있음을 쉽게 짐작할 수 있다. 또는 엔지니어인 한스 카스토르프의 말에 따라 감정이 〈축적되어〉 있어서, 그것이 어느 날 초조하고 격분한 마음에 〈아, 이 무슨!〉이라든지, 〈자, 어디 덤벼 봐!〉와 같은 기분, 요컨대 도전과 사려 깊은 포기의 형식을 취해 폭발하는 것은 인간적인 측면에서 대강 이해할 수 있을 것이다. 그리하여 이제 그는 긴 슬리퍼라고 할 수 있는 스키를 타고 경사면을 미끄러져 내려갔고, 거기에 이어진 산허리를 올라갔다. 산허리에서 조금 떨어진 곳에는 지붕에 돌을 얹어 놓았고, 건초 더미가 쌓인 헛간인지 목동의 오두막인지 알 수 없는 목조 가옥이 한 채 있었다. 그는 산허리에서 가장 가까이 있는 산에 올라갔는데, 그 산의 등성이에는 전나무가 뻣뻣한 털처럼 자라고 있었고, 그 산 뒤에는 높은 봉우리들이 안개 속에 우뚝 솟아 있었다. 그의 눈앞에 펼쳐진 군데군데 나무들이 모여 있는 산비탈은 급경사였지만, 오른쪽으로 완만한 경사면을 비스듬히 반쯤 돌아 뒤로 가면 앞에 무엇이 나올지 알 수 있을 것 같았다. 그래서 한스 카스토르프는 모험을 해보기로 작정하고, 목동의 오두막이 있는 평원에서 방향을 바꾸어, 오른쪽에서 왼쪽으로 떨어지는 상당히 깊숙한 협곡으로 내려갔다.

그러다가 다시 오르막길에 들어섰을 때, 예상했던 대로 눈보라가 무섭게 몰아치기 시작했다 — 즉 오랫동안 위협하고 있던 눈보라였다. 물론 〈위협〉이라는 말을 맹목적이고 무의식적인 자연의 힘에 적용할 수 있다면 말이다. 자연은 우리를 파괴하려고 노리고 있는 것이 아니라 — 이렇게 생각하면 비교적 안심이 되지만 — 눈보라가 우리들의 파멸을 부차적으로 가져온다 하더라도, 무서울 만큼 그런 것에는 상관하지 않는다. 한스 카스토르프는 최초의 돌풍이 눈보라 속에서 불어오며 자신의 얼굴에 부딪치자, 〈왔구나!〉하고 생각하며 멈추어 섰다. 〈이게 미풍이라면 대단한 돌풍이겠군. 뼛속까지 파고들겠는걸.〉 정말이지, 이 바람은 아주 악질적인 것이었다. 사실 영하 20도라는 끔찍한 추위였다. 평소처럼 습기와 바람이 없는 조용한 공기였다면 그렇게 심한 추위라고 느끼지 못하고 온화한 기분이 들었겠지만, 이제 돌풍이 되어 불자마자 칼로 살을 에는 듯했다. 그리고 지금처럼 계속 바람이 분다면 — 처음 부는 바람은 다만 전조에 불과했기 때문이다 — 담요를 일곱 장쯤 덮고 있어도 얼음처럼 차가운 죽음의 공포로부터 자기를 지켜 주지 못할 것 같았다. 그리고 한스 카스토르프는 담요 일곱 장은커녕 겨우 양털 조끼 한 장만 입고 있을 뿐이었다. 보통 때는 그것만으로도 충분했고, 햇볕이 조금만 내리쬐면 그것도 부담스럽기만 했다. 더구나 바람이 뒤쪽에서 약간 비스듬하게 불어왔기 때문에, 뒤로 돌아서서 바람을 정면으로 맞는 것은 그다지 현명할 것 같지 않았다. 이러한 생각이 그의 반항심과 〈뭐, 이것쯤이야!〉라는 생각과 함께 마음속에서 뒤섞여, 용감한 그 젊은이는 여기저기 드문드문 서 있는 전나무 사이를 지나 앞으로 나아가면서, 목표로 삼은 산 뒤로 계속 올라갔다.

그러나 이것은 결코 쉬운 일이 아니었다. 휘몰아치는 눈은 내리는 기색도 없이 소용돌이가 되어 온 사방을 가득 채워서, 한 치 앞도 볼 수 없게 했기 때문이다. 얼음장처럼 차갑게 불어 닥치는 돌풍은 귀가 떨어져 나갈 것 같은 통증을 주었고, 사지를 마비시켰으며, 손의 감각을 빼앗아 스틱을 쥐고 있는지 어떤지 더 이상 느끼지 못하게 했다. 강풍에 눈은 뒤로부터 목 언저리로 들어와 등을 타고 내리며 녹았고, 양 어깨에 쌓였으며, 오른쪽 옆구리에 뒤덮였다. 스틱을 뻣뻣하게 손에 쥐고서, 그는 이러다간 여기서 눈사람이 되어 얼어붙지 않을까 생각했다. 비교적 유리한 상황에서도 이렇게 참기 어려운데, 만약 몸을 돌린다면 더욱 처참한 꼴이 될 것 같았다. 돌아갈 때도 악전고투를 하겠지만, 이젠 돌아가는 것을 더 이상 주저할 수 없는 상황이었다.

한스 카스토르프는 이런 생각이 들자 멈추어 섰고, 화가 난 듯이 어깨를 으쓱하고는 스키를 돌렸다. 바람은 기다렸다는 듯 정면으로 불어와 제대로 숨조차 쉴 수 없었다. 그는 호흡을 가다듬고 각오를 더한층 새롭게 하여 비정한 적에 대항하기 위해, 불편하지만 또 한 번 방향을 바꾸지 않을 수 없었다. 이번에는 머리를 푹 숙이고 조심스럽게 호흡을 조절한 덕택에, 맞바람을 맞으면서도 그럭저럭 앞으로 나아갈 수 있었다 — 쉬운 일이 아닐 거라고 미리 각오는 하고 있었다. 눈앞이 보이지 않고 숨을 쉴 수가 없어서, 앞으로 나아가는 것이 너무 힘들어 자신도 깜짝 놀랐다. 그는 매 순간 계속 멈추어 서지 않을 수 없었다. 첫째로, 강풍을 맞으며 호흡을 조절하기 위해서였고, 둘째로, 머리를 숙이고 눈을 깜박거려도 암흑 속에 흰 눈만 보일 뿐 아무것도 보이지 않았기 때문이었으며, 셋째로, 나무에 부딪히거나 장애물에 걸려 넘어지지 않기 위해서였다. 눈송이들이 얼굴에 마구 날아 들어와 녹아 버렸다. 그래서 얼굴이 꽁꽁 얼어붙었다. 입속으로 날아든 눈송이는 약하게 물맛을 내면서 녹아내렸고, 눈꺼풀로 날아온 눈송이는 달라붙어 경련하듯 눈을 깜빡여야 했으며, 눈속에 들어온 눈송이는 눈동자를 물에 젖게 하여 앞을 바라볼 수 없었다 — 물론 눈을 뜨고 본다 해도 아무 소용이 없었을 것이다. 시야가 두꺼운 베일로 가려져 있는 데다가 흰색 천지에 눈이 부셔서 시각 기능이 거의 정지되었기 때문이다. 억지로 보려고 눈을 부릅뜬다 해도, 눈에 보이는 것이라고는 무(無), 소용돌이치는 하얀 무였다. 그리고 가끔 현상계의 유령 같은 그림자가 떠올라 와 눈잣나무 덤불, 가문비나무 무더기, 아까 지나온 건초 헛간의 희미한 실루엣이 보일 뿐이었다.

한스 카스토르프는 건초 헛간을 뒤로하고, 그 헛간이 있는 산중턱을 지나쳐 돌아가는 길을 찾아보았다. 하지만 길은 나타나지 않았고, 집으로 돌아가는 대략적인 방향을 잡아서 골짜기로 내려간다는 것은 판단력의 문제라기보다는 오히려 요행의 문제였다. 눈에 보이는 것은 자기 손일 뿐, 스키의 앞 끝조차도 보이지 않았기 때문이다. 비록 앞이 잘 보였다 하더라도, 전진하는 것을 힘들게 만드는 방해 요소들은 이 밖에도 얼마든지 있었다. 온통 눈으로 시야가 가려진 것도 그 하나였고, 호흡을 곤란하게 하거나 단절시켜 아예 숨을 들이쉬는 것과 내쉬는 것도 방해하고 또 매 순간 고개를 돌려 헐떡이게 하는 강풍도 그 하나였다 — 한스 카스토르프나 또는 그보다 더 튼튼한 사람이라 하더라도, 이런 상태에서 어떻게 앞으로 나아갈 수 있겠는가 — 그 사람이 누구든, 멈추어 서서 숨을 헐떡이고 눈을 깜빡이며 속눈썹에 묻은 물기를 닦아 내리고, 몸 앞쪽에 달라붙어 쌓인 눈 갑옷을 털어 내렸을 것이다. 그리고 이런 상황에서 전진을 계속한다는 것은 상식 밖의 요구라고 느꼈을 것이다.

그렇지만 한스 카스토르프는 앞으로 나아갔다. 말하자면, 나아갔다기보다 움직였다고 할 수 있다. 하지만 그것이 목적에 합당한 움직임인지, 올바른 방향으로의 움직임인지, 그 자리에 멈추어 있는 것이(하지만 그것도 불가능한 일인 것 같았다) 더 나은 일인지, 그는 여러 가지로 고려했다. 그러나 알 수 없는 일이었고, 이론적인 확률로 볼 때 가능성도 희박했다. 실제로도 얼마 뒤에 한스 카스토르프에게는 무언가 완전히 잘못되어 가고 있다는 예감, 또 자신이 올바른 방향으로 가고 있지 않은 것 같은 예감이 들었다. 다시 말해, 그가 있는 힘을 다하여 협곡에서 다시 올라왔던 평평한 산중턱인데, 그곳을 우선 다시 지나쳐야 할 것 같았다. 평원이 너무 빨리 끝나 버려 이제 다시 오르막길이 되었기 때문이다. 골짜기 입구에서, 남서쪽에서 불어닥친 광포한 강풍에 진로가 옆으로 밀려난 것이 분명했다. 벌써 제법 오랫동안 필사적으로 움직였지만 잘못된 방향으로 갔던 것이다. 회오리치는 흰 암흑에 싸여, 그는 맹목적으로 냉혹하고 위협적인 세계 속으로 더욱 깊숙이 들어갔다.

「아, 큰일 났구나!」 한스 카스토르프는 이를 악물고 외치며 발길을 멈추었다. 언젠가 라다만토스에게서 침윤 부분을 발견당했을 때처럼 일순간 심장이 얼음장처럼 찬 손에 움켜잡힌 듯 경련을 일으키고 오그라들며 늑골 쪽으로 심하게 뛰기 시작했지만, 그는 보다 격한 표현을 쓰지 않고 그저 〈아, 큰일 났구나〉하고 외쳤을 뿐이다. 그도 그럴 것이 격한 표현을 쓰거나 호들갑을 떨 권리가 자신에게 없다는 것을 그도 잘 알고 있었다. 도전한 것은 자기 쪽이며, 온갖 우려스러운 상황도 스스로 초래한 것이었기 때문이다. 〈나쁠 건 없어!〉라고 말은 했지만 얼굴 표정, 얼굴 근육이 굳어져 버려 영혼의 명령대로 되지 않았고, 공포, 분노, 멸시의 어떤 감정도 전혀 표현할 수 없었다. 「이제 어떡하지? 여기서 비스듬히 내려가 계속 곧장 전진하여 바람을 안고 달리는 거야. 물론 말하기는 쉽지만, 실천하기는 어렵겠지.」그는 다시 움직이기 시작하면서, 숨을 헐떡이고 초췌한 표정이었지만 조용히 계속 중얼거렸다. 「그렇지만 무슨 수를 써야 해, 이대로 주저앉아 기다릴 수만은 없지. 그러다간 정육각형의 눈꽃 속에 묻혀 버릴 거야. 세템브리니가 호각을 불면서 나를 찾으러 오면, 나는 여기서 눈 모자를 비스듬히 쓰고 유리알 같은 눈으로 쳐다보며 웅크리고 있을 테니 말이야…….」그는 자신이 혼잣말을, 그것도 좀 이상하게 중얼대고 있음을 알아차렸다. 그래서 그런 자신을 질책했지만 다시 작은 목소리로 중얼거렸다. 비록 입술이 마비되어 사용하는 것을 포기했고, 입술을 써야 발음할 수 있는 자음을 사용하지 않고 말했음에도 불구하고 말이다. 그러자 이전에도 그런 적이 있었던 사육제날의 밤이 기억에 떠올랐다. 「입 닥치고, 여기서 빠져나갈 생각이나 하란 말이야.」이렇게 말하고 덧붙였다. 「헛소리를 하고 있어, 머리가 이상해지는 것 같아. 어떤 의미에서는 좋지 못한 일이야.」

그러나 이곳을 탈출해야 한다는 견지에서 볼 때, 상황이 좋지 않다는 것은 감시의 역할을 맡은 이성이 순수하게 확인한 일이었다. 말하자면, 걱정은 해주지만 일정 부분 이상은 아무 관여도 하지 않는 타인 같은 이성이 확인한 일이었다. 자연에 속한 부분인 그의 육체는 점점 더 심해져 가는 피로와 더불어 그를 손아귀에 넣으려고 하는 혼미한 상태에 몸을 맡기고 싶다는 유혹에 빠져 들어갔지만, 그는 이러한 상태를 자각하고 마음속으로 이를 힐난했다. 〈이것은 산에서 눈보라를 만나 길을 잃고, 돌아갈 길을 알 수 없게 된 인간이 경험하는 일의 종류 중 하나이리라.〉 그는 이렇게 생각하며 힘들게 전진했고, 가쁜 숨을 몰아쉬며 초라한 심정으로 띄엄띄엄 중얼거렸지만, 신중을 기해 좀 더 확실한 말을 입밖에 내는 것은 삼갔다. 〈나중에 이런 경험담을 듣는 사람은 너무나 끔찍한 일이라고 생각하겠지만, 병이 — 내 경우는 어느 정도는 병이라 할 수 있어 — 병에 걸린 사람과 타협해서 살아갈 수 있게끔 조정한다는 것을 잊고 말지. 병에 걸리면 지각의 감퇴, 마비가 주는 은혜, 고통을 완화시켜 주는 자연의 조치가 있는 것이다, 암, 그렇고말고…… 그러나 이것에 대항해서 싸우지 않으면 안 된다. 그런 자연의 조치는 선악의 두 얼굴을 지니고 있고, 지극히 모호하기 때문이야. 이모든 것을 어떻게 평가하느냐 하는 것은 관점에 따라 다르지. 사실 집으로 돌아갈 수 없게 된 사람에게는 호의 내지는 자선 행위이지만, 나처럼 좌우간 집으로 돌아가는 것이 중요한 문제인 경우에, 이것은 아주 악의에 찬 것으로 전력을 다해 극복해야 할 대상이다. 폭풍처럼 쿵쾅거리는 나의 이 심장은 이곳에서 너무나 규칙 바른 눈의 결정체에 묻히고 싶은 생각이 추호도 없다…….〉

사실 그는 벌써 완전히 피로에 지쳐 의식이 몽롱해지기 시작했으며, 혼미하고 열에 들뜬 것 같은 상태로 이러한 의식을 잃지 않으려고 싸우고 있었다. 그래서 그가 평탄한 코스에서 이탈했다는 것을 알았을 때에도 평소 같으면 깜짝 놀랐을 텐데 그러지 않았다. 이번에는 다른 방향으로, 산중턱이 내리막이 된 쪽으로 나온 모양이었다. 맞바람을 비스듬히 받으면서 내려가서였고, 이런 식으로 계속 내려가는 것은 삼가야겠지만 지금 순간으로서는 그것이 가장 편했기 때문이다. 〈상관없지, 뭐〉하고 그는 생각했다. 〈계속 내려가다 보면 방향을 잡을 수 있겠지.〉 그리고 그는 이것을 실행에 옮겼다. 혹은 실행하리라 생각했다. 그것이 옳지 못하다고, 혹은 자신이 그것을 실행했는지 안 했는지에 대해 아무래도 상관없다고 생각하기 시작했다는 것이 더욱 걱정스러운 점이었다. 그리하여 그에게는 의식의 탈락 현상이 일어났고, 기진맥진하며 싸움을 벌였다. 익숙하지 않은 것에 익숙해지는 순응을 보인 손님으로서 한스 카스토르프는, 그에게 늘 친숙한 피로와 흥분이 뒤섞인 상태가 너무 심해져서 의식의 탈락 현상에 대해 분별 있는 태도를 취하기를 바랄 수 없게 되었다. 넋이 빠지고 현기증이 나는 가운데 그는 도취와 흥분으로 몸을 떨었다. 나프타와 세템브리니의 논쟁을 목격한 후의 떨림과 아주 비슷했지만, 그때와는 비교도 안 되게 그 정도가 심했다. 그 때문에 그는, 취한 상태에서 그런 논쟁을 회상함으로써, 의식이 마비되고 탈락하는 현상을 막지 못하는 나태함을 미화하려고 했다 ― 그는 정육각형 눈꽃의 규칙성에 매몰되는 것에 경멸을 느끼고 분개하면서도 다음과 같은 의미의 것을, 혹은 무의미한 것을 헛소리처럼 중얼거렸다. 이 수상쩍은 의식의 저하 현상과 투쟁하는 의무감은 단순한 윤리, 즉 초라한 삶의 시민성이자 비종교적인 속물근성에 불과하다고 말이다. 그래서 그 자리에 누워 쉬고 싶다는 소망과 유혹이 그의 마음속에 스며 들어와 이런 생각을 했다. 마치 사막에서 모래 폭풍을 맞고 있는 것 같다고 말이다. 그럴 때면 아랍인들은 몸을 구부려 얼굴을 숙이고, 모자 달린 외투를 머리까지 푹 뒤집어쓴다고 한다. 물론 그는 어린 아이가 아니라서, 여러 가지 경험담을 통해 어떻게 동사(凍死)하는지를 꽤나 정확히 알고 있었다. 하지만 사실 자신에게는 모자 달린 외투가 없고, 양모 조끼로는 머리까지 푹 뒤집어쓸 수 없다는 점을 그렇게 아랍인 같은 조치를 취할 수 없는 구실로 여겼다.

활강은 꽤 빨리 끝났고 평탄한 곳을 잠시 활주하다가 이제 다시 오르막이 되었는데, 이번에는 꽤 가파른 길이었다. 골짜기로 내려가는 도중에도 오르막길이 한 번은 있었으므로, 꼭 길을 잘못 들었다고 단정할 수도 없었다. 바람에 관해 말하자면, 바람의 방향은 제멋대로 변했다. 그런데 이제 바람이 등 뒤에서 불어왔기 때문에, 한스 카스토르프는 바람 그 자체는 고맙게 생각했다. 강풍이 그로 하여금 몸을 숙이게 했을까, 아니면 어스름한 눈보라가 베일처럼 덮고 있는 눈앞의 부드러운 흰 비탈에 매력을 느껴 그가 그쪽으로 기울어진 것이었을까? 비탈의 유혹에 몸을 내맡기려면 그쪽으로 주저앉기만 하면 되었다. 그래서 유혹은 말할 수 없이 컸다 — 책에 쓰여 있기를, 전형적으로 위험한 상태라는 말 그대로, 유혹은 너무나 컸다. 그러나 그렇게 위험한 것이라 하더라도, 유혹이 주는 생생하고도 현재적인 힘은 조금도 줄어들지 않았다. 그 유혹은 독자적인 권리를 주장했고, 보편적으로 알려진 것 속에 분류되어 그 속에서 재인식되기를 바라지 않고, 자신의 절박함을 일회적이고 비할 바 없는 거라고 설명했다 ─ 물론 그 유혹이 어떤 특정한 방면에서의 속삭임이라는 것은 부정할 수 없었다. 이것은 주름 잡힌, 눈처럼 흰 접시 모양의 장식 옷깃이 달린 스페인식 검은 옷을 입은 어떤 존재의 암시였다. 그것의 이념과 원칙적 관념엔 온갖 음산한 것, 예리하게 예수회적이고 반인간적인 것, 고문하고 때리는 형리의 각종 특성이 결부되어 있어서, 세템브리니 씨는 몸서리를 치며 이 모든 것을 거부했지만, 어찌됐든 그것에 비하면 세템브리니 씨는 손풍금과 이성을 내세우는 그저 우스꽝스러운 존재에 지나지 않았다…….

하지만 한스 카스토르프는 성실하게 계속 싸워 나가며, 비탈에 쓰러져 버리고 싶은 유혹에 저항했다. 무엇 하나 눈앞에 보이지 않았지만, 계속 싸우면서 움직여 나갔다 ─ 올바른 방향인지 틀린 방향인지는 몰라도 아무튼 최선을 다했고, 심한 찬바람에 사지가 점점 무거워지고 얼어붙어 마비되는 것을 막으려 계속 움직여 나갔다. 오르막길의 경사가 너무 심해서, 아무 생각 없이 옆쪽으로 방향을 돌려 한동안 비스듬하게 달렸다. 경련이 일어나 뻣뻣해진 눈꺼풀을 억지로 치켜뜨고 전방을 내다보는 게 쉬운 노릇이 아니었으며, 앞을 보려고 해도 아무 소용이 없다는 것을 실험으로 알았기 때문에, 새삼스럽게 그럴 용기가 나지 않았다. 그래도 가끔씩 무언가가 눈앞에 보였다. 가문비나무가 무더기로 서 있는 모습이 보였고, 눈 덮인 양 기슭 사이에 검은 선을 그어 놓은 듯한 시냇물이나 도랑 같은 것의 모습이 보였다. 기분 전환을 해주려고 그러는지 다시 내리막길이 나오더니, 바람을 정면으로 맞게 되었을 땐, 제법 멀리 떨어진 곳에서 인가의 그림자가 흡사 베일처럼 팔랑거리며 허공에 떠 있는 듯 어렴풋이 보였다.

아, 얼마나 반갑고 위안이 되는 모습인가! 악전고투 속에서도 계속 노력한 결과, 마침내 사람 사는 골짜기가 가까이에 있음을 알려 주는 인가가 나타난 것이었다. 아마 저기에는 사람이 살고 있을 것이다. 어쩌면 저 집 안으로 들어가 안전한 곳에서 눈보라가 그치기를 기다리다가, 그러는 사이에 저녁이 되면 필요한 경우 동행이나 길 안내를 부탁할 수도 있을 것이다. 한스 카스토르프는 황혼 무렵 종종 완전히 모습을 감추어 버리는 환영 같은 그림자를 향해 방향을 잡았지만, 그곳에 도착하려면 바람을 거슬러 죽을힘을 다해 등반을 해야 했다. 그리고 마침내 그곳에 도착해서는 그곳이 잘 아는 오두막, 지붕에 돌을 얹어 놓은 헛간이며, 여러 길을 돌고 돌면서 악전고투를 계속한 끝에 결국 원래 지점에 되돌아온 것을 알고 그는 분개하고 경악하며 현기증을 느꼈다.

이런, 제기랄! 심한 저주의 말이 한스 카스토르프의 얼어붙은 입술에서, 순음이 생략된 채, 새어 나왔다. 그는 방향을 찾기 위해 오두막 주위를 둘러보면서, 자신이 헛간의 뒤쪽에서 다시 헛간으로 돌아왔고 — 자신의 추산에 따르면 — 꼬박 한 시간을 완전히 아무 소용 없는 가소로운 노력을 했다는 것을 알아차렸다. 그러나 이것도 책에 쓰여 있는 그대로 일이 진행된 셈이었다. 제 딴에는 계속 올바른 방향으로 가고 있는 줄 알았지만, 사실은 같은 곳을 빙빙 돌면서 죽도록 고생만 한 셈이었고, 결국 번거로운 1년이라는 시간의 순환처럼 다시 제자리로 되돌아오는 저 커다랗고 어리석은 호(弧)를 그리고 만 것이었다. 사람은 이렇게 빙빙 돌며 헤매다가 결국 집으로 돌아가는 길을 잃고 마는 법이었다. 한스 카스토르프는 말로만 듣던 이러한 현상을 확인했다는 것에 모종의 만족감을 느꼈다. 비록 끔찍한 느낌도 들었지만 말이다. 이러한 보편적인 일이 자신의 특수하고 개인적인 현실에 그대로 정확하게 일어났기 때문에, 그는 놀라고 분해서 자신의 허벅지를 내리쳤다.

이 고립된 헛간은 문이 잠겨 있어 어디서도 안으로 들어갈 수 없었다. 그래도 한스 카스토르프는 잠시 이곳에 머무르기로 했다. 앞으로 뻗어 나온 차양이 있어 아쉬운 대로 도움을 받을 수 있겠다는 생각이 들어서였다. 헛간 그 자체도 한스 카스토르프가 찾아간 쪽은 산을 등지고 있어 통나무를 쌓아올린 벽에 어깨를 기대고 있으면 정말로 어느 정도 눈보라를 피할 수 있었다. 사실 벽에 등을 기대고 싶었지만, 그것은 긴 스키가 방해가 되어 뜻대로 되지 않았기 때문이다. 지팡이를 옆에 있는 눈 속에 꽂아 놓고 두 손은 호주머니에 넣고 양털 조끼의 옷깃을 세운 채, 바깥쪽 다리에 몸을 의지해 비스듬히 기대어 서서, 두 눈을 감고 현기증 나는 머리를 두꺼운 널빤지 벽에 기대었다. 그리고 이따금씩 어깨 너머로 골짜기 저편의 절벽이 베일 속에서 가끔 희미하게 모습을 드러내는 것을 눈을 깜박이며 바라보았다.

그 자세는 비교적 편했다. 〈이 정도라면 유사시 아침까지라도 서 있을 수 있겠어〉 하고 그는 생각했다. 〈버팀목을 가끔 한 다리씩 바꾸고, 말하자면 몸의 체중을 다른 쪽 다리로 옮기고, 그러는 사이에 당연히 몸을 좀 움직인다면 말이야.

움직이는 것은 꼭 필요해. 몸의 바깥은 얼어붙어 있더라도, 몸을 움직일 때 몸속에는 열이 쌓이니까. 비록 헛간에서 헛간으로 되돌아오긴 했지만, 소풍이라 할 수 있는 이러한 움직임이 완전히 무익한 것은 아니야. 《되돌아온다》는 말은 무슨 뜻인가? 이 표현은 나에게 일어난 일에 대해 보통 때는 쓰지 않는 말이지. 그런데 지금 내 머릿속이 그렇게 맑지 못해서 아무렇게나 정신없이 썼는데, 쓰고 보니 나름대로 지금 나의 상황에 알맞은 말 같다……. 아무튼 여기서 이렇게 견딜 수 있게 되었다는 것은 참 고마운 일이다. 왜냐하면 밤중에 《되돌아오는 것》, 즉《빙빙 돌아다니는 것》은 눈보라 속과 마찬가지로 위험천만한 일이니까……. 지금쯤 저녁나절이 되었을 텐데. 대략 6시쯤 되었겠지 ─ 빙빙 돌아다니는 데 그렇게 시간을 허비했으니. 대체 지금 몇 시나 되었을까?〉 그래서 그는, 비록 추위에 무뎌진 손가락으로 호주머니를 뒤져 시계를 꺼내기가 무척 어려웠지만, 자기 이름의 첫 글자를 새긴 용수철 달린 뚜껑의 금시계를 꺼내어 들여다보았다. 그 시계는, 자신의 심장, 감동적인 인간의 심장이 흉곽의 유기적인 체온 속에서 움직이고 있는 것처럼, 여기 황량한 눈보라 속에서도 충실하게 똑딱거리며 움직이고 있었다…….

4시 반이었다. 제기랄, 어찌된 걸까, 눈보라가 치기 시작한 때가 거의 그쯤이었는데. 그렇다면 길을 잃고 헤매면서 빙빙 도는 데 걸린 시간이 고작 15분도 안 되었다는 말인가? 〈시간이 나에게는 천천히 흘렀나 보다〉 하고 그는 생각했다. 〈빙빙 도는 것은 무척 지루했던 모양이야. 하지만 5시나 5시 반이면 본격적으로 어두워지고, 그 후에는 쭉 어두운 상태로 머물러 있을 것이다. 그때까지 눈보라가 멈출까? 다시 출발한다고 빙빙 돌지 않을 수 있을까? 그러기 위해서는 포도주를 한 모금 마시고 기운을 내는 것이 좋겠는걸.〉

한스 카스토르프가 이 도수 낮은 포도주를 가지고 온 것은, 베르크호프에서 소풍 나가는 사람들을 위해 그 납작한 병을 준비해 놓고 팔았기 때문이지만, 그렇다고 이것이 허락도 없이 눈보라와 추위를 맞으며 산속에서 헤매다가 이런 상황에서 밤을 기다리며 마시라고 판매하는 것은 결코 아니었다. 그의 몸 상태가 이렇게 바닥이 아니었다면, 그가 베르크호프로 돌아간다는 관점에서 이 포도주는 가장 삼가야 할 음료라고 스스로에게 말해야 했을 것이다. 몇 모금 마시자, 그가 이 위에 온 첫날 밤에 쿨름바흐산 맥주를 마셨을 때와 똑같은 효과가 즉각 나타나서, 그런 사실을 스스로에게 말하기도 했다. 그때 그는 생선 소스나 그와 비슷한 말을 아무렇게나 내뱉는 바람에 세템브리니, 교육자인 로도비코 세템브리니 씨의 기분을 상하게 했었다. 심지어, 제멋대로 행동하는 미치광이에게 엄한 눈초리를 보내 제정신으로 되돌렸다는 세템브리니 씨의 듣기 좋은 호각 소리가 지금도 공중에서 한스 카스토르프에게 들려오는 것 같았다. 그 소리는 이 언변 좋은 교육자가 애 먹이는 제자, 인생의 걱정거리 자식을 위험한 상황에서 건져 내어 집으로 데려가려고 성큼성큼 다가오는 신호처럼 들렸다…… 물론 이것은 완전한 난센스로, 그가 잘못 마신 쿨름바흐산 맥주 때문에 생겨난 일이었다. 왜냐하면, 첫째로 세템브리니에게는 호각이 없었을뿐더러, 가지고 있는 것이라곤 자신의 손풍금밖에 없었고, 자기의 한쪽 의족(義足)으로 보도에 서서 손풍금을 능숙하게 타며 인문주의자다운 눈길을 집집마다 보냈기 때문이다. 둘째로 그는 이미 베르크호프에 살지 않고 재단사 루카체크 집에서 비단 깔린 나프타 방의 위층, 즉 물병이 놓여 있는 창고 같은 방에서 살고 있었으므로, 이 위에서 무슨 일이 일어났는지 아무것도 모르고 그것을 알아차리지도 못했기 때문이다 — 게다가 언젠가 사육제날 밤에 한스 카스토르프가 병든 클라브디아 쇼샤 부인에게, 아니 프리비슬라프 히페에게 그의 연필을 되돌려 주면서 무모하고 위험한 상태에 있었던 것과 같이, 이번에도 세템브리니는 그에게 간섭할 권리와 가능성이 전혀 없었다……. 〈상태〉라니? 말이 나왔으니 하는 말이지만, 〈상태〉란 말은 어떤 의미인가? 어떤 상태에 처해 있기 위해서 그는 서 있지 않고 누워 있어야 했다. 즉 〈상태〉라는 말과 〈눕는다〉라는 말의 어원이 같으므로, 이 말이 단순히 은유적인 의미를 갖지 않고 제대로 된 정식 의미를 갖기 위해서는 누워 있어야 했다는 말이다. 수평 상태야말로 이 위에 여러 해 체류하고 있는 자들에게 어울리는 상태였다. 그는 눈이 오는 추운 날에도 낮이나 밤이나 옥외에서 누워 있는 것에 익숙해져 있지 않았던가? 한스 카스토르프는 이렇게 생각하고 그대로 주저앉으려 했으나, 〈상태〉에 관한 자신의 쓸데없는 생각도 쿨름바흐산 맥주 탓이고, 또 책에 쓰인 대로 누워 자고 싶다는 전형적으로 위험한 비개인적 욕망에서 생긴 것인데, 그 욕망이 궤변과 달콤한 말로 자신을 속이려 한다는 것을 깨닫고 정신이 번쩍 들어, 말하자면 누군가 그의 멱살을 잡고 일으켜 세우는 것 같아서 주저앉지 않았다.

〈실수를 저질렀구나.〉 그는 깨달았다. 〈포도주는 좋지 않앉어. 몇 모금밖에 마시지 않았는데도 머리가 무겁고 턱이 가슴에 닿는 것 같아. 생각하는 것도 흐릿하고, 얼빠진 농담 같아서 함부로 신용할 수가 없다 — 처음에 머리에 떠오른 원래 생각뿐만 아니라, 그 생각에 대해 비판적 입장을 취한 두 번째 생각도 믿을 수 없다는 것, 그것이 불행한 일이다. 《그의 연필이라고!》 아니다. 이 경우에는 《그녀》의 연필이라고 해야지, 그의 연필이라고 해서는 안 된다. 그리고 《연필》이라는 말이 남성 명사이기 때문에 《그의》라고 말한 것일 뿐, 그 밖의 것은 모두 농담이다. 대체 그런 것에 내가 이렇게 정신을 빼앗기고 있다니! 이보다 훨씬 더 절실한 문제가 있는데. 예를 들어, 나의 몸을 지탱하고 있는 왼쪽 다리가 세템브리니의 손풍금을 지탱하는 나무로 된 의족을 생각나게 하는 것 같은 것 말이다. 그는 항상 무릎으로 밀고서 보도 위를 전진하며, 창 밑으로 다가가서 아가씨들에게 동전 몇 닢을 던져 달라고 벨벳 모자를 내밀고 있지. 그런데 나는 무언가 눈에 보이지 않는 것에 양손으로 이끌리는 것처럼 눈 속에 누워 버릴 것만 같다. 그것을 막으려면 몸을 움직여야 해. 쿨름바흐산 맥주를 마신 벌로, 그리고 나무다리처럼 뻣뻣하게 굳어 버린 이 다리를 부드럽게 하기 위해서라도 몸을 움직여야 한다.》

한스 카스토르프는 기대어 있던 어깨를 움직여 벽에서 몸을 뗐다. 그러나 헛간에서 벗어나 한 걸음 옮기는 순간, 바람이 낫처럼 그에게 휘몰아쳐 그를 보호해 주던 벽 쪽으로 되돌려 보냈다. 처마 밑이 유일한 피난처임은 의심의 여지가 없었고, 그는 한동안 그곳에 가만히 있는 수밖에 없었다. 그래도 기분 전환을 위해 왼쪽 어깨를 벽에 기대고 오른쪽 다리로 몸을 지탱하고서, 왼쪽 다리를 조금 흔들어 발이 저리지 않게 할 수는 있었다. 〈이런 날씨엔 집에 가만히 있어야해〉 하고 그는 생각했다. 가벼운 기분 전환은 괜찮지만, 모험을 하거나 돌풍에 싸움을 거는 일은 금물이다. 아무튼 머리가 너무 무거우니까 잠자코 머리를 숙이고 있자. 아, 이 통나무 벽이 참 고맙다. 어딘지 모르게 온기가 나오는 것 같아. 이런 상태에서 온기라는 말을 할 수 있다면. 목재에 깃든 특유의 그윽한 온기가 전해져 오는 것 같다. 물론 주관적인 기분상의 문제겠지만……. 아, 저 많은 나무들! 아, 저 살아 있는 것들의 생기 있는 숨결! 얼마나 그윽한 향기인가……!

그의 눈 아래에는 녹색의 활엽수가 울창하게 자란 널찍한 공원이 펼쳐져 있었는데, 마치 발코니에서 내려다보는 것 같았다. 느릅나무, 플라타너스, 너도밤나무, 단풍나무, 자작나무 등 넓적하고 신선하며 희미하게 빛을 내는 잎사귀들의 색조가 약간씩 달리 보이게 층을 이루고 있었고, 나무 꼭대기에서는 나뭇가지 스치는 소리가 부드럽게 났다. 나무의 향기를 실은 상쾌하고 습한 미풍이 불었다. 따스한 소낙비가 한줄기 지나가, 빗방울이 햇빛에 반사되어 반짝거리며 빛났다. 멀리 저 상공까지 공기가 밝은 안개비로 반짝이고 있었다. 이 얼마나 아름다운 광경인가! 아, 오랫동안 접하지 못한 고향의 숨결, 평지의 향기와 충만함! 하늘에는 새도 한 마리 보이지 않는데, 공기 중에는 새소리가 가득했다. 귀엽고 애잔하며 감미로운 피리 같은 소리와, 지저귀고 구구 대며 푸드득거리고 흐느끼는 소리가 넘쳐흘렀다. 한스 카스토르프는 감사한 마음으로 그 공기를 깊이 들이마시고 미소 지었다. 하지만 그러는 사이에 모든 것이 더욱 아름답게 변해 갔다.

옆으로 무지개가 풍경 위에 걸려, 완연하고 선명하게 호를 그리고 있었다. 녹색으로 반짝이는 울창한 숲에 기름처럼 잔뜩 흘러 들어간 일곱 빛깔 무지개는 그지없이 순수하고 장엄하게, 영롱한 빛을 발하며 촉촉이 걸려 있었다. 이것은 말 그대로 음악 소리, 플루트와 바이올린 소리가 섞인 하프 소리 같았다. 특히 푸른색과 보라색이 멋지게 돋보이는 아름다운 모습으로 흐르고 있었다. 모든 것이 그 빛깔 속에 마법처럼 녹아 들어가 변화하고, 새로이 나타나고, 순간순간 점점 더 아름다움을 더해 갔다. 몇 년 전, 세계적으로 유명한 성악가의 노래를 들었을 때와 같은 느낌이었다. 그때 이탈리아 테너 가수의 목에서 흘러나온 경이로운 예술의 힘이 청중의 가슴을 울렸다. 성악가는 계속 아름다운 고음으로 노래를 불렀다. 그 열정적이고 아름다운 음성은 매 순간 꽃봉오리처럼 점점 부풀어 오르면서 조금씩 열렸고, 점점 더 찬란한 빛을 발하며 더욱 맑게 울렸다. 그 전까지는 아무도 알아차리지 못한 베일이 말하자면 한 장 그리고 또 한 장 그 높은 음에서 벗겨지고 — 이로써 마지막 가장 순수한 광채에 이르렀다고 생각하고 있는 사이에, 가장 바깥쪽의 가장 순수한 빛을 드러내는 마지막 베일, 설마 하고 생각한 마지막 베일까지도 벗겨져 광채와 눈물에 번쩍이는 장엄함이 넘쳐흘렀다. 그러자 청중은 거의 항의하듯이 환희의 신음 소리를 뱉어 냈고, 한스 카스토르프 청년도 흐느껴 울먹일 정도가 되었다. 지금 눈앞에서 변화하고, 광채를 더해 가며 열리고 있는 풍경도 이와 똑같았다. 푸른빛이 사방에 떠오르고 있었다……. 빛나는 안개비의 베일이 벗겨지고 바다가 나타났다 — 바다, 그것은 남쪽 바다였다. 은빛으로 빛나는 깊은 쪽빛의 바다, 찬란하게 아름다운 바다였다. 해안에서 먼 바다 쪽은 안개가 피어오르고, 육지 쪽은 멀어질수록 점점 푸름이 옅어지는 산맥에 넓게 둘러싸여 있었다. 그 사이에 점점이 떠 있는 섬에는 야자나무가 높이 솟아 있거나, 측백나무 숲 속에 작고 하얀 집들이 반짝이고 있는 것이 보였다. 아, 이제 그만, 이걸로도 너무 과분할 정도야, 이 얼마나 좋은 빛의 축복이며, 더없이 순수하고 화창한 하늘의 축복이며, 신선한 바닷물의 축복인가! 한스 카스토르프는 세상에 태어나 이와 같은 모습을 한 번도 본 적이 없었다. 정말 본 적이 없었다. 방학 때도 남쪽으로는 거의 여행을 가지 않았고, 북쪽의 거친 담청색 바다만을 알고 있을 뿐이었다. 그런 바다에 소년다운 아련한 감정만을 지니고 있었을 뿐, 지중해, 나폴리, 시칠리아, 그리스를 방문한 적은 한 번도 없었다. 그런데도 그는 기억에 떠오르는 것이었다. 그렇다, 그것은 특이하게도 재회의 기쁨이었다. 그는 그 기쁨을 만끽하고 있었다. 〈아, 그래, 이것이구나!〉 그의 마음속에서 외침이 일어났다 — 마치 자기 눈앞에 펼쳐져 있는 푸른 바다의 환희를 자기 자신에게도 감춘 채, 이전부터 남몰래 가슴속에 품고 있던 것 같은 느낌이었다. 그리고 이 〈이전〉은 연보랏빛 하늘이 드리운 왼쪽의 먼 바다처럼 까마득히 멀고 먼 시절이었다.

수평선은 높이 떠 있었고, 먼 곳은 더욱 높이 있는 것처럼 보였는데, 이는 한스 카스토르프가 약간 높은 곳에서 내해(內海)를 내려다보고 있었기 때문이다. 주위의 산들은, 바다 쪽으로 돌출한 육지처럼 울창한 숲에 싸여 바다 쪽으로 튀어나와 있었고, 눈앞에 바라보이는 중간 지점에서 그가 앉아 있는 곳까지, 그리고 더 뒤쪽으로 반원을 이루며 이어져 있었다. 그가 햇볕에 달구어진 돌계단 위에 웅크리고 앉은 곳은 앞산이 바다에 접한 바닷가였다. 그의 눈앞에는 이끼 낀 돌계단이 층층이 평평한 해안까지 이어져 있었고, 해변을 따라 군데군데 덤불이 있었다. 해안에는 갈대 사이로 자갈이 푸른빛을 띤 만이자, 작은 항구이며, 내해를 이루고 있었다. 그리고 이 양지바른 지역, 접근하기 쉬운 해변의 언덕, 바위로 이루어진 밝은 분지, 배들이 오가는 섬까지의 바다, 어디에나 사람들로 붐비고 있었다. 사람들, 즉 태양과 바다의 자식들, 보기에도 즐겁고 총명하고 명랑한 멋진 젊은이들이 여기저기 어디에서나 활발하게 움직이고 또 쉬고 있었다 ─ 그런 젊은이들을 바라보자 한스 카스토르프의 가슴은 넓게 트였으며, 사랑으로 가득 차서 억누를 수 없을 만큼 부풀어 올랐다.

젊은이들은 말을 몰며 달리고 있었는데, 힝힝거리고 머리를 흔들며 달리는 말의 고삐를 쥐고 나란히 달렸으며, 뒷발로 버둥거리는 말의 긴 고삐를 잡아당기기도 했다. 또는 안장 없는 말에 올라타 맨발의 발꿈치로 옆구리를 걷어차기도 하면서 바닷속으로 들어가기도 했다. 그럴 때면 젊은이들의 근육은 햇빛에 그을려 금빛 갈색이 된 피부 아래서 꿈틀거렸고, 이들이 서로 나누거나 말에게 외치는 소리는 무슨 이유에서인지 사람의 마음을 매혹시키는 울림을 지니고 있었다. 산간 호수처럼 해안을 비추고 있는, 육지로 깊숙이 들어온 만에서는 몇몇 소녀들이 춤을 추고 있었다. 그중 한 소녀는 뒷머리를 높이 매듭지어 묶었는데, 그 모습이 특히 사랑스러웠다. 어느 소녀는 땅이 움푹 파인 곳에 두 다리를 넣고 앉아, 피리를 불면서, 피리의 구멍을 여닫느라 부지런히 움직이는 손가락 너머로, 춤추고 있는 소녀들을 바라보고 있었다. 춤추는 소녀들은 길고 헐렁한 옷차림으로 각기 미소 지으며 두 팔을 벌리기도 하고, 짝을 이루어 볼을 사랑스럽게 서로 비비기도 하면서 스텝을 밟고 있었다. 피리를 불고 있는 소녀는 두 팔을 뻗고 있어서 희고 날씬하며 우아한 등이 옆으로 굽은 것 같았고, 그 소녀 뒤에도 다른 소녀들이 있었다. 그 소녀들은 앉아 있기도 하고, 서서 껴안기도 하고, 조용히 대화를 나누기도 하면서 춤추는 소녀들을 지켜보았다. 좀 떨어진 곳에서는 젊은 사내들이 활쏘기 연습을 하고 있었다. 나이가 좀 많은 청년들이 아직 미숙한 곱슬머리 소년들에게 활시위를 당기는 법과 활을 재는 법을 가르쳐 주면서 이들과 함께 과녁을 겨냥하기도 하고, 화살을 쏜 후의 반동으로 휘청하고 비틀거리는 소년들을 웃으면서 잡아 주는 광경은 정말 보기에 행복하고 정겨운 광경이었다. 낚시를 하는 젊은이들도 있었다. 이들은 해안의 평평한 곳에 배를 깔고 엎드려 한쪽 다리를 흔들거리면서, 낚싯줄을 바닷물에 드리운 채, 옆에 있는 젊은이에게로 얼굴을 돌리고 여유롭게 이야기를 나누고 있었다. 그 친구는 경사진 자리에 앉아 상체를 쭉 펴고 힘껏 미끼를 내던지고 있었다. 또 다른 젊은이들은 돛대와 활대가 있는, 뱃전이 높은 배를 바다에 띄우기 위해, 배를 끌어당기고 밀거나 떠받치느라 분주했다. 어린아이들은 방파제 사이에서 환호성을 지르며 놀고 있었다. 젊은 여자 한 명이 다리를 쭉 뻗고 배를 깔고 엎드려 위를 쳐다보고 있었다. 그녀의 머리맡에는 키 큰 젊은이가 두 팔을 뻗어 그녀에게 과일을 줄까 말까 놀리며 망설이고 있었다. 그래서 그녀는 한 손은 잎사귀가 달린 과일을 달라며 허공에 내뻗고 있었고, 또 한 손은 흘러내리는 옷을 젖가슴 사이로 끌어 올리고 있었다. 바위의 움푹 들어간 틈새에 기대어 앉은 젊은이도 있었고, 두 손을 어깨에 얹고 발끝으로 서서 물이 차가운지 시험해 보면서 물가에서 머뭇거리는 젊은이도 있었다. 젊은 남녀 여러 쌍이 해변을 따라 거닐고 있었는데, 어떤 청년은 한 소녀를 친절하게 이끌어 가며 소녀의 귀 가까이 입을 대고 뭔가를 속삭이고 있었다. 털이 탐스럽게 텁수룩한 산양들이 평평한 바위 위를 이리저리 뛰놀고 있었고, 산양을 감시하는 목동은 챙이 뒤로 올라간 작은 모자를 갈색 고수머리 위에 쓰고, 한쪽 손은 허리에 대고, 다른 손엔 기다란 막대기를 짚어 몸을 지탱한 채 높은 곳에 서 있었다.

〈정말 매력적이구나!〉한스 카스토르프는 감격했다. 〈정말 즐겁고 마음을 사로잡는 광경이다! 얼마나 귀엽고, 건강하며, 현명하고, 행복한 젊은이들인가! 그래, 이들은 외적 모습뿐만 아니라 — 내적으로도 총명하고 사랑스럽기 그지없다. 저것이 나를 이토록 감동하게 하고 매혹한다. 바로 정신과 의식이라고 말하고 싶다. 그것이 이들 본성의 밑바닥에 깔려 있으며, 이들은 그런 총명하고 사랑스러운 본성을 지닌 채 함께 어울리며 살아가는 것이다!〉그가 이렇게 생각한 것은, 태양의 자식들은 굉장히 상냥하고, 누구에게나 똑같이 예의 바르게 배려하면서 서로 어울려 지낸다고 느꼈기 때문이다. 그것은 바로 이들의 미소 아래에 숨어 있는 가벼운 존경심이었다. 눈에 잘 띄지는 않지만, 모든 사람의 마음속에 뚜렷이 자리 잡은 의식과 뿌리 깊이 박힌 이념의 힘으로 이들은 어디서나 서로에게 존경을 표하고 있었던 것이다. 심지어 품위와 엄격함마저도 보다 밝은 것 속에 완전히 용해되어, 어둠이 없는 진지함, 총명한 경건함의 비길 데 없는 정신적 형태로 이들의 모든 행동을 규정하고 있었다 — 비록 의식적인 느낌을 주는 요소가 남아 있기는 했지만 말이다. 왜냐하면 저쪽 둥글고 이끼 낀 바위 위에 갈색 옷을 입은 한 젊은 어머니가 앉아서, 한쪽 어깨를 낮추고 가슴을 풀어 헤쳐 아기에게 젖을 물리고 있었기 때문이다. 그리고 그녀 옆을 지나가는 사람들은 모두 독특한 방식으로 그녀에게 인사하는 것이었다. 그 방식에는 태양의 자식들의 일반적인 행동에 감추어져 있는 모든 특징이 집약되어 있었다. 즉 젊은이들은 그 어머니 쪽을 향해 재빨리 의례적으로 두 팔을 가슴 위에 가볍게 포개고, 미소 지으며 머리를 숙이고 지나갔고, 소녀들은 참배객들이 높은 제단을 지나갈 때 몸을 살짝 굽히듯이, 확실하게 그렇다고는 느끼지 못하게, 무릎을 굽히는 시늉을 하며 지나갔다. 그러나 이들은 이와 동시에 활기차고 명랑하게 진심으로 그 어머니를 향해 여러 번 머리를 가볍게 끄덕였다. 그리고 어머니는 집게손가락으로 젖가슴을 눌러 아기가 젖을 빨기 쉽게 하면서, 젖먹이에게서 눈을 떼고 위를 쳐다보며, 존경을 표하는 젊은이들에게 미소로 답례했다. 그 유연하고 온화한 태도는, 젊은이들의 의례적인 공손함과 명랑한 친절성이 섞인 태도와 더불어 한스 카스토르프의 마음을 황홀하게 했다. 그는 이 광경을 계속 지켜보면서도 전혀 싫증을 느끼지 않았다. 그렇지만 자신이 이런 광경을 보고 있는 것이 허용되는 것인지, 스스로 생각해도 저급하고 보기 흉하며 볼품없는 장화를 신고 있는 국외자인 자신이 이러한 태양의 자식들의 예의 바르고 행복한 모습을 엿보는 것이 천벌 받을 일은 아닌지, 이런 물음을 던지며 가슴이 죄어

드는 것만 같았다.

그건 그렇게 걱정하지 않아도 좋을 듯싶었다. 숱 많은 머리칼을 옆으로 가르고 그것이 이마 위에서 차양을 이루며 관자놀이에 드리워진 잘생긴 소년 하나가 두 팔을 가슴에 포개고 친구들 무리에서 빠져나와서는, 바로 한스 카스토르프가 앉아 있는 바위 아래로 걸어와 멈추었다. 소년에게서는 슬프다거나 반항적인 표정은 읽을 수 없었고, 다만 일행에서 따로 떨어진 느낌이었다. 그런데 이 소년이 시선을 위로 돌리고 한스 카스토르프를 바라보고 있었다. 그 소년은 태양의 자식들을 엿보고 있는 정탐꾼 한스 카스토르프와 바닷가의 광경을 번갈아 가며 지켜보았다. 그러다가 갑자기 눈길이 한스 카스토르프의 어깨 너머로 저 멀리 뒤쪽을 향하는 것이었다. 그 순간 소년의 멋지고, 윤곽이 뚜렷하며, 앳돼 보이던 얼굴에서, 태양의 자식들 모두에게 공통적으로 보이는 예의 바르게 서로를 배려하는 그 미소가 사라져 버렸다 — 그렇다, 눈썹을 찌푸리지는 않았으나, 그의 표정에는 목석 같은 진지함, 이유를 알 수 없는 무표정, 죽음과 같은 싸늘함이 나타나 있었다. 겨우 마음을 진정한 한스 카스토르프는 그 때문에 소스라치게 놀랐지만, 그 표정의 의미에 대해서는 막연하나마 예측할 수 없는 것도 아니었다.

한스 카스토르프도 뒤를 돌아보았……. 그의 뒤에는 원통 모양의 석재를 쌓아 올린 거대한 돌기둥들이 받침대도 없이 높이 솟아 있었고, 석재의 이음매에는 이끼가 끼어 있었다 — 그것은 신전의 문기둥들이었다. 그는 성문 중앙의 탁트인 돌계단 위에 앉아 있었던 것이다. 그는 무거운 마음으로 일어서서 돌계단을 옆으로 내려가 성문 안으로 깊숙이 들어갔다. 포석이 깔린 길을 걸어가니 얼마 안 가 새로운 열주 문이 나왔으며, 그는 그곳도 통과해 지나쳤다. 그리고 이제 그의 앞에는 풍화 작용으로 녹회색을 띤 웅장한 신전이 나 타났다. 계단이 급경사를 이루고, 정면이 넓은 신전이었다. 정면을 받치고 있는 돌기둥은 힘차고 땅딸막했으며, 위로 올라갈수록 가늘어졌다. 가끔씩 세로로 홈이 파인 원통형의 석재 몇 개는 이음매에서 빗나가 대열에서 옆으로 삐져나와 있었다. 그는 점점 더 가슴이 터질 듯이 조여 와 두 손을 사용하기도 하고 숨을 헐떡이기도 하면서, 간신히 높은 계단을 엉금엉금 올라가 열주가 늘어선 홀에 들어섰다. 그 홀은 너무 깊었다. 그래서 그는 의도적으로 중앙을 피했고 또 피하려고 노력하면서, 담청색 해변의 너도밤나무 숲 속 나무줄기 사이를 거닐듯 홀 안을 이리저리 거닐었다. 하지만 다시 중앙으로 되돌아와 어떤 석상이 있는 것을 발견했는데, 그곳은 열주가 좌우로 갈라지는 곳이었다. 대좌에 세워진 두 여인의 석상은 어머니와 딸인 것 같았다. 한 석상은 앉아 있었는데, 나이가 좀 더 들어 보이고, 좀 더 위엄이 있고, 무척 자비로우며 신과 같은 모습이었지만, 눈동자가 없는 공허한 눈은 탄식하는 듯이 눈살을 찌푸리고 있었으며, 주름이 많은 속옷과 저고리를 입고 물결치는 머리칼을 베일로 덮고 있었다. 다른 한 석상은 처녀다운 포동포동한 얼굴을 하고 어머니에게 안긴 채 서서, 손과 팔을 자신의 옷 주름 속에 집어넣어 숨기고 있었다.

한스 카스토르프는 그 입상을 보고 있는 동안, 막연하나마 마음이 왠지 더욱 무거워졌고, 불안하고 불길한 예감이 들었다. 그에게는 그럴 용기가 차마 없었지만 어쩔 수 없이 강요당하듯, 입상 주위를 돌아 그 뒤로 가서 두 줄로 늘어선 둥근 기둥 사이를 빠져나갔는데, 신전의 신각 문이 열려 있었다. 그 속을 들여다본 불쌍한 한스 카스토르프는 깜짝 놀라, 몸이 뻣뻣해져 금방이라도 쓰러질 것 같았다. 신각 안에서는 흰 머리칼을 풀어 헤치고 보기 흉한 젖가슴과 손가락만 한 젖꼭지를 드러낸 반나체 차림의 두 노파가, 불이 훨훨 타오르는 화로 사이에서 잔인하고 소름끼치는 일을 하고 있었다. 두 노파는 극도로 차분하게 커다란 쟁반에다 어린아이를 손으로 갈기갈기 찢어서 — 한스 카스토르프는 부드러운 금발이 피로 더럽혀지는 것을 보았다 — 살점을 뜯어 먹고 있었으며, 연한 뼈가 노파들의 입속에서 오독오독 소리를 내며 부서지고, 핏방울이 이들의 흉물스러운 입술에서 뚝뚝 떨어졌다. 피가 얼어붙는 것 같은 공포에 한스 카스토르프는 꼼짝할 수 없었다. 두 손으로 눈을 가리려고 했지만 그것마저 제대로 할 수 없었고, 도망치려고 했으나 그것마저 할 수 없었다. 이윽고 노파들은 그렇게 끔찍한 일을 하면서 그를 보게 되었는데, 피투성이가 된 주먹을 그를 향해 흔들며, 소리를 내지 않고 음탕하고 야비한 말로 욕을 퍼부었다. 그것도 한스 카스토르프 고향의 서민들이 쓰는 사투리로 말했다. 그는 기분이 좋지 않았다. 이런 기분은 난생처음일 정도였다. 그는 필사적으로 그곳에서 빠져나오려고 했다. 그러다 기둥에 등이 부딪혀 옆으로 넘어진 순간, 헛간 옆의 눈 속에서 팔을 베고 누워 머리를 벽에 기대고 스키를 신은 두 다리를 뻗고 있는 자신을 발견했다. 아직도 노파들이 퍼붓는 끔찍한 욕설이 귓전을 울렸고, 몸서리쳐지는 공포에 온몸이 굳어 있었다.

하지만 아직도 꿈에서 제대로 깬 것이 아니었다. 무서운 노파들에게서 벗어났다는 생각에 안도의 숨을 쉬면서 눈을 껌벅거렸을 뿐, 자신이 신전의 기둥 옆에 누워 있는지, 헛간에 누워 있는지 확실하지 않았고, 또한 그것이 중요하게 여겨지지도 않았다. 그는 어느 정도 계속 꿈을 꾸고 있었는데 ― 더 이상 장면으로서가 아니라, 생각으로 꿈을 꾸었다. 그렇지만 그 꿈은 장면으로 보는 것 못지않게 모험적이고 혼란스러웠다.

〈나도 꿈을 꾸었다고 생각하긴 했어.〉그는 잠꼬대처럼 중얼거렸다. 〈지독하게 아름답고, 지독하게 무서운 꿈이었어. 나는 그것을 처음부터 알고 있었어. 그리고 이 모든 건 내가 지어낸 거야 ― 활엽수의 푸른 공원, 기분 좋은 습기, 그 밖의 것, 아름다운 것, 무서운 것, 난 이 모든 것을 거의 처음부터 알고 있었어. 하지만 그런 사실을 알고 있으면서도, 어떻게 그렇게 지어내고, 그렇게 행복해하고 무서워할 수 있었을까? 저 섬이 있는 아름다운 만을, 또 홀로 서 있던 멋진 소년이 눈짓으로 가리켜 준 신전 구역을 내가 어떻게 알 수 있었을까? 내가 말하고 싶은 것은, 사람들은 자신의 영혼으로만 꿈을 꾸는 것이 아니라, 형태는 다를지라도 자기 나름의 방법으로 익명이자 공동으로 꿈을 꾸기도 한다는 거야. 우리는 하나의 커다란 영혼의 일부분에 불과하며, 그 영혼은 남몰래 항상 꿈꾸어 오던 대상에 관해, 우리를 통해, 우리 나름대로 꿈꾸는 거야 ― 그 영혼의 청춘에 관해, 희망에 관해, 행복과 평화에 관해……. 그리고 그 영혼의 피의 향연에 관해 꿈꾸는 거야. 나는 돌기둥 곁에 누워 내 꿈의 실제 흔적을 음미하고 있어. 피비린내 나는 향연의 오싹한 공포, 그 이전의 황홀한 기쁨, 태양의 자식들의 행복과 경건한 예절에 대한 기쁨 말이야. 나는 여기에 누워 그런 꿈을 꿀 자격이 있다고 주장하고 싶어. 난 이 위의 사람들에게서 무모한 모험과 이성에 관해 많은 것을 경험했어. 나프타와 세템브리니와 함께 아주 위험한 산악 지대를 돌아다녔어. 난 인간에 관한 모든 것을 알고 있어. 인간의 살과 피를 맛보았고, 병든 클라브디아 쇼샤에게 프리비슬라프 히페의 연필을 돌려주었어. 육체(살)와 생명(피)을 맛본 자는 죽음도 맛본 것이나 다름없어. 하지만 그것만으로는 전부가 아니고 — 교육적으로 말하자면, 오히려 시작에 불과해. 거기에다 다른 절반을 덧붙여야 하지. 정반대되는 것 말이야. 왜냐하면 죽음과 병에 대한 온갖 관심은 삶에 대한 관심의 또 다른 표현에 지나지 않기 때문이야. 의학이라는 인문주의적 분과가 증명하듯이 말이야. 언제나 아주 우아하게 삶과 그 병에게 라틴어로 말하는 의학은, 커다랗고 아주 절실한 관심의 한 형태에 불과해. 그러한 관심사에 전적으로 공감해 말해 본다면, 그건 인생의 걱정거리 자식과 인간에 관한 것이고, 인간의 위치나 상태에 관한 거야⋯⋯. 나는 인간에 관해 아는 것이 적지 않으며, 이 위의 사람들에게서 많은 것을 배웠어. 평지에서 이 위로 내몰린 나 같은 불쌍한 사람으로서는 거의 숨이 막힐 지경이지만, 이제 이렇게 돌기둥 아래서 그리 나쁘지 않은 전망을 갖게 되었어⋯⋯. 신전에서는 끔찍한 피의 향연이 벌어지고 있는데도, 나는 인간의 위치와 예의 바르고 분별력 있는 공손한 공동체에 관해 꿈꾸었어. 태양의 자식들은 뒤에서 바로 이런 끔찍한 일이 벌어지는 걸 알고 있었기 때문에, 서로에게 그토록 예의 바르고 매력적으로 굴었던 것은 아닐까? 그렇다면 이들은 정말로 우아하고 훌륭한 결론을 끄집어냈다고 할 수 있어! 마음속으로 이 태양의 자식들과 생각을 함께 나누도록 하자. 나프타의 견해에는 — 세템브리니의 견해에도 마찬가지로 — 물들지 않도록 하자. 이들은 둘 다 수다쟁이에 불과해. 한 사람은 음탕하고 불경스러우며, 다른 한 사람은 언제나 이성의 호각이나 불면서 미친 사람들도 각성하게 할 수 있다고 큰소리치지. 그건 그야말로 황당무계한 소리야. 오히려 속물근성이고, 단순한 윤리이며, 비종교적인 것에 불과해. 그건 틀림없어. 또한 난 키 작은 나프타에게도 동조할 수 없어. 신과 악마, 선과 악이 온통 뒤범벅이 된 그의 종교에도 당연히 동조할 수 없고 말이야. 사실 그의 종교는 개인이 거꾸로 추락하여, 공동체 속으로 신비롭게 침몰하는 것을 목적으로 하지. 저 두 사람의 교육자! 저들의 논쟁과 대립 그 자체가 뒤범벅에 지나지 않고, 싸움터의 혼란한 소용돌이에 불과한 것으로, 머릿속이 조금이라도 자유롭고 마음이 경건한 자라면 아무도 그런 것에 현혹되지 않을 거야. 귀족성에 대한 두 사람의 논쟁, 고귀함에 대한 토론! 죽음과 삶 — 병과 건강 — 정신과 자연, 이런 것이 서로 모순되는 것일까? 나는 묻고 싶어, 과연 문제가 되는 것인지 말이야. 아니야, 이런 것은 문제가 되지 않고, 또 어느 것이 고귀한가 하는 것도 문제가 되지 않아. 죽음의 모험은 삶 속에 포함되며, 그런 모험이 없는 삶이라면 이미 삶이 아닐 거야. 그리고 인간의 상태가 신비스러운 공동체와 미덥지 못한 개별 존재 사이에 있듯이, 신의 아들인 인간의 위치는 그 한가운데에 — 모험과 이성의 한가운데 — 있는 거야. 그런 생각을 이 돌기둥 아래서 하고 있는 거야. 이러한 한가운데라는 위치에서 인간은 우아하고 정중하며, 친절하고 공손하게 자기 자신을 바라봐야 해 — 인간만이 고귀한 것이며, 대립된 생각이 고귀한 것은 아니기 때문이지. 인간은 대립을 지배하는 주인이고, 대립이란 인간에 의해 존재하는 것이기 때문에, 인간이 대립보다 더 고귀한 거야. 인간은 죽음보다 더 고귀하며, 이러한 죽음에 비하면 너무나 고귀한 존재이다 — 그것이 인간 두뇌의 자유인 것이다. 또한 인간은 삶보다 더 고귀하며, 이러한 삶에 비하면 너무나 고귀한 존재이다 — 그것이 인간의 마음속의 경건함인 것이다. 이렇게 나는 하나의 시를 썼다. 인간에 관한 꿈과 같은 시를. 나는 이것을 늘 생각할 것이며, 착한 마음씨를 가지도록 할 것이다. 나는 나의 생각에 대한 지배권을 죽음에게 양보하지 않으리라! 착한 마음씨와 인간애가 그것을 의미하며, 다른 어느 것도 그것을 의미하지 않기 때문이지. 죽음은 위대한 힘이다. 죽음 앞에서 우리는 모자를 벗고, 발끝으로 걷고 몸을 흔들며 살금살금 앞으로 나아간다. 죽음은 과거 어떤 것의 위엄을 나타내는 장식깃을 달고 있으며, 인간 자신은 죽음에 경의를 표하여 엄숙하게 검은 옷을 입는다. 이성은 죽음 앞에서는 어리석은 존재에 불과하다. 왜냐하면 이성이란 덕에 지나지 않지만, 죽음은 자유와 방종, 모험, 무형식, 쾌락이기 때문이다. 죽음은 쾌락이지 사랑은 아니라고 나의 꿈은 말한다. 죽음과 사랑 — 이것은 맞지 않는 운(韻), 얼토당토않고, 완전히 잘못된 운인 것이다! 사랑은 죽음에 대립하고 있으며, 이성이 아니라 사랑만이 죽음보다 더 강한 것이다. 이성이 아니라, 사랑만이 선량한 생각을 갖게 한다. 형식 역시 사랑과 착한 마음씨에서만 생기는 것이다. 즉 분별력 있고 우정 어린 공동체의 형식과 예절, 인간의 아름다운 나라의 형식과 예절은 피의 향연을 은밀히 생각함으로서 (사랑과 선의에서) 태어나는 것이다. 아, 이렇게 나는 분명하게 꿈을 꾸고, 멋지게 술래잡기를 했다! 나는 이것을 늘 생각할 것이다. 마음속으로 죽음에 대해 늘 성실하게 임할 것이다. 그러나 만일 죽음과 과거의 것에 대한 성실성이 우리의 생각과 술래잡기를 지배한다면, 그 성실성은 악의와 음산한 육욕과 인간에 대한 적대감으로 바뀐다는 것을 확실히 기억해 두자. 인간은 선(善)과 사랑을 위해 결코 죽음에다 자기 사고의 지배권을 내어 주어서는 안 된다. 자, 이제 눈을 뜨기로 하자……. 이것으로 내 꿈은 끝났고, 목적을 달성한 셈이기 때문이다. 오래전부터 난 이 말을 찾고 있었어. 히페가 나에게 모습을 나타낸 장소에서, 나의 발코니에서, 그 밖의 어느 곳에서도. 바로 그 말을 찾기 위해서 이 눈 덮인 산속에 들어왔던 거야. 그렇게 하여 나는 결국 찾아냈어. 게다가 내 꿈이 그것을 너무나 분명하게 제시해 주어서, 이젠 영원히 잊지 않을 거야. 그래, 그 말을 찾았기 때문에 기뻐서 몸이 완전히 따뜻해졌구나. 내 심장은 세차게 뛰고 있지만, 그 이유를 난 알고 있어. 시체에서도 여전히 손톱이 자란다고 하는 것처럼 단순히 신체적인 이유 때문만은 아니야. 인간적인 이유 때문에, 참으로 행복한 기분 때문에 뛰고 있는 거야. 꿈에서 찾아냈던 그 말은 — 포도주나 흑맥주보다 더 달콤한 — 음료수야. 그 음료수는 사랑이나 생명처럼 혈관을 타고 흘러 날 잠과 꿈에서 깨어나게 하지. 이 잠과 꿈이 내 젊은 생명에 극도로 위험하다는 것을 물론 익히 잘 알고 있어……. 일어나라, 일어나! 눈을 떠라! 너의 팔과 다리가 여기 눈 속에 빠져 있어! 팔과 다리를

끌어당기고 일어나라! 자, 보아라 ── 정말 좋은 날씨야!〉

그를 얽어매고 주저앉히려는 굴레에서 해방되기란 엄청나게 힘든 일이었다. 하지만 반드시 일어나고자 하는 그의 의지가 더 강했다. 한스 카스토르프는 한쪽 팔꿈치를 짚고 무릎을 과감하게 끌어당겨, 팔꿈치에 몸을 지탱하고 벌떡 몸을 일으켰다. 그는 스키를 신은 발을 바닥에 탁탁 밟아 눈을 털어 내고, 팔로 갈비뼈 주위를 툭툭 쳤으며, 어깨를 이쪽저쪽 흔들어 역시 눈을 털어 내었다. 그러면서 흥분하고 긴장한 눈초리로 주위를 돌아보고는 하늘을 쳐다보았다. 베일처럼 엷은 청회색 구름이 유유히 흘러가고 있었고, 그 사이로 담청색 하늘, 가느다란 눈썹 같은 초승달이 모습을 드러냈다. 어스름한 황혼이었다. 폭풍도 끝나고, 이제 눈도 내리지 않았다. 전나무 숲으로 덮인 건너편 절벽이 그 모습을 완전하고도 선명하게 드러내면서, 평화롭게 누워 있었다. 절벽의 아래쪽은 어두컴컴했고, 위쪽은 아주 엷은 장밋빛에 물들어 있었다. 도대체 어찌된 것일까? 세상이 어떻게 된 것일까? 아침일까? 밤새도록 눈 속에 누워 있었는데도, 책에 쓰인 것처럼 얼어 죽지 않았단 말인가? 한스 카스토르프는 머릿속으로 상황이 어떻게 되었는지 알아보려고 노력하면서, 이와 동시에 발로 땅을 쿵쿵 밟아 보고, 몸을 흔들고, 몸을 두드려 보는 것을 게을리하지 않았다. 아무 데도 얼지 않았다. 어느 곳도 부러지지 않았다. 귀와 손끝과 발끝은 감각이 무뎌져 있었지만, 이것도 겨울밤의 발코니에 누워 있을 때 자주 겪었던 것과 마찬가지였다. 시계도 꺼낼 수 있었다. 시곗바늘이 움직이고 있었다. 밤에 태엽 감는 것을 잊어버렸을 때 늘 멈춰 있었는데, 지금은 멈춰 있지 않았다. 아직 5시도 채 되지 않았고 — 5시가 되려면 한참 멀었다. 5시가 되려면 아직 12분 내지 13분이 부족했다. 정말 놀라운 일이다! 여기 눈 속에 누워 행복과 공포의 장면을 번갈아 보고, 또 모험에 가득 찬 생각을 그렇게나 많이 했는데, 겨우 10분 남짓밖에 흐르지 않았다니? 그 사이에 육각형의 괴물은 몰려올 때와 마찬가지로 그렇게 재빨리 물러가 버렸으니, 어떻게 이런 일이 있을 수 있단 말인가? 그렇다면 한스 카스토르프는 집으로 돌아간다는 관점에서 볼 때, 누구라도 인정할 만한 행운을 잡은 셈이었다. 그의 꿈과 공상은 그가 놀라서 벌떡 일어날 정도로 두 번씩이나 전환을 맞이했기 때문이다. 그 한 번은 너무 무서워서였고, 두 번째는 너무 기뻐서였다. 아무튼 인생은 미궁에 빠져 헤매는 걱정거리 자식에게 호의를 품고 있는 모양이었다…….

그를 둘러싼 주위의 시간이 아침이든 오후든 그런 것은 아무래도 상관없었다(의심의 여지없이 여전히 같은 날 초저녁이었다). 어쨌든 그가 집으로 활주해 돌아가는 것을 방해하는 것은, 주위의 상황이든 그의 개인적인 몸 상태이든 아무것도 없었다. 그래서 한스 카스토르프는 활주했다 — 힘을 내어, 이른바 일직선으로, 골짜기를 향해 내려갔다. 내려가는 도중에는 눈 속에 보존되어 있던 낮의 잔광(殘光)으로 충분히 밝았지만, 골짜기를 내려가 그가 도착했을 때는 벌써 전등의 불빛들이 반짝이고 있었다. 목장이 있는 숲의 가장자리를 따라 브레멘뷜을 내려가 도르프에 도착한 시간은 5시 30분이었다. 그는 스키를 가게에 맡기고, 세템브리니의 창고 같은 다락방에 들어가 휴식을 취했다. 그러면서 그 자신도 이제 눈보라에 습격당한 것을 세템브리니에게 보고했다.

휴머니스트는 깜짝 놀라, 한 손을 머리 위에 올려 손사래를 치듯 휘저으며, 그런 위험천만한 경거망동을 한 데 대해 청년을 호되게 나무라고는, 기진맥진한 청년에게 커피를 끓여 주려고 알코올램프에 불을 붙였다. 하지만 한스 카스토르프는, 그 진한 커피를 마셨음에도 불구하고 세템브리니 방 의자에 앉은 채 그대로 잠에 곯아떨어졌다.

그로부터 한 시간 후, 한스 카스토르프는 베르크호프의 안락하고 호화로운 문화적 분위기에 잠겨 있었다. 그는 왕성한 식욕으로 저녁 식사를 마쳤다. 그가 눈 속에서 꾼 꿈은, 어느새 희미해지기 시작했다. 또 그가 눈 속에서 생각한 것은, 그날 밤 사이에 벌써 제대로 이해할 수 없게 되었다.

〈하권에 계속〉

열린책들 세계문학 218 마의 산 중

옮긴이 윤순식 부산에서 태어나 서울대학교 독어독문학과를 졸업하고 동 대학원에서 석사와 박사 학위를 받았다. 공군사관학교에서 독일어 전임 교수를 역임했고, 독일 마르부르크 대학교에서 수학했다. 박사 후 연수 과정으로 베를린 홈볼트 대학교에서 현대 독문학을 연구하였으며, 한양대학교 연구 교수를 역임하고 오랫동안 서울대학교에서 강의했다. 현재 덕성여자대학교 교양학부 초빙 교수로 재직 중이다.

주요 논문으로는 「토마스 만의 소설 『魔의 山』에 나타난 反語性 考察」, 「『부덴브로크 일가』에 나타난 아이러니 연구」, 「작품 내재적 해석학으로서의 독어독문학」, 「현대 독일어권 문학에 나타난 병의 담론」, 「상상력과 현대 사회에 대한 다층적 해석」, 「병과 문학」, 「자아 탐색과 과거 극복」 등 다수가 있다. 『아이러니』, 『토마스 만』, 『전설의 스토리텔러 토마스 만』(공저)을 지었으며, 토마스 만의 『베네치아에서의 죽음』, 헤르만 헤세의 『로스할데』, 『나르치스와 골드문트』, 프란츠 카프카의 『변신』, 디트리히 슈바니츠의 『교양』(공역), 『괴테, 토마스 만, 니체의 명언들』 등을 우리말로 옮겼다.

지은이 토마스 만 **옮긴이** 윤순식 **발행인** 홍예빈 · 홍유진
발행처 주식회사 열린책들 **주소** 경기도 파주시 문발로 253 파주출판도시
전화 031-955-4000 **팩스** 031-955-4004 **홈페이지** www.openbooks.co.kr
Copyright (C) 주식회사 열린책들, 2014, *Printed in Korea.*
ISBN 978-89-329-1646-0 04850 **ISBN** 978-89-329-1499-2 (세트)
발행일 2014년 2월 20일 세계문학판 1쇄 2023년 4월 5일 세계문학판 6쇄

이 도서의 국립중앙도서관 출판예정도서목록(CIP)은 서지정보유통지원시스템 홈페이지(http://seoji.nl.go.kr)와 국가자료공동목록시스템(http://www.nl.go.kr/kolisnet)에서 이용하실 수 있습니다.(CIP제어번호 : CIP2014003923)